朝鮮 後期 筆寫本 漢文小說集

[개정판]

先賢遺音

(하)

간호윤(簡鎬允) 교감(校勘)

순천향대학교(국어국문학과) 졸
한국외국어대학교 교육대학원(국어교육학과) 졸
인하대학교 대학원(국어국문학과) 졸
현재 서울교대, 인하대 등에서 강의하고 있다.

저서

『한국 고소설비평 연구』(경인문화사, 2002, 문화관광부 우수학술도서)
『마두영전 연구』(경인문화사, 2003)
『억눌려 온 자들의 존재 증명: 고소설비평의 풍정』(이회, 2003)
『개를 키우지 마라: 연암소설산책/고소설비평시론』(경인문화사, 2005)
『기인기사』(푸른역사, 2008)
『고전서사의 문헌학적 탐구와 현대적 변용』(박이정, 2008)
『〈주생전〉·〈위생전〉의 자료와 해석』(박이정, 2008)
『아름다운 우리 고소설』(김영사, 2010)
『당신 연암: 11인의 시선으로 연암을 읽다』(푸른역사, 2012)
『다산처럼 읽고 연암처럼 써라』(조율, 2012, 문화관광부 우수교양도서)
『그림과 소설이 만났을 때』(새문사, 2014, 세종학술도서)
『기인기사록』 하(보고사, 2014)
『구슬이 바위에 떨어진들: 소설로 부르는 고려속요』(새문사, 2016)
『연암 박지원 소설집』(새물결, 2016, 개정판)
『송순기 문학 연구』(보고사, 2016)
『아! 18세기-나는 조선인이다』(새물결, 2017, 근간)
『(글·말) 이야기의 (그림) 이야기: 욕망의 시대, 신연활자본고소설책의도에 나타난 욕망을 찾아서』(소명, 2017, 근간) 등 30여 권의 저서들이 있다.

[개정판] 선현유음先賢遺音 (하)

© 간호윤, 2017

1판 1쇄 인쇄_2017년 04월 25일
1판 1쇄 발행_2017년 05월 05일

교감자_간호윤
펴낸이_양정섭

펴낸곳_도서출판 경진
　　　등록_제2010-000004호
　　　블로그_http://kyungjinmunhwa.tistory.com
　　　이메일_mykorea01@naver.com

공급처_(주)글로벌콘텐츠출판그룹
　　　대표_홍정표　편집디자인_김미미 노경민
　　　주소_서울특별시 강동구 천중로 196 정일빌딩 401호
　　　전화_02) 488-3280　팩스_02) 488-3281
　　　홈페이지_http://www.gcbook.co.kr

값 31,000원

ISBN 978-89-5996-536-6 94810
ISBN 978-89-5996-534-2 94810(세트)

朝鮮 後期 筆寫本 漢文小說集

[개정판]

先賢遺音

(하)

간호윤 교감

경진출판

『선현유음』 개정판에 부쳐

　2003년 한여름, 3년간 매달렸던『선현유음』을 탈고하고 머리말을 쓰던 기억이 생생하다. 그로부터 얼마 뒤 출판사는 사라지고 책은 절판되었다. 오늘 '『선현유음』 개정판에 부쳐'를 쓰며 책날개 저자 사진을 보니 '나에게도 저런 시절이 있었구나' 하는 생각이 든다.

　『선현유음』은 17세기 경 누군가가 선집·필사한 한문소설집이다. 『선현유음』처럼 8편이나 되는 작품이 한 권으로 묶인 한문소설집은 김일성대학 소장의『화몽집』뿐이다.『화몽집』역시 17세기경 편찬된 것으로 9편(〈피생명몽록〉은 서두만 있기에 실질적으로는 8편이다)이 필사 되어 있다.

　흥미로운 점은『선현유음』편찬자의 필사 선집 의식이다. 〈최선전〉과 〈강산변〉을 제외한 모든 작품이 애정전기소설이기 때문이다. 특히 〈최현전〉 같은 경우는 이 소설집에만 필사된 유일 작품으로 중국에서 수입된 애정전기소설이 토착화한 소설이다. 〈최현전〉에는 우리 국문소설에 보이는 설화가 다량 보인다. 〈최현전〉은 분명 우리 애정전기소설의 서사문법을 흔들어 놓은 작품이다.

　하지만『선현유음』이 2003년 8월, 활자화되어 세상 빛을 본 지도 10여 년이 넘었건만 필자는 아직까지 〈최현전〉에 대해 제대로 언급한 연구서도 연구자도 만나지 못하였다. 국내에 문헌으로 남아있는 애정전기소설 편수를 꼽아본다면, '이 또한 우리의 연구 풍토로 이러하거니' 하는 생각마저 든다.

　2003년 8월,『선현유음』머리말 말미에 "근년 들어 17세기 소설,

특히 애정전기에 대한 자료의 발굴과 연구 진전을 통하여 우리의 고소설사가 점점 풍요로워지고 있다. 이『선현유음』으로 그 풍광이 더욱 아름다웠으면 한다."라는 희망사를 써놓았다.

2017년 3월,『선현유음』개정판을 내며, 우리 국문학, 특히 '고전문학의 희망은 어디쯤에 있을까?'를 곰곰 생각하며 머리말을 쓴다.

이런 시절—, 출판 상황이다.『선현유음』개정판은 독자와 연구자를 고려하여 상·하 두 권으로 나누었다. 상권에는 번역, 하권에는『선현유음』에 대한 소설사적 의의를 짚은 논문과 원문 교감, 그리고 영인을 수록하였다.『선현유음』개정판을 매만져준 도서출판 경진 양정섭 선생님께 고맙다는 글 한 줄 어찌 매몰차게 삼갈 수 있겠는가.

"고맙습니다."

2017년 4월『선현유음』개정판을 내며
휴휴헌에서 간호윤
몇 자 적바림하다.

차례

『선현유음』의 소설사적 의의

: 해제를 겸하여

『선현유음先賢遺音』은 필사된 작품 면면으로 미루어, 이미 17세기 우리 고소설사古小說史에서 자리매김이 오롯하다. 여기에 필사된 8편의 작품에 대한 문학사적 의의는 이 자리에서 다시 언급할 필요가 없을 만큼 충분하다고 생각한다. 필사자의 소설 선집 안목이 가히 일품이다.

따라서 이 글에서는 『선현유음』이라는 소설집小說集의 총체성總體性에 주목해보겠다. 『선현유음』은 소설집으로서, 또 개별個別 작품으로서, 이미 '각편各篇으로서의 의미'를 우리 고소설사에서 충분히 지니고 있다. 하지만 소설집으로서 학계에 처음 공개되는 것이기에 아직 그 완전한 실체를 짐작하기는 어려울 것이다. 나는 이러한 점에서 『선현유음』의 자료적資料的 가치價値와 온전穩全한 이해를 위하여 해제를 대신하는 글을 써야 되겠다고 생각하였다. 생각이 이렇다보니 적잖은 길이가 되었다. 여러 가지로 고심한 끝에 각 편의 논문을 통하여 산발적인 논의를 하느니, 차제에 이 책에 묶는 것이 더욱 열린 논의의 장을 만든다는 결론에 이르렀다. 그 동안 두어 편은 이미 지면을 통해 발표한 것도 있지만 모두 한 논문으로서 체계에 맞도록 다듬었다.

이 글의 주요 목적은 17세기 고소설사에서 『선현유음』의 의의意義 고찰이다. 따라서 8편 모두를 대상으로 하되, 지향점指向點은 『선현유음』의 소설사적 의의를 도드라지게 하는 데 집중하였다. 논의한 주된 내용은 다음과 같다.

1. 필사자(筆寫者)와 필사 시기에서는 『선현유음』이 왜 17세기의 작품인가를 살폈다. 『선현유음』은 필사자를 알 수 없기에 학계 모두의 동의를 이끌어낼 만한 정설(定說)은 없다. 그렇다고 논의를 피할 수도 없는 것이기에 구구하나마 필사자와 필사시기를 규명(糾明)해보려 하였다.

2. 이본비평(異本批評)을 통해서 본 의의(意義)에서는 이미 알려진 6편의 작품을 대상으로 이본 교감을 통해 『선현유음』의 위치를 가늠해보았다. 지면도 문제였거니와 역량 부족으로 몇 작품을 제외하고는 비교적 선본(善本)만을 대상으로 하였다. 사실 이것은 각 편마다 정치한 작업이 이루어져야 할 것이기에 각 작품 연구자들의 몫일 듯하다. 기회가 닿으면 이에 대한 후속작업을 할 것이다.

3. 〈최현전(崔灝傳)〉을 통해서 본 의의는 이미 발표된 논문을 정리한 것이다. 이 장에서는 〈최현전〉이 갖고 있는 17세기 애정전기소설의 프리즘을 통해 『선현유음』의 총체성(總體性)에 접근해보았다. 〈최현전〉에서는 17세기 전기소설로서의 고민을 뚜렷하게 읽을 수 있었다. 그것은 애정전기소설과 국문소설, 설화가 날줄과 씨줄로 촘촘히 얽혀 있다는 것이다.

4. 〈강산변(江山辨)〉을 통해서 본 의의 역시 이미 발표한 원고를 수정·보완한 논문이다. 〈강산변〉은 어(漁)·초계열(樵系列) 우언(寓言)으로 이 소설집과 성격을 달리한다. 그렇지만 필사자의 녹록치 않은 선집 잣대로 『선현유음』의 시기와 소설의식을 적잖이 살필 수 있었다. 특히 '漁·樵'라는 용어는 17세기라는 문화접변(文化接變)현상을 담보(擔保)하고 있어 『선현유음』의 필사시기를 짐작할 수 있는 한 단서가 될 수 있다.

1. 필사자(筆寫者)와 필사(筆寫) 시기

『선현유음』[1]에 필사된 소설들은 대부분이 17세기 초반의 전기소설傳奇小說들이다.

그러나 필사자, 필사시기를 기록하여 놓지 않은 정사본淨寫本이기에 『선현유음』에 대한 연구에서 이 문제는 어떠한 형태로건 짚고 넘어가야만 할 수밖에 없다.

1) 필사자는 필체가 정갈하면서도 시종여일(始終如一)한 것으로 미루어보아 한 사람으로 추정할 수 있다.

『선현유음』은 송설체松雪體의 정갈한 서풍書風으로 필사되었다. 적지 않은 품이 들어서인지 동일 글자는 반자半字나 속자俗字를 두루 사용하였고 몇 군데는 초서草書도 보인다. 하지만 처음부터 끝까지 한 사람의 필적임에 분명하다.

2) 필사자는 소설에 대한 나름대로의 뚜렷한 의식이 있었으며 필사 동기는 전하려는 의도였다.

우선 필사자의 소설에 대한 뚜렷한 의식을 짐작할 수 있는 것은 표지에 써 놓은 문장들이다. 표지는 『선현유음』으로 되어 있으며, "어짊으로 지혜의 주머니를 넓히고仁廣智囊, 어리석음으로 봄의 흥취를 밀치네愚排春興"라는 구절이 우측 하단에 씌어 있다. 그리고 차례가 있는 부분의 하단 여백에는 한유韓愈(768~824)의 〈착착齪齪〉한 구절인 "구름을 밀치고 궁궐문을 향해 소리쳐보고 배를 갈라 아름다운 문장을 드러낸다排雲叫閶闔, 披腹呈琅玕"라는 글귀도 보인다. 단순한 농필

---

1) 『先賢遺音』의 본래 표제는 "罷酒抄"이다. 『先賢遺音』의 겉표지가 너무 두툼하여 배접을 풀어 보니, 또 하나의 겉표지가 있었으며 "罷酒抄"라는 表題가 보였다. 『선현유음』의 표지는 改裝된 것이 분명하다. 그러나 보존형태를 그대로 따라 『先賢遺音』을 표제로 하였다.

弄筆이 아니다. '창합閶闔'은 하늘 문간 혹은 궁궐 문이고, '낭간琅玕'은 좋은 구슬로 '썩 좋은 문장'을 지칭한다. 필사자의 소회所懷를 담은 이러한 비평 행위는 '소설'에 대한 적극적인 가치부여로 이해해봄직하다. 또 〈왕경룡전〉 작품 말미의 기록은 다른 본에는 없는 것으로 필사자의 소설의식이 분명하다.[2] 후술하겠지만 현재 다양한 제명의 이본들이 모두 최치원의 호나 이름, 관직명을 따르는 것과는 다르게 설화적 삽화와 흥미를 유발시킬 〈최선전〉이라는 명칭에서도 적잖이 필사자의 역량을 읽을 수 있다.

또 『선현유음』은 17세기에 동기화同期化를 보이는 필사집 중, 작품 선별의식選別意識이 분명하다.[3] 즉 『선현유음』의 필사자는 8편을 필사하였는데, 그 중 우언寓言 1편(〈江山辨〉)과 영웅소설英雄小說 1편(〈崔仙傳〉)을 제외하면 나머지 6작품은 모두 애정을 주제로 한 전기소설傳奇小說들이기 때문이다.

또 『선현유음』이라는 표제表題에서도 필사 동기가 후대에 전하려는 의도였음을 분명히 적시하고 있으며, 속지 좌측 상단에도 "말을 보전하는 것이 이처럼 어렵구나言其所以保之, 之難如此"라고도 적어 놓았

---

2) 〈왕경룡전〉의 말미는 "아아! 경룡의 총명하고 지혜로움과 옥단의 수절, 헤어지고 만남의 기이한 이야기를 마친다. 후일 이것을 보는 자들이 누군들 마음이 흔들리지 않으리요(嗚呼! 慶龍之聰慧, 玉檀之守節, 離合奇畢. 後之觀此者, 誰無心動哉)."라는 부분이 들어 있다.

3) 김집수택본에는 〈萬福寺樗蒲記〉·〈劉少娘傳〉·〈周生傳〉(한 장만 필사)·〈相思洞餞客記〉·〈王慶龍傳〉·〈王十朋奇遇記〉」 자전적 고백이 담긴 原情 형식의 〈寡妓嘆〉·〈古班僧〉·〈李生窺墻傳〉·〈崔文獻傳〉·〈玉璐春傳〉(한 장만 필사), 악부체 고시인 〈去時鞍馬別人歸〉 등 12편이 필사돼 있다. 소설은 9편이고 작품 전체가 필사된 것은 7편이다. 이 중 傳奇小說은 7편(〈만복사저포기〉·〈이생규장전〉·〈주생전〉·〈상사동전객기〉·〈왕경룡전〉·〈왕시붕기우기〉)·〈옥당춘전〉, 英雄小說 1편(〈최문헌전〉)으로 구성되어 있다. 〈왕경룡전〉 같은 경우는 전반과 후반부의 필체가 다르다.

『花夢集』에는 〈周生傳〉·〈雲英傳〉·〈英英傳〉·〈洞仙傳〉·〈夢遊達川錄〉·〈元生夢遊錄〉·〈皮生冥夢錄〉·〈姜虜傳〉·〈金華靈會: 金華寺夢遊錄〉 등 9편의 한문소설이 필사되어 있다. 傳記小說 1편(〈강로전〉), 夢遊錄 4편(〈몽유달천록〉·〈원생몽유록〉·〈피생명몽록〉·〈금화영회: 금화사몽유록〉) 愛情小說 1편(〈동선전〉)이며, 傳奇小說은 3편(〈주생전〉·〈운영전〉·〈영영전〉)으로 구성되어 있다.

다. 따라서 이『선현유음』은 분명히 전하고자 하는 의도에서 필사되었음을 알 수 있다.

3) 필사자는 중인 이상의 신분을 지닌 지식인이다.

필사자의 학문적 식견識見이야 이 필사집이 확실한 증거일 터이나, 그 이외 신원身元은『선현유음』에 의존할 수밖에 없다. 우선 신분 추정의 정황情況이 될 수 있는 것은 〈운영전〉에 대한 단구短句 감상과 함께 씌어 있는 '議政府左讚贊', 배합지에 보이는 '聞明朝驛使發一夜', 戶長 金潤□, 承發 韓在蝎 따위의 공문서公文書와 관련된 글귀이다. 종이가 귀하던 시절이기에 관공서로부터 반출을 어림쳐 볼 수 있다. 따라서 필사자는 관직官職에 있었거나 어떠한 형태로든 관련이 있을 듯하다. 그렇다면 중인中人 이상이라는 신분추정이 가능해진다.

4) 필사시기는 17세기 정도로 가늠할 수 있다.

추정할 만한 단서는 백지 한 장을 표지 안에 덧붙인 면지面紙에 씌어 있는 "世在癸丑"과 필사된 작품들, 작품 속의 간지干支, 서지적書誌的 사항事項, 그리고 〈강산변〉과 산견散見된 어휘語彙 따위를 통해서이다.

첫째, 간지가 필사자의 필적인지 후대 누군가 첨부한 것인지 파악하기 어려우며, 또 이 시기가 필사 시기인지도 정확히는 알 수 없다. 하지만『선현유음』어느 곳에도 필사자 외에 가필加筆한 흔적이 없다는 점과 처음부터 소설집으로 묶여 있었다는 점을 고려한다면 매우 유용한 단서가 될 수 있다고 생각한다. 그렇다면 "世在癸丑"은 필사된 작품들의 창작 연대와 지질紙質 등을 고려할 때, 1913, 1853, 1793, 1733, 1673년까지 소급할 수 있다.

둘째, 이 소설집에 필사된 작품들은 〈주생전〉·〈운영전〉·〈최현전〉·〈강산변〉·〈상사동기〉·〈왕경룡전〉·〈최척전〉·〈최선전〉으로 8편인데, 대부분 17세기나 그 이전 작품들이다. 이 중 〈최선전崔仙傳〉은 1579년 이전 작품으로, 〈주생전周生傳〉은 권필權韠(1569~1612)[4]과 〈최척전崔陟傳〉은 조위한趙緯韓(1567~1649)의 작품으로 볼 경우 17세기 초반 경이다. 〈운영전雲英傳〉·〈상사동기相思洞記〉·〈왕경룡전王慶龍傳〉 등의 작품 역시 17세기 작품으로 보고 있다.5)

아울러『선현유음』에서 간지를 언급한 작품은 5편이다. 이 작품들을 통하여 필사의 상한선은 분명히 적시할 수 있다. 〈주생전〉은 말미에 "癸巳仲夏序"6), 〈운영전〉, 〈상사동기〉는 서두에 각각 "萬曆辛丑春三月旣望"7), "弘治中"8)이라고 하였다. 〈왕경룡전〉은 서두와 말미에 "嘉靖末"과 "萬曆己亥年間"9)이라는 간지가 보인다. 〈최척전〉은 말미에 "天啓元年閏二月日"10)이라고 필사되어 있으니 가장 늦은 간지이다.

따라서 이들 작품은 대략 16세기 초부터 17세기 중엽에 창작創作, 전사轉寫, 유통流通되었을 가능성이 크다. 여기서 〈최척전〉을 고려한다면『선현유음』의 필사 시기는 1621년을 넘을 수 없다.

셋째,『선현유음』은 서지 사항으로 미루어 100여 년은 족히 넘어 보이고 이본異本으로도 필사된 작품들이 대부분 선행본先行本에 속한다.11)『선현유음』은 육안으로 보아도 한 눈에 고서임을 알 수 있다. 보관상태는 대체로 양호한 편이나 마멸磨滅, 소실燒失 따위의 흔적에

---

4)『선현유음』의 발굴로 〈周生傳〉이 權韠의 작품이라고 단정하는 것에는 다소 이론이 있을 수도 있다. 이에 대해서는 2. 1)에서 살펴보겠다.

5) 金興圭 외(2000), 「韓國漢文小說目錄」, 『古小說硏究』 9집, 韓國古小說學會 참조.

6) 임란에 대한 언급으로 미루어 癸巳"는 1593년. "仲夏序"라 하였으니 음력 5월로 "癸巳仲夏序"는 1593년 음력 5월이다.

7) "萬曆"은 明나라 神宗의 年號로 재위는 1573~1619년이니, "辛丑春三月旣望"은 1601년 3월 5일이다.

8) "弘治"는 明나라 孝宗의 年號로 재위는 1488~1505년이니, "弘治中"은 15세기 말에서 16세기 초이다.

9) "嘉靖"은 明나라 世宗의 年號로 재위는 1522~1566년이니, "嘉靖末"은 16세기 중엽. "萬曆己亥年間"의 "萬曆"은 명나라 神宗의 연호이니 "萬曆己亥年間"은 1599년이다.

10) "天啓"는 명나라 熹宗의 年號로 재위는 1621~1627년이니, "天啓元年閏二月日"은 1621년 閏 2월 어느 날이다.

11) 서지학적으로 많은 도움을 준 學友인 임민혁 선생과 그의 동료인 정신문화연구원 여러분께 지면을 빌어 심심한 사의를 표한다.

서 적잖은 풍상風霜을 알 수 있다. 특히 왼쪽 하단부가 화재火災로 인하여 탄 것을 베어내어서 작품에 따라 한두 행은, 대 여섯 글자 정도 소실되었다. 고급의 저지楮紙를 사용하였으며, 책장의 글자가 밖으로 나오도록 가운데를 접고 가지런히 중첩하는 선장線裝 방법을 사용하였다. 표지는 두 장으로 기름을 칠하여 수분水分에 견디고 오래 보존되도록 하였다. 장정법裝幀法은 황지홍사黃紙紅絲와 오침안정법五針眼訂法으로 조선시대의 전통적인 모습이다. 총 116장이며, 크기는 세로 37.5×가로 27.5cm로 형태의 크기로 일반적인 소설집들에 비하여 장대長大하다. 또 표지表紙를 두텁게 보강하기 위하여 속에 붙인 종이인 배접지褙接紙를 서로 밀착시키고 마름꽃의 무늬를 박아내는 목판인 능화판菱花板으로 눌렀다. 이 꽃문양의 능화문菱華紋은 17세기 말에서 18세기 초에 유행한 것이다. 첫 장과 마지막 장에는 글자 획을 여러 번 꾸부려서 쓴 구첩전九疊篆 서체인 인이印 찍혀 있는데, 가로 5.1×세로 4.7cm로 비교적 크다. 곽郭이 넓은 것으로 보아 관인官印이나 문벌이 높은 집안12)의 것으로 추정된다. 정확히 판독은 할 수 없지만 "昌(혹은 申)灝, 伸(혹은 佃)潤"13)이 아닌가 하지만 이 이가 누구인지는 알 수 없다. 각 장은 15~17행, 각 행은 30자 정도이며, 정갈한 송설체松雪體14)로 되었다. 이 송설체는 조선 초부터 임진왜란 당시까지 약 200여 년간 글씨의 근간을 이루고 발전했다. 언급한 바처럼, 글씨체

---

12) 원래 소장자를 알아보기 위하여 김기현 교수님께서 생전에 이 책을 인수한 고서수집가를 찾았으나, 역시 다른 수집상을 통하여 충남 보령에서 구입했다는 것 이외에는 別無 所得이었다.

13) 시간의 경과로 印朱가 흐려져 肉眼으로는 判讀하기가 어렵다. 그러나 이 印이 소장자나 필사자의 것으로 추정되는 중요한 단서이기에 컴퓨터 스캔을 통하여 판독하려 하였지만 역부족이었다. 다만, "昌(혹은 申)灝, 伸(혹은 佃)潤"이 아닌가 하는 정도의 소득을 얻었다. 연구자들의 혜안을 기대한다.
    이 자리를 빌어서 스캔을 도와준 분들과 篆刻學者 鄭文卿 님, 경기대학교 金熙政 선생 그리고 수고를 끼쳐드린 더 많은 분들께 심심한 사의를 표한다.

14) 이 서체의 특징은 부드러우면서 힘차고 아름답고 화려하면서도 잘 정돈된 느낌을 준다.

가 다르고 반자半字나 속자俗字 등의 사용과 약간의 다름을 부분적으로 찾을 수도 있지만, 대체로 한 사람의 필체임은 분명하다. 글씨는 정서하였으나 부분적으로 휘감아 쓴 곳도 보인다. 필사筆寫를 용이하게 하기 위하여 획을 생략하거나 단순화한 속자俗字와 정자正字를 생략하고 변개變改해서 간편화한 반자半字도 자주 보인다. 또 없애는 부호, 자리바꿈 부호, 끼워 넣기 부호 따위 교정부호校正符號도 있다. 그리고 종縱으로 연사連寫를 하는 데서 오는 오자도 혹간 보인다.15)

대체적으로 『선현유음』의 소재 전기소설들은 비교적 선본에 속하는 작품 군과 일치한다.16)

넷째, 필사 작품들, 각 이본 대조 등으로 필사자는 전란으로부터 그리 멀지 않은 시기를 살았던 듯하다. 『선현유음』의 필사 작품으로 미루어 볼 때 필사자의 선집選集에는 두 가지의 얼개를 찾을 수 있다. 하나는 '전란戰亂'이고 다른 하나는 '애정愛情'이다. 17세기에는 국문소설과 애정소설이 상당 수 유통되던 시기였고 그 주제 또한 광범위하였다. 그런데 이 작품집에는 유독 이러한 작품들이 필사되어 있다. 임란壬亂과 병란丙亂을 배경으로 한 〈최척전〉과 전란삽화戰亂揷話를 넣은 〈주생전〉17)·〈운영전〉18)·〈왕경룡전〉19)의 시공소時空素는 '전란'이다. 그리고 〈주생전〉·〈운영전〉·〈최현전〉·〈상사동기〉·〈왕경룡전〉·〈최척전〉 등은 모두 '애정'을 다룬 전기소설들이다. 임란 후의 피폐

---

15) 예를 들어 '辜'를 '古事'로 쓰는 따위이다.

16) 이에 대해서는 2.에서 구체적으로 살펴보겠다.

17) 〈주생전〉의 후일담은 주생이 임란으로 조선에 온 이야기이다.

18) "게다가 지난 병화(兵火) 후 아름답고 빛나던 집들은 재로 되고 담은 무너지고 헐었는데도, 오직 섬돌에는 꽃들이 만발하여 향기를 내고 뜰에는 풀들이 무성하군요. 봄빛은 옛날의 정경을 바꾸지 않았으나 사람의 일만 이와 같이 쉽게 변한 것이오(況 經兵火之後, 華屋成灰, 粉墻堆毁, 而唯有堦花芬茀, 庭草敷榮. 春光不改昔時之景, 而人 事之變易如此)."

19) "옥단의 한 아들은 이름이 아무개인데, 안찰사(按察使)가 되어 만력(萬曆) 1599년 에 조선의 동방 왜란 정벌 전쟁 감독을 하였다(檀之一子名某, 爲按察使, 萬曆己亥年間, 監東征(役)於朝鮮)."

한 현실, 그리고 전란의 시름을 달래려는 필사자의 의식이 이러한 소설들을 선집한 것은 아닐까 한다. 무던히 고민한 듯싶다.

따라서 지금까지의 정황으로 미루어 보건대 필사 시기는 정황적으로는 17세기 정도로 좁혀진다. 여기서 "世在癸丑"이라는 간지干支를 고려한다면, 1673년이다.

다섯째, 17세기는 한문소설집 필사의 동기화同期化(synchronization)[20]를 보인다. 이『선현유음』의 발굴로 17세기 우리의 소설사에서는 동기화현상을 볼 수 있다. 즉 17세기 고소설의 동기화란 '소설집의 출현'이다.

우리나라의 한문소설필사집, 혹은 창작집은 유독 17세기를 중심으로 산견散見된다. 명종 연간明宗年間(1546~1567)으로 추정하는『매월당금오신화梅月堂金鰲新話』[21]를 필두로 1553년 신광한申光漢(1484~1555)의『기재기이企齋記異』[22]가 16세기를 이끌었다. 17세기 중엽 김집金集(1574~1656)의 김집수택본金集手澤本[23], 1630년 어름의『화몽집花夢集』[24]이

---

20) 동기화(同期化, synchronization)란, 독립된 2개 이상의 주기적인 사건을 적절한 방법으로 결합, 제어함으로써 일정한 위상 관계(位相關係)를 지속시키는 일이다.

21) 尹春年編輯本,『梅月堂金鰲新話』, 大連圖書館所藏.
　　卷頭: 梅月堂先生傳(尹春年), 目次, 本文(半葉10行18字), 版心『金鰲集』. 卷頭3葉, 本文51葉, 卷頭1葉, 卷末1葉 혹은 2葉以上 缺張.

22) 『企齋記異』는 전기소설집으로〈安憑夢遊錄〉·〈書齋夜會錄〉·〈崔生遇眞記〉·〈何生奇遇傳〉등의 작품이 수록되어 있다. 그리고 그 뒤에 申濩가 쓴 跋文이 있어서 조선 明宗 8년(1553)에 간행된 사실과 더불어 개략적인 간행 경위를 알 수 있다. 이 작품집의 異本으로 일본 天理大 今西龍文庫本과 서울대 奎章閣本 그리고 고려대 晩松文庫本 등이 존재한다. 규장각본과 금서룡문고본은 筆寫本으로 木版本인 만송문고본보다 탈락된 부분이 많고, 특히 규장각본에는〈하생기우전〉이 누락되어 있으며,〈愁城志〉에 이어〈서재야회록〉·〈안빙몽유록〉·〈최생우진기〉등의 순으로 수록되어 있다.〈안빙몽유록〉의 경우는 번역되어 필사된 한글본이 최승범에 의해 학계에 처음으로 소개되기도 했다. 유정일(2002),「企齋記異의 傳奇小說的 特性에 관한 연구」, 동국대학교 박사논문, 4쪽 참조.

23) 각주 3) 참조. 더 자세한 것은 정학성(2000),『역주 17세기 한문소설집』, 삼경문화사 참조.

24) 각주 3) 참조. 더 자세한 것은 김춘택(1993),『우리나라 고전소설사』, 한길사, 205쪽; 蘇在英(2002),「筆寫本 漢文小說『花夢集』에 대하여」,『한국학연구』第二号, 大學

있고 1678년 이후로 추정하는 『삼방요로기三芳要路記』[25] 등이 17세기의 한문소설필사집이다. 그리고 시기를 알 수 없는 정경주본[26]과 이헌홍본[27] 등이 그 뒤를 잇고 있다. 한글소설집으로는 묵재默齋 이문건李文楗(1494~1567)의 『묵재일기默齋日記』[28], 1848년으로 추정되는 방각본坊刻本 『삼설기三說記』[29], 19세기 말 『여선담전呂善談傳』[30] 등이 이미 학계에 보

社 참조.

25) 이 소설집에는 〈왕경룡전(王慶龍傳: 옥단전)〉, 〈유영전(柳泳傳: 운영전)〉, 〈상사동기(相思洞記: 영영전)〉 등 소설과 박두세(朴斗世, 1654~1733)가 1678년 쓴 〈요로원기(要路院記)〉가 筆寫되어 있다.

26) 이 소설집에는 〈왕경룡전〉, 〈상사동기〉, 〈주생전〉, 〈원생몽유록〉이 筆寫되어 있다. 『선현유음』과 비교해본 결과 〈왕경룡전〉은 字句의 등락 정도만 보일 뿐 큰 경개가 없으며, 〈상사동기〉는 김 진사와 영영을 만나기까지가 落張되었으나 자구의 출입이 거의 없는 것으로 미루어 한 저본을 대상으로 하였음을 알 수 있다. 〈주생전〉은 여주인공의 이름을 『화몽집』에서는 '裵桃'로, 김구경본에서는 '俳桃'되어 있는 것이, 정경주본에는 '裵桃'와 '俳桃'가 혼용되어 있지만 전반적으로 『선현유음』과 동일하다. 정경주본의 필사 상한선은 현재 18세기 초엽까지 추정하고 있다. 이에 대해서는 鄭景柱(1999), 「筆寫本 漢文小說集『草湖別傳』解題」, 『漢文古典의 文化解釋』, 慶星漢文學研究會, 237~245쪽과 같은 책에 影印된 『草湖別傳』 참조.

27) 이 소설집에는 〈왕경룡전〉, 〈상사동기〉, 〈주생전〉 등 세 편이 筆寫되어 있다. 『선현유음』과 비교해본 결과 〈왕경룡전〉은 경룡이 酒樓까지 가는 과정이 落張되었으나 字句의 등락 정도만 보일 뿐 큰 경개가 없다. 〈상사동기〉는 자구의 출입이 거의 없는 것으로 미루어 한 저본을 대상으로 하였음을 알 수 있다. 〈주생전〉은 國英이 주생에게 공부를 배우게 되는 부분이 빠져 있지만 전반적으로 『화몽집』과 유사하다. 다만 여주인공의 이름을 『화몽집』에서는 '裵桃'로, 김구경본에서는 '俳桃'되어 있는 것이, 이헌홍본에는 '裵桃'로 되어 있어 『선현유음』과 동일하다.

28) 『묵재일기』 3책(1546~1547)의 이면에는 한문소설 〈설공찬전〉, 〈주생전〉의 국역본(국문본), 〈왕시전〉·〈왕시봉전〉·〈비군전〉 등의 국문·국역소설이 필사되어 있다. 이에 대해서는 이복규(1998), 『초기 국문·국문본소설』, 박이정, 참조.

29) 이 소설집은 坊刊本으로 제1권에는 〈三士橫入黃泉記〉, 〈五虎大將記〉, 제2권에는 〈西楚覇王記〉, 〈三子遠從戒〉, 제3권에 〈黃州牧使戒〉, 〈老處女歌〉 등 여섯 편이 필사되어 있다. 『삼설기』에 대해서는 민찬(1995), 『조선후기 우화소설 연구』, 태학사, 77~88쪽; 이창헌(2000), 『경판방각소설 판본 연구』, 태학사, 107~119쪽 참조.

30) 이 소설집은 국문본으로서 〈呂善談傳〉, 〈湖州冥報錄〉, 〈雲水傳〉, 〈芍浦奇遇錄〉 등 네 편이 필사되어 있다. 『呂善談傳』에 대해서는 李樹鳳(1998), 「古小說 短篇集『呂善談傳』연구(1)」, 『韓國 古小說과 敍事文學』(上), 集文堂, 455~477쪽; 이수봉(2000), 「『呂善談傳』外 作品 解題 및 原文」, 『古小說研究』, 월인, 203~211쪽과 같은 책에 影印된 『여선담전』 참조.

고되어 있다.31)

그러나 16세기의 『금오신화』와 『기재기이』가 출간된 작품집이고 한글소설을 제외한다면, 한문소설필사는 시기적으로 17세기에 집중적으로 보인다. 또 이들 17세기 필사집의 공통점은 모두 두세 편 정도의 같은 작품이 수록되어 있는데, 특히 애정전기소설이 중복 필사되어 있다. 예를 들면, 〈주생전〉은 김집수택본, 『화몽집』, 『묵재일기』에 보인다. 〈상사동기〉는 김집수택본, 『삼방요로기』, 『화몽집』에 보이고 〈운영전〉은 『화몽집』, 『삼방요로기』에 〈왕경룡전〉은 김집수택본, 『삼방요로기』에 필사되어 있다. 특히 김집수택본(온전히 필사된 것은 7편)과 『화몽집』에는 9편이라는 다량의 한문전기소설이 선집 필사選集筆寫되어 있다. 더 많은 탐색과 정밀 작업이 이루어진 뒤에 내려야 할 결론이겠지만, 현재 우리의 고소설사에서 이러한 현상은 분명히 17세기에만 한정하는 주목할 만한 동기화 현상이 아닌가 한다.

『선현유음』은 바로 이러한 17세기 한문전기소설집의 동기화 성격을 온전히 갖추고 있다. 8편에 달하는 작품이 온전히 선집필사되어 있으며, 〈주생전〉, 〈상사동기〉, 〈운영전〉, 〈왕경룡전〉이 다른 필사집들에도 수록되어 있고 영웅소설인 〈최선전〉은 김집수택본에 보인다. 이것은 그만큼 『선현유음』과 다른 소설집과의 필사 시기가 멀지 않다는 반증反證이 아닐까 한다. 특히 이 『선현유음』에는 〈최선전〉과 〈강산변〉 2편을 제외하면 6편이 애정소설이라는 점이 더욱 그렇다.

따라서 유통과정과 필사자가 작품들을 읽고 필사할 만한 시간성, 『화몽집』의 필사연대가 1630년 여름이라는 점과 애정소설의 필사 시기가 17세기를 정점으로 한다는 점 등을 감안한다면, 이 『선현유음』의 필사 시기 또한 17세기로 추정하는 것에 큰 무리는 없을 듯하다.

여섯째, 17세기 말, 어·초(漁·樵)라는 문화현상을 담은 〈강산변江山辨〉이 필사되어 있다. 〈강산변〉은 어자漁者와 초자樵者가 등장하여 강

---

31) 金興圭 외(2000), 앞의 책 참조.

과 산의 우열을 논하는 어·초류계열漁·樵類系列의 우언寓言이다. 그리고 이러한 〈강산변〉과 동일한 문화론적인 시각에서 회화에 나타난 것이 일군의 〈어초문답도漁樵問答圖〉이다. "현존하는 어초문답도는 16세기 말에서 17세기의 작품들이 주"32)를 이루고 있다. 이명욱李明郁(1640 경~?), 홍득구洪得龜(1653~?), 윤두서尹斗緒(1688~1715) 등의 〈어초문답도〉가 그 대표적인 예이다. 〈강산변〉과 〈어초문답도〉는 어자와 초자의 산수관山水觀과 의의, 문답問答의 소통疏通과 지양止揚 등 중세의 문화론적 우의寓意를 분명히 공유하고 있다.

일곱째, 『선현유음』의 여기저기에서 산견되는 이면에 기록된 어휘들을 통해서이다. 가장 대표적인 것이 표지와 첫 장 사이의 귀퉁이에 보이는 "古談冊"이라는 어휘이다. 필사자는 『선현유음』을 고담으로 인식한 것이 분명하다. '고담'이란 용어가 처음 공적인 문헌에 보이는 것은 기대승奇大升(1527~1572)이 『삼국지연의三國志演義』를 예로 들며 소설의 폐단을 공격하는 1569년 『선조실록』33)이다. 이후 소설을 포함하는 용어로는 박두세朴斗世(1650~1733)가 1678년에 지은 『요로원야화기要路院夜話記』에 보인다. 그리고 이 용어는 18세기 이후에는 문헌에서는 거의 찾아보기가 여의치 않은 것으로 미루어, 17세기라는 시기성을 지닌 어휘이다.

지금까지 이 글은 일곱 항을 들어 『선현유음』의 필사시기를 추정하려 했다. 어디까지나 추론推論이기에 어느 것 하나 확실한 것은 없다. '여드레 삶은 호박에 도래송곳 안 들어갈 소리'가 적절한 비유일 듯하다. 하지만 현재 위의 여러 준거準據와 "世在癸丑"이라는 간지干支의 1853, 1793, 1733, 1673년을 고려하는 것 외에는 별다른 비책이 없다. 따라서 1673년, 즉 17세기 중엽에서 말엽에 『선현유음』이 필사되었을 것으로 비정比定한다. 이렇게 본다면 17세기 중엽의 우리 고소

---

32) 金珠連(1996), 「朝鮮時代 漁父圖에 대한 研究」, 이화여자대학교 석사논문, 79쪽.
33) 『선조실록』 2년 6월 20일(임진)의 기록 참조.

설사는 한문전기소설필사집의 동기화同期化 현상이 더욱 뚜렷해진
다.34) 설혹 이 모든 것을 십분 양보하더라도 이 소설집이 17세기 애
정소설집이라는 것만큼은 분명하다.

아울러 〈최현전崔灝傳〉과 〈강산변江山辨〉 또한 정황적으로 17세기 중
엽에서 말엽 정도의 작품으로 보고자 한다. 현재까지 이 두 작품은
학계에 소개되지 않았다. 따라서 『선현유음』 필사자의 녹록치 않은
소설 독서편력과 필사 경험을 지니고 있다는 점을 충분히 고려한다
면, 이 두 작품은 필사자의 창작이 아닐까 한다.35) 『선현유음』 필사자

---

34) 여러 정황으로 미루어 볼 때, 이 소설집의 필사 시기는 1621년 이전으로 올려 잡을
수 없는 것은 분명하지만, 17세기 이하로 끌어내릴 만한 증거도 없다. 그렇다고 17세
기 이후로 필사시기를 추정할 만한 '證據의 不在'를 들어, 이 『선현유음』의 필사시기
를 17세기로 '比定하려는 證據'로 삼는 것도 아니다. 다만 여러 정황으로 미루어 볼
때, 17세기에 필사되었을 蓋然性이 현재로서는 설득력 있는 견해라고 생각할 뿐이다.
이에 대해서는 논의가 있을 줄 믿는다. 나 역시 하나의 의견만을 제시한 것이기에
연구자에 따라서 『선현유음』의 필사 시기는 오르내림이 있을 것이다. 많은 고소설
연구자들의 질정을 기대한다.

35) 필사자의 작품일 것이라는 추정은 〈최현전〉이 더욱 강하다. 우선 그 이유 중 하나
는 다른 필사 작품들에 비하여 〈최현전〉이 재미는 충분한데 작품성은 많이 떨어진다
는 점이다. 필사자는 위에서 살핀 바처럼 전기소설에 대한 식견이 풍부하였다. 그런
데 왜 이러한 수준의 작품을 선집, 필사하였을까? 〈최현전〉에 대한 애착이 없이는
선집경위를 언뜻 이해하기 곤란한 문제다. 필사자가 전기소설의 독서편력을 통하여
창작한 작품을 필사하는 차제에 슬며시 넣은 것은 아닐까? 또 〈최현전〉과 〈강산변〉
을 〈운영전〉과 〈상사동기〉라는 당대 최고의 애정전기소설 사이에 위치시켰다는 것
은 상당히 의도적이라 여겨진다. 필사집이라는 점을 감안한다면 차례도 많은 고민이
있었을 법하다. 따라서 다소 작품적 역량이 떨어지는 필사자의 작품을 두 작품 사이
에 적절하게 끼워 넣어 相殺를 꾀하였다고 볼 수 있다. 〈최현전〉과 〈강산변〉에서는
筆寫를 하는 데서 오는 誤字, 衍文 따위 가 보이지 않는다는 점도 그렇다. 『선현유음』
은 방대한 양을 혼자 필사를 하여서인지 오자와 탈자 등이 가끔씩 보이는 것이 티다.
그런데 이 두 편에는 거의 보이지 않는다. 〈강산변〉은 아주 짧은 분량이라 치더라도
〈최현전〉에서는 두어 군데는 보여야 하는 데, 없다는 것이 또 하나의 방증이 아닐까
한다. 그리고 또 현재 두 작품 모두 학계에 이본이 전연 소개되지 않았다는 점도 이유
중 하나다. 만약 당시에 널리 유포되었던 작품이라면 지금까지 고소설사 속에서 이름
도 남겨 놓지 않을 수 있었느냐는 점이다. 사실 〈최현전〉은 재미로 따지면 어느 작품
못지않기에, 여러 사람이 읽었다면 반드시 그 이본들이 존재하였을 것이다. 또 하나
의 이유는 『선현유음』이 여러 사람의 손때가 묻지 않았다는 점이다. 『선현유음』은
필사되어 묶여진 이후 거의 본 사람들이 없는 것 같다. 대개 소설필사집에는 여러

의 소설에 대한 경험과 소양이라면 충분히 가능한 일이기 때문이다.

이상을 통해볼 때, 필사자는 소설에 대한 나름대로의 뚜렷한 의식이 있는 중인 이상의 신분을 지닌 지식인으로 필사 동기는 후대에 전하려는 의도였으며, 필사 시기는 1767년 여름으로 비정할 수 있다.

2. 이본비평(異本批評)을 통해서 본 의의(意義)

『선현유음』은 작가가 직접 쓴 자필본(自筆本, 原本: 稿本)도 아니고 저본底本의 형식을 그대로 서사書寫하거나 모사摸寫한 것도 아니다. 『선현유음』은 '작품집'이라는 성격 때문에 선집選集에서부터 제책製冊에 이르기까지 필사자의 소설의식이 반영되어 있다. 따라서 한 작품만을 필사한 이본異本보다는 서사書寫에 있어서 저본을 충실하게 전사轉寫하려는 보수성保守性, 의식적 혹은 무의식적 오류인 변이성變移性이 클 것은 자명하다.36) 더구나 『선현유음』은 필사자가 한 사람이기에 그의 잠재의식潛在意識, 기억記憶, 연상聯想이나 그리고 필사기간, 소설의식 등이 작품의 자구字句 속에 어떠한 형태로건 내재해 있을 것이다. 이러한 것은 이본 비교를 통하여 어느 정도는 간취看取할 수 있으

사람을 거친 흔적이 남아 있다. 우선 여러 독서자를 거치는 동안 묵은 손때를 肉眼으로 확인할 수 있을 것이고 또 대개 독서행태로 미루어 閱覽者의 短評이나 身分이 어떠한 형태로든 앞이나 뒤에 기재되어 있다. 그러나 『선현유음』에는 전연 이러한 흔적이 없다. 등잔불이 넘어져서인지 여러 장에 기름이 배었으며, 하단부가 燒失되었지만, 책장의 상태가 깨끗한 것으로 미루어 한 집 안에 오래도록 묵혀두었던 것 같다. 이를 증명할 수 있는 것이 『선현유음』에 보이는 闕字이다. 『선현유음』에는 몇 군데 이 궐자가 그대로 남아 있다. 〈운영전〉의 후미에는 무려 "柳泳亦醉暫睡. 小焉, 山鳥一聲, 覺而視之, 雲烟" 부분이 그대로 闕字되어 있다. 대개 문헌에서 이러한 경우 독서자들이 자기 나름대로 글자를 넣어 필적이나 먹의 변색이 다르다. 이것으로 미루어 보았을 때, 이 소설집은 필사되어 묶인 이후 깊숙이 책을 갊아 두어 거의 읽히지 않았음을 알 수 있다.

36) 寫本의 性質에 관해서는, 柳鐸一(1989), 『韓國文獻學硏究』, 亞細亞文化社, 3~9쪽 참조.

리라 생각한다.

이본 간의 비교는 주로 의도적으로 고치기 전에는 바뀔 수 없는 부분을 중심으로 따라가 보겠다. 즉, 서두序頭와 결미結尾, 고유명사固有名詞, 의도적意圖的으로 내용을 바꾸어 다른 이본異本과 확연한 차이점이 드러난 곳으로 한정한다.

아울러 이 과정에서 우리의 고소설사에서 논의를 재생산할 수 있는 점은 없는지도 살펴보겠다.

1) 〈주생전(周生傳)〉

1593년에 권필이 지었다고 추정하는 삼각三角 애정愛情을 소재로 한 한문전기소설이다.

현재 〈주생전〉은 한문필사본으로는 김구경본(문선규본), 화몽집본花夢集本, 김집수택본金集手澤本, 이헌홍본李憲洪本, 정경주본鄭景柱本 등 5종이 있다. 국역본으로는 묵재일기본默齋日記本이 학계에 소개되었다.

『선현유음』 소재 〈주생전〉의 발굴로 우리 고소설사에서 두 가지 문제점을 거론할 수 있다. 첫째는 〈주생전〉의 작자 문제이고, 둘째는 현재 알려져 있는 이본 계열 중 선본善本 문제이다.

현재 학계의 분위기는 〈주생전〉의 작자를 선조 때의 문인인 석주石洲 권필權韠(1569~1612)[37]로 단정 짓고 있다. 이에 대한 근거는 크게

---

37) 권필의 본관은 안동이며 자는 汝章. 호 石洲. 鄭澈의 문인. 과거에 뜻이 없어 詩酒로 낙을 삼고, 가난하게 살다가 童蒙教官에 임명되었으나 이를 사양하고 끝내 취임하지 않았다. 江華府에 갔을 때 많은 유생들이 몰려오자 이들을 모아 가르쳤고, 李廷龜가 大文章家로 알려진 명나라 使臣 顧天俊을 접반하게 되어 文士를 엄선할 때 야인으로서 이에 뽑혀 문명을 떨쳤다. 이에 앞서 임진왜란 때는 主戰論을 주장하였고, 광해군 초에 權臣 李爾瞻이 교제하기를 청하였으나, 끝내 거절하였다. 광해군 妃 柳氏의 아우 柳希奮 등 戚族들의 방종을 宮柳詩로써 비방하자, 광해군이 大怒하여 詩의 출처를 찾던 중, 1612년 金直哉의 獄에 연루된 趙守倫의 집을 수색하다가 그의 시가 발견되어 親鞫 받은 뒤 유배되었다. 귀양길에 올라 동대문 밖에 이르렀을 때 사람들이 주는 술을 폭음하고 이튿날 죽었다. 1623년 仁祖反正 후 사헌부지평에 추증되었으며, 光州

세 가지 점에서다. 우선『석주집石洲集』의 여러 시들과 유사점이 있다는 점38)과 〈주생전〉의 작품 내적 주제의식主題意識과 미적美的 기조基調가 일치된다는 점39)을 들 수 있다. 물론 이들 견해는 현재까지 타당하나 결정적인 논고가 되지 못하는 추정 단계임 또한 분명하다.

따라서 좀 더 확실한 것은『화몽집』에 씌어져 있는 "계사년(1593)년 음력 5월에 무언자無言子 권여장權汝章이 썼다癸巳仲夏, 無言子權汝章記."라는 기록이다. 현재 후지가 기록되어 있는 것은『선현유음』을 포함하여 화몽집본, 이헌홍본, 정경주본 등 네 본이다. 이헌홍본과 정경주본은 똑같이 "계사년 음력 5월에 무언자가 전한다癸巳仲夏, 無言子傳."라 하였고 선현유음본에는 "계사년 음력 5월에 썼다癸巳仲夏 序."라고만 적혀 있다. 이로 미루어 보면 〈주생전〉의 저작연대는 '癸巳仲夏', 즉 1593년이 확실하다.

문제는 화몽집본을 제외하면 모두 "權汝章이 썼다."라는 기록이 없다는 것이다. 앞에서도 살핀바,『선현유음』은 작자의 독서 편력 중 일부를 선집選集하였다.『선현유음』필사자의 소설편력은 의심할 필요가 없을 것 같다. 더구나 〈상사동기〉의 작가는 성삼문成三問(1418~1456)으로, 〈왕경룡전〉의 작가는 주지번朱之蕃40)이라 적시摘示까지 하고 있다. 만약 〈주생전〉이 정말 권필의 작이라면 당시를 풍미하였던 대문호를 필사자가 모를 리 없을 터이다. 더구나 "癸巳仲夏 序."는 필사하고 "無言子權汝章."만 쓰지 않았다는 것은 의문을 갖게끔 한다.

雲巖祠에 배향되었다.

38) 이종묵(1991), 「주생전의 미학과 그 의미」, 『관악어문연구』 16집 등이 있다.

39) 文範斗(1996), 『石洲權韠文學의 硏究』, 국학자료원, 208~243쪽.

40) 명나라 때의 학자로, 자는 元介, 호는 난우이다. 萬曆 23년(1595)에 벼슬길에 올라 禮部右侍郎을 지냈다. 우리나라에 사신으로 다녀갔으며, 이때 우리나라 학자들과의 교류가 많았다. 허균은 1606년 명나라 사신 朱之蕃을 영접하는 종사관이 되어 글재주와 넓은 학식으로 이름을 떨치고, 누이 난설헌의 시를 주지번에게 보여 이를 중국에서 출판하는 계기를 만들기도 하였다. 그는 또 그림과 글씨에 뛰어났으며, 골동을 사 모으는 취미도 지녔다 한다. 지금의 평안남북도와 자강도에 소재한 '연광정'에는 주지번이 썼다는 '第一樓臺'라는 현판도 걸려 있다는 등 꽤 많은 일화를 남겼다.

여러 가지 상황논리가 있겠지만, 본고는 고의적故意的이거나 실수失手41)라기보다는 필사자가 저본底本〈주생전〉에 작가가 기록되어 있지 않았을 가능성이 더욱 합리적이라는 견해이다.

이에 대한 단서는 이헌홍본을 통해서도 보인다. 이헌홍본〈주생전〉은 여주인공 '비도裵桃'라는 이름만 『선현유음』과 동일하고 국영國英이 주생에게 공부를 배우게 되는 부분이 빠져 있다. 하지만 전반적으로 『화몽집』과 유사하다. 그런데 정경주본과 똑같이 "癸巳仲夏, 無言子傳."이라고 하여 '-無言子.'라는 기록까지만 적고 있다.

이렇게 본다면 화몽집본을 제외한 다른 본 모두 〈주생전〉의 작가를 석주 권필로 규정하는 데 반드시 필요한 '여장汝章'이라는 자字가 없다. '무언자無言子'는 노장老莊사상을 담고 있는 호로 당시에 많은 사람들이 흔히 사용하였다. 그렇다면 『화몽집』에 "無言子權汝章."이 첨삭되어 있는 것은 권필이 필사하며 자신의 호를 기록하였을 수도 있다는 점이다.

결론적으로 〈주생전〉이 권필의 작품이라는 증거는 『화몽집』만 적혀 있는 것이다. 따라서 어디까지나 "無言子 權汝章이 썼다無言子權汝章記."를 "假託으로 돌리지 않는다면"42)이라는 '단서조항'을 선행하였을 때만, 성립될 수 있다. 물론 이 글 역시 아직 어떠한 결론을 내리지 못 하였다. 다만 『선현유음』의 발굴로 〈주생전〉의 작가문제에 대한 재검토가 이루어져야 마땅하지 않느냐는 것이다.

두 번째는 이본에 관한 문제이다. 이해를 돕기 위해 저간의 연구업적을 소략하게 살펴보면 다음과 같다.

김집수택본은 필사가 중단되었으나 김구경본, 화몽집본과 별 다른

---

41) '故意的이거나 失手'라고 볼 수는 없다. 『선현유음』의 교정부호로 미루어 몇 번의 퇴고는 미루어 짐작할 수 있고, 마음먹고 필사하였는데 작자를 고의로 빠뜨렸다는 것은 이해할 수 없기 때문이다.

42) 林熒澤(1992), 「傳奇小說의 戀愛主題와 韋敬天傳」, 『東洋學』 22집, 단국대학교부설 동양학연구소, 33쪽.

경정을 보이지 않는다. 국문본인 묵재일기본은 김구경본, 화몽집본, 김집수택본과 필사 경로를 달리하는 저본底本을 축자적逐字的으로 직역한 것이다. 정경주본은 글자의 오기가 많이 보이는데, 아마도 이것은 화몽집본 계열의 저본을 전사하는 과정에서 생겨난 오류인 듯 하다. 따라서 김구경본과 화몽집본 양자 계열로 대별되며, 화몽집본을 선본으로 보아야 한다.43) 이헌홍본은 '국영을 가르치게 되는 경위', '하신랑사賀新朗詞'의 앞부분, '선화가 주생에게 매실을 던지는 부분' 등이 없어 선본善本으로 문제가 있다.

따라서 이 글에서는 선현유음본, 화몽집본과 김구경본만을 대상으로 한정하였다. 대략 정리하면 다음 〈표 1〉과 같다.

㉮ 서두序頭: 선현유음본만 자와 이름이 바뀌었을 뿐, 세 본 모두 별 차이가 없다.

㉯ 고유명사固有名詞: '비도裴桃'라는 인명人名이 선현유음본, 화몽집본, 김구경본이 각각 '비도裴桃', '배도裵桃', '배도俳桃'로 다르다. 또 선현유음본의 소야란蘇惹蘭/가운화賈雲和/이여숭李汝松 등은 여지없는 오기이다. 김구경본에는 '가운화賈雲華'를 '담운화覃雲和'라고 하였는데, 이것은 원본을 확인할 수가 없어 활자화 과정에서 비롯된 오류일지도 모른다. 결국 선현유음본만 고유명사가 모두 다르다는 것이 흥미롭다. 그런데 이것은 필사자의 단순한 오기로 보기 어렵다. 이를테면 '이여송李汝松'을 '이여숭李汝松'이라고 하였는데, 필사자의 식견으로 보아 당시에 이여송을 모를 리 없다. 더구나 모든 이본에서도 '이여송李汝松'은 동일하다. 따라서 선현유음본에 보이는 고유명사 오기誤記는 필사자의 의도적 변개變改가 아닌가 한다.

㉰ 내용: ㉠은 비도가 승상 댁을 가게 되는 경유, ㉡은 승상 댁의 묘사

---

43) 소인호(2001), 「주생전 이본의 존재 양태와 소설사적 의미」, 『古小說硏究』 11집, 한국고소설학회, 177~200쪽 참조.

부분, ㉢은 '하신랑사賀新郞詞', ㉣은 주생의 고풍시, ㉤은 비도의 유언遺言, ㉥은 창두가 비도의 집에 가서 소식을 가져오는 부분이다.

〈표 1〉

요소 ＼ 이본	선현유음본	화몽집본	김구경본
序頭	周生字直卿, 名檜, 號梅川. 世居錢塘, 父爲蜀州別駕, 因家于蜀.	生名檜, 字直卿, 號梅川. 世居錢塘, 父爲蜀州別駕, 仍家于蜀.	周生名檜, 字直卿, 號梅川. 世居錢塘, 父爲蜀州別駕, 仍家于蜀.
固有名詞	斐桃/叉鬟/蘇惹蘭/賈雲和/李汝松/游擊將軍	裵桃/叉鬟/蘇若蘭/賈雲華/李汝松/遊擊將軍	俳桃/丫鬟/蘇若蘭/覃雲華/李汝松/遊擊將軍
內容	㉠自此, 生爲桃所惑, 遂謝絶人事, 日與桃調琴釀酒, 相與戱謔而已. … 生付囑曰, "辛莫經夜."(110字) ㉡雕欄曲檻, 半隱綠揚紅杏之間, 鳳笙龍管之聲, 隱隱然, 如在半空中. ㉢簾外誰來推繡戶, 枉敎人夢斷瑤臺, 又日却是風敲竹. 還似玉人來. 生卽於簾外微吟曰: 莫言風動竹. 眞箇玉人來. ㉣없음 ㉤없음 ㉥蒼頭已還,	㉠自此, 生爲桃所惑, 謝絶人事, 日與桃調琴釀酒, 相與戱謔而已. … 生付囑曰: "辛莫經夜."(108字) ㉡雕欄曲檻, 半隱於綠揚紅杏之間, 鳳笙龍管之聲, 渺然, 如在半空中. ㉢簾外誰來推繡戶, 枉敎人夢斷瑤臺, 又却是風敲竹. 生卽於簾下微吟曰: 莫言風動竹. 眞箇玉人來. ㉣徘徊未忍踏歸路, 落照纖波添客愁. ㉤羅綺管絃, 從此畢矣. 昔之宿願, 已缺然矣. ㉥蒼頭之還, 未及一旬, 蒼頭已還,	㉠日暮, 丞相夫人, 又遣騎邀桃, 桃不能再拒.(17字) ㉡如在空中. ㉢簾外誰來推繡戶, 枉敎人夢斷瑤臺曲, 又却是風敲竹. 生卽於簾微吟曰: 莫言風動竹. 眞是玉人來. ㉣徘徊不忍踏歸路, 落照纖波添客思. ㉤綺羅管絃, 從此畢矣. 夙昔之願, 已缺然矣. ㉥蒼頭之還, 未及一旬, 蒼頭已還,
結尾	余閱其詞意, 懇問不已, 生乃敍其首尾, 如此 … 時年二十七, 眉宇炯然望之, 如畫云. 癸巳仲夏序.(165字)	其詞意, 懇問不已, 生乃自敍其首尾, 如此 … 時生年二十七, 眉字泗然, 望之如畫云. 癸巳仲夏序, 無子子權汝章記.(177字)	余再三諷詠其詞不置, 因探詞中情事. 生於是不敢諱, 從頭之尾細說如右. 因曰: "幸勿爲外人道也." 余已艶其詩詞, 歎奇遇而惝佳期, 退而援筆述之云爾.(60字)

선현유음본에는 ㉢에 한 구절이 더 있고, ㉣과 ㉤은 없으며 ㉥은 누락되어 있는데, 앞뒤 문장으로 보건대 이는 단순히 필사 중 누락인 듯하다. 다소 문제가 될 수 있는 것은 ㉣이다. ㉣은 주생의 고풍시 마지막 구인데, 『선현유음』에는 없다. 그러나 이 또한 선현유음본 저본 〈주생전〉에 없었다기보다는 문맥에 지장을 주지 않아서 필사를 하지 않았거

나 혹은 빠뜨린 것으로 보아야 한다. 또 비교적 선현유음본은 문장의 주어나 허사 등을 많이 보충, 구체적이고 곡진한 표현을 하려 하였으며, 반자半字, 속자俗字 따위가 많고 오기誤記가 더러 보였다. 그러나 이는 필사 중 부득이한 변이성變異性과 처음 필사하는 데 따른 것으로 보아야 할 듯하다.

김구경본은 ㉠과 ㉡이 상당 수 축약되어 있다. 이것은 의도적으로 축약, 혹은 탈자脫字라기보다는 저본에 없지 않았나한다. 왜냐하면 ㉠은 비도가 승상 댁에 가게 되는 경유인데 사실 없어도 내용 전개에 아무런 영향을 주지 않는다. 따라서 의도적으로 축약하였을 개연성이 있다. 그러나 글자수에 있어서 상당한 차이가 있기에 단순한 축약이라거나 탈자라고 보는 것이 여의치 않다. 따라서 의도적인 축약縮約, 혹은 탈자脫字보다는 저본에 없었다고 보는 편이 더 가능성이 있을 것 같다. ㉡역시 같은 방향으로 이해할 수 있다.

이에 반해 화몽집본은 온전한 형태를 보이고 있다.

㉣ 결미結尾: 선현유음본과 화몽집본이 유사한 결말을 보인다. 김구경본은 무려 100여 자 이상 축약된 것을 알 수 있다. 결미는 내용 자체를 달리하는 것이기에 의도적 축약이라고 볼 수는 없다. 이것은 김구경본이 저본이 달랐음을 확연히 보여주는 것이다.

이상을 통하여 선현유음본, 김구경본, 화몽집본의 이본 비교를 해본 결과, 선현유음본과 화몽집본은 자구의 등락만 있을 뿐, 전체적으로 유사하여 한 저본底本을 필사하되 독립적인 변화를 꾀한 동일계열임을 알 수 있다. 이에 반하여 김구경본은 축약이 심하고 부분적으로도 글자의 등락 또한 심하여 『선현유음』, 화몽집본과 계열을 달리한다.

따라서 현전하는 〈주생전〉은 김구경본 계열과 선현유음본, 화몽집본의 두 계열로 나뉠 수 있다. 선현유음본과 화몽집본은 필사 경로만 달리한 동일계열이며, 이헌홍본과 정경주본은 이 두 계열에 속하는 이본을 저본으로 하였을 것이다.

그리고 비교적 최선最善(先)본本은 화몽집본이며, 선현유음본에서는 필사자의 의도적 변개를 제법 볼 수 있다.

2) 〈운영전(雲英傳)〉

17세기 초, 작자 미상의 궁녀宮女들의 애정愛情을 소재로 한 한문애정전기소설로 〈유영전柳泳傳〉이라고도 한다.

〈운영전〉은 액자소설額子小說의 수법을 적절히 살린 우리나라 중편中篇 애정전기소설愛情傳奇小說로 단연 최고 수작秀作이다. 현재 다량의 이본이 학계에 알려졌으며 이본 간의 경개는 없다. 널리 필사 유통된 작품이 이렇게 차이가 없다는 것은 그만큼 작품성이 높다는 반증反證이 아닐까 한다. 현재 〈운영전〉은 한문 필사본으로는 서울대학교 일사문고본一養文庫本, 규장각본, 국립중앙도서관본(2종), 한글학회본, 연세대학교본, 김기동본金起東本 등이 널리 알려져 있다. 한글본으로는 장서각본, 이재수본李在秀本, 김기동본이 있고 활자본으로는 영창서관永昌書館에서 펴낸 〈연정운영전演訂雲英傳〉, 일본의 동양문고본東洋文庫本, 천리대학본天理大學本과 영남대학교본, 정병욱본, 단국대학교 율곡도서관 나손문고본(구 김동욱본) 등 25종44)이 전한다.

지금까지의 연구 성과를 토대로 이본 연구 결과를 살펴보면 다음과 같다.

〈운영전〉의 원본은 한문본으로 보는 데는 의견의 일치를 보고 있다 그러나 최선본最善本 및 이본異本 간 선후 관계, 변이變異 양상樣相 등은 제대로 가려 내지 못하고 있다.45) 현재 한글본은 한문본을 번역한 것이며, 비교적 원본에 가장 가까운 선본으로 판단하는 것은 국립중

---

44) 金興圭 외(2000) 참조.
45) 성현경(1995), 『韓國 옛 小說論』, 새문社, 118쪽.

앙도서관소장『삼방요로기三芳要路記』[46) 소재 〈유영전柳泳傳 즉 운영전 雲英傳〉 정도이다. 그리고 삼방요로기본三芳要路記本에 말미에 "대명 천 계 21년大明天啓 二十一年"이란 필사 기록과 유영이 운영과 김 진사를 만 나 이야기를 들은 날이 "萬曆 辛丑春三月旣望"이라는 기록을 감안하 여, 만력 신축년인 1601년에서 대명 천계 21년인 1641년까지를 〈운 영전〉의 창작 연대로 추정하고 있다.[47)

이로 미루어 현재 〈운영전〉의 창작 연대의 결정적 근거는 "대명 천계 21년大明天啓 二十一年"임을 알 수 있다.

그러나 이 창작 연대 추정은 『화몽집』을 고려할 때, 1641년이 아니 라 적어도 1630년 이전으로 비정批正할 수 있다.

『화몽집』의 필사 연대는 강홍립姜弘立(1560~1627)을 주인공으로 한 〈강노전〉에 강홍립의 무덤이야기가 나오는 것으로 미루어 늦어도 1627년을 막 넘어선 시기인 1630년 쯤[48)이면 무난할 듯하다. 이『화 몽집』에 〈운영전〉이 수록되어 있기 때문이다.

이를 감안 한다면 〈운영전〉 창작의 하한선은 1641년이 아니라 적 어도 1630년 이전이라야 할 것이다.

『선현유음』의 이본 비교는 비교적 선본이라 할 수 있는 국립도서 관 소장『삼방요로기三芳要路記』(古朝48, 198) 소재 〈유영전柳泳傳 즉 운영 전雲英傳〉과 김기동金起東 편(1980), 『필사본고전소설전집筆寫本古典小說全 集』권2, 아세아문화사에 수록된 〈운영전雲英傳〉을 대상으로 하였다.

이본 비교 결과 세 본 모두 별 경정이 없으며, 특히『선현유음』과 김기동본金起東本에 수록된 〈운영전〉은 일부 자를 제외하고는 동일함 을 알 수 있었다.

대략 정리하면 다음 〈표 2〉와 같다.

---

46) 三芳은 〈王慶龍傳〉, 〈柳泳傳〉, 〈相思洞記〉를, 要路記는 〈要路院記〉를 뜻한다.
47) 성현경(1995), 위의 책, 118쪽.
48) 소재영(2002), 「필사본 한문소설『花夢集』에 대하여」, 『東아시아文學 속에서의 韓 國漢文小說研究』, 월인, 183~193쪽 참조.

〈표 2〉

요소＼이본	선현유음본	삼방요로기본	김기동본
序頭	壽成宮, 安平大君舊宅也. 在長安城西寅王山之下.	壽聖宮, 卽安平大君舊宅也. 在長安城西仁王山之下.	壽城宮, 卽平安大君舊宅也. 在長安城西仁王山之下.
固有名詞	景福宮/莊憲大王/成三文(問)	慶福宮/莊憲大王/成三問	景福宮/莊獻大王/成三問
內容	㉠列於銀盤, 以白玉盞酌而飮之, 酒味看饌, ㉡進士初入, 已與侍女相面, 而 ㉢五人招: 은섬→비취→옥녀→자란 ㉣紫鸞招曰: 妾等皆閭巷賤女, … 金生人中之英, … 雲英以深宮怨女, … 雲英無罪, 如可贖, 人百其身. ….	㉠없음 ㉡進士初入, 已與侍女相面, 而 ㉢五人招: 은섬→비취→자란→옥녀 ㉣紫鸞招曰: 今日之事, 罪在不測, 中心所懷, 何忍諱之, 妾等皆閭巷賤女, … 金生乃當世之端士也. … 雲英久鎖深宮, 秋月春花, 每傷性情, 梧桐夜雨, 幾斷寸腸. … 없음….	㉠列於銀盤, 以白玉杯酌而飮之, 酒味看饌, ㉡進士初入, ㉢五人招: 은섬→비취→옥녀→자란 ㉣紫鸞招曰: 妾等皆閭巷賤女, … 金生人中之英, … 雲英以深宮怨女, … 如可贖, 人百其身. ….
結尾	「柳泳亦醉暫睡. 小焉, 山鳥一聲, 覺而視之, 雲烟」滿地, 曙色蒼茫, 四顧無人. (只有金生所記)冊子而已. 泳怅然無聊, 神冊而歸, 藏之篋笥, 或開覽, 惘然自失, 寢(食俱廢). 後遍遊名山, 不知所終.	柳泳亦醉暫睡. 小焉, 山鳥一聲, 覺而視之, 雲烟. 晻色蒼荒, 四顧無人, 只有金生所記冊子而已. 泳怅然無聊, 神冊而歸, 藏之篋笥, 時或開覽則茫然自失, 寢食俱廢. 後遍遊名山, 不知所終云爾.	柳泳亦垂醉. 小焉, 山鷄一聲, 覺而視之, 雲烟滿地, 曙色蒼荒, 四顧無人, 只有金生所記冊子而已. 詠怅然無聊, 神冊而歸, 藏之篋笥, 時時開覽, 惘然如失, 寢食俱廢. 遍遊名山, 不知所終云.

*「」: 闕字되어 있는 것을 이본을 참고하여 넣었다.
　( ): 燒失되어 알 수 없는 것을 이본을 참고하여 넣었다.

㉮ 서두序頭: 선현유음본만 '仁王(旺)山'을 '寅王山'으로 오기하였다. 두 번씩이나 연속으로 필사해 놓고 처음 것만 '仁王山'으로 교열하였다. 인왕산에 대한 이해가 부족한 듯하다. 이로 미루어 보아 이 필사자는 적어도 경기지방京畿地方에 대한 이해가 부족한 것이 아닌가 한다. 당시에 "인왕산 모르는 호랑이가 있나", "인왕산 호랑이"라는 속담이 널리 알려졌는데도, '寅王山'으로 오기한 것으로 미루어 경기지방에 대한 이해를 가늠할 수 있어서다.

삼방요로기본은 壽成宮을 壽聖宮으로 오기하였다.

김기동본은 安平大君을 平安大君이라 오기하였다. 뒤에는 다시 安平大

君으로 쓴 것으로 보아 오기이다.

㉯고유명사固有名詞: 선현유음본은 成三文(問)으로, 삼방요로기본은 慶福 宮으로, 김기동본莊獻大王을 각각 오기하였다.

㉰내용: 선현유음본과 김기동본은 유사하다.

삼방요로기본은 ㉠, ㉢, ㉣에서 다른 두 본과 차이점을 보인다. 특히 ㉢, ㉣은 운영과 김 진사의 만남에 대해 죄를 추궁하자 안평이 招를 올려 변명하는 부분이다. 이 부분에서 삼방요로기본은 선현유음본, 김 기동본과 확연한 차이점을 드러낸다.

㉤결미結尾: 선현유음본에는 「 」부분의 18자가 궐자闕字되어 있다. 왜 그 런지는 알 수 없다. 다만 앞뒤 문맥으로 보아 필사 저본이 탈자脫字되었 거나 훼손되었을 가능성을 생각해볼 수 있다. 이를 감안한다면 김기동 본만이 경미한 차이를 드러내나 결미 전체로 보아 이본 간의 차이로 보기는 어렵다.

따라서 ㉰내용에서 세 이본 간의 차이를 가장 정확하게 찾을 수 있다. 결과는 선현유음본과 김기동본이 동일계열의 저본을 필사한 것으로 보인다. 그리고 삼방요로기본은 또 다른 저본계열이 있을 것 같다.

이외에도 국립도서관소장 조선국초안평대군사적朝鮮國初安平大君事跡 이라고 기재되어 있는 〈雲英傳 全〉(한古朝48~99)은 탈루가 심하고 옥 녀玉女를 옥례玉禮로 적는 등 오기가 여러 곳에서 보인다. 같은 국립도 서관소장 『相思洞記 全』 〈운영전〉(한古 2510 74=複)은 운영 사후死後의 기록이 축약되어 있다.

결론적으로 삼방요로기본 〈운영전〉이 비교적 선본善本이라 할 때, 또 다른 선본 계열로 『선현유음』과 김기동본 계열이 있음을 확인할 수 있었다.

3) 〈상사동기(相思洞記)〉

17세기 전반의 작자 미상의 애정을 소재로 한 한문전기소설이다. 〈운영전〉과 비슷한 서사적 얼개를 갖추었으나 결말은 정 반대인 중편 소설이다.

아쉬운 점은 첫 부분의 박력 있는 전개가 무엇엔가 쫓기는 듯한 결말 부분이다. 그러나 이러한 아쉬움이 있어도 〈상사동기〉의 선정적煽情的인 애정표현, 빠르게 진행되는 서사敍事, 남녀 간의 모험적인 사랑을 그렸다는 점에서 17세기 애정전기소설의 또 다른 편폭篇幅이다.

현재 〈상사동기〉는 한문본만이 남아 있는데, 〈상사동전객기相思洞餞客記〉 또는 〈회산군전檜山君傳〉, 〈영영전英英傳〉이라고도 되어 있다. 현재 18편 정도의 이본이 있으나 각 이본 간에 별 차이가 없다.

권전權佃(1583~1651)의 『석로유고釋老遺稿』[49]와 이건李健(1614~1662)이 〈상사동기〉를 읽은 후 지은 〈제상사동기題相思洞記〉와 〈제전객기題餞客記〉라는 제소설시題小說詩가 1644년에 지어진 것[50]으로 보아 이 작품의 창작 연대는 17세기 초반임이 확실하다.

『선현유음』에서는 〈상사동기〉의 저자를 성삼문成三問(1418~1456)이라고 명시明示하였다. 그러나 필사자가 〈상사동기〉의 저자를 성삼문으로 적은 것은 당시에 소설을 짓거나 필사하는 데서 오는 하층 문화 행위에 대한 방어기제防禦機制로서 이해해보면 어떨까? 〈상사동기〉는

---

49) 『釋老遺稿』 권1에 "내가 병든 지 오래되었다. 병중에 무료한 것이 너무 심하여 아이들을 시켜서 〈상사동기(相思洞記)〉를 읽어 달라고 했다. 김생(金生)과 영이(榮伊)가 이별하는 장면에서는 생각나는 대로 시를 지어 읊어 병을 물리칠 거리로 삼았다 (余罹病久矣. 病中無聊莫甚, 使兒輩讀相思洞. 至金生與榮伊相別之語, 漫吟爲却病之資)."라는 기록이 보인다. 무악고소설자료연구회 편(2001), 『한국고소설관련자료집』 I, 태학사, 252쪽에서 재인용.

50) 金南基(1996), 「李健의 生涯와 '題小說詩'에 나타난 小說觀 考察」, 『韓國漢詩研究』, 태학사, 323~349쪽; 간호윤(2002), 『韓國 古小說批評 研究』, 경인문화사, 256~261쪽 참조.

시대적 배경이 명나라 효종 때인 홍치 연간弘治(1488~1505)으로 우리
나라의 성종成宗에서 연산군燕山君 시기이다. 따라서 조선 최고의 문인
인 성삼문 사후死後이다. 필사자 또한 이를 몰랐을 리는 없기에 성삼
문을 작가로 적시한 데는 은연 중 소설의 문화적 층위를 한껏 올리려
는 의도 정도로만 이해해봄 직하다.51)

〈상사동기〉도 각 이본 간에 차이가 없기에, 비교적 선본인 국립도
서관본과 김기동본만을 대상으로 하였다.

〈표 3〉

요소\이본	선현유음본	김기동본	국립도서관본
序頭	弘治中, 有成均進士金姓者. 忘其名, 爲人容貌粹美, 風度絶(倫, 善屬文, 能笑語, 眞世間奇男子也.	弘治中, 有成均進士金生者. 忘其名, 爲人容貌粹美, 風度絶倫, 善屬文, 能笑語, 眞世間奇男子也.	弘治中, 有成均進士金生者. 忘其名, 爲人容貌粹美, 風度絶倫. 善屬文, 能笑語, 眞世間奇男子.
固有名詞	金姓/莊獲	金生/莊獲	金生/藏獲
結尾	二人相見, 其喜可掬. 生憊氣頓甦, 數日乃起. 自永謝功名, 竟不娶妻, 與英英相終始焉, 平生所與英英, 和唱詩文甚多, 積成卷軸, 而生無子子孫.	二人相見, 其喜可掬. 生憊氣頓甦, 數日乃起. 自此永謝功名, 竟不娶曠, 英英爲良與英英相終始焉, 平生與英, 唱詩文甚多, 積成卷軸, 而無子子孫.	二人相見, 其喜可掬. 生憊氣頓甦, 數日乃起. 自此永謝功名, 竟不娶妻, 與英相 終, 云云.
後識	是以不傳於世, 吁! 可惜哉.	是以不傳於世, 吁! 可惜哉.	없음

*( ): 燒失되어 알 수 없는 것을 이본을 참고하여 넣었다.

㉮ 서두序頭·고유명사固有名詞: 세 본 간에 별다른 차이점이 없다.

㉯ 결미結尾: 국립도서관본만 다른 두 본과 차이점을 보인다. 그러나 이것
은 단순 축약縮約이지 필사 저본底本의 차이로 보기는 어렵다.

전체적으로 세 본을 비교해본 결과, 국립도서관본에 비하여 선현
유음본과 김기동본이 좀 더 동일계열인 듯하며 부연敷衍된 문장을 종

---

51) 이것은 〈왕경룡전〉의 작가를 주지번이라 한 것과도 일맥상통한다.

종 볼 수 있다.

결국 모든 이본들이 큰 경정이 없는 것으로 미루어 〈상사동기〉는 비교적 이른 시기에 한 원본을 대상으로 필사된 이본임을 알 수 있다. 따라서 선본을 가려내는 문제 또한 쉽지 않을 듯하다. 다만 이 글에서 세 본을 비교한 결과는 선현유음본과 김기동본이 전체적으로 정확하기에, 국립도서관본보다는 비교적 선본善本으로 볼 수 있다.

4) 〈왕경룡전(王慶龍傳)〉

17세기 전반에 기녀妓女를 소재로 하여 지은 작자를 알 수 없는 한문전기소설이다. 중편소설로 〈옥단전玉檀傳〉, 〈왕어사경룡전王御史慶龍傳〉이라고도 한다.

현재 학계에서는 〈왕경룡전〉이 『경세통언警世通言』 제24권 〈옥당춘락난봉부玉堂春落難逢夫〉를 개작改作한 작품으로 보는 것이 일반적인 것 같다. 학계 의견을 좇아 〈옥당춘낙난봉부玉堂春落難逢夫〉의 번안창작소설로 인정한다면 이 소설집의 국내 유입과 독서讀書 수용受容하는 데까지의 상거相距로 미루어, 늦어도 1627년 이후 인조 연간(1607~1649)에 〈왕경룡전〉이 창작되었을 것으로 추정할 수 있다. 그러나 〈왕경룡전〉이 과연 풍몽룡馮夢龍(1574~1646)이 천계天啓 갑자년(1624) 출판한 『경세통언警世通言』에 있는 〈옥당춘낙난봉부〉를 본 뒤 저작되었다는 논의는 문제가 있다.

〈옥당춘낙난봉부〉는 이방李昉 등이 편찬한 『태평광기太平廣記』 권484 '잡전기류雜傳記類'의 제1편에 수록된 〈이와전李娃傳〉을 저본으로 창의적 변개된 작품이다. 그리고 이 〈이와전〉은 백거이의 친동생인 백행간白行簡(776~826)의 〈이왜전〉을 대본으로 한 것이다. 즉, 백행간의 〈이와전〉→『태평광기』 소재 〈이와전〉→〈옥당춘낙난봉부〉로 이어진다.

우리나라에서 『태평광기』는 1154년에 황문통黃文通이 지은 〈윤포

묘지尹誧墓誌)에 관련 기록이 처음 보인다. 이후 『세종실록世宗實錄』 (1455~1468) 등 여러 문헌에서 관련 기록을 찾을 수 있다. 이로 미루어 보아 상당히 이른 시기에 〈이와전〉이 우리나라에 수입되어 널리 전사되었음을 알 수 있다. 따라서 〈왕경룡전〉이 단순하게 〈옥당춘낙난봉부〉의 번안창작소설이라는 견해는 수정되어야 마땅하다.

〈왕경룡전〉은 현재 한문필사본으로 김동욱본, 삼방록본三芳錄本, 김집수택본 등 6종과 한글필사본 2종, 그리고 활자본으로 금화산인金華山人(方俊卿)이 1906년 대한일보大韓日報에 연재된 한문현토漢文懸吐 회장체回章體 소설인 〈용함옥龍含玉〉, 1912년 소운紹雲이 회동서관에서 발행한 〈벽부용碧芙蓉〉, 1917년 신구서림에서 간행한 〈청루지열녀靑樓之烈女〉 등 3종이 알려져 있다.

현재 학계의 연구 결과는 각 이본 간 차이가 별로 없으며, 김동욱본 〈왕경룡전〉은 선조, 광해군 연간에, 『삼방록三芳錄』 소재의 〈왕경룡전〉은 선조, 인조 연간에 필사되었을 가능성이 크다고 보고 있다.52) 그리고 삼방록본과 김동욱본 소재 〈왕경룡전〉이 한 조본祖本에서 각각 달리 전사되었으며, 김집수택본이 비교적 두 본에 비하여 선본으로 추정하고 있다.53)

그러할 리 없겠지만, 한 발 양보하여 〈왕경룡전〉이 풍몽룡馮夢龍의 〈옥당춘락난봉부玉堂春落難逢夫〉를 개작改作한 것으로 본다면, 『경세통언警世通言』이 중국에서 간행된 연도가 1624년이라는 점을 고려해야 한다. 그렇다면 늦어도 개작된 시점은 선조·광해군 때가 아닌 1630년 어름 이후의 인조 연간으로 보아야 할 것이다. 즉, 〈왕경룡전〉은 1630년 이전에는 이미 널리 알려져 있었을 것이 확실하다.

『선현유음』에서는 이 작품의 저자를 주지번朱之蕃이라고 하였는데 이에 대해서는 실상을 고증하기 어렵지만 상당히 의미 있는 단서라고

---

52) 송하준(1998), 「왕경룡전 연구」, 고려대학교 석사논문, 5~25쪽.
53) 심경호(2002), 『국문학 연구와 문헌학』, 태학사, 143쪽 참조.

생각한다. 『조선왕조실록』을 보면 주지번은 을미년乙未年(1595)에 장원하였다는 기록이 있고 한림원수찬翰林院修撰으로 병오년丙午年(1606)에 우리나라에 왔다는 기록이 보인다.54) 그리고 『조선왕조실록』에 "중국 사람들이 학사 문장을 꼽을 때는 초광焦竑·황휘黃輝·주지번 세 사람을 든다."55)는 기록과 그 밖의 여러 문헌으로 미루어 꽤 유명 인물이었던 것은 분명한 사실인 듯하다.56) 주지번이 우리나라에 온 것은 그의 나이 49세 때57)인 1606년이기에 『경세통언』의 간행연도인 천계天啓 갑자년甲子年(1624)과 거리가 있다.58)

필사자의 소설선집 등의 독서경험으로 요량하건대, 〈왕경룡전〉이 중국소설이라고 인식한 것만은 분명하다. 따라서 필사자는 명나라 때의 학자로, 우리나라에 사신使臣으로 다녀갔으며, 이때 우리나라 학자들과의 교류가 많았던 주지번이라는 인물을 지은이로 추정하였다고 보인다.

---

54) 『선조실록』39년 1월 23일(임진)에 "朱之蕃은 곧 을미년에 장원한 사람인데 중국의 과거는 우리나라와 달라서 장원은 반드시 가려서 시키므로 이름이 있지 않고서는 할 수가 없습니다. 이것으로 본다 해도 그가 심상한 사람은 아니라는 것을 알 수 있습니다." 같은 해 4월 1일 기록에는 "詔使 주지번 등이 서울에 들어오니 상이 교외에 나가 맞이하였으며," 云云의 기록이 보인다.

55) 『선조실록』39년 1월 23일(임진).

56) 주지번에 대한 기록은 여러 문헌에서 보이는데, 尹國馨의 『甲辰漫錄』에는 다음과 같은 기록이 보이는 것으로 미루어 우리나라에서 그 이름이 궁중은 물론 서민 계층까지 널리 알려졌음을 알 수 있다.
"주지번은 술을 좋아하고 시를 즐겼으며, 또 액자를 잘 썼는데, 우리나라의 재추(宰樞)들과 유연(遊宴)할 적에 친구처럼 하고 붙잡고 장난까지 하였다. 액자를 청하는 사람이 있으면 귀천을 막론하고 붓을 휘두르니, 그의 필적이 거의 중외 인가의 창바람벽에 깔리게 되었고 비갈(碑碣)을 청하는 사람이 있어도 응하지 않는 일이 없었다(朱嗜飲喜詩, 且能額字, 與我國宰樞遊宴, 有同儕輩, 至如戲拏. 人有請額, 則無論貴賤, 便卽揮灑, 筆迹幾遍於中外人家窓壁, 至有以碑碣請者, 無不應之)."
민족문화추진회(1985, 중판), 『국역 大東野乘』제55권, 『甲辰漫錄』, 55쪽 참조.

57) 『연려실기술』15권에 주지번은 진사 조정견(趙庭堅, 1558~?)이라는 사람과 생년월일시가 꼭 같다고 기록되어 있다. 조정견의 字는 公直, 本貫은 白川이다.
민족문화추진회(1984), 『국역 燃藜室記述』IV, 「선조조고사본말」, 109쪽 참조.

58) 이에 대해서 閔寬東(2001), 『中國古典小說史料叢考』, 아세아문화사 참조.

특히 이 소설에서는 '却說'이라는 단어가 보이는데 아마도 우리 고소설 문헌에 보이는 최초의 용어가 아닌가한다. 이 '각설'은 초기 백화소설에 흔히 보이는 용어이다. 16세기까지의 우리나라 전기소설들은 간보干寶(4세기 경)의 지괴소설집인 『수신기搜神記』, 유의경劉義慶(403~444)의 지인소설집인 『세설신어世說新語』, 그리고 〈앵앵전鶯鶯傳〉 등 당대唐代 전기傳奇와 명대明代 구우瞿佑(1347~1427)의 전기소설집인 『전등신화剪燈新話』의 영향을 많이 받았다.

그런데 이 〈왕경룡전〉에 와서 비로소 백화체白話體의 소설적 요소를 보이는데, 그 대표적인 어휘가 '각설'이다.59) '각설'이라는 용어는 물론 전부터 있었으나 "주로 글 따위에서, 화제를 돌려 다른 이야기를 꺼낼 때, 앞서 이야기하던 내용을 그만둔다는 뜻으로 다음 이야기의 첫머리에 쓰는 부사."로서는 사용되었지만, 고소설의 장면場面 전환법轉換法으로 쓰인 것은 이때부터이다. 따라서 이 〈왕경룡전〉에서 우리 소설이 중국문언소설의 모방模倣 단계를 벗어나는 것을 볼 수 있다.

〈왕경룡전〉은 이본 간 차이가 있는데도 선행 연구가 명료치 않다. 이 글에서는 비교적 선본이라고 할 수 있는 김집수택본과의 차이를 중심으로 이헌홍본, 정경주본, 삼방록본, 나손본을 대상으로 살폈다.60)

---

59) 예를 들어, 명말 陸人龍이 지은 白話 단편소설집 『型世言』(1632)에는 '却說'과 '話說'을 두루 사용하였다. 陸人龍 著, 朴在淵 校注(1993), 『型世言』, 江原大學校出版部 참조. 1790년 方孝彦의 『蒙語類解』 '雜語' 항에도 이 용어가 보인다. 한국고전간행회 (1978), 『原本影印 韓國古典叢書 倭語類解』 Ⅶ 참조.

60) 이 자리를 빌리어 흔쾌히 자료를 제공해주신 정경주 교수님과 이헌홍 교수님께 감사드린다.

요소＼이본	선현유음본	이헌홍본	정경주본	삼방록본	나손본	김집수택본
序頭	慶龍姓王, 字時見, 浙江紹興府人也. 小少聰慧, 才思過人. 父魏公, 嘉靖末, 位至閣老.	유실되어 알 수 없음.	慶龍姓王, 字時見, 浙江紹興府人也. 小少聰警 才慧 父魏公, 嘉靖末, 位至閣老.	慶龍字時見, 浙江紹興府人也. 小少聰警 才慧 父魏公, 嘉靖末, 位至閣老.	慶龍姓王, 字時見, 浙江紹興府人也. 小少聰慧 才思過人. 父魏公, 嘉靖末, 位在閣老.	王生名景龍, 字時見, 浙江紹興府人也. 小少聰警, 才氣過人. 父魏公, 於嘉靖末, 位至閣老.
固有名詞	王慶龍/玉檀/韓鷗/旧妻	王慶龍/玉檀/韓偃/旧妻	王慶龍/玉檀/韓(土鷗)/旧妻	王慶龍/玉檀/韓鷗/旧妻	王慶龍/玉檀(丹도 混用)/韓鷗/旧妻	王景龍/玉丹(檀도 混用)/韓鷗/趙妻(旧妻도 混用)
朝雲의 詩	있음	없음	있음	있음	있음	있음
內容	㉠設令(得達於彼, 而)公家有法 ㉡不特有患于此也. 而況娼母多欲 ㉢不圖隣人逢此路上 ㉣烏鳶 ㉤檀曰蘆林之行 ㉥自南而西 ㉦在北樓不下者二年矣 ㉧없음	㉠設令得達於彼, 而公家有法 ㉡不特於此也. 娼家多慾 ㉢不圖隣母逢此路 ㉣烏鳶 ㉤없음 ㉥自南而北 ㉦在北樓不下者二年矣 ㉧時檀年二十五, 慶龍年二十九矣. 到京之日, 復命以歸	㉠設令得達於彼 ㉡積怒於妾而況倡家多欲 ㉢不圖隣母逢此路 ㉣烏鳶 ㉤없음 ㉥自南而北 ㉦在北樓不下者二年 ㉧時檀年二十九矣. 到京之日, 復命以歸	㉠而況, 公家有法 ㉡積怒於妾而況娼家多欲 ㉢不圖隣人逢此路上 ㉣烏鳶 ㉤없음 ㉥없음 ㉦在處北樓不下者已三年矣 ㉧時玉檀年二十八. 到京之日, 復命歸家	㉠抑亦, 公家有法 ㉡積怒於妾而娼家多欲 ㉢不圖隣嫗逢此路上 ㉣烏鳶 ㉤檀曰蘆林之 ㉥自南而北 ㉦在北樓不下者二年矣 ㉧時玉(木丹)年二十五, 龍年二十九矣. 到京之日, 復命以歸	㉠而況, 公家有法 ㉡況娼家多欲 ㉢不圖今日隣母逢此道上 ㉣鳥鴟 ㉤없음 ㉥自南而北 ㉦在北樓不下者三年矣 ㉧時檀年二十五矣. 到京之日, 復命以歸
結末	㉠慶龍及妻已卒, 檀猶在世. 檀二子, 妻之一子, 俱登文第, 歷職淸顯. 檀之一子名某, 爲按察使. ㉡萬曆己亥年間, 監東征役於朝鮮. 妻之一子名某, 爲河南道布政使, 檀之一子又名某, 爲國子司業. ㉢없음	㉠慶龍及妻已卒, 檀猶在世. 玉檀二子, 妻之一子, 俱登文科, 歷職淸顯. 檀之一子名某, 爲按察使. ㉡萬曆己亥間, 監東征於朝鮮. 一子中武進士, 方爲錦衣衛指揮, 妻之一子, 以擧人爲知府. ㉢없음	㉠慶龍及妻已卒, 檀猶在世. 檀二子, 妻之一子第, 歷職淸朝. 檀之一子名某, 爲按察使. ㉡萬曆己亥年, 監東征役於朝鮮國全羅南道原順天府. 妻之一子名某, 爲河南道左布政, 檀又一子, 爲國子司業. ㉢없음	㉠而妻之二子中一子, 及檀之三子中二子, 俱登第淸顯. 檀之一子名某, 爲按察使. ㉡萬曆己亥年間, 監東征役於朝鮮. 妻之一子名某, 爲河東侯左布政, 檀之次子爲國子司業. ㉢未科者以勇力爲突擊將軍多有軍功上嘉之.	㉠今慶龍及妻已卒, 檀猶在世. 檀子二及妻之一子名某, 爲按察使. ㉡萬曆己亥年間, 監東征役於朝鮮. 妻之一子名某, 爲河南道左布政司, 檀之次子, 爲國子司業. ㉢未第各一子, 一以中武進士, 方爲錦衣衛也. 一以擧人爲知府, 妻所生也.	㉠今慶龍及妻皆卒, 丹猶在世. 玉檀子二及妻之一子, 俱登文科, 歷職淸顯. 檀之一子名某, 爲按察使. ㉡萬曆己亥年間, 監東征倭於朝鮮. 妻之一子名某, 爲河南道左布政, 檀之次子, 爲國子司業. ㉢未第各一子者, 中武進士, 方爲錦衣衛指揮使, 皆丹所生也. 一子以擧人爲知府, 妻所生也.

요소＼이본	선현유음본	이헌홍본	정경주본	삼방록본	나손본	김집수택본
後識	嗚呼! 慶龍之聰慧, 玉檀之守節, 離合奇畢. 後之觀此者, 誰無心動哉? 大略如此, 今不盡記.	大略如此, 今不盡記.	없음	慶龍玉檀之大略如斯耳.	大略如此, 今不盡記.焉.	大略如此 今不盡記. (終)
'詞'和答	'滿庭芳'을 인용한 옥단의 시 중 7구가 없다.	온전	온전	온전	모두 없다.	'滿庭芳'을 인용하며 화답한 경룡의 시 중 5구가 없다.

〈표 4〉를 정리해보면 다음과 같다.

㉮ 서두序頭: 선현유음본, 이헌홍본, 정경주본, 삼방록본, 나손본이 비교적 일치하고 김집수택본만 이름이 경룡景龍으로 다르다.

㉯ 고유명사固有名詞: 선현유음본, 이헌홍본, 정경주본, 삼방록본, 나손본이 비교적 일치하고 김집수택본은 玉丹, 趙妻(旧妻도 混用)로 다르다.

㉰ 내용內容: 3본 이상이 겹치는 문장을 보면, 정경주본이 8, 이헌홍본이 7, 삼방록본이 5, 나손본이 4, 선현유음본이 3, 김집수택본이 2로 가장 적다.

㉱ 결말結末: 선현유음본, 이헌홍본, 정경주본이 비교적 일치한다. 삼방록본, 나손본, 김집수택본은 妻之二子와 檀之三子까지 서술되어 있으나, ㉰에서 삼방록본만 축약되어 있다.

㉲ 후지後識: 이헌홍본, 나손본, 김집수택본이 비교적 일치하고『선현유음』, 정경주본, 삼방록본은 각기 다르다.

㉳ '詞'和答: 가장 이본 간의 특징이 뚜렷한 부분이다. 이헌홍본, 정경주본, 삼방록본이 비교적 일치하고『선현유음』, 김집수택본이 일부분씩 누락되었으며 나손본은 모두 없다.

이상을 종합하면 가장 다른 이본들과 두드러지게 변별되는 것은 삼방록본이며, 이헌홍본, 정경주본, 나손본은 비교적 완전한 모습을 갖추고 있다. 따라서 삼방록본의 필사 저본은 다른 본임을 알 수 있으며, 이헌홍본, 정경주본, 나손본은 비교적 후대본으로 보완補完·부연敷衍한 것을 알 수 있다.

남는 것은 선현유음본과 김집수택본인데, 이 두 본은 몇 군데를 빼고는 대략 일치한다. 다만 크게 다른 점은 고유명사와 후지 그리고 '詞'和答이다. 그러나 선현유음본과 김집수택본이 작가의 의도 하에 필사되었다는 점을 감안한다면 고유명사와 후지의 다른 점은 이본 변별에 큰 문제는 아닐 듯하다.

따라서 선현유음본과 김집수택본 간의 변별점은 '詞'和答에서 찾아야 할 듯하다. 즉 시기적으로 다른 이본들의 서지적 사항으로 미루어 비교적 선본인 김집수택본에는 '만정방'을 인용하며 화답한 경룡의 시 5구가 없다. 그런데 선현유음본에도 '만정방'을 인용한 옥단의 시 중 7구가 보이지 않는다. 그리고 이 두 이본의 시들을 합하여야 비로소 이헌홍본, 정경주본, 삼방록본에 보이는 시들에 근접할 수 있다.

이 문제는 단순히 선현유음본과 김집수택본의 필사자들이 고의로 누락시켰다고 하기에는 석연치 않다. 오히려 선현유음본과 김집수택본의 필사원본이 각기 다르다고 보아야 하는 것이 더욱 타당하지 않을까 한다. 즉, 이 두 본에 필사된 〈왕경룡전〉의 조본祖本은 동일본이로되 필사원본은 각각 다르다고 여겨진다.

그렇다면 『선현유음』과 김집수택본이 현재까지의 이본 결과 비교적 선본으로 보아야 할 듯하다.

5) 〈최척전(崔陟傳)〉

〈최척전〉은 학계에서 1621년(광해군 13) 조위한趙緯韓(1567~1649)[61]

---

61) 조선 중기의 문신으로 문산읍 장산리에 묘가 있다. 자는 持世, 호는 효谷, 본관은 漢陽, 揚庭의 아들이며 좌승지를 지낸 續韓의 형이다.

이 임란을 소재로 하여 창작(?)한 한문애정전기소설로 보며 〈기우록奇遇錄〉이라고도 한다.

〈최척전〉은 완벽한 플롯을 지닌 소설이다. 발단서 절정, 결말에 이르기까지 한 치의 빈틈도 없다. 특히 회장체回章體 소설처럼 장면場面 전환법轉換法을 적절하게 사용하여 독자들에게 긴장을 고조시킨다. 표면적인 갈등 대상이 없음에도 긴장감緊張感이 팽팽히 유지되는 까닭은 이러한 잘 짜여진 플롯 덕이다.

〈최척전〉의 시간적 배경은 임진왜란과 정유재란을 관통한다. 그런데도 배일排日 감정感情이 전연 드러나지 않는다. 오히려 중국과 조선에 대한 떨떠름함만 또렷하다. 16말에서 17세기 초, 조선 최대 전란戰亂의 슬픔을 안고 살다간 작가는 그렇게 당시를 본 듯싶다.

〈최척전〉의 이본으로는 가람문고본, 고려대본, 천리대본이 알려져 있다. 지금까지의 연구 성과를 토대로 이본 연구 결과를 살펴보면, 현재 최선본은 천리대본으로 알려져 있다.

이 글에서는 선현유음본, 가람문고본, 천리대본을 대상으로 하였다.

㉮ 서두序頭: 별 다른 차이가 없다.

㉯ 고유명사固有名詞: 선현유음본만 白金二錠, 老酋로 되어 있다.

　　　　　　　　가람문고본만 姚興, 奴酋로 되어 있다.

임진왜란이 일어나던 1592년(선조 25)에 金德齡을 따라 종군하였으며, 1601년 사마시를 거쳐 1609년(광해군 1) 증광문과에 갑과로 급제, 主簿·감찰 등을 지냈다. 1613년 國舅 金悌男의 誣獄이 일어날 때, 같이 등과했던 鄭浹의 무고로 인해 여러 조신들과 함께 구금되었다. 이후 노모를 모시고 남원으로 내려가 은거하였고 오랫동안 벼슬길에 나서지 못했다. 1623년 인조반정으로 재 등용되어 사성에 제수되었다가, 상의원정을 거쳐 장령·집의에 제수되고 湖堂에 뽑혔다. 외직으로 양양군수로 나갔다가 1624년(인조 2) 李适이 난을 일으키자 토벌에 참여하여 경사를 지켰다. 그 뒤 정묘·병자호란 때에도 출전하여 난이 끝난 뒤까지 여러 군사들과 함께 분투하고 돌아왔다.
잠시 벼슬길에서 물러나 있다가 다시 등용되었으며 조정에서 여러 차례 권신들의 실정을 간언하기도 하였다. 동부승지·직제학 등을 거쳐 공조참판을 지냈고, 1646년 자헌대부에 오르고 지중추부사를 역임하였다. 부모에게 지극한 효성을 보였고 글과 글씨에 뛰어났으며 해학에도 능하였다. 저서로 『玄谷集』이 있다.

천리대본만 王隱, 虜酋로 되어 있다.

㉰ 내용內容: ㉠은 옥영과 최척이 편지를 주고받아 결연에 이르는 과정이다. 세 본이 각기 차이를 보인다. 그러나 선현유음본과 천리대본은 차이는 많지만 비슷한 줄거리로 내용에 영향을 주지 않는다. 가람문고본은 이 부분이 아예 없다.

〈표 5〉

이본 요소	선현유음본	가람문고본	천리대본
序頭	崔陟者, 字伯升, 南原人也, 早喪慈母, 獨與其父淑, 居于府西門外, 萬福寺之東.	崔陟, 字伯昇, 南原人, 早喪母, 獨與其父淑, 居于府西門外, 萬福寺之東.	崔陟, 字伯昇, 南原人也, 早喪母, 獨與其父淑, 居于府西門外, 萬福寺之東.
固有名詞	紹興/王明/白金二錠/夢禪/老酋	姚興/王用/白金三錠/夢仙/奴酋	紹興/王隱/白金三錠/夢禪/虜酋
內容	㉠家此主人, 與兄主母家族, 待之甚厚. 將欲爲娘子求婚, 而未得佳婿."…(약 700여 자)… 陟得書喜悅, 請問於其父曰: 聞有寡母自京城 來 寓鄭家者. 有一處子, 年貌俱妙云. 大人誠爲之不肖, 求於上舍. 必不爲疾足之先得." ㉡生纔數月, 慈父戰歿, 骨暴殊方, 魂纏野草, 擧顏宇宙, 何以爲人?…(약 600여 자)… 語音衣服, 俱非鮮倭, 而略與華人相似. 手無兵器, 惟以白梃, 毆打索其貨物. 玉英以華語對曰:	㉠없음……寡母自京城, 來寓鄭家者. 有一處子, 年貌俱妙. 誠爲不肖, 求於上舍. 必不爲疾足者之先得." ㉡生纔數月其貨物. 玉英以華語對曰:	㉠此家主人, 與主母爲族, 故 待之甚厚. 將欲爲娘子求婚, 而未得其可婚處耳."…(약 700여 자)… 陟得書喜畢, 尤極喜悅, 諫告其父曰: 聞有寡居沈氏, 自京城來, 寓鄭家, 而有一處子, 年貌俱佳, 性質溫粹云. 大人試爲不肖, 求婚於鄭上舍. 若或徐緩, 高辛仙我則悔之莫及, 莫如先發." ㉡生纔數月, 嚴父戰歿於他邦, 骨暴異域, 野草纏體. 慈母見背於數歲, 擧目言笑, 頓無生世之心.…(약 600여 자)… 語音非鮮倭兩國人, 略與華人相似. 手無兵器, 惟以白梃, 毆打恐嚇 索其貨物. 玉英以華語對曰:
結尾	"吾等之有今日, 寔賴丈六之陰隲, 而今聞金像, 亦皆毀滅, 無所憑藉. 而神靈之在天, 容有不泯者存. 吾等豈不知所以報乎?" 乃大供具詣廢寺, 齋潔. 陟與玉英, 上奉父母, 下子子婦, 時居于府西舊家. 噫! 父子夫妻舅姑兄弟, 分離四國, 悵望三紀, 經營賊所, 出入死地, 竟畢團圓, 無不如意, 此豈人力之所致. 皇天后土, 必感於至誠, 而能致此奇特之事. 匹婦有誠, 天且不違, 誠之不可掩, 如是夫. 余流寓南原之周浦, 陟時時來訪, 備陳此事, 請記其顚末, 無使堙沒, 余不獲已, 略擧其槪. 天啓元年辛酉二月上.	"吾等之得有今日, 寔賴丈六佛之陰隲, 而今聞金佛, 亦皆毀滅, 無所憑藉, 而神靈之在天, 容有不泯者存. 吾等豈不知所以報乎?" 乃供具詣廢寺, 潔齊修享, 陟與玉英, 上奉父母, 下育子婦, 居于府西舊家. 噫! 父母夫妻兄弟舅姑, 分離四國, 悵望三紀, 經營賊所, 出沒死地, 畢竟圖會, 無一令落, 此豈人力之所致. 皇天后土, 必感於至誠, 而能致此奇異之事, 匹婦有誠, 天且不違, 誠之不可掩, 如是夫. 余流寓南原之周浦, 陟時來訪. 余道其事如此, 記記其顚末, 無使堙沒. 不獲已, 略擧其槪. 天啓元年辛酉二月日素翁題.	"吾等之有此日, 實丈六金佛之蔭隲之恩也. 其可不報恩乎? 乃率二子二媳, 夫妻盛備齋幣, 詣寺致齋, 盡誠建醮. 陟與其處, 上奉父與姑, 下育子與婦, 仍居府西門外舊屋. 偉慶倚紅桃同居陟家, 與之相從始焉. 自官狀聞, 朝家以陟, 特資正憲大夫, 其妻玉英, 封貞烈夫人, 後二年辛酉, 釋禪兄弟, 俱登武科, 而釋宮至湖南兵馬節度使, 蟬冠至海南縣監. 是時, 陟夫妻俱存, 多受榮養, 可稀事夫.

ⓛ은 옥영 일행이 귀국하는 항해 과정이다. ⓖ과 동일하게 선현유음본과 천리대본은 차이는 많지만 비슷한 줄거리이다. 가람문고본에는 없다.

㉣ 결미結尾: 필사자의 감상과 저작동기가 기록된 후지이다. 선현유음본과 가람문고본이 비슷한 결말을 보이며 천리대본은 다르다.

천리대본에는 조정에 상소를 올린 내용과 가족들의 후일 모습이 간략하게 필사되어 있다.

이외에 고려대본은 최척과 옥영이 혼인한 후의 상황이 전체적으로 생략62)되었으나 천리대본과 전체적으로 유사하다.

이상을 통하여 일찍이 알려진 가람문고본은 누락된 부분이 많고 지명 등에 있어서도 오류가 많음을 알 수 있다. 앞으로 〈최척전〉 연구에 관심을 기울여야 할 부분이다. 그리고 다른 두 본과 저본을 달리 한다. 그러나 선현유음본과 천리대본 또한 동일한 저본으로 보기는 어렵다. 우선 선현유음본과 천리대본은 필사자의 의식이 확연한 차이를 보인다. 천리대본보다 선현유음본이 보다 사실적으로 그려져 있다. 또 결말에 있어서도 천리대본은 조정에 상소하는 내용과 가족들이 벼슬 내역을 적고 있음에 비하여, 선현유음본은 가람문고본, 고려대본과 유사한 내용으로 저작동기와 감상자의 소회를 피력하고 있다는 점이다.

이본을 살펴 본 결과 현존하는 〈최척전〉은 세 계열, 즉 선현유음본 계열, 가람문고본 계열, 천리대본과 고려대본 계열로 보아야 한다. 그리고 가람문고본과 고려대본은 일부분 누락되어 있어, 선본은 선현유음본과 천리대본으로 추정할 수 있다.

끝으로 선현유음본에만 작가에 대한 언급이 전혀 없다. 〈주생전〉에서도 살핀바, 이 부분은 여러 가지 문제점을 제공하고 있다. 많은 연구자들의 고민이 필요할 듯싶다.

---

62) 이에 대해 자세한 검토는 閔泳大(1993), 『趙緯韓과 崔陟傳』, 아세아문화사 참조.

6) 〈최선전(崔仙傳)〉

17세기 전반의 작자, 연대 미상으로 최치원崔致遠의 일생을 허구적 구성을 통하여 형상화한 한문전기소설이다.

이 작품은 이른바 '영웅英雄의 일생—生'이라고 하는 줄거리를 지니고 있기에 영웅소설에 속한다.

현재 〈최선전〉은 한문 필사본으로 〈최문헌전崔文獻傳〉, 〈최고운전崔孤雲傳〉, 〈최충전崔冲傳〉, 〈최문창전崔文昌傳〉과 한글 필사본으로 〈최치원전〉 그리고 한글 활자본活字本 따위의 20여 종의 이본이 있다.

이본 연구는 비교적 자세하게 되어 있다. 현전現傳하는 이본은 한문 필사본이 가장 많은데, 대략 김집수택본·국립중앙도서관본(漢文筆寫) 계열, 김기동본·고려대본 계열, 국립중앙도서관본(한글필사)의 세 계열로 나뉘어 진다. 김집수택본 계열이 원본계열이고, 김기동본 계열이 보완, 부연이며, 국립중앙도서관본이 번역, 개작된 계열이다. 선본은 김집수택본으로 보고 있다.[63]

따라서 이 글에서는 원본계열의 김집수택본 소재 〈최문헌전崔文獻傳〉과 보완, 부연계열인 김기동본(『韓國古典叢書』, 大提閣, 1975)에 수록된 〈최고운전崔孤雲傳〉을 대상으로 하였다.

각 본이 너무 달라 서두와 결미, 후지만 살폈다.

대략 정리하면 다음 〈표 6〉과 같다.

㉮ 서두序頭: 김집수택본은 다른 두 본과 완전히 다르다. 이에 비해 김기동본은 선현유음본보다 좀 더 부연되었을 뿐이다.

㉯ 고유명사固有名詞: 나승상羅丞相의 이름은 선현유음본만 다르지만, 나녀羅女 혹은 운영雲英/서왕는 선현유음본과 김기동본이 정확히 일치한다.

---

63) 韓碩洙(1989), 『崔致遠傳承의 研究』, 啓明文化社, 44~45쪽에서 16本을 대상으로, 吳宗根(1995), 『韓國徐事文學의 研究』, 螢雪出版社, 163~202쪽에서 23本을 대상으로 분석하였다.

㉰ 결미結尾: 김집수택본은 다른 두 본과 완전히 다르다. 이에 비해 선현유
음본과 김기동본은 유사하다. 김집수택본만 없다.

㉱ 후지後識: 김집수택본은 후지가 없다. 선현유음본과 김기동본은 유사한
후지가 보이지만, 선현유음본이 더 부연되어 있다.

〈표 6〉

요소　\　이본	선현유음본	김집수택본	김기동본
序頭	昔新羅時, 崔冲. 新除授文昌令, 伏枕不食, 其妻問曰: "得此美官, 至此何憂?"	崔致遠字孤雲, 新羅人也. 文昌令冲之子, 初羅王召拜崔冲爲文昌令, 冲歸家不食而泣. 其妻問其故, 冲曰: "君不聞耶? 吾聞之(文昌令失)其妻者, 以十(千)數. 吾恐見如此之變, 故泣之.	昔新羅時, 有崔冲者. 早登龍門, 蹉跎仕路, 晩除授文昌令, 不堪愁懷, 妻問之曰: "幸而除官, 此爲喜事, 君何爲憂也?"
固有名詞	羅淸業/羅女 혹은 雲英/壻	羅千業/羅女/壻朗	羅千業/羅女 혹은 雲英/婿
結尾	致遠到歸家, 羅丞相(已死, 遂將羅氏, 入伽倻山, 可謂奇矣.	致遠到家, 一家與遠近族親莫不歡喜焉, 羅女終始如一, 敬奉尤愛矣. 致遠棄家求道, 入伽倻山, 不知(所)終也.	致遠歸家, 承相已死. 遂將羅氏, 入伽倻山, 可謂奇矣.
後識	470여 자 남짓의 後識	없음	350여 자 남짓의 後識

*( ): 磨滅되어 알 수 없는 것을 이본을 참고하여 넣었다.

선현유음본과 김기동본은 비교적 등락의 폭은 비슷하지만, 『선현
유음』이 약 8,400여 자, 김기동본이 약 7,600자 남짓이다. 『선현유음』
소재 〈최선전〉이 더 세밀하게 되어 있음을 알 수 있다.

예를 들어 김집수택본에는 최충이 아내를 잡아간다고 두려워하자,
아내가 달래는 부분이나 황제가 치원의 재주를 시험하려 밥에 독물毒
物을 넣는 데 보이는 언어유희가 없다. 반면, 선현유음본은 최충과
아들이 만나는 부분이 있고, 중국 사신과 대화가 길며 천녀 수천數千
이 아니라 수십數+으로 되어 있는 등 비교적 보완補完·부연敷衍된 모습
을 보인다. 또 문장에도 유념하였으며 적당하게 불필요한 곳은 그냥
지나치기도 하였다.

김기동본은 필사 중 누락되어 앞뒤 문맥의 연결이 매끄럽지 못한

부분이 많다. 더구나 뒷부분은 수 백자를 빠뜨리고 필사하는 등의 오류와 와오訛誤도 여러 곳에서 보인다. 따라서 연구자들은 세심히 이본을 살펴야 한다.

선현유음본이 다른 이본과 가장 큰 차이점은 후지後識 부분이다. 이 후지 부분은 마멸磨滅이 너무 심하다. 정덕正德 연간(1506~1521)에 한 초부樵夫가 도끼를 메고 산에 들어갔다가 문장文章 최치원崔致遠과 검은선사檢隱仙師가 함께 앉아 바둑을 두는 것을 보았다는 부분이 있다. 이 부분은 김기동본과 고려대본에 있는데, 선현유음본에 비하여 짧다. 그런데 임진란 뒤에 왜적이 크게 불을 질렀다는 이야기가 나오는 것으로 미루어, 『선현유음』 소재 〈최선전〉은 적어도 임란 후의 본임을 알 수 있다.

결과적으로 선현유음본 〈최선전〉은 김기동본과 김집수택본과 서사적 구조만 일치할 뿐 세부적인 것은 너무 다르다. 그래도 비교적 가까운 것은 선현유음본과 김기동본이지만, 이본 간에는 자구字句 교감이 무의미할 정도이다. 〈최선전〉이 당시에 널리 전사되었음을 알 수 있게 하는 반증이다.

지금까지 선학의 연구 결과와 이 글을 합친다고 해도 선본은 가리기 어렵다. 작품 연구에 고심이 꽤 필요하다.

3. 〈최현전(崔灝傳)〉을 통해서 본 의의[64]

〈최현전崔灝傳〉[65]은 1673년 어름에 창작되었을 것으로 추정되는 작

---

64) 3.은 韓國語文教育研究會(2003), 『語文研究』 118호에 게재된 「崔灝傳 研究」를 수정·보완한 것이다.

65) 현재 우리의 고소설사에서 등재되어 있는 동일 제목 〈崔賢傳/崔玄傳/崔鉉傳/崔顯傳〉과는 전연 다른 작품이다. 지금까지 학계에 알려진 〈최현전〉은 三代의 충절을 그린 영웅소설로 현재 16종의 필사본만 남아 있는데 내용에 차이가 없다. 한글본이 한

자미상作者未詳의 한문단편애정전기소설이다.

『선현유음』의 필사시기를 17세기로 비정比定할 때, 〈최현전〉은 고소설사에 시사하는 바가 크다. 그 이유는 우선 기존의 애정전기소설과는 코드가 다르다는 데 있다. 〈최현전〉은 전기소설의 세트는 분명한데 벌어지는 양상은 설화적說話的이기 때문이다.

우리 고소설사古小說史에서 17세기는 임란壬亂과 병란丙亂을 거치며 소설의 시민성市民性이라는 거대한 문화적 체험을 한다. 다량의 소설 작품이 나왔으며, 소설의 길이도 장편화長篇化가 되는 한편, 국문소설들도 그 모습을 뚜렷이 드러내었으며, 내용적으로도 질적인 향상을 꾀했다. 이 시기를 이끄는 고소설은 한문전기소설, 국문소설, 국문본소설 등으로 소설의 편폭篇幅도 넓어졌다.

살펴보면, 전기소설은 16~17세기 말초末初에 이미 단편을 거쳐 중편을 확립하고 장편화하면서 쇠퇴하는 대신, 국문소설이나 번역翻譯·번안翻案소설들이 그 공백을 메워 가는 일련의 흐름이었다. 주제면에서도 전기소설의 주제인 애정愛情이라는 도도한 흐름이 더욱 강화되는 가운데서도 꿈, 여행, 전쟁, 영웅 등이, 내용면에서도 〈최척전崔陟傳〉과 같이 사실성寫實性이 도드라진 작품들이 17세기 소설을 읽는 키워드로 등장하였다.

그리고 이러한 소설사의 흐름 속에서 미미하지만 〈최선전崔仙傳〉, 〈최현전崔灦傳〉과 같은 작품에서 설화說話가 고소설의 서사敍事 틈새에 끼어들기 시작하였다. 하지만 이러한 우리 고소설사의 흐름 속에서도 아직 그 구심점求心點은 한문전기소설임은 두 말할 나위 없다.

〈최현전〉은 우리의 설화적 세계를 넘나듦을 볼 수 있는 한문전기소설로 이러한 17세기 중엽 이후에 창작되었을 것으로 추정한다. 그러나 이 〈최현전〉에는 17세기라는 시기적 특수성, 즉 '활발한 장르적 운동성 속에서 창작되었다.'는 상식적인 견해로만 넘겨 버릴 수 없는,

---

문본보다 선행하며 18세기 중엽 이전에 성립되었을 것으로 추정하고 있다.

간단치 않은 문제가 있다. 왜냐하면 갈래의 유동성이란 작품의 편폭篇幅이 넓어지는 것뿐만 아니라 다양한 형태의 변모를 초래하기 때문이다.

따라서 〈최현전〉의 설화적 세계를 잘 탐구하면 16~17세기 말초末初나 또 18세기와는 다른 독특한 전기소설을 드러날 것이다. 즉, 〈최현전〉의 설화적 화소에는 충분히 17세기 중엽의 한문소설이 갖고 있는 문화적 관성慣性과 이로부터 벗어나 보고자 하는 작가의식作家意識이 빚은 원심력遠心力이 내재해 있으리라 생각한다.

이 글에서 〈최현전〉을 주목하는 이유가 바로 이 때문이다. 〈최현전〉의 애정전기와 설화적 화소의 다량 삽입은 16~17세기 말과 초를 확실하게 챙긴 한문애정전기소설이 중엽 이후에는 어떻게 변모하였을까를 보여주는 몇 안 되는 사례이기 때문이다.

따라서 이 글에서는 〈최현전〉을 17세기라는 시대적 역동성을 담은 고소설로 보고, 전기소설의 변화와 함께 설화, 국문소설과의 연관성을 고찰하며 끝으로 〈최현전〉의 소설사적 의의를 자리매김해보겠다.

〈최현전〉은 형태적으로는 분명히 한문전기소설에 속한다. 그러나 내용적으로는 설화와 대중성 홍미본위의 설화적 작품으로 국문창작소설과 유사하다.

우리의 고소설사를 한문소설에서, 한문으로 국문소설을 번역한 국문본, 그리고 국문소설의 전개로 재단裁斷한다면 16~17세기는 바로 국문소설을 번역한 국문본이 등장하여 소설의 세계에 대중을 편입시킬 때로 이 세 양상이 나란히 전개되고 있다.

〈최현전〉은 바로 이러한 서사 형태의 중층성重層性을 보이는 소설이다. 〈최현전〉에는 전기소설과 국문소설의 여러 층위가 교직, 착종되어 있다.66)

---

66) 17세기의 한문소설과 국문소설의 交渉과 拮抗 관계를 주목한 논문으로는, 박희병

그런데 『선현유음』은 전형적 틀을 유지한 한문소설필사집이라는 데 문제가 있다. 필사된 작품들도 대부분 17세기를 대표할 수 있는 소설들이다 그런데 왜 이러한 전기소설문법에서 벗어난 〈최현전〉이 필사되어 있을까? 여기서 생각할 수 있는 것이 17세기라는 특수성과 인근 갈래와 교섭, 그리고 전기소설 자체의 변화 따위이다.

알려진 작품이 아니기에 이해를 돕기 위해 〈최현전〉의 서사구조와 유형 층위부터 살펴보겠다.

(1) 〈최현전〉의 서사구조와 유형층위

논의를 진행하기 위해 〈최현전〉의 서사구조를 잘게 쪼개고 이들 층위에 숨어 있는 고소설, 설화와 서사 무가 등을 모두 추출해 도표화해보겠다. 이러한 과정을 통하여 〈최현전〉 서사의 틀을 볼 수 있을 것이다.

〈최현전〉의 서사구조는 다음과 같다.

(1) 秦始皇이 천하를 통일한 뒤에 장성을 축성하려고 정장을 뽑았다.

(2) 洪濃은 나이가 칠순에 가까운데 참여하게 되자, 밤낮으로 통곡하였다.

(3) 홍농에게 아들은 없고 딸이 하나 있는데 이름이 莊이었다.

(4) 장은 나이가 겨우 15세인데 자색이 절륜하였고 효절을 두루 갖추었으 며 또 시부에 능하였다.

(5) 아비가 애통하는 것을 보고 지아비를 찾아 아비를 代役하게 할 것이니 근심 마라고 한다.

(6) 장이 이마에 지아비를 구하는 절구(破字로 된 시임)를 지어 붙이고

(1998), 「한문소설과 국문소설의 관련 양상」과 정출헌(1998), 「17세기 국문소설과 한문소설의 대비적 위상」이 실린 『한국한문학연구』 22집, 한국한문학회 등이 있다. 그러나 작품론을 통하여 설화의 소설화는 자주 거론되었지만 한문소설과 국문소설, 설화를 잇대는 작업은 아직 부족한 실정이다.

수레를 타고 돌아다니나 아무도 이해를 못한다.

(7) 마침 과거를 보러 가는 선비 崔灝이 그 시를 이해하고 답한다.

(8) 아비가 현을 맞이하여 사람됨을 보니 극히 담대하고 호걸스러운 기상이 있었으며 말이 진중한 것이 대장부였다.

(9) 최현이 장의 아비 대신 役을 갈 것을 혼쾌히 허락하고 합환하자고 하나, 장이 "가득 찬 술병에서 술을 덜면 알 수 있으나 반쯤 찬 술 병에서 술을 던들 알 수 있겠습니까."라 하며 올 때까지 기다리겠노라고 한다.

(10) 이별의 시를 주고받고는 장은 떠나는 최현에게 거울을 준다. 그리고 이 거울이 흐려지면 변고가 난 것이라 한다.

(11) 현이 마침내 성을 쌓는 곳에 도착하였다.

(12) 3년이 된 어느 날, 明鏡을 보니 먼지가 끼고 색이 없어지니 놀랍고 슬퍼하며 장계를 올리나 허락하지 않았다.

(13) 구슬픈 시를 읊고는 다시 도감에게 장계를 올리니 허락하여 귀가하였다.

(14) 집에 돌아오니 담은 무너지고 빗장은 땅에 뒹구는데 사람은 보이지 않고 사물은 바뀌었다.

(15) 심사가 낙막하여 몇 차례 시를 읊고는 잠깐 동안 꿈을 꾸었다가 문득 깨니, 동방은 밝으려고 하는데 길이 희미하게 가로질러 있었다.

(16) 그 길을 따라가니 마침내 松庵寺에 도착하였다. 서방정토로 가는 길을 물으니 化主가 절 짓는 것을 도와주면 가르쳐 주겠다고 하여 머물러서 일을 도와준다.

(17) 3년이 되니 화주가 고개를 넘어가서 물어 보라고 하였다.

(18) 현이 고개를 넘어 서방 가는 길을 화주에게 물으니 阮 짓는 일을 도와준 뒤에 가르쳐 주겠다고 하여 머물러서 일을 도와준다.

(19) 3년이 되니 화주가 고개를 넘어가서 물어 보라고 하였다.

(20) 현이 고개를 넘어 서방으로 가는 길을 화주에게 물으니 다리를 조성하는 일을 도와준 뒤에 가르쳐 주겠다고 하여 머물러서 일을 도와준다.

(21) 3년이 되니 화주가 이 산 큰 고개를 넘고 시내를 지나 이 십리쯤

가면 *流沙江*이 있는데, 그 강을 건너면 곧 서방정토라고 한다,

(22) 현이 가보니 과연 유사강이 있었다. 건널 배도 노도 없어 푸른 하늘을 우러러 일심으로 기원하며 시를 읊는다.

(23) 얼마 뒤에 天翁이 나타나서 누구냐고 묻는다.

(24) 현이 사실 이야기를 하자 천옹이 건네주며 자기는 직녀의 남편 牽牛인데, 정상이 위, 아래가 다르지 않다며 건너 주고는 사라진다.

(25) 이에 현이 서쪽을 바라보고 십 리쯤 가니 菩提樹가 있고 그 나무 아래에는 우물이 있었다. 우물의 북쪽 몇 리쯤에는 琳宮이 있는데 梵闕이 극히 장엄하고 화려하였다.

(26) 생이 우물가 나무 위에 올라가니 잠깐 있다가 궁중으로부터 물을 긷는 선녀 여러 명이 나왔는데 그 중 하나가 장이었다.

(27) 장이 우물 속에 비친 현을 발견하여 기쁘게 맞으나, 아직은 때가 아니니 오늘 밤 잠시 나무 위에 있으라고 하였는데, 그날 밤에 근원을 알 수 없는 물이 현의 허리를 넘쳤다.

(28) 다음 날 아침 장이 또 나타나 오늘밤에도 나무 위에 있으라고 하였는데, 그날 밤에 물이 또 넘쳐 현이 나뭇가지를 잡고 견뎠다.

(29) 다음 날 장이 나타나 첫날밤 물은 병이 들었을 때 낭군을 보고 싶은 눈물이요, 마지막 날 밤의 물은 낭군을 보지 못한 통곡의 눈물이라는 설명하고는 정을 나눈다.

(30) 한 餓鬼가 현이 이곳으로 온다는 것을 알고 밤 오경에 잡아먹으려고 하였다.

(31) 장이 이것을 미리 알고 잡아먹지 못하게 종을 친다.

(32) 天帝가 크게 노하여 지난 밤 오경에 종을 친 자를 잡아오라고 한다.

(33) 잡혀 온 장이 인간 세상에 귀향을 갔을 때, 요행히도 최현을 배필로 삼은 연유와 저간의 경유를 말한다.

(34) 천제가 그 말을 듣고 그 정상을 애통히 여겨, 인간 세상으로 돌아가서 살도록 한다.

(35) 두 사람이 마침내 인간 세계로 와서 80세까지 함께 해로하였다.

〈최현전〉의 유형층위類型層位는 다음과 같다.

〈표 7〉

분류	유형과 화소	한문소설·국문소설(국)	설화·서사무가(서)
유형 (type)	1) 만리장성설화	•	〈진시황 설화〉, 〈설씨녀 설화〉
	1)~10) 설씨녀설화	•	〈설씨녀설화〉(설)
	4)~5) 효행설화	〈심청전〉(국), 〈정목란전〉(국)	〈효녀지은〉, 〈바리공주〉(서), 〈안택굿〉(서)
	22) 견우직녀설화	•	〈칠석설화〉
	27)~29) 홍수설화	•	〈고리봉전설〉, 〈남매혼전설〉, 〈장자못전설〉
화소 (motif)	6) 파자시	〈최선전〉, 〈정수경전〉(국)	〈주몽설화〉, 〈원효설화〉
	9) 재치담	〈최선전〉, 〈춘향전〉(국)	說話一般
	10) 거울	〈최선전〉, 〈주생전〉(한), 〈열녀춘향수절가〉(한)	說話一般
	15) 꿈	몽유록계 등 傳奇小說一般, 國文小說一般	說話一般
	16) 아내 찾기	〈최선전〉, 〈왕시전〉(국)	•
	15)~20) 3번	•	설화 일반
	20) 서방정토, 유사강	〈최선전〉	〈지하국대적퇴치설화〉, 〈야래자설화〉
	25) 보리수, 임궁, 범궐 (불교적 소재)	傳奇小說一般, 國文小說一般	說話一般
	26) 우물, 선녀 (도교적 소재)	〈최선전〉, 〈왕시전〉(국), 〈란초재세기연록〉(국)	說話一般
	29) 재생	傳奇小說一般, 〈왕시전〉(국)	說話一般, 〈문전본풀이〉(서)
	30) 아귀	〈김원전〉(국)	〈지하국대적퇴치설화〉

〈최현전〉은 위 표와 같이 설화의 다양한 층위의 유형과 화소가 돋울 새겨져 있다. 그리고 한문전기소설부터 국문소설, 설화까지 서로 유기적有機的인 것을 알 수 있다. 서사 구성상 전기소설의 형식을 그대로 유지하려 하는 가운데, 전기소설의 환상성幻想性과 낭만성浪漫性 삽화揷話 뒤에는 설화적說話的 채색彩色이 짙다.67) 설화소는 〈최현전〉이

---

67) 이러한 점에서 미국의 대중소설가 스티븐 킹의 발언은 우리에게 시사하는 바가

전기소설의 틀에서 벗어나려는 모습이다. 표에서 거론하지 않은 미세한 부분까지 찾는다면 더 많은 설화유형과 화소들이 꼼꼼히 박혀 있을 것이다. 그러나 이러한 설화유형과 화소는 다만 서사전개의 차용借用일 뿐이다. 중심축으로 서사를 이끌지는 못 한다. 이것은 〈최현전〉이 아직도 전기의 틀을 간직하고 있기 때문이다.

좀 더 자세하게 살피기 위하여 중요 유형과 화소를 중심으로 논의를 진행해보겠다.

㉠ 薛氏女說話

〈설씨녀설화〉는 신라 때의 대표적인 설화다. 이 설화는 『삼국사기三國史記』「열전列傳」에 전하는데, 〈최현전〉의 서사유형 층위 1)~10)의 내용과 확적確的하는 것으로 이 소설 전반부를 이끈다. 그렇지만 설씨녀가 보여주는 신의를 남성인 최현이 보여준다는 남녀의 상황 역전, 최현의 아내 찾기 여행이 작품의 주 서사로 등장하고 신의 도움을 받아 혼인을 하게 된다는 결말로 미루어 볼 때, 〈설씨녀설화〉가 〈최현전〉의 중심 서사는 될 수 없다. 다만, 〈최현전〉과 〈설씨녀설화〉 모두에 보이는 '役'의 의미는 꼼꼼히 생각할 필요가 있다. 즉 이것은 바로 서민 계층의 고통에 주목하고 있다는 표현이기 때문이다. 중세의 전기소설, 특히 애정전기愛情傳奇에서도 이 문제의식은 보이지만 그것은 대부분 특수 계층特殊階層, 즉 궁녀宮女나 기생妓生에 제한되는 문제였다.

그러나 〈최현전〉에서는 중세 '民'의 보편적인 문제인 '役'을, 혼사를 막는 반동인물로 설정했다는 것은 의미 있는 화소이다. 이 역에 종사하기 위하여 사랑하는 남녀가 이별을 하여야 한다는 점은 현실

크다. 그는 소설 창작론의 서두를 이렇게 쓰고 있다. "나는 소설이란 땅 속의 화석처럼 발굴되는 것이라고 믿는다. 소설은 이미 존재했으나 아직 발견되지 않은 어떤 세계의 유물이다." 스티븐 킹, 김진준 옮김(2002), 『유혹하는 글쓰기』, 김영사, 169쪽.

의식現實意識[68]이 다소 결핍된 것 같은 〈최현전〉을 새삼 다시 보게 할 수 있기 때문이다.

ⓛ 거울

〈설씨녀설화〉에 보이는 거울은 우리의 설화와 민간에서 신물信物 교환의 옛 풍습을 담고 있는 상징물이다. 〈최현전〉에서 아비의 역과 이를 위해 딸의 지아비가 대신 역의 의무를 지고 떠나는 것, 거울을 신표信標로 주고받는 것 등은 〈설씨녀설화〉의 화소를 전기소설로 그대로 변용한 것임을 알게 하는 징표이다.

다만 〈설씨녀설화〉에서는 이 거울이 신표로 작용하여 혼인하게 되는 반전反轉의 화소이지만, 〈최현전〉에서는 신표가 아니라 연인에 대한 걱정을 알려주는 신물信物로서 작용할 뿐이다. 설화에서와 같이 아내를 만나게 하는 상징성이 없다.

이 거울의 상징성은 고소설에서 불행을 암시하는 상징으로 자주 보인다. 〈최선전〉에서도 최치원이 파경노破鏡奴로 자처하며 아내를 얻는 과정에 이 거울이 등장하고 〈주생전〉에서는 선화가 주생에게 신표로 준다.

ⓒ 홍수

자연현상인 홍수에 관한 제반설화는 세계적으로 산재해 있으며 기본적으로 인간의 죄과罪過를 씻는 의미가 있다. 설화측면에서 홍수는 인간의 자업자득自業自得이다. 따라서 인간은 반성하고 각오하고 이 뒤에 다시 죄를 범하지 않아 신의 심판을 벗어날 선한 인간이 되게 하려는 것이 홍수설화가 노리는 효과이다.

〈최현전〉에 보이는 홍수설화는 최현이 아내를 지켜주지 못한 것에

---

68) 〈壬辰錄〉, 〈朴氏傳〉, 〈林慶業傳〉, 〈洪吉童傳〉, 〈謝氏南征記〉 등은 사회적인 문제들을 밀도 있게 다룬 작품들이다. 특히 〈임진록〉 같은 고소설은 壬辰倭亂 說話와 여러 民衆英雄들이 착종되어 있다.

대한 죄과를 씻는 제의적祭儀的인 의미로 독특한 역할을 한다.

ㄹ 파자시

파자시破字詩는 민간에서 유전하는 화소로 소설의 흥미를 더하고 있다. 파자란, 한자의 자획을 풀어 나누는 것으로 '李' 자를 분해하여 '木子'라 하는 따위이다. 이 파자시는 당시에 민간에 널리 유행하던 하층민들의 상향식 문자 놀음이었다. 파자시·재치담은 이 〈최현전〉에 보이는 설화적 특징을 잘 보여주는 것으로 이 소설이 더 이상 중세의 애정전기소설에만 멈추지 않는다는 뚜렷한 증표證票이기도하다. 파자를 이용한 서사적 전개는 설화나 국문본소설에서 발견될 뿐, 결코 애정전기소설에서 찾을 수 없는 하층기호下層嗜好이기 때문이다. 그 한 예로 〈주몽설화〉의 "藏在七稜石上松下"나 국문소설인 〈정수경전鄭壽景傳〉[69]의 '백지白紙에다 황색黃色으로 죽竹을 그려준 것'에서 범인의 이름이 "白黃竹"이라는 것 따위가 그러하다. 〈최현전〉에서 여주인공인 홍장이 지어 지아비를 찾는 시는 아래와 같이 〈원효설화〉와 거의 흡사하다.

얼굴은 복숭아꽃 빛이고, 지금 나이는 열다섯이라오.
나에겐 주인이 없으니, 그대 지아비가 되어 주오.[70]

누가 내게 자루 빠진 도끼를 빌려 주려나.
내가 하늘 받칠 기둥을 찍어내리라.[71]

---

69) 작자, 창작연대 미상의 고소설로, 경북 안동에 사는 정판서의 아들 수경이 세 차례나 살인자의 혐의를 받고 옥에 갇히어 온갖 고초를 겪지만, 이판서의 딸 이 소저의 도움으로 풀려 나와 형조판서까지 벼슬이 오르고 이 소저와 잘 살게 된다는 줄거리이다. 대부분 이러한 소설들은 삽화 소재가 민간에서 취하였기에 민담, 야담류와 관련이 있다.
70) 顔色桃花色, 時年十五年. 我無主上點, 君作出頭天.
71) 一然, 李民樹 譯(1983), 을유문화사, 322쪽. "誰許沒柯斧, 我斫支天柱"

ⓜ 아귀

아귀餓鬼는 범어의 프레타(Preta)를 옮긴 것이다. 아귀는 배는 수미산만 하고 목구멍은 바늘구멍처럼 작아 항상 굶주려 있으며 먹을 것을 극도로 탐하는 불쌍한 귀신이라고 한다. 우리의 설화, 민담에서는 악의 축으로 자주 등장하는 데, 가장 대표적인 것은 〈지하국대적퇴치설화地下國大敵退治說話〉이다. 〈지하국대적퇴치설화〉에서는 지하국에 사는 餓鬼라는 도적이 지상 세계에 나타나 왕의 세 공주를 잡아가는 반동적 인물로 그려지고 있다. 따라서 〈지하국대적퇴치설화〉에서는 서사를 전개하는 한 축을 이루지만, 〈최현전〉에서는 아귀의 장치가 느슨하다.

결국 〈최현전〉에 보이는 창사創寺, 조교造橋, 성원成院 등 세 번의 로역勞役과 홍수洪水로 인한 고난, 그리고 아귀餓鬼의 등장은 설화적 화소를 혼사장애 모티프에 적절하게 차용한 정도이다.

ⓑ 기타

〈최현전〉의 작가는 자신이 알고 있는 설화를 한문전기소설이라는 갈래에 적절하게 차용하였다. 서방정토西方淨土니, 유사강流沙江 따위의 화소도 이계異界를 찾는 고난여행을 위한 설화적 장치이다. 이계異界의 설정은 16~17세기의 병화를 거치며 당시 사람들이 지향하고 푼 염원의 공간이다. 〈바리데기〉, 〈구렁덩덩신선비〉, 홍수설화 등, 현실계에서 이루지 못한 염원을 고난여행을 통하여 不可知論的 世界에서 성취하려는 異界說話가 〈최현전〉에서 서방정토니, 유사강이라는 화소로 적절하게 굴절되어 나타난 것이다.

또한, 1)의 진시황秦始皇 만리장성 설화, 23)~24)의 견우牽牛의 등장은 중국적 화소이지만 민간에 널리 퍼진 설화로 서민기호에 부합한다.

그러나 〈최현전〉은 여러 설화가 이렇듯 얽혀 있지만 한 설화가 중심을 이루지는 않는다. 설화적 소재들은 다만 서사전개를 매끄럽게 하기 위하여 적절하게 흥미소로 배치配置되어 있을 뿐이다. 따라서 앞에서도 언급한바, 〈최현전〉의 설화들은 대부분 소재적 차원 이상을 넘어서지 못한다. 즉, 〈최현전〉에 보이는 설화적說話的 화소話素는 '설화說話의 소설화小說化'가 아닌, '소설小說의 설화說話 차용借用'이다.

하지만 설화적 색채가 너무 짙어서 전기소설의 양식적 특징과 낭만성, 특히 이미 알고 있는 설화 유형의 구조로 긴장도緊張度가 다소 떨어뜨리는 역기능逆機能도 보인다.

그러나 이러한 설화적 화소의 과잉으로 작품의 완결성完結性이나 재미가 반감하지는 않는다.

마지막으로 이러한 설화소의 삽화는 국문소설이 주로 구연되었다는 점을 상기한다면, 작자는 이 구연口演 가능성可能性을 염두하고 작품에 임했을 가능성이 있다. 실상 이 〈최현전〉이 일반 대중의 손에 읽혔다면 구연하는데 큰 무리가 없는 서사구조이다. 이를테면 세 번의 반복에서 오는 설화성이다.

> 그날 밤에 근원을 알 수 없는 물이 허리를 넘쳤다.
> 다음 날 아침 장이 또 나타나 말했다.
> "오늘밤에도 또 나무 위에서 계시는 것이 좋겠어요."
> 이에 그 나무 위에서 잤다.
> 또 다음날 장이 나타나서 이끌어 갔다.
> 그날 밤에 조수潮水가 또 저절로 넘쳐 생의 허리까지 찼으나, 생이 굳게 나뭇가지를 잡고 있어서 지나갔다.[72]

설화는 기본적으로 반복의 구조를 갖는다. 세 가지의 시련試鍊이나, 세 가지의 소원所願 같은 것이 그것이다. 이러한 반복反復은 기억記憶과 구연口演을 쉽게 하기 위한 것이다.[73]

---

72) 其夜, 無根水, 潑溢過腰. 明朝, 莊又出見曰: "今夜, 亦爲在於樹上可也." 仍於宿樹上宿焉. 又明日, 莊出見率行矣. 其夜, 潮水亦爲溢自而過, 生堅執樹條, 而經過也.

(2) 전기소설과 관련 층위

위에서 살펴 본 것처럼 〈최현전〉은 설화의 다양한 층위가 엿보인다. 이미 애정전기소설과는 사뭇 다르다는 것을 알 수 있다. 더구나 〈최현전〉은 일반적인 전기소설에 비하여 분량도 짧다. 장르적 층위를 면밀히 살핀다면 더욱 17세기의 일반 전기소설과 〈최현전〉이 구체적으로 다른 점을 여럿 발견할 수 있다.

17세기는 소설의 시민성을 획득한 시대이다. 즉, 우리 고소설사에서 '소설小說의 시민성市民性'이란 장르관습으로 볼 때, 전기소설이 쇠퇴하고 국문·국문본 소설이 그 영역을 확장하여 소설의 소유권所有權이 대중大衆으로 등기이전登記移轉을 통보한 시기인 17세기부터 찾을 수 있다. 17세기는 그래서 전기와 국문, 국문본 소설이 제 각기 영역 확장을 꾀하기 위해 다양한 갈래 교섭양상을 보인다. 〈최현전〉은 바로 이러한 과도기적 상황에서 전기소설이 대중성을 획득하려는 노력의 일환으로 보아야 한다. 즉, 〈최현전〉은 국문소설처럼 민중적인 색채의 설화를 한문학으로 흡수하여 창작한 것이다.

그러나 〈최현전〉은 설화적 색채가 짙어도 갈래 귀속은 애정전기소설임이 분명하다. 작자는 애정전기소설이라는 관성慣性의 법칙으로부터 완전히 자유로울 수는 없었다.

예를 들어 남주인공과 여주인공이 헤어지고 만나는 부분은 지극히 전기적이라고 밖에는 설명할 수 없다.

또 절구(絶句)를 지어 이마에 붙였는데, 이렇다.

㉠ 얼굴은 복사꽃처럼 어여쁘고, 지금 제 나이는 열다섯이지요.
나에겐 주인이 아직 없으니, 그대가 지아비 되어 주세요.

---

73) 張德順 외(1983, 중판), 『口碑文學槪說』, 一潮閣, 60~64쪽.

이어 수레를 타고 길을 나서 이리저리 동쪽으로 서쪽으로 돌아다녔다. 그 중 한 유생이 있는데 성은 최(崔)요, 이름은 현(灦)으로 소주(蘇州) 사람이었다. 최현만이 그 시의 뜻을 깨닫고 무리의 뒤에 떨어진 뒤 문에 기대어 시를 읊었다.

ⓛ 단장한 미인을 따라 가고픈 마음에, 몸만 쓸쓸히 문에 기대 있구나.

장이 즉시 답하였다.

ⓒ 갑자기 수레의 뒤가 무거워졌으니, 한 사람의 영혼을 더 실은 것이 겠지.

두 사람이 서로 만나 이야기를 하였다.74)

여주인공과 남주인공이 만나는 부분이다.

그러나 만남의 모양새는 전기소설 문법文法을 따랐으되, 수창시酬唱詩는 영 딴판이다. 홍낭의 구혼시求婚詩는 파자破字(ⓐ)를 이용한 것이고, 이어지는 수창酬唱(ⓛ,ⓒ)은 당시 유전流轉하던 시詩를 차용借用75)한 것이기 때문이다. ⓛ,ⓒ의 수창시酬唱詩는 당시에 유행하던 시구의 차용이라 품격이 떨어진다고 할 수는 없지만 홍낭의 파자시는 이왕已往의 애정전전기소설로서는 격에 어울리지 않는다. 앞에서도 언급한 바, 이 파자시破字詩는 설화에 수없이 나오는 것이다. 그렇지만 전기소설 고유의 전통에서는 그만큼 찾기 어렵다. 겨우 〈최현전〉 이전 작품

---

74) 又作絶句, 書於其額曰: 顔色桃花色, 時年十五年. 我無王上點, 君作出頭天於是乘輿出路, 逶迤投東西. 適有東堂, 觀光儒輩數十人, 傍輿以過, 皆不知其書. 其中一儒, 姓崔, 名灦, 蘇州人也. 獨悟其詩 落後倚門吟曰: 心逐紅粧去, 身空獨倚門. 莊卽答曰: 忽然車尾重, 添載一人魂. 兩人相進接話, 後遂搬挈於門側小房, 安頓.

75) 유몽인(柳夢寅, 1559~1623)의 『於于野談』에도 이 시가 보이는 것으로 미루어 당시 널리 流轉하였던 듯하다.

으로는 〈최선전〉 정도이다.

이해를 돕기 위해 〈최선전〉의 예를 보면 다음과 같다.

　　치원이 상을 대하더니 즉시 문간에 초를 놓으니 황제가 물었다.
　　"어째서 문간에 초를 두나?"
　　치원이 대답했다.
　　"밥 위에 네 개의 벼가 있으니 반드시 '네가 누구냐?'라는 뜻이기에 제가 文章 최치원 이름을 대신하여 초를 둔 것입니다."76)

이것은 언어유희言語遊戲로 일종의 파자 놀음이다. 즉, '네(四)'는 '네가', '벼(稻)'는 '뉘'니, '네가 뉘(누구)냐?'라는 뜻이며, '초(醋)'는 '최', 문(門)은 '문', '상(床)'은 '장'(혹은 상을 문지방 쪽으로 멀리(遠) 놓았으니(置) '치원')과 음이 유사하기에 이름을 에둘러 표현한 것이다.

이러한 저급한 수준의 파자시는 문화적 층위를 떨어뜨리기에 충분하다. 이 외에 보이는 한시漢詩들도 애정전기소설에 보이는 전아성典雅性을 찾을 수 없다. 연원淵源은 상층적이지만 하층문화下層文化 행위行爲이다.

　　지난해 오늘 이 문간에는, 사람과 복숭아꽃이 서로 붉게 비쳤는데,
　　사람은 어디 갔는지 알 수 없고, 복숭아꽃만이 예전처럼 (봄바람에 웃고 있네).77)78)

　　꽃에도 버들에도 안개가 자욱하기에, 봄 소식을 전해 올 줄 은근히 바랐는데,

76) 致遠對床, 卽醋置於門, 帝曰: "何以醋置門乎?" 對曰: "食有四介稻, 必'汝誰', 故我置醋者, 以文章崔致遠之對名也."
77) 원전 燒失로 네 글자 미상인데, 민간에 이 詩가 유전되므로 이를 취하여 補하였다.
78) 去年今日此中門, 人面桃花相暎紅. 人面不知何處去, 桃花依(舊笑春風).

푸른 발 드리운 깊은 곳에서 임은 잠들었네.

좋은 인연인지 모진 인연인지, 새벽 별 지는 정원에는 은 초롱 불빛만 가물거리는데, 구름 낀 물가 따라 뱃길을 돌리네.[79]

위의 시는 〈최현전〉, 아래는 〈주생전〈周生傳〉으로 상황은 모두 같다. 시를 감상하는 사람에 따라 다르겠지만, 두 시는 현격한 차이가 있다. 〈최현전〉에서는 최현이 아내를 찾아 왔는데, 뜻밖에도 사람의 그림자조차 없고 참새만 후원에서 지저귀니 슬픈 마음을 이기지 못하여 홀로 탄식하여 읊은 것이고, 〈주생전〉에서는 주생周生이 좋은 시절은 이미 지나간 것을 생각하고 이제는 다시 사랑하는 선화仙花를 만날 수 없음을 슬퍼하며 지은 '장상사長相思'라는 시다. 모두 남주인공의 적막한 심사를 읊었지만, 〈최현전〉은 시 속에 서글픈 상황만 적시하고 있을 뿐이다.

또 비슷한 시기 애정전기소설들이 중편화中篇化[80]된 것을 감안한다면 유달리 단편短篇이라는 점도 〈최현전〉이 당시 애정전기로서는 미흡함을 초래하고 있다.

이러한 것으로 미루어 볼 때, 〈최현전〉은 17세기 전기소설로서는 전기문법傳奇文法이 상당히 약화된 모습을 보인다. 이것은 자칫 전기소설의 후진성後進性으로 읽어낼 수 있다.

그러나 설화의 화소라는 삽화를 지나치게 넣은 데서 오는 작품성의 약화라기보다는 우리 전기소설의 발전단계가 애정전기한문소설의 수입단계에서 토착화土着化 단계로 나아가는 것으로 보아야 한다. 즉, 우리 소설의 이해理解와 내재적內在的 발전으로 상치해보는 것이 더욱 자연스러울 것 같다. 상층문화上層文化 중심의 애정전기가 이제

---

79) 花滿烟柳滿烟, 暗信初憑春色傳. 綠簾深處眠. 好因緣惡因緣, 曉院銀缸已悃然. 歸帆雲水邊.

80) 〈周生傳〉은 5,500字, 〈雲英傳〉은 12,500字, 〈相思洞記〉는 5,700字, 〈王慶龍傳〉은 11,500字, 〈崔陟傳〉은 8,100字 남짓인 데 비하여 〈최현전〉은 2,200字 정도로 짧다.

는 대중지향大衆指向으로 전환을 모색하는 가운데서 필연적으로 거치는 한 상황이다. 따라서 이러한 〈최현전〉의 후진성은 설화를 작품 속에 넣으면서 자연히 초래한 현상으로 보아야 한다.

사실 『선현유음』에 필사된 소설들은 유다른 소설들이 아니다. 기본적으로 〈최현전〉도 외형적으로는 전기소설의 문법에 충실하려 노력하였다.

이왕已往의 연구 성과를 인용하면, 가) 전기적 인간의 특징은 외로운 존재(孤獨感), 나) 시詩나 사詞 따위를 인용한 독특한 내적 심리와 감정 표현(內面性), 다) 소심한 면모와 나약한 인간상(消極性), 라) 시나 사의 수창酬唱(文藝趣向)81) 등이 애정전기의 기본 유형이다. 그리고 〈최현전〉의 최현 또한 대략 가), 나), 라)를 두루 갖추었으니, 전기적 인간에 부합하는 인물임에 틀림없다. 내용적으로도 임란이라는 특수 상황 이후 집약되는 '애정'과 '꿈'이라는 전기소설의 주제主題에 부합한다.

다만 전기소설의 특징은 '-傳'이라는 점을 주시한다면, 〈최현전〉에서는 기존의 전기 소설 인물들과는 좀 색다른 면을 찾을 수 있다. 위의 다)처럼 대부분의 전기소설 주인공들은 인간의 소극성과 잔약孱弱함을 지닌 감성적 인간성을 소유하고 있다. 그러나 최현은 감성적인 면이 없는 것은 아니나, 다) 항의 소심한 면모와 나약懦弱한 인간성, 즉, 소극성消極性을 찾아보기 어렵다. 오히려 조금도 거침없이 아내를 찾으러 나서는 강인한 면모가 가), 나), 라)라는 전기소설의 장르적 성격과 나란히 병치하고 있다.

전기는 기본적으로 '지식인知識人의 애정愛情'이 그 특징이다. 그리고 16~17세기의 애정전기에서는 여기에 신분이라는 문제가 첨부된다. 특히 〈최현전〉이 필사되어 있는 『선현유음』은 8편 중, 두 편만을 제외하고는 모두 애정전기이다. 6편 모두 지식인의 애정에 신분이라는

---

81) 박희병(1997), 『韓國傳奇小說의 美學』, 돌베개, 33~55쪽.

것이 어떠한 형태로건 등장하며 상류지식인의 활동영역을 벗어나지 않았다. 17세기 이후 전기가 국문소설이나 국문본 소설에 비하여 활발하게 그 영역을 펼치지 못한 것은 바로 이러한 한계성 때문이기도 하였다. 〈운영전〉이나 〈주생전〉이 비록 애정이라는 주제를 그리고 있지만, 일반 서민들은 독자의 대열에 낄 수 없었다.

그러나 〈최현전〉은 전기소설의 환상성, 낭만성, 시를 통한 내면성의 표현 따위가 모두 전기적 인간의 속성을 그대로 간직하고 있으면서도 지식인과 신분적 갈등葛藤이 없다. 즉, 〈최현전〉은 혼사장애소설이면서도 그 장애요소가 뚜렷이 드러나지 않았다는 점이다. 대신에 앞에서 살핀바, 그 자리에 희미하지만 '民'이 있을 뿐이다.

이상을 통하여 〈최현전〉은 애정전기愛情傳奇이지만, 오히려 최치원崔致遠 생애를 설화적인 허구적 구성으로 영웅화한 〈최선전〉이라는 전기소설에 기대고 있음을 알 수 있다.

마지막으로 〈최현전〉의 한문애정전기소설로서의 약화에 작품성의 질적 저하低下라는 포폄褒貶의 잣대를 들이대기보다는 『선현유음』 필사자의 뚜렷한 필사의식으로 미루어 대중지향적인 작가의식의 대두擡頭라는 편이 옳을 듯하다.

(3) 국문소설과의 관련 층위

17세기는 시기적으로 〈설공찬전〉이나 〈주생전〉 같이 한문소설을 국문으로 번역을 하거나 〈왕시전〉, 〈비군전〉 등과 같은 창작국문 소설이 영역을 확장하며 대중화를 꾀하였다. 그리고 한문전기소설 한 편의 이에 대한 한 반응이 바로 〈최현전〉이다.

초기의 국문본 소설들이 그 길이가 단편이며, 다소 내용이 허황虛荒하고, 대중을 염두에 둔 것처럼 설화적說話的 화소話素로 무장한 새로운 형태의 한문전기소설이 창작되었을 개연성蓋然性은 충분하다.

〈최현전〉과 같은 남녀이합형男女離合型 혼사장애婚事障碍 소설은 상당

수의 작품들이 있다. 그러나 17세기라는 시점, '남편이 아내를 찾아서'로 논의를 좁혀보면 〈왕시전〉, 〈서해무릉기〉 정도이다.

이 두 작품은 공교롭게도 〈최현전〉과 같은 서사적 구조와 화소가 일치하는 남녀이합형 소설들이다.

남녀이합형 작품들은 기본적으로 설화적 모티프를 내포한다. 그리고 대부분 '버림받은 여성'과 '떠나가는 남성' 사이에 발생하는 비극적인 상황이 이야기의 초점이 된다. 한국 신화의 서사적 주제 중에서 남녀이합형설화男女離合型說話는 여성의 인종忍從과 남성의 유랑流浪 및 잠적潛跡 모티프를 원형으로 하고 있다. 이러한 작품으로는 〈바리데기〉, 〈구렁덩덩신선비〉 따위의 작품이 산재하나 모두 여성이 사라진 남편을 찾아 길을 떠나는 것이다.

그러나 〈최현전〉에서는 남성이 여성을 찾아 나선다. 오직 남주인공의 '신실信實한 애정愛情'만이 주제를 구현하기 위하여 나갈 뿐이다.

이러한 유사구조를 보이는 작품들은 주로 국문소설이나 국문본 소설에 보인다. 〈왕시전〉, 〈서해무릉기〉와는 친연성은 매우 큰데, 특히 〈왕시전〉이 더욱 그렇다.

〈왕시전〉 역시 널리 알려진 소설이 아니기에 이해를 돕기 위해 그 경개를 소개해보겠다.

〈왕시전〉[82]

(1) 왕언의 딸 왕시는 어려서부터 어질고 여자의 도리를 잘 알았다.

(2) 왕시는 모친상을 당하고 3년 후에는 부친상까지 당해 지극한 정성으로 모셨다.

(3) 무빙이라는 늙은 여자 종이 왕시를 지극한 정성으로 받들었다.

(4) 왕시는 성장하면서 침선 재주가 뛰어 났다.

---

[82] 〈왕시전〉은 12쪽의 5,100여 자 남짓의 짧은 단편소설이다. 이 글의 서사구조는 이복규(1998), 『초기 국문·국문본소설』, 박이정, 47~74쪽 소재의 〈왕시전〉을 참조하였다.

(5) 왕시 나이 19세 때, 홍관 땅의 글도 잘하며 어진 김유령이 청혼해 와 혼인한다.

(6) 김유령과 왕시가 혼인한지 한 달 만에 나라의 오랜 신하가 왕시를 아내 삼으려고 대궐로 데려갔다.

(7) 김유령이 실의에 빠져 종들에게, 자기가 죽으면 넋이라도 왕시를 볼 수 있도록 대궐문 보이는 데에 묻어 달라고 한다.

(8) 무빙이 살아서 기회를 가져야 한다고 달래 마음은 잡았으나 가사를 돌보지도, 재혼할 생각도 하지 않고 항상 울면서 지낸다.

(9) 김유령의 꿈에 도사가 나타나 아내를 찾으려면 돈 일만 관을 준비해 화산도사에게 가라한다.

(10) 김유령이 도사의 말대로 두 달을 넘게 걸어 화산에 가서 도사를 찾았 으나 아무도 몰랐다.

(11) 김유령이 날은 어둡고 서러워 죽으려 하는데 바람이 그치고 날이 밝았다.

(12) 김유령이 화산도사를 만나자 왕시와 만나서 함께 살게 해달라고 한다.

(13) 화산도사는 김유령이 아내를 만나기 위해서는 돈을 도로 가져가 1년간 남에게 서러울 일 말고 짐승이라도 구제하여 4년 뒤에 오라하고는 홀 연 사라졌다.

(14) 김유령이 산을 내려오는 도중, 덩굴에 걸린 뱀과 옥에 갇힌 도둑을 구제하고 나서 이듬해 화산도사를 찾아갔다.

(15) 화산도사는 역정을 내며 김유령의 전신이 신선계의 존재였음을 암시 하고 엉뚱하게 뱀과 도둑을 구제해주는 실수를 저질렀으니 3년간 조 신하고 4년 만에 다시 오라 하였다.

(16) 김유령이 근신하며 지내다가 4년 후에 입산하니 화산도사가 "돌이 굳지만 모래가 될 때가 있고 쇠가 굳다하나 녹을 때가 있으되 너는 동리나 쇠보다 더욱 굳은 사람"이라며 돈을 내라 한다.

(17) 화산도사가 돈 일 백씩을 동서남북 사방으로 던지자 푸른 옷 입은 사람, 흰 옷 입은 사람, 검은 옷 입은 사람, 쇠머리 쓴 사람과 용의

몸을 지닌 사람과 귀밑머리 단 사람이 출현하였다.

(18) 화산도사가 검은 옷 입은 사람에게 명령을 내려 김유령과 왕시를 죽여서 데려 오라고 하여 그러하니, 이번에는 푸른 옷 입은 사람을 시켜 다시 김유령을 살려낸 다음, 왕시의 집에 가서 석 달 안에 왕시를 장사지내야 한다고 하였다.

(19) 김유령이 집에 가려면 두 달이나 걸린다고 하자 화산도사가 사람을 시켜 자기 집에 도착하게 해주었다.

(20) 김유령은 담당관리에게 소원하여 20일 만에 왕시의 시신을 장사 지냈다.

(21) 김유령이 다시 화산도사를 찾아가나 없어서 음식을 먹지 않은지 7일 만에 천지가 자욱하고 바람이 불더니 화산도사가 하늘에서 내려왔다.

(22) 김유령이 왕시 묻은 일을 말하니 화산도사가 종이에 주사를 갈아 부적을 만들어 던져 귀신들을 모은 후, 푸른 옷 입은 사람에게 그 귀신을 데리고 가 왕시의 무덤을 파서 그 시신을 화산 밑에다 두고 오라 명령하였다.

(23) 화산도사는 검은 옷 입은 사람에게 왕시의 종들을 잡아와 유희국에 다 두라고 명령하였다.

(24) 김유령이 화산도사와 작별하고 오는 도중에 화화올산에서 울고 있는 왕시를 만났다.

(25) 김유령이 왕시와 함께 집에 돌아와 보니 아무도 없어 집을 팔아 다른 곳에 가서 살았다.

(26) 김유령이 북방도찰사가 되어 왕시와 함께 화산 밑을 지니다 고생했던 이야기를 하고 도사에게 사례하려 사흘을 시도했으나 만나지 못하였다.

(27) 김유령은 큰 벼슬을 지냈으며 왕시와 함께 80세까지 살았는데 왕시가 먼저 죽었고, 김유령도 죽었으나 원래가 선인이라 저절로 없어진 것이었다.

이상과 같이 〈왕시전〉은 김유령이 아내를 찾아 모진 난관을 극복하고 마침내 아내를 찾아 잘 살았다는 전기적傳奇的 분위기를 한껏 풍기는 이야기다. 따라서 〈최현전〉과 같은 남녀이합형 애정소설임을 알 수 있다.

구체적으로 살펴보면 다음과 같다.

〈최현전〉의 1)~5)와 〈왕시전〉의 1)~4): 도입부, 효성, 절개, 여주인공의 등장

소설의 도입부로 배경 설명 없이 두 작품 모두 여주인공의 출생과 뛰어 난 자질을 소개하고 있다. 〈최현전〉에서는 역의 부담으로 홍농이 통곡하는 부분에서 이 소설의 반동인물이 국가의 부역임을 얼핏 드러낸다. 〈왕시전〉에서는 부모상을 연속 치르는 왕시의 모습에서 앞으로의 간난을 예고한다.

〈최현전〉의 6)~10)과 〈왕시전〉의 5): 연인을 만나는 부분

범상치 않은 남주인공의 등장과 만남이 이어진다. 〈최현전〉은 이 부분에서 여주인공이 지아비를 구하는 파자시破字詩를 짓고 남주인공이 이에 화답을 하는 내용이 있다. 이것은 전기소설의 감정 전달 표현인 삽화시가 변형되어 있는 부분이다. 〈왕시전〉은 남주인공인 김유령이 왕시에게 청혼을 한다.

〈최현전〉의 11)~15)와 〈왕시전〉의 6)~9): 아내를 잃어버림, 꿈

〈최현전〉에서는 거울이 흐려져 어렵게 장계를 올리고 돌아 와 보니 집도 무너지고 아내도 없다. 〈왕시전〉에서는 나라의 오랜 신하가 아내를 빼앗아간다. 〈최현전〉이 긴장감을 1차로 상실한 부분이 바로 이곳이다. 〈최현전〉에서는 국가의 부역이, 〈왕시전〉에서는 높은 신하가 혼사를 가로막는 장애자임을 알 수 있다. 그러나 이러한 혼사장애 주체는 이후 두 작품 모두 다시 서사의 전면에 등장하지 않는다.

〈최현전〉의 16)~26)과 〈왕시전〉의 10)~14): 잃어버린 아내를 찾아서 1차 고난

이야기의 전개가 본격적으로 전개되며, 남주인공이 아내를 찾아서 고난을 겪는데, 환상성이 가미된다.

꿈을 통하여 잃어버린 아내를 찾는 단초를 마련하는 것은 두 작품이 동일하다. 〈최현전〉에서 남주인공인 최현이 절, 원을 짓고 다리 조성하는 것을 삼 년씩 도와주며 도입부에서 나타난 민의 역경이 다른 형태로 처리되어 있다. 그리고 이러한 근로의 역경을 마친 뒤에야 비로소 견우가 나타나 최현에게 도움을 준다. 〈왕시전〉에서도 남주인공인 김유령이 화산도사의 말한 대로 1년간 근신한다.

〈최현전〉의 27)~32)와 〈왕시전〉의 15)~21): 잃어버린 아내를 찾아서 2차 고난

2차 고난이 닥치며 〈최현전〉에서는 밤에 근원을 알 수 없는 물이 넘치고 아귀가 최현을 잡아먹으려 하지만 여주인공이 종을 쳐 위기를 모면한다. 이 부분에서 〈최현전〉은 비로소 남녀 간 애정의 깊이가 녹녹치 않았음을 알 수 있다. 그것은 홍수를 겪은 것이 최현이 홍장이 아플 때 오지 못한 때문이라고 아래와 같이 말하는 데서 알 수 있다.

"어젯밤의 물을 낭군께서는 알지 못하시는지요?"

생이 "모르겠소." 하니, 장이 말했다.

"첫날밤의 물은 병으로 괴로워할 때에 낭군을 (보고 싶은 눈물이요, 마지막 날 밤의 물은)[83] 임종의 때에 낭군을 보지 못한 통곡의 눈물입니다."[84]

---

83) 원전 燒失로 (4~5글자) 알 수 없으나 앞뒤 내용으로 미루어 추정하여 보(補)한

〈왕시전〉에서는 뱀과 도둑을 잘못 구제해주었다는 죄로 다시 3년 간 조심한 뒤 화산도사의 도움으로 왕시의 시신을 장사지낸다.

〈최현전〉의 33)~35)와 〈왕시전〉의 22)~27): 아내를 찾아 행복하게 살다 죽음

〈최현전〉에서는 천제의 도움으로 지상에 내려와 80세까지 살았으며 〈왕시전〉에서도 부부가 지상에서 80세까지 살았다.

두 작품의 주인공들 모두 80세라는 인간적 수명壽命을 누린 점, 저승에서 이승으로 다시 내려와 산 점 등이 다음과 같이 일치한다.

"두 사람이 마침내 인간 세계로 와서 각 80세까지 함께 살며 해로(偕老)하였다. 후세에 이 기이한 일이 끝이 없이 전해졌다."85)

"내종의 둘히 다 여든곰 살고 ᄌ식만히 나코 큰 벼슬ᄒ여 ᄃ니더니 왕시 몬져 죽거늘 내종의 유령이ᄂ 간 줄 모ᄅ니라 ᄌ식들이 오슬못고 졔를 ᄒ더라 유령이ᄂ 션인이모로 자연업ᄉ니라."86)

그런데 이와 유사한 국문소설로 〈서해무릉기〉87)가 있다. 〈서해무

것이다.

84) 翌朝, 莊又(來曰: "作夜之水, 郎君知否?" 生, "不知也", 莊曰: "初夜之水, 病苦之時, 欲見郎君之(淚, 竟夜之水), 臨終之時, 未見郎君, 痛哭之淚也."

85) 二人遂還人間, 各將八旬, 同住偕老. 後世奇事, 傳之無窮云.

86) 이복규(1998), 〈왕시전〉, 위의 책, 68쪽.

87) 작자와 연대 미상의 국문필사본으로 이화여자대학교 도서관 도서에 있다. 남자주인공이 왜적에게 빼앗긴 신부를 구해 돌아오는 이야기를 엮은, 혼사장애담(婚事障碍談)에 속하는 작품이다. 대략의 서사 경개는 다음과 같다.

1) 전라도 전주에 사는 선비 유현중의 아들 유연은 15세에 장원급제하여 한림학사를 제수 받고 금의환향한다. 2) 하루는 유연이 친척 최공을 문병하러 갔다가, 최공의 딸에게 마음이 끌려 마침내 상사병을 앓게 된다. 3) 이를 안 부모는 하는 수 없이 두 사람을 혼인시킨다. 4) 혼례날 밤 갑자기 한 떼의 도적 무리가 쳐들어와 순식간에 신부를 납치해 가버린다. 5) 최 소저를 납치해 간 도적은 왜적의 괴수로, 최 소저를

룽기〉는 지하국대적퇴치담地下國大賊退治談이 기본서사이니 설화가 고소설화한 것을 알 수 있다. 이 소설 역시 남녀이합형 혼사장애婚事障碍 소설로 〈최현전〉, 〈왕시전〉과 유사한 구조를 보이고 있으나 논의의 분산을 막기 위해 다루지 않았다.

그리고 두 작품과 동일하게 남편의 아내 찾기이며 불교적인 초월미학을 배경에 깔고 있다. 더구나 여인을 납치해간 존재가 왜장倭將인 점, 〈최현전〉에 보이는 서방정토西方淨土가 백두산으로 굴절屈折된 점 등은 두 소설과 무관치 않음을 알 수 있게 한다.

2) 결론을 갈음하며

이 논문은 서두에서 밝힌 것처럼, 〈최현전〉에서 17세기 애정전기소설의 변화와 함께 설화, 국문소설과의 연관성을 고찰하고 아울러 우리의 고소설사에서 의의를 찾고자 하였다.

이상의 논의로 미루어 〈최현전〉은 16~17세기 초의 애정전기와는

서해무릉 백두산이라는 산적촌에 가두어 놓는다. 6) 왜장은 최 소저가 마음을 돌이켜 자신과 혼인해주기를 기다린다. 7) 한편, 유연은 부친의 재혼 강요에도 불구하고 최 소저를 잊지 못하다가, 마침내 부모에게 서한을 남긴 채 집을 떠난다. 8) 전국 방방곡곡을 떠돌며 최 소저를 찾다가 드디어 금강산에 들어가 중이 되어 부처님에게 지성으로 발원한다. 9) 하루는 금산사 미륵불이 꿈에 나타나 최 소저가 무사하다는 사실과 3년 뒤에는 만나게 되리라는 말을 듣고 다시 힘을 얻어 길을 떠난다. 10) 유연은 여승으로 변장을 하고 최 소저의 자취를 수소문하다가, 드디어 배를 타고 대해를 건너 한 섬에 이르렀는데, 이곳이 바로 서해무릉이었다. 11) 한편, 최 소저는 밤낮으로 울부짖으며 하루하루를 보내는데, 하루는 꿈에 금산사 부처가 나타나 내일 오시에 남편이 찾아올 것이라 말하고 사라진다. 12) 이튿날 오시에 과연 한 여승이 찾아와서 양식을 구하는데 만나보니 유연이다. 13) 둘이 만나 기쁨을 나누는데, 마침 적장이 들어와 유연을 쫓아낸다. 14) 최 소저는 밤에 또다시 금산사 부처의 현몽을 받고 장원을 빠져 나오는 데 성공하고 드디어 유연과 만난다. 15) 서해무릉을 빠져나온 두 사람은 천신만고 끝에 집으로 돌아온다. 16) 유연의 가출로 화병이 나 있던 부친은 유연 부부를 집안에 들이려 하지 않으나 장인 최 학사의 회유로 마음이 풀려 두 사람을 맞아들인다. 두 부부는 온갖 부귀와 영화를 누리다가 극락세계로 승천한다.

김광순(1993), 『金光淳所藏筆寫本 韓國古小說全集』 8, 경인문화사.

다르다는 것을 확인할 수 있었다. 즉, 위에서 살핀 것처럼 〈최현전〉은 기본적으로 전기소설의 날줄에 설화說話가 촘촘히 씨줄로 얽혀 있다. 그리고 전기소설로는 〈최선전〉, 국문소설로는 〈비군전〉, 〈서해무릉기〉, 설화로는 〈설씨녀〉와 친연성親緣性이 있다.

이러한 중층성重層性은 기본적으로 '소설의 대중화大衆化', '소설의 시민성市民性' 획득이라는 17세기 소설현상에 대한 반응이다. 우리 고소설사古小說史에서는 전기소설, 〈최현전〉, 국문소설이 결코 다른 영역이 아니라 동일한 선상에 나란히 흐르는 선율로 인식하여야 한다. 한문전기소설과 국문소설은 결코 대립적이지도 배타적이지도 않다. 한문소설의 경험이 어떠한 형태로건 국문소설로 이어졌을 것임은 당연한 귀결일 것이기 때문이다. 그리고 그 가교架橋를 〈최현전〉이 충분히 보여주고 있다는 결론이다.

그렇다면 〈최현전〉의 작가는 무엇을 애써 표현하려는 것일까?

대부분의 한문소설이 그러하지만 〈최현전〉의 작가도 유식층有識層으로 추정할 수 있다. 소설을 욕망慾望의 구현체具顯體라 할 경우, 이 〈최현전〉의 작가인 중세의 지식인은 〈최현전〉에서 무엇을 인양引揚하려 하였고 무엇을 고뇌한 것일까? 단순하게 '잃어버린 아내를 찾아서' 혹은 '재미'라고 답하기에 애쓴 흔적이 역력하다.

이 글에서는 그 답을 '애정전기소설의 장르적 운동성運動性과 대중지향성志向性'에서 찾고자 하였다. 특히 임·병 양란 이후 중세인의 보편적인 삶의 역경을 이 〈최현전〉을 통하여 복원復元해보도록 한 것은 아닐까 한다. 그리고 애정전기소설이 이미 특권층의 기호품嗜好品이 된 문화적 공간에서 〈최현전〉의 작가는 서민으로 그 시선을 돌린 것이다.

〈최현전〉이 필사되어 있는 『선현유음』은 특히 애정전기소설집이다. 필사 된 작품 면면이 당대를 대표할 수 있는 애정전기의 최고수준 작품들이다. 이러한 작품들에 비한다면 사실 〈최현전〉은 그 역량力量이 떨어지는 것이 사실이다. 하지만 이미 公式化되어 버린 애정전기는 '애정'이라는 소재 말고는 대중의 욕구를 담아내기에는 역부족이다. 우리가 이 〈최현전〉을 읽으며 느낄 수 있는 그 설화적 흥미에 주목한다면 이와 같은 작가의 욕망을 어렵지 않게 읽을 수 있다. 그리고 이 과정에서 자연히 〈최현전〉이라는 전기소설 속에서 한문소설의 토착화土着化를 읽을 수 있는 것이다.

이 글에서 〈최현전〉을 고찰하며 한문전기소설로서 구성적 요건이나 표현기법 및 각종 수사적 장치가 미흡하다는 점에 유념하기보다는 작가의 시선이 서민에게 있음을 중요시하는 것에 두고자 하였던 것은 바로 이것 때문이었다.

애정전기소설이라고 사실 별쯩난 것은 아니다. 〈최현전〉의 설화적 색채 등을 후진성으로 매도하여 옴나위를 못하게 하면 우리 소설은 더 이상 생산적인 논의가 이루어 질 수 없다. 〈최현전〉을 다른 애정 전기와 비교 우열을 논하는 것보다 이 작품이 지니고 있는 17세기 중엽 이후의 전기소설의 한 양상樣相에 더욱 가치설정을 두어야 한다. 여러 갈래와 예리한 단층斷層은 존재하겠지만, 〈최현전〉은 17세기 중엽 이후 시대적 역동성을 담은 한문전기소설임에 분명하다. 그리고 이 소설에서 애정전기의 변화와 함께 설화, 국문소설과의 교직交織을 살필 수 있다는 데 고소설사적 의의를 찾을 수 있다.

4. 〈강산변〉을 통해서 본 의의[88]

1) 〈강산변〉의 장르적 특성

〈강산변〉은 17세기 어름에 지어졌을 작자 미상의 '漁·樵類系列 寓

---

88) 4.는 韓國東亞細亞寓言硏究會 主催(2003년 1월 9~10일)로 北京大學校 東方文學硏 究基地에서 발표한 「漁·樵系列 寓言의 文化論的인 寓意」를 수정·보완한 것이다.

言'이다. 한문소설필사집인 이 『선현유음집』에 필사되어 있는 유일한 우언이다.

17세기의 전기소설집에는 소설 이외에도 타 갈래가 필사되어 있다. 예를 들어 『신독재수택본전기집』의 이면裏面에도 〈소아변小兒辨〉이라는 제명이 보이는데 장수張數가 六~九로 되어 있다.[89] 추측컨대 갈래가 '辨'이며, 넉 장인 것으로 미루어 〈강산변〉과 유사한 길이의 논변류인 듯하다.

현재 소설이라는 장르적 관점으로 볼 때는 적당히 필사할 만한 근거를 찾지 못할 수도 있다. 그러나 앞에서도 언급한 바 『선현유음』의 필사자는 이 소설집을 치밀하게 계획하였으며, 당시의 '古談'으로서 갈래를 구분했던 것 같다.[90] 17~18세기에 고담이란 현재의 소설과 시를 포함한 장르명이었으나 『선현유음』의 필사자는 그 폭을 좁게 잡은 것이다.

그렇다면 『선현유음』의 필사자는 이 작품을 소설로 인정한 까닭은 무엇일까? 가장 쉽게 설명할 수 있는 것은 대화를 통한 갈등葛藤의 양상이 보인다는 점이다. 대화는 소설이라는 서사 속성의 1차적인 단계이기 때문이다.

더구나 〈강산변〉은 '漁·樵類系列 寓言'[91]이다. 우언은 당시에 소설과 공용으로 쓰는 용어이기에 필사자는 〈강산변〉을 이 필사집에 수록하는 데는 별다른 문제가 없었을 것이다. 따라서 나는 〈강산변〉을

---

89) 鄭炳昱(1955), 「崔文獻傳 紹介」, 『庸齋白樂濬博士 還甲記念 國學論叢』, 思想界社, 810쪽 참조.

90) 고담을 "옛이야기" 정도로 이해하는 경우도 없는 것은 아니었다. 예를 들어 김명중의 『古談珠玉』 같은 경우가 그러하다. 이 한문 필사본은 한국 및 중국의 故事와 詩, 소설을 모아 엮은 책으로 국립중앙도서관에 소장되어 있다. 〈擬張良招四皓書〉·〈紫葉賦〉·〈百愁詩〉·〈相思洞餞客記〉·〈御製祭文〉 등이 실려 있다. 편자는 미상이나, 책 끝에 '康熙丁酉仲夏幾望, 金明仲書'라 되어 있는 것으로 보아, 1717년(숙종 43) 김명중이 필사하였음을 알 수 있다.

91) 1669년을 전후한 시기에는 寓言, 演義 등 소설의 異稱들이 대량 보인다.

어·초류계열 우언소설寓言小說의 영역 확장쯤으로 이해하려한다. '어·
초류계열 우언'은 논변류論辨類라는 동양적 글쓰기의 한 정형에 속한
다. 통상 논변류는 논論·변辨·설說·의議·해解·난難·석釋·원原·유喩·문대
問對·문답問答 따위로 의논체議論體92)에 속한다. 이러한 논변류라는 형
식을 이용한 글쓰기는『서경書經』「홍범洪範」,『한비자韓非子』,『논어論語
』,『맹자孟子』등에서 비롯되었다. 특징으로는 많은 수의 작품이 문답
問答, 혹은 대화적 형식을 보인다는 점이다.

　어부와 초부를 등장시키는 일련의 작품군은『장자』로부터 시작하
여〈어초문대〉에서 그 직접적인 사적史的 배경을 찾을 수 있다.〈어초
문대漁樵問對〉란, 북송대北宋代 소옹邵雍(1011~1077)93)의 저작이다. 우리
나라에서 어자漁者와 초자樵者가 문학의 전면에 등장하는 시기는 고려
시대로, 이우李瑀(1542~1609)의〈어초가漁樵歌〉등이 있으나 이것들은
대부분 한시의 형태였고〈강산변〉과 같은 산문은 조선조 중엽이후에
보인다.

　우리나라에는 향가로부터 현대 시조에 이르기까지 실로 전 갈래에
서 문답, 혹은 대화적 형식이 많다.94)

---

92) 姚惜抱(淸),『古文辭類纂』에는 議論體에 論辨類, 序跋類, 奏議類, 書說類, 贈序類,
　　詔令類, 傳狀類를 두었다.

93) 중국 宋나라의 학자·시인. 호는 安樂先生 자는 堯夫, 시호 康節. 河南에서 살았으며,
　　周濂溪와 같은 시대 사람으로, 李之才로부터 도서·천문·易數를 배워 仁宗의 嘉祐年間
　　(1056~1063)에는 將作監主簿로 추대 받았으나 사양하고, 일생을 洛陽에 숨어 살았다.
　　司馬光 등의 舊法黨과 친교하면서 市井의 학자로서 평생을 마쳤다. 南宋의 朱子는
　　주염계, 程明道, 程伊川과 함께 강절을 道學의 중심인물로 간주하였으며, 강절은 도가
　　사상의 영향을 받고 유교의 易哲學을 발전시켜 특이한 數理哲學을 만들었다. 즉, 易이
　　음과 양의 二元으로서 우주의 모든 현상을 설명하고 있음에 대하여, 그는 陰·陽·剛·
　　柔의 四元을 근본으로 하고, 4의 倍數로서 모든 것을 설명하였다. 이 철학은 독일의
　　G. W. F. 라이프니츠의 二値論理에 힌트를 주었다고 전한다. 그는『皇極經世書』를
　　저작하여 천지간 모든 현상의 전개를 수리로 해석하고 그 장래를 예시하였으며, 또
　　觀物內外編 2편에서 虛心, 內省의 도덕수양법을 설명하였다. 그의〈漁樵問答〉등은
　　후세에 많은 영향을 끼쳤다.

94) 즉,〈讚耆婆郞歌〉와 같은 향가로부터〈南炎浮洲志〉와 같은 논변류 형식의 소설,
　　〈續美人曲〉과 같은 가사, "어흠 아 긔 뉘옵신고"와 같은 辭說時調,〈烈女春香守節歌〉

대부분 이러한 작품들은 논변류의 대화체를 이용한 극적劇的 구성 형식에 작자의 우의寓意를 얹어 표현하고 있다. 작자는 자신의 생각을 펼치면서도 자신의 논의를 객관화시키고 독자는 눈앞에서 벌어지는 문답행위의 주체에서 작자를 제외시킨다. 따라서 이러한 논변류는 특히 '주체主體의 객관화' 혹은 '우의寓意'라는 작가의 글쓰기 전술戰術에 유용한 방법이다.

이러한 글쓰기 전술을 용이하게 사용한 갈래가 우언이다. 우언사寓言史의 첫 장을 연 것은 장자이다. 『장자莊子』는 대부분 우언寓言으로 이루어졌다. 광의적廣義的이면서 깊은 의미를 지닌 진리를 이야기하고 있는 우언寓言은 창작목적 이상의 다의적多義的 해석 공간을 제공하기 때문이다. 자유롭지 못한 동양의 군주체제에서 모든 '文'은 '文以載道'라는 자장磁場(모든 글은 도덕적 윤리적 이념구현에 충실해야 한다는 명분)에 머물기를 강요받았다. 따라서 적절하게 '文以載道'라는 명분적 질서를 따돌리려는 글쓰기 방법이 필요하였다. 이것은 의식意識의 생존차원生存次元에서 지식인에게 끊임없이 제기되는 문제였다. 문답류 우언은 이에 적합한 갈래가 되었고 곧 동양적 글쓰기의 한 전형이 되었다.

특히 사회·문화적으로 방외인적方外人的 인사들의 글쓰기는 대략 이러하였다. 이들은 사회와 긴장 속에서도 백가쟁론적百家爭論的인 경세經世의 논의論議를 논변류論辨類라는 글쓰기를 통하여 끊임없이 자신의 욕망을 표출하였다.

이러한 의식들이 이 글에서 고찰하려고 하는 '어·초문대류 우언'을 만들어내었다.

와 같은 판소리, 〈소경과 앉은뱅이 문답〉, 〈거부 오해〉, 〈향로방문의생이라〉 따위의 개화기 토론, 논변류 소설이나 현대시조인 尹金初의 『漁樵問答』 등이 그 예이다.

2) 〈강산변〉의 창작동인과 문화접변

기본적으로 '어·초문대류 우언'이란 은자의 대리적 표현인 어자와 초자의 문답으로 이루어진 일련의 우언 작품군의 하위 명칭이다. 따라서 〈강산변〉에는 어부와 초자라는 부조화浮彫化된 인물형이 등장한다. 그러나 여기서 '어자漁者'와 '초자樵者'라는 인물을 고전의 패러디(paroday)적 명명법이나 혹연 작가의 변호기능辯護機能으로만 예단豫斷해서는 곤란하다. 우언은 기본적으로 우의성寓意性95)을 담지하고 있기에 등장인물登場人物의 상징성象徵性이 작품 이해의 단서가 될 만큼 중요하다.

특히 인물우언人物寓言일 경우에 등장인물은 작자의 우의를 펼치기에 더욱 그렇다. 따라서 조금만 세심한 주의를 기울이면, '어자'와 '초자'는 당시를 살던 지식인의 분화된 형상形象으로 읽을 수 있다. 따라서 우리의 어·초계열 우언에 나오는 '어자'와 '초자'의 역동성을 눈여겨 볼 필요가 있다. 실상 어·초자가 등장하는 작품은 미술, 음악, 정치, 문학, 국방 등에 걸쳐 광범위하게 부조화浮彫化되어 있다. 어·초자를 축자적逐字的 의미만으로 고정시킬 수 없는, 우의적 인물로 살펴야 하는 까닭이 여기에 있다. '어·초문대류 우언'은 사회·문화적으로 방외인적 기질이 있는 은사隱士들의 우언적寓言的 글쓰기로 자리 잡은 것도 이에서 찾을 수 있다.

'어·초'가 등장하는 작품은 단순히 명제에 따라, (1) 어부계열漁父系列, (2) 초부계열樵父系列, 그리고 이 글에서 논의하고자 하는 (3) 어·초계열漁·樵系列로 유형화類型化할 수 있다.

어부계열漁父系列은 굴원屈原의 〈어부사漁父辭〉에서 시작하였다. 명제를 '漁父'로 한정하여도 우리나라에서는 고려 임춘林椿의 〈어부漁父〉,

---

95) 寓意性 속에는 명분론적 질서에 얽매이는 '기존질서에 대한 빈정거림이 에둘러 표현'되어 있다. 따라서 우의성이 다분한 작품들은 정통 한문학과 拮抗現狀을 보인다.

이규보李奎報의 연작 한시 〈어부漁父〉 등을 거쳐 16세기에 이현보李賢輔의 〈어부사漁父詞〉를 볼 수 있다. 17세기, 윤선도尹善道의 〈어부사시사漁父四時詞〉에서 남상濫觴을 이루고는 19세기 후반 신재효申在孝의 〈어부사漁父詞〉까지 이어지며 강호한정江湖閒情을 담은 처사문학處士文學으로 정착되었다. 이들 작품의 내용은 대략 어부의 생활에 의탁하여 자신의 심경을 읊거나 강호한정을 그리고 있는 작품들이 대부분이다.[96]

초부계열樵父系列은 작품의 양이 '漁父' 계열에 비하여 현저하게 적다. 이 계열은 한시로는 김종후金鍾厚(?~1780)의 『본암집本庵集』 소재 〈초부가樵夫歌〉와 가사문학에 몇 편 정도 보인다. 강원·영남지방에서 불리던 가사는 나무꾼들이 지게를 지고 깊은 산중에서 자기들의 구차한 신세와 기구한 운명을 한탄한 노래이다. 가락이 길고 애조를 띠고 있다.

어·초계열漁·樵系列은 어부 계열과 초부 계열을 합이다. '어·초계열 우언'[97]은 바로 이 계열에서 찾을 수 있다.

어부와 초부를 등장시키는 이러한 일련의 작품군은 앞에서 언급한 바, 그 시원을 『장자』로부터 시작하여 〈어초문대漁樵問對〉에서 그 직접적인 사적史的 배경을 찾을 수 있다. 〈어초문대〉란, 북송대北宋代 소

---

96) 이에 대한 선행 연구로는 朴浣植(2000), 『韓國 漢詩 漁父詞 硏究』, 이회 참조.

97) '어·초계열 우언'이란 명칭을 사용하는 데 주저하였다. 그 이유는 현재 확보된 자료가 매우 영성하기 때문이다. 하지만 漢詩나 詞에 '어·초계열' 작품이 풍부하다는 점을 감안하면 연구자의 역량이나 발굴에 따라서는 우언의 鑛脈을 찾을 수 있을 것이라고 생각하기 때문에 試論的으로 사용하였다. 대략 아래와 같은 작품들이 있다.

우언 및 논변류: 筆寫者未詳(17세기), 〈江山辨〉, 『先賢遺音』. 李錫熙 著(1938), 朴道源家, 〈漁樵者說〉, 『一軒集』 5. 崔鏘翰 著(1936), 〈漁樵問答〉, 『艮窩文集』 3. 경세서: 著者未詳, 『漁樵問對. 全』/ 年紀未詳/ 筆寫本/ 表紙書名: 性理經/ 筆寫記: 西岋面九億里晩醒抄. 著者未詳, 『漁樵問答』, 國立中央圖書館.1. 著者未詳, 『漁樵問答』, 國立中央圖書館.2, 『親睦: 普專親睦會報 제2호』(1907년 4월), 〈漁樵問答: 談叢〉. 한시 및 시조: 李詹(1345~1405), 〈漁樵唱和詩序〉, 李珥(1542~1609), 『玉山詩稿』 卷24, 〈漁樵歌〉. 洪世泰(1653~1725), 〈題漁樵圖〉 『柳下集』. 南有容(1698~1773), 〈題古畵漁樵〉, 『雷淵集』. 宋奎濂(1630~1709), 〈漁樵詞〉, 『霽月堂集』. 회화: 李明郁, 〈漁樵問答圖〉. 李在寬(1783~1837), 〈三人邂逅圖〉. 許鍊(1808~1893), 〈扇面山水〉.

강절蘇康節의 저작이다. 그가 지은『황극경세서皇極經世書』七: 외서편外書篇의 편명이 〈어초문대〉인데, 그는 여기서 자신의 사상思想을 漁·樵의 대담으로 집약集約해놓았다.

우리나라에서 어자漁者와 초자樵者라는 은자隱者가 모두 등장하는 모형은 바로 이 소옹의 〈어초문대〉에서 비롯되었다. 언급한바, 어·초류계열 우언은 의식 있는 인물들이 가슴에 담고 있는 우의寓意를 '논변류論辨類'라는 '외연적外延的 형식'을 빌어 조심스럽게 '우언화寓言化'한 것이다. 따라서 〈강산변〉에 대한 이해는 어·초류계열 우언寓言을 중심으로 어자와 초자의 산수관山水觀과 의의意義, 문답問答의 소통과 지양止揚 등을 추적하여 궁극적으로는 어자와 초자의 다양성을 통한 어·초류계열 우언과 중세 소설과의 연관성, 그리고 중세의 문화론적 우의寓意를 읽는데 까지 나아가야 할 듯하다.

〈강산변〉에 보이는 어초漁樵라는 인물은 사실 동아시아의 문화현상을 담은 인물의 부조화이다. 이 글에서 상세히 언급할 수는 없지만 이러한 문화현상임을 볼 수 있는 대표적인 것은 그림에서이다. 즉, 〈강산변〉과 동일한 문화론적인 시각視覺에서 회화에 나타난 것이 일군의 〈어초문답도漁樵問答圖〉였다. 그리고 이 〈어초문답도〉는 청나라와 일본에서도 똑같은 형태의 그림을 찾을 수 있다.98)

우리나라의 "현존하는 〈어초문답도〉는 16세기 말에서 17세기의 작품들이 주"99)를 이루고 있다. 이명욱李明郁(1640경~?), 홍득구洪得龜(1653~?), 윤두서尹斗緖(1688~1715) 등의 〈어초문답도漁樵問答圖〉가 그 주된 예이다. 특히 이명욱의 〈어초문답도〉에 대해서는 숙종肅宗(1661~1720)까지도 관심을 표할 정도였다.100) 미루어 보아 이미 17세기에는 어

---

98) 중국에서는 주로 청나라 때에 많이 보이며, 일본에서도 實正(1460~1465)시대부터 明治(1868~1912)까지 여러 작가에 의해 〈어초문답도〉가 그려졌다. 이에 대해서는 李銀兒(2003), 이화여자대학교 석사논문 참조.

99) 金珠連(1996), 79쪽.

100)『列聖御製 第17篇 肅宗大王』〈題漁樵問答圖〉 참조.

초漁樵에 대한 이해가 널리 퍼졌음이 분명하다.

〈강산변〉과 〈어초문답도〉는 어자와 초자의 산수관山水觀과 의의, 문답의 소통과 지양 등 동아시아적인 문화론적 우의를 분명히 공유하고 있다. 여기서 〈강산변〉의 창작동인과 문화론적인 함의含意가 예사롭지 않음을 알 수 있다.

3) 〈강산변〉의 서술방식과 우의

〈강산변〉의 구체적 연원은 소옹의 『황극경세서皇極經世書』의 한 편명인 〈어초문대〉이다. '皇極'은 '임금이 세상을 경영하는 글'이요, 〈어초문대〉는 어부와 초자가 이러한 문제를 문답을 통하여 철학적으로 풀어 간 글이다. 〈강산변〉은 이러한 〈어초문대〉와 얼핏 보면 혹사酷似한 듯하다. 소옹의 호인 '安樂先生'을 〈강산변〉에서 '樂道先生'으로 슬쩍 비틀어 놓은 것하며, 어초가 대담하는 것까지 그렇다. 그러나 〈강산변〉의 서술방식과 우의를 전대 문학의 답습으로만 볼 수 없다.

〈강산변〉은 변증적辨證的 발전을 꾀한다. 〈강산변〉의 결말은 지양止揚이다. 대부분의 논변류의 속성은 그것이 논설이든 우언이든 두 사람의 대화 중 한 쪽의 승리로 끝난다. 또 어자나 초자 중 한 쪽은 묻고 한 편은 이에 답한다. 대담하는 모양새가 천편일률적이다. 이러한 것은 '의논체議論體'의 전형典型이기도 하며, 소옹의 〈어초문대〉나 이를 모방模倣한 모든 어·초류 작품들이 그렇다.

비슷한 시기 홍우원洪宇遠(1605~1687)[101]의 〈백흑난白黑難〉이라는 전

---

101) 자는 君徵, 호는 南坡, 본관은 南陽, 시호는 文簡. 현종 및 숙종 때 남인 4선생의 한사람. 1645년 별시문과에 급제. 1654년에 姜嬪(昭顯世子嬪) 獄事 때 삭직 당했다가 뒤에 기용되어 수찬에 복직했다. 1660년 제1차 예송 때 서인 宋時烈이 주장하는 朞年制의 잘못을 논박했다가 다시 파직 당했고, 1674년 제2차 예송 때 남인이 집권하자 대사성, 공조참판, 예문관제학, 예조판서, 이조판서 등을 거쳐 좌참찬이 되었다. 1680년 경신대출척으로 파직당하고 明川에 유배, 이어 文川으로 移配되어 配所에서 죽었다. 1689년 기사환국으로 신원되었다.

형적인 우언 한 편을 들어 설명해보기로 한다. 이 작품은 다음과 같은 삼단 구성으로 정리 할 수 있다.

가) 백(白)이 흑(黑)에게 말했다.

"자네는 어째서 외모가 검고 칙칙하지? 그러면서도 왜 자신을 씻지 않나? 나는 희고 깨끗하니, 자네는 나를 가까이 하지 말게나. 자네가 나를 더럽힐까 두렵네그려."

나) 흑이 싱긋이 웃으며 백에게 말했다.

"자네는 내가 자네를 더럽힐까 두려워하나? 자네가 비록 스스로를 희고 깨끗하다고 여기는 듯하네만, 내가 보기에 희고 깨끗한 것은 다만 썩은 흙의 더러움보다 못한 것 같네."

……

다) 백은 이에 크게 낙담하여 넋을 잃고 망연자실하여 한참동안 묵묵히 있다가 말했다.

"아, 옛날 장의(張儀)가 소진(蘇秦)에게 말하기를, '소진이 득세한 세상에 장의가 어찌 감히 말하겠는가.' 하였지. 오늘날은 진정 너의 때인데 내가 어떻게 감히 말할 수 있겠는가."

마침내 논란하지 않았다.102)

이 자리에서 길게 논할 수는 없지만 작가의 삶으로 미루어 보아 적잖은 정치색이 들어 있다. 내심이야 여하튼 결말은 흑의 승리다. 반면, 〈강산변〉은 아래와 같이 변증적이다.

---

102) 洪宇遠 著(1782), [刊寫者未詳], 〈白黑難〉, 『南坡集』 卷10 「雜著」, 국립중앙도서관 (일산古3648-93-14, 개인문고실) 소장.
　　白問乎黑曰: "子何闇然而黝然乎? 子奚不自疏濯也. 余則皎皎焉矣, 子無庸近我爲也. 余恐子之浼乎我也." 黑啞然笑曰: "若恐我浼若乎? 若雖自以爲皎皎乎. 吾視皎皎者, 不啻若糞壤之穢矣."……白於是焉憮然自失黙然良久曰: "噫昔, 張儀謂蘇秦曰, '蘇君之世儀, 何敢言.' 今日固若之時也. 我尚何敢言. 遂不能難."

가) 어자가 초자에게 말하였다.

"그대는 어찌하여 강가에 살지 않소?"

나) 초자가 말했다.

"강의 즐거움이 산과 같지 못하기 때문이지요. 그러는 그대는 왜 산에 살지 않소?"

......

다) 구름 낀 산은 멀어서 아득하고 강물은 깊고도 넓지만,

선생의 사는 즐거움은 산도 아니요, 물도 아니라네.

모두 돌아가 구할지어다! 우리 무리의 소자(小子)들이여![103]

이렇듯 〈강산변〉은 제3의 지양止揚의 세계를 추구하였다. 17세기라는 역동적인 세기에 걸 맞는 귀결일지도 모른다.

언급한 바로 미루어 보아, 〈강산변〉이 우의적 작품이라는 데는 이의가 없을 것이다. 그렇다면 구체적으로 〈강산변〉의 우의성은 무엇일까?

소옹 사후死後 600여 년 동안 어초가 문학의 한 켠에서 산발적으로 보이는 것은 사실이다. 대화는 청담淸談이거나 경세經世였다. 따라서 대화를 이끄는 어자와 초자는 한결같이 은자隱者들이었고 강산江山은 그들이 사는 곳이었다. 현실을 초월한 이상향으로 비세속적 공간이었다.

16~17세기를 중심으로 동아시아는 요동치기 시작하였다. 중세에서 근대로의 피할 수 없는 의식이 서서히 국가 전체를 요동시켰다. 소옹의 〈어초문대〉는 이러한 의미에서 식자들이 관심을 갖기에 충분한 글쓰기 모형이었다. 17세기를 거쳐 18세기 중엽까지 우리 문화의 여러 갈래에서 동기화同期化한 모습을 보이는 것은 결코 우연한 것이

---

103) 漁者謂樵者曰: "子何不江之上家乎?" 曰: "江之樂, 不如山. 子何不山之中家乎?" ......
雲山蒼蒼, 江水泱泱, 先生之樂, 非山非水. 盍歸求之! 吾黨小子!

아니다. 『선현유음』 필사자는 이것을 놓치지 않은 것이다.

그러나 '경세經世'라는 화두만 남고 '청담淸談'이나 '은자隱者', '비세속적 공간' 따위는 보이지 않는다. 은자로서의 어·초자가 속세를 고민하는 모습으로 변화를 꾀하였기 때문이다.

당시 문화적 함의를 공유하고 있는 이명욱의 〈어초문답도〉104)를 예로 들어 〈강산변〉을 이해해보겠다. 이 그림을 자세히 보면 등장인물이 영락없는 서민임을 알 수 있다. 어자는 왼 손에 줄에 꿴 고기를 들고 오른 손에 낚싯대를 잡았으며, 초자는 허리춤에 도끼를 꽂고 장대를 빗겨 들었다. 초자의 옷차림은 여기저기 누더기를 기워 입은 바늘땀이 그대로 생생하다. 어자를 보아도 머리가 나온 벙거지에 맨 발차림이다. 더구나 이러한 폐포파립弊袍破笠보다도 더 이들이 서민이라는 증거는 어자의 팔뚝과 종아리이다. 사실적으로 그리려한 이유도 있겠지만 튀어나온 힘줄은 삶이 근고勤苦한 상징적 표현이다. 비록 옷차림새가 전통적인 송대宋代의 것이라 하더라도 그림의 내용이 별 달라지지는 않는다. 세상사의 어려움과 삶이 그대로 그림 속에 배어 있다. 그래서인지 숙종도 이명욱의 〈어초문답도〉를 보고는 이렇게 평하였다.

> 어부는 늘 바다에 들고, 초부는 늘 깊은 산 속 찾네.
> 어찌 두렵지 않겠는가? 사나운 맹수와 놀랄 만한 풍랑이.105)

'맹수와 풍랑', 모두 상징적인 어휘들이다. 숙종이 겨냥한 자연은 결코 은자隱者가 의탁하는 장소도 강호자연도 아니다. 그곳은 간난艱難함이 있는 곳일 뿐, 사람 살 곳은 못 된다. 비슷한 시기 홍세태의 〈제

---

104) 17세기 작. 지본담채. 173.2×94.3cm. 간송미술관 소장.
105) 〈題漁樵問答圖〉, 『列聖御製 第17篇 肅宗大王』, 列聖御製出版所, 213쪽. "漁人頻入海, 樵者每尋山. 豈無偏有怕? 猛獸與驚瀾."

어초도題漁樵圖〉의 글 또한 이와 별다르지 않다.

　어자와 초자 각자 일 있어, 서로 돌아보고 무슨 말 하나.
　취향은 다르지만 함께 돌아와, 늘 이 길 따라 간다네.106)

　홍세태의 이 〈제어초도〉는 누구의 그림을 보고 지었는지 알 수 없다. 하지만, 어자와 초자, 강산의 의미는 숙종의 견해와 다를 바 없다. 어자와 초자는 각각 뜻은 다르지만, '동귀同歸'한다. 그리고 강산은 결코 그들이 머물러 사는 곳이 아니다. 17세기의 자연산수는 고단한 삶의 터전과 대립적인 개념으로 상징됨을 알 수 있다. 더 이상 소옹의 〈어초문대〉 속에 등장하는 은자들이 아님을 알 수 있다. 〈어초문대〉나 〈강산변〉에 등장하는 인물들은 당시를 서럽게 살던 서민들이다. 그리고 강산은 더 이상은 이상향이 아니다. 중심 이동이 '은자가 사는 자연'에서 '서민庶民이 사는 여항閭巷'으로 바뀌었다.
　〈강산변〉의 귀결歸結은 '여항'이다. 낙도 선생도 사는 즐거움을 여항에서 찾았다. 〈강산변〉의 우의성은 결코 인간을 뛰어 넘어 있는 것이 아니다. 바로 인생세간에 있다.

5. 결론

　이상을 통하여 개략적으로 『선현유음』에 필사된 각 작품을 살펴, 우리 고소설사적인 의의를 고찰하였다.
　결론부터 언급하면, 이 『선현유음』의 발굴은 17세기 중엽 이후 한문소설의 전사轉寫와 유전流傳이라는 측면에서 또 '소설집의 동기화'

---

106) 洪世泰, 〈題漁樵圖〉, 『柳下集』권8(한국문집총간 167), 459쪽. "漁樵各有事, 相顧欲何語. 異趣卽同歸, 每從此路去."

라는 측면에서 상당히 귀중한 자료집이다.107) 특히 필사자는 다부진 소설 의식으로 '애정'과 '재미'라는 점을 예각화銳角化하여 선집選集 필사하였다. 조선 중기의 소설 의식이 예사롭지 않은 단계에 이르렀음을 알 수 있게 하는 반증이다.

개략적으로 앞서 언급한 내용을 정리하면 다음과 같다.

1) 적지 않은 면을『선현유음』이 17세기 필사집이라는 데 할애하였다. 이것은 전적으로 연구자의 몫이기에 더 이상 거론치 않겠다.

2) 이본 대비對比를 통하여『선현유음』에 필사된 작품들은 대략 선본先本이라는 결론을 얻었다. 앞으로『선현유음』에 필사된 작품들은 이본으로서 한 몫을 담당할 것이다. 특히 이 과정에서 언급한 고소설의 작자에 관한 문제는 좀 더 치밀한 고찰이 있어야 할 것이다. 이본 교감을 하는 동안 원문이 입력된 작품 중에 오입誤入, 탈자脫字, 궐자闕字 따위를 발견할 수 있었다. 바로 잡아는 보았으나, 이 책도 이 문제는 자유롭지 못하다. 연구자는 원문에 대한 세심한 고민이 필요하다는 것을 배웠다.

3) 〈최현전〉에서 우리 한문애정전기소설풍의 적지 않은 변화를 변모를 보았다. 설화의 소설적 수용을 창의적으로 접근하였다는 점은 이 작품의 소중한 문학사적 가치로 꼽을 만하다. 여기서 애정소설의 미학美學 일실逸失에 대한 안타까움은 적잖이 복원된 것 같다. 17세기 중엽 이후, 우리 고소설사에서 장르의 역학관계力學關係와 소설의 내재적內在的 발전에 유용한 작품이 될 듯하다.

4) 〈강산변〉에서는 우언체寓言體 소설의 한 단초를 보았다. 우언과 소설의 착종錯綜이라는 점은 당시의 소설 개념으로 문제될 것이 없으나, 어렴풋이나마 사회적인 문제를 문답체 우언을 통하여 풀어내려

---

107) '소설집의 동기화'란 우리 소설사에 꽤 의미망이 넓다. 그것은 우선 '진정한 의미의 소설독자'와 '소설의 대중화'라는 점이다. 小說讀書體驗 → 選集意識 → 受容層의 擴張 → 大衆化라는 일련의 흐름은 진정한 소설 독자로부터 출발한다. 남다른 소설의식이 없다면 필사란 애당초 생각할 수 없는 문제이기에 그렇다.

한 점은 이 작품의 의의가 녹녹치 않음을 보여 준다. 그리고 그 표현 양식을 어부와 초자를 등장인물로 하고 결론을 여항閭巷에 둔 것은 틀림없이 17세기의 문화접변文化接變 현상이다.

췌언贅言이다. 에로빈 파노프스키는 미술가와 천진한 감상가鑑賞家 차이를, "자신이 내리는 미적 평가와 해석이 타당한지 아닌지를 얼마만큼 심각하게 고려하느냐에 있다."고 하였다. 가슴을 에이는 말이다. 더구나 『선현유음』을 필사한 중세의 '그 지식인'에게 당의정糖衣錠 여남은 알로 품값을 후히 쳐 받아서인지 영 미안한 마음이다.

선현유음 교감

先賢遺音 校勘

周生傳

이본 교감은 金九經本: 文璇奎 譯(1961), 〈周生傳〉, 『花史〈外二篇〉』, 通文館을 대상으로 하되, 부분적으로 북한에서 나온 리철화 역(1990), 『림제·권필작품집』, 문예출판사에 수록된 『화몽집』 소재 〈주생전〉도 참고하였다.

周生字直卿, 名檜,[1] 號梅川. 世居錢塘, 父爲蜀州別駕, 因[2]家于蜀. 生少時, 捴[3]銳能書[4]. 年十八充[5]大學[6][7], 爲諸[8]輩所推仰, 生亦自負不淺. 在(大)學数歲[9], 連擧不第, 乃喟然嘆[10]曰:

"人生世間, 如微塵栖[11]弱草耳. 胡乃爲名繮[12]所係, 汨沒[13]塵土中, 以送吾生乎?"

---

1) 周生字直卿, 名檜: 이본에는 '周生名檜, 字直卿'으로 되어 있다. (이하 '이본'은 생략한다.)
   *( )는 이본에 없는 글자이다.
2) 因: '仍'으로 되어 있다.
3) 捴: '聰'으로 되어 있다.
4) 書: '詩'로 되어 있다.
5) 充: '爲'로 되어 있다.
6) 大學: '太學'으로 되어 있다. (이하 이에 대한 교감은 생략한다.)
7) 學: '學生'으로 되어 있다.
8) 諸: '儕'로 되어 있다.
9) 歲: '年'으로 되어 있다.
10) 嘆: '歎'으로 되어 있다.
11) 栖: '棲'로 되어 있다.
12) 繮: '韁'으로 되어 있다.
13) 沒: '汩'로 되어 있다.

自是, 遂絕意科擧14)之業.

倒篋中有錢百千, 以其半買舟, 往來15)江湖(間), 以其半市雜貨. (時)取贏以自給. 朝吳暮楚, 惟意所適.

一日, 繫舟岳陽城外, (步入城中)訪所善羅生, 生16)亦俊逸士也. 見生甚喜, 置17)酒相款18).

生不覺沉醉, 比及登19)舟, 則日已暝20)黑. 俄而月上. 生放舟中流, 倚棹困睡. 舟自爲風力所送, 其疾21)如箭.

及覺, 則鍾鳴烟寺, 而月在西矣. 但見兩岸, 碧樹慈蘢22), 曉色蒼芒. 樹陰中, 時有紗籠銀燭, 隱映於朱欄翠箔(之)間.

問之, 乃錢塘也.

口占一絶曰:

岳陽城外倚蘭槳, 一夜風吹入醉鄕.
杜宇數聲春月曉, 忽驚身已在錢塘.

及朝, 登岸訪古里親舊, 半已凋喪. 生吟嘯徘徊, 不忍去也.

有妓婓桃23)者, 少與24)戲嬉者也. 以才色獨步於錢塘, 人呼25)之爲婓26)

---

14) 擧: '學'으로 되어 있다.
15) 往來: '來往'으로 되어 있다.
16) 生: '羅生'으로 되어 있다.
17) 置: '買'로 되어 있다.
18) 款: '歡'으로 되어 있다.
19) 登: '還'으로 되어 있다.
20) 暝: '昏'으로 되어 있다.
21) 疾: '往'으로 되어 있다.
22) 慈蘢: '葱朧'으로 되어 있다.
23) 婓桃: '俳桃'로 되어 있다. (이하 모두 '俳桃'로 되었기에 이름에 대한 교감은 생략한다.)
24) 少與: '生小時, 所與同'으로 되어 있다.
25) 呼: '號'로 되어 있다.
26) 婓: '俳'로 되어 있다.

娘. 引生故家, 相待27)甚款28).

生贈詩曰:

天涯芳草幾沾29)衣, 萬里歸來事事非.
依舊杜秋30)聲價在, 畵31)樓珠箔32)捲斜暉.

娸桃大驚曰:

"郎君有33)才如此, 非久屈於人者, 一何泛梗飄蓬若此哉?" 因34)問, "娶35)未?"

生曰:

"未也."36)

桃笑曰:

"願郎君, 不必37)還舟, 只可寓38)在妾家. 妾當爲(郎)君, 求得一佳耦."

蓋桃意屬39)生也.

生亦見桃, 姿妍態艷40), 心中深41)醉, 笑而謝之曰:

"不敢望也."

---

27) 待: '對'로 되어 있다.

28) 款: '歡'으로 되어 있다.

29) 沾: '霑'으로 되어 있다.

30) 杜秋: 원본에는 '秋杜'로 되어 있는 것을 앞뒤 글자 우측 상단에 자리바꿈 부호(符號)가 있어 바로잡았다. '杜秋'로 되어 있다.

31) 畵: '小'로 되어 있다.

32) 箔: '箱'으로 되어 있다.

33) 有: '爲'로 되어 있다.

34) 因: '仍'으로 되어 있다.

35) 娶: '聚'로 되어 있다.

36) 問, 娶未…未也: 소실(燒失)되어 알 수 없는 것을 이본을 참고하여 보(補)하였다.

37) 郎君, 不必: 소실(燒失)되어 알 수 없는 것을 이본을 참고하여 보(補)하였다.

38) 寓: '留'로 되어 있다.

39) 求得…意屬: 소실(燒失)되어 알 수 없는 것을 이본을 참고하여 보(補)하였다.

40) 艷: '濃'으로 되어 있다.

41) 深: '亦'으로 되어 있다.

團欒之中,42) 日已晚43)矣.

桃令小丫鬟44), 引(生)就別室安歇. 生45)入室, 見壁46)間, 絶句47). 詞意甚新, 問丫鬟.

丫鬟48)曰, "主娘所作也."

詩曰:

琵琶莫奏相思曲, 曲到高時更斷魂49).
花影滿簾人寂寂, 春來鎖50)却幾黃昏.

生既悅其色, 又見此51)詩, 情迷意惑, 萬念俱灰. 心欲次韻, 以試桃意, 凝思苦吟, 竟莫能成, 而夜又深矣.

月色滿地, 花影婆娑52). 徘徊間, 忽聞門外人語馬嘶53), 良久乃止. 生(心)頗疑之, 未覺其由. 見桃所在室(不)甚54)遠, 紗窓裡55)絳燭熒煌. 生潛往窺之, 見桃獨坐, 舒綵花56)牋, 蜂57)蝶戀花詞. 只就前帖58), 未就後

---

42) 團欒之中: 소실(燒失)되어 알 수 없는 것을 이본을 참고하여 보(補)하였다.

43) 晚: '暮'로 되어 있다.

44) 丫鬟: '丫鬢'으로 되어 있다. (이하 모두 '丫鬢'으로 되었기에 이에 대한 교감은 생략한다.)

45) 生: '至'로 되어 있다.

46) 壁: 원본에는 '辟'으로 되어 있는 것을 이본을 참고하여 바로잡았다. '壁'으로 되어 있다.

47) 絶句: '有句一首'로 되어 있다.

48) 丫鬟: '丫鬢答'으로 되어 있다.

49) 魂: '魂'으로 되어 있다.

50) 鎖: '消'로 되어 있다.

51) 此: '其'로 되어 있다.

52) 婆娑: '扶踈'로 되어 있다.

53) 嘶: '聲'으로 되어 있다.

54) 甚: '甚不'로 되어 있다.

55) 裡: '裏'로 되어 있다.

56) 花: '雲'으로 되어 있다.

57) 蜂: '草'로 되어 있다.

帖59).

　生(忽)啓窓曰:

"主人之詞, 客可足乎?"

　桃佯怒曰:

"狂客, 胡乃至此(乎)?."

　生曰:

"客本非60)狂, (只是)主人使客狂耳."

　桃方微笑, 令生足成, 其詞曰61):

小院深深春意鬧, 月在花枝,
寶鴨香烟裊.
窓裡62)玉人愁老63), 搖搖短64)夢迷島65).

(生繼吟曰)

誤入蓬萊十二島, 誰試66)樊川,
却得尋芳草.
睡起67)忽聞枝上鳥, 綠簾無影朱欄曉.

---

58) 帖: '疊'으로 되어 있다.
59) 帖: '疊'으로 되어 있다.
60) 非: '不'로 되어 있다.
61) 其詞曰: '其詞. 詞曰'로 되어 있다.
62) 裡: '裏'로 되어 있다.
63) 老: '欲老'로 되어 있다.
64) 搖搖短: '遙遙斷'으로 되어 있다.
65) 島: '花草'로 되어 있다.
66) 試: '識'으로 되어 있다.
67) 起: '覺'으로 되어 있다.

詞⁶⁸⁾罷, 桃自起, 以滿⁶⁹⁾玉缸酌, 瑞霞酒勸生. 生意不在酒, 因⁷⁰⁾辞不飮. 桃知生意, 乃凄凉自敍⁷¹⁾曰:

"妾先世乃豪族也. 祖某提擧泉州⁷²⁾市舶司, 因有罪廢爲庶人. 自此貧困, 不能振起. 妾早失父母, 見養於⁷³⁾人, 以至于今. 雖欲守貞⁷⁴⁾自潔, 名已在⁷⁵⁾於妓籍, 不得已而强與人宴樂.

每居閑處(獨), 未嘗不看花掩淚, 對月消⁷⁶⁾魂. 今見郎君風儀秀朗, 才思俊逸. 妾雖陋質, 願⁷⁷⁾薦枕席, 永奉巾櫛. 望郎君立身⁷⁸⁾, 早登要路, 拔妾於妓籍之中, 使不忝⁷⁹⁾先人之名, 則賤妾之願畢矣. 後雖棄妾, 終身不見, 感思⁸⁰⁾不暇, 其敢怨乎?"

言訖, 淚⁸¹⁾下如雨.

生大感其言, 就抱其腰, 引袖拭淚曰:

"此男子分內事耳. 汝縱不言, 其⁸²⁾豈無情者(耶)?"

桃收淚改容曰:

"詩不云乎, '女也不爽, 士貳⁸³⁾其行'? 郎君不見李益・郭⁸⁴⁾小玉之事乎?

---

68) 詞: '生詞'로 되어 있다.

69) 滿: '藥'으로 되어 있다.

70) 因: '仍'으로 되어 있다.

71) 凉自敍: '然'으로 되어 있다.

72) 州: 원본에는 '朝'로 되어 있는 것을 이본을 참고하여 바로잡았다. '州'로 되어 있다.

73) 於: '于'로 되어 있다.

74) 貞: '淨'으로 되어 있다.

75) 在: '載'로 되어 있다.

76) 消: '銷'으로 되어 있다.

77) 願: '願一'로 되어 있다.

78) 立身: '他日立身'으로 되어 있다.

79) 忝: '黍'로 되어 있다.

80) 思: '恩'으로 되어 있다.

81) 淚: '泣'으로 되어 있다.

82) 其: '我'로 되어 있다.

83) 貳: 원본에는 '異'로 되어 있는 것을 이본을 참고하여 바로잡았다. '貳'로 되어 있다.

84) 郭: '霍'으로 되어 있다.

郎君若(肯)不我遐弃, 願立盟辞."

因85)出魯縞一尺授生. 生即揮筆(書)之曰, "靑山不老, 綠水86)長存, 子不信我87), 明月在天."

寫畢, 桃心封血緘, 藏之裙帶中.

是夜, 高唐88), 二人相得之好. 雖金生之89)翠翠, 魏郎之90)娉娉, 未足91)喩也.

明日.

生92)詰夜來人語馬嘶93)之故, 桃曰:

"此居94)里許, 有朱門面水者, 乃故丞相盧某宅也. 丞相已死, 夫人獨在95), 只有一男一女, 皆未婚嫁. 日以歌舞爲事, 昨夜遣騎邀妾, 妾以郎君之故, 辭以疾96)."

自此 生爲桃所惑, 遂謝絶人事, 日與桃調琴釀酒, 相與戲謔而已.

一日近午.

有人叩門曰, "婔娘在否?" 桃令児輩出應, 乃丞相家蒼頭也.

致夫人之辞曰:

"老婦今欲設酌, 非婔娘莫可與娛, 故敢送鞍馬, 勿以爲勞也."

桃謂生曰:

---

85) 因: '仍'으로 되어 있다.

86) 水: '木'으로 되어 있다.

87) 信我: 원본에는 '我信'으로 되어 있는 것을 앞뒤 글자 우측 상단에 자리바꿈 부호 (符號)가 있어 바로잡았다. '我信'으로 되어 있다.

88) 高唐: 원본에는 '高堂'으로 되어 있는 것을 이본을 참고하여 바로잡았다. '賦高唐'으로 되어 있다.

89) 之: '之於'로 되어 있다.

90) 之: '之於'로 되어 있다.

91) 足: '之'로 되어 있다.

92) 生: '生方'으로 되어 있다.

93) 嘶: '聲'으로 되어 있다.

94) 此居: '此去'로 되어 있다.

95) 在: '居'로 되어 있다.

96) 疾: '疾也'로 되어 있다.

"再辱貴人之命, 其敢不承."

卽粧梳改衣而出.

生付囑曰:

"幸莫経夜."[97)

送[98)之出門, 言莫経夜者三四.

桃上馬而去, 人如[99)輕燕[100), 馬如[101)飛龍, 迷花映[102)柳, 苒苒[103)而去.

生不能之[104)情, 便隨趄[105)出湧金門. 左轉而至垂虹[106)橋, 果見甲第連雲. 其[107)所謂面水朱門也[108). 雕欄曲檻, 半隱綠楊紅杏之間, 鳳笙龍管[109)之聲, 隱隱然, 如在半空中[110). 時時樂止, 則笑語琅(琅)然出諸外.

生彷徨橋上, 乃作古[111)風一篇, 題于柱(上詞)曰:

柳外平湖湖上樓, 朱甍碧瓦照靑春.

香風吹送笑語聲, 隔花不見楼中人.

---

97) 自此 生爲桃…幸莫經夜: 이본에는 '日暮, 丞相夫人, 又遣騎邀桃, 桃不能再拒.'로 簡略하게 되어 있다. 그러나 『화몽집』 소재 〈주생전〉은 약간의 글자만 가감되어 있다.

98) 送: '生送'으로 되어 있다.

99) 人如: 소실(燒失)되어 알 수 없는 것을 이본을 참고하여 보(補)하였다.

100) 燕: '鶯'으로 되어 있다.

101) 如: '若'으로 되어 있다.

102) 迷花映: '泛花映'으로 되어 있다.

103) 苒苒: '冉冉'으로 되어 있다.

104) 之: '定'으로 되어 있다.

105) 趄: '後趨'로 되어 있다.

106) 至垂虹: 소실(燒失)되어 알 수 없는 것을 이본을 참고하여 보(補)하였다.

107) 其: '此'로 되어 있다.

108) 也: '者'로 되어 있다.

109) 杏之間, 鳳笙龍管: 소실(燒失)되어 알 수 없는 것을 『화몽집』 소재 〈주생전〉을 참고하여 보(補)하였다.

110) 雕欄曲檻…如在半空中: 이본에는 '如在空中,'으로 簡略하게 되어 있다. 그러나 『화몽집』 소재 〈주생전〉은 약간의 글자가 가감되어 있다.

111) 橋上, 乃作古: 소실(燒失)되어 알 수 없는 것을 이본을 참고하여 보(補)하였다.

却羨花間双燕子, 任情飛入珠[112]簾裏.[113]

彷徨間, 漸見夕陽歛[114]紅, 暝[115]靄凝[116]碧. 俄有女娘数隊, 自朱門騎馬而出, 金鞍玉勒, 光彩照人. (生)以爲桃也, 即投身於路畔空店中窺[117]之. 閱之[118]十餘背, 而不出[119]. (生)中心[120]大疑, 還到[121]橋頭, 則已不辨牛馬矣.

乃直入珠[122]門, 了不見一人. 又至橋[123]下, 又[124]不見(一人). 正納悶間, 月色微明, 見樓北有蓮池. 池上雜花慈[125]蒨, 花間細路屈曲. 生縁路潛行, 花盡處有堂. 由階而西折数十步, 遙見葡萄架下有屋, 小而極麗. 紗窓半啓, 畫燭高燒. 燭影下紅裙翠袖, 隱隱然往來, 如在圖畫[126]中.

生匿身而往, 屛息而窺. 金屛彩褥, 奪人眼睛. 夫人衣紫羅衫, (斜)倚白玉案而坐, 年近五十, 而從容顧眄(之際), 綽有嬋[127]妍.

有少女年可十四五, 坐于夫人之側[128]. 雲鬟綰緑[129], 醉臉微[130]紅, 明

---

112) 珠: '朱'로 되어 있다.

113) 裏: '裏. 徘徊未忍踏歸路, 落照纖波添客思.'로 되어 있다. 이 두 시행은 『화몽집』 소재 〈주생전〉에도 '徘徊不忍踏歸路, 落照纖波添客愁.'로 되어 있는 것으로 미루어, 이본만 누락되었음을 알 수 있다.

114) 歛: '欲'으로 되어 있다.

115) 暝: '暝'으로 되어 있다.

116) 凝: '疑'로 되어 있다.

117) 窺: '觀'으로 되어 있다.

118) 之: '盡'으로 되어 있다.

119) 而不出: '而桃不在'로 되어 있다.

120) 中心: '中心'으로 되어 있다.

121) 到: '至'로 되어 있다.

122) 珠: '朱'로 되어 있다.

123) 橋: '樓'로 되어 있다.

124) 又: '亦'으로 되어 있다.

125) 慈: '葱'으로 되어 있다.

126) 圖畫: '畫圖'로 되어 있다.

127) 嬋: '餘'로 되어 있다.

128) 側: 원본에는 '測'으로 되어 있는 것을 이본을 참고하여 바로잡았다. '側'으로 되어

眸斜眄, 若秋波之暎明月[131]. 巧笑生渦[132], 若春花之含雨[133]露.

桃坐於其前[134], 不啻若鷗鷖[135]之於鳳凰, 沙[136]礫之於珠璣也. (生)魂飛雲外, 神[137]在空中, 幾欲狂叫突入者數次.

酒一行, 桃欲[138]歸. 夫人挽留甚固, 而(桃)請歸益懇, 夫人曰:

"(娘)平日不曾如此, 何遽邁邁. 若是, 無乃有[139]情人之約耶?"

桃歛衽而對[140]:

"夫人下問, 妾不[141]敢不以實對."

遂將與生結緣事, 細說一遍.

夫人未及一言, 少女微笑, 流目視桃曰:

"何不早言. 幾誤了一宵佳會也."

夫人亦大笑, (而)許歸.

生趁[142]出, 先至桃家, 擁衾伴睡, 鼻息如雷. 桃追至, 見生臥睡, 即以手扶起曰:

"郎[143]做何夢(耶)?"

生應口朗[144]吟曰:

있다.

129) 縮綠: '結緣'으로 되어 있다.

130) 臉微: '臉凝'으로 되어 있다.

131) 秋波之暎明月: '流波之映秋日'로 되어 있다.

132) 渦: '倩'으로 되어 있다.

133) 雨: '曉'로 되어 있다.

134) 於其前: '于其間'으로 되어 있다.

135) 鷗鷖: '鴉鷖'로 되어 있다.

136) 沙: '砂'로 되어 있다.

137) 神: '心'으로 되어 있다.

138) 欲: '欲辭'로 되어 있다.

139) 無乃有: '豈有'로 되어 있다.

140) 衽而對: '衽對曰'로 되어 있다.

141) 不: '豈'로 되어 있다.

142) 趁: '趣'로 되어 있다.

143) 郎: '郎君方'으로 되어 있다.

夢入瑤臺彩雲裏,

九華帳下見[145]仙娥.

桃不悅, 詰之曰:

"所謂仙娥[146](者), 是何物耶[147]?"

生無言可答, 即繼吟曰:

覺來却喜仙俄在,

奈此滿堂花月何!

因[148]撫桃背曰:

"爾非吾仙俄耶?"

桃笑曰:

"然則郎君豈非吾[149]仙郎耶?"

自此以[150]'仙郎'·'仙俄'[151]呼之.

生問其晚歸之由[152], 桃曰:

"宴罷後, (夫人)令他妓皆故, 獨留妾別於小[153]女命花之室[154], 更設小

---

144) 朗: '浪'으로 되어 있다.

145) 下見: '裏夢'으로 되어 있다.

146) 仙娥: 원본에는 '仙俄'로 되어 있는 것을 이본을 참고하여 바로잡았다. '仙娥'로
     되어 있다. (이하 모두 '仙娥'로 되었기에 이름에 대한 교감은 생략한다.)

147) 耶: '也'로 되어 있다.

148) 因: '乃'로 되어 있다.

149) 吾: '妾'으로 되어 있다.

150) 以: '相以'로 되어 있다.

151) 仙郎, 仙俄: '仙娥, 仙郎'으로 되어 있다.

152) 其晚歸之由: 원본에는 '其挽歸之由'로 되어 있는 것을 이본을 참고하여 바로잡았
     다. '晚來之故'로 되어 있다.

153) 小: '少'로 되어 있다.

154) 室: '舘'으로 되어 있다.

酌, 以此遲耳."

生細細引問, 則曰:

"仙花字芳卿(也). 年纔三五, 姿貌雅麗, 殆非塵君間人. 又工詞曲, 巧(於)刺繡, 非賤妾(之)所敢望也. 昨日新製[155]風入松詞, 欲被(之)絃琴[156], 以妾知音律故, 留與度曲了[157]."

生曰:

"其詞可得聞乎?"

桃朗吟一遍詞曰:

玉窓花暖日遲遲, 院靜簾垂.
沙頭彩鴨依斜照, 一[158]双對浴春池.
柳外輕烟漠(漠), 烟中細柳絲絲[159].
美人睡起倚欄時, 翠斂愁眉.
燕雛解語鶯聲老, 恨韶華夢裏都衰.
(却)把瑤琴[160]輕弄, 曲中幽怨誰知?

每誦(了)一句, 生暗暗稱奇.

乃給桃曰:

"此詞曲盡閨裏春懷, 非蘇若蘭[161]織綿[162]手, 未[163]易到也. 雖然, 不及吾仙俄雕花刻玉之才也."

---

155) 新製: '作'으로 되어 있다.
156) 絃琴: '琴絃'으로 되어 있다.
157) 了: '耳'로 되어 있다.
158) 一: '羡一'로 되어 있다.
159) 絲絲: '綠線'으로 되어 있다.
160) 瑤琴: '琵琶'로 되어 있다.
161) 蘇若蘭: 원본에는 '蘇若蘭'으로 되어 있는 것을 바로잡았다. '蘇若蘭'으로 되어 있다.
162) 綿: '錦'으로 되어 있다.
163) 未: 소실(燒失)되어 알 수 없는 것을 이본을 참고하여 보(補)하였다.

生自見仙花[164], 向桃之情已淺[165]. (雖)應酬之際[166], 勉爲笑歡[167], 一[168]心則惟仙花是念.

一日, 夫人呼小子國英曰:

"汝年十二, 尚未就學, 他日[169]成人, 何以自立? 聞姨娘夫婿周生, 乃能文之士. 汝往請學可乎?"

夫人家法甚嚴, 不[170]敢違命. 卽日挾冊就生.

生心中[171]暗喜曰, '吾事濟矣', 再三謙讓, 而(後)敎之.

一日, 俟桃不在, 從容謂(國)英曰:

"爾[172]往來受學, 甚是勞苦. 爾家若有別室[173], 移[174]寓于汝[175]家. 則爾無往來之苦[176], 而吾之敎爾專矣."

國英拜謝[177]曰:

"固所願也."

敀白于[178]夫人, 卽日迎生.

桃自外敀, 大驚曰:

"仙郎殆有私乎. 奈何棄妾(而)他適?"

生曰:

---

164) 花: '花之後'로 되어 있다.
165) 淺: '薄'으로 되어 있다.
166) 酬之際: 소실(燒失)되어 알 수 없는 것을 이본을 참고하여 보(補)하였다.
167) 歡: '懽'으로 되어 있다.
168) 一: '而一'로 되어 있다.
169) 二尙未就學, 他日: 소실(燒失)되어 알 수 없는 것을 이본을 참고하여 보(補)하였다.
170) 甚嚴, 不: 소실(燒失)되어 알 수 없는 것을 이본을 참고하여 보(補)하였다.
171) 心中: '中心'으로 되어 있다.
172) 爾: '汝'로 되어 있다.
173) 室: '舍'로 되어 있다.
174) 移: '我移'로 되어 있다.
175) 于汝: '於爾'로 되어 있다.
176) 苦: '勞'로 되어 있다.
177) 謝: '辭'로 되어 있다.
178) 于: '於'로 되어 있다.

"聞(有)丞相家, 藏書三萬軸. 而夫人不欲以先公舊物, 妄自出入(云), 吾
欲往讀人間未見(之)書耳."

桃曰:

"郎之勤業, 妾之福也."

生移寓丞相家, 晝則與玉國英同住, 夜則門闥甚密, 無計可試[179]. 轉
輾[180]浹旬, 忽自念曰, '始吾來此, 本圖仙花, 今芳春已盡, 奇遇未成, 俟河
之淸, 人壽幾何? 不如昏夜唐[181]突, 事成(則)爲卿[182], 不成則烹可也.'

是夜無月. (生)踰壇[183]数重, 方到仙花之堂[184]. (回欄)曲檻[185], 簾幕
重重. 良久諦視, 並無人迹, 但見仙花, 明燭理曲. 生伏在楹間, 聴其所爲.
仙花理曲罷, 細吟蘇子瞻賀新郎詞曰:

簾外誰來推繡戶, 枉敎人夢斷瑤臺.
又(日)却是風敲竹, (還似玉人來).[186]

生卽於簾(外)微吟曰:

莫言風動竹.
眞箇[187]玉人來.

---

179) 試: '施'로 되어 있다.
180) 轉輾: '輾轉'으로 되어 있다.
181) 唐: 원본에는 '搪'으로 되어 있는 것을 이본을 참고하여 바로잡았다. '唐'으로 되어
     있다.
182) 卿: '貴'로 되어 있다.
183) 壇: '垣'으로 되어 있다.
184) 堂: '室'로 되어 있다.
185) 檻: '楹回廊'으로 되어 있다.
186) 還似玉人來: 『화몽집』 소재 〈주생전〉에도 없다.
187) 眞箇: '直是'라고 되어 있다.

仙花佯若不聞, 即滅燈[188]就睡.

生入與同寢[189]. 仙花稚年弱質, 未[190]堪情事, 微雲濕[191]雨, 柳態[192]花嬌, 芳啼軟語, 淺笑輕顰. 生蜂貪蝶戀, 意迷神融, 不覺近曉.

忽聞流鶯睍睆[193]檻外花稍[194]. 生驚起出戶, (則)池舘[195]悄然, 曙靄曚朧[196](矣). 送之[197]出門, 却閉門而入曰:

"此處[198]勿得再來. 機事一泄[199], 死生可念."

生烟塞胸中, 哽咽趍擧[200]而答曰:

"纔成好會一, 何相對[201]之薄耶!"

仙花笑曰:

"前言戲(之)耳. 將子無怒, 昏以爲期."

生 '喏喏'[202]連聲而去[203].

仙花還室, 作'早夏聞曉鶯'[204]一絶, 題于窓上[205]曰:

---

188) 燈: '燭'으로 되어 있다.

189) 寢: '枕'으로 되어 있다.

190) 未: '不'로 되어 있다.

191) 濕: '細'로 되어 있다.

192) 態: '嫩'으로 되어 있다.

193) 睍睆: 원본에는 '睆睍'으로 되어 있는 것을 앞뒤 글자 우측 상단에 자리바꿈 부호 (符號)가 있어 바로잡았다. '語在'로 되어 있다.

194) 外花稍: '前花梢'로 되어 있다.

195) 舘: '館'으로 되어 있다.

196) 曙靄曚朧: '曙霧曚曚'으로 되어 있다.

197) 送之: '仙花送生'으로 되어 있다.

198) 處: '去後'로 되어 있다.

199) 泄: '洩'로 되어 있다.

200) 擧: '去'로 되어 있다.

201) 對: '待'로 되어 있다.

202) 喏喏: '諾諾'으로 되어 있다.

203) 去: '出'로 되어 있다.

204) 聞曉鶯: '聞曉鶯詩'로 되어 있다.

205) 上: '外'로 되어 있다.

漠漠輕陰雨後天, 綠楊如畫草如烟.

春愁不共206)春帰去, 又逐207)曉鶯來枕邊.

後208)又至.

忽聞壇209)底樹陰中, 戛然有曳履聲. (生)恐爲人所覺, 便欲返走, 曳履者, 却以靑梅子擲之, 正中生背. 生狼狽既於躱避210), 偸伏211)(於)叢篁之中212).

曳履者, 低聲語曰:

"周生无恐, 鶯鶯在此."

生乃213)知爲仙花所誤, 乃起(去)抱腰曰:

"何欺人若此214)?"

仚花215)曰:

"豈敢欺216)郞. 郞自怊矣217)."

生曰:

"偸香盜璧, 烏218)得不怊?"

便携手入室. 見窓上絶句, 指其尾曰:

"佳人有何219)閑愁, 而出言若是耶?"

---

206) 共: '逐'으로 되어 있다.

207) 逐: '逐'으로 되어 있다.

208) 後: '後生'으로 되어 있다.

209) 壇: '墻'으로 되어 있다.

210) 既於躱避: '無所逃避'로 되어 있다.

211) 偸伏: '伏'으로 되어 있다.

212) 中: '下'로 되어 있다.

213) 乃: '方'으로 되어 있다.

214) 此: '是'로 되어 있다.

215) 花: '花笑'로 되어 있다.

216) 欺: '誣'로 되어 있다.

217) 怊矣: 원본에는 '刼矣'로 되어 있는 것을 이본을 참고하여 바로잡았다. '怊耳'로 되어 있다.

218) 烏: '安'으로 되어 있다.

䓤花悄然曰:

"女子之身, 與愁俱生. 未相見, 願相見, 既相見, 恐相離, 女子一身安往[220]而無愁哉? 況郎犯折檀之機[221], 妾受行露之辱. 一朝不幸, 情迹[222]敗露, 則不容於親戚, 見賤於鄕倘[223]. 雖欲與郎(君)執手偕老, 那可得乎? 今日之事, 譬如雲間幕中華[224], 縱得一時之好, 其奈不久何?"

言訖, 下淚[225], 珠恨玉怨, 殆不自堪.

生收[226]淚慰之曰:

"丈夫豈不能娶[227]一女(子)乎? 我當終備媒約[228]之信以禮迎子, 子休煩惱."

䓤花收淚謝曰:

"必如郎言, 則夭桃[229]灼灼. 縱乏宜家之德, 采蘩祁祁[230], 庶盡奉祭[231]之誠."

自出香奩中小粧鏡, 分爲二段, 一以自藏, 一以授生曰:

"留待洞房花燭之夜, 再合可[232]也."

又以紈扇授生曰:

"二物雖末[233], 足表心曲. 幸念乘鸞之女[234], 莫貽秋風之怨. 縱失

---

219) 何: '甚'으로 되어 있다.
220) 往: '住'로 되어 있다.
221) 機: '譏'로 되어 있다.
222) 迹: '跡'으로 되어 있다.
223) 倘: '黨'으로 되어 있다.
224) 譬如雲間幕中華: '此如雲間月, 葉中花'로 되어 있다.
225) 下淚: '淚下'로 되어 있다.
226) 收: '扠'으로 되어 있다.
227) 能娶: '取'로 되어 있다.
228) 備媒約: '修媒妁'으로 되어 있다.
229) 則夭桃: '桃夭'로 되어 있다.
230) 祁祁: 원본에는 '祈祈'로 되어 있는 것을 이본을 참고하여 바로잡았다. '祁祁'로 되어 있다.
231) 奉祭: 소실(燒失)되어 알 수 없는 것을 이본을 참고하여 보(補)하였다.
232) 夜, 再合可: 소실(燒失)되어 알 수 없는 것을 이본을 참고하여 보(補)하였다.

姮235)娥之影, 須隣236)明月之輝."

自此, 昏聚曉散, 無夕237)不然.

一日, 生念久不見婳桃, 恐桃見238)恠, 乃往宿而239)帰.

仙花夜至生室. 潛發生240)囊(中), 得婳桃寄生詩数幅. 不勝羞241)妬, 取案上墨筆242)塗抹如鴉243), 自製眼児眉一関, 書于翠綃, 投之囊中而去. 詞曰:

窓外踈螢滅244)復流, 斜月在高堂245).

一階竹韻, 滿簾246)梧影, 夜靜人愁.

此時蕩子無消息, 何處作閑遊.

也應不念, 離情脉脉, 坐数更籌.

明日生還.

仚花了無妬恨之色, 又不言發囊(中)之事, 盖247)令生自愧也. 生曠248)

---

233) 末: '微'로 되어 있다.

234) 女: '妾'으로 되어 있다.

235) 風之怨. 縱失姮: 소실(燒失)되어 알 수 없는 것을 이본을 참고하여 보(補)하였다.

236) 隣: '憐'으로 되어 있다.

237) 夕: '夜'로 되어 있다.

238) 婳桃, 恐桃見: 소실(燒失)되어 알 수 없는 것을 이본을 참고하여 보(補)하였다.

239) 而: '不'로 되어 있다.

240) 生: '生粧'으로 되어 있다.

241) 羞: 소실(燒失)되어 알 수 없는 것을 『화몽집』 소재 〈주생전〉을 참고하여 보(補)하였다. (이본에는 없다.)

242) 墨筆: '筆墨'으로 되어 있다,

243) 抹如鴉: 원본에는 '沫如鴉'로 되어 있는 것을 이본을 참고하여 바로잡았다. '抹如烏'로 되어 있다.

244) 螢滅: '影明'으로 되어 있다.

245) 堂: '樓'로 되어 있다.

246) 簾: '堂'으로 되어 있다.

247) 盖: '蓋欲'으로 되어 있다.

248) 曠: '曠然'으로 되어 있다.

無他念.

一日, 夫人設宴, 召[249]姚桃, 稱周生之學行. 且謝敎子之勤, 令[250]桃致意[251]於生. 是夜生[252]爲杯酌所[253]困, 矇[254]不省事. 桃獨坐無寢[255], 偶發藏[256]囊, 見其詞爲(墨)汁所昏[257], 心頗疑之. 又得眼(見)兒眉詞, 知仚花所爲, 乃大怒. 取其詞, 納諸袖中, 又封結其囊如舊[258], 坐而待朝. 生酒醒[259], (桃)徐問曰:

"郎君久寓於此, 而不敢何如[260]?"

曰[261]:

"國英(時)未卒業故也."

桃曰:

"(然則)敎妻之弟, 不容[262]不盡心也?"

生枊(枬)然面頸反[263]赤曰:

"是何言也?"

桃良久不言.

生惶惶失措, 以面掩地.

桃乃出其詞, 投之生前曰:

---

249) 召: '召見'으로 되어 있다.
250) 令: '親自酌酒, 令'으로 되어 있다. 金九經本에도 '親自酌酒, 令'이라는 구절이 있다.
251) 致意: '傳致'로 되어 있다.
252) 是夜生: '生是夜'로 되어 있다.
253) 杯酌所: '盃酒所'로 되어 있다.
254) 矇: '濛'으로 되어 있다.
255) 寢: '寐'로 되어 있다.
256) 藏: '粧'으로 되어 있다.
257) 昏: '渾'으로 되어 있다.
258) 舊: '故'로 되어 있다.
259) 醒: '醒後'로 되어 있다.
260) 如: '也'로 되어 있다.
261) 曰: '生曰'로 되어 있다.
262) 容: '可'로 되어 있다.
263) 反: '發'로 되어 있다.

"踰墻相從, 鑽²⁶⁴⁾穴相窺, 豈君子之所²⁶⁵⁾爲哉? 我將入白²⁶⁶⁾夫人."

便引身(而)起.

生芒²⁶⁷⁾忙抱持, 以宗告之, 且叩頭懇乞曰:

"仚娥既²⁶⁸⁾與我永結芳盟. 何忍置²⁶⁹⁾人於死地?"

桃意方回曰:

"(郎君)便可與妾同歸. 不然則, 郎既背約, 妾何守盟?"

生不得已而托²⁷⁰⁾他故, 復攸²⁷¹⁾桃家.

桃自覺仙花之事, 不復稱即²⁷²⁾爲仚郎者, 心不平也. 生篤念仙花, 日成消²⁷³⁾瘦, 托病²⁷⁴⁾不起者, 數²⁷⁵⁾旬.

俄而, 吐英病死.

生具祭物, 往奠于柩前.

仙花亦因生致病, 起居須人, 忽聞生到²⁷⁶⁾, 力疾强起, 淡粧素服, 獨立於簾內.

生奠罷, 遙見仚花. 但往²⁷⁷⁾目送情而(已)出, 回²⁷⁸⁾顧眄之間, 已杳然無(所)覩矣.

---

264) 鑽: 원본에는 '鎖'로 되어 있는 것을 이본을 참고하여 바로잡았다. '鑽'으로 되어 있다.

265) 之所: '所可'로 되어 있다.

266) 將入白: '欲入白于'로 되어 있다.

267) 芒: '慌'으로 되어 있다.

268) 娥既: '花兒'로 되어 있다.

269) 置: '致'로 되어 있다.

270) 而托: '托以'로 되어 있다.

271) 攸: '歸'로 되어 있다.

272) 即: '周生'으로 되어 있다.

273) 消: '憔'로 되어 있다.

274) 病: '疾'로 되어 있다.

275) 數: '再'로 되어 있다.

276) 到: '至'로 되어 있다.

277) 但往: '流'로 되어 있다.

278) 回: '低徊'로 되어 있다.

後数月, 桃[279)得病不起.

將死, 枕生膝含淚而言曰:

"妾以葑菲之下體, 依松栢之餘陰, 豈圖[280)芳菲未歇, 鶗鴂[281)先鳴? 今與郎君便永訣矣[282). 但[283)妾死後, 郎君娶仙花爲配, 埋我骨於郎君往來路[284)側. 雖[285)死之日, 猶生之年(也)."

言訖氣絶. 良久乃甦, 開眼視生曰:

"周郎! 周郎! 珍重. (珍重)"

連言数次而死.

生大慟, 乃葬于湖上大道[286)傍, 從其願也.

祭之以文曰:

「維(年)月日, 梅川居士, 以蕉[287)黃荔丹之奠, 祭于姵娘之靈[288). (惟靈)花精艷麗, 月態輕盈. 舞[289)章臺之柳, 風欺綠線, 色奪幽谷之蘭, 露濕紅英. 回文則蘇惹[290)蘭詎容獨步? 艷詞則賈雲華[291)難可爭[292)名.

名雖編於樂籍, 志則存於幽貞. 某也, 蕩志風中之絮, 孤蹤水上之萍. 言

---

279) 桃: '俳桃'로 되어 있다.

280) 圖: '料'로 되어 있다.

281) 鶗鴂: '鵜鴂'로 되어 있다.

282) 矣: '矣. 綺羅管絃, 從此畢矣. 夙昔之願, 已缺然矣.'로 되어 있다. 金九經本에도 있는 것으로 미루어, 필사 중 누락된 듯하다.

283) 但: '但望'으로 되어 있다.

284) 路: '之'로 되어 있다.

285) 雖: '則雖'로 되어 있다.

286) 上大道: '山大路'로 되어 있다.

287) 蕉: 원본에는 '焦'로 되어 있는 것을 이본을 참고하여 바로잡았다. '蕉'로 되어 있다.

288) 靈: '靈曰'로 되어 있다.

289) 舞: '無學'으로 되어 있다.

290) 惹: '若'으로 되어 있다.

291) 賈雲華: 원본에는 '賈雲和'로 되어 있는 것을 바로잡았다. '覃雲華'로 되어 있다.

292) 爭: 원본에는 '擅'으로 되어 있는 것을 이본을 참고하여 바로잡았다. '爭'으로 되어 있다.

采沫鄉之唐, 不負東門之楊, 賜293)之以相好, 副之以不忘. 月出皎兮. 芳294)盟, 雲窓夜靜, 花院春晴. 一椀瓊漿, 幾曲295)鸞笙.

豈期時移事往, 樂極哀來296)? 翡翠之衾未暖297), 鴛鴦之夢先回. 雲消歡意, 雨散恩情.

屬目而羅裙變色, 接耳而玉珮無聲, 一尺魯縞, 尙有餘香. 朱絃綠服虛在銀床, 藍橋舊宅付之紅娘.

嗚呼! 佳人難得, 德音不298)忘. 玉容299)花貌, 怳300)在目傍, 天長地久, 此恨茫茫. 他鄉失侶, 誰賴誰301)憑? 復理舊楫302), 再就來程. 湖海濶遠, 乾坤崢嶸, 孤帆303)萬里, 去去何依? 他年一哭, 浩蕩難期304).

山有歸雲, 水305)有廻潮, 娘之去矣, 一去寂寥. 致祭者酒陳306)情者文. 臨風一尊307), 庶格芳308)魂. 尙饗309).」

祭罷, 獨與二叉310)鬟別曰:

---

293) 賜: '贈'으로 되어 있다.

294) 芳: '結我芳'으로 되어 있다.

295) 曲: '回'로 되어 있다.

296) 哀來: '生哀'로 되어 있다.

297) 暖: '煖'으로 되어 있다.

298) 不: 소실(燒失)되어 알 수 없는 것을 이본을 참고하여 보(補)하였다.

299) 容: '態'로 되어 있다.

300) 怳: '宛'으로 되어 있다.

301) 誰: '是'로 되어 있다.

302) 復理舊楫: 소실(燒失)되어 알 수 없는 것을 이본을 참고하여 보(補)하였다.

303) 孤帆: '孤忙'으로 되어 있다.

304) 浩蕩難期: 소실(燒失)되어 알 수 없는 것을 이본을 참고하여 넣었다

305) 水: '江'으로 되어 있다.

306) 酒陳: 원본에는 '陳酒'로 되어 있는 것을 앞뒤 글자 우측 상단에 자리바꿈 부호(符號)가 있어 바로잡았다. '酒, 陳'으로 되어 있다.

307) 尊: '訣'로 되어 있다.

308) 臨風一尊, 庶格芳: 소실(燒失)되어 알 수 없는 것을 이본을 참고하여 보(補)하였다.

309) 饗: '饗'으로 되어 있다.

310) 叉: 'Ƴ'로 되어 있다.

"汝等好守311)家舍. 他312)日得志, 必來收汝."

又313)鬐泣曰:

"兒輩仰主娘如母, 主娘視314)兒輩如女315). 兒輩薄命, 主娘早歿, 所恃以慰此心者, 唯316)有郎君. 今317)郎君(又)去318), 兒輩319)何依?"

號哭不已. 生再三慰撫, 揮淚登舟, 不忍發棹.

是夕320), 宿于垂321)虹橋下, 望見仙花之院, 銀燈322)絳燭, 明滅林表323). 生念佳期之已邁, 嗟後會之無因, 口占長相思一関曰:

花滿烟柳滿烟, 暗324)信初憑春色傳.

綠簾深處眠.

好因緣惡因緣, 曉院銀缸已惘然.

的帆325)雲水邊.

生達曉沉吟.

欲去則(與)仙花永隔, 欲留則緋桃, 國英(皆)死, 無可聊賴. 百爾所思, 未

311) 好守: 원본에는 '守好'로 되어 있는 것을 앞뒤 글자 우측 상단에 자리바꿈 부호(符號)가 있어 바로잡았다. '好守'로 되어 있다.
312) 他: '我他'로 되어 있다.
313) 又: 'ㄚ'로 되어 있다.
314) 視: '慈'로 되어 있다.
315) 女: '子'로 되어 있다.
316) 唯: '惟'로 되어 있다.
317) 今: '今又'로 되어 있다.
318) 去: '去矣'로 되어 있다.
319) 輩: '輩竟'으로 되어 있다.
320) 夕: '夜'로 되어 있다.
321) 垂: '無'로 되어 있다.
322) 燈: '缸'으로 되어 있다.
323) 表: '裏'로 되어 있다.
324) 暗: '音'으로 되어 있다.
325) 帆: '忛'으로 되어 있다.

得其一. 平明, 不得已(而)開舡進棹. 仙花之院, 婀桃之塚, 看看漸遠. 山回江轉, 忽已隔矣.

生[326]母族張老者, 湖州富拒[327]也, 以睦族稱. 生試往依焉, 張老款[328]待生[329]甚厚. 生身雖安逸, 念仙花之情, 久而彌篤.

轉輾[330]之間, 又及春月, 宗萬曆(二十年)壬辰也. 張老見生容貌日悴, 怪而問之. 生不敢隱, 以宗告之[331].

張老曰:

"汝有心事, 何不早陳[332]. 老妻與[333]丞相同姓, 累歲[334]通家. 老當爲汝圖之."

明日, 老令妻修書, 遣老蒼頭[335]往錢塘, 議王謝之親.

仙花自別生後, 支離在床, 綠憔紅悴. 夫人亦知(爲)周生所崇, 欲成其志, 生已去矣, 無可奈何, 忽得盧氏[336]書, 合[337]家驚喜. 仙花亦强起梳洗, 有若平昔.

乃以是年九月, 爲結褵[338]之期.

生日往江[339]口長望[340]. 蒼頭已還, 傳其定婚之意, 又以仙花私書授生.

---

326) 生: '生之'로 되어 있다.
327) 冨拒: '巨富'로 되어 있다.
328) 款: '舘'으로 되어 있다.
329) 生: '之'로 되어 있다.
330) 轉輾: '輾轉'으로 되어 있다.
331) 以實告之: '告之以實'로 되어 있다.
332) 陳: '言'으로 되어 있다.
333) 與: '與盧'로 되어 있다.
334) 歲: '世'로 되어 있다.
335) 頭: '頭, 前'으로 되어 있다.
336) 氏: '家'로 되어 있다.
337) 合: '滿'으로 되어 있다.
338) 褵: '縭'로 되어 있다.
339) 江: '浦'로 되어 있다.
340) 望: '望. 蒼頭之還, 未及一旬'으로 되어 있다. 金九經本에도 있는 것으로 미루어 필사 중 누락된 듯하다.

生發書視之, 粉香淚痕, 哀怨可想.

書曰:

「薄命妾仙花, 沐浴[341]淸齋, 上書(于)周郞足下.

妾本弱質, 養在深閨, 每念韶華之易邁, 掩鏡[342]自惜. 縱懷行雨之芳心, 對人生羞. 見陌頭之[343]柳, 春[344]情駘蕩, 聞枝上之[345]鶯, 曉思矇曨[346]. 一朝, 彩蝶傳情[347], 仙[348]禽引路, 東方之月, 姝子在闥, 子旣踰垣, 我敢[349]愛檀? 玄霜搗盡, 不上崎嶇之玉京, 明月中分, 空成契活[350]之深盟.

那知好事難常? 佳期易阻,[351] 心乎愛矣, 躬自悼矣. 人去春來, 魚沉鴈斷[352], 雨打梨花. 門掩黃昏, 千回萬轉, 憔悴因郞. 錦帳空兮, 春[353]寂寂, 銀(燭)缸滅兮, 夜沉沉. 一日誤身, 百年含情, 殘花佇[354]思, 片月凝眸. 三魂已散[355], 八翼莫飛. 早知如此, 不如无生.

今則月老有信, 星期可待, 單[356]居悄悄, 疾病沉綿, 花顏減粉[357], 雲鬟無光. 郞雖[358]見之, 不復前度之恩情[359]. 但所恐者, 微懷[360]未吐, 溘

---

341) 浴: '髮'로 되어 있다.

342) 掩鏡: 원본에는 '鏡掩'으로 되어 있는 것을 앞뒤 글자 우측 상단에 자리바꿈 부호 (符號)가 있어 바로잡았다. '掩鏡'으로 되어 있다.

343) 之: '之楊'으로 되어 있다.

344) 春: '則春'으로 되어 있다.

345) 之: '之流'로 되어 있다.

346) 曉思矇曨: '則曉思濛朧'으로 되어 있다.

347) 情: '信'으로 되어 있다.

348) 仙: '山'으로 되어 있다.

349) 敢: '豈'로 되어 있다.

350) 空成契活: '共成契闊'로 되어 있다.

351) 那知好事難常? 佳期易阻: '那圖好事多魔? 佳期已阻,'로 되어 있다.

352) 鴈斷: '雁絶'로 되어 있다.

353) 春: '晝夜'로 되어 있다.

354) 佇: '貯'로 되어 있다.

355) 散: '鎖'로 되어 있다.

356) 單: '而單'으로 되어 있다.

357) 紛: '彩'로 되어 있다.

先[361]朝露, 九重泉路, 私恨無窮. 朝見郎君, 一訴哀情, (則)夕閉幽房, 無所怨矣.

雲山萬里, 信使難頻. 引頸[362]遙望, 骨折魂飛.

湖州地偏, 瘴氣侵人, 努力自愛, 千萬珍重! 千萬情到![363] 不敢言處, 分付邮鴻帶將(送)去[364].

月日, 仙花白.」

生讀罷, 如夢初回, 似醉方醒, 且悲且喜. 而屈指九月, 猶似[365]遠, 欲改(定)其期, 乃請張老, 再[366]遣蒼頭. 而又[367]私答仙花之書曰:

「芳卿足下.

三生緣重, 千里書來. 感物懷人, 能不依依.

昔者, 投迹玉苑[368], 托身瓊林, 春心一發, 雨意[369]難禁, 花間結約, 月下成緣[370]. 猥蒙顧念, 信誓琅琅. 自念此生, 難報深恩. 人間有[371]事, 造物多[372]猜, 卽[373]知一夜之別, 竟作經年之恨? 相去復絶, 山川阻險[374],

---

358) 雖: '錐'로 되어 있다.

359) 情: '情矣'로 되어 있다.

360) 懷: '忱'으로 되어 있다.

361) 先: '然'으로 되어 있다.

362) 頸: '領'으로 되어 있다.

363) 千萬情到: '珍重千萬! 情書'로 되어 있다.

364) 去: '去矣'로 되어 있다.

365) 似: '以爲'로 되어 있다.

366) 請張老, 再: 소실(燒失)되어 알 수 없는 것을 이본을 참고하여 보(補)하였다.

367) 而又: '又以'로 되어 있다.

368) 苑: '院'으로 되어 있다.

369) 林, 春心一發, 雨意: 소실(燒失)되어 알 수 없는 것을 이본을 참고하여 보(補)하였다.

370) 緣: '因'으로 되어 있다.

371) 有: '好'로 되어 있다.

372) 造物多: 소실(燒失)되어 알 수 없는 것을 이본을 참고하여 보(補)하였다.

373) 口卽: '那'로 되어 있다.

匹馬天涯, 幾番375)怊悵. 鴈叫376)吳雲, 猿啼楚峀, 旅舘孤377)眠, 寒燈378)悄悄, 人非木石, 能不悲哉?

嗟呼! 芳卿, 別離傷379)懷, 子所知矣.

古人云, '一日不見, 如三秋380)'. 以此推之, 一月便是九十年矣. 若待381)秋, 而382)定佳期, 則不如求我於荒山衰草之裏矣383).

情不可極, 言不可盡, 臨楮哽384)咽, 知復何云385).」

書旣具, 未傳.

會, 朝鮮爲倭冠386)所迫, 請兵於天朝甚急. 帝以朝鮮至誠事大, 不可不救. 且朝鮮破, 則鴨江387)亦不得安枕而臥矣. 況存亡繼絕, 王者之事(也), 特命督都李如松率帥388)討賊.

而行人司389)薛藩, 回自朝鮮, 奏曰:

"北方之人, 善(於)禦虜, 南方之人, 善(於)禦倭. 今日之兵非南方390)不可."於是湖浙諸郡縣, 發兵甚急. 游擊將軍某391), 素知生名392), 引以393)

---

374) 阻險: '脩阻'로 되어 있다.

375) 番: '度'로 되어 있다.

376) 鴈叫: '雁叫'로 되어 있다.

377) 旅舘孤: '族舘獨'으로 되어 있다.

378) 寒燈: '孤燈'으로 되어 있다.

379) 傷: '後'로 되어 있다.

380) 秋: '秋兮'로 되어 있다.

381) 待: '待高'로 되어 있다.

382) 而: '以'로 되어 있다.

383) 矣: '也'로 되어 있다.

384) 哽: '鳴'으로 되어 있다.

385) 云: '言'으로 되어 있다.

386) 冠: '敵'으로 되어 있다.

387) 江: '綠以西'로 되어 있다.

388) 李如松率帥: 원본에는 '李汝崧率帥'로 되어 있는 것을 바로잡았다. '李如松率軍'으로 되어 있다.

389) 司: '司行人'으로 되어 있다.

390) 兵非南方: '役非南兵'으로 되어 있다.

爲書記之任, 辞³⁹⁴⁾不獲已. 至朝鮮, 登安州百祥樓, 作七言古詩³⁹⁵⁾. 失其
全篇, 惟記結(尾四)句曰:

愁来獨登³⁹⁶⁾江上樓, 樓外靑山幾多³⁹⁷⁾許.
也能遮我望鄕眼, 不肯³⁹⁸⁾隔斷愁來路.

明年癸巳春, 天兵大破倭賊³⁹⁹⁾, 追至慶尙道.
生念仙花⁴⁰⁰⁾, 遂成沉痼⁴⁰¹⁾, 不能從軍南下, 留⁴⁰²⁾松京.
余適以事往⁴⁰³⁾松京, 遇生於舘馹⁴⁰⁴⁾中. 語言不同, 以書通情. 生以余
解文, 待之頗⁴⁰⁵⁾厚. 余詢其致疾⁴⁰⁶⁾之由, 愀然不容⁴⁰⁷⁾. 是日有雨, 因⁴⁰⁸⁾
與生張燈夜話.
生出踏沙行⁴⁰⁹⁾一闋示余, (詞曰).

---

391) 游擊將軍某: '遊擊將軍姓某'로 되어 있다.
392) 名: '名者'로 되어 있다.
393) 以: '而'로 되어 있다.
394) 辞: '生辭'로 되어 있다.
395) 七言古詩: '古風七言詩'로 되어 있다.
396) 獨登: '更上'으로 되어 있다.
397) 幾多: '多幾'로 되어 있다.
398) 肯: '能'으로 되어 있다.
399) 賊: '敵'으로 되어 있다.
400) 花: '花不置'로 되어 있다.
401) 痼: '痛'으로 되어 있다.
402) 留: '留在'로 되어 있다.
403) 往: '往于'로 되어 있다.
404) 馹: '驛之'로 되어 있다.
405) 頗: '甚'으로 되어 있다.
406) 疾: '病'으로 되어 있다.
407) 容: '答'으로 되어 있다.
408) 因: '仍'으로 되어 있다.
409) 出: '以'로 되어 있다.

隻影無馮, 離懷難吐,

歸魂410)暗暗連江411).

窓殘水燈412)已驚心, 可堪更聽黃昏雨.

閬苑雲迷, 瀛州海阻, 玉樓珠箔知413)何許?

孤蹤414)願作水中415)萍, 一夜流向江吳416)去.

　余閱其詞意, 懇問不已, 生乃紋417)其首尾, 如此. 又自囊中出, 示一卷
詩, 名曰, 花間集. 生爲與仚花姚桃, 相和詩百餘首, 詠其詞者, 又十餘篇.

　生余墮淚, 求余詩甚切. 余效元稹, 會眞詩, 三十韻律, 題于卷端以贈之,
又從而慰之曰:

　"丈夫, 所憂功未就耳. 天下豈無美婦人好? 況今三韓安418), 六師當還
東風以與周郞. 便莫憂喬氏之鑽穴, 他人之完也."

　明早, 揖別.

　生再三稱謝曰:

　"可笑事不必傳也."

　時年二十七, 眉宇炯然望之, 如畵云.

　癸巳仲夏序.419)

---

410) 魂: '鴻'으로 되어 있다.

411) 江: '江樹'로 되어 있다.

412) 窓殘水燈: '旅窓殘燭'으로 되어 있다.

413) 知: '今'으로 되어 있다.

414) 蹤: '踪'으로 되어 있다.

415) 中: '上'으로 되어 있다.

416) 江吳: '吳江'으로 되어 있다.

417) 紋: 원본에는 '釵'로 되어 있는 것을 『화몽집』 소재 〈주생전〉을 참고하여 바로잡았다.

418) 安: 원본에는 '妾'으로 되어 있는 것을 이헌홍본 소재 〈주생전〉을 참고하여 바로잡
았다. 『화몽집』 소재 〈주생전〉에는 '定'으로 되어 있다.

419) 余閱其詞,…癸巳仲夏序: '余再三諷詠其詞不置, 因探詞中情事. 生於是不敢諱, 從頭
尾, 細說如右. 因曰: "幸勿爲外人道也." 余已艶其詩詞, 歎奇遇而愴佳期, 退而援筆逑之
云爾.'로 되어 있다. 『화몽집』 소재 〈주생전〉은 원전과 유사한 후사가 있다.

雲英傳

이본 교감은 국립중앙도서관 소장, 『三芳要路記』 소재 〈柳泳傳則雲英傳〉(古朝 48-198)을 대상으로 하되, 부분적으로 金起東 編(1980), 『筆寫本古典小說全集卷 二』, 아세아문화사에 수록된 〈雲英傳〉도 참고하였다.

壽成宮[1], 安[2]平大君舊宅也. 在長安城西仁王山之下, 山川秀麗, 龍盤虎踞. 社稷在其南, 景[3]福在其東. 仁王[4]一脉, 逶迤而下, 臨宮岷起. 雖不高峻, 而登臨俯覽, 則通衢市廛, 滿城第宅, 碁布星羅, 歷歷[5]可指. 宛若列綠分派[6].

東望則宮闕縹緲, 複道橫空, 雲烟積翠, 朝暮献態. 眞所謂絶勝之地也.

一時酒徒射[7]伴, 歌児笛童, 騷人墨客, 三春花柳之時[8], 九秋丹楓之節[9], 則無日不遊於其上, 吟風咏月, 嘯翫忘故.

---

1) 壽成宮: 이본에는 '壽聖宮'으로 되어 있다. (이하 '이본'은 생략한다.)
   *( )는 이본에 없는 글자이다.
2) 安: '卽安'으로 되어 있다.
3) 景: '慶'으로 되어 있다.
4) 仁王: 원본에는 '寅王'으로 되어 있는 것을 이본을 참고하여 바로잡았다. '仁王'으로 되어 있다.
5) 歷歷: 원본에는 '曆曆'으로 되어 있는 것을 이본을 참고하여 바로잡았다. '歷歷'으로 되어 있다.
6) 列綠分派: '絲列而分派'로 되어 있다.
7) 射: '躬'으로 되어 있다.
8) 時: '節'로 되어 있다.
9) 丹楓之節: '楓丹之時'로 되어 있다.

靑坡士人柳泳, 飽聞此園之勝, 綦思一遊焉. 而衣裳繿[10)縷, 容色埋没,
自知爲遊客之取笑, 足將進而趑[11)趄者久矣.

萬曆辛丑春三月既望, 沽得濁醪一壺, 而既[12)乏僮[13)僕, 又[14)無朋知,
躬[15)自佩壺[16), 獨入宮中[17), 則觀者相顧, 莫不指笑. 生慙而無聊, 仍入後
園. 登高四望, 則新經兵[18)燹之餘, 長安宮闕, 滿城華屋, 蕩然無遺[19). 壞
垣破瓦, 廢井頹[20)砌, 草樹茂密, 唯東門數間,[21) 巋然獨存.

生步入西園, 泉石幽邃處. 則百草[22)叢芊, 影落澄潭, 滿地落花. 人跡不
到, 微[23)風一起, 香氣馥郁.

生獨坐巖上, 仍咏東坡(所製), ‘滿[24)地落花無人掃’之句[25), 輒解所佩
酒, 盡飯[26)之, 醉臥巖邊, 以石支頭.

俄而酒醒, 擡頭[27)視之, 則遊人盡散.

山月已吐, 烟籠柳眉, 風動花腮.

時有[28)一條軟語, 隨風而至. 生異之, 起而視[29)焉, 則有一少年十七

---

10) 繿: ‘藍’로 되어 있다.
11) 趑: ‘超’로 되어 있다.
12) 既: ‘又’로 되어 있다.
13) 僮: ‘童’으로 되어 있다.
14) 又: ‘旣’로 되어 있다.
15) 無朋知, 躬: 소실(燒失)되어 알 수 없는 것을 이본을 참고하여 보(補)하였다.
16) 壺: ‘酒’로 되어 있다.
17) 中: ‘門’으로 되어 있다.
18) 四望, 則新經兵: 소실(燒失)되어 알 수 없는 것을 이본을 참고하여 보(補)하였다.
19) 遺: ‘有’로 되어 있다.
20) 頹: ‘堆’로 되어 있다.
21) 密, …數間,: 소실(燒失)되어 알 수 없는 것을 이본을 참고하여 보(補)하였다.
22) 草: 빈칸으로 되어 있는 것을 이본을 참고하여 보(補)하였다.
23) 跡不到, 微: 소실(燒失)되어 알 수 없는 것을 이본을 참고하여 보(補)하였다.
24) 滿: ‘我上朝元春半老滿’으로 되어 있다.
25) 句: 원본에는 ‘伺로 되어 있는 것을 이본을 참고하여 바로잡았다. ‘句’로 되어 있다.
26) 飯: ‘飮’으로 되어 있다.
27) 頭: ‘顔’으로 되어 있다.
28) 有: ‘聞’으로 되어 있다.

八30), 與絶色靑娥31), 斑荊對坐, 見生至, 欣然趨32)迎.

生與之揖, 仍問33)曰:

"秀才何許人, 未卜其晝, 只卜其夜?"

少年微哂34)曰:

"古人云, 傾盖若舊, 正謂此也."

相與鼎足而坐語.

女低聲呼児, 則有二叉鬟, 自林中出來.

女謂其児曰:

"今夕邂逅故人之處, 又逢不期之佳客, 今日之夜, 不可寂寞而35)度. 汝可備酒饌, 兼持筆硯而來."

二叉鬟承命而往, 少選而返, 飄然若飛鳥之往來.

琉璃樽盛, 紫霞36)酒, 珎果綺饌, (列於銀盤, 以白玉盞酌而飲之, 酒味肴饌), 皆非人古所有.

酒三行, 女口號37)新詞, 以勸酒其38).

詞曰:

重重深處別故人, 天緣未絶39)見無因.

爲雲爲雨夢非眞, 幾番傷春繁花辰.40)

---

29) 而視: '而訪'으로 되어 있다.

30) 一少年十七八: 원본에는 '可年'으로 되어 있는 것을 교열자가 '一少年十七八'로 끼워 넣기 하였다. '一少年'으로 되어 있다.

31) 娥: 원본에는 '俄'로 되어 있는 것을 이본을 참고하여 바로잡았다. '娥'로 되어 있다.

32) 趨: '起'로 되어 있다.

33) 揖, 仍問: '曰'로 되어 있다.

34) 哂: 원본에는 '酒'로 되어 있는 것을 이본을 참고하여 바로잡았다. '啞'로 되어 있다.

35) 而: '而虛'로 되어 있다.

36) 霞: '霞之'로 되어 있다.

37) 號: '呼'로 되어 있다.

38) 酒其: '其酒'로 되어 있다.

39) 絶: '盡'으로 되어 있다.

消盡往事(已)成塵41), 空使今人淚滿巾.

歌畢42), 欷歔飲泣, 珠淚滿面.

生異之, 起而拜曰:

"僕雖非錦繡之腸, 早事儒業, 稍知文墨43)之功. 今聞此詞, 格調淸越, 意思44)悲涼, 甚可怪也. 今夜(之)會, 月色如晝, 淸風徐來, 有足可賞, 而相對悲泣, 何哉? 一杯45)相屬, 情義已孚, 而姓名不言, 懷抱未展, 亦可疑也."

生先言己名而强之, 少年(嘆息而)答曰:

"不言姓名, 其意有在. 君欲强知46), 則告之何難, 而所可道者47), 言之長也."

愀然不樂48)久之, 乃曰:

"僕姓金. 年十歲, 能詩文, 有名學堂, 而49)十四(歲), 登進士第二科, 一時皆以金進士稱之. 僕以年少俠氣, 志慮50)浩蕩, 不能自抑. 又以此女之故, 將父母之遺体51), 竟作不孝之子. 天地間一罪人, (罪人)之名, 何用强知52)? 此女之名雲英, 彼兩児53)之名, 一名緣珠, 一名宋玉, 皆故安平大君宮人也."

---

40) 爲雲…花辰: '幾番傷春繁花時, 爲雲爲雨夢非眞.'로 되어 있다.
41) 塵: '塵後'로 되어 있다.
42) 畢: '竟'으로 되어 있다.
43) 儒業, 稍知文墨: '文墨稍知文業'으로 되어 있다.
44) 意思: '而思意'로 되어 있다.
45) 杯: '盃'로 되어 있다.
46) 知: '之'로 되어 있다.
47) 者: '也'로 되어 있다.
48) 樂: '樂者'로 되어 있다.
49) 而: '而年'으로 되어 있다.
50) 慮: '意'로 되어 있다.
51) 体: '體'로 되어 있다.
52) 知: '知之'로 되어 있다.
53) 児: '女'로 되어 있다.

生曰:

"言出而不盡, 則初不如不言之爲愈也. 安平盛時之事, 進士傷懷之由, 可得聞其詳歟54)?"

進士顧雲英曰:

"星霜屢易55), 日月已久, 其時之事, 汝能記憶否?"

雲英答曰:

"心中蓄56)怨, 何日忘之57)? 妾試言之, 郎君在傍, 補其闕漏."

乃言曰:

"莊憲大王58), 八大君中, 安平59)最爲英睿. 上甚愛之, 賞賜無数, 田60)民財貨, 獨步諸宮. 年十三, 出居私宮, 私宮即壽成61)宮也. 以儒業自任, 夜則讀書, 晝則62)書隷, 未嘗一刻(之)過放63). 一時文人才士, 咸聚64)其門, 較其長短, 或至鷄叫參橫講論不怠. 而大君尤65)工於筆法, 鳴於一國. 文廟在邸時, 每與集賢殿66)諸學士, 論安平筆法曰:

"吾弟若生於中王, 雖不及於王逸少, 豈下67)於趙松雪乎!"

稱賞不已.

一日, 大君語宮人68)曰:

---

54) 歟: '乎'로 되어 있다.
55) 易: '移'로 되어 있다.
56) 蓄: '畜'으로 되어 있다.
57) 之: '之耶'로 되어 있다.
58) 王: '王子'로 되어 있다.
59) 安平: 원본에는 '平安'으로 되어 있는 것을 앞뒤 글자 우측 상단에 자리바꿈 부호(符號)가 있어 바로잡았다. 이본에는 '安平'으로 되어 있다.
60) 田: '故田'으로 되어 있다.
61) 成: '聖'으로 되어 있다.
62) 則: '則或賦詩, 或'으로 되어 있다.
63) 過放: '放過'로 되어 있다.
64) 聚: '莘'로 되어 있다.
65) 尤: '又'로 되어 있다.
66) 殿: '堂'으로 되어 있다.
67) 下: '後'로 되어 있다.

"天下百家之才, 必就安靜處, 做工而後可成. 北[69]城門外, 山川寂寞[70], 閭落稍遠, 於此做業, 可以專精[71])."

即造[72]精舍数十[73]間于其上, 扁其堂曰, '匪懈堂', 又築一壇于其側, 名曰, '盟詩壇'. 皆顧名思義之意也. 一時文章鉅筆, 咸聚[74]其壇, 文章則成三問[75]爲首, 筆法則崔興孝爲首. 雖然, 皆不及於大君之才也.

一日, 大君乘醉, 呼諸(侍)女曰:

"天之降才, 豈[76]獨豊於男而嗇於女乎? 今㫅[77]文章自許(者), 不爲不多, 而[78]莫能相尙, 無出類拔華者,[79] 汝等亦勉之哉!"

於是宮女中, 擇[80]年少美(姿)容者十人敎之. 先授諺解小學, 讀誦而後,[81] 講學論傳[82]通宋, 盡敎之, 又抄李白[83]唐音数百首敎之, 五年之內, 果皆成才.

大君入則使妾[84]等, 不離眼前, 日日作詩[85], 第其高下, 用賞罰, 以爲勸獎之地. 其卓犖之氣像, 縱未[86]及於大君, 音[87]律之清雅, 句法之婉熟, 亦

---

68) 宮人: '妻等'으로 되어 있다.

69) 北: '都'로 되어 있다.

70) 寞: '寥'로 되어 있다.

71) 精: '正'으로 되어 있다.

72) 造: '搆'로 되어 있다.

73) 數十: '十數'로 되어 있다.

74) 聚: '集'으로 되어 있다.

75) 問: 원본에는 '文'으로 되어 있는 것을 이본을 참고하여 바로잡았다. '問'으로 되어 있다.

76) 之降才, 豈: 소실(燒失)되어 알 수 없는 것을 이본을 참고하여 보(補)하였다.

77) 㫅: '㫅以'로 되어 있다.

78) 而: '而皆'로 되어 있다.

79) 無出類拔華者: 소실(燒失)되어 알 수 없는 것을 이본을 참고하여 보(補)하였다.

80) 擇: '擇其'로 되어 있다.

81) 解小…而後: 소실(燒失)되어 알 수 없는 것을 이본을 참고하여 보(補)하였다.

82) 講學論傳: '庸學論孟詩書,'로 되어 있다.

83) 白: '杜'로 되어 있다.

84) 君入則使妾: 소실(燒失)되어 알 수 없는 것을 이본을 참고하여 보(補)하였다.

85) 日日作詩: '詩斥正'으로 되어 있다.

可以窺盛唐詩人之蕃蘺也. 十人(之)名, 則玉女·小玉·芙蓉·飛瓊·翡翠·金蓮·銀蟾·紫鸞·寶蓮·雲英,[88]雲英卽妾也.

大君皆甚撫恤, 常鎖[89]畜宮中[90], 使不得與人對語. 日與文士, 盃酒戰藝, 而未嘗以妾等, 一番相近者, 盖慮外人之或知也.

常下令曰:

"侍女一出宮[91], 則其罪當死, 外人知宮人[92]之名, (則)其罪亦死."

一日, 大君自外而入, 呼妾等曰:

"今日與文士某某飲酒, 有一林靑烟, 起自宮樹, 或籠城堞, 或飛山麓. 我先占五言絶句一首, 使(坐)客次之, 皆不稱意. 汝等以年次, 各製以[93]進."

小玉先呈曰:

緣烟細如織, 隨風半入門.
依微深復淺, 不覺近黃昏.

九人相續製進[94]

飛空遙[95]帶雨, 落地復爲雲.
近夕山光暗, 幽思向楚君.

---

86) 未: '不'로 되어 있다.

87) 音: '而音'으로 되어 있다.

88) 玉女…雲英: '小玉·芙蓉·飛瓊·翡翠·玉女·金蓮·銀蟾·紫鸞·寶蓮·雲英' 순으로 되어 있다.

89) 常鎖: '尙'으로 되어 있다.

90) 中: '內'로 되어 있다.

91) 宮: '宮門'으로 되어 있다.

92) 人: '女'로 되어 있다.

93) 製以: '以製'로 되어 있다.

94) 九人相續製進: '芙蓉呈曰:'로 되어 있다.

95) 遙: '逢'으로 되어 있다.

此芙蓉之詩也.96)

覆花蜂失勢, 籠竹鳥迷巢.
黃昏成小雨, 窓外聽蕭蕭.

此翡翠之詩也.97)

小杏難成眼, 孤篁獨保靑.
輕陰暫見重, 日暮又昏冥.

此飛瓊之詩也.98)

蔽日輕紈細, 橫山翠帶長.
微風吹漸散, 猶濕小池塘.

此玉女之詩也.99)

山下寒烟積, 橫飛宮樹邊.
風吹自不定, 斜日滿蒼天.

此金蓮之詩也.100)

山谷繁陰起, 池塘101)綠影流.

---

96) 此芙蓉之詩也: '翡翠呈曰:'로 되어 있다.
97) 此翡翠之詩也: '飛瓊呈曰:'로 되어 있다.
98) 此飛瓊之詩也: '玉女呈曰:'로 되어 있다.
99) 此玉女之詩也: '金蓮呈曰:'로 되어 있다.
100) 此金蓮之詩也: '銀蟾呈曰:'로 되어 있다.

飛歸無處覓, 荷葉露珠留.

此銀蟾之詩也.102)

早向洞門暗, 橫連高樹低.
須臾忽飛去, 西岳與前溪.

此紫鸞之詩也.103)

遠望104)靑烟細, 佳人罷織紈.
臨風獨怊105)悵, 飛去落巫山.

此妾之詩也.106)

短壑春陰裏107), 長安水氣中.
能令人世上, 忽作綠108)珠宮.

此寶蓮之詩也.109)
大君驚110)曰:

---

101) 塘: '臺'로 되어 있다.
102) 此銀蟾之詩也: '紫鸞呈曰:'로 되어 있다.
103) 此紫鸞之詩也: '妾亦呈曰:'로 되어 있다.
104) 遠望: '望遠'으로 되어 있다.
105) 怊: '憫'로 되어 있다.
106) 此妾之詩也: '寶蓮呈曰:'로 되어 있다.
107) 裏: '裡'로 되어 있다.
108) 綠: '翠'로 되어 있다.
109) 此寶蓮之詩也: 원본에는 前句가 반복 필사되어 있어 바로잡았다.
110) 大君驚: '大君看罷, 大驚'으로 되어 있다.

"雖比於晚唐之詩, 亦可伯仲, 而謹甫以下, 不可執鞭也."

再三吟咏, 莫知其高下, 良久曰:

"芙蓉(之)詩, 思戀楚君, 余甚嘉之. 翡翠詩, 比前騷雅, 小玉[111]詩, 意思飄逸, 末句有隱隱然餘意, 此[112]兩詩, 當爲居魁."

又曰:

"我初見時, 憂劣不[113]辨, 一再翫擇[114], 則紫鸞之詩, 意思深遠, 令人不覺嗟嘆而蹈舞也. 餘詩亦皆淸好, 而獨雲英之詩, 顯有怊[115]悵思人之意. 未知所思者何人? 似當問訊[116], 而其才可惜, 故姑置之."

妾即下庭[117], 伏泣而言[118]曰:

"遣辭之際, 偶然而發, 豈有他意乎? 今見疑於主君, 妾萬死無惜."

大君命之坐曰:

"詩出於性情, 不可掩匿. 汝勿復言."

卽出彩[119]帛十端, 分賜十人. 大君未嘗有[120]私於妾, 而宮中之人, 皆知大君之意, 在於妾也.

十人[121]退在洞房, 晝燭高燒, 七寶書案, 置唐律一卷, 論[122]宮怨詩高下, 妾獨倚屛風, 悄然不語, 如泥塑[123]人.

小玉顧見[124]曰,

---

111) 小玉: '玉女'로 되어 있다.
112) 此: '以此'로 되어 있다.
113) 不: '莫'으로 되어 있다.
114) 擇: '繹'으로 되어 있다.
115) 怊: '悁'로 되어 있다.
116) 問訊: '訊問'으로 되어 있다.
117) 下庭: '庭下'로 되어 있다.
118) 言: '對'로 되어 있다.
119) 彩: '綵'로 되어 있다.
120) 有: '有意'로 되어 있다.
121) 人: '人皆'로 되어 있다.
122) 論: '論古人'으로 되어 있다.
123) 塑: '塑之'로 되어 있다.
124) 見: '見妾'으로 되어 있다.

"日間賦烟之詩, 見疑於主君, 以此隱憂而不語乎? 抑主君向意, 當有錦衾125), (當夕)之歡, 故暗喜而不語乎? 中心所懷, 盖未126)知也."

妾歛袵而答曰:

"汝非我, 安知我之心哉? 我方賦一詩, 搜奇未得, 故若思不語耳."

銀蟾曰:

"意之127)所向, 心不在焉, (故)旁人之語128), 如風過耳. 不129)難知也. 我將試之, 以130)窓外葡萄爲題131)."

使作七言四韻促之, 妾應口卽吟132)曰:

蜿蜒藤草似龍行, 翠葉成陰毿133)有情.
署日嚴威能徹照, 晴天寒影反虛134)明.
抽絲攀檻如留意, 結果垂珠欲效誠.
若待他時應變化, 會乘雲雨上三淸.

小玉朗吟久之135), 起而拜曰:

"眞天下之奇才也! 風格之不高, 雖似舊調, 而倉悴136)製作如此, 此詩人之最難處也. 我之心悅誠服, 如七十子之服孔子也."

紫鸞曰:

---

125) 衾: '席'으로 되어 있다.
126) 未: '未可'로 되어 있다.
127) 銀蟾曰: 意之: 소실(燒失)되어 알 수 없는 것을 이본을 참고하여 보(補)하였다.
128) 語: '言'으로 되어 있다.
129) 不: '汝之不言, 不'로 되어 있다.
130) 以: '卽以'로 되어 있다.
131) 葡萄爲題: 소실(燒失)되어 알 수 없는 것을 이본을 참고하여 보(補)하였다.
132) 吟: '吟, 其詩'로 되어 있다.
133) 毿: '忽'로 되어 있다.
134) 影反虛: 소실(燒失)되어 알 수 없는 것을 이본을 참고하여 보(補)하였다.
135) 朗吟, 久之: '見詩'로 되어 있다.
136) 倉悴: '蒼卒'로 되어 있다.

"言不可不愼(也). 何其許與[137]之太過耶? 但文字婉曲, 且有飛騰之態, 則有之[138]矣."

一座皆曰, "確論[139]."

妾雖以此詩解之, 而群疑猶未盡釋(矣).

翌日, 門外有車馬騈闐之聲, 閽者奔入而告曰, "衆賓至矣."

大君掃東閣迎[140]入, 皆(一時)文人才士. 坐定, 大君以妾等所製賦烟(之)詩示之, 滿坐皆[141]驚曰: "不意今日復見盛唐音調. 非我等所可比肩也. 如此至寶, 進賜從何[142]得之?"

大君微笑曰:

"何爲其然也? 童僕偶[143]得於街上, 而[144]果[145]未知何人之所作, 而想必出於閭閻才士之手也."

群疑未定.

俄而成三問至曰:

"才不借於異代. 自前朝迄于今, 六[146]百餘年, 以詩鳴於東吐者, 不知其幾人. (而)或沉濁而不雅, 或輕淸而浮藻[147], 皆不合音律, 失其性情, 吾不欲觀諸. 此[148]詩, 風格淸眞, 意思[149]超越, 小無塵古之態. 此必深宮之人, 不與俗人相接, 只讀古人之詩, 晝[150]夜吟誦, 自得於心者(也). 詳味其

---

137) 與: '如'로 되어 있다.
138) 之: 원본에는 '之久'로 되어 있는 것을 연문(衍文)인 듯하여 바로잡았다.
139) 論: '論也'로 되어 있다.
140) 迎: '延'로 되어 있다.
141) 皆: '大'로 되어 있다.
142) 從何: '何從'으로 되어 있다.
143) 偶: '偶然'으로 되어 있다.
144) 而: '而來'로 되어 있다.
145) 果: '來'로 되어 있다.
146) 六: '而已六'으로 되어 있다.
147) 藻: '操'로 되어 있다.
148) 吾不欲觀諸. 此: '吾不欲觀諸. 今觀此'로 되어 있다.
149) 意思: '思意'로 되어 있다.
150) 晝: '而晝'로 되어 있다.

意, 其曰, '臨風獨惘悵'者, 有思人之意. 其曰, '孤簀獨保靑'者, 有守貞節
之意. 其曰, '風吹自不定'者, 有難保(節)之態. 其曰, '幽思向楚君'者, 有向
君之誠. 其曰, '荷葉露珠留'[151], '西岳與前溪'者, 非天上神仙(者), 則不得
如此形容[152]. 格調雖有高下, 而薰陶氣像, 則大約皆同. 進士[153](宮中, 必
(儲)養此十仙人, 願毋隱一見."

大君內自心服, 而外不頷可曰:

"孰[154]謂謹甫有詩鑑[155]乎? 我宮中豈有此等人哉! 可謂惑之甚矣."

于時, 十人從窓隙暗聞, 不莫嘆[156]服.

是夜, 紫鸞以至誠問於妾曰:

"女子生而願爲(之)有嫁, (父母)之心, 人皆有之. 汝之所思, 未知何許情
人, 悶汝之形容, 日漸減舊, 以情惻問之. 幸須毋隱."

妾起而拜[157]曰:

"宮人甚多, 恐有屬垣[158], 不敢開口, 今日[159]惻惻, 何敢隱乎?"

上年秋, 黃菊初開, 紅葉新凋之時. 大君獨坐書堂, 使侍女磨墨張(廣)縑,
寫[160]四韻十首. 小童自(外)進曰, "有年少儒生, 自稱金進士請見之."

大君喜曰, "金進士至[161]矣."

使之迎入, 則布衣革帶, 趨進上階, 如鳥舒翼. 當席拜坐, 容儀若(神)仙
中人. 大君一見傾心, 卽移席對坐, 進士避席而[162]谢曰:

---

151) 留: '留者'로 되어 있다.
152) 容: '容矣'로 되어 있다.
153) 士: '賜'로 되어 있다.
154) 孰: '誰'로 되어 있다.
155) 鑑: '監'으로 되어 있다.
156) 不莫嘆: '莫不歎'으로 되어 있다.
157) 拜: '謝'로 되어 있다.
158) 屬垣: '囑喧'의 誤記인 듯하다. '囑垣'으로 되어 있다.
159) 日: '承'으로 되어 있다.
160) 寫: '寫七言'으로 되어 있다.
161) 至: '來'로 되어 있다.
162) 而: '而拜'로 되어 있다.

"猥荷盛眷, 屢(屈)辱163)命, 今承警欬164), 無任踈165)仄."

大君慰之曰:

"久仰聲華, 坐屈冠盖, 光動一室, 賜166)我百朋."

進士初入, 已與侍女相面. 而大君以進士年少儒167)生, 中心易之, 不令168)妾等避之.

大君謂進士曰:

"秋景甚好. 願賜一詩, 以此堂生彩."

進士避席而辞曰:

"虛名蔑宗. 詩之格律, 小子何169)敢知乎?"

大君以金蓮唱170), 芙蓉彈琴, 寶蓮吹嘯171), 飛瓊行盃, 以妾奉硯. 于時, 妾(以)年少女子172), 一見郎君, 魂迷意闌. 郎君亦顧妾, 而含笑頻頻送目.

大君謂進士曰, "我之待君, 誠款至矣. 君何吝173)一吐瓊琚, 使此堂無顔色乎?"

進士卽握管,174) 書五言四韻175)曰:

旅鴈向南去, 宮中秋色深.

水寒荷折玉, 霜重菊垂金.

---

163) 辱: '辱辱'으로 되어 있다.

164) 欬: '咳'로 되어 있다.

165) 踈: '竦'으로 되어 있다.

166) 賜: '錫'으로 되어 있다.

167) 儒: '仅'으로 되어 있다.

168) 令: '令以'로 되어 있다.

169) 何: '安'으로 되어 있다.

170) 唱: '唱歌'로 되어 있다.

171) 嘯: '簫'로 되어 있다.

172) 少女子: '十七'로 되어 있다.

173) 吝: '惜'으로 되어 있다.

174) 進士卽握筆: 소실(燒失)되어 알 수 없는 것을 이본을 참고하여 보(補)하였다.

175) 韻: '韻一首'로 되어 있다.

綺席紅顔女, 瑤絃白[176]雪音.

流霞一斗酒, 先醉意[177]難禁.

大君吟咏再三, 而驚之曰:

"眞所謂天下之奇才也. 何相見之[178]晚耶!"

侍女十人, 一時回顧, 莫不容動[179]曰:

"此必王子晋[180], 駕鶴而來于塵寰. 豈有如此人哉."

大君把盃, 而問(之)曰:

"古之詩人, 孰爲宗匠?"

進士曰:

"以小子所見言之, 李(太)白天上神仚, 長在玉皇香案前, 而來遊玄圃, 餐盡玉液[181], 不勝醉興, 折得萬樹琪花, 隨風雨散落人間之氣像也. 至於盧王, 海上仙[182], 日月出沒, 雲華變化, 滄波動搖[183], 鯨魚吐[184]薄, 島嶼蒼茫, 草樹回鬱, 浪花菱葉, 水鳥之歌, 蛟龍之淚, 委[185]藏於胸襟, (雲夢之中), 此詩中(之)造化. 孟浩然音響最高, 此學師廣, 習音律之人. 李義山學得仙術, 早役詩魔, 一生編什, 無非鬼語也. 自餘紛紛, 何足盡陳?"

大君曰:

"日與文士論詩, 以草堂爲首者多, 此言何謂也?"

---

176) 紅顔女, 瑤絃白: 소실(燒失)되어 알 수 없는 것을 이본을 참고하여 보(補)하였다.

177) 意: '急'으로 되어 있다.

178) 見之: 원본에는 '之見'으로 되어 있는 것을 앞뒤 글자 우측 상단에 자리바꿈 부호(符號)가 있어 바로잡았다. '見之'로 되어 있다.

179) 容動: '動容'으로 되어 있다.

180) 晋: '眞'으로 되어 있다.

181) 液: 원본에는 '掖'으로 되어 있는 것을 이본을 참고하여 바로잡았다. '液'으로 되어 있다.

182) 仙: '仙人'으로 되어 있다.

183) 搖: 원본에는 '瑤'로 되어 있는 것을 이본을 참고하여 바로잡았다. '搖'로 되어 있다.

184) 吐: '噴'으로 되어 있다.

185) 委: '悉'로 되어 있다.

進士曰:

"然. 以俗儒所尙言之, 猶膾炙之悅人口. 子美之詩, 眞膾與炙也."

大君曰:

"百體俱備, 比興極精, 豈以草堂爲輕(哉)?"

進士謝曰:

"小子何敢輕之. 論其長處, 則如漢武帝, 御未央, 憤四夷之猾夏, 命將薄伐[186], 百萬熊羆之士, 連亘數千(餘)里. 言其大處, 則如使相如賦長楊, 馬遷草封禪. 求神山, 則如(使)東方朔侍左右, 西王母献金桃[187]. 是(以)杜甫[188]文章, 可謂百體之(俱)備矣.

(而)至比於李白, 則不啻(若)天壤之不侔, 江海之不同也. 至比於王孟, 則子美驅(車)先適, 而王孟執鞭爭途矣."

大君曰:

"聞君之言, 胸中敞豁悅, 若御長風上太淸. 第杜詩, 天下之高文, 雖不足於樂府, 豈與王孟爭途哉? 然[189]姑舍(之)是, 願君又費一吟, 使此堂增倍一般光彩."

進士卽賦七言四韻, 書桃花紙, 以呈[190]曰:

烟散金塘露氣凉, 碧天如水夜何長.

微風有意吹垂箔, 白月多情入小堂[191].

庭畔陰開桃[192]反影, 盃中波好菊留香.

玩[193]谷雖小頗能飮, 莫怪甕[194]間醉後狂.

---

186) 伐: 원본에는 '代'로 되어 있는 것을 이본을 참고하여 바로잡았다. '伐'로 되어 있다.
187) 金桃: '天桃'로 되어 있다.
188) 甫: '甫之'로 되어 있다.
189) 然: '雖然'으로 되어 있다.
190) 書桃…以呈: '一首, 其詩'로 되어 있다.
191) 堂: '塘'으로 되어 있다.
192) 桃: '松'으로 되어 있다.
193) 玩: '阮'으로 되어 있다.

大君益奇之, 前席摻手曰:

"進士非今吉世之才. 余[195])之所得以[196])論其高下. 且非徒能文, 筆畫
又極神妙, 天之[197])生君於東方, 必非偶然也."

又使草聖, 揮(筆之際), 筆點誤落於妾手之[198])指, 如蠅翼. 妾以此爲榮,
不爲拭除, 左右宮人, 咸顧微笑, 比之登龍門.

時夜將半, 更漏相催, 大君欠伸[199])思睡曰:

"我醉矣. 君亦退休. 勿忘'明朝有意抱琴來'之句."

翌日, 大君稱吟[200])其兩詩而歎曰:

"當與謹甫爭雄, 而其淸雅之態, 則過之矣."

妾自是, 寢不能寐, 食減心煩, 不覺衣帶之緩, 汝未能識之乎?

紫鸞曰:

"我忘之矣. 今聞汝言, 怳若酒醒."

其後, 大君頻接進士, 而未嘗以妾等相近[201]). 故妾每從門隙而窺之, 一
日, 以雪搗牋,[202])寫一絶[203])曰:

布衣革帶士, 玉貌如神仙.

每向簾間望, 何無月下緣.

洗顔淚成[204])水, 彈琴恨鳴絃.

---

194) 甕: '瓮'으로 되어 있다.
195) 余: '非余'로 되어 있다.
196) 以: '而'로 되어 있다.
197) 之: '地'로 되어 있다.
198) 手之: '之手'로 되어 있다.
199) 伸: '身'으로 되어 있다.
200) 稱吟: '再三'으로 되어 있다.
201) 相近: '不相見'으로 되어 있다.
202) 搗牋: 원본에는 '牋搗'로 되어 있는 것을 앞뒤 글자 우측 상단에 자리바꿈 부호(符
號)가 있어 바로잡았다. '搗牋'으로 되어 있다.
203) 一絶: '五言四韻一首'로 되어 있다.
204) 成: '作'으로 되어 있다.

無恨胸中怨205), 攙頭獨訴天.

以詩及金鈿一隻, 同裏206)十襲, 欲寄進士, 而無便(可達).

其夜月夕, 大君開酒大會, 賓207)客盛稱進士之才, 以二詩示之, 俱各傳觀, 稱賷不已. 皆願一見, 大君卽送人馬請之.208)

進209)士至而就坐, 形容瘦瘰210), 風槩消沮, 殊非昔日之氣像. 大君慰之曰:

"進士未有憂楚211)之心. 而先有澤畔之憔悴乎?"

滿坐大笑.

進士起而拜212)曰:

"僕以寒賤儒生, 猥蒙進賜213)之寵眷. 福過灾生, 疾病纏身, 食飮全214)廢, 起居須人. 今承厚招, 扶曳來謁矣."

座215)客皆斂膝而致敬.

進士以年少儒生, 坐於席末, 與內(外)只隔一壁.

夜已將闌, 衆客皆216)醉, 妾穴壁作孔而窺之. 進士亦知其意, 向隅而坐. 妾以封書, 從穴投之, 進士拾得歸家, 拆而視之, 悲不自勝, 不忍釋手. 思念之情, 倍於曩時, 如不能自存.

欲答書以寄, 而靑鳥無憑, 獨自愁嘆217)而已.

---

205) 怨: '願'으로 되어 있다.
206) 裏: '裏重封'으로 되어 있다.
207) 酒大會, 賓: 소실(燒失)되어 알 수 없는 것을 이본을 참고하여 보(補)하였다.
208) 卽送人馬請之: 소실(燒失)되어 알 수 없는 것을 이본을 참고하여 보(補)하였다.
209) 進: '俄而, 進'으로 되어 있다.
210) 瘦瘰: '瘰瘦'로 되어 있다.
211) 士未有憂楚: 소실(燒失)되어 알 수 없는 것을 이본을 참고하여 보(補)하였다.
212) 拜: '謝'로 되어 있다.
213) 猥蒙進賜: 소실(燒失)되어 알 수 없는 것을 이본을 참고하여 보(補)하였다.
214) 全: '專'으로 되어 있다.
215) 座: '坐'로 되어 있다.
216) 客皆: '賓大'로 되어 있다.

聞有一巫女, 居在東門外, 以靈異得名, 出入其宮中, 甚見寵信. 進士訪至其家. 則其巫年未三旬, 姿色殊美. 早寡, 以淫女自處. 見生至, 盛備酒饌而待之.

進士[218]把盃不飲曰:

"今日有迫忙[219]之事, 明日再來矣."

翌日, 又往, 則亦如之. 進士不敢開口, 且曰, "明日又[220]來矣."

巫見進士容貌脫俗, 中心悅之. 而連日往來, 不出一言, 意謂'年少之人, 必以羞澁[221]不言. 我先以意挑[222]之, 挽留繼夜, 要以同枕'.

明日, 沐浴梳洗, 盡[223]態凝粧, 多般盛餙. 布滿花檀瓊瑤[224]席, 使小婢坐門外候之. 進士又至, 見其容餙之華, 鋪陳之美, 心中[225]怪之.

巫曰:

"今夕何夕, 見此玉[226]人?"

進士意不在焉, 不答其語, 怊然不樂.

巫曰:

"寡女之家, 年少之男, 何往來之不憚煩!"

進士曰:

"巫若神異則, 豈不知我來之心[227]乎?"

巫卽就靈座, 拜于神, 搖鈴抑瑟, 遍身寒戰.

頃之, 動身而言曰:

---

217) 嘆: '歎'으로 되어 있다.
218) 進士: '生'으로 되어 있다.
219) 迫忙: '忙迫'으로 되어 있다.
220) 又: '再'로 되어 있다.
221) 澁: '譅'로 되어 있다.
222) 挑: '桃'로 되어 있다.
223) 盡: '晝'로 되어 있다.
224) 瓊瑤: '瑤瓊'으로 되어 있다.
225) 心中: '中心'으로 되어 있다.
226) 玉: '至'로 되어 있다.
227) 心: '意'로 되어 있다.

"郎君誠可憐228)也. 以齟齬229)之策, 欲遂其難成之計. 非但其意不成, 未及三年, 其爲泉下230)人哉."

進士泣而謝曰:

"巫雖不言, 我亦知之. 然中心結怨231), 百藥未解. 若因神巫, 幸傳尺素, 則死亦榮矣."

巫曰:

"卑賤巫女, 雖(因)神祀232)出入, 而非有招命, 則不敢入. 然(誠)爲郎君, 試一往焉."

進士自懷中, 出一封書, 以贈曰:

"愼毋枉傳, 以作禍機."

巫拙入宮中233), 則宮中之人, 皆怪其來. 巫權辭以對, 仍得間目, 引妾于後庭無人處, 以封書授之.

妾還房拆234)視之, 其書云:

「一自235)目成之後, 心飛魂越, 不能定情, 每向城西, 幾斷寸腸. 曾因壁間之傳書, 敬承不忘之玉音, 開未盡而咽236)塞(胸中), 讀未半而淚滴(濕字). 寢不能寐, 食不下咽, 病入骨膏237), 百藥無效, 九原可見, 惟238)願溘然而從. 蒼天俯憐239), 鬼神240)黙佑. 倘使生前, 一洩此恨, 則當紛身磨骨,

---

228) 憐: '怜'으로 되어 있다.
229) 齟齬: '岨峿'로 되어 있다.
230) 下: '下之'로 되어 있다.
231) 結怨: '怨結'로 되어 있다.
232) 祀: '祀或時'로 되어 있다.
233) 拙入宮中: '持入宮門'으로 되어 있다.
234) 拆: '拆而'로 되어 있다.
235) 一自: '自一番'으로 되어 있다.
236) 咽: 원본에는 '烟'으로 되어 있는 것을 이본을 참고하여 바로잡았다. '咽'으로 되어 있다.
237) 骨膏: '膏盲'으로 되어 있다.
238) 惟: '唯'로 되어 있다.

以祭于天地百神之靈[241]矣.

　臨楮哽咽, 夫復何言.[242]」

　书下復有[243]一詩云:

　樓閣重重掩夕扉[244], 樹陰雲影捴依微.
　落花隨水流[245]溝出, 乳燕含泥趆檻歸.
　欹枕未成蝴蝶夢, 眼穿懸望魚鴈稀.[246]
　玉容在眼何無語, 草綠鶯啼淚濕衣.

　妾覽之[247], 聲斷氣塞, 口不能言, 淚盡繼血. 隱身於屛風之後, 惟[248]畏
人知.

　自是厥後, 頃刻不得忘, 如癡如狂, 見於辞色, 主君之疑, 人言之來, 信[249]
不虛矣.

　紫鸞亦怨女, 及聞此言, 含淚而言曰:

　"詩出於性情, 不可欺也."

　一日, 大君呼翡翠曰:

　"汝木十人, 同在一室, 業不傳[250]一, 當分五人置之西宫."

---

239) 憐: '怜'으로 되어 있다.
240) 鬼神: '神鬼'로 되어 있다.
241) 靈: '灵'으로 되어 있다.
242) 言: '言, 不備謹書.'로 되어 있다.
243) 有: '有七韻'으로 되어 있다.
244) 扉: '霏'로 되어 있다.
245) 隨水流: '流水隨'로 되어 있다.
246) 眼穿…鴈稀: '回眸空望鴈魚稀.'로 되어 있다.
247) 之: '罷'로 되어 있다.
248) 惟: '唯'로 되어 있다.
249) 信: '實'로 되어 있다.
250) 傳: '專'으로 되어 있다.

妾與紫鸞,銀蟾,玉女,翡翠, 卽爲[251]移焉.

玉女[252]曰:

"幽花細草, 流水芳林, 正似山家野庄, 眞所谓讀书堂也."

妾答曰:

"旣非舍人, 又非僧[253]尼, 而鎖此深宮, 所[254]謂長信宮也."

左右莫不嘆[255]悅.

其後, 妾欲作一书, 以致意進士, 以至誠[256]事巫, 请之甚懇, 而終不肯來. 盖不無挾憾於進士之無意於渠也.

一夕[257], 紫鸞密言于妾曰:

"宮中之人, 每歲仲秋, 浣紗於蕩春臺下之水, 仍說盃酌而罷. 今年則設於昭格署洞, 而往來尋見[258]巫, 則此第一良策."

妾然之, 苦待仲秋, 度'一日如三秋'.

翡翠微聞其語, 佯若不知, 而語妾曰[259]:

"汝初來時, 顔色如梨花, 不施臙[260]粉, 而有天然綽約之姿. 故宮中之人, 以虢玉夫人稱之, 比來容色減旧, 漸不如初, 是何故耶?"

妾答曰:

"禀質虛弱, 每當炎節, 則例有署暍之病, 梧桐葉落, 繡幕生凉, 則自至稍蘇矣."

賦[261]一詩戲贈. 無非翫弄之態, 而意思絶妙. 妾奇其才, 而羞其弄.

---

251) 爲: '曰'로 되어 있다.
252) 焉. 玉女: 소실(燒失)되어 알 수 없는 것을 이본을 참고하여 보(補)하였다.
253) 旣非…非僧: 소실(燒失)되어 알 수 없는 것을 이본을 참고하여 보(補)하였다.
254) 所: '眞所'로 되어 있다.
255) 嘆: '嗟'로 되어 있다.
256) 進士, 以至誠: 소실(燒失)되어 알 수 없는 것을 이본을 참고하여 보(補)하였다.
257) 渠也. 一夕: 소실(燒失)되어 알 수 없는 것을 이본을 참고하여 보(補)하였다.
258) 見: '見其'로 되어 있다.
259) 妾曰: 원본에는 '曰妾'으로 되어 있는 것을 앞뒤 글자 우측 상단에 자리바꿈 부호(符號)가 있어 바로잡았다. '妾曰'로 되어 있다.
260) 臙: '鉛'으로 되어 있다.

荏苒数月, 節屆淸秋. 涼[262]風夕起. 細菊吐黃, 草虫歛聲, 皓[263]月流光. 妾中心[264]自喜, 而不形於言語間, 銀蟾曰:

"尺书佳期近在, 今夕人間之樂, 豈異於天上乎?"

妾知西宮之人, 已不可隱, 以宗告之曰, "願勿使南宮之人知之."

于時, 旅鴈南飛, 玉露成團, 淸溪浣[265]紗.

正當其時, 欲與諸女, 牢約[266]日期, 而論議[267]甲乙, 未定浣濯之所.

南宮之人曰:

"淸溪白石, 無踪[268]於蕩春臺下."

西宮之人曰:

"昭格洞署[269]泉石, (亦)不下於門外, 何必舍邇, 而求諸遠乎."

南宮[270], 固勢[271]不許, 未[272]決而罷.

其夜, 紫鸞曰:

"南宮五人[273], 小玉主論, 我以計, 可回其意."

以玉燈前導, 至南宮, 金蓮喜迎曰:

"一分西南[274], 如隔秦楚, 今[275]夕玉鳥左臨, 深謝(厚意)."

---

261) 賦: '翡翠賦'로 되어 있다.

262) 涼: '凄'로 되어 있다.

263) 皓: 원본에는 '浩'로 되어 있는 것을 이본을 참고하여 바로잡았다. '皓'로 되어 있다.

264) 中心: '心中'으로 되어 있다.

265) 浣: 원본에는 '院'으로 되어 있는 것을 이본을 참고하여 바로잡았다. '浣'으로 되어 있다.

266) 約: '定'으로 되어 있다.

267) 議: '事'로 되어 있다.

268) 踪: 원본에는 '喩'로 되어 있는 것을 이본을 참고하여 바로잡았다. '踪'로 되어 있다.

269) 洞署: '署洞'으로 되어 있다.

270) 南宮: '南宮人'으로 되어 있다.

271) 勢: '執'으로 되어 있다.

272) 未: '夜至未'로 되어 있다.

273) 五人: '五人中'으로 되어 있다.

274) 南: '宮'으로 되어 있다.

275) 今: '不意今'으로 되어 있다.

小玉曰:

"何謝之有? 此乃說客也."

紫鸞歛衽[276]正色(言)曰:

"他人有心, 予忖度之, 其子之謂[277]歟?"

小玉曰:

"西宮之人, 欲往昭格署[278], 而我獨堅執. 故汝中夜來訪, 其謂說客, 不亦宜乎?"

紫鸞曰:

"西宮五人中, 吾獨欲(往)城內矣[279]."

小玉曰:

"獨思城內, 其意何居?"

紫鸞曰:

"吾聞昭格署, 乃祭天皇[280]之處, 而洞名'三淸'云. 吾儕[281]十人, 必是三淸仙女, 誤讀黃(庭)經, 謫下人間. 旣在塵寰, 則山家野村, 農墅漁店, 何處不可?

而牢鎖深宮, 有若籠中之鳥, 聞黃鸎而嘆[282]息, 對綠楊而歔欷. 至於乳燕雙飛, 栖鳥兩眠, 草有合歡, 木有連理. 無知草木, 至微禽鳥, 亦稟陰陽, 莫不交歡. 吾等[283]十人, 獨有何罪, 而寂寞深宮, 長鎖一身, 春花秋月, 伴燈消魂, 虛抛靑春之年, 空遺黃壤之恨. 賦命之薄, 何其至此之甚耶. 人生一老, 不可復少, 子更思之. 寧不悲哉.

---

276) 衽: 원본에는 '任'으로 되어 있는 것을 이본을 참고하여 바로잡았다. '衽'으로 되어 있다.

277) 謂: '說'로 되어 있다.

278) 署: '署洞'으로 되어 있다.

279) 矣: '也'로 되어 있다.

280) 皇: '星'으로 되어 있다.

281) 矣: '徒'로 되어 있다.

282) 鸎而嘆: '鸝而歎'으로 되어 있다.

283) 等: '儕'로 되어 있다.

今可沐浴於淸川, 以潔其身, 入284)太乙祠, 叩285)頭百拜, 合手祈祝, 冀資冥佑, 欲免來吉之(如)此若也. 豈有他意哉? 凡我(一)宮之人, 情若同氣, 而因此一事, 疑人於不當疑之地. 緣我無狀, 言不見信之致也."

小玉起而謝曰:

"我燭理未瑩, 不及於君遠矣. 初不許城內者, 城中素多無賴俠客之徒, 慮有强暴意外286)之辱. 故疑之. 今汝能使余不遠, 而復繼287). 自今, 雖白日昇天, 而吾可從288), 雖憑河入海, 而吾亦從289). 所謂'因人成事而及', 其成功則一(者)也."

芙蓉曰:

"凡事心定. 上言定末, 兩人爭之, 終日290)不決, 事不順矣. 一家之事, 主君不知, 而僕妾密議, (心)不忠矣, 日291)間所爭之事, 宵未半而屈之, 人不信矣.

且淸秋玉川, 無處無之, 而必往城祠, 似不292)直矣. 匪懈堂前, 水淸石白, 每歲浣紗293)於此(爲之. 而)今欲改轍, 亦不宜矣. 一擧有294)此五失, 妾不(敢)從命."

寶蓮曰:

"言者, 文身之具. 謹與不謹, 慶殃隨至295). 是故君子296)愼之, '守口297)

---

284) 入: '入于'로 되어 있다.
285) 叩: '扣'로 되어 있다.
286) 强暴意外: '意外强暴'로 되어 있다.
287) 繼: '通'으로 되어 있다.
288) 從: '從之'로 되어 있다.
289) 吾亦從: '亦可從之'로 되어 있다.
290) 日: '夜'로 되어 있다.
291) 不忠矣, 日: 소실(燒失)되어 알 수 없는 것을 이본을 참고하여 보(補)하였다.
292) 往城祠, 似不: 소실(燒失)되어 알 수 없는 것을 이본을 참고하여 보(補)하였다.
293) 紗: '洗'로 되어 있다.
294) 宜矣. 一擧有: 소실(燒失)되어 알 수 없는 것을 이본을 참고하여 보(補)하였다.
295) 至: '之'로 되어 있다.
296) 故君子: 소실(燒失)되어 알 수 없는 것을 이본을 참고하여 보(補)하였다.
297) 守口: 원본에는 '口守'로 되어 있는 것을 앞뒤 글자 우측 상단에 자리바꿈 부호(符

如瓶, (防意如城'). 漢時, 丙吉・張相如, 終日不言[298], 而事無不成, 嗇夫喋喋利口. 而張釋之, 秦詆之. 以妾觀之, 紫鸞之言, 隱而不發, 小玉之言, 強而勉從, 芙蓉之言, 務在文餙, 皆不合吾意. 今此之行, 妾不與焉."

金蓮曰:

"今夜之論, 終未[299]故一, 我且穆卜."

卽展義經而占之, 得卦解之曰:

"明日, 雲英必遇丈夫矣. 雲英容貌擧止, 似非人世間者也. 主君傾心已久, 而雲英以死拒之, 無他, 不忍負夫人之恩也. 主君之威令雖嚴, 而恐傷雲英之身, 不敢近之.

今舍此寂寞之處, 而欲往彼繁華之地, 遊俠少年[300]見其姿色, 則必有喪魂欲狂者. 雖不能相近, 指[301]點送目, 斯亦辱矣.

前日, 主君下令曰, '宮女出門, 外人知名, 其罪皆死.' 今此之行, 妾不與焉."

紫鸞知事不儕, 憮然不樂. 方欲辭去.

飛瓊泣而摻[302]羅帶, 强留之, 以鸚鵡盃酌, 雲乳(酒)勸之, 左右皆飮. 金蓮曰:

"今夕之會, 務在從容而(罷), 飛瓊(之)泣, 妾實悶之."

飛瓊曰:

"初在南宮時, 與雲英交道甚密, 生死[303]榮辱, 約與同之. 今雖異居, 寧忍忘之? 前日, 主君前問安時, 見雲英於堂前, 纖腰瘦盡, 容色憔悴, 聲音細緌[304], 若不出口. 起拜之際, 無力仆地. 妾扶而起, 以善言慰之, 雲英[305]

號)가 있어 바로잡았다. '守口'로 되어 있다.

298) 言: '語'로 되어 있다.

299) 未: '不'로 되어 있다.

300) 少年: '年少'로 되어 있다.

301) 指: '而指'로 되어 있다.

302) 而摻: '把'로 되어 있다.

303) 生死: '死生'으로 되어 있다.

304) 緌: '縷'로 되어 있다.

答曰, '不幸有疾, 朝夕將死. 妾之微命, 死無足惜. 而九人306)文章才華, 日
就月長, 他日, 佳篇麗什, 聳動一世, 而妾(必)不307)見矣. 是以悲不能禁.'
其言頗極悽切, 妾爲之下淚. 到今思之, 其疾崇在於所思也.

嗟呼! 紫鸞, 雲娘308)之友也. 欲以垂死之人, 置之於天壇之上. 今日之
計, 若不309)成, 則泉壤之下, 死不暝目, 怨故南宮, 其有慨310)乎? '作311)
善降之百祥作, 不312)善降之百殃.' 今此之論, 善乎, 不善乎?"

小娘313)

"旣許314), 三人之志順矣, 豈可半塗而廢315)乎? 設或事洩316), 雲英獨
被其罪, 他人何與焉317)."

(小玉曰), "妾不爲再言, 當爲雲英死之."

紫鸞曰, "從之者半, 不從者半, 事不諧矣." 欲起去而還坐, 更探其意.
或欲從之, 而以兩言爲恥, 紫鸞曰:

"天下之事, 有正有權. 權而得中, 是亦正矣. 豈無變通之權, 而膠守前言
乎?"

左右一時從之, 紫鸞曰:

"余非好辯. 爲人謀忠, 不得不爾."

飛瓊曰:

---

305) 英: '娘'으로 되어 있다.
306) 人: '人之'로 되어 있다.
307) 不: '不及'으로 되어 있다.
308) 娘: '娘'으로 되어 있다.
309) 不: '不得'으로 되어 있다.
310) 慨: '旣'로 되어 있다.
311) 作: '書曰: 作'으로 되어 있다.
312) 作, 不: 원본에는 '不, 作'으로 되어 있는 것을 앞뒤 글자 우측 상단에 자리바꿈
　　 부호(符號)가 있어 바로잡았다. 따라서 '作, 不'로 읽는다.
313) 小娘: '小玉曰: 妾'으로 되어 있다.
314) 許: '許諾'으로 되어 있다.
315) 廢: '癈'로 되어 있다.
316) 洩: '泄'로 되어 있다.
317) 焉: '焉哉'로 되어 있다.

"古者蘇秦, 能使六国合從, 今紫鸞能使[318]五人承順, 可謂辯士."

紫鸞曰:

"蘇秦能佩六旺相印, 今吾以何物贈之乎?"

金蓮曰:

"合從者, 六旺之利也. 今此承順, 有何[319]利於五人?"

相[320]對大笑.

紫鸞曰:

"南宮之人皆(作)善, 而能使雲英復續垂絶之命, 豈不拜謝."

仍起而再拜, 小玉亦起而拜.

紫鸞曰:

"今日(之)事, 五人從之. 上有天, 下有地, 燈燭照之, 鬼神臨之, 明日, 豈有他意乎."

仍起拜而去, 五人皆拜送[321]中門之外.

紫鸞(帰語[322])妾. 妾扶壁[323]起, 再拜而謝曰:

"生我者父母也, 活我者娘[324](子)也. (未)入地之前, 誓報此恩."

坐以待朝, 入而問安, 退會於中堂.

小玉曰:

"天朗水冷, 正當[325]浣紗之時, 今日設帳於, 昭格署洞, 可乎?"

八人皆無異辞.

妾退還西宮, 以白羅衫, 書[326]滿腔哀怨而懷之, 與紫鸞故[327]爲落後,

---

318) 使: '令'으로 되어 있다.

319) 何: '何所'로 되어 있다.

320) 相: '因相'으로 되어 있다.

321) 送: '送于'로 되어 있다.

322) 語: '於'로 되어 있다.

323) 壁: '壁而'로 되어 있다.

324) 娘: '娚'으로 되어 있다.

325) 水冷, 正當: 소실(燒失)되어 알 수 없는 것을 이본을 참고하여 보(補)하였다.

326) 還西宮…書: 소실(燒失)되어 알 수 없는 것을 이본을 참고하여 보(補)하였다.

謂執鞭童僕328)日:

"東門外巫女, 最爲灵驗329)云, 我將往其家, 問病而行."

童330)僕如其言.

至其家, 巽辞 哀乞曰:

"今日之來, 本欲爲331)一見金進士耳. 可急(走伻)通之, 則終身報恩."

巫如其言送人332), 則333)顚倒334)至矣.

兩人相見, 不得出一言, 相視335)流涕而已.

妾以封書給之曰, "乘夕當還, 郎可336)於此留待." 卽上馬而去.

進士拆封337)視之.

其書338)曰:

「曩者, 巫山神女, 傳致一札, 琅琅玉音滿紙. 丁寧敬奉三復, 悲歡交極339), 意不自定. 卽欲答書, 而旣無信便. 且恐漏洩340), 引領懸望, 欲飛無翼, 腸斷消魂. 只待死日, 而未死之前, 憑此尺書341), 吐盡平生之懷. 伏願郎君留神焉.

妾鄉南方也, 父母愛妾, 偏於諸子中, 出遊嬉戲, 任其所欲. (故)園林水

---

327) 故: '姑'로 되어 있다.

328) 鞭童僕: '馬者'로 되어 있다.

329) 女, 最爲灵驗: 소실(燒失)되어 알 수 없는 것을 이본을 참고하여 보(補)하였다.

330) 童: '僮'으로 되어 있다.

331) 來, 本欲爲: 소실(燒失)되어 알 수 없는 것을 이본을 참고하여 보(補)하였다.

332) 人: '之'로 되어 있다.

333) 則: '則進士'로 되어 있다.

334) 倒: '倒而'로 되어 있다.

335) 相視: '但'으로 되어 있다.

336) 可: '君'으로 되어 있다.

337) 拆封: '坼封書而'로 되어 있다.

338) 書: '辭'로 되어 있다.

339) 極: '至'로 되어 있다.

340) 洩: '泄'로 되어 있다.

341) 書: '素'로 되어 있다.

涯, 梅竹橘柚之陰, 日以遊翫爲事. 苔磯釣魚之徒, 樵[342]牧弄笛之児, 朝暮入眼. 其他山野之態, 田家之興, (難)以毛擧. (父母)初敎以三綱行實, 七言唐音.

年十三, 主君招之, 故別父母, 遠兄弟, 來入宮中[343]. 不禁思故之情, 以[344]蓬頭垢面, 襤[345]縷 衣裳, 欲爲觀者之陋, 伏庭而泣, 宮人曰, '有一朵蓮花, 自生庭中.'

夫人愛之, 無異己出. 主君亦不以尋常視(侍女)之, 宮中(之)人, 莫不親愛如骨肉.

一自從事學問之後, 頗知義理, 能審音律, 故(年長)宮人莫不敬服.

及徙[346]西宮之後, 琴書專一, 所造益深. 凡賓客所製之詩, 無一掛眼, 才難不其然乎? 不[347]得爲男子之[348]身揚名(於當世), 而(空)爲紅顔薄命之軀, 一閉深宮, 終成枯落而已. 人生一死之後, 誰復知之. 是以恨結心曲, 怨塡胷海. 停[349]刺繡, 而付之燈火, 破[350]織錦, 而投杼下機, 裂破罷帷[351], 折弃[352]玉簪. 暫得酒興, 則脫舃散步, 剝落堦[353]花, 手折庭草, 如癡如狂, 情不自抑.

上年(之)秋月之夜, 一見君子之容(儀), 意外[354]天上仙人[355], 謫下人間[356]. 妾之容色, 最出九人之下, 而有何宿世之緣. 那知筆下之一點, 竟

---

342) 樵: '罷'로 되어 있다.
343) 中: '門'으로 되어 있다.
344) 以: '日以'로 되어 있다.
345) 襤: '藍'로 되어 있다.
346) 徙: '涉'으로 되어 있다.
347) 不: '恨不'로 되어 있다.
348) 子之: '立'으로 되어 있다.
349) 停: '每停'으로 되어 있다.
350) 破: '罷'로 되어 있다.
351) 帷: '幃'로 되어 있다.
352) 弃: '其'로 되어 있다.
353) 堦: '階'로 되어 있다.
354) 外: '謂'로 되어 있다.
355) 仙人: '神仙'으로 되어 있다.

作胸中怨結之崇? 以簾間之望, 擬作奉箒之緣, 以夢中之見, 將續不忘之恩. 雖無一番衾裡之歡, 玉貌手容, 怳在眼中. 梨花杜鵑之啼, 梧桐夜雨[357]之聲, 慘不忍聞, 庭前細草之生, 天際孤雲之飛, 慘不忍見. 或倚屛而坐, 或憑欄而立, 搥胸頓足, 獨訴蒼天.

不識郎君亦念妾否? 只恨此身, 未見君子[358]之前, 先自溘然, 則天荒地老[359], 此情不泯.

今日浣紗之行, 兩宮侍女皆已(畢)集, 故不得久留於此. 淚和墨汁, 魂結羅縷, 伏願郎君, 俯賜一覽. 又以拙句謹答前惠, 非此之爲美.

聊以寓永好(之)意..」

其文(一)則傷秋之賦, 一則相思之詩也.

是夕來時, 紫鸞與妾又先出. 而向東門(外), 則小玉微哂[360], 賦一絶以贈之, 無非譏妾之意也. 妾中心羞赧[361], 含忍受[362]之, 其詩曰:

太乙祠前一水廻[363], 天壇雲盡九門開.

細腰不勝狂風急, 暫避林中日暮來.

飛瓊[364]卽次其韻, 金蓮·芙蓉·寶蓮[365], 相繼次之, 亦皆譏妾之意也.

妾騎馬先來[366], 至巫家, 則巫顯有含慍之色, 向壁而坐, 不借顏色. 進

---

356) 人間: '塵寰'으로 되어 있다.

357) 夜雨: 원본에는 '雨夜'로 되어 있는 것을 앞뒤 글자 우측 상단에 자리바꿈 부호(符號)가 있어 바로잡았다. '夜雨'로 되어 있다.

358) 君子: '郎君'으로 되어 있다.

359) 天荒地老: '地老天荒'으로 되어 있다.

360) 哂: '笑'로 되어 있다.

361) 赧: '赦'로 되어 있다.

362) 含忍受: '而含忍愛'로 되어 있다.

363) 廻: '回'로 되어 있다.

364) 飛瓊: '紫鸞'으로 되어 있다.

365) 金蓮·芙蓉·寶蓮: '翡翠·玉女'로 되어 있다.

士抱羅衫, 終日飮泣, 喪魂367)失性, 尙不知妾之來368). 妾解左(右)手所着
雲南玉色金環, 納于進士懷中, 曰:

"郎君不以369)妾爲菲薄, 屈千金之軀, 來待陋舍. 妾雖不敏, 亦非木石,
敢不以死許之? 妾若370)食言, 有此金環"

行色忽遽, 起以將別, 淚371)涕如雨. 與進士付372)耳語曰:

"妾在西宮, 郎君乘暮夜, 由西壇373)而入, 則三生未盡之緣, 庶可續此而
成矣."

言訖, 拂衣而去, 先入宮門, 則八人繼至.

夜已三374)更, 小玉與飛瓊, 明燭前導, 而來西宮曰:

"日者之詩, 出於無情, 而言涉戲翫. 是以不避深夜, 負荊來謝耳."

紫鸞曰:

"五人之詩, 皆出南宮. 一自分宮之後, 頗有形跡, 有似唐時牛李之黨375),
何不爲甚376)然也?

(雖然), 女子之情則一也. 久閉離宮, 長吊隻影, 所對者燈燭377)而已, 所
爲者絃歌而已. 百花含葩而笑, 雙燕交翼而戲, 薄命妾等, 同銷深宮, 覽物
懷春, 思378)如何. 朝雲岱神, 而頻入楚王之夢, 王母仙女, 而幾參瑤臺之

---

366) 馬先來: 소실(燒失)되어 알 수 없는 것을 이본을 참고하여 보(補)하였다.
367) 終日飮泣, 喪魂: 소실(燒失)되어 알 수 없는 것을 이본을 참고하여 보(補)하였다.
368) 來: '來矣'로 되어 있다.
369) 進士懷…不以: 소실(燒失)되어 알 수 없는 것을 이본을 참고하여 보(補)하였다.
370) 許之? 妾若: 소실(燒失)되어 알 수 없는 것을 이본을 참고하여 보(補)하였다.
371) 淚: '流'로 되어 있다.
372) 付: '附'로 되어 있다.
373) 壇: '墻'으로 되어 있다.
374) 夜已三: '其夜二'로 되어 있다.
375) 黨: 원본에는 '倘'으로 되어 있는 것을 이본을 참고하여 바로잡았다. '黨'으로 되어
있다.
376) 甚: '其'로 되어 있다.
377) 燈燭: 원본에는 '燭燈'으로 되어 있는 것을 이본을 참고하여 바로잡았다. '燈燭'으
로 되어 있다.
378) 思: '情思'로 되어 있다.

宴.

女子之意, 宜無異同, 而南宮之人, 何獨與姮娥苦守貞節, 不悔靈藥之偸."

飛瓊與小玉379), 皆不禁流涕380)曰:

"一人之心, 卽天下人之心也. 今承盛敎, 悲憾之心,381), 油然而出矣."

起拜而去. 妾謂紫鸞曰:

"今夕, 妾與進士有金石之約. 今若不來, 明日必踰壇382)而來矣. 來則何以待之?"

紫鸞曰:

"繡帳383)重重, 綺席燦爛, 有酒如河, 有肉如坡. (怨)有不來384), 來則待之, 何難(之有)?"

其夜果不來.

進士密窺385)其處, 則壇386)垣高峻, 自非身具387)羽翼, 莫能至矣. 還家, 脉脉388), 憂形於色.

其奴名特者, 素稱能而多術.

見生顏色, 進而跪曰, "進士主, 必不久於古矣." 伏庭而泣.

進士悉陳其情389), 特曰:

"何不早言. 吾當圖之."

卽造槎橋, 甚390)輕捷, 能卷舒. 卷391)則如貼屏風, 舒392)則五六丈, 而

---

379) 小玉: '玉女'로 되어 있다.
380) 流涕: '淚流'로 되어 있다.
381) 心: '懷'로 되어 있다.
382) 壇: '墻'으로 되어 있다.
383) 帳: '幕'으로 되어 있다.
384) 來: '來則已'로 되어 있다.
385) 窺: '顧'로 되어 있다.
386) 壇: '墻'으로 되어 있다.
387) 具: '俱'로 되어 있다.
388) 脉: '脉不語'로 되어 있다.
389) 情: '懷抱'로 되어 있다.

可運於掌上. 特敎之曰, "持此橋, 上宮壇393)而還, 卷舒於內, 下之來時, 亦如之."

進士使特, 試於庭, 果如其言, 進士甚喜之. 其夕將往, 特394)自懷中出給毛狗395)皮襪曰:

"非此難往."

進士着而行(之), 輕如飛鳥, 地上無足聲. 進士用其計, 踰內外壇396), 伏於竹林, 月色如晝, 宮中寂寞397).

少焉, 有人自內而出, 散步微吟. 進士披竹出頭曰:

"有人來此(矣)?"

其人笑而答曰, "郎出, 郎出."

進士趨而揖曰:

"年少之人, 不勝風流之興, 冒398)萬死, 敢至于此, 願郎, 憐399)我, (憫我, 哀我, 恤我)."

紫鸞曰:

"苦待400)之來, 若大旱之望雲霓. 今而401)得見, 妾等其蘇矣, (願)郎君, 勿402)疑焉."

卽引而入, 進士由層, 堦403)循曲欄, 竦肩而入.

---

390) 甚: '甚爲'로 되어 있다.
391) 卷: '捲之'로 되어 있다.
392) 舒: '舒捲之'로 되어 있다.
393) 壇: '墻'으로 되어 있다.
394) 特: '特又'로 되어 있다.
395) 狗: '物'로 되어 있다.
396) 壇: '墻'으로 되어 있다.
397) 寞: '廖'로 되어 있다.
398) 冒: '冒犯'으로 되어 있다.
399) 郎, 憐: '嫏怜'으로 되어 있다.
400) 待: '待進士'로 되어 있다.
401) 而: '幸'으로 되어 있다.
402) 勿: '願勿'로 되어 있다.
403) 堦: '階'로 되어 있다.

妾開紗窓, 明玉燈而坐, 獸[404]形金炉, 燒鬱金香, 琉璃[405]書案, 展太平廣記一卷, 見生至, 起而迎拜. 郎[406]答拜, 以賓主之禮, 分東西(而)坐, 使紫鸞設珎羞綺[407]饌, 而酌紫霞酒飮之. 酒三行, 進士佯醉曰:

"夜如何其[408]?"

紫鸞卽[409]垂帳閉門而出.

妾滅燈同枕, 喜可知矣.

夜旣向晨, 群鷄報曉. 進士(卽)起而去.

自是以後, 昏入曉出, 無夕不然. 情深意密, 自不(能)止知[410]. 墻內雪上, 頗有跫痕. 宮人(皆知, 其出入), 莫不危之.

一日, 進士忽慮, 好事之終, 成禍機, 中心大懼, 終日(忽忽)不樂.

特[411]自外而進曰:

"吾功其[412]大, 迄不論賞可乎?"

進士曰[413], "余懷而不忘[414], 早晚當重賞之."

特曰, "今見顔色, 亦似有憂, 未知何故耶"

進士曰:

"未[415]見則病在心骨, 見[416]之則罪在不測, (若之)何[417]不憂(憂)?"

---

404) 獸: '以獸'로 되어 있다.

405) 璃: 원본에는 '离'로 되어 있는 것을 이본을 참고하여 바로잡았다. '璃'로 되어 있다.

406) 郎: '郎亦'으로 되어 있다.

407) 綺: '奇'로 되어 있다.

408) 其: '幾'로 되어 있다.

409) 卽: '會知其意'로 되어 있다.

410) 止知: '知止'로 되어 있다.

411) 特: '特奴'로 되어 있다.

412) 其: '甚'로 되어 있다.

413) 進士曰: 원본에는 '進'으로 되어 있는 것을 이본을 참고하여 바로잡았다. '進士曰'로 되어 있다.

414) 余懷而不忘: '銘懷不忘'으로 되어 있다.

415) 未: '不'로 되어 있다.

416) 在心骨, 見: 소실(燒失)되어 알 수 없는 것을 이본을 참고하여 보(補)하였다.

417) 何: '何之'로 되어 있다.

特曰:

"然則, 何不竊負而逃?"

進士然之, 其夜, 以特之謀告於妾[418]曰:

"特之爲奴, 素多智術[419]. 以此計指揮, 其意如何?"

妾[420]曰:

"妾之父母, 家財最饒. 故妾[421]來時, 衣服寶貨, 多載而來. 且主君之所賜甚多, 此(物)不可弃置而去. 今欲[422]運之, 則雖馬十匹, 不能盡輸矣."

進士皷於特, 特大喜曰:

"吾友(有)力士二十[423]人. 日(以)强刦爲事, 吽人莫敢[424]當. 而與我深[425]結, 唯[426]命是從. 使此輩[427]運之, 則泰山亦可移也. (使此輩[428])扶護."

進士則萬人不能適, 千萬勿疑).

進士入語妾, 妾然之.

夜夜搜給[429], 七日之夜, 盡輸于外.

特曰:

"如此重寶, (如山)積置于夲宅, 則大上典必疑之, 積置于奴家, 則(隣)人必疑之. 無已則堀坑於山中, 深瘞而堅守之可也[430]."

---

418) 以特…於妾: 소실(燒失)되어 알 수 없는 것을 이본을 참고하여 보(補)하였다.

419) 術: '謀'로 되어 있다.

420) 妾: '妾許之'로 되어 있다.

421) 貨最饒. 故妾: 소실(燒失)되어 알 수 없는 것을 이본을 참고하여 보(補)하였다.

422) 而去. 今欲: 소실(燒失)되어 알 수 없는 것을 이본을 참고하여 보(補)하였다.

423) 二十: '十七'로 되어 있다.

424) 敢: '能'으로 되어 있다.

425) 深: '甚'으로 되어 있다.

426) 唯: '惟'로 되어 있다.

427) 輩: 원본에는 '輂'으로 되어 있는 것을 이본을 참고하여 바로잡았다. '軰'로 되어 있다.

428) 輩: 원본에는 '輂'으로 되어 있는 것을 이본을 참고하여 바로잡았다. '軰'로 되어 있다.

429) 給: '拾'으로 되어 있다.

進士曰：

"若或見失，則吾與汝，難免盜賊之名矣[431]，汝可愼守."

特曰，"吾計如此之深，吾友如此之多，天下無難事. 況持長劍[432]，晝夜不離，則吾目可抉，(而)此宝不可奪，吾足可刖，而[433]此宝不可奪[434]，願勿疑焉."

蓋特意，得此重宝而[435]，妾與進士，引入山谷，屠滅進士(後)，妾[436]與財宝，自占之計.

而進士迂儒，不知也.

大君以前構[437]匪懈堂，欲得佳製懸板. 而諸客之詩，皆不[438]滿意，强要金[439]進士，設宴懇之. (進士)一揮而就，文不加點，而山水之景色，堂構[440]之形容，無不盡焉，可以驚風雨，泣鬼神.

大君句句稱賞曰，"不意今日，復見王子安!"

吟咏不已.

但一句有'隨墻暗窃風流曲'之語，(大君)停口疑之.

進士起而拜曰：

"醉不省(人)事，願言[441]辞退."

大君命童僕，扶而送之.

---

430) 也: '矣'로 되어 있다.

431) 名矣: 원본에는 '矣名'으로 되어 있는 것을 이본을 참고하여 바로잡았다. '名矣'로 되어 있다.

432) 劍: '釼'로 되어 있다.

433) 而: '則'으로 되어 있다.

434) 可奪: '取'로 되어 있다.

435) 而: '而後'로 되어 있다.

436) 妾: '而妾'으로 되어 있다.

437) 構: '搆'로 되어 있다.

438) 不: '末'로 되어 있다.

439) 要金: '邀'로 되어 있다.

440) 構: '搆'로 되어 있다.

441) 言: '爲之'로 되어 있다.

翌日之夜, (進士)入語妾曰:

"可以去乎[442]. 昨日之詩, 疑入大君之意. 今也不去, 恐不免[443]禍."

妾對曰:

"昨夜[444]夢見一人, 狀貌獰惡, 自稱冒頓單于曰, '旣有宿約, 故久待長城之下.' 覺而驚起. (甚怪)夢兆之不祥, 郞君其亦思之."

進士曰:

"夢裡虛誕之事, 何可信也?"

妾曰:

"其曰, '長城'者, 宮墻也. 其曰, '冒頓'者[445], 特也. 郞君熟知此奴之心乎?"

進士曰:

"此奴素頑兇, 然前日[446]盡忠, 今日與娘[447](子)結此好緣, 皆此奴之計也. 豈獻忠於始, 而爲惡於終[448]乎?"

妾曰:

"郞君之言, (如是懇眷, 妾) 何敢辭乎? 但紫鸞, 情若兄弟, 不可不告."
卽呼[449], 三人鼎足而坐.

妾以進士之計告之, 紫鸞大驚(拍手), 罵之曰:

"相歡日久, 無乃自速禍敗耶! 一二[450]月相交, 亦可足矣, 踰壇[451]逃走. 豈人之所忍爲也?

---

442) 乎: '矣'로 되어 있다.
443) 不免: '有後'로 되어 있다.
444) 夜: '夕'으로 되어 있다.
445) 者: '者此'로 되어 있다.
446) 前日: '於我則'으로 되어 있다.
447) 娘: '娜'으로 되어 있다.
448) 終: '後'로 되어 있다.
449) 呼: '呼紫鸞'으로 되어 있다.
450) 二: '兩'으로 되어 있다.
451) 壇: '墻'으로 되어 있다.

主君(之)傾心452)已久, 其不可去一也, 夫人之慈恤甚重453), 其不可去二也, 禍及兩親, 其不可去三也, 罪貽454)西宮, 其不可去四也. 且天地一網罟, 非陞天入地, 則迯之焉往. 倘或披455)捉, 則其禍豈止於娘456)子之身乎? 夢兆之不好457), 不須言之, 而若或吉祥, 則汝肯往之乎? 莫如屈心抑志, 守靜458)安坐, (以)聽於天耳. 娘子若年貌衰謝, 則主君之恩眷漸弛矣, 觀其事勢, 稱病久臥, 則必許還鄕矣. 當此之時, 與郞君携手同歸, 與之偕老, 樂459)莫大焉. 不此之思, 而敢生悖理之計, 汝雖欺人, 天可欺乎?460)"

進士知事不成, 嗟嘆461)含淚而出.

一日, 大君坐西宮繡軒, 倭躑蜀盛開, 命(西宮)侍女, (各)賦五言絶句以進.

大君大嘉462)稱賞曰:

"汝等之文, 日漸增長463), 余甚嘉之. 而第雲英之詩, 顯有思人之意. 前者464)賦烟之詩, 微見其意, 今又如此, 汝之(所)欲從者, 何人? 金生465)上樑文, 語涉微466)異, 無467)乃(與)金生有私468)乎?"

---

452) 心: '意'로 되어 있다.
453) 甚重: '至感'으로 되어 있다.
454) 貽: '及'으로 되어 있다.
455) 披: '被'로 되어 있다.
456) 娘: '孃'으로 되어 있다.
457) 好: '祥'으로 되어 있다.
458) 靜: '貞'으로 되어 있다.
459) 樂: '計'로 되어 있다.
460) 雖欺人, 天可欺乎: '誰欺欺天乎?'로 되어 있다.
461) 嘆: '歎'으로 되어 있다.
462) 嘆: '加'로 되어 있다.
463) 增長: '就將'으로 되어 있다.
464) 者: '日'로 되어 있다.
465) 何人? 金生: 소실(燒失)되어 알 수 없는 것을 이본을 참고하여 보(補)하였다.
466) 微: '疑'로 되어 있다.
467) 無: '汝無'로 되어 있다.

妾卽下庭, 叩頭泣曰:

"主君一(番)見疑, 卽欲自[469]盡, 年[470]未二旬, 且以更不見父母而[471]死, 心甚寃痛[472], 偷生苟活忍, 而就此[473]. 又今見疑, 一死[474]何惜? 天地鬼神, 昭布森列, 侍女五人, 傾[475]刻不離, 淫穢之名, 獨歸於妾, 妾今得死[476]所矣."

卽以羅巾, 自縊於欄干, 紫鸞曰:

"主君如是英明, 而使無罪(之)侍女, 自就死地. 自此以後, 妾等誓不把筆作句矣."

大君雖盛怒, 而心中[477]則宗不欲其死. 故使紫鸞, 救之得不死. 大君出素練五端, 分賜五人曰, "製作最佳, 是以賞之."

自是進士不復出入, 杜門臥病[478]. 淚濺衾枕, 命如一縷[479].

特來現曰:

"大丈夫死卽[480]死矣, 何忍相思怨結, 屑屑如兒女之傷懷, 自擲千金之軀乎? 今當以計, 取之不難(也).[481] 半夜人寂之時, 踰[482]墻而入, 以綿[483]塞其口, 負而超出, 則孰敢追我?"

---

468) 私: '思'로 되어 있다.

469) 見疑, 卽欲自: 소실(燒失)되어 알 수 없는 것을 이본을 참고하여 보(補)하였다.

470) 年: '而年'으로 되어 있다.

471) 父母而: 원본에는 '而父母'로 되어 있는 것을 이본을 참고하여 바로잡았다. '父母而'로 되어 있다.

472) 寃痛: '痛寃'으로 되어 있다.

473) 苟活忍, 而就此: '至此'로 되어 있다.

474) 又今見疑, 一死: 소실(燒失)되어 알 수 없는 것을 이본을 참고하여 보(補)하였다.

475) 傾: '頃'으로 되어 있다.

476) 妾, 妾今得死: 소실(燒失)되어 알 수 없는 것을 이본을 참고하여 보(補)하였다.

477) 心中: '中心'으로 되어 있다.

478) 臥病: '病臥'로 되어 있다.

479) 縷: '線'으로 되어 있다.

480) 卽: '則'으로 되어 있다.

481) 也: 원본에는 '也如其'로 되어 있는 것을 이본을 참고하여 바로잡았다. '也'로 되어 있다.

482) 踰: 원본에는 '喩'로 되어 있는 것을 이본을 참고하여 바로잡았다. '踰'로 되어 있다.

進士曰:

"其計亦危(矣). 不如以誠叩之."

其夜入來, 妾⁴⁸⁴⁾病不能起, 使紫鸞迎入. 酒三行, 以⁴⁸⁵⁾封書寄之曰:

"此後, 不得更見, 三生之緣, 百年之約, 今夕盡矣. (如或)天緣未盡⁴⁸⁶⁾, 則倘⁴⁸⁷⁾可相尋於九泉之下矣."

進士抱書佇立, 脉脉相看, 叩⁴⁸⁸⁾胸流涕而出. 紫鸞慘不忍見, 倚柱隱身, 揮淚而立.

進士還家, 拆⁴⁸⁹⁾視之.

其書曰:

「薄命妾雲英, 再拜白金郎⁴⁹⁰⁾足下.

妾以菲薄之質⁴⁹¹⁾, 不幸⁴⁹²⁾爲郎君之留念⁴⁹³⁾, 相思幾日, 相見⁴⁹⁴⁾幾時. 幸成一夜之交歡, 未盡如海之深情. 人間好事, 造物多猜. 宮人知之, 主人⁴⁹⁵⁾疑之, 禍迫朝夕(有), 死而已矣⁴⁹⁶⁾. 伏願郎君, 此別之後, 母以賤妾置於懷抱間, 以傷思慮, 勉不廢⁴⁹⁷⁾學業, 擢高第, (而)登雲路, 揚名於後世,

---

483) 綿: 원본에는 '錦'으로 되어 있는 것을 이본을 참고하여 바로잡았다. '綿'으로 되어 있다.

484) 妾: '而妾'으로 되어 있다.

485) 以: '妾以'로 되어 있다.

486) 盡: '絶'로 되어 있다.

487) 倘: '當'으로 되어 있다.

488) 叩: '扣'로 되어 있다.

489) 拆: '折而'로 되어 있다.

490) 郎: '生'으로 되어 있다.

491) 質: '資'로 되어 있다.

492) 幸: '幸以'로 되어 있다.

493) 念: '意'로 되어 있다.

494) 見: '望'으로 되어 있다.

495) 人: '君'으로 되어 있다.

496) 已矣: '後已'로 되어 있다.

497) 不廢: '加'로 되어 있다.

以顯父母. 而妾之衣服宝貨, 盡賣供佛, 百般祈祝, 至誠發願, 使三生緣業498), 再續於後生可也499)矣.」

進士不能盡看, 氣絶踣地, 家人急救乃甦.

特自外入曰:

"宮人答之何語, (而進士)如是其欲死?"

進士無他語, 只曰, "財宝汝愼守. 我將盡賣, 遷500)誠於佛, 以踐宿約."

特還家自思曰, '宮人501)不出來, 其財宝天與我也.'向壁窃笑.

而人莫之知矣.

一日, 特自裂其衣, 自打其鼻, 以其502)血, 遍身模糊, 被髮跣足503), 伏地504)泣曰:

"吾爲强盜505)所擊."

仍不復言, 若氣絶者然.

進士慮特死, 則不知埋寶之處, 親灌藥物, 多般救活. 供饋酒肉, 十餘日乃起曰:

"孤單一身, 獨守山中, 衆賊突入, 勢將剝殺. 捨命而走, 僅保縷命. 若非此貨, 我安有如此506)危乎? 賦命之險如此, 何不速死!"

卽以足頓地, 以拳叩胸507)而哭.

進士懼父母之知508), 以溫言慰解509)而送之.

---

498) 業: '分'으로 되어 있다.
499) 可也: '至可至可'로 되어 있다.
500) 遷: '薦'으로 되어 있다.
501) 人: '女'로 되어 있다.
502) 其: '其流'로 되어 있다.
503) 足: '足奔入'으로 되어 있다.
504) 地: '庭'으로 되어 있다.
505) 盜: '賊'으로 되어 있다.
506) 此: '此之'로 되어 있다.
507) 叩胸: 원본에는 '仰骨'로 되어 있는 것을 이본을 참고하여 바로잡았다. '扣'로 되어 있다.

久之, 進士知特之所爲, (與所親者数人), 率奴十餘名, 不意圍其第510), 只得511)金釧一双, 寶512)鏡一面. 以此爲贓物, 欲呈官推得, 而恐事洩513) 不得. (若不得)此物, 則無以供佛, 心欲殺特, 而力不能制, 俺514)黙不語.

特自知其罪, 問於宮墻外盲人曰:

"我向者, 晨過此宮墻之外, 有人自宮中踰西垣而出. 我知其爲(賊), 高 聲追逐, 其515)棄所持物而走. 我持收藏之, 以待本主之來推. 吾主素乏廉 隅, 聞吾得物, 躬來索出. 答516)‘無他貨, 只得釧鏡二物’云, 則(吾)主躬入 搜之, 果得二物, 其慾無厭517), 方欲殺之. 故吾欲走518), 逃走519)吉乎?"

盲曰:

"吉矣."

其隣人有旁520)者, 多聞其語, 謂特曰:

"汝主何許人, 虐奴如是521)耶?"

特曰, "吾主年少能文, 早晚應爲及第者. 而522)貪婪如此, 他日立朝, 用 心可知."

此言傳523)播, 入於宮中, (宮人)告于大君.

---

508) 之知: ‘知之’로 되어 있다.

509) 解: ‘之’로 되어 있다.

510) 第: ‘第, 搜之, 則’으로 되어 있다.

511) 得: ‘有’로 되어 있다.

512) 寶: ‘雲南寶’로 되어 있다.

513) 洩: ‘泄’로 되어 있다.

514) 俺: ‘電’으로 되어 있다.

515) 其: ‘其人’으로 되어 있다.

516) 答: ‘答以’로 되어 있다.

517) 其慾無厭: ‘亦其無饜’으로 되어 있다.

518) 殺之. 故吾欲: 소실(燒失)되어 알 수 없는 것을 이본을 참고하여 보(補)하였다.

519) 逃走: ‘去走之’로 되어 있다.

520) 人有旁: ‘在傍’으로 되어 있다.

521) 許人, 虐奴如是: 소실(燒失)되어 알 수 없는 것을 이본을 참고하여 보(補)하였다.

522) 而: ‘而爲’로 되어 있다.

523) 心可知." 此言傳: 소실(燒失)되어 알 수 없는 것을 이본을 참고하여 보(補)하였다.

大君大怒, 使南宮人搜[524]西宮, 則妾之衣服寶貨盡無[525]矣. 大君捉致西宮侍女五人于庭中, 嚴具[526]刑杖之具(列)於眼前, 下令曰:

"殺此五人, 以警他人."

又敎執杖者曰:

"勿計杖數, 以死爲恨[527]."

五人曰:

"願一言而死."

大君曰:

"何言?[528]"

銀蟾(招)曰:

"男女情欲, 稟於陰陽, 無貴無賤, 人皆有之. 一閉深宮, 影單形隻[529], 看花掩淚, 對月消魂. 梅子擲鶯, 使不得雙飛, 簾帳燕幕, 使不得兩巢. 無他, 不自[530]勝健羨之意, 妬忌之情耳. 一踰宮墻[531], (則)可知人間之樂, 而所不爲者, 豈力不能而心不忍哉? 惟[532]畏主君之威, 固守此心, 爲[533]枯死. 宮中之計, 今無所犯之罪, 而欲置之(於)死地, 妾等黃泉之下, 死不瞑目[534]."

翡翠招曰:

"主君撫恤之恩, 山不高, 海不深. 妾等感[535]懼懼, 惟事文墨絃歌而已.

524) 搜: '搜見'으로 되어 있다.
525) 貨盡無: 소실(燒失)되어 알 수 없는 것을 이본을 참고하여 보(補)하였다.
526) 具: '俱'로 되어 있다.
527) 恨: '准'으로 되어 있다.
528) 何言?: '何言? 悉陳其情'으로 되어 있다.
529) 影單形隻: '形單隻影'으로 되어 있다.
530) 不自: '自不'로 되어 있다.
531) 墻: '垣'으로 되어 있다.
532) 惟: '唯'로 되어 있다.
533) 爲: '以爲'로 되어 있다.
534) 目: '目矣'로 되어 있다.
535) 感: '憾'으로 되어 있다.

今不洗之惡名, 偏及(於)西宮, 生不如死536). 惟537)願速就死地538)."

玉女招曰: 539)

"西宮之榮, 妾旣與焉540), 西宮之厄, 妾獨免哉? 火炎崑崗, 玉石俱焚, 今日之死, (死)得其所矣."

紫鸞招曰:

"妾541)等皆閭巷賤女, 父非大舜, 母非二妃542). 則男女情欲, 何獨無乎? 穆王天子, 而每思瑤臺之樂, 項羽英雄, 而不禁帳中之淚. 主君何使雲英獨無雲雨之情乎?

金生人中之英543), 引入內堂, 主君之事也. 命雲英奉硯, 主君之命也. 雲英以深宮怨女,544) 一見美545)男, 喪心失性, 病入骨髓, 雖以長生之藥, 越人之手, 難以見效. 一夕如朝露之溘然, 則主君雖有惻然546)之心, 顧何益哉?

妾之愚意, 一使金生得見雲英, 以解兩人之怨結, 則主君之積善, 莫大乎此. 前日雲英之毀節, 罪在妾身, 不在雲英. (雲英無罪). 妾之一言, 上不欺主君, 下不負同僚, 今日之死, 死亦榮矣. (雲英無罪. 如可贖, 人百其身). 伏願主君, 以妾之身贖547)雲英之命548)."

妾之招曰:

---

536) 死: '死矣'로 되어 있다.

537) 惟: '惟伏'으로 되어 있다.

538) 地: '地矣'로 되어 있다.

539) 玉女招曰: 이본에는 '紫鸞招曰'이 먼저 나온다.

540) 與焉: 원본에는 '焉與'로 되어 있는 것을 이본을 참고하여 바로잡았다. '與焉'으로 되어 있다.

541) 妾: '今日之事, 罪在不測, 中心所懷, 何忍諱之. 妾'으로 되어 있다.

542) 妃: '妣'로 되어 있다.

543) 人中之英: '乃當世之端士也.'로 되어 있다.

544) 以深宮怨女: '久鎖深宮, 秋月春花, 每傷性情, 梧桐夜雨, 幾斷寸腸.'으로 되어 있다.

545) 美: '豪'로 되어 있다.

546) 然: '隱'으로 되어 있다.

547) 贖: '續'으로 되어 있다.

548) 命: '命矣'로 되어 있다.

"主君之恩, 如山如海. 而不能[549]守貞節, 其罪一也. 前後[550]所製之詩, 見疑於主君, 而終不直告, 其罪二也. 西宮無罪之人, 以妾之故, 同被其罪, 其罪三也. 負此三[551]罪, 生亦何顔? 若或緩死, 妾當自決矣[552]."

大君覽畢, 又以紫鸞之招, 更展留眼, 怒色稍霽.

小玉跪而[553]泣曰:

"前日浣紗之行, 勿爲[554]城內者, 妾之議也. 紫鸞夜至南宮, 請之甚懇, 妾憐[555]其意, 排[556]羣議從之. 雲英[557]毀節, 罪在妾身, 雲英無罪[558]. 伏願主君, 以妾之身贖[559]雲英之命."

大君之怒(色)稍解, 囚妾于別堂, 而其餘皆放之.

其夜妾以羅巾, 自縊而死.

進士把筆而記, 雲英引古而[560], 甚詳悉. 兩人相對, 悲不自抑[561].

雲英謂進士曰:

"此以下, 郞君言之[562]."

進士曰:

"雲英自決之日[563], 一宮之人, 莫不號慟. 如喪同氣[564], 哭聲出於宮門

---

549) 能: '能苦'로 되어 있다.
550) 後: '日'로 되어 있다.
551) 三: '三大'로 되어 있다.
552) 矣: '以待處分矣'로 되어 있다.
553) 而: '告'로 되어 있다.
554) 爲: '於'로 되어 있다.
555) 憐: '怜'으로 되어 있다.
556) 排: 원본에는 '牌'로 되어 있는 것을 이본을 참고하여 바로잡았다. '排'로 되어 있다.
557) 英: '英之'로 되어 있다.
558) 雲英無罪: '不在雲英'으로 되어 있다.
559) 贖: '續'으로 되어 있다.
560) 而: '而敍'로 되어 있다.
561) 自抑: 원본에는 '抑自'로 되어 있는 것을 이본을 참고하여 바로잡았다. '自抑'으로 되어 있다.
562) 言之: 원본에는 '之言'으로 되어 있는 것을 이본을 참고하여 바로잡았다. '自抑'으로 되어 있다. '言之'로 되어 있다.
563) 日: '後'로 되어 있다.

之外. 我亦聞之, 氣絶久矣. 家人[565]招魂發喪, 一邊救活, 日暮時乃甦. 方定精神, 自念事已決矣. 無負供佛之約. 庶慰九泉之魂, 其金釧宝鏡及文房諸具盡賣[566], 得米四十石[567], 欲上清寧寺設佛事, 而無可信使喚者, 呼特而言曰:

"我盡有(汝)前日之罪, 今爲我盡忠乎?"

特伏泣而謝[568]曰:

"奴雖冥頑, 亦非木石. 一身所負之罪, 擢髮難數. 今已宥除[569], 是枯木生葉, 白骨生[570]肉. 敢不爲進士致死!"

進士曰:

"我爲雲英, 設醮供佛, 以冀發願. 而無信任之人[571], 汝未可往乎"

特曰, "謹受敎[572]", 即上寺, 三日叩臀而臥, 招僧謂之曰:

"四十石之米, 何[573]用盡入於供佛乎? 今可多備酒食[574], 廣招俗客, 而饋之宜矣."

有(一)村女過之, 特[575]强刼(之), 留宿於僧堂, 已過十數[576]日, 無意設齋, 寺僧齊憤之.

及其建醮(之)日, 諸僧曰:

"供佛[577]之事, 施主爲重, 而施主(之)不潔如此, 事極未安, 可澡浴於清

---

564) 同氣: '考妣'로 되어 있다.

565) 人: '人將'으로 되어 있다.

566) 賣: '賣之'로 되어 있다.

567) 米四十石: '四十石之米'로 되어 있다.

568) 謝: '對'로 되어 있다.

569) 已宥除: '而宥之'로 되어 있다.

570) 生葉, 白骨生: 소실(燒失)되어 알 수 없는 것을 이본을 참고하여 보(補)하였다.

571) 而無可信任之人: 소실(燒失)되어 알 수 없는 것을 이본을 참고하여 보(補)하였다.

572) 敎: '敎矣'로 되어 있다.

573) 十石之米, 何: 소실(燒失)되어 알 수 없는 것을 이본을 참고하여 보(補)하였다.

574) 食: '肉'으로 되어 있다.

575) 女過之, 特: 소실(燒失)되어 알 수 없는 것을 이본을 참고하여 보(補)하였다.

576) 十數: '數十'으로 되어 있다.

577) 供佛: 원본에는 '佛供'으로 되어 있는 것을 이본을 참고하여 바로잡았다. '供佛'로

川, 潔身而行禮可乎."

特不得已出, 暫以水沃灌[578), 而入跪於佛前祝曰, "進士今日速死, 明日雲英[579)復生, 爲特之配."

三晝夜, 發願之說, 唯[580)此而已.

特故語進士曰:

"雲英閣氏, 必得生道矣. 設齋之夜, 見[581)於奴夢曰, '至誠供佛, 不勝感謝[582).' 拜且泣, 寺僧之夢, 亦皆然之[583)."

進士信之失聲痛哭[584).

(其時), 適當槐黃之節, (進士)雖無赴擧之意, 託[585)以做工, 上清寧寺, 留數日, 細聞特之事, 不勝其憤.

而無如特何, 沐浴潔身, 就[586)佛前, 再[587)拜(三)叩頭, 薦[588)香合掌而祝曰:

"雲英死時之言[589), 慘不忍負, 使(奴)特[590)處誠設齋, 冀資冥佑. 今聞所祝之言, 極其悖惡, 雲英之遺願, 盡歸虛地, 故小子敢復祝願矣.

古尊! 使雲英得以還生.

(古尊!) 使金生作配雲英[591).

되어 있다.

578) 灌: '灌'으로 되어 있다.
579) 明日雲英: '雲英明日'로 되어 있다.
580) 惟: '唯'로 되어 있다.
581) 見: '現'으로 되어 있다.
582) 謝: '激'으로 되어 있다.
583) 之: '矣'로 되어 있다.
584) 失聲痛哭: '其說矣'로 되어 있다.
585) 託: '托'으로 되어 있다.
586) 就: '而就'으로 되어 있다.
587) 再: '百'으로 되어 있다.
588) 薦: 원본에는 '迁'으로 되어 있는 것을 이본을 참고하여 바로잡았다. '薦'으로 되어 있다.
589) 言: '約'으로 되어 있다.
590) 特: '特奴'로 되어 있다.

(世尊!) 使雲英金生至於後生[592], 得免此怨[593]痛.

古尊! 殺特[594], (及)着鐵枷, 囚于地獄.

(世尊! 烹特奴授諸狗).

世尊! 苟如此[595]則雲英[596], 作十二層金塔, 金生[597], 創三巨刹, 以報其恩."

祝訖, 起而百拜, 叩頭(百番)而出.

後七日, 特壓於陷穽[598]而死.

自是進士無意(於)古事. 沐浴潔身, 着新衣, 臥于安靜之房[599], 不食四日, 長吁一聲, 因遂不起.

寫畢擲筆, 兩人相對悲泣, 不能自止.

柳泳慰之曰:

"兩人重逢, (志)願畢矣. 讐奴已除, 憤惋雪[600]矣. 何其悲痛之不止耶? 以不得再出人間爲[601]恨乎?"

金生收[602]淚而謝曰:

"吾兩人, 皆含怨而死. 冥司憐[603]其無罪, 欲使再出人間[604]. 而地下之樂, 不減人間, 況天上之樂乎. 是以不願出古矣. 今[605]夕之悲傷, 大君一

---

591) 作配雲英: '得而作配'로 되어 있다.
592) 生: '世'로 되어 있다.
593) 怨: '寃'으로 되어 있다.
594) 特: '特奴'로 되어 있다.
595) 此: '此發願'으로 되어 있다.
596) 英: '英爲尼, 燒十指'로 되어 있다.
597) 生: '生爲僧舍五戒'로 되어 있다.
598) 穽: '井'으로 되어 있다.
599) 房: '處'로 되어 있다.
600) 雪: '洩'로 되어 있다.
601) 爲: '而'로 되어 있다.
602) 收: '垂'로 되어 있다.
603) 憐: '怜'으로 되어 있다.
604) 出人間: '生人世'로 되어 있다.
605) 今: '但今'으로 되어 있다.

敗, 故宮無主606), 烏雀哀鳴, 人跡不到, 已極悲矣. 況經兵火之後607), 華屋成灰, 粉墻堆毀, 而唯有堦花芬菲, 庭草敷榮. 春光不改昔時之景, 而人事之變易如此. 重來憶舊, 寧不悲哉."

泳曰:

"然則子皆爲天上之人乎?"

金生曰:

"吾兩人素是天上仙人, 長侍玉皇(香案)前.

一日, (上)帝御太淸宮, 命我摘玉園之果. 我多取蟠桃瓊宗608)(金蓮子), 私與雲英, 而見覺謫下塵寰, 使之備經人間之苦. 今則玉皇已宥前愆, 俾陞三淸, 更侍香案前. 而時乘飇輪, 復尋塵卉之舊遊(處)耳."

仍609)揮淚而執柳泳(之)手曰:

"海枯石爛, 此情不泯, 天荒地老610), 此恨難消. 今夕與子相遇, 攄此悃愊, 非有宿世之緣, 何可得乎? 伏願尊君, 俯拾此藁, 傳之不朽, 而勿(使)浪傳於浮薄之口, 以爲戲玩611)之資, 幸甚(幸甚)."

進士醉倚雲英之身, 吟一絶句曰:

花落庭612)中燕雀飛, 春光依舊主人非.

中宵月色凉如許, 細露輕沾613)翠羽衣.

雲英繼吟曰:

---

606) 主: '主人'으로 되어 있다.
607) 況經兵火之後: '況新經兵火之後'로 되어 있다.
608) 宗: '宝'로 되어 있다.
609) 仍: '乃'로 되어 있다.
610) 天荒地老: '地老天荒'으로 되어 있다.
611) 玩: '翫'으로 되어 있다.
612) 庭: '宮'으로 되어 있다.
613) 細露輕沾: '碧露未沾'으로 되어 있다.

故宮花柳帶新春, 千載豪614)華入夢頻615).

今夕來遊尋舊跡, 不禁哀淚自沾巾616).

柳泳亦醉暫睡.

小焉, 山鳥一聲, 覺而視之, 雲烟617)滿地, 曙色蒼茫, 四顧無人, 只有金生所記618)冊子而已. 泳悵然無聊, 神619)冊而收, 藏之篋笥, 或620)開覽, 惘621)然自失, 寢食俱廢622).

後遍遊名山, 不知所終623).

614) 豪: 원본에는 '憂'로 되어 있는 것을 이본을 참고하여 바로잡았다. '豪'로 되어 있다.
615) 夢頻: 원본에는 '頻夢'으로 되어 있는 것을 앞뒤 글자 우측 상단에 자리바꿈 부호(符號)가 있어 바로잡았다. '夢頻'으로 되어 있다.
616) 禁哀淚自沾巾: 소실(燒失)되어 알 수 없는 것을 이본을 참고하여 보(補)하였다.
617) 柳泳亦…雲烟: 원본에는 이 부분이 궐자(闕字)되어 있다. 그러나 이 부분이 없으면 문맥 호응에 어려움이 있기에 이본을 참고하여 보(補)하였다.
618) 只有金生所記: 소실(燒失)되어 알 수 없는 것을 이본을 참고하여 보(補)하였다.
619) 神: '收神'으로 되어 있다.
620) 或: '時或'으로 되어 있다.
621) 惘: '則芒'으로 되어 있다.
622) 食俱廢: 소실(燒失)되어 알 수 없는 것을 이본을 참고하여 보(補)하였다.
623) 終: '終云爾'로 되어 있다.

崔灝傳

昔, 秦始皇滅六國, 合四海, 統一天下. 後惑於'亡秦者胡'也, 築長城, 抄發軍民丁壯者.

有洪濃者, 黃州人也. 年將七旬, 初職隊長, 亦參其抄中, 而濃慮不敢任, 匙立不進, 晝夜呼慟. 無男而有一女, 名曰, 莊也.

年甫三五, 姿色絶倫, 孝節雙全. 又能詩賦. 見父哀慟, 恐爲勞傷, 柔聲以進慰曰:

"余雖女子, 覓夫可父代[1]役, 請勿憂之."

父曰:

"汝言可信乎?"

莊曰:

"我將圖之."

卽命奴僕, 促粧乘輿. 又作絶句, 書於其額曰:

顔色桃花色, 時年十五年.

我無王上點, 君作出頭天.

於是乘輿出路, 迤逦投東西.
適有東堂.
觀光儒輩數十人, 傍輿以過, 皆不知其書. 其中一儒, 姓崔, 名灝, 蘇州人也. 獨悟其詩 落後倚門吟曰:

心逐紅粧去, 身空獨倚門.

莊即答曰:

忽然車尾重, 添載一人魂.

兩人相進接話, 後逐搬挈於門側小房, 安頓. 莊入 告于父前曰:
"小女所願成矣."
父曰:
"豈其然耶?"
莊曰:
"願召而見之."
濃即令奴僕, 洒掃中堂, 布筵而迎接.
灝爲人膽大, 豪氣言語, 眞大丈夫也.
濃憂心稍解.
莊告灝曰:
"郎君欲爲箕箒之妾, 則代以老父 赴長城之役, 何如?"
灝曰:
"代役, 宗是非難之事也. 願爲講歡後行矣."
莊曰:
"雖不行夫婦之道, 因緣既定, 吾復何敀? 若使郎君, 今夜同寢, 則妾之全節有所難知, 滿瓶除酒, 能可知也, 半瓶除酒, 難可知也."

又曰:

"松柏之節, 見於歲寒, 烈婦之情, 著於全身. 伏願郎君, 雖不行繾綣之意, 兩地守信 爲約而已. 今將賫妾之明鏡.

藏于囊中, 有時見之, 以色变, 則受由還歸 相見爲幸."

逐贈鏡以行.

臨別, 揮涕泣曰:

送君門外無一辞, 不是非情不是疑.
好去好來言未了, 淚行先下濕紅衣.

生次吟曰:

好在深閨莫怨辭, 我之行後是可疑.
長程萬里歸無定, 淚行先下濕薄衣.

吟畢告別, 振策長驅, 匹馬如飛.

逐到築城之所.

奄及三年.

一日開見明鏡, 則繞塵無色. 驚悼且愴, 呈狀于都監, 則不許. 退而鬱泣作詩曰:

日暮西山又東來, 花衰必有更逢春.
人生死後難相見, 願許流恩病母親.

呈狀于都監復請, 則許之, 始乃帰家.

倍日還家, 則墻鎖屈圮, 人亡物換.

竟無人形, 雀噪于後庭, 莫不慨然. 獨立噓唏.

只見滿樹開花, 揮淚而泣吟曰.[2]

去年今日此中門, 人面桃花相暎紅.
人面不知何處去, 桃花依舊笑春風.[3]

吟罷, 盤桓久立, 心思落寞.
適見綃衫一端, 俠在砌間. 取而視之, 書絶句於其綃衫: .[4]

一自因緣暫結後, 因緣未盡我先歸.
西方淨[5]土吾帰處, 君若以□□□□.[6]

尤切悽愴茫然, 莫知所歸.
日又將暮, 月欲東出.
乃吟曰:

獨坐黃昏誰與語, 月明啼送杜鵑聲.
霧山疊疊水冷冷, 絶境無人去路冥.

山高水深, 石逕荒涼.
遂憩于石山, 嗟而吟曰:

---

2) 泣吟曰: 소실(燒失)되어 (3~4글자) 알 수 없는 것을 앞뒤 내용으로 미루어 추정하
여 보(補)하였다.
3) 舊笑春風: 소실(燒失)되어 (4글자) 알 수 없는 것을 민간에 이 시(詩)가 유전되므로
이를 취하여 보(補)하였다.
4) 書絶句於其綃衫: 소실(燒失)되어 (6~7글자) 알 수 없는 것을 앞뒤 내용으로 미루어
추정하여 보(補)하였다.
5) 淨: 원본에는 '靜'으로 되어 있는 것을 바로잡았다.
6) □□□□: 소실(燒失)되어 (4글자) 알 수 없다.

一阻音容竟莫問, 只知明月故人魂.

相思不見心千憶, 碧岳悠悠出白雲.

吟罷, 藉草暫夢以覺, 震方欲啓, 細路微橫.

遂攀藤以去, 至則有松庵寺. 始問西方之路, 化主答曰:

"助役此寺, 則可以指矣."

遂留助役三年, 化主曰:

"踰是嶺以問之."

灝踰嶺, 至則又有造院. 西方之路, 問于化主, 化主答曰:

"助役此院, 則可以指矣."

又助役三年, 化主曰:

"踰是嶺以問之."

踰嶺, 到則亦有造橋. 遂問西方之路, 化主答曰:

"助役此橋, 則可以指矣."

遂留助役三年, 後化主乃指曰:

"過此山一大嶺後, 行二十里許, 有流沙江, 渡其江, 則西方之境也."

生喜聞其言, 騰身踊躍以至, 則果有流沙江也. 四顧無舟楫. 飛之無翼, 超之無術. 故仰號蒼天, 一心祈念曰:

欲見故人情意重, 九年功績到江邊.

諸生矜此微生意, 願借摩何般若舡.

有頃, 仚翁乘舡, 不知所從來, 而忽到生前曰:

"君子以何事立於此乎?"

對曰:

"我是洪莊之夫, 崔灝也. 聞莊在於西方, 故能到此境. 而聊無舟楫, 立于此江邊也. 忽有天舟自空中以降, 豈非天也? 伏願天叟, 以濟微生特賜一見."

於是天翁回舡移棹, 載與過涉, 乃曰:

"我是織女之夫牽牛也. 銀河間隔, 一年如會之苦, 如何? 匹夫之意, 上下似同也. 今聞吾子, 久立于江邊, 情意何殊. 由此短棹, 而敢用渡之."

言訖顧眄之際, 莫知所歸也.

於是生往至西.

望則十五里許, 有樹蔽天. 至則乃菩[7]提樹也. 樹下有靈井. 井北數里許, 有琳宮梵闕, 極其莊麗. 生昇其樹上, 頃之, 自宮中, 汲水仙女, 数人出來, 其一乃莊也. 莊俯見井底, 則在瀰形影. 噓唏嘆息, 躊躇莫歸, 二女汲水先去後, 莊吟曰:

"此吾夫瀰, 如何在井中?"

生繼吟曰:

"與君因緣重, 由是到井中."

莊仰見樹上, 其情可掬. 問其來緣, 生以築城之苦, 相思之痛, 創寺, 造橋, 成院之勞, 陳說.

莊曰:

"郎君積善之功, 有如此, 故能到此境也. 不然則, 何到此地? 即欲偕率, 而有議事, 故不得偕往也. 今夜, 姑在樹上, 可也."

其夜, 無根水, 潑溢過腰.

明朝, 莊又出見曰:

"今夜, 亦爲在於樹上, 可也."

仍於樹上宿[8]焉.

---

7) 菩: 원본에는 '普'로 되어 있는 것을 바로잡았다.
8) 樹上宿: 원본에는 '宿樹上宿'으로 되어 있는 것을 바로잡았다.

又明日, 莊出見率行矣.

"今夜, 亦爲在於樹上, 可也."9)

其夜, 潮水亦爲溢自而過. 生堅執樹條, 而經過也.

翌朝, 莊又來曰:

"作夜10)之水, 郎君知否?"

生,"不知也", 莊曰:

"初夜之水, 病苦之時, 欲見郎君之淚, 竟夜之水11), 臨終之時, 未見郎君, 痛哭之淚也."

莊與灝12), 以盡寫情後, 偕□□□□□13).

有餓魂, 知灝來此, 是夜五更, 將欲捉食. 莊預知其, 故其夜五更, 鍾逢授擊14).

故不能捉食而去.

明朝, 天帝大怒曰:

"過夜五更, 鐘逢授人擊, 命差捉付拘留."

莊捉致帝前, 帝曰:

"何故, 要擊耶?"

莊稽首而白曰:

"曩者, 賤妾作罪, 降謫人間之時, 幸與崔灝暫爲配匹. 而前緣未盡, 故不弃旧情, 窮尋遠訪, 追我至此. 而適有餓鬼, 自天降來, 欲爲捉食, 故要擊金鼓矣. 妾身有罪, 固不敢赦, 雖萬死無怨矣.

---

9) 앞뒤 내용으로 미루어 추정하여 보(補)하였다.

10) 來曰:"作夜: 소실(燒失)되어 (3~4글자) 알 수 없는 것을 앞뒤 내용으로 미루어 추정하여 보(補)하였다.

11) 淚, 竟夜之水: 소실(燒失)되어 (4~5글자) 알 수 없는 것을 앞뒤 내용으로 미루어 추정하여 보(補)하였다.

12) 灝: 원본에는 '灝'로 되어 있는 것을 바로잡았다.

13) □□□□□: 마멸(磨滅)되어 (5~6글자) 알 수 없다.

14) 鍾逢授擊: 소실(燒失)되어 (4~5글자) 알 수 없는 것을 앞뒤 내용으로 미루어 추정하여 보(補)하였다.

伏願帝鑑此憐之, 再使破鏡復合, 缺月更圓. 則豈非妾之自幸也?"

帝聞其言, 哀其情, 即曰:

"焉知其故? 實是天定也. 然此地淨界, 非凡骨肉之所住, 亦非安也. 汝還人間, 好將屈焉."

二人遂還人間, 各將八旬, 同住偕老.

後世奇事, 傳之無窮云.

江山辨

有漁者, 屈江之東, 有樵者, 居山之南. 此皆樂山水者也.

一日, 遇諸路次, 漁者謂樵者曰:

"子何不江之上家乎?"

曰:

"江之樂, 不如山. 子何不山之中家乎?"

曰:

"山之樂, 不如江."

於是漁者夸樵者曰:

"子安知江之樂乎?

韶景暄妍, 江波不驚, 則蕩滌塵想, 殊清風而開襟, 有浴沂之氣象.

暑炎逼人, 踈雨山綠, 則快乘風帆, 逐白鷗而逍遙, 有御風之遠志.

霖雨初霽, 鱸魚正肥, 則輕棹短槳, 網錦鱗而斫玉, 蕭然起, 松江之高情.

千山鳥絶, 雪滿寒江, 則孤舟簑笠, 把長竿而獨釣. 爽然懷, 遺世之眞趣,
子之屈, 亦有此樂乎?"

樵者又夸漁者曰:

"子亦安知山之樂乎?

林巒聳翠, 好雨快晴, 則生意灑發, 對人者之情義.

奇峰嵯峨, 白雪卷盡, 則登高極目, 小天下於眼底.

霜染楓林, 雄稚正肥, 則蒼鷹猛犬, 驅白馬而相揚[1].

雪滿羣山, 明月昇東, 則起而開窓, 發浩然之佳興.

子之居, 亦安有此樂乎?

於是漁者譏樵者曰:

"林深谷空, 塵跡不到, 萬壑千峰閉門, 誰說鹿豕之與居, 虎豹之所到[2].

子安得以樂其居?"

樵者譏漁者曰:

"驟雨狂瀾[3], 溢而爲漲, 大則檣傾楫摧, 小則田滯巖沒, 游泳之不勤, 魚腹之可畏.

子亦安得以樂其居."

二人, 不能相辨, 聞江山之外, 有樂道先生, 仁且智者也.

遂踵門而請曰:

"江與山孰樂?"

先生哂之曰:

"君子豈可以爲江山爲哉? 若以人優劣, 係於江山, 則家渭水濱者, 孰非太呂, 家箕山之下者, 孰非魚父? 子之等, 焉知天下之樂?

有樂於江山之樂者, 二人遂起, 而請其說.

先生不答, 但書'陋巷'二字, 以寄之, 漁者樵者, 退而爲之歌曰:

雲山蒼蒼, 江水泱泱,

先生之樂, 非山非水.

盍帰求之! 吾黨小子!

---

1) 揚: 원본에는 '楊'으로 되어 있는 것을 바로잡았다.

2) 到: 원본에는 '倒'로 되어 있는 것을 바로잡았다.

3) 瀾: 원본에는 '爛'으로 되어 있는 것을 바로잡았다.

相思洞記

이본 교감은 국립도서관 소장, 『三芳要路記』 소재 〈相思洞記〉(古 朝, 48, 198)를 대상으로 하되, 부분적으로 金起東 編(1980), 『筆寫本古典小說全集卷二』, 아세아 문화사에 수록된 〈相思洞錢客記〉도 교감하였다.

弘治中, 有成均進士金姓[1]者, 忘其名. 爲人容貌粹美, 風度絶倫, 善屬文, 能[2]笑語. 眞古間奇男子[3]. 鄕里以風流郎稱之. 年甫弱冠, 登進士第一科, 名動京[4]華, 公卿大家, 願嫁(以)愛女, 而[5]不論(其)財貨[6]也.

一日, 自泮宮還其第. 馬上逢[7]見, 靑帘隱映於綠柳紅杏之間. 生不勝春情[8]之惱, 思醉如渴. 遂典白苧[9]單衫, 沽得眞珠紅酒[10], 酌以花磁盞(而)飮之. 醉臥酒炉之側[11], 花香濕[12]衣, 竹露洒面.

---

1) 姓: 이본에는 '生'으로 되어 있다. (이하 '이본'은 생략한다.)
   *( )는 이본에 없는 글자이다.
2) 倫, 善屬文, 能: 소실(燒失)되어 알 수 없는 것을 이본을 참고하여 보(補)하였다.
3) 子: '子也'로 되어 있다.
4) 第一科, 名動京: 소실(燒失)되어 알 수 없는 것을 이본을 참고하여 보(補)하였다.
5) 而: '約'으로 되어 있다.
6) 貨: '寶'로 되어 있다.
7) 馬上逢: 소실(燒失)되어 알 수 없는 것을 이본을 참고하여 보(補)하였다.
8) 情: '興'으로 되어 있다.
9) 苧: '紵'로 되어 있다.
10) 眞珠紅酒: '眞酒紅珠'로 되어 있다.
11) 炉之側: '樓之上'으로 되어 있다.
12) 濕: '襲'으로 되어 있다.

俄而, 夕陽橫嶺13), 僕夫催14)帰. 生起而上馬, 揮鞭登途15), 則白沙平鋪16)遠近, 細柳垂裊川原17). 遊(人盡)帰, 行路漸稀.

生感興微吟, 遂成一絶(句)曰:

東陌看花柳, 紫驪驕不行.
何處玉人在? 桃夭18)無限情.

吟竟, 半擡醉眼. 則有美一女19), 年纔二八. 蓮步輕移, 陌塵不起, 腰肢嫋嫋, 態度婷婷. 或行或止, 或東或西. 或拾瓦礫, 打起鶯20)児, 或攀柳條, 佇立夕21)陽, 或抽玉簪22), 輕搔綠鬢. 碧衫23)飄拂乎春風, 紅裳照耀乎晴川.

生望24)之, 神魂飄蕩, 不能自抑. 促鞭馳詣, 而25)視之, 雅齒韶顔, 眞國色也. 生盤馬跚躕26), 或先或後, 留神注目, 終莫能捨去27).

女(亦)知生不能無情28), 含羞低眉, 不敢仰視. 女行漸遠, 生亦相隨. 趂其29)終到30), 則相思洞路傍, 蝸室數間, 乃其所止也.

---

13) 嶺: '嶺, 飛鳥栖林'으로 되어 있다.
14) 催: '促'으로 되어 있다.
15) 途: '道'로 되어 있다.
16) 鋪: '鋪乎'로 되어 있다.
17) 裊川原: '裊乎川源'으로 되어 있다.
18) 夭: '花'로 되어 있다.
19) 有美一女: '有一美人'으로 되어 있다.
20) 鶯: '鴬'으로 되어 있다.
21) 夕: '斜'로 되어 있다.
22) 簪: '玉籤'으로 되어 있다.
23) 碧衫: '翠袂'로 되어 있다.
24) 望: '望而視'로 되어 있다.
25) 而: '睨而'로 되어 있다.
26) 躕: '躏'로 되어 있다.
27) 去: '去也'로 되어 있다.
28) 情: '意'로 되어 있다.

生盤桓久31)立, 不堪惆悵. 然日已夕矣, 知其無可奈何, 怏怏然歸家32), 茫茫然而自失, 如醉如癡.

中夜撫枕, 寢不安席, 臨餐33)忘飯, 食不下咽. 形容憔悴似枯木, 顔色慘愡如死灰. 黯黯懷愁, 黙黙不語34), 雖家人父母, 莫曉其所以然也.

纔過十餘日.

有(者)蒼頭莫同者, 乘間進謁, 垂淚而問(生)曰:

"郎君平日, 笑語35)豪縱, 卓犖不羈. 今乃戚戚, 如(然)有隱憂. 是何憔悴怨愍若是36)耶? 無乃有所思乎37)?"

生悽然感悟, 乃以實對38), 莫同(者), 深39)思良久曰:

"僕爲郎君, 請獻磨40)勒之計, 郎君毋41)用自煎."

生曰:

"然則42)奈何?"

曰:

"郎君急辦嘉肴美酒43), 須使極侈, (且盛)直至44)美人所到家, 若將餞客之爲者45). 借一間, 設盤46), 呼奴請客47), 承48)命而往, 食頃而返曰, '且至

29) 其: '其所'로 되어 있다.
30) 到: '到'로 되어 있다.
31) 久: '佇'로 되어 있다.
32) 歸家: '而去'로 되어 있다.
33) 餐: '飱'으로 되어 있다.
34) 語: '言'으로 되어 있다.
35) 笑語: '言笑'로 되어 있다.
36) 怨愍若是: '悶怨如是'로 되어 있다.
37) 乎: '而然耶'로 되어 있다.
38) 對: '告'로 되어 있다.
39) 深: '莫同心'으로 되어 있다.
40) 磨: '麼'로 되어 있다.
41) 毋: '無'로 되어 있다.
42) 則: '則將'으로 되어 있다.
43) 嘉肴美酒: '美酒嘉肴'로 되어 있다.
44) 至: '之'로 되어 있다.

矣! 且至矣!' 郎君又命[49], 再請[50], 奴亦承命而往, 日暮而返曰, '今日餞客者多[51], 故醉甚不[52]來, 明日[53]定行'云[54]. 於是呼主人出, 命之坐, 以其酒肴, 醉飮之, 不現氣色[55]而退. 明日亦如之, 又明日[56], 亦如之. 一[57]則懷惠, 再[58]則感恩, 三則必疑[59]. 懷惠則思報, 感恩則思死, 疑則必請其所以[60]也. 於是開襟吐欵, 則庶可圖矣."

生深[61]然之, 欣然[62]笑曰:

"吾事諧矣."

從其計, 即具酒肴, 直詣其家, 枉設餞陳送[63]. 奴邀客[64], 一如蒼頭之言. 奴亦反[65], 命再三, 亦如[66]所約.

生佯罵曰:

"咄咄! 其人(之)誤佳期如是. 夫然[67], 携來春釀, 不可(以)虛還. 於此,

---

45) 者: '者然'으로 되어 있다.

46) 盤: '盤筵'으로 되어 있다.

47) 客: '賓'으로 되어 있다.

48) 承: '奴亦承'으로 되어 있다.

49) 命: '命之'로 되어 있다.

50) 請: '請之'로 되어 있다.

51) 客者多: '之者衆'으로 되어 있다.

52) 不: '不得'으로 되어 있다.

53) 日: '日則'으로 되어 있다.

54) 云: '云矣'로 되어 있다.

55) 現氣色: '視顔色'으로 되어 있다.

56) 明日: '明日又往焉'으로 되어 있다.

57) 一: '則一'로 되어 있다.

58) 再: '二'로 되어 있다.

59) 疑: '疑之'로 되어 있다.

60) 以: '以然'으로 되어 있다.

61) 深: '甚'으로 되어 있다.

62) 然: '然而'로 되어 있다.

63) 枉設餞陳送: '設餞送'으로 되어 있다.

64) 奴邀客: '奴往復邀客'으로 되어 있다.

65) 反: '返'으로 되어 있다.

66) 亦如: '一如'로 되어 있다.

爲主人一酬[68], 亦非恶事[69]."

仍呼主人出, 則七十老嫗, 現[70]矣.

生慰之曰:

"嫗且安. 適[71]以餞客, 來舍于此, 嫗[72]善延納, 多(以)謝厚意."

呼[73]莫同, 命進看酌酒[74], 與嫗相酌欵[75], 若平生之舊, 不出一言而退.

生自料[76]前(日)所見小娥, 不知宗是嫗家(之)女否. 悁悁懷愍[77], 如不能自存. 冀[78]其深感嫗, 而待其自疑, 然後發吾私也[79].

明日, 因[80]往不懈. 如是者再三, 嫗果(爲)自疑, 歛容避席曰:

"老身切有所請[81]. 路邊人家[82]戢戢[83], 如魚鱗櫛比, 開樽送客[84], 何所[85]不可(焉)? 獨尋區區之陋居如是乎? 且郎君[86]京華巨族, 士林宗匠, 老身窮閣[87]嫠婦, 草屋微命[88]. 前有貴賤之嫌, 後無平生[89]之舊, 而猥蒙

---

67) 然: '雖然'으로 되어 있다.
68) 酬: '壽'로 되어 있다.
69) 事: '事也'로 되어 있다.
70) 現: '來見'으로 되어 있다.
71) 安. 適: 원본에는 '適. 安'으로 되어 있는 것을 앞뒤 글자 우측 상단에 자리바꿈 부호(符號)가 있어 바로잡았다. '安坐適'으로 되어 있다.
72) 嫗: '而嫗'로 되어 있다.
73) 呼: '卽呼'로 되어 있다.
74) 看酌酒: '酒肴'로 되어 있다.
75) 酌欵: '酬酢'로 되어 있다.
76) 料: '斜'로 되어 있다.
77) 愍: '悶'으로 되어 있다.
78) 冀: '然冀'로 되어 있다.
79) 發吾私也: '發告私情'으로 되어 있다.
80) 因: '乃'로 되어 있다.
81) 切有所請: '窃有所請焉'으로 되어 있다.
82) 路邊人家: 소실(燒失)되어 알 수 없는 것을 이본을 참고하여 보(補)하였다.
83) 戢戢: '織織'로 되어 있다.
84) 客: '行'으로 되어 있다.
85) 所: '處'로 되어 있다.
86) 如是乎? 且郎君: 소실(燒失)되어 알 수 없는 것을 이본을 참고하여 보(補)하였다.
87) 閣: '閨'로 되어 있다.

厚恩, 以至(於)此極, 老身何以得此? 宗不識其申[90]也."

生笑曰:

"吾因餞[91]客, 來[92]別無他意也. 且不與嫗憂然者, (以其)賓主之禮當然也."

酒闌, 生輒解紫袿[93], 合(羅)歡單衫, 投嫗[94]而與之曰:

"每煩嫗家, 无以相[95]報. 以此爲贐[96], 以備他日不忘之資[97]. 幸嫗勿却."

嫗感之深, 疑之甚[98], 起[99]而再拜曰:

"郞君之賜至此, 老身[100]之感滋甚(焉). 意者, 或有所以然, 而然耶? 零丁[101]老身, 寡居多年, 凡在隣里[102], 恒無顧藉[103], 況於郞君乎? 就令郞君, 有所須[104]於老身, 雖死不辭也."

生笑而不答.

嫗之請强然後, (生)莞爾而答曰:

"此洞名云何?"

---

88) 命: '生'으로 되어 있다.

89) 嫌, 後無平生: 소실(燒失)되어 알 수 없는 것을 이본을 참고하여 보(補)하였다.

90) 申: '然'으로 되어 있다.

91) 日 吾因餞: 소실(燒失)되어 알 수 없는 것을 이본을 참고하여 보(補)하였다.

92) 來: '而'로 되어 있다.

93) 解紫袿: 궐자(闕字)되어 알 수 없는 것을 이본을 참고하여 보(補)하였다.

94) 投嫗: '投之於嫗'로 되어 있다.

95) 相: '爲'로 되어 있다.

96) 贐: '信'으로 되어 있다.

97) 資: '資也'로 되어 있다.

98) 疑之甚: '又疑之甚'으로 되어 있다.

99) 起: '卽起'로 되어 있다.

100) 老身: '則老身'으로 되어 있다.

101) 零丁: '丁寧'으로 되어 있다.

102) 隣里: '鄰里者'로 되어 있다.

103) 藉: 원본에는 '籍'으로 되어 있는 것을 이본을 참고하여 바로잡았다. '藉'로 되어 있다.

104) 須: '望'으로 되어 있다.

曰:

"相思洞也."

曰:

"爲[105]洞名, 所惱[106]耳."

嫗微啞曰:

"郞君無乃辨口[107]之任, 望於老身乎? 但此地[108]無雲華之窈窕, 其如[109]魏郞之風流何?"

生知其所思嬋娟, 必不在此[110], 愀[111]然失色曰:

"僕旣爲嫗所厚, 安得不以實告? 果於某月某日, 從某處來, 路上適見小[112]娘子. 年纔十五六[113], 衣翠羅衫紅綺裳, 着白綾襪紫酌[114]鞋. 以眞珠鈿盤[115]索頭, 雪[116]色瑤環, 約[117]指, 由弘化門前路, 逶迤而去. 僕以年少俠氣, 不禁春情之駘蕩, 尾而隨之, 趂其終[118]到, 則嫗家是也. 自此, 心醉如泥, 萬事茫然, 唯[119]小娘是念(也). 明眸皓齒, 寤寐不忘[120], 心摧腸斷, 非一朝一夕. 嫗見我之爲人乎哉?[121] 如是[122]煩嫗家餞客, 不得不

---

105) 爲: '吾爲'로 되어 있다.

106) 惱: '崇'로 되어 있다.

107) 乃辨口: '乃以邊嫗'로 되어 있다.

108) 地: '洞'으로 되어 있다.

109) 如: '於'로 되어 있다.

110) 此: '此也'로 되어 있다.

111) 愀: '生愀'로 되어 있다.

112) 小: '少'로 되어 있다.

113) 年纔十五六: '年甫若干'으로 되어 있다.

114) 酌: '的'으로 되어 있다.

115) 盤: '擎'으로 되어 있다.

116) 雪: '以雪'로 되어 있다.

117) 約: '約纖'으로 되어 있다.

118) 終: '所'로 되어 있다.

119) 唯: '惟其'로 되어 있다.

120) 不忘: '見之'로 되어 있다.

121) 嫗見…人乎哉?: '嫗見我顔色之枯槁, 爲如何哉?'로 되어 있다.

122) 是: '是則'으로 되어 있다.

爾也123)."

嫗聞之, 深憐其意, 然124)生之所念, (不知)爲何人也.

深思125)半餉, 釋然頓悟(曰:

"果)有之. 此必126)亡兄之少女, 名英英, 字蘭香127)也. 若然則誠難128)! 誠難129)!"

生曰:

"何也130)?"

嫗曰:

"乃是131)檜山君132)侍女也. 生於宮中, 長於宮中, 不踏門前之路久矣. 姿色美貌133), 旣爲郎君所覿, 不必134)强爲郎君. 道雅心柔, (能)無異於士族處女135). 加(之)以審音律, 能解文, 故進賜戀136)之憐之, 將以爲綠137)衣. 而夫人不138)免妬忌之俗, 甚(嚴)於河東之吼, 是以未果139). 曩140), 者141)之來此, 不憚者, 以其時當寒食節, 祀其匕142)母靈於此. 故請暇於

---

123) 爾也: '已'로 되어 있다.
124) 然: '然未知'로 되어 있다.
125) 思: '吟'으로 되어 있다.
126) 必: '乃'로 되어 있다.
127) 蘭香: '蘭香者'로 되어 있다.
128) 難: '難矣'로 되어 있다.
129) 難: '難矣'로 되어 있다.
130) 也: '故'로 되어 있다.
131) 乃是: '是乃'로 되어 있다.
132) 君: '君宅'으로 되어 있다.
133) 美貌: '之美'로 되어 있다.
134) 不必: '必不'로 되어 있다.
135) 處女: '家處子'로 되어 있다.
136) 戀: '愛'로 되어 있다.
137) 綠: '綵'로 되어 있다.
138) 不: '不能'으로 되어 있다.
139) 果: '果耳'로 되어 있다.
140) 曩: '曩日'로 되어 있다.
141) 者: '英兒'로 되어 있다.

夫人(前)而來耳. 然適値進賜之出遊, (故)以致此行, 不然郎君何由, 得接面目乎? 噫! 爲郎君更圖一會, 誠難矣! 難矣!"

生仰天嘆[143]曰:

"已矣. 吾[144]死矣."

嫗深[145]悶之, 憮然慰之[146]曰:

"無已則, 有一焉. 端午[147]只隔一月, 其時則老嫗[148]當爲亡兄, 復設小奠, 以此告于夫人前, 請阿英半日之暇, 則尙可庶幾於[149]萬一也. 郎君且帰, 待期(來)會[150]."

生喜曰:

"果如嫗言, 人間之五月五日, 天[151]上之七月七日也."

生與嫗相別, 各道萬福而退. 顯顯[152]然視日之斜, 汲汲然望夜之至, 度一日如三秋, 待佳期, 如未[153]及. 頻寄翰墨, 以宣鬱抑[154]. 乃作〈憶秦娥〉一闋.

(其詞)曰:

春寂寂, 一庭梨花,

風雨(夕).

---

142) 厶: '亡父'로 되어 있다.

143) 嘆: '太息'으로 되어 있다.

144) 矣吾: '吾當'으로 되어 있다.

145) 深: '甚'으로 되어 있다.

146) 慰之: '爲間'으로 되어 있다.

147) 端午: '端午佳節'로 되어 있다.

148) 嫗: '身'으로 되어 있다.

149) 於: '其'로 되어 있다.

150) 來會: '會可也.'로 되어 있다.

151) 天: '乃天'으로 되어 있다.

152) 顯顯: '生故家, 喁喁'로 되어 있다.

153) 未: '不'로 되어 있다.

154) 以宣鬱抑: '以宣其堙鬱'로 되어 있다.

風雨夕155), 相思不(相)見.

音容156)兩(相)隔, 却悔當年遇傾國.

我心安得(頑)如石?

空相憶, (空相憶),

對花腸斷, 臨風淚滴.

及期而往, 則嫗出而迎之157).

生問, '(無)恙?'外, 不暇出一言, 只問158):

"事勢若何?"

嫗曰:

"昨159)日160), 爲進夫人前, 請之甚懇. 夫人謂曰161), '平日進賜162), 禁英兒出入甚嚴, 故我不敢從163)汝(之)所言164). 若明日爲公卿所邀165)出, 而佳令節, 則我166)何惜, 一英兒暫時閑也?'夫人諾167), 則丁寧矣. 但不識進賜之出遊也否168)."

生將信將疑, 且喜且懼, 心莫能定, 而悄169)然憑几, 開戶170)待之. 日將

---

155) 風雨夕, 風雨夕: '花風雨, 花風雨'로 되어 있다.

156) 容: '耗'로 되어 있다.

157) 之: '之甚喜'로 되어 있다.

158) 只問: '祇曰'로 되어 있다.

159) 何? 嫗曰 昨: 소실(燒失)되어 알 수 없는 것을 이본을 참고하여 보(補)하였다.

160) 日: '日昨'으로 되어 있다.

161) 謂曰: '爲言'으로 되어 있다.

162) 平日進賜: '進賜平日'로 되어 있다.

163) 甚嚴…敢從: 소실(燒失)되어 알 수 없는 것을 이본을 참고하여 보(補)하였다.

164) 言: '願'으로 되어 있다.

165) 爲公卿所邀: '鄕邀'로 되어 있다.

166) 我: '吾'로 되어 있다.

167) 時閑也? 夫人諾: 소실(燒失)되어 알 수 없는 것을 이본을 참고하여 보(補)하였다.

168) 但不…也否: '但未知進賜之出遊乎否也'로 되어 있다.

169) 能定, 而悄: 소실(燒失)되어 알 수 없는 것을 이본을 참고하여 보(補)하였다.

170) 戶: '戶而'로 되어 있다.

歆午, 了無形影, 胸煩膓熱, 心摧魂斷171), 正172)若'霜後蠅然'也.

生(翻然)起立, 揮扇擊柱, 呼嫗而告之曰:

"愁膓好173)斷. 望眼欲枯, 多小人行174)近而却. 非吾望絶矣?"

嫗慰之曰:

"'至誠感天', 郎且小175)安."

有頃, 窓外有曳履聲, 自遠而至176). 驚177)顧視之, 乃英小178)娘也.

生拍手曰:

"豈非天也. (天也)."

嫗亦喜之, 如赤子之見慈母也.

英見門前綠柳, 紫騮長嘶, 庭畔綠179)陰, 僕夫180)羅例, 怵而踟躕181), 不敢猝182)入.

嫗詭阿英曰:

"汝其速入無疑. 汝未183)識此郎君乎? 郎君乃184)亾夫族親185)也. 適來陋舍, 將欲餞客(耳). 且汝來何暮耶186)? 恐187)汝終不來, 故已祭汝母

---

171) 心摧魂斷: '凝坐成癡'로 되어 있다.

172) 正: '有'로 되어 있다.

173) 愁膓好: '望眼欲穿愁膓欲'으로 되어 있다.

174) 望眼…人行: '多小行人'으로 되어 있다.

175) 小: '少'로 되어 있다.

176) 至: '近'으로 되어 있다.

177) 驚: '生驚'으로 되어 있다.

178) 小: '少'로 되어 있다.

179) 綠: '淸'으로 되어 있다.

180) 夫: '從'으로 되어 있다.

181) 躕: '躇'로 되어 있다.

182) 猝: '遽'로 되어 있다.

183) 未: '不'로 되어 있다.

184) 乃: '乃吾'로 되어 있다.

185) 族親: '親族'으로 되어 있다.

186) 耶: '也'로 되어 있다.

187) 恐: '吾恐'으로 되어 있다.

矣[188]. 汝[189]入于內, 急取盃[190]盤來, 將欲[191]奉郎君一爵[192]."

英如其言, 奉盤而至, 嫗與生擧酒[193]相屬. 酒半[194], 生謂英曰:

"娘且就安[195]. 吾巡及之[196]矣."

英羞愧不敢當[197].

嫗曰:

"汝[198]長深宮, 不識世情[199]乃爾. 汝能識字, 不識酬酢之[200]禮乎?"

英乃受(之), 猶未快然[201]也, 澁把金[202]巵, 乍接朱唇而已.

少焉, 嫗佯醉倦體[203], 欠伸思睡[204], 顧英曰[205]:

"吾爲酒力所困, 氣甚不平[206]. 將欲小[207]安, 汝暫侍坐."

卽起入內, 榻[208]醉睡, 鼻息如雷.

於是生謂英曰:

"頃者, 自夫子廟來, 相見于弘化門前路. 三月初吉, 宗惟其時. 汝能記得

---

188) 母矣: '父母耳'로 되어 있다.

189) 汝: '汝可'로 되어 있다.

190) 急取盃: '速取杯'로 되어 있다.

191) 將欲: '以'로 되어 있다.

192) 爵: '酌'으로 되어 있다.

193) 酒: '盃'로 되어 있다.

194) 半: '半酣'으로 되어 있다.

195) 且就安: '亦就坐'로 되어 있다.

196) 之: '至'로 되어 있다.

197) 羞愧不敢當: '含羞低顔, 不敢正對'로 되어 있다.

198) 汝: '汝生'으로 되어 있다.

199) 識世情: '知世情之'로 되어 있다.

200) 識酬酢之: '知酬酢之有'로 되어 있다.

201) 然: '如'로 되어 있다.

202) 金: '香'으로 되어 있다.

203) 體: '坐'로 되어 있다.

204) 睡: '眠'로 되어 있다.

205) 曰: '而言曰'로 되어 있다.

206) 平: '穩'으로 되어 있다.

207) 將欲小: '且欲少'로 되어 있다.

208) 榻: '倒榻'으로 되어 있다.

乎否²⁰⁹⁾?"

英²¹⁰⁾曰:

"記馬, 不記人也."

曰²¹¹⁾:

"人不如馬乎²¹²⁾?"

曰²¹³⁾:

"見馬, 不見人也."

曰²¹⁴⁾:

"汝豈徒記馬哉²¹⁵⁾? 顔色之憔悴, 形容之枯槁, 不與曩時相似者²¹⁶⁾, 豈無所由然, 而然耶? 汝非我, 安知我之心也²¹⁷⁾?"

英²¹⁸⁾曰:

"子非妾, 安知妾之不知子之心乎²¹⁹⁾?"

生(即)移席狎²²⁰⁾坐, 以宗告之曰:

"咨, 爾蘭香²²¹⁾! 汝豈無情人乎²²²⁾? 自從不相語以來²²³⁾, 相思不相見, 今幾日月? 咨, 爾蘭香! 汝寧不悲乎哉? 儌²²⁴⁾我娘, 娘來其蘇矣."

---

209) 汝能記得乎否: '記憶否'로 되어 있다.
210) 英: '英答'으로 되어 있다.
211) 曰: '生曰'로 되어 있다.
212) 乎: '耶'로 되어 있다.
213) 曰: '英曰'로 되어 있다.
214) 曰: '生曰'로 되어 있다.
215) 記馬哉: '不記人乎哉'로 되어 있다.
216) 不與曩時相似者: '不如曩者之相見者'로 되어 있다.
217) 也: '哉'로 되어 있다.
218) 英: '英笑'로 되어 있다.
219) 安知…心乎: '安知妾之心乎'로 되어 있다.
220) 狎: 원본에는 '押'으로 되어 있는 것을 이본을 참고하여 바로잡았다. '狎'으로 되어 있다.
221) 蘭香: '蘭英'으로 되어 있다.
222) 乎: '哉'로 되어 있다.
223) 自從不相語以來: '自從相逢不相話以來'로 되어 있다.
224) 儌: 원본에는 '僥'로 되어 있는 것을 이본을 참고하여 바로잡았다. '儌'로 되어 있다.

英微哂225)不答.

生欲留英于此, 因226)以繼夜, 要以同枕.

英不可曰:

"吾進賜227), 朝而228)出遊, 暮而229)當還. 今以出遊, 故妾身且帰于此.
還來則必呼妾, 解衣冠230), 不可以婉婉231)之弱質, 陷(之)於萬死之
地232). 是以只卜其晝, 未卜其夜."

不可久留233), 因234)以微意排235)之曰:

"苟如若言, 當236)奈此心何? 日旣237)云暮, 分手已迫. 後會不238)易, 良
晤難再. 汝其憐之, (我)毋吝239)半餉之歡."

遂欲狎240)之, 英斂容241)正色曰:

"余豈石木242)人哉? 不識243)郎君心內事乎? 但進賜不以妾爲菲薄, 毋
離於前, 信任之使244), 不出重245)門之外. 今之來此, 已犯叩令246). 若又

---

225) 英微哂: '英英微啞'로 되어 있다.

226) 因: '仍'으로 되어 있다.

227) 賜: '賜主'로 되어 있다.

228) 而: '以'로 되어 있다.

229) 而: '以'로 되어 있다.

230) 今以出遊,…解衣冠: '還則必呼妾而解衣'로 되어 있다.

231) 婉婉: '婉婉'으로 되어 있다.

232) 地: '地也'로 되어 있다.

233) 不可久留: '生知其不可久留於此'로 되어 있다.

234) 因: '仍'으로 되어 있다.

235) 排: '挑'로 되어 있다.

236) 當: '則當'으로 되어 있다.

237) 旣: '已'로 되어 있다.

238) 不: '末'로 되어 있다.

239) 毋吝: '無吝乎'로 되어 있다.

240) 狎: 원본에는 '押'으로 되어 있는 것을 이본을 참고하여 바로잡았다. '狎'으로 되어
있다.

241) 容: '衽'으로 되어 있다.

242) 石木: '木石'으로 되어 있다.

243) 識: '知'로 되어 있다.

244) 毋離於前, 信任之使: '日夜使令於前, 信而任之'로 되어 있다.

恣行不法, 醜聲彰聞, (則)死有餘罪. 縱欲從命, 其可得乎?"

生拊脾而嘆247)曰:

"余豈生耳248)? 其爲泉下人哉!"

遂執249)素手, 捫250)酥乳, 接251)玉脚. 唯心所欲, 無所不爲, 至於講歡, 則不與252)也. 生鼓情竭誠, 百端誘之(其略)曰:

"鳥飛急, 免走疾, 歲月如流. 紅已歇, 芳253)已衰, 蜂蝶莫戀254). 其在人也, 何以異乎? 顏凋朱255)於轉頭, 髮生白於彈指. 朝雲暮雨, 神女256), 卒無定蹤257), 碧海長天, 月娥258), 應悔偸藥. 鳥生微而比翼, 木性頑而連理. 矧情慾之所鍾, 豈人物之異致? 春風蝴蝶之夢, 特惱空房, 夜月杜鵑之啼, 偏驚孤枕, 豈可使杜牧之尋春芳晩? 魏寓言, '見姮娥遲, 虛負靑春之年, 空遺黃壤之恨. 西陵樹綠259), 寂寞千載260)之荒丘, 長信門扃261), 蕭條幾夜之此262)雨.' 嗟! 吾心之可惜, 恨娘子之無情, 生而何哉?263) 死而止矣264)."

---

245) 重: '中'으로 되어 있다.

246) 令: '令耳'로 되어 있다.

247) 脾而嘆: '髀而歎'으로 되어 있다.

248) 余豈生耳: '予豈生乎'로 되어 있다.

249) 執: '執其'로 되어 있다.

250) 捫: '捫其'로 되어 있다.

251) 接: '接其'로 되어 있다.

252) 與: '可'로 되어 있다.

253) 芳: '綠'으로 되어 있다.

254) 蜂蝶莫戀: '蝴蝶莫念'으로 되어 있다.

255) 朱: '紅'로 되어 있다.

256) 神女: '陽臺神女'로 되어 있다.

257) 蹤: '情'으로 되어 있다.

258) 月娥: '月中姮娥'로 되어 있다.

259) 西陵樹綠: '每恨西陵綠樹'로 되어 있다.

260) 寂寞千載: 소실(燒失)되어 알 수 없는 것을 이본을 참고하여 보(補)하였다.

261) 門扃: '扁'으로 되어 있다.

262) 此: '秋'로 되어 있다.

263) 情, 生而何哉?: 소실(燒失)되어 알 수 없는 것을 이본을 참고하여 보(補)하였다.

英終不肯隨曰:

"郞君固265)致意於賤妾, 可於他日相尋."

生不可曰:

"一別音266)容, 宮門幾重, 欲寄音書, 無由可達. 更267)望喜眼之雙靑乎?"

英曰:

"(郞君)此豈知我者268)? 是月十五日269)夜, 進賜與王子諸君, 期270)爲翫月之會, 是必入夜而還. 且宮之墻垣, 適爲風雨所壞, 進賜緩於宮家, 故時未理之(耳). 郞君於此夜, 乘昏黑來到271), 從壞墻272)深入, 則中有短牆之門. 當啓而待之. 由門而入, 循墻而下, (即)東階十步許, 別有寢房273). 君即274)潛身于此待(之), 妾出迎, 則何難乎佳期哉?"

生頗然275), 牢定約束, 分袂而歸. 一時登途276), 漸成南北, 立馬回首, 黯然消魂而已.

自277)此, 憶懷278)尤甚. 仍279)作四韻一首, 以自悼曰:

---

264) 矣: '耳'로 되어 있다.

265) 固: '如'로 되어 있다.

266) 生不可曰 一別音: 소실(燒失)되어 알 수 없는 것을 이본을 참고하여 보(補)하였다.

267) 更: '其可更'으로 되어 있다.

268) 此豈知我者: 소실(燒失)되어 알 수 없는 것을 이본을 참고하여 보(補)하였다.

269) 十五日: '望日'로 되어 있다.

270) 期: '約'으로 되어 있다.

271) 於此夜, 乘昏黑來到: '可於此日, 乘昏黑而來到'로 되어 있다.

272) 墻: '垣'으로 되어 있다.

273) 別有寢房: '有別寢數間'으로 되어 있다.

274) 君即: '郞君'으로 되어 있다.

275) 然: '然之'로 되어 있다.

276) 途: '道'로 되어 있다.

277) 自: '生自'로 되어 있다.

278) 憶懷: '懸憶'으로 되어 있다.

279) 仍: '乃'로 되어 있다.

宮中何[280]處銷嬋娟, 一別音容兩杳然.

此日難忘眞[281]態度, 前身應結好因緣.

心勞要抱[282]愁如雨, 辛苦佳期日似年[283].

正欲尋芳三五夜, 登樓看月幾時圓.

及期而往.

則果有壞墻[284], 牙缺成門, 由之以[285]入, 度密穿深. 乃得小門[286], 推而試之[287], 果不鎖也. 入而東下, 果別寢也[288]. 心自私[289]賀曰, '蘭香不欺我矣.'

仍投其中, 以待英出.

于時白月初高, 凄[290]風乍起, 階上羣[291]芳, 暗香浮動, 庭前綠竹, 疎韻蕭蕭[292]. 忽聞開戶[293]聲, 自內而出. 生將恐將愼, 且喜且疑[294]. 屛息潛聽, 跫音漸近, 衣香來襲. 開眼視之, (則)乃英小娘[295]也. 生出而撫背曰:

"情人金某, (已)在斯矣."

英曰:

---

280) 中何: '門深'으로 되어 있다.

281) 眞: '情'으로 되어 있다.

282) 要抱: '往事'로 되어 있다.

283) 辛苦佳期日似年: '苦待佳期似年'으로 되어 있다.

284) 墻: '垣'으로 되어 있다.

285) 以: '而'로 되어 있다.

286) 門: 원본에는 '墻'으로 되어 있는 것을 이본을 참고하여 바로잡았다. '門'으로 되어 있다.

287) 推而試之: '推之試而'로 되어 있다.

288) 果別寢也: '果得別寢'로 되어 있다.

289) 自私: '私自'로 되어 있다.

290) 凄: '凉'으로 되어 있다.

291) 羣: '群'으로 되어 있다.

292) 蕭: '洒'로 되어 있다.

293) 戶: '戶之'로 되어 있다.

294) 生將…且疑: '生將信將疑'로 되어 있다.

295) 英小娘: '蘭香'으로 되어 있다.

“郎君大是信士.”

携296)手狎297)坐, 問生安否.

生答298)：

“(以)忍得萬死, 僅保殘喘299).”

英曰：

“何故其然也300)?”

曰301)：

“地邇人遐之故也.”

相與戲謔302), 不覺夜深.

生仰見明月, 而驚之曰：

“初我來時, 此月在東, 今已中天, 夜將過半. 不以此時同枕, 將何竢焉?303)”

即把英之衣襟, 而解之, 英止之曰：

“郎君何以(待)妾, 如桑中之304)遊女乎? (妾)別有寢房305), 可於其中306)穩度良宵307).”

生掉頭而謝曰：

“我旣冒法, 昧死崎嶇到此日. 一308)已甚(矣), 其可再乎? 凡爲處事309)

---

296) 携: ‘卽携’로 되어 있다.

297) 狎: 원본에는 ‘押’으로 되어 있는 것을 이본을 참고하여 바로잡았다. ‘狎’으로 되어 있다.

298) 問生安否. 生答: ‘問安否. 生答曰’로 되어 있다.

299) 喘: ‘喘耳’로 되어 있다.

300) 也: ‘耶’로 되어 있다.

301) 曰: ‘生曰’로 되어 있다.

302) 戲謔: ‘打語’로 되어 있다.

303) 竢焉: ‘俟爲’로 되어 있다.

304) 中之: ‘間’으로 되어 있다.

305) 房: ‘房一所’로 되어 있다.

306) 中: ‘間’으로 되어 있다.

307) 宵: ‘夜’로 되어 있다.

308) 日. 一: ‘一之’로 되어 있다.

貴得萬全. 若又310)唐突, 第恐事泄."

英曰:

"事之洩不洩311), 唯312)我在(之), 郎君毋用煎慮313)."

乃携生314)擁入, 生不得已隨之. 踽踽惶恐, 入門如臨深淵, 踏之315)如履薄冰. 每移一足動, 輒九躓316), 汗出至踵, 猶未317)自覺也. 無何繞曲砌, 循回廊, 入門者再三, 然後達于大內. 宮人睡熟, 庭戶寂然. 猶見紗窓靑318)燈明滅, 可知夫人寢所也.

英引生納之一房曰:

"郎且小319)安."

卽(起)入內, 久而不出. 生不任無聊, 或坐或臥, 私怪殊甚而已320).

有人趍入中門報曰:

"進賜還321)入矣."

滿庭炬322)燭, 照暉323)煌煌, 侍女324)奔走, 左右擁衛325). 尙不覺悟, 鼾睡326)漸熟. 英承夫人之命, (頻之出告)曰, "久臥冷地, 恐爲風傷."

---

309) 凡爲處事: '凡事'로 되어 있다.

310) 又: '又杏行'으로 되어 있다.

311) 洩不洩: '泄不泄'로 되어 있다.

312) 唯: '惟'로 되어 있다.

313) 毋用煎慮: '無用自煎'으로 되어 있다.

314) 生: '手'로 되어 있다.

315) 之: '地'로 되어 있다.

316) 躓: '蹶'로 되어 있다.

317) 未: '未能'으로 되어 있다.

318) 猶見紗窓靑: '惟見紗窓淸'으로 되어 있다.

319) 小: '少'로 되어 있다.

320) 而已: '旣而'로 되어 있다.

321) 還: '且'로 되어 있다.

322) 炬: 원본에는 '炬'로 되어 있는 것을 이본을 참고하여 바로잡았다. '炬'로 되어 있다.

323) 暉: '曜'로 되어 있다.

324) 女: '女婢僕'으로 되어 있다.

325) 衛: '衛而入. 進賜醉臥庭中'으로 되어 있다.

326) 睡: '昹之聲'으로 되어 있다.

王子起而, 扶入久之327).

人聲漸息, 火光亦滅.

英右手持玉燭328), 左手携銀瓶, 出而開戶, 則329)塗壁累足以330)立, 自以爲'將死而已'.

英笑331)曰:

"郎君無乃有驚懼之心乎? 妾欲慰之, 故332)溫酒而來333)(爾)."

遂以金荷葉杯334), 酌而勸生, (生飮之. 英又勸一杯), 生辭曰:

"在情, 不在酒335)."

仍命輟336)去.

(生)見房中, 無他物, 只有朱紅書案, 置杜草堂詩一卷, 以白玉書塡337)鎭之, 琅玗338)卓上, 橫一短琴. (生)即口呼一339)句先唱曰:

琴書蕭洒静340)無塵, 正稱房中341)玉一人.

英342)繼吟曰:

---

327) 王子…久之: '挽起王子, 扶而入內'로 되어 있다.
328) 燭: '燈'으로 되어 있다.
329) 則: '則生'으로 되어 있다.
330) 以: '而'로 되어 있다.
331) 笑: '笑謂生'으로 되어 있다.
332) 故: '故持'로 되어 있다.
333) 而來: 원본에는 '來而'로 되어 있는 것을 앞뒤 글자 우측 상단에 자리바꿈 부호(符號)가 있어 바로잡았다. '而來'로 되어 있다.
334) 杯: '盞'으로 되어 있다.
335) 酒: '酒也'로 되어 있다.
336) 輟: '撤'로 되어 있다.
337) 塡: '瑱'으로 되어 있다.
338) 玗: '玕'으로 되어 있다.
339) 呼一: '號二'로 되어 있다.
340) 静: '淨'으로 되어 있다.
341) 房中: '空房'으로 되어 있다.
342) 英: '英英'으로 되어 있다.

今夕不知何夕也, 錦衾瑤席對佳賓.

既而相携, (乃)昵343)枕, 纔盡繾綣之情344).

夜已將闌, 群鷄'喔喔'345), 遠鐘隆隆346)乎罷漏. 生起而摄347)衣, 戲
歌348)數聲曰:

"良宵苦短, 兩情無窮, 其如將別何? 一出宮門, 後會難期, 其如此心
何?"

英聞之, 吞聲飮泣, 玉手揮淚曰:

"紅顔薄命, 古來皆然. 非獨如今, 微妾一身349). 生如此而別, 死如此而
怨. 其生其死, 如花殘葉落, 不待歲寒. 奚足道哉?350) 郎君以男兒鐵石之
心. 何可屑屑然, 以兒女爲念351), 以傷性情乎? 伏願郎君, 此別之後, 無妾
面目352)懷抱間, 以生353)思慮. 善保千金之軀, 勉不廢學354), 擢高第, 登
雲路, 盡355)平生之(所)願. 幸甚幸甚."

乃356)抽免毫管, 開龍肩357)硯, 展鸞鳳牋, 遂寫七言律詩, 以付生爲贐
曰358):

---

343) 昵: '昵'로 되어 있다.
344) 情: '意'로 되어 있다.
345) 群鷄喔喔: '晨鷄喔喔然催曉'로 되어 있다.
346) 隆隆: '隱隱'으로 되어 있다.
347) 起而摄攝: 소실(燒失)되어 알 수 없는 것을 이본을 참고하여 보(補)하였다.
348) 戲歌: '歌獻'로 되어 있다.
349) 古來皆然,…微妾一身: '自古有之, 非獨微妾'으로 되어 있다.
350) 不待歲寒, 奚足道哉?: '將不待歲月寒矣.'로 되어 있다.
351) 以兒女爲念: '爲兒女之念'으로 되어 있다.
352) 無妾面目: '無置妾面目於'로 되어 있다.
353) 生: '傷'으로 되어 있다.
354) 勉不廢學: '不廢學業'으로 되어 있다.
355) 盡: '以盡'으로 되어 있다.
356) 乃: '仍'으로 되어 있다.
357) 肩: '尾'로 되어 있다.
358) 以付生爲贐曰: '吟付爲別曰'로 되어 있다.

幾日相見³⁵⁹⁾此日逢, 綺窓畵閣接手容³⁶⁰⁾.
燈前未³⁶¹⁾尽論心事, 枕上偏驚報³⁶²⁾曉鐘.
天漢不禁烏鵲散, 巫山那復雲雨濃?
遙知別後³⁶³⁾無消息, 回首宮門鎖幾重.

生覽之, 悲不自禁, 淚下³⁶⁴⁾, 即(和)濡筆³⁶⁵⁾曰:

燈盡紗窓落月斜, 將看³⁶⁶⁾牛女隔天河.
良宵一刻千金直, 別淚雙行百恨和.
自是佳期容易³⁶⁷⁾阻, 由來好事許多魔.
他年縱使還相見, 無限閑³⁶⁸⁾情奈老何.

英展而³⁶⁹⁾覽, 將淚³⁷⁰⁾滴濕字, 不能盡看³⁷¹⁾. 收而藏之懷中, 脉脉不語, 握手相看而已.

于時曙燈晻翳³⁷²⁾, 東窓欲明. 英乃携生而出, 送于宮³⁷³⁾墻之外. 相別³⁷⁴⁾嗚咽, 不能成泣³⁷⁵⁾, 慘於死別.

---

359) 見: '思'로 되어 있다.
360) 綺窓畵閣接手容: '綺窓繡幕接手容'으로 되어 있다.
361) 未: '不'로 되어 있다.
362) 偏驚報: '旋驚動'으로 되어 있다.
363) 別後: '一別'로 되어 있다.
364) 自禁, 淚下: '勝, 不覺淚下'로 되어 있다.
365) 筆: '筆而和之'로 되어 있다.
366) 將看: '乖離'로 되어 있다.
367) 易: 원본에는 '爾'로 되어 있는 것을 이본을 참고하여 바로잡았다. '易'로 되어 있다.
368) 閑: '恩'으로 되어 있다.
369) 英展而: '英英展而欲'으로 되어 있다.
370) 將淚: '泪'로 되어 있다.
371) 看: '篇'으로 되어 있다.
372) 翳: 원본에는 '醫'로 되어 있는 것을 이본을 참고하여 바로잡았다. '翳'로 되어 있다.
373) 宮: '壞'로 되어 있다.

生旣還家, 喪神失心, 視不見物, 聽不聞聲. 荃蹄世事376), 無(一)事掛念, (欲)爲一書, 以致戀戀377)之意. 而相思洞老嫗, 業已378)捐去, 無便379)寄(去). 徒費悵望, 虛380)夢想而已.

(旣而)歲月荏苒. 光陰悠忽, 百憂叢重381), 三春382)已過. 時移383)事變, 念懷稍弛. 復事舊業, 沉潛乎經史384), 發奮乎文章, 以待槐黃之節385), 與國士鬪觜386)於試塲, 再進再捷, 擢千人爲壯元, 光耀一世, 人(也)莫(能)比肩.

三日遊街, 頭戴桂花, 手執牙笏. 前導双盖, 後擁天童, 衣錦倡387)夫, 左右呈技, 執樂工人, 衆樂388)並奏. 觀光滿街389), 望如390)天上郞(然)也.

生半醉半醒, 意氣浩蕩, 着鞭跨馬, 一日千家. 忽見路391)傍. 高繞垣392), 逶迤乎百步, 碧瓦朱欄, 照曜乎四面. 千花百卉, 芬茀乎階庭, 戲蝶遊393)蜂, 喧咽乎苑林394).

---

374) 相別: '兩人相與'로 되어 있다.

375) 泣: 원본에는 '腔'로 되어 있는 것을 이본을 참고하여 바로잡았다. '泣'으로 되어 있다.

376) 事: '故'로 되어 있다.

377) 戀戀: '懇懇'으로 되어 있다.

378) 業已: '旣已'로 되어 있다.

379) 便: '便可'로 되어 있다.

380) 虛: '虛勞'로 되어 있다.

381) 重: '裡'로 되어 있다.

382) 春: '秋'로 되어 있다.

383) 時移: '情隨'로 되어 있다.

384) 史: '籍'으로 되어 있다.

385) 以待槐黃之節: '以槐黃之期'로 되어 있다.

386) 觜: '觜距'로 되어 있다.

387) 倡: '唱'으로 되어 있다.

388) 樂: '聲'으로 되어 있다.

389) 觀光滿街: '觀者滿庭'으로 되어 있다.

390) 如: '若'으로 되어 있다.

391) 路: '道'로 되어 있다.

392) 繞垣: '墉遠牆'으로 되어 있다.

393) 遊: '狂'으로 되어 있다.

問395)之, 則乃(是)檜山君宅也. 生忽念旧事, 中心甚396)喜, 佯醉墮馬, 臥而不起. 宮人聚觀, 如市397).

時檜山君捐館398), 已閱三期(矣), (夫人)素服初闋. 索莫399)單居, 無以爲懷, 欲看400)俳優伎倆. 命401)侍女扶(生)入西軒, 臥以錦文席, 枕以竹夫人.

生昏昏瞑目, 若不自覺402).

於是倡403)夫工人, 羅列中庭404), 衆樂齊作, 百戲俱呈405). 宮中侍女, 紅顔白406)面, 綠鬢雲鬟, 捲簾而觀者, 可十数407)許人, 所408)謂英英者, 獨不可見409). 私410)自怪之. 莫知死生.

睇411)而視412)之, (則)有一小娥413), 望414)生, 入而拭淚, 乍出乍入, 不能自止. 盖英415), 不忍見生, 不禁淚流, 畏爲人所覺也.

---

394) 苑林: '林園'으로 되어 있다.

395) 問: '生問'으로 되어 있다.

396) 甚: '暗'으로 되어 있다.

397) 聚觀, 如市: '出問聚立, 觀者如市'로 되어 있다.

398) 捐館: '殞世'로 되어 있다.

399) 索莫: '夫人索寞'으로 되어 있다.

400) 看: '觀'으로 되어 있다.

401) 命: '令'으로 되어 있다.

402) 自覺: '覺悟'로 되어 있다.

403) 倡: '唱'으로 되어 있다.

404) 中庭: '庭中'으로 되어 있다.

405) 呈: '張'으로 되어 있다.

406) 白: '粉'으로 되어 있다.

407) 十數: '數十'으로 되어 있다.

408) 所: '而所'로 되어 있다.

409) 獨不可見: '不在其中'으로 되어 있다.

410) 私: '生心'으로 되어 있다.

411) 死生. 睇: '可生死. 諦'로 되어 있다.

412) 視: '觀'으로 되어 있다.

413) 小娥: '少娘'으로 되어 있다.

414) 望: '出而望'으로 되어 있다.

415) 盖英: '盖是英英'으로 되어 있다.

生望之416), 甚惻417)然. 然日將夕矣, 知其不可久留418). 於是欠伸419)而起, 顧而驚(之)曰:

"此420)何所也?"

宮中老臧421)獲, 趍而進曰:

"檜山君宅也."

生益422)驚曰:

"我何爲來此耶?"

臧423)獲(乃)以宗對, 生即欲(起)出. 夫人念生酒渴, 命英英奉茶424)以425)進. 兩人相近, 不得出一言, 徒爲目成而已. 英奉茶既意426), 將起入內, 則華牋一封, 落自懷中. 生蒼黃收拾, 藏諸袖裏427), 上馬還家, 拆而觀之, 其書曰:

「薄命妾英英, 再拜白金郎足下.

妾(英英)生不相從, 又不能死, 殘骸餘喘, 至今尚存. 豈妾微誠, 戀428)君不至? 天何漠漠, 地何茫茫.429) 桃李春風, 閉妾深宮, 梧桐夜雨, 鎖妾空閨430). 久廢431)絲桐, 蛛網生匣, 空藏粉432)鏡, 塵土滿奩. 夕433)陽暮天,

---

416) 之: '之心'으로 되어 있다.

417) 惻: '悽'으로 되어 있다.

418) 不可久留: 소실(燒失)되어 알 수 없는 것을 이본을 참고하여 보(補)하였다.

419) 於是欠伸: '于此欠身'으로 되어 있다.

420) 是: '此'로 되어 있다.

421) 臧: 원본에는 '莊'으로 되어 있는 것을 바로잡았다. '藏'으로 되어 있다.

422) 曰 檜山…生益: 소실(燒失)되어 알 수 없는 것을 이본을 참고하여 보(補)하였다.

423) 臧: 원본에는 '莊'으로 되어 있는 것을 바로잡았다. '藏'으로 되어 있다.

424) 渴, 命英英奉茶: 소실(燒失)되어 알 수 없는 것을 이본을 참고하여 보(補)하였다.

425) 以: '而'로 되어 있다.

426) 意: '竟'로 되어 있다.

427) 蒼黃收拾, 藏諸袖裏: '拾而藏之袖中, 而出'로 되어 있다.

428) 戀: '念'으로 되어 있다.

429) 天何漠漠, 地何茫茫!: '天何茫茫! 地何漠漠!'으로 되어 있다.

430) 閨: '房'으로 되어 있다.

能添妾恨, 曉星殘月, 不知434)妾心. 登樓望遠, 雲蔽妾眼, 倚窓思睡, 愁斷妾夢435).

吁嗟, 郎君! (妾)寧不悲乎436)? 妾又不幸, 老嫗損家437). 欲寄音書, 無由可達, 徒想面目, 每斷心腸. 可438)令此身, 更獲相接439)來, 容已440)改, 難爲君娟441). 不識, 郎君亦戀442)妾否? 天荒地老, 此443)恨無窮. 嗟哉, 奈何! 死而已矣. 臨緘悽斷444), 不知所云.」

書下, 復有七言絶句五首曰:

好因緣是惡因緣445), 不怨郎君只怨天.
若使舊情猶未絶, 他年尋我向黃泉.

一日平分十二時, 無時無日不相思.
相思何日知446)相見? 深恨人間有別離.

---

431) 廢: '癈'로 되어 있다.
432) 粉: 원본에는 '測'으로 되어 있는 것을 이본을 참고하여 바로잡았다. '糚'으로 되어 있다.
433) 夕: '斜'로 되어 있다.
434) 不知: '誰念'으로 되어 있다.
435) 夢: '魂'으로 되어 있다.
436) 乎: '哉'로 되어 있다.
437) 家: '世'로 되어 있다.
438) 可: '假'로 되어 있다.
439) 相接: '一見'으로 되어 있다.
440) 容已: '芳容頓'으로 되어 있다.
441) 難爲君娟: '厚惠何施?'로 되어 있다.
442) 戀: '念'으로 되어 있다.
443) 此: '妾'으로 되어 있다.
444) 緘悽斷: '楮悽然'으로 되어 있다.
445) 是惡因緣: '反是惡緣'으로 되어 있다.
446) 知: '期'로 되어 있다.

楊柳憔悴若爲情[447], 鏡裏誰戀[448]白髮生.
自是佳人無喜[449]事, 墻頭晨鵲爲誰鳴?

別來忍掃席塵中[450], 愛有郎君坐臥痕.
寂寞深宮消息斷, 落花春雨掩重門.

欲寄音书擬誰傳[451], 幾多[452]呵筆綠窓間.
空敎別後相思淚, 滴在花牋字斑斑[453].

生覽之, 沉吟[454], 不忍釋手[455]. 置[456]念英英, 倍於曩時. 然靑鳥不來,
消息難傳, 白鴈久絶, 音信莫寄. 斷絃不可[457]復續, 破鏡難及[458]重圓. 憂
心悄悄, 轉輾[459]何益?
  形枯體削[460], 臥而成疾, 幾過数載[461].
  同[462]年李正字者, 來問生疾. 生携手陳情, 告其[463]疾崇, 正字[464]曰:

---

447) 楊柳憔悴若爲情: ‘柳憔花悴若爲情’으로 되어 있다.
448) 裏誰戀: ‘裡猶憂’로 되어 있다.
449) 喜: ‘好’로 되어 있다.
450) 塵中: ‘中塵’으로 되어 있다.
451) 擬誰傳: ‘寄得難’으로 되어 있다.
452) 多: ‘回’로 되어 있다.
453) 滴在花牋字斑斑: ‘點滴花牋一班班’으로 되어 있다.
454) 吟: ‘吟愛玩’으로 되어 있다.
455) 釋手: ‘置釋于手’로 되어 있다.
456) 置: ‘致’로 되어 있다.
457) 可: ‘能’으로 되어 있다.
458) 及: ‘得’으로 되어 있다.
459) 轉輾: ‘輾轉’으로 되어 있다.
460) 削: ‘鑠’으로 되어 있다.
461) 載: ‘月’로 되어 있다.
462) 同: ‘適有同’으로 되어 있다.
463) 其: ‘以’로 되어 있다.
464) 字: ‘字驚慰’로 되어 있다.

"君疾愈矣! 夫檜山君夫人, 於我爲姑. 義切情族[465], 可以達其所欲言[466]. 且夫人[467]失所天以來, 信幽明報應之说, 不愛家産眞玩[468], 好爲舍施勢, 亦可圖也[469]."

生喜曰:

"不意今日, 復見茅山道士."

乃申申然定約束, 再拜而送之.

束正字, 即日[470]往于夫人前, (而)告之(曰):

"某月某日, 及第壯元[471], 醉過門前, 墮馬不省[472], 姑氏命扶入西軒, 有諸?"

曰:

"有之."

曰:

"命英英, 奉茶慰渴, 有諸?"

曰:

"有之."

曰:

"是乃姪之友[473], 壯元金某也. 爲人才器過人, 調度脱俗, 將大有爲之人也. 不幸得[474]疾, 閉戶臥吟, 今旣数載矣[475]. 姪暮往朝去問疾[476]所祟

---

465) 族: ‘親’으로 되어 있다.
466) 欲言: ‘懷’로 되어 있다.
467) 人: ‘人自’로 되어 있다.
468) 眞玩: ‘珎玩’으로 되어 있다.
469) 勢亦可圖也: ‘可以爲君, 更圖之矣’로 되어 있다.
470) 定約束正字, 即日: ‘卽日正字’로 되어 있다.
471) 及第壯元: ‘有及第壯元者’로 되어 있다.
472) 省: ‘省人事’로 되어 있다.
473) 之友: 원본에는 ‘之’로 되어 있는 것을 이본을 참고하여 바로잡았다.
474) 得: ‘要’으로 되어 있다.
475) 今旣數載矣: ‘已數月’로 되어 있다.
476) 姪暮往朝去問疾: ‘姪朝夕往來問疾’로 되어 있다.

也[477]. 不識. 可以活[478]諸."

夫人感泣[479]曰:

"吾何惜一英兒[480], 使汝伴寃, 以至於死亡也[481]?"

卽命英英, 帰生第[482].

二人相見, 其喜可掬. 生僕氣頓甦, 数日乃起.

自此永謝功名, 竟不娶妻, 與英英相終始焉.

平生所與英英, 唱和[483]詩文甚多, 積成卷軸, 而生無子孫. 是以不傳於世, 吁! 可惜哉[484].

---

477) 所崇也: '則肥膚憔悴, 氣息奄奄, 命在朝夕. 姪甚憐之, 問疾所由, 則英英爲崇也'로 되어 있다.

478) 以活: '使脩'로 되어 있다.

479) 泣: '激'으로 되어 있다.

480) 兒: '英'으로 되어 있다.

481) 使汝…亡也: '使人以至於死亡耶'로 되어 있다.

482) 帰生第: '同歸金生家'로 되어 있다.

483) 唱和: 원본에는 '和唱'으로 되어 있는 것을 앞뒤 글자 우측 상단에 자리바꿈 부호 (符號)가 있어 바로잡았다.

484) 始焉. 平生…可惜哉: '云云'으로 되어 있다.

王慶龍傳

이본 교감은 정학성(2000), 『역주 17세기 한문소설집』, 삼경문화사에 수록된 〈王慶龍傳〉을 대상으로 하되, 부분적으로 단국대 율곡도서관 소장, 羅孫本과 국립중앙도서관 소장, 『삼방록』 소재 〈왕경룡전〉도 참고하였다.

慶龍姓王, 字時見[1], 浙江紹興府人也. 小少聰慧[2], 才思過[3]人. 父魏公, 嘉[4]靖末, 位至閣老. 是時, 慶[5]龍年十八, 以勤[6]學無意娶聘, 足不出門, 終日讀書者[7], 累日[8]. 會魏公, 忤[9]旨, 罷歸田里.

魏[10]公, 曾[有][11]貸銀数萬兩於東市富商. 商(者)適(以)興販(來往)江南, (而)不返.

故魏公將行, 留慶龍語曰[12]:

---

1) 慶龍姓王, 字時見: 이본에는 '王生名景龍, 字時見'으로 되어 있다. (이하 '이본'은 생략한다.)
   *( )는 이본에 없는 글자이고 [ ]은 이본이 마모되어 알 수 없는 글자이다.
2) 小少聰慧: '少小聰謷'으로 되어 있다.
3) 過: '氣'로 되어 있다.
4) 嘉: '於嘉'로 되어 있다.
5) 慶: '景'으로 되어 있다. (이하 모두 '景龍'으로 되었기에 이름에 대한 교감은 생략한다.)
6) 勤: '勸'으로 되어 있다.
7) 讀書者: '而讀者'로 되어 있다.
8) 日: '年'으로 되어 있다.
9) 忤: '論事忤'로 되어 있다.
10) 魏: '而魏'로 되어 있다.
11) 有: '[ ]' 부호는 이본에 누락된 부분이다. (이하 부호에 대한 설명은 생략한다.)

"銀数萬両13), 家之重貨. 不可使一[蒼頭, 責]其徵還, 汝其取来."

慶龍受命落後, 率一老僕, 留京師月餘.

商人乃[還, 盡歸]其息銀. 慶龍即治行李, 遂向浙江. 路次徐州, 忽念此地素称繁華[思, 欲]一見.14)

乃語老僕曰:

"我曩時, 家庭訓嚴, 局束於書籍, 年齒已長, 牢閉於[門]欄. 世之所謂, 酒肆娼楼, 奢15)侈佳麗者, 未知果如何也, 今欲少16)停征駿, 暫得[遊]覽."

老僕跪進曰:

"郎君! 郎君!17), 愼無爲也. 酒是狂藥, 着口心蕩, 色爲妖狐, 入眼(前)魂[迷. 郎]君年少18)書生, 志慮未定. 若使兩物一寓心目, (而)不爲彼祟所動者幾希19), 不如不見之爲愈也."

慶龍雖然其語, 而自謂'一者遊賞, 豈至於喪心20)?', 遂不聽.

乃自西觀, 遍閲東觀21). 靑旗金榜, 隱映於花柳(之)中, 綠衣紅裳, 往來於臺榭(之)間, 歌管迭22)奏, 樽交錯俎23).

慶龍徇道泛觀, 曾不介意.

至南酒楼24), 將欲少憩, 登楼倚欄, 買茶而啜之. 適於数十步許, 特25)起

---

12) 語曰: 원본에는 '曰語'로 되어 있는 것을 앞뒤 글자 우측 상단에 자리바꿈 부호(符號)가 있어 바로잡았다. '語曰'로 되어 있다.

13) 數萬兩: '兩數萬'으로 되어 있다.

14) 見: '觀'으로 되어 있다.

15) 奢: '豪'로 되어 있다.

16) 少: '小'로 되어 있다.

17) 郎君!: 『역주 17세기 한문소설집』의 교열자가 더 첨부하였다. 따라서 이 교감은 교열한 것을 대상으로 하였음을 밝힌다. (교열자의 교열 표시는 이하 생략한다.)

18) 少: '幼'로 되어 있다.

19) 希: '稀'로 되어 있다.

20) 心: '志'로 되어 있다.

21) 觀遍閲東觀: '館徧閱東館'으로 되어 있다.

22) 迭: '秩'로 되어 있다.

23) 交錯俎: '俎交錯'으로 되어 있다.

24) 酒楼: '樓肆'로 되어 있다.

高楼, 楼下見周道如砥, 平江如練. 乃有遠近綵26)舫, 泊於芳洲, 錦帆蘭桨27), 蕩漾飄拂28). 又有兩三白馬, 繫於29)垂楊, 金鞍玉勒, 躑躅嘶鳴.

楼上見紈綺少年30)輩, 方張宴樂31). 紅簾半捲, 綠窓敞開, 玉炉焚香, 碧篆成霧, 金罍擧酒, 翠蟻生波. 紅粉擁坐, 羅32)綺成列, 哀絲豪竹, 縹緲凝霄. 妙舞淸唱33), 繽紛競34)日.

其中有一少娥, 手把碧芙35)蓉一朵, 超班獨立, 精曜華矑36), 望若神仙焉. 慶龍不覺注目, 謀欲一見, 但恨無以爲緣.

(偶)見楼下, 有賣37)瓢子老嫗, 招38)[之前], 而指之曰:

"那楼中某樣者, 誰歟."

嫗曰:

"東觀39)養漢的名朝雲. 適爲洐40)子來宴, 故出待耳."

言未已, 众賓群妓, 各自散去. 龍即以二十41)兩銀子贈嫗, 曰:

"此物雖少, 聊以致情, 嫗能爲我, 招42)此佳児否?"

嫗謝其賜, 而笑白曰:

---

25) 特: '有特'으로 되어 있다.

26) 綵: '彩'로 되어 있다.

27) 桨: '檣'으로 되어 있다.

28) 蕩漾飄拂: 소실(燒失)되어 알 수 없는 것을 이본을 참고하여 보(補)하였다.

29) 於: '于'로 되어 있다.

30) 少年: '年少'로 되어 있다.

31) 輩, 方張宴樂: 소실(燒失)되어 알 수 없는 것을 이본을 참고하여 보(補)하였다.

32) 紅粉擁坐, 羅: 소실(燒失)되어 알 수 없는 것을 이본을 참고하여 보(補)하였다.

33) 唱: '歌'로 되어 있다.

34) 競: '竟'으로 되어 있다.

35) 娥, 手把碧芙: 소실(燒失)되어 알 수 없는 것을 이본을 참고하여 보(補)하였다.

36) 矑: '燭'으로 되어 있다.

37) 賣: '買'로 되어 있다.

38) 招: '景龍招'로 되어 있다.

39) 觀: '館'으로 되어 있다.

40) 洐: '遊'로 되어 있다.

41) 二十: '廿'으로 되어 있다.

42) 招: '來'로 되어 있다.

"彼以悅人爲業, 招之即來. 但公子之欲見彼娥者, 若以(其)美皃43)之故, 則美於斯者, 亦在焉. 乃彼娥, 少妹也44). 其名玉檀45), 年今十四, 姿色絶人, 討盡兩觀46), 無出其右者. 但以年少時未售價, 若略重貨, 必有好緣."

龍曰:

"我之所以欲一見者47), 只欲觀(其)絶色而已, 非有意於合歡(者)也."

嫗曰:

"我與其娥, 素48)相善. 況感君49)惠, 敢不惟50)命?"

即投其家, 良久51)不出.

龍恐爲嫗所賣, 將信將疑52), 或坐或立, 苦待之際.

嫗手携一丫鬟, 緩緩而來. 歛容入門, 光彩動人. 天姿仙態, 百勝朝雲. 眞世上53)所未有之國色也.

坐未接語, 旋自起身(而屢). 爲老嫗之挽執, 竟不54)肯留.

盖羞被老嫗之紿, 而誤赴公子之召55)也.

龍見56)絶艶, 心不定情. 即銓銀三千兩, 送其家, 使老嫗, 致辞於其女之母曰, "物雖不厚, 敢備一見之贄57)."

---

43) 皃: '兒'로 되어 있다.
44) 娥, 少妹也: '娥者 少妹者也'로 되어 있다.
45) 檀: '丹'으로 되어 있다. 이본에는 '檀'을 약자(略字)로 표기하는 경우, 그리고 '단'을 '丹' 또는 '檀'으로 섞어 쓰는 경우가 종종 있다. (이하 이에 대한 교감은 생략한다.)
46) 觀: '館'으로 되어 있다.
47) 我之…見者: '我之欲見者'로 되어 있다.
48) 素: '素有'로 되어 있다.
49) 君: '君之'로 되어 있다.
50) 惟: '唯'로 되어 있다.
51) 良久: '久而'로 되어 있다.
52) 將信將疑: '將疑將信'으로 되어 있다.
53) 上: '間'으로 되어 있다.
54) 不: '末'로 되어 있다.
55) 召: '招'로 되어 있다.
56) 見: '見此'로 되어 있다.

其母利之, 邀龍至58)家.

盛設宴59)席, 金屏交回, 綉60)幕高褰. 玉醯潋灔, 香羞錯落, 紅粧執樂. 翠黛61)奉盃, 潤席之物, 助歡之具, 窮極奢62)侈, 又倍63)日午之宴矣. 又令玉檀就坐, 蘭姿帶羞64), 玉皃含態, 掠削雲鬢, 整頓花鈿. 服翠羽金縷65)衣, 表以天竺細綵66)衫, 着紅毛珠網襦, 覆以川蜀貝錦裙. 皆用鬱金香署之, 瑞龍腦薰之, 奇艷照席, 異香滿堂.

龍見檀容華儀飾, 似非世上67)人, 尤不覺驚惶68).

酒酣, 特舉一盃69), 請(於)朝雲玉檀曰:

"誰70)意遠客, 逢此勝宴71), 得醉瓊液, [備聞仚樂?] 可謂平生一大幸.而所欠者, 兩娘子綺語雲章耳72)."

朝雲離席而坐73), 遂[製齊]天樂一闋, 以侑其酒.

詞曰:

華陽洞裏失74)童仙, 謫來南國幾年.

---

57) 贄: '資'로 되어 있다.
58) 龍至: '景龍至其'로 되어 있다.
59) 宴: 원본에는 '筵'으로 되어 있는 것을 이본을 참고하여 바로잡았다. '宴'으로 되어 있다.
60) 綉: '繡'로 되어 있다.
61) 黛: '戴'로 되어 있다.
62) 奢: '華'로 되어 있다.
63) 倍: '倍於'로 되어 있다.
64) 蘭姿帶羞: '丹蘭姿蕙質帶羞'로 되어 있다.
65) 縷: '縷之'로 되어 있다.
66) 綵: '練'으로 되어 있다.
67) 世上: '塵世'로 되어 있다.
68) 惶: '悅'로 되어 있다.
69) 特舉一盃: '景龍特舉一爵'으로 되어 있다.
70) 誰: '詎'로 되어 있다.
71) 宴: '筵'으로 되어 있다.
72) 耳: '爾'로 되어 있다.
73) 坐: '起'로 되어 있다.

紅樓玉兒, 碧(窓)花容,

捻作合子好75)緣, 不樂何爲看.

桂羞瓊漿, 鳳管鷗絃.

夜闌春暄好, [向高]樓76)成醉眠.

高樓初設華筵, 對明樽77)歌舞樂而流連.

風流公子, 窈窕[佳人, 恰]似白鷺傍紅蓮.

今夕何夕, 花摧銀燭熖篆,

缺金爐烟.

春夢欲酣, 玉釵金帽橫枕邊.

龍卽和之曰:

昔披瑤笈78)學神仙, 燒盡金丹十年.

洞庭蘭香, 鍾陵彩鸞,

那知月中有緣.

今夕(何夕)相逢79), 弄白玉簫, 奏綠綺絃.

酒酣更(欲)盡一枕, 宜向藍橋眠.

一登瓊臺綺筵, 睹佳人美人.

蘭蕙相連, 天姿80)綽約.

仙態宛轉, 疑是紅蓮傍81)白蓮82).

---

74) 失: '失侶'로 되어 있다.

75) 捻作合子好: '總作合子因'으로 되어 있다.

76) 樓: '堂'으로 되어 있다.

77) 樽: '尊'으로 되어 있다.

78) 披瑤笈: '被瑤笈好'로 되어 있다.

79) 逢: '逢歌'로 되어 있다.

80) 姿: '恣'로 되어 있다.

81) 傍: '映'으로 되어 있다.

82) 白蓮: 소실(燒失)되어 알 수 없는 것을 이본을 참고하여 보(補)하였다.

詞婉調淸, 珠明滄海月,

玉潤藍田烟.

却怕此身羽化, 經到蓬萊邊.

歌罷乃[83], 令玉檀繼和. 檀乍嬌乍恥, 低頭[84]不應. 其母及朝雲, 競[85]力
勸之, 檀辭以未能. 朝雲[86]攬玉檀袂, 笑而切勸曰:
"旣售傾城之兒[87], 何吝驚人之詞? 速做新調, 以娛佳賓." 檀勉[88]强從
命, 避坐[89]斂衽 卽製'暮雨曲'一関歌之, 其詞曰:

江有梅, 山有竹,

淸標肯同凡卉.

春不開, 秋不落,

貞姿謾托荒[90]苔.

踈枝霜後靑, 寒葉雪中香.

寄語尋芳客, 莫比花柳場.

聲甚淸遠, 調又凄惋[91]. 況其词[92]中多有微旨.
龍恐檀難與爲歡, 心自疑惧[93], 遂和其曲, 以觀其意.

---

83) 乃: '及'으로 되어 있다.

84) 頭: '顔'으로 되어 있다.

85) 競: '幷'으로 되어 있다.

86) 檀辭…朝雲: 소실(燒失)되어 알 수 없는 것을 이본을 참고하여 보(補)하였다.

87) 兒: '貌'로 되어 있다.

88) 以娛佳賓"檀勉: 소실(燒失)되어 알 수 없는 것을 이본을 참고하여 보(補)하였다.

89) 坐: '席'으로 되어 있다.

90) 托荒: 원본에는 '記黃'으로 되어 있는 것을 이본을 참고하여 바로잡았다. '托荒'으로 되어 있다.

91) 惋: '婉'으로 되어 있다.

92) 詞: '調'로 되어 있다.

93) 惧: '懼'로 되어 있다.

其詞94)曰:

朝尋芳, 暮尋春,

擺盡一城花卉.

東問竹, 西問梅,

踏盡95)萬山莓苔.

淇園賞仙標, 庾嶺聞國香.

旣能領畧遍, 願將移一場.

檀聽96)歌畢, 始開靑蛾, 暗注秋波.

時夜將央, 盡歡而罷, 其家便令玉檀, 薦枕慶龍. 就寢將欲相狎, 玉檀辭之甚堅97)曰:

"妾之違命, 有意存焉. 若欲强押, 有死而已."

龍疑問其故, 檀太息而答曰:

"妾素以良家98)子, 早失怙恃. 又無親戚可依者, 率一小婢, 行乞於鄰. 此家娼母, 察我才皃, 取以子之, 正爲今日取直之利99). 故使妾得至於100)此.

然常101)慕汝墳之貞操, 每惡河間102)之淫節. 今若一媚舍子, 誓不再事他人, 恐公子以妾103)爲路柳墻花, 一104)折永弃. 故不敢從命焉. 向者, 席

---

94) 詞: '辭'로 되어 있다.
95) 盡: '破'로 되어 있다.
96) 聽: '聽其'로 되어 있다.
97) 堅: '緊'으로 되어 있다.
98) 家: '家女'로 되어 있다.
99) 利: '利耳'로 되어 있다.
100) 於: '于'로 되어 있다.
101) 然常: '然妾尙'로 되어 있다.
102) 間: '澗'으로 되어 있다.
103) 妾: '我'로 되어 있다.
104) 一: '而一'로 되어 있다.

間之語105), 亦寓鄙意, 公子想已理會. (見)公子風流神釆106), 才調清高, 非不欲奉事巾櫛. 而妾之所蘊若是, 公子其思之."

(慶)龍驚喜起拜曰:

"恭聞至言, 不勝欽107)慰. 若非素性貞情108), 何以至此? 僕雖無醮三之礼, 娘未守從一之義歟109)? 誓與娘子, 終得偕老."

檀笑而應曰:

"若能如此, 不淺爲賜110)."

龍遂與檀就寢, 喜可知矣.

(慶)龍自此之後, 墮情溺愛, 欲去未去, 耽歡取樂, 靡日靡夜.

老僕乘間進曰:

"郎君不念, 老僕之前(日), 所戒於郎君者乎?"

龍以實告之曰:

"新情未冷, 自難決去, 汝姑退111)之."

老僕他日, 切諫112)曰:

"疇昔賂銀之際, 老僕非不欲止之. (而)見郎君, 傾心注意, 知不可諫. 故只冀郎君之自悟, 而一何留連, 至此歟113)?"

龍不悅曰:

"我年踰志學, 未有室家. 而此女名雖爲娼, 曾不適人, 蘭心114)蕙質, 可配君子. 況願与偕老, 矢靡他適. 縱使良媒求妻, 安得如此[者乎]?"

---

105) 語: '詞'로 되어 있다.

106) 風流神釆: '風裁神秀'로 되어 있다.

107) 欽: '欣'으로 되어 있다.

108) 情: '靜'으로 되어 있다.

109) 歟: '耶'로 되어 있다.

110) 不淺爲賜: '爲賜不淺'으로 되어 있다.

111) 退: '遲'로 되어 있다.

112) 諫: '諫者再三'으로 되어 있다.

113) 此歟: '於此耶'로 되어 있다.

114) 心: '姿'로 되어 있다.

老僕曰:

"郎君之事決矣. 請[115]今辞歸."

龍遽怒曰, "這漢! 這漢! 胡不遄歸?" 便令[驅逐].

老僕出門歎[116]曰:

"吾與若俱受閣老丁寧之命, 收銀子数萬兩而還, 不[意]中路, 爲妖狐[117]所祟, 遽至於此極也. 銀子不之[118]惜, 惜渠之陷於不義也.

遂引去.

行未至浙江, 適逢同里(人), 商販者, 泣而告之曰:

"汝故告于閣[119]老. 老僕無狀, 陪郎君落後, 不能(以)道引喩, 終使郎君, 惑於妖物, 中途忘返. 今旣失銀子, 又失郎君, 僕之罪死有餘咎[120]. 將何面目, 歸見閣老乎?"

遂拔劒自刎.

商人救之, 而僕已死矣.

商人歸見閣老, 具告厥由.

閣老(聞此語), 憤恨不已, 志[121]欲窮尋, 但未知慶龍所在[122]地, 怒[123]罵而已.

却說, 龍逐老[124](僕)之後, 專意留着, 若將終老. 而厭娼楼之煩擾, 忌遊客之喧嗔, 多賣銀兩, 別構書樓.

玉檀乃於一日, 乘其獨處, 以告之曰:

---

115) 請: '老僕請'으로 되어 있다.
116) 歎: '嘆'으로 되어 있다.
117) 狐: '物'로 되어 있다.
118) 之: '足'으로 되어 있다.
119) 告于閣: '報吾吾閣'으로 되어 있다.
120) 死有餘咎: '當誅'로 되어 있다.
121) 志: '至'로 되어 있다.
122) 在: '在何'로 되어 있다.
123) 怒: '徒爲怒'로 되어 있다.
124) 老: '奴'로 되어 있다.

"妾以娼家賤質, 蒙君子125)不棄, 欲治一室, 爲妾所126)恩執大焉, 感則深矣. 妾與君(子)成誓, 非不欲甘與子同處. 其127)奈合子以妾之故, 得罪於親庭, 貽咎128)士林何? 須展丈夫之壯志, 勿傾兒女之深129)情. 妾欲130)隨(郞)君潛去, 或恐事洩131). 而吾家主母, 致責於君(矣).

設令132)得達於彼, 而133)合家有法, 礼嚴儀肅, 大人見賤妾, 豈爲134)之可畜乎? 合若與妾久留, 則又恐計謬135)公家大人, 積怒於妾(矣).

(不特有患於此也. 而)况娼母多欲136), 利盡情疎. 主母待公子, 安保其如初乎?

爲公子計, 莫如懷彼, 未盡之重寶, 悟其將半之迷道137), 還鄕省親. 讀書勤業, (速就)妙年科第, 早得當路事君, 則公有立揚之譽, 妾遂團圓之約矣.

合去之後, 妾當爲君守死, 以待後期. 妾之愚計, 固如是也. 高明所量以爲如何138)?"

龍亦服其高見, 拜且謝139).

而龍自念, 若欲帶去, 則事多難處, 如檀所云, 若欲捨去, 則人必奪志, 恐檀致死.

---

125) 賤質, 蒙君子: 소실(燒失)되어 알 수 없는 것을 이본을 참고하여 보(補)하였다.
126) 妾所: '妾之所息'으로 되어 있다.
127) 與子同處. 其: 소실(燒失)되어 알 수 없는 것을 이본을 참고하여 보(補)하였다.
128) 咎: '咎於'로 되어 있다.
129) 勿傾兒女之深: 소실(燒失)되어 알 수 없는 것을 이본을 참고하여 보(補)하였다.
130) 欲: '亦'으로 되어 있다.
131) 或恐事洩: '則或恐事泄'로 되어 있다.
132) 設令: '而况'으로 되어 있다.
133) 得達於彼, 而: 소실(燒失)되어 알 수 없는 것을 이헌홍본과 정경주본을 참고하여 보(補)하였다. 이본에도 없다.
134) 爲: '謂'로 되어 있다.
135) 謬: '謬而'로 되어 있다.
136) 母多欲: '家多慾'으로 되어 있다.
137) 道: '途'로 되어 있다.
138) 如何: '何如'로 되어 있다.
139) 且謝: '昌言以謝'로 되어 있다.

遂不聽從.

以設[140]其役, 大起高樓, 與檀常處[141]. 樓在家北, 故人稱'北樓'.

自起樓之後, 娼母審慶龍[142]久留之計, 謀欲去之. 託[143]以供給之需, 日徵金銀, 厥數無算.

如是者五六年, 龍囊橐已罄, 無物可繼, 及[144]將寄食於其家.

娼母一日, 私語於玉檀曰:

"王公子財産已盡, 更無所利. 汝若小避, 王公子必且去矣. 汝豈[145]可守一貧漢, 虛負高價乎?"

檀曰:

"王公子, 以女之故, 居纔數歲, 已輸万金. 金盡弃背, 情所不忍. 何敢如此?"

其母知檀不可避, 思欲[146]先除慶龍, 遂與朝雲謀曰:

"取玉檀鞠育者, 非但[147]一歡取直. 猶患千金之不多, 今者豈可以檀兒, 空作王家[148]物乎?"

相與設計, 紿玉檀及慶龍曰:

"某日, 西觀[149]養漢的某, 闋其孝服. 吾家老少, 沒数[150]當赴, 玉檀亦不可不去.

(慶)龍難之, 娼母曰:

---

140) 說: '竣'으로 되어 있다.

141) 處: '處北楼'로 되어 있다.

142) 慶龍: '龍有'로 되어 있다.

143) 託: '托'으로 되어 있다.

144) 及: '反'으로 되어 있다.

145) 汝豈: 원본에는 '豈汝'로 되어 있는 것을 앞뒤 글자 우측 상단에 자리바꿈 부호(符號)가 있어 바로잡았다. '汝豈'로 되어 있다.

146) 欲: '有以'로 되어 있다.

147) 但: '他也'로 되어 있다.

148) 家: '家之'로 되어 있다.

149) 觀: '館'으로 되어 있다.

150) 沒数: '例所'로 되어 있다.

"公子若難其獨送, 則亦可同轡[151])?"

龍喜而許諾.

翌日, 擧家啓行, 行[152])数十里許, 至蘆林口.

娼[153])母佯驚曰:

"吾來時行色忩劇[154]). 藏財房[155])子忘未得鎖, 多少財貨, 誰禁狗偸."

乃請於龍曰:

"吾欲還去下鎖而[156])來, 老嫗筋力, 不敢驅馳. 公子可能忘勞否?"

龍不疑其言[157]), 遂請行, 娼母以金鎖, 授之曰:

"速往下鎖而返. 吾當留待."

(慶)龍遂以單騎, 促鞭回走.

量去数里[158]), 娼母乃驅迫玉檀, 取他路遁去.

(玉)檀泣告其母曰:

"若欲逐[159])王公子, 當令自去, 到此紿人, 不仁甚矣."

遂自墮車, 僕徒擁挨[160])救之. 檀又[失聲痛哭]曰[161]): "吾[162])素聞, 蘆林盜賊之藪, 王公子乘夕而返, 必投虎口矣. 吾不殺王郎, 王郎[163])由我而死矣. 僕徒聞(其)言哀甚[164]), 亦爲之垂淚[165]).

---

151) 轡: '轡否'로 되어 있다.

152) 行: '之'로 되어 있다.

153) 娼: '其娼'으로 되어 있다.

154) 時行色忩劇: '時緣行色怱遽'로 되어 있다.

155) 房: '庫'로 되어 있다.

156) 而: '而復'으로 되어 있다.

157) 言: '言'으로 되어 있다.

158) 里: '里許'로 되어 있다.

159) 逐: '逐去'로 되어 있다.

160) 挨: '挨而'로 되어 있다.

161) 失聲痛哭曰: 원본에는 '失痛哭曰聲'로 되어 있는 것을 앞뒤 글자 우측 상단에 자리바꿈 부호(符號)가 있어 바로잡았다.

162) 吾: 원본에는 '聲吾'로 되어 있는 것을 이본을 참고하여 바로잡았다. '吾'로 되어 있다.

163) 郎: '郎必'로 되어 있다.

(慶)龍到其家, (見家)徒四壁, 無物見在, 又無守[家]奴僕.

出語166)隣人曰:

"家間東西, 蕩167)無所有. 雖是守奴之所爲, 隣人豈168)[不知](之)?"

隣人皆目笑曰:

"癡哉! 佥子堂堂丈夫169), 乃爲兒女(子之)所賣, 如是耶? 渠先自170)[暗輸]財寶於他地, 隨而飲之.又171)令佥子中途空返, 不得跟尋, 其計譎[矣. 公子何不悟耶?"

龍驚駭, 罔知所措, 但問, "暗輸財寶於172)何地(耶)?

鄰人曰:

"渠旣潛匿, 豈告其方?"

龍173)不勝憤(心), 只欲追捕玉檀而詰之.

(即)走還蘆林, 則玉檀一行, 不知去處. 徘徊岐路, 日已昏黑, 四無人烟, 蘆林蔽天.

龍猶慮, 玉檀行之未遠, 遂投蘆林而174)進.

蘆林者, 在江頭無人之境. 周回数十里, 閭閻隔絶, 盜賊屯聚, 非白晝而過者, 例被搶掠殺戮175)矣. 況娼母先以賊邀(之)約給176), 慶龍衷馬, 使之必殺.

---

164) 言哀甚: '言甚哀'로 되어 있다.
165) 淚: '泣'으로 되어 있다.
166) 語: '呼'로 되어 있다.
167) 蕩: '蕩然'으로 되어 있다.
168) 隣人豈: '而隣人亦豈'로 되어 있다.
169) 佥子堂堂丈夫: '王公子堂堂大丈夫'로 되어 있다.
170) 自: '時'로 되어 있다.
171) 又: '而又'로 되어 있다.
172) 於: '者'로 되어 있다.
173) 龍: '龍尤'로 되어 있다.
174) 而: '而前'으로 되어 있다.
175) 被搶掠殺戮: 소실(燒失)되어 알 수 없는 것을 이본을 참고하여 보(補)하였다.
176) 給: '奪'로 되어 있다.

龍[177]行至蘆林未半, 果有賊輩[178]執龍[179], 攘其鞍馬, 奪[180]其衣袴, 將欲殺之.

龍攢手悲號, 乞保一命, 賊中有一人, 哀而救[181]之. 只絪縛[182]手足, (搏取衣絮), 暫塞其口, 使不得出聲[183], 遂投蘆林中而去.

翌朝[184], (適)有老翁過去, (暫)聞草林[185]中, 有氣息‘激激’聲. (尋聲)入來鮮其縛, 去其塞, 良久得甦[186].

翁問其所以然[187]. 龍具陳首尾, 翁曰:

“吁! 公自取之失[188], (夫)誰咎乎? (然)人生到此, 亦可憐[189]也.

即鮮破衣, 而衣之曰:

“此地飢荒, 糊口極難. 前頭數十里許, 有里閭, 乞食輩扣更點而受食於里人. 汝[190]亦往赴(其里), 庶可得[191]活, 不然必[192]死矣.

龍艱難得行, 赴其里閭, 乞食人等, 相與大言[193], 曰:

“爾[194]以後來, 不可晏然同參. 必當三夜獨扣[195], 然後方許(其參矣).

177) 龍: ‘而龍’으로 되어 있다.
178) 林未半, 果有賊輩: 소실(燒失)되어 알 수 없는 것을 이본을 참고하여 보(補)하였다.
179) 龍: ‘景龍’으로 되어 있다.
180) 奪: ‘脫’로 되어 있다.
181) 中有一人, 哀而救: 소실(燒失)되어 알 수 없는 것을 이본을 참고하여 보(補)하였다.
182) 絪縛: ‘困縛其’로 되어 있다.
183) 聲: ‘聲而已’로 되어 있다.
184) 翌朝: 소실(燒失)되어 알 수 없는 것을 이본을 참고하여 보(補)하였다.
185) 林: ‘莽’으로 되어 있다.
186) 甦: ‘蘇生’으로 되어 있다.
187) 所以然: ‘所故’로 되어 있다.
188) 失: ‘禍’로 되어 있다.
189) 憐: ‘憐’으로 되어 있다.
190) 汝: ‘爾’로 되어 있다.
191) 可得: ‘得可’로 되어 있다.
192) 必: ‘爾’로 되어 있다.
193) 乞食人等, 相與大言: ‘乞人等’으로 되어 있다.
194) 爾: ‘你’로 되어 있다.
195) 三夜獨扣: ‘獨扣三更’으로 되어 있다.

龍其夜, 因困憊倒睡, 誤下更點. 乞人等以怠職, 衆攻而黜之.

龍啼飢匍匐, 處處乞食, 轉入楊州, 行乞於市, 苟連196)時月.

適値歲夕, 有儺役於公府.

龍傭役於人, 爲盲優197)之奴, 方戲於庭際198).

堂上有一官者, 據胡床而坐, 引頸熟視而問曰:

"你是何地人? 你名云何199)?"

龍怪而200)實對其姓名地方201).

其官者即驚202)下庭, 摻手語龍曰:

"不知203)郎君, 何故賤辱至此?"

泣問其由, 與之同歸其家, 分其衣食, 繾綣甚至.

官204)者, 乃王閣老舊時胥吏(也). 姓韓, 名鷗205), 今擢爲漕運郎中, 來處於此府者也.

龍居韓第數月, 韓之妻子, 屢訴於韓曰:

"君之不忘舊恩, 待206)王郎者, 可謂厚矣. (而)但此荒年, 家貧俸207)薄, 妻孥尙且飢寒, 不閱我躬208). (而)況恤他人乎?"

頗有厭言209), 頻聞於耳, 龍乃辭於韓曰:

"離親歲210)久, 思歸一211)切. 縱使轉展212)行乞, 亦欲歸覲浙江."

---

196) 連: '延'으로 되어 있다.

197) 盲優: '優盲'으로 되어 있다.

198) 際: '除'로 되어 있다.

199) 你名云何: '你面名甚的'으로 되어 있다.

200) 而: '之'로 되어 있다.

201) 姓名地方: '名氏地方'으로 되어 있다.

202) 驚: '驚起'로 되어 있다.

203) 知: '意'로 되어 있다.

204) 官: '此官'으로 되어 있다.

205) 鷗: '鸕'로 되어 있다.

206) 待: '而待'로 되어 있다.

207) 俸: '奉'으로 되어 있다.

208) 躬: '躳'로 되어 있다.

209) 言: '語'로 되어 있다.

韓鷗[213]亦不挽留, 畧給行資.

龍遂登程, 先往關王庙, 將卜其吉凶[214], 路上逢一老媪. 乃昔時楼下賣瓢子者也.

媪驚且泣曰:

"王公子鬼耶? 人耶? 吾能料死, 不能料生. 縁何来在這裡[215]? 妾亦受[216]君恩多矣, 每自[217]念及, 不覺墮淚[218]. 何意今朝, 此地相逢?

可怜! 可怜! 玉檀一家, 詐赴西觀[219]之後, 留[220]他店数月, 乃還于家, 居之如舊. 但玉檀當初, 專不預[221]其謀, 故至今呼寃[222]哀泣, 以公子必死, 誓[223]不毁節, 常處[224]北楼上, 足不履地者, 久矣.

若聞公子在此, (則)必不遠千里而奔到."

龍曰, "噫![225]", 具道蘆林之厄[226], 飢寒漂轉之苦[227].

媪曰:

"我以販酒, 乘船[228]到此. 今且回棹, 不久又當復來. 公子幸須計程少

---

210) 歲: '年'으로 되어 있다.
211) 一: '日'로 되어 있다.
212) 轉展: '展轉'으로 되어 있다.
213) 鷗: '鷗'로 되어 있다.
214) 凶: '日'로 되어 있다.
215) 這裡: '此也'라 되어 있다.
216) 受: '受賜'로 되어 있다.
217) 自: '日'로 되어 있다.
218) 淚: '泪'로 되어 있다.
219) 觀: '館'으로 되어 있다.
220) 留: '留在'로 되어 있다.
221) 專不預: '不與'로 되어 있다.
222) 呼寃: '寃呼'로 되어 있다.
223) 誓: '而誓'로 되어 있다.
224) 處: '處於'로 되어 있다.
225) 噫!: '噫噫!'로 되어 있다.
226) 厄: '辱'으로 되어 있다.
227) 苦: 원본에는 '苦於玉檀'으로 되어 있는 것을 이본을 참고하여 바로잡았다. '苦'로 되어 있다.

留. 當以消息往返於玉檀."

又以数兩銀子, 與之慶龍曰:

"願公子以此, 姑備留待之資."

(慶)龍曰:

"我亦有行資, 可支数229)月."

辭以不受, 只覓紙筆, 暫修書於玉檀. (書)曰:

「蘆林餘肉, 漂到楊州, 悲呼行乞, 尙保頑喘. 每恨娘子, 薄情太甚. 不圖
隣人逢此路上230), 聞'娘子在北楼, 不復媚人'云, 其然? 豈其然乎? 然則
殺我者, 知非娘子也. 相思231)千里, [無路得]故, 自念一生, 何日重逢? 故
船232)臨發, 付書甚忙, 滴淚233)研墨, 戰手緘辭.

滿腔悲懷234), 言之何盡235)?

某月某日,

龍236)拜.」

修書237)以付其嫗.

嫗受其書, 與龍(相)別, 遂登舟歸徐州.

潛(歸)見玉檀, 具道王郞之事, 傳其書牘, 而並告復去之意.

却說, 玉檀一自芦中238)分散之後, 悲號哀泣, 以死守節.

---

228) 船: '舟'로 되어 있다.

229) 数: '旬'으로 되어 있다.

230) 不圖…路上: '不圖今日隣母逢此道上'으로 되어 있다.

231) 思: '望'으로 되어 있다.

232) 船: '舟'로 되어 있다.

233) 滴淚: '淚滴'으로 되어 있다.

234) 懷: '深'으로 되어 있다.

235) 盡: '益'으로 되어 있다.

236) 龍: '景龍'으로 되어 있다.

237) 書: '畢'로 되어 있다.

238) 一自芦中: '先時蘆林'으로 되어 있다.

還家之日, 卽上北楼, (每)想王郎寢食之處, 撫王郎服用之物, 輒自號哭, 久而[239]彌切. 一不下楼, 慘慘度日, 俱廢粧梳, 容顔[240]寂寞.

隣人之來見者, 無不泣下, 遊子之經[241]過者, 不敢相問.

至是玉檀得王郎(卽)手札, 知王郎不死[242], 悲不自勝, 捧[243]頭嗚咽以[244]謝嫗曰:

"非嫗之有信, 何以傳天上奇於地中人乎? 明[245]日之夕, 當令侍婢傳簡, 嫗且歸付[246]公子. 倘緣嫗復見王郎[247], 無非嫗之[248]賜也. 所可報也, 將粉其骨."

且(曰):

"私相出入, 恐(致)人[249]疑, 嫗勿復來."

會娼母知[250]有人, 到北楼, 覘於窓外.

檀覺之, 乃目嫗而佯罵曰:

"嫗初以王郎媒於我, 而不幸王郎見誑於蘆林, 已葬於烏鳶[251]之腹矣. 妾自守深盟, 以死爲期, 嫗之所宜矜悼者也. 而反以巧言, 復欲媒誰漢耶[252]? 豈知嫗之無良, 至於此也?"

嫗亦佯答曰:

"吾怜[253]娘子紅顔虛老, 故欲令粧梳, 將賭新歡. 而[254]何娘子罵我之

---

239) 輒自號哭, 久而: 소실(燒失)되어 알 수 없는 것을 이본을 참고하여 보(補)하였다.
240) 顔: '貌'로 되어 있다.
241) 不泣下, 遊子之經: 소실(燒失)되어 알 수 없는 것을 이본을 참고하여 보(補)하였다.
242) 不死: '生死消息'으로 되어 있다.
243) 捧: '蓬'으로 되어 있다.
244) 頭嗚咽以: 소실(燒失)되어 알 수 없는 것을 이본을 참고하여 보(補)하였다.
245) 明: '來'로 되어 있다.
246) 付: '付王'으로 되어 있다.
247) 郎: '郎者'로 되어 있다.
248) 之: '之所'로 되어 있다.
249) 人: '人有'로 되어 있다.
250) 知: '知其'로 되어 있다.
251) 烏鳶: '鳥鴟'로 되어 있다.
252) 耶: '歟'로 되어 있다.

甚耶[255])?"

娼母聞之, 排窓而入曰, "嫗[256]言是矣. 汝何不思, 而反罵人(乎)?" 爲尾其所言, 反覆開喩[257].

檀不答而頹臥, 須臾娼母隣母[258], 皆下樓而去.

翌日之午, 檀忽下樓, 就[259]其母曰:

"中夜不寐, 枕上思量, 昨日之言, 甚似有理. 女本[260]娼家所養, 豈思貞操? 章臺之柳, 自分千人之爭折, 玄都之花, 何厭萬騎之成蹊? 金鞍駿馬, 惟[261]其所喚而赴之, 錦衣[262]瑤席, 隨彼所挽而留之. 雖未得一笑之千金, 亦可賭五陵之纏頭. 一以榮吾身, 一以富吾家, 則是乃父母之所喜.

而不幸向來, 得遇王郎[263], 留情累年. 故一朝分離, 情思頗惡, 或冀生還, 以續舊歡.

今則時移歲變, 消息永絶, 王郎之死的矣. 日月如流, 韶顔不留, 他日白頭, 後悔莫及. 縱令王郎復生, 豈復悅己? 欲趁靑春之未暮, 以做紅樓之高價(矣)."

娼母[264]大喜曰, "汝能迷而自返[265], 吾家之福也." 欣悅不已.

檀故北樓, 潛修書札, 私藏銓銀[266]百兩, 使侍婢乘(黑)夜, 抵隣母曰:

"嫗其努力, 傳此万金. 今送銀子, 嫗取其半, 半與王郎."

---

253) 怜: '憐'으로 되어 있다.
254) 賭新歡. 而: '睹新歡. 爾'로 되어 있다.
255) 我之甚耶: '余之甚歟'로 되어 있다.
256) 嫗: '嫗之'로 되어 있다.
257) 喩: '諭'로 되어 있다.
258) 更娼母隣母: '臾隣母娼母'로 되어 있다.
259) 就: '就告'로 되어 있다.
260) 本: '本以'로 되어 있다.
261) 惟: '唯'로 되어 있다.
262) 衣: '衾'으로 되어 있다.
263) 郎: '郎子'로 되어 있다.
264) 娼母: '其娼母'로 되어 있다.
265) 返: '反'으로 되어 있다.
266) 私藏銓銀: '銓私藏銀'으로 되어 있다.

居數日, 隣母懷其書物, 買舟歸[267]到楊州.

慶龍在江頭, 忍飢留待[268], 已踰[269]半月矣.

嫗傳其書物, 龍觀其手跡, 掩泣開緘.

其書曰:

「背夫人玉檀再拜啓.

妾初以陋質, [誤]合子於娼樓[270], 後以巧計, 紿公子於芦林. 妾雖無情於其間, 而其間之事, 實[妾]之所媒[271].

自念厲階, 誰是禍胎? 當拚一死, 以答重愆, 第以丹心所存, 白[272]日[可質. 或]念合子, 万一脫禍, 則庶幾賤妾, 他日陳情. 故不能自決, 偸生[至此].

豈意隣母, 傳此手[273]墨? 知合子不肉於芦林, 而將悔於靑[274]樓也. 一喜一悲, 惟[275]增歠泣.

[妾有]愚計, 可報舊恩.

公子於某月某日, 潛到徐州, 經入關王廟, 伏於卓下, 以待妾至. 片言千里, 恐失機關, 祕之祕之, 毋令違誤.

聞公子處涸方急, 故姑[送濡沫之]資.

某月某日, 玉檀拜[276]」

慶龍觀其書畢, 賣銀治行, 計日登程, [潛到徐]州.

---

267) 買舟歸: '買其歸舟'로 되어 있다.

268) 在江頭忍飢留待: '忍飢留在江頭'로 되어 있다.

269) 踰: '逾'로 되어 있다.

270) 樓: '家'로 되어 있다.

271) 媒: '謀'로 되어 있다.

272) 白: '向'으로 되어 있다.

273) 手: '書'로 되어 있다.

274) 靑: '娼'으로 되어 있다.

275) 惟: '唯'로 되어 있다.

276) 拜: '再拜'로 되어 있다.

至約日, 祕入關王庙, 一如其言.

却說, 玉檀自送嫗之後, 凝粧盛[277]飾, 談笑自若, 或遊鄰里, 罕處北楼.

同郡有大賈姓趙者, 年雖已老, 夙慕玉檀才色[278]. 今[279]聞放節, 欲得一歡, 以千金賂娼母.

娼母[280]授之, 勸玉檀, 玉檀遂許諾, 與之爲期. 而(但)期在, 半月之後, 其母問其故.

檀笑而答曰[281]:

"我往日, 與王公子情深, 共成約誓[282], 告于神祇. 今不破盟而適人, 有愧於心. 欲往關王[283]庙, 卜吉日破盟, 故緩期如此耳."

母亦從之, 檀遂齋沐, 赴關(王)庙, 而潛懷金銀[284]數百兩, 而去之[285].

庙外, 語其從者曰:

"吾破盟告辝時, 多有所諱, 不可使聞於汝輩. 汝其留此等候, 亦須辟[286]人."

乃入庙, 拜關王(庙), 到卓下[287]呼, 王公子.

(慶)龍從卓下出, 檀已在卓前矣. 契濶[288]之懷, 如何禁得, 不覺抱持痛[289]哭. 檀急止之[290]曰:

---

277) 盛: '成'으로 되어 있다.
278) 色: '貌'로 되어 있다.
279) 今: '故今'으로 되어 있다.
280) 賂娼母. 娼母: 소실(燒失)되어 알 수 없는 것을 이본을 참고하여 보(補)하였다.
281) 故. 檀笑而答曰: 소실(燒失)되어 알 수 없는 것을 이본을 참고하여 보(補)하였다.
282) 約誓: '誓約'으로 되어 있다.
283) 愧於心. 欲往關王: 소실(燒失)되어 알 수 없는 것을 이본을 참고하여 보(補)하였다.
284) 而潛懷金銀: 소실(燒失)되어 알 수 없는 것을 이본을 참고하여 보(補)하였다.
285) 之: '至'로 되어 있다.
286) 辟: '避'로 되어 있다.
287) 下: '子'로 되어 있다.
288) 濶: '闊'로 되어 있다.
289) 痛: '慟'으로 되어 있다.
290) 止之: 원본에는 '之止'로 되어 있는 것을 앞뒤 글자 우측 상단에 자리바꿈 부호(符號)가 있어 바로잡았다. '止之'로 되어 있다.

"倘使吾從者, 得以²⁹¹⁾聞之, 今²⁹²⁾日之禍, 甚²⁹³⁾於蘆林, 愼之愼之."

因敍旧日之寃曰:

"當時西觀²⁹⁴⁾之行, 妾與公子, 俱落奸謀. 而妾之欺公子者, 亦存焉."

(龍曰):

"何也²⁹⁵⁾?"

(壇曰):

"(芦林之行), 數日²⁹⁶⁾之前, 妾²⁹⁷⁾母令妾少避, (而)欲公子引去. 妾拒之甚固. 而其時不告公子者, 恐公子心²⁹⁸⁾煩惱. 故妾自知之, 而徒堅金石之志而已. 豈意凶計, 至於芦林之甚者乎? 不告公子, 而先處者, 是妾欺公子之罪. 万死何贖, 事已往矣, 言之無益. 請以奇籌²⁹⁹⁾, 欲開前路."

即以金銀授之, 相與祕計³⁰⁰⁾曰, "如此如此.".

便令慶龍還隱卓下.

乃呼其從者, 列扒³⁰¹⁾於關王, 而同時出去.

慶龍卽故鄰³⁰²⁾邑之市, 賣其金銀, 服之以紈綺³⁰³⁾, 騎之以駿馬³⁰⁴⁾. 又買空皮箱二百箇³⁰⁵⁾, 實以(沙)石, 鎖以黃銅, 若藏金寶樣. 貰夫馬百匹馱之, 使(之)先行, 慶龍在後, 入徐州境. 向玉檀家, 自南而西³⁰⁶⁾, 如向³⁰⁷⁾京

---

291) 以: '而'로 되어 있다.
292) 今: '則今'으로 되어 있다.
293) 甚: '有甚'으로 되어 있다.
294) 觀: '館'으로 되어 있다.
295) 也: '歟'로 되어 있다.
296) 日: '月'로 되어 있다.
297) 妾: '主'로 되어 있다.
298) 心: '心下'로 되어 있다.
299) 請以奇籌: '乃請以奇算'으로 되어 있다.
300) 授之, 相與祕計: '與祕計授之'로 되어 있다.
301) 扒: '拜'로 되어 있다.
302) 鄰: '隣'으로 되어 있다.
303) 服之以紈綺: '買紈綺而服之'로 되어 있다.
304) 騎之以駿馬: '駿馬而騎之'로 되어 있다.
305) 二百箇: '百介'로 되어 있다.

師然.

至玉檀家巷. 隣人見慶龍, 皆驚怪擁途[308])而拜曰:

"公子一去, 頓無影響, 不知今日來自何處, 猶享鉅萬之貲[309])累耶."

龍笑曰:

"公等不聞, 李白詩乎?'天生大才必有用, 散尽千金還復來.'今[310])適定婚於北京, 故方自浙江而來矣."

衆皆稱歎. 娼母家奴僕[311]), 爭相望見, 奔告其家.

檀聞其言, 佯驚曰:

"噫! 王公子不死, 豈可破盟, 而再嫁(他)人乎?"

遂趨北樓而自縊, 侍婢呼娼母, 救而得止.

慶龍過玉檀家, 不顧而去.

娼母與朝雲, 窺見裘馬[312])之盛, 相與密議曰:

"玉檀知王郎不死, 恨其破盟, 至欲自決, 自此以[313])後, 必不再嫁. 若失此宝[314]), 更無所利[315]). 彼(乃)無心公子, 若以溫辞善觧[316]), 則必不忘玉檀而復來, 不如因此圖其財."

遂追赴[317]), 扣馬而言曰:

"合子! 合子! 何無情若是(乎)? 芦林一散之後, 不知公子, 在於何處, 日

---

306) 西: '北'으로 되어 있다.

307) 如向: 원본에는 '向如'로 되어 있는 것을 앞뒤 글자 우측 상단에 자리바꿈 부호(符號)가 있어 바로잡았다. '如向'으로 되어 있다.

308) 途: '道'로 되어 있다.

309) 貲: '財'로 되어 있다.

310) 今: '今日'로 되어 있다.

311) 僕: '僕'으로 되어 있다.

312) 馬: '馬財寶'로 되어 있다.

313) 以: '之'로 되어 있다.

314) 宝: '財'로 되어 있다.

315) 利: '得'으로 되어 있다.

316) 觧: '解之'로 되어 있다.

317) 追赴: '逐趁'으로 되어 있다.

望歸來[318], 竟無音信, 擧家老少, 號泣[319]度日. 不圖今日, 復見公子, 而過家門不入, 何也[320]?"

慶龍按轡而答曰:

"是誠何言? 始余[321]迷於娼家, 財尽不歸, 故你[322]等絟我(於)芦林, 必欲除之. 而福慶未艾, 皇天[323]陰騭, 遇賊不死.

還鄕治産, 欲求良妻, 方有所適, 自鄕取路, 不得捨此[324]. 尙[325](恨)過汝門之不幸, 豈可訪爾女, 而再辱乎?"

娼母放声佯笑曰:

"往者蘆林之(口), 始覺房子[326]之不鎖, 請公子而送之, 我乃等候[327]時, 日已暮矣. (意)謂公子必不返, (而)闔闔[隔絶, 四]無依泊. 不得已捨蘆林, 就[328]近店而投宿, 以待公子翌日之來. 豈知公子冒[夜]馳還, 直入蘆林, 墮於賊中也[329]? 其日之翌[330], 公子不至, 故(跟尋公子), 無處不搜.

徘徊[累月], 計無所施, 慘慘還家, 則家間所藏, 蕩失無餘. 必是隣人守奴之所爲也, 而不恨財寶之見賊, 惟[331]憂公子之存歿[332].

雖以老嫗[333]之無良, 猶所號泣[334], 況玉檀以[335]死秉節, 日夜號泣, 在

---

318) 歸來: '其歸來, 而'로 되어 있다.
319) 號泣: '呼天'으로 되어 있다.
320) 也: '歟'로 되어 있다.
321) 余: '予'로 되어 있다.
322) 你: '爾'로 되어 있다.
323) 艾皇天: '盡奉遂'로 되어 있다.
324) 此: '焉'으로 되어 있다.
325) 尙: '況'으로 되어 있다.
326) 房子: '庫'로 되어 있다.
327) 候: '候多'로 되어 있다.
328) 就: '取'로 되어 있다.
329) 墮於賊中也: '賊中墮於耶'로 되어 있다.
330) 翌: '翌日, 待'로 되어 있다.
331) 惟: '唯'로 되어 있다.
332) 歿: '沒'로 되어 있다.
333) 嫗: 원본에는 '婢'로 되어 있는 것을 이본을 참고하여 바로잡았다. '嫗'로 되어 있다.

北楼不下者, 二³³⁶⁾年矣. 公子若詢於鄰里, 亦可驗矣.

吾³³⁷⁾家之戀公子, 可謂切矣. 而(公子)何其托辞, 如是耶³³⁸⁾? 若曰, 與玉檀情緣已盡, 不可更顧云則是, 不然則³³⁹⁾, 豈以無妄之言, 加於苦待之人乎?"

慶龍佯諾曰:

"母之言既如是, 當見玉檀更詰之."

乃旋³⁴⁰⁾馬就其第.

娼母朝雲, 自以爲得計, 而里人皆笑, (慶)龍之愚癡. 龍至其門, 娼母迎³⁴¹⁾上聽, (來)呼玉檀出見, 檀不肯出曰:

"誰招王仐子來矣³⁴²⁾? 彼雖强來, 豈忘蘆林之恨乎³⁴³⁾? 不如不見而送之."

娼母入來, 親勸之出, 檀曰:

"彼以閣老之子, 誤落於娼母³⁴⁴⁾, 居纏数歲, 賂盡万金, 可謂厚矣. 而不思其恩之不貲, 反令棄陷³⁴⁵⁾於死地, 而彼公子幸而全生, 再享豪富. 渠雖不言, 吾豈靦然相對乎."

(娼)母曰:

"我以權辞觧之, 渠亦釋然, 故得之於此. 汝何過思若此?"

檀曰:

---

334) 猶所號泣: '猶自號慕於公子'로 되어 있다.
335) 以: '矢'로 되어 있다.
336) 二: '三'으로 되어 있다.
337) 可驗矣. 吾: 소실(燒失)되어 알 수 없는 것을 이본을 참고하여 보(補)하였다.
338) 耶: '歟'로 되어 있다.
339) 盡, 不可⋯不然則: 소실(燒失)되어 알 수 없는 것을 이본을 참고하여 보(補)하였다.
340) 玉檀更詰之." 乃旋: 소실(燒失)되어 알 수 없는 것을 이본을 참고하여 보(補)하였다.
341) 娼母迎: 소실(燒失)되어 알 수 없는 것을 이본을 참고하여 보(補)하였다.
342) 矣: '此'로 되어 있다.
343) 乎: '而一如前日之歡乎?'로 되어 있다.
344) 母: '家'로 되어 있다.
345) 陷: '隔'으로 되어 있다.

"人非木石, 皆有是心. 豈(可)有殆346)死於蘆林, 而遽忘其此怨哉347)?"

龍亦以玉檀久而不出, 若將起去, 娼母勸(玉)檀尤懇.

檀曰:

"母欲348)强出, 則349)用一計以紿公子, 然後乃可(也).

(娼)母曰:

"何(也)?"

檀曰:

"冝以公子前(日)所賚來金銀, 及公子所辦器玩, 盡陳於前, 又設大宴350)以壽曰, '家間財寶盡失於前351), 而惟352)公子所贈金銀, 所玩器物, 適以檀兒, 地藏於北楼之353), 故得留焉, 無非公子之福也. 破354)家之後, 尙留此物, 忍以355)不賣者, 待公子他日之臨耳356). 吾(家)之待公子, 可謂至357)矣. 而合子358)以芦林無情之事疑(之)乎? 請以此壽359)'云, 則彼必釋(其)憾360), 而反有所眡. 然則以舊財, 將爲釣新財之芳餌矣."

娼母深然之, 乃設宴布陳361), 一如檀言.

檀乃出拜公子, 而猶背面而坐, 不敢正對. 龍問其故, 檀曰:

---

346) 殆: '紿'로 되어 있다.

347) 此怨哉: '怨者乎'로 되어 있다.

348) 欲: '欲我'로 되어 있다.

349) 則: '則須'로 되어 있다.

350) 宴: '筵'으로 되어 있다.

351) 盡失於前: '已失於前者'로 되어 있다.

352) 惟: '唯'로 되어 있다.

353) 之: '之下'로 되어 있다.

354) 破: '敗'로 되어 있다.

355) 以: '而'로 되어 있다.

356) 之臨耳: '之來臨爾'로 되어 있다.

357) 至: '厚'로 되어 있다.

358) 而合子: '反'으로 되어 있다.

359) 壽: '壽之'로 되어 있다.

360) 憾: '感'으로 되어 있다.

361) 宴布陳: '筵陳寶'로 되어 있다.

"兮子不知, 蘆林之無情, 而疑我所絟, 過門不顧, 妾何面目, 對362)兮子乎?"

慶龍擧盃(而)笑曰:

"曩者363)遭禍, 不無364)疑恨, (而)今見主母, 誠款365)甚至, 何不宿恨之盡消乎366)?"

乃壽於娼母及朝雲, 勸之甚367)懇.

娼母母女, 喜其售詐, 竟夕參宴, 盡歡而罷368).

玉檀先時, 陰令侍婢, 斟369)酒(而)於慶龍, 則和水而進之, 况慶龍量370)無量, 得不371)醉. (而)娼母朝雲, 放情泥醉, 扶入于內.

慶龍與玉檀, 盡收372)財宝器玩, 歸(寢)於北楼, 歡情阻懷, 非一宵可盡. 覃覃不眠, 怳若夢寐.

(慶)龍(適)見屏間有, 玉檀手題一絶句373), 曰:

北楼春日又黃昏, 濕尽紅巾拭淚痕.
回首蘆林烏鵲亂, 不知何處可招魂.

龍見其詩辞374)意哀怨, 不覺陨淚, 即拔375)筆和之(以)題屏曰:

---

362) 對: '以待'로 되어 있다.
363) 者: '時'로 되어 있다.
364) 不無: '無不'로 되어 있다.
365) 款: '款之'로 되어 있다.
366) 何不宿恨之盡消乎: '不覺宿恨之盡消'로 되어 있다.
367) 甚: '極'으로 되어 있다.
368) 罷: '飮'으로 되어 있다.
369) 斟: '酙'로 되어 있다.
370) 量: '唯酒'로 되어 있다.
371) 得不: '終不沉'으로 되어 있다.
372) 收: '收其'로 되어 있다.
373) 句: '詩'로 되어 있다.
374) 辞: '中詞'로 되어 있다.
375) 拔: '濡'로 되어 있다.

舊客登堂³⁷⁶⁾日已昏, 点³⁷⁷⁾燈相對拭啼痕.

蘆林風雨今何許, 惆悵應存未返魂.

時夜將半, 四顧無人.

檀一聲太息, 語於龍曰:

"公(子)以相家千金之子, 宜継箕裘之業. (而)見一娼女, 迷而不返, 留連數載³⁷⁸⁾, 費盡萬緡. 終使不貲之身, 落於不測之禍, [雖曰] '不死', 其厄孔慘. 不如乘此秘機, 收彼財寶, 歸覲親庭, 則庶弛父母之怒. [而終]免薄行之名耳.

乃扶而起(之), 涕泣相對, 遂題³⁷⁹⁾悲歌以別. 其調(乃) '滿庭芳' 也, 詞³⁸⁰⁾曰:

深³⁸¹⁾[情]未擄, 清夜將(半)曉,

此生何日重歡.

芦林孔迩, 安可³⁸²⁾失機.

嗚呼, 良人一去, 對明鏡長³⁸³⁾作孤鸞.

好歸寧³⁸⁴⁾, 專心黃卷,

愼勿(相)憶朱顔³⁸⁵⁾.

---

376) 堂: '樓'로 되어 있다.

377) 点: '點'으로 되어 있다.

378) 留連數載: '流連數年'으로 되어 있다.

379) 題: '製'로 되어 있다.

380) 詞: '詩'로 되어 있다.

381) 深: '心'으로 되어 있다.

382) 可: '何'로 되어 있다.

383) 長: '將'으로 되어 있다.

384) 寧: '家'로 되어 있다.

385) 朱顔: '紅顔. 佳期在何時? 萬里風塵一去難還. 悵相看髮白共誓心丹. 息此北樓無人. 日之夕孤倚闌干. 江南消息難傳, 望望多靑山'으로 되어 있다.

龍即和之曰:

千里生還, 半夜將離,

(合)紛紛一心悲歡.

征386)鞍欲動, 白雲迷楚關.

虛負一雙玉簫, 望秦臺387),

幾時乘鸞?

摻子裙388), 不忍相釋, 壯士(志)減朱顔.

有約雖金石, 無路重逢, 何日得還?

(怕石腸成灰, 玉兒適舟.

隙駒流連幾許? 慘389)相視涕泣闌干.

倘未絶), 再續舊緣, 轉海更移山.」

已而390)隣鷄一声, 靑燈已殘391). 檀急令侍婢, 潛呼公子(之)從者, 盡取
皮箱.392) 覆其(沙)石. 以娼母所壽, 金銀393)器玩, 並其私藏寶佩寶玩, 而
納其中封鎖之, 顧謂龍曰:

"私藏此物394), 幸鬻於江南, 以充虛費之數."

急令載駄395)而遁去.

---

386) 征: '絚'으로 되어 있다.

387) 一雙玉簫, 望秦臺: 소실(燒失)되어 알 수 없는 것을 국립중앙도서관 소장, 『삼방록』
소재 〈왕경룡전〉을 참고하여 보(補)하였다.

388) 裙: '裾'로 되어 있다.

389) 連幾許? 慘: 소실(燒失)되어 알 수 없는 것을 국립중앙도서관 소장, 『삼방록』소재
〈왕경룡전〉을 참고하여 보(補)하였다.

390) 已而: '而已'로 되어 있다.

391) 殘: '孱'으로 되어 있다.

392) 盡取皮箱: '盡收皮箱來'로 되어 있다.

393) 金銀: '金銀及'으로 되어 있다.

394) 此物: '寶佩寶玩'으로 되어 있다.

395) 載駄: '駄載'로 되어 있다.

龍[396]愍其分離, 慘慘呼[397]泣, 抱扶玉檀不忍舍[398]去. 檀手推[399]而出門.

龍嗚勉相別曰:

"何時乃有重逢(之)期?"

檀曰:

"公子歸覲之後, 專意讀書, 異日登第, 得刺此州, 則是妾相逢之日(也). 不然見妾難矣. 妾則當以死(爲君)秉節, 誓不再媚他人."

龍(以)計, 娼母必奪玉檀之志, (玉)檀必守以死之約, 然則恐不得再逢[400]. 乃扣玉檀, 泣而告之曰:

"娘子之誓, 再不媚(他)人者, 可謂至矣. (而)其如主母强脅何? 然則必有死而後已, 人生一死之後, 安得復見? 不如降志屈節, 以遂他日重逢[401](之)約. 娘子母[402]以吾言忽之, 以副至[403]願."

檀曰:

"忠不事二(君), 烈[404]豈獨異? 若有權路[405], 則可無法死[406], 至欲相瀆, 則有死而已. 龍[407]遂相別, 潛行登程, 向浙江.

檀[408]送慶龍(後), 掩泪[409]還寢, 與侍婢相約, 各取衣絮塞其口, 以條索

---

396) 龍: '景龍'으로 되어 있다.

397) 呼: '嗚'로 되어 있다.

398) 舍: '捨'로 되어 있다.

399) 推: '擁龍'으로 되어 있다.

400) 恐不得再逢: '平生不得重逢'으로 되어 있다.

401) 重逢: 원본에는 '逢重'으로 되어 있는 것을 앞뒤 글자 우측 상단에 자리바꿈 부호 (符號)가 있어 바로잡았다. '重逢'으로 되어 있다.

402) 母: '無'로 되어 있다.

403) 至: '志'로 되어 있다.

404) 烈: '貞'으로 되어 있다.

405) 路: '道'로 되어 있다.

406) 可無法死: '固不可徒死'로 되어 있다.

407) 龍: '不可從也. 景龍'으로 되어 있다.

408) 檀: '玉丹'으로 되어 있다.

409) 泪: '泣'으로 되어 있다.

背縛其手足, 俱倒于[410]床下.

翌日, 娼母奴婢[411], 見慶龍一行夫馬無去處, 來告於娼母.

娼母即扶醉頭, (急)就玉檀寢所覌[412]之, 玉檀及侍婢, 皆作嗣嗣氣絶之狀. 娼母即驚呌而救之, (檀)良久佯, 若得甦而言[413]曰:

"(吾)昨日, 不欲見王郎者, 以[414]此也. 母自招邀, 夫誰咎乎? 王合子雖曰, '無心.' 豈忘芦林之怨, 而有如土偶者[415]? 夕間就寢, 不與交歡, 私自怪之. 至夜將半, 潛呼其從者, 奄自圍立, 盡搜金寶. 將女與[416]婢欲殺之, 公子尚止之, 只如此而已. 女之見辱, 縱不可恨[417], 財宝又從而失之, 不可不追奪其財. 女取縛之旹[418], 潛聽其約語, 恐我跟追[419], '欲入本府而留[420]避'云, 須速追捕. 娼母遂呼聚[421]隣人, 擧家乘馬, 疾馳而追之.

至徐州公門外.

玉檀遽下馬, 拿其娼母而下之, 大呼[422]於公府胥吏及隣人[423]告之曰:

"我夲以良家女[424]. 少喪考妣, 而此嫗見我姿色, 取而養之.

欲令悅人而取直, 至[425]爲利家, 豈有母子[426]之義(乎)? 往者浙江閣老

---

410) 于: '於'로 되어 있다.

411) 母奴婢: '家奴僕'으로 되어 있다.

412) 所覌: '所而觀'으로 되어 있다.

413) 言: '告'로 되어 있다.

414) 以: '良以'로 되어 있다.

415) 有如土偶者: '如有土偶哉'로 되어 있다.

416) 與: '與侍'로 되어 있다.

417) 恨: '恨者也. 但恨'으로 되어 있다.

418) 取縛之旹: '就縛時'로 되어 있다.

419) 追: '尋'으로 되어 있다.

420) 畱: '留'로 되어 있다.

421) 聚: '取'로 되어 있다.

422) 呼: '叫'로 되어 있다.

423) 人: '人而'로 되어 있다.

424) 女: '子'로 되어 있다.

425) 至: '只'로 되어 있다.

426) 子: '女'로 되어 있다.

之子427), 適過吾家, 見而悅之, 賂盡萬金, 娶428)而爲婦, 治第別居429), 擬將偕老. 此嫗巧作謀詐430), 殺於芦林. (而)王公子幸而得脫, 赤身還鄉而戀妾益深431), 載寶重來. 昨(日之)夕, 此嫗更欲攘財而殺之, 王公子知機遁去. 故此嫗恨未得其財, 今者率隣人追赶, 將欲殺掠. 妾伴若同謀而來, 實欲詔432)於官也. 此事首尾, 隣人之所共知, 而難諱者也.”

因自慟433)哭, 而挽其娼母, 欲赴於詔434).

隣人等素知, 芦林之事, 故亦信夜間之謀, 皆是(玉)檀, 而非嫗曰:

“(此嫗)詐称, 王公子盜財以435)去, 故我等應請而來, 將欲奪還. 若知殺掠之情, 則豈敢從來436)?

胥吏等亦嘗437)聞, 芦林之�438), 故皆罵嫗以439)‘獷賊’.

嫗雖欲自明, 人不信之, 咸勸玉檀入詔440). 娼母惶懼, 哀乞於檀441).

(檀)曰:

“(嫗)雖有殺夫之謀, 尙有(豢)養我之恩, (故)姑不許詔442). 嫗能使我守節, 終不相443)負乎?

---

427) 閣老之子: ‘王閣老之子景龍’으로 되어 있다.
428) 娶: ‘取’로 되어 있다.
429) 第別居: ‘別第’로 되어 있다.
430) 詐: ‘計’로 되어 있다.
431) 深: ‘甚’으로 되어 있다.
432) 詔: ‘訟’으로 되어 있다.
433) 慟: ‘痛’으로 되어 있다.
434) 詔: ‘訟’으로 되어 있다.
435) 以: ‘而’로 되어 있다.
436) 來: ‘之’로 되어 있다.
437) 嘗: ‘詳’으로 되어 있다.
438) 絟: ‘語’로 되어 있다.
439) 以: ‘而’로 되어 있다.
440) 入詔: ‘入訟廷’으로 되어 있다.
441) 檀: ‘玉丹’으로 되어 있다.
442) 許詔: ‘訴訟於官’으로 되어 있다.
443) 終不相: 소실(燒失)되어 알 수 없는 것을 이본을 참고하여 보(補)하였다.

嫗許諾, 檀請胥吏輩, 作[444]誓帖以記之, 遍使鄰人皆署名.

然後懷其誓書[445], 還其家, 上北樓, 只令一侍婢, 乞米以供朝夕, 一不籍於娼母. 其侍婢亦艱辛乞米, 以奉[446]其主, 小不厭苦. 此[447]婢名, 蘭英, 亦有姿色, 性不喜與人交歡. 或有求押, 罕有相應[448]. 只侍檀娘, 不離其側, 盖玉檀自良家(所)率來者也.

娼母疾玉檀, 常欲殺之, 恐爲鄰人所知[449]不果焉.

前日趙賈者, 知檀[450]不可求, 乃推[451]所賂於娼母, 娼母惜其金, 相與之陰約曰, "如此如此."

居數月, 娼母叱玉檀曰:

"汝以王郎之故, 背我鞠養[452]之恩, 終不母我[453]. 雖在吾家, 更無所利, 不如空北樓而處."

朝雲(遂)驅迫黜之.

娼母先是[454], 陰與同里商家寡嫗, (多)賂重宝[455]以秘計約之.

及檀[456]被黜, 率其[457]婢, 窮無所歸. 沿道而哭, 其商嫗遇於道. 問其故, 佯泣曰:

"吾每憐娘子行貞節, 苦乞米糊口. 今又被黜, 何所依賴? 若無所歸, 姑往陋止."

---

444) 作: '卽作'으로 되어 있다.
445) 懷其誓書: 소실(燒失)되어 알 수 없는 것을 이본을 참고하여 보(補)하였다.
446) 亦艱辛乞米以奉: 소실(燒失)되어 알 수 없는 것을 이본을 참고하여 보(補)하였다.
447) 此: '此侍'로 되어 있다.
448) 相應: 소실(燒失)되어 알 수 없는 것을 이본을 참고하여 보(補)하였다.
449) 知: '知而'로 되어 있다.
450) 檀: '玉丹'으로 되어 있다.
451) 推: '取'로 되어 있다.
452) 鞠養: '養汝'로 되어 있다.
453) 我: '我矣'로 되어 있다.
454) 是: '時'로 되어 있다.
455) 宝: '貨'로 되어 있다.
456) 檀: '玉丹'으로 되어 있다.
457) 其: '其一'로 되어 있다.

檀喜得居停, 拜其恩而謝之, 遂隨嫗.

同(歸其)居月餘, 嫗曰:

"吾見娘子, 不背所天, 久而愈戀, 心實[458]矜惻. 我爲娘子, 傾財賃人馬, 率娘子歸浙江, 娘子能令王公子, 厚報而還送否?"

檀幸[459]其言, 乃謝曰:

"倘得如此, 敢不竭力報德?"

嫗許諾, 賃馬治行, 卜日計程, (相與啓)行.

行未出徐州境.

忽有人群聚阻[460]於路, 擁檀[461]驅迫而去.

檀顧呼商嫗, (商嫗)已無在矣.

乃謂衆[462]曰, "爾[463]輩緣, 何脅我去[464]?"

衆曰:

"我(等)爲趙大賈[465]使, 迎娘子而歸, 何脅之有?"

檀失聲慟哭曰:

"吾爲兩介老[466]嫠所賣."

遂墮馬, 衆復擁迫上馬, 檀呼[467]哀乞曰:

"容我少休."

衆憐之暫緩[468].

檀私念[469]欲自決, 不能自由(也). 旣已[470]潛思曰, '我之徒死, 恐負前

---

458) 實: '甚'로 되어 있다.

459) 幸: '喜'로 되어 있다.

460) 阻: '抯'로 되어 있다.

461) 檀: '玉丹'으로 되어 있다.

462) 衆: '衆'으로 되어 있다.

463) 爾: '你'로 되어 있다.

464) 去: '而歸'로 되어 있다.

465) 賈: '賈所'로 되어 있다.

466) 兩介老: '箇兩老'로 되어 있다.

467) 檀呼: '丹悲號'로 되어 있다.

468) 之暫緩: '而暫緩之'로 되어 있다.

約, 不如權往以省其機.' 遂裂其臂帛, 嚙指出血書於帛, 潛令蘭英, 掛於道
左樹林. 或有過客好事者, 傳掛於南路, 久未乃達於[471]慶龍.

玉檀被迫[472]歸趙賈(之家.

趙賈)方出門跂待, 見檀[473]來, 扶下馬喜迎[474]曰:

"娘子於老僕[475], 亦有緣矣. 此實天與, 豈[476]人謀?"

檀佯笑(答)曰:

"中途改路, 亦遂佳期."

趙賈方以玉檀守死爲疑, 得聞媚語, 不覺欣抃.

(檀)與趙賈同處, 談笑相悅, 極其親近.

但欲交歡, 則辭之曰:

"王慶龍去時, 與妾相語, 約以今年必當來訪, 若過此期, 聽汝他適, 妾亦
許諾成誓矣. 今已歲暮, 王卽[477]不來, 屈指而計, 餘日無幾. 設令今歲, 王
公子重來, 妾已入他門, 豈敢復出? 所不從命者, 欲[畢其]約, 不欺吾心耳.
新歲新歡, 豈不樂乎?"

趙賈恐其[忤]意, 不敢强狎[478]. 但趙賈, 若欲歸寢於舊妻, 則檀佯妬挽
留. 人不知, 檀[479]之不相狎[480], 而趙賈時語, 其親(旧), 故或[481]得以知其
事.

---

469) 私念: '思'로 되어 있다.
470) 已: '以'로 되어 있다.
471) 久未乃達於: '未久得達於'로 되어 있다.
472) 迫: '迫而'로 되어 있다.
473) 檀: '玉丹'으로 되어 있다.
474) 扶下馬喜迎: '擁扶下馬而喜慰'로 되어 있다.
475) 僕: '漢'으로 되어 있다.
476) 豈: '夫豈'로 되어 있다.
477) 卽: '公子'로 되어 있다.
478) 狎: '押'으로 되어 있다.
479) 檀: '玉丹'으로 되어 있다.
480) 狎: '押'으로 되어 있다.
481) 或: '人'으로 되어 있다.

適有浙江商人來, 寓其隣賣香段.

檀令蘭英取一疋[482]段, 以厚價買之, 綉刺四韻一首. 趙賈目不知書, 惟[483]稱美而已. 綉畢, 潛還其商人曰:

"爾[484]歸賣(於)紹興王閣老家, 必有少年, 倍直而買之."

(其)商人如其言, 故賣閣老家.

玉檀居数月, 審舊妻[485], 雖有姿色, 素無貞操. 又見隣家巫覡夫婦[486], 舊相交游[487]於此家, 而其巫夫, 亦無行檢, 唯耽酒色.

故乃爲[488]作旧妻相邀期會之書, 依其手跡[489]而摸之, 以投巫夫, 又作巫夫之書, 亦如此以投旧[490]妻. 兩人各以爲信, 而相會私通, 俱不悟矣. 自此晨去暮來, 輒以爲常.

檀於一日, 乘其來會, 覘(之)於窓外, 手攬窓牖[491], 顯示窺見之狀. 兩人恐檀告其夫, 相與謀計, 欲[492]滅其跡.

會其夫出, 宿于鄰家, 翌朝而返[493].

旧妻以珍味作粥, 置毒於粥中, 進于其夫及[494](玉)檀. (玉)檀方梳頭, 見[495]粥疑有毒, 而又慮只毒於己, 乃曰:

"見其粥甚美, 吾欲取其多[496]者."

---

482) 疋: '匹'로 되어 있다.
483) 惟: '唯'로 되어 있다.
484) 爾: '你'로 되어 있다.
485) 舊妻: '趙妻'로 되어 있다. (이하 모두 '趙妻'로 되었기에 이름에 대한 교감은 생략한다.)
486) 家巫覡夫婦: '人巫覡夫妻'로 되어 있다.
487) 游: '遊'로 되어 있다.
488) 爲: '僞'로 되어 있다.
489) 跡: '迹'으로 되어 있다.
490) 以投旧: '而投趙'로 되어 있다.
491) 攬窓牖: '鎖牕牖'으로 되어 있다.
492) 夫, 相與謀計, 欲: 소실(燒失)되어 알 수 없는 것을 이본을 참고하여 보(補)하였다.
493) 返: '還'으로 되어 있다.
494) 於粥中, 進于其夫及: 소실(燒失)되어 알 수 없는 것을 이본을 참고하여 보(補)하였다.
495) 見: '見其'로 되어 있다.

換其所進, 而置於前. 托以粧梳, 迁⁴⁹⁷⁾延不食, 及其趙賈盡食, 而後佯
若觸手而覆之.

俄而趙賈仆於地, 嘔血而死.

檀出走呼里人⁴⁹⁸⁾曰:

"舊妻與巫夫作謀, 鴆殺其夫."

里人顚倒聚進⁴⁹⁹⁾, 捕舊妻(及)巫夫⁵⁰⁰⁾玉檀縛之. 玉檀告其攢穴窺覘之
事, 又以粥餘哺狗, 狗卽死. 旧妻則曰:

"檀⁵⁰¹⁾奪節之怨, 置毒⁵⁰²⁾於粥."

里人拿此三人及巫女, 并其奴僕比鄰, 告於官(曰).

旧妻與玉檀, 互相辯詰⁵⁰³⁾, 俱無明證. 鄰人或供巫夫與旧妻, 素⁵⁰⁴⁾相
奸之驗, 或供趙賈與玉檀, 嘗未⁵⁰⁵⁾押之語. 遂成疑獄, 官不能決(矣).

却說, 慶龍自徐州, 半夜別玉檀之後, 輸其財宝, 渡浙江歸紹興. 則閣老
聞其來, 大怒拿入綑⁵⁰⁶⁾打曰:

"汝叛父忘歸, 一可殺也, 貪色⁵⁰⁷⁾敗身, 二可殺也, 滅財覆業, 三可殺
也."

慶龍泣對曰:

"忘歸叛⁵⁰⁸⁾身, 固難卞白⁵⁰⁹⁾, 至於滅財, 無⁵¹⁰⁾失錙銖, 今已輸來矣.

---

496) 美, 吾欲取其多: 소실(燒失)되어 알 수 없는 것을 이본을 참고하여 보(補)하였다.
497) 迁: '遷'으로 되어 있다.
498) 人: '人謂'로 되어 있다.
499) 聚進: '取會'로 되어 있다.
500) 夫: '夫及'으로 되어 있다.
501) 檀: '丹以'로 되어 있다.
502) 置毒: '毒之'로 되어 있다.
503) 辯詰: '辨說'로 되어 있다.
504) 素: '素無'로 되어 있다.
505) 未: '未相'으로 되어 있다.
506) 綑: '棍'으로 되어 있다.
507) 貪色: '耽酒'로 되어 있다.
508) 叛: '敗'로 되어 있다.
509) 卞白: '辨'으로 되어 있다.

閣老性[⫿]511)峻, 猶512)令扶之. 會閣老之女壻513), 吏部員外郎趙志皐,
以事適到於此. 此乃514)閣老之所甚敬愛, 而與515)慶龍親愛者也.

方侍閣老而坐, 遽(起)下庭, (手)扶慶龍, 泣告於閣老曰:

"此児年少迷色, 自不能速歸516), 豈無愛親之心517)? 今日之得還518),
乃519)見其良心也. 況其財宝, 今盡載來520), 不敗於酒色者, 明521)矣,"

閣老乃命免522)其扶, 計523)財寶於中庭而準之, 厥数不耗有剩(也).

閣老心自怪之.

慶龍入扒524)其母, 其母撫慶龍背, 泣問其故525).

龍[對之以]實, 俱陳玉檀之事, 其母嘆526)曰:

"恨其檀児, 不養於良家. 雖欲爲婦, 其527)可得乎?"

居數月, 閣老責慶龍曰:

"汝積歲猖披, 廢弃528)藝業, 無復望(於)功名. 汝願(爲)何事. 將爲農
(夫)乎? 商賈529)乎?"

---

510) 無: '則, 不然無'로 되어 있다.
511) 性[⫿]: '性本嚴'으로 되어 있다.
512) 猶: '惟'로 되어 있다.
513) 壻: '婿'로 되어 있다.
514) 乃: '人'으로 되어 있다.
515) 與: '亦與'로 되어 있다.
516) 歸: '歸爾'로 되어 있다.
517) 心: '心乎'로 되어 있다.
518) 還: '返'으로 되어 있다.
519) 乃: '可'로 되어 있다.
520) 來: '還'으로 되어 있다.
521) 明: '亦明'으로 되어 있다.
522) 免: '止'로 되어 있다.
523) 計: 원본에는 '討'로 되어 있는 것을 이본을 참고하여 바로잡았다. '計'로 되어 있다.
524) 扒: '拜'로 되어 있다.
525) 故: '由'로 되어 있다.
526) 嘆: '歎'으로 되어 있다.
527) 其: '安'으로 되어 있다.
528) 弃: '其'로 되어 있다.

慶龍猶願讀書, 閣老乃抽左右之書, 試其可敎.

龍在[530]徐州五六年, 與玉檀專事文墨, 故所試書義, 觸處融觧. 閣老恐其或講於平日, 轉抽諸書而試之, 隨試隨講, 無不貫通.

閣老雖不許, (可)心自喜異, 又(欲)試製述. 方將[531]出題, 適有新[532]鴈初來, 乃命以此賦之.

龍[533]即製曰:

昨夜西風動鴈群, 散空千點乱紛紛.
影過靑塚三更月, 聲落蒼梧萬里雲.
碁罷零陵啼白首, 燈殘長信泣紅裙.
冥冥誰寄南飛[534]札, 惟[535]促寒衣送北軍.

閣老見[536]之, 喜甚[537]曰:
"汝之此作, 足贖忘敀之責矣."
入語[538]夫人曰:
"夫人之子, 久而不返者, 必以中道耽讀之故, 非好色也."
遂搆書楼以處之.

慶龍居書楼, 長念玉檀之所戒, 讀書做業, 不輟晝夜.

適一日, 鄉人[539]得行子, 所傳玉檀帛書, 而投之.

---

529) 商賈: '爲商'으로 되어 있다.
530) 龍在: '景龍以在'로 되어 있다.
531) 將: '欲'으로 되어 있다.
532) 新: '鳴'으로 되어 있다.
533) 龍: '景龍'으로 되어 있다.
534) 飛: '來'로 되어 있다.
535) 惟: '唯'로 되어 있다.
536) 見: '覽'으로 되어 있다.
537) 喜甚: '甚喜'로 되어 있다.
538) 入語: '乃入於內, 言其'로 되어 있다.
539) 人: '中人'으로 되어 있다.

慶龍見其書, 書540)曰:

「徐州玉檀, 奉寄紹興(府), 王秀才慶龍.

妾送君之後, 常處北樓, 豈料主母迫而黜之? 偶因541)鄰嫗得留旬月, 又信嫗言, 遂啓南行, 不意中途爲人所脅. 是亦妾之不早自決542), 徒守舊約, 自不能料, 誤543)落於兩嫗之奸謀544). 何惜微躬, 須545)於溝瀆之546), 第547)臨別之戒, 耿耿在耳. 若行小諒, 恨更548)前盟, 今將權赴其家, 以觀其549)機. 勢若可誘550), 則不可徒死, 至欲相瀆, 則豈敢偷生耶551). 占552)一絶以寓微悃.

詩曰553):

離鸞千里554)向南飛, 雲外寧知暗設機.
生入雕籠還有意, 會將新翮555)掣條歸556).

---

540) 書: '其書'로 되어 있다.
541) 因: '仍'으로 되어 있다.
542) 早自決: '自早決'로 되어 있다.
543) 自不能料誤: '而自不能不'로 되어 있다.
544) 謀: '謀也'로 되어 있다.
545) 躬須: '命以經'으로 되어 있다.
546) 溝瀆之: 원본에는 '講讀之'로 되어 있는 것을 이본을 참고하여 바로잡았다. '溝瀆'으로 되어 있다.
547) 第: '第以'로 되어 있다.
548) 恨更: '恐負'로 되어 있다.
549) 其家, 以觀其: 소실(燒失)되어 알 수 없는 것을 이본을 참고하여 보(補)하였다.
550) 可誘: '不誘'로 되어 있다.
551) 耶: '也'로 되어 있다.
552) 占: '聊占'으로 되어 있다.
553) 以寓微悃. 詩曰: 소실(燒失)되어 알 수 없는 것을 이본을 참고하여 보(補)하였다.
554) 里: '尺'으로 되어 있다.
555) 意, 會將新翮: 소실(燒失)되어 알 수 없는 것을 이본을 참고하여 보(補)하였다.
556) 條歸: 원본에는 '歸條'로 되어 있는 것을 앞뒤 글자 우측 상단에 자리바꿈 부호(符號)가 있어 바로잡았다. '條歸'로 되어 있다.

某月557)某日, 玉檀558)再拜.」

慶龍觀其書, 知檀559)爲人所占, 謂已必死. 不覺長慟560), 寢食俱廢者
累日.
乃和其詩以自遣曰:

鏡裡561)孤鸞對影飛, 舞餘啼血落寒機.
奇紋562)自作相思曲, 曲到江南身不歸.563)
失侶鴛鴦一隻飛, 逐梭誤上錦人機.
懷寃化作西川魄, 血灑564)殘花歸不歸.565)

自此之後, 歲已暮矣, 消息夐絶, 生死莫知.
適有商人, 賣綉566)段於其家.
家人見而不之567)貴, 但以繡568)字之故, 持示569)慶龍.
(慶)龍諗570)其詩, 詳其字, 疑是玉檀所作, 親問於571)商人, 商人以實對
曰, "如此如此.".

---

557) 某月: '某年 某月'로 되어 있다.
558) 玉檀: '玉丹在徐州境'으로 되어 있다.
559) 檀: '玉丹'으로 되어 있다.
560) 慟: '痛'으로 되어 있다.
561) 裡: '裏'로 되어 있다.
562) 紋: '絞'로 되어 있다.
563) 歸: '歸. 又云'으로 되어 있다.
564) 灑: '洒'로 되어 있다.
565) 不歸: '未歸'로 되어 있다.
566) 綉: '香'으로 되어 있다.
567) 之: '知'로 되어 있다.
568) 但以繡: '只以綉'로 되어 있다.
569) 示: '於'로 되어 있다.
570) 諗: '審'으로 되어 있다.
571) 於: '之'로 되어 있다.

然後慶龍果知, 玉檀(之)所寄, 買以重貨572). 乃次其韻, 復欲付贈, 商人
辭以不歸, 遂不果焉.

玉檀綉字詩曰:

雲羅千尺打孤鸞, 一落塵寰歲已闌.
翠羽須令仙鶴伴, 金毛寧與野梟歡?
雖從煙渚朝遊竝573), 却向風枝夜宿單.
潛識製條矯翮日, 應將惡鳥墮574)金丸.

慶龍所和詩曰: 575)

金栅爲籠鎖彩鸞, 秦臺歸夢幾時闌.
高枝巢穴思連理, 團扇丹靑憶合歡.
千里淸音雲576)外遠, 三秋寒影月中單.
塞鴻何日能傳信, 欲寄茅山藥一丸.

慶龍見此綉詩之後, 審(玉)檀定在, 趙賈之家. 憤娼母之奸謀, 怜577)玉
檀之冤懷, 尤用憂懊, 將成心恙. 或讀書之際, 依俙見檀578)而狂叫其名.
旣而自悔579)曰:
"我580)若成疾, 殆將死矣, 安得復見玉檀乎?"

---

572) 貨: '價'로 되어 있다.
573) 竝: '幷'으로 되어 있다.
574) 墮: '墜'로 되어 있다.
575) 詩曰: 원본에는 '曰詩'로 되어 있는 것을 앞뒤 글자 우측 상단에 자리바꿈 부호(符
   號)가 있어 바로잡았다. '詩曰'로 되어 있다.
576) 雲: '天'으로 되어 있다.
577) 謀, 怜: '術, 憐'으로 되어 있다.
578) 檀: '玉丹'으로 되어 있다.
579) 悔: '悟'로 되어 있다.

逐握劍定心, 端坐强[581]讀. 若檀[582]眩於目中, 則乃揮劍而叱(之)曰:

"汝以登第之戒, 別於我, 又以重逢之誓, 寄[583]於我. 而何今日之撓我如是耶?"

居數月, 厥疾乃瘳.

慶龍力業三年, 得選(於)鮮元, 又中會元, 終得壯元及第, 爲翰林修撰.

時朝廷, 以徐州[584]殺夫疑獄, 久而不決, 請遣御史考之.

上兪允, 慶龍求[585]其任, 逐到徐州.

玉檀聞, 御史是王慶龍, 使蘭英詳問, 慶龍鄕里族氏, 知御史果爲龍[586].

然後潛(爲)作書陳其寃, 封皮詐作, 慶龍親故書樣, 蘭[587]英爲商女, 因慶龍家丁[588]達之.

慶龍始按獄, 閱其供辭, 招罪人等曰:

"玉檀被掠而來, 未嘗交歡, 置毒之言, 不可自逭. 雖無明驗[589], 必難赦也."

特令叩囚[590]於別獄, 而置舊[591]妻巫夫等諸人於庭下[592]曰:

"玉檀當先誅之, 固不可問. 此輩亦以緩刑之, 故不得其情. 今日必須嚴鞠, 盡殺此背, 明日便可回京."

巫令[593]谷府, 盛陳敲掠之具, 極[594]嚴(且)肅. 又命[595]行李諸具, 自房

---

580) 我: '吾'로 되어 있다.
581) 强: '講'으로 되어 있다.
582) 檀: '玉丹'으로 되어 있다.
583) 寄: '期'로 되어 있다.
584) 州: '州有'로 되어 있다.
585) 求: '求爲'로 되어 있다.
586) 龍: '景龍'으로 되어 있다.
587) 蘭: '使蘭'로 되어 있다.
588) 丁: '丁而'로 되어 있다.
589) 驗: '證'으로 되어 있다.
590) 令叩囚: '命嚴鞠'로 되어 있다.
591) 置舊: '指趙'로 되어 있다.
592) 庭下: '下庭'으로 되어 있다.
593) 令: '命'으로 되어 있다.

而般[596]出, 置於庭下[597]曰:

"遠行衣服諸具, 必多雨露之沾濕, 待日方中[598], 當[599]晒之."

乃屛[600]庭, 吏卒[601]於(門)外而闔門[602], 只留罪人於其庭.

御史入房點心,[603] 久而不出, 其罪人輩, 在下庭[604], 知[605]無人, 相[606]議曰:

"玉檀有罪無罪, 死已判矣. 但[607]我輩倍[608]前嚴鞫, 何以得活? 不如直告, 舊妻巫夫(之)謀, 而吾等得釋矣[609].

旧妻巫夫哀乞曰:

"我若得生, 當以厚報."

諸人或諾, 或否.

良久, 御史出(坐)命鞠曰:

"汝[610]等莫諱其情. 吾已知其也[611]之所議尒[612]."

---

594) 極: '極其'로 되어 있다.

595) 蕭. 又命: 소실(燒失)되어 알 수 없는 것을 이본을 참고하여 보(補)하였다.

596) 般: '搬'으로 되어 있다.

597) 下: '中'으로 되어 있다.

598) 沾濕, 待日方中: 소실(燒失)되어 알 수 없는 것을 이본을 참고하여 보(補)하였다.

599) 當: '當可'로 되어 있다.

600) 屛: '屛列'로 되어 있다.

601) 吏卒: 원본에는 '卒吏'로 되어 있는 것을 앞뒤 글자 우측 상단에 자리바꿈 부호(符號)가 있어 바로잡았다. '吏卒'로 되어 있다.

602) 門: '之'로 되어 있다.

603) 御史入房點心: 소실(燒失)되어 알 수 없는 것을 이본을 참고하여 보(補)하였다.

604) 下庭: 원본에는 '庭下'로 되어 있는 것을 앞뒤 글자 우측 상단에 자리바꿈 부호(符號)가 있어 바로잡았다. '下庭'으로 되어 있다.

605) 知: '知其'로 되어 있다.

606) 相: '而遂相'으로 되어 있다.

607) 但: '不須辨矣但'으로 되어 있다.

608) 我輩倍: 소실(燒失)되어 알 수 없는 것을 이본을 참고하여 보(補)하였다.

609) 矣: '也'로 되어 있다.

610) 汝: '命汝'로 되어 있다.

611) 其也: '某也某也'로 되어 있다.

612) 你: '爾'로 되어 있다.

諸人相顧, 驚訝之際, 御史遂命下吏, 鑰開行李中兩衣籠, 有[613]二人自籠中起坐. 其一夲府主簿, 其一御史家丁[614]. 兩人向罪人, 俱說其所議曰, "如此如此."[615].

罪人慌[616]懼語塞, 各服[617]其罪.

遂誅旧妻及巫夫, 放玉檀諸人曰:

"汝等[618], 無辜放[619]釋."

一府人人, 驚[620]服其智.

慶龍按獄[621]畢, 回京師, 潛令家丁給馬載玉檀以歸.

設[622]宴中堂, 擧酒相慰, 話其[623]暌離, 不堪悲喜, 慶龍先成一律曰[624],

海轉山移揔[625]有神, 劒[626]還鏡合豈無因.

芦林殘骨騎驄馬, 楚獄餘魂上錦茵.

黃卷尚能逃白髮, 紅鈆猶得帶靑春.

相逢却是深[627]盟日, 把酒那堪[628]淚滿巾.

---

613) 有: '忽有'로 되어 있다.

614) 丁: '丁也'로 되어 있다.

615) 如此如此: '如是如是'로 되어 있다.

616) 罪人慌: '罪人等惶'으로 되어 있다.

617) 服: '伏'으로 되어 있다.

618) 汝等: '罪人得誅'로 되어 있다.

619) 放: '當'으로 되어 있다.

620) 驚: '皆'로 되어 있다.

621) 獄: '獄旣'로 되어 있다.

622) 設: '時檀年二十五, 龍年二十九矣. 到京之日, 復命以歸, 設'로 되어 있다.

623) 其: '到'로 되어 있다.

624) 悲喜, 慶龍先成一律曰: 원본에는 '悲, 慶龍先成一律曰喜'로 되어 있는 것을 앞뒤 글자 우측 상단에 자리바꿈 부호(符號)가 있어 바로잡았다. '悲喜, 慶龍先成一律曰'로 되어 있다.

625) 揔: '緫'으로 되어 있다.

626) 劒: '釖'로 되어 있다.

627) 深: '尋'으로 되어 있다.

628) 堪: '禁'으로 되어 있다.

玉檀拭淚, 濡毫[629]即和其律曰:

芳魂元不托梅神, 宿約寧知踐宿[630]因.

旧日悲呼嬰木索, 今朝清燕醉瓊茵.

誰怜[631]荊璧完故玉, 自笑薔薇[632]老占春.

堪曳綠衣隨井臼, 莫聽金缕謾[633]沾巾.

慶龍登第之後, 迫於閣老之命, 聘冠盖族(某)氏女爲妻. 而以念檀之, 故
一未[634]同寢, 截若他人焉.

至是欲去其妻, 妻[635]檀爲婦, 檀歛衽[636]起拜曰:

“娼家賤質, 受直媚[637]君, 身已累[638]矣, 巧言令色, 瞞人[639]守約, 節已
畢矣. 欲圖生還, 以計殺人, (可)謂善乎? 久在縲絏, 爲世所鄙, 可爲善[640]
乎? 妾之所[以忍而不死, 以至今]日者, 徒欲更侍君子, 得奉巾櫛[641], 以
遂平生之約而已. 是可[謂賤妾之]幸矣, 公子之樂也. 豈以葑菲之微[642],
遽充蘋蘩之奉乎?

況見內子, 貞操雅態, 甚合家母. 公子若復離而出之, 彼家父母, 必奪其
志. 然則內子之, 不欲事於他人者, 猶玉檀之, 不欲媚於趙賈(者)也. 以我

---

629) 毫: '筆'로 되어 있다.

630) 宿: '夙'으로 되어 있다.

631) 怜: '憐'으로 되어 있다.

632) 薔薇: '微花'로 되어 있다.

633) 謾: '漫'으로 되어 있다.

634) 未: '不曾'으로 되어 있다.

635) 妻: '妻, 將以玉'으로 되어 있다.

636) 衽: '袵'으로 되어 있다.

637) 媚: '而媚'로 되어 있다.

638) 累: '陋'로 되어 있다.

639) 人: '人而'로 되어 있다.

640) 善: '吉'로 되어 있다.

641) 櫛: '衣'로 되어 있다.

642) 微: '微質'로 되어 있다.

方之643), 誠甚矜644)惻. 若離內子, 妾亦當退."

慶龍感其言, 遂不逐之, 厥婦亦感檀恩645), 待之如姊妹.

然慶龍疎其內子, 使檀646)專房. 檀以647)理諭之, 俾不疎廢, 遂生二子, 檀648)生三子.

慶649)龍及妻已650)卒, 檀猶在世.

檀651)二子, 妻之一子652), 俱登文第653), 歷654)職淸顯. 檀之一子名某, 爲按察使, 万曆已亥年間, 監東征役655)於朝鮮. 妻之一子名某, 爲河南道布政使656), 檀之一657)子(又名某), 爲國子司業.658)

(嗚呼! 慶龍之聰慧, 玉檀之守節, 離合奇異.

後之观此者, 誰無心動哉).

大略如此, 今不盡記.

---

643) 之: '人'으로 되어 있다.

644) 矜: '怜'으로 되어 있다.

645) 檀恩: '玉丹之恩'으로 되어 있다.

646) 檀: '玉丹'으로 되어 있다.

647) 檀以: '玉丹又以'로 되어 있다.

648) 檀: '玉丹'으로 되어 있다.

649) 慶: '今慶'으로 되어 있다.

650) 已: '皆'로 되어 있다.

651) 檀: '玉丹'으로 되어 있다.

652) 二子, 妻之一子: '子二, 及妻之子'로 되어 있다.

653) 第: '科'로 되어 있다.

654) 歷: 원본에는 '曆'으로 되어 있는 것을 이본을 참고하여 바로잡았다. '歷'으로 되어 있다.

655) 役: '倭'로 되어 있다.

656) 布政使: '左布政'으로 되어 있다.

657) 一: '次'로 되어 있다.

658) 業: '業. 未第各一子者, 中武進士, 方爲錦衣衛指揮使, 皆丹所生也. 一子以擧人爲知府, 妻所生也.'로 되어 있다.

崔陟傳

이본 교감은 嘉藍文庫本〈崔陟傳〉, (一蓑古 813.53-J568c)를 대상으로 하되, 부분적으로 천리대본도 교감하였다. 특히【】표시가 되어 있는 앞뒤 두 부분은 가람문고본〈최척전〉에 크게 누락이 되었다. 따라서 이 부분에 대한 교감은 이상구 역주, 『17세기 애정전기소설』에 수록되어 있는 천리대본을 대상으로 교감하였다.

崔陟(者)[1], 字伯升[2], 南原人也. 早喪(慈)母, 獨與其父淑, 居于府西門外萬福寺之東. 自少倜儻[3]喜交遊(樂), 然[4]諾不拘齪齪小節.

其父嘗戒之曰:

"汝不學, 無賴, 畢竟. 做何等人乎? 況今國家戎興[5], 州縣方徵武士, (汝)無, 以射獵爲事, 以貽老父焉. 以屈首受[6]書, 從事於擧[7]子業, 雖未得策名登第, 亦可免負羽從軍. 城南有鄭上舍者, 余[8]少時友也. 學力能文, 可以開導初學, 汝往師之."

陟即日挾冊, 及門請業不輟. 浹數[9]月, 詞藻日富, 沛然如決江河, 鄕人

---

1) 者: 이본에는 없다. (이하 '이본'은 생략한다.)
　　 *( )는 이본에 없는 글자이다.
2) 升: '昇'으로 되어 있다.
3) 儻: '倘'으로 되어 있다.
4) 然: '重然'으로 되어 있다.
5) 戎興: '興戎'으로 되어 있다.
6) 父焉. 以屈首受: 소실(燒失)되어 알 수 없는 것을 이본을 참고하여 보(補)하였다.
7) 擧: '儒'로 되어 있다.
8) 有鄭上舍者, 余: 소실(燒失)되어 알 수 없는 것을 이본을 참고하여 보(補)하였다.
9) 業不輟. 浹數: 소실(燒失)되어 알 수 없는 것을 이본을 참고하여 보(補)하였다.

感服其聰敏.

每講學之時, 輒有丫鬟, 年可十[10]七八. 眉眼如畵, 髮如漆黑[11], 隱伏於窓壁[12], 潛(間)聽焉.

一日上舍(以)方食不出, 陟獨坐誦書. 忽於窓隙[13], 投一小紙, 取而視之, 乃書'摽有梅'之卒章[14]. 陟心魂飛越, 不能定情. 思欲昏夜, 唐突以竊覘, 而[15]悔之, 以金台鉉之事. 自警沈吟思量, 義欲交戰.

俄見上舍出來, 遽藏其詩於袖中.

卒業而退, 門外有一靑衣, 尾陟而言[16]曰:

"願有所白."

陟旣(得)見詩心, (神)動之. 及聞靑衣之言, 甚怪之. 頷首呼來, 引至其家, 詳問之, 對曰:

"兒是李娘子, 女奴春生也. 娘子使兒, 請郎君和詩以[17]來."

陟詴曰:

"爾非鄭家兒耶? 何以曰, '李娘子'耶[18]?"

對曰:

"主家本在京城崇禮門外靑坡里. 主父李景新, 早沒, 寡母沈氏, 獨與處子居. 處子名(曰)玉英氏, 投詩者是也. 上年避乱, 自江華乘(舡), 夜[19]泊于羅州會津, 及秋自會津(轉来于此).

【家此[20]主人, 與兒主母家族[21], 待[22]之甚厚. 將欲爲娘子求婚, 而未得

---

10) 鬟. 年可十: 소실(燒失)되어 알 수 없는 것을 이본을 참고하여 보(補)하였다.
11) 髮如漆黑: '髮黑如添'으로 되어 있다.
12) 於窓壁: '于窓壁間'으로 되어 있다.
13) 於窓隙: '然窓隙中'으로 되어 있다.
14) 之卒章: '末章'으로 되어 있다.
15) 而: '而抱, 卽'으로 되어 있다.
16) 言: '來'로 되어 있다.
17) 以: '而'로 되어 있다.
18) 耶: '也'로 되어 있다.
19) 夜: '來'로 되어 있다.
20) 家此: '此家'로 되어 있다. 【 】 표시된 부분에 대한 교감은 천리대본이다.

佳婿23)."

陟曰:

"爾娘子, 以寡婦24)之女, 何以解文字耶? (豈因天得, 而然耶)?

曰25):

"娘子有兄曰得英. 甚有26)文章, 年(甫)十九, 未娶27)而殀. 娘子嘗掇
拾28)口耳, 故粗能記姓名(耳)."

陟饋酒食, 譬喩因以恭辭29)報曰:

「朝承玉音, 實獲我心, 即逢靑鳥, 歡喜難勝. 每憑窓裏之影, 難換畵裡
之眞. 非不知琴心可挑, 篋香可偸. 而盡未測逢山幾重, 弱水幾里. 經營計
較之際, 鬢已黃, 而項已枯矣.

不意今者, 陽臺之雨 忽然入夢, 王母之書, 遽爾來報, 倘成秦晉之好, 以
結月老之繩, 則庶遂三生之願. 不濡同穴之盟. 書不盡言, 言豈悉意.30)」

玉英得書甚喜.

翌日, 又以31)春生報書32)曰:

---

21) 與兒主母家族: '與主母爲親族'으로 되어 있다.
22) 待: '苦待'로 되어 있다.
23) 而未得佳婿: '而未得其可婚處耳'로 되어 있다.
24) 婦: '母'로 되어 있다.
25) 曰: '答曰'로 되어 있다.
26) 甚有: '能'으로 되어 있다.
27) 娶: '婚'으로 되어 있다.
28) 嘗掇拾: '常掇拾於'로 되어 있다.
29) 譬喩因以恭辭: '因以赫蹄'로 되어 있다.
30) 朝承玉音,…言豈悉意: 이 부분은 자수의 등락이 많아 교감을 하지 않고 이본의 전
    문을 그대로 싣는다.
    "朝承玉音, 實獲我心, 即逢靑鳥, 歡喜何量? 每憑鏡中之影, 難喚畵裡之眞, 非不知琴心之
    可挑, 篋香之可偸, 而逢山路脩, 溺水難涉, 經營計較. 鬢已黃, 頂已枯, 越趄反側, 腸欲斷, 魂
    欲消. 不意今者, 氷間之語, 陽臺之雨, 忽然入夢, 王母之書, 遽爾來報. 倘有星期之會, 以結月
    老之繩, 則庶遂三生之願, 不復同穴之盟. 書不盡言, 言豈悉矣?"
31) 以: '送'으로 되어 있다.

「妾生深閨, 粗識貞靜之行, 而不幸早失嚴父. 生丁亂離, 獨奉偏慈, 終鮮兄弟, 漂淪南土, 僑帝宗黨. 年垂及笄, 尚未移天常怨.

一朝兵戈投攘, 盜賊橫行, 不難保珠玉之沉碎, 不无强暴之所汚. 以此老母傷心, 以我爲念. 而然猶所恨者, 絲蘿所托, 必在喬木, 百年苦樂, 實由它人. 苟非其人, 豈可印望 而終身?

近觀郎君, 辭氣淳容, 擧止閑雅, 誠信之色, 蕩然於面目. 若求賢夫, 捨子而誰爲人妻? 寧爲夫子之妾. 而薄命崎嶇, 恐不得當也.

昨者投詩, 非爲誨淫之意也. 只欲識郎君俯印耶. 妾雖无狀, 初非倚市之徒, 寧有鑽穴之道? 必告父母, 終成委命之禮, 則貞信自守, 可解擧案之敬. 投詩先讀, 以犯自媒之醜, 行往復私書, 尤先幽閑亡貞操. 今旣肝膽相照, 不須書札浪傳. 自此以後, 女以媒妁相通, 而毋令妾以始行露之哉, 千萬幸甚.33)」

陟得書喜34)悅, 請問於35)其父曰:

聞有】寡母自京城, 來寓鄭家者. 有一處子, 年皃俱妙(云. 大人)誠爲(之)不肖, 求於上舍. 必不爲疾足36)之先得."

父曰:

---

32) 報書: '答'으로 되어 있다.

33) 妾生深閨…千萬幸甚: 이 부분은 자수의 등락이 많아 교감을 하지 않고 이본의 전문을 그대로 싣는다.

　　"妾生長京華, 早喪所怙, 獨奉偏母, 終鮮兄弟. 身雖零丁, 心懷氷壺, 粗識貞靜之行, 不履門前之路. 生世不辰, 時事多艱, 干戈搶攘, 室家流散, 漂淪南土, 托跡宗黨. 年已及於受聞縭, 未結於所天, 每念玉碎於亂離, 常恐珠汚於强暴, 以致老母之憂傷, 自悼此身之難保. 而絲蘿所托必於喬木, 百年苦樂, 實由他人, 苟非其人, 豈意結緣? 近觀郎君, 言辭雍容, 擧止端祥, 誠信之色, 蕩然於面目, 閑雅之氣, 拔萃於凡流. 若求賢匹, 捨此誰也? 如爲庸人之妻, 寧爲君子之妾. 而顧以菲薄之質, 恐難合於君子之配. 昨者投詩, 實非誨淫, 只試郎君, 欲探俯仰. 妾雖蔑識, 源來士族, 初非倚市之徒, 寧有鑽穴之心? 必告父母, 終成醮禮, 則投詩先私, 雖犯自媒之醜, 貞信自守, 庶追案擧之敬. 行來私書, 尤失幽閑貞德, 肝膽相照, 不復書札而浪傳. 自此之後, 必須媒妁, 毋令妾身貽詰行露, 千萬幸甚, 惟是之企."

34) 喜: '看畢, 尤極'으로 되어 있다.

35) 請問於: '諫告'로 되어 있다.

36) 足: '足者'로 되어 있다.

"彼以華族, 千里浮37)寄38), 其志必欲求富. 吾家素貧, 彼39)不肎."

陟反復申告曰:

"第往言之. 其成與否40), 天也."

明日, 父往(而)問之, 鄭曰:

"吾有表妹, 自京潛亂, 窮來歸我. 其女姿行, 秀出閨閫, 我方求壻41), 欲作門楣. 固知令子才俊, 不負東床之望, 而所患者, 寒儉耳. 吾當與妹商議, 更通."

淑歸語其子.

陟惱燥數日, 苦待其報.

上舍, 入言於42)沉, 沉亦難之, 曰:

"我以盡室流離, 孤危無托. 一43)女(憐之), 亦44)嫁富人. 貧家子, 雖賢不願也."

是夜, 玉英乃就其母, 口欲有言, 而囁嚅45)不發, 母曰:

"爾有所懷, 無隱乎我46)."

玉英枳然遲疑, 強而後言曰:

"母親爲兒擇壻47), 必欲求富, 其情則感48)矣. 第惟家富, 壻49)賢則其幸可言50), 或家雖足食, 而壻51)甚不賢, 難52)保其家業. 人之無良53)我以爲

---

37) 彼以華族, 千里浮: 소실(燒失)되어 알 수 없는 것을 이본을 참고하여 보(補)하였다.
38) 寄: '萍'으로 되어 있다.
39) 彼: '彼必'로 되어 있다.
40) 曰: …其成與否: 소실(燒失)되어 알 수 없는 것을 이본을 참고하여 보(補)하였다.
41) 壻: '婚'으로 되어 있다.
42) 於: '于'로 되어 있다.
43) 一: '只有一'로 되어 있다.
44) 亦: '欲'으로 되어 있다.
45) 嚅: '濡'로 되어 있다.
46) 我: '我也'로 되어 있다.
47) 兒擇壻: '我擇婿'로 되어 있다.
48) 感: '憾'으로 되어 있다.
49) 壻: '而婿'로 되어 있다.
50) 其幸可言: '何幸, 而如'로 되어 있다.

夫, 而雖有粟, 其得而食諸?

竊瞷崔生, 一[54]日來學於阿叔, 忠厚誠信, 決非輕薄宕子. 得此爲配, 死無恨矣. 況貧者, 士之常, 不義而富, 吾甚不願. 請決嫁之. 此非處子所當, 自言之事, 而機關甚重. 豈嫌於處子羞澁之態[55], 潛黙不言, 而竟致嫁得庸(夫), 壞[56]了一生?

則已破之甔, 難以再完, 旣染之絲, 不可復素. 啜泣何及, 噬臍莫追. 況今児身, 異於它[57]人, 家無嚴父, 賊在隣境. 苟非忠信之人, 何以仗母子之身乎? 寧從顔氏之請嫁[58], 不避徐媒[59]之自擇. 豈可隱匿深房, 但望人口, 而置(之)於相忘之地乎?"

其母不得已, 明日告諸鄭曰:

"我夜者更思之. 崔郎雖貧, 我觀[60]其人, 自是佳士. 貧富在天, 難可力致. 與其圖壻[61]於所不知之何人, 寧欲得此(而)爲婿."

鄭曰:

"阿妹欲之, 我必勸成. 崔雖寒士, 其人如玉, 求之京洛, 鮮有此輩. 若志[62]業成, 終非(作)池中(之)物."

卽日送媒, 定約(將)以九月(之)望, 行[63]醮禮.

陟大喜, 屈指計日而待[64].

---

51) 而壻: '婚'으로 되어 있다.

52) 難: '則難'으로 되어 있다.

53) 良: '食'으로 되어 있다.

54) 一: '日'로 되어 있다.

55) 態: '愁'로 되어 있다.

56) 壞: '爲壞'로 되어 있다.

57) 它: '他'로 되어 있다.

58) 嫁: '家'로 되어 있다.

59) 媒: '妹'로 되어 있다.

60) 觀: '顧'로 되어 있다.

61) 壻: '婚'으로 되어 있다.

62) 志: '志遂'로 되어 있다.

63) 行: '爲行'으로 되어 있다.

64) 待: '待焉'으로 되어 있다.

居無何, 府人前僉奉邊士貞, 起義兵赴嶺南. 以陟有弓馬才, 遂與同行. 陟在陣中, 憂念成疾. 及其約婚之日, 呈狀乞暇, 則義將怒曰:

"此何等時, 而敢求壻65)娶乎? 君父蒙塵, 越在草莽66). 臣子當枕戈之不暇. 而況67)及有室之年, 滅賊而圖婚亦未晚也." 竟不許.

玉英亦以崔生從軍不返, 虛度約日. 減食不寐, 日漸愁惱.

隣有梁姓者, 家甚(殷)富. 聞68)玉英之賢哲, 知69)其崔生之不来. 乘隙求壻70), 潛以貨賂啗諸鄭妻, 逐日董成曰:

"崔生貧困, 朝不謀夕, 一父難養. 嘗71)貸於人, 將何以畜(此)家累以保無違72)? 況從軍不73)返, 死生74)難期. 而梁氏殷富, 素稱多財, 其子之賢, 不下於崔."

夫妻合辭, 交口薦之, 沈意頗感, 約以十月涓吉, 牢不可破.

玉英夜訴75)于母曰:

"崔從義陣, 行止係於主將. 非(無)故負約(而已). 不俟其言, 徑76)自破約, 不義熟甚77). 若奪児志, 死不登78)他(門也). 天79)只不諒80), 人只(不諒)."

---

65) 壻: '婚'으로 되어 있다.
66) 莽: '蕘'으로 되어 있다.
67) 況: '汝末'로 되어 있다.
68) 聞: '聞其'로 되어 있다.
69) 知: '與'로 되어 있다.
70) 乘隙求壻: '乘間求婚'으로 되어 있다.
71) 嘗: '常'으로 되어 있다.
72) 違: '患'으로 되어 있다.
73) 不: '末'로 되어 있다.
74) 死生: '生死'로 되어 있다.
75) 訴: '訪'으로 되어 있다.
76) 徑: '而徑'으로 되어 있다.
77) 熟甚: '孰正'으로 되어 있다.
78) 不登: '而靡'로 되어 있다.
79) 天: '母也天'으로 되어 있다.
80) 諒: '謀'로 되어 있다.

母曰:

"汝何執迷如此? 當從家長之處分耳[81]. 児女何知?" 就寢而睡.

夜深夢[82]忽聞, 喘息'汨汨'之聲. 覺而撫其女, 不在焉. 驚起索之, 玉英
囪[83]壁下, 以手巾結項而伏. 手足皆冷, 喉嚨詗[84]'汨汨'之聲, 漸微且絶.
驚呼解結. 蹴春生點火而來, 抱持痛哭, 以勺水入口, 小頃而甦. 主家亦驚
動來救.

自後絶不言梁家之事.

崔淑以書抵其子, (具)道所以(然). 陟方患病篤, 聞此驚感, 轉成危革[85].
義將聞之, 即令出送.

還家數日. 沉痾忽痊, 遂以仲冬初吉, 合졸于鄭上舍之家. 兩美相合[86],
喜可知也.

陟載妻與母[87]故于其家, 入門而僕隷懽悅. 上堂而親戚稱賀, 慶溢一家,
譽洽[88]四隣.

攝袵抱几[89], 躬親井臼, 養舅事夫, 誠孝甚至. 奉上御下, 情礼俱称. 遠
近聞之, 皆[90]以爲[91]梁鴻之妻, 鮑宣之婦, 殆不能過也.

陟聚婦之後, 所求如意, 家業稍足, 而常患繼嗣之不易[92]. 每以月朔, 夫
妻往禱于[93]萬福寺.

---

81) 耳: '爾'로 되어 있다.

82) 夢: '夢間'으로 되어 있다.

83) 英囪: '英於窓'으로 되어 있다.

84) 詗: '間'으로 되어 있다.

85) 危革: 소실(燒失)되어 알 수 없는 것을 이본을 참고하여 보(補)하였다.

86) 舍之家. 兩美相合: 소실(燒失)되어 알 수 없는 것을 이본을 참고하여 보(補)하였다.

87) 母: '沈氏'로 되어 있다.

88) 溢一家, 譽洽: 소실(燒失)되어 알 수 없는 것을 이본을 참고하여 보(補)하였다.

89) 几: '機'로 되어 있다.

90) 之, 皆: 소실(燒失)되어 알 수 없는 것을 이본을 참고하여 보(補)하였다.

91) 以: '以爲'로 되어 있다.

92) 不易: '尙遲'로 되어 있다.

93) 于: '於'로 되어 있다.

明年甲午元月, 又往禱之, 其夜, 丈六金身, 見[94]玉英之夢, 曰:

"我萬福寺之佛也. 我嘉爾誠, 錫以奇男児[95], 生必有異相."

及期而果生男子, 背上有赤痣如小兒掌. 遂名(之)曰, 夢釋.

陟善吹簫. 每月夕朝對花[96]而吹.

時當暮春, 清夜將半[97]. 微風乍動, 素月揚輝, 飛花撲衣, 暗香侵鼻. 開缸釃酒, 引滿而飮, 據床[98]三弄, 餘音嫋嫋. 玉英沉吟良久曰:

"妾素惡婦人之吟詩者, 而到此情景[99], (而)不能自已."

遂咏[100]一絶句曰:

王子吹簫月欲低, 碧天如海露凄凄.

會須共御靑鸞去, 蓬島烟霞路不迷.

陟初不知詞藻[101]如此, 聞詩太[102]驚. 一唱三歎, 即以一絶和之, 曰:

瑤臺縹渺[103]曉雲紅, 吹徹[104]鸞簫曲未終.

餘響滿空山月落, 一庭花影動香風.

玉英[105]歡意未央, 興盡悲生, 握手[106]涕泣, 悄然而謂曰:

---

94) 見: '見於'로 되어 있다.

95) 児: '子'로 되어 있다.

96) 朝對花: '花朝相對'로 되어 있다.

97) 半: '聞'으로 되어 있다.

98) 床: '案'으로 되어 있다.

99) 景: '境'으로 되어 있다.

100) 咏: '詠'으로 되어 있다.

101) 詞藻: '其藻詞之'로 되어 있다.

102) 太: '大'로 되어 있다.

103) 縹渺: '繚繞'로 되어 있다.

104) 徹: '澈'로 되어 있다.

105) 玉英: '吟罷玉英'으로 되어 있다.

"人間多故, 好事有魔. 百年之間, 離合難常, 以此忽忽, 不能無憾[107]."

陟引[108]袖雪涕, 慰解而言曰:

"屈伸盈虛, 天道之常理, 吉凶懷吝, 人事之當然. 設或不幸, 當付諸数, 豈可遽爾[109], 浪自爲悲[110]? 無憂而戚. 古人所戒, '言吉不言凶', 諺亦有之. 不須憂惱, 以沮歡意."

自此情愛尤篤, 夫妻[111]自謂知音, 未嘗一日相離也.

至丁酉八月, 賊滔[112]南原, 人皆逃竄.

陟之一家, (亦)避于智異山燕谷. 陟令玉英着戎[113]服親作, 廣众之中[114], 人之見之者, 皆不知其爲女子也. 入山累日, 粮盡將餞. 陟與壯丁[115]數三(人)出山求食, 且覘賊勢. 以爲中路[116], 猝遇賊兵, 潛身於巖藪而避之.

是日, 賊入燕谷, 遍[117]谷搶掠無遺.

而陟路梗不得進退. 過三日, 賊退後, 還入燕谷, 則但見積屍橫路[118], 流血成泉[119].

林莽[120]間, 隱隱有(呼)呱之聲. 陟[121]訪之, 老弱數輩瘡[122]痍遍身. 見

---

106) 生, 握手: '來'로 되어 있다.
107) 憾: '感'으로 되어 있다.
108) 引: '揮'로 되어 있다.
109) 遽爾: '居易'로 되어 있다.
110) 悲: '然'으로 되어 있다.
111) 妻: '婦'로 되어 있다.
112) 滔: '陷'으로 되어 있다.
113) 戎: '男'으로 되어 있다.
114) 親作, 廣众之中: '雜錯於廣原之中'으로 되어 있다.
115) 壯丁: '丁壯'으로 되어 있다.
116) 以爲中路: '行到求禮'로 되어 있다.
117) 遍: '彌山遍'으로 되어 있다.
118) 橫路: '遍橫'으로 되어 있다.
119) 泉: '川'으로 되어 있다.
120) 莽: '薆'으로 되어 있다.
121) 陟: '陟就'로 되어 있다.

陟而哭曰:

“賊兵入山, 三日奪掠貲[123])貨. 芟艾人相[124]), 盡驅子女, 昨已退屯蟾江. 欲求一家, 問諸水濱.”

陟呼天痛哭, 擗[125])地嘔血, 即走蟾江. 行未[126])數里(許), 見[127])於乱屍中, 呻吟斷續. 若存若無. 而流血被面, 不知其爲何人也. 察其衣裳, 甚似春生之所着, 大聲(而)呼[128])曰:

“莫[129])是春生乎?”

春生張目視之, 喉中作語(趣擧, 其聲)曰:

“郎君! 郎君! 主家皆[130])爲賊兵所掠而去. 吾負阿釋, 不能趨走, 賊引兵斫殺而去. 吾僵地卽死, 半日而甦, 不知背上之兒生[131])死去留.”

言訖而氣盡, 不復生矣. 陟推[132])胸頓足, 憫絶而仆, 旣而[133])無可奈何. 起向蟾江, 則岸上有搶殘老弱[134])数十, 相聚而哭. 往問之, 曰[135]):

“俺中[136])隱於山中, 爲賊所駈. 及船[137])賊, 抽[138])丁壯[139])載, 推下羸鋒

---

122) 瘡: ‘瘍’으로 되어 있다.

123) 貲: ‘財’로 되어 있다.

124) 艾人相: ‘刈人民’으로 되어 있다.

125) 擗: ‘擶’으로 되어 있다.

126) 行未: ‘未行’으로 되어 있다.

127) 見: ‘得見’으로 되어 있다.

128) 呼: ‘呼之’로 되어 있다.

129) 莫: ‘爾無’로 되어 있다.

130) 皆: ‘分’으로 되어 있다.

131) 生: 원본에는 ‘死’로 되어 있는 것을 이본을 참고하여 바로잡았다. ‘生’으로 되어 있다.

132) 推: ‘搥’로 되어 있다.

133) 而: ‘已’로 되어 있다.

134) 搶殘老弱: ‘老弱, 創殘’으로 되어 있다.

135) 曰: ‘則曰’로 되어 있다.

136) 中: ‘等’으로 되어 있다.

137) 船: ‘舡’으로 되어 있다.

138) 抽: 원본에는 ‘押’으로 되어 있는 것을 이본을 참고하여 바로잡았다. ‘抽’로 되어 있다.

老羸者, 如此."

陟大慟, 無以[140]獨全, 將(以)欲自裁, 被傍[141]人救止. 踽踽江頭, 去[142]無所之, 還尋歸路, 三晝夜僅達.

其鄕里[143]頹垣破瓦. 餘燼未息, 骸骨[144]無地着足. 遂憩于金橋之側. (陟)不食累日, 犇[145]走力盡, 昏倒不起.

忽有唐將, 数[146]十餘騎, 自城中出來, 浴馬於金橋之下. 陟在義陣時, 與天兵應接酬酢之久, 稍解華語. 因道[147]全家之見敗, 且[148]訴一身之無託, 欲與同入天朝, 以爲長生[149]之計.

唐將聞言惻然, 且憐其志, 曰:

"吾是吳揔[150]兵之[151]揔余有文也. 家在浙江紹[152]興府, 雖貧足以自食. 人生貴相知心, 游息適意, 無論[153]遠近. 爾旣無家累之悲[154], 何必塊守一方, 蹴蹴靡所騁[155]乎"

遂以一馬載歸于[156]陣.

139) 壯: '壯同'으로 되어 있다.

140) 以: '念'으로 되어 있다.

141) 傍: '得'으로 되어 있다.

142) 去: '而去'로 되어 있다.

143) 鄕里: '住家'로 되어 있다.

144) 骸骨: '積骸成丘'로 되어 있다.

145) 犇: '奔'로 되어 있다.

146) 数: '率'로 되어 있다.

147) 道: '道其'로 되어 있다.

148) 敗, 且: 소실(燒失)되어 알 수 없는 것을 이본을 참고하여 보(補)하였다.

149) 生: '徃'으로 되어 있다.

150) 曰 "吾是吳揔: 소실(燒失)되어 알 수 없는 것을 이본을 참고하여 보(補)하였다.

151) 之: '之千'으로 되어 있다.

152) 紹: '姚'로 되어 있다.

153) 息適意, 無論: 소실(燒失)되어 알 수 없는 것을 이본을 참고하여 보(補)하였다.

154) 悲: '戀'으로 되어 있다.

155) 騁: '聘'으로 되어 있다.

156) 于: 원본에는 '千'으로 되어 있는 것을 이본을 참고하여 바로잡았다. '于'로 되어 있다.

陟容貌俊爽, 計慮[157]深遠. 便於弓馬, 間[158]於文字.

余甚愛之, 共牢[159]而食, 同衾而寢.

未幾捴兵撤歸. 以陟隷戰亡軍簿, 而過關至紹[160]興居焉.

初, 陟家被擄至江, 賊以陟之父與姑老病, 不甚看護. 二人伺賊怠, 潛逸于芦[161]中.

賊去, 行乞村閭, 轉入燕谷寺, 聞僧房有孩児啼哭之聲.

沈氏泣謂崔淑曰:

"是何児聲之? 一似吾児也."

淑遽推戶視之, 果夢釋也. 遂取置懷中撫哭.

移時因問:

"此児何處得來?"

僧有彗正者[162].

"進[163]於路傍, (積)屍中, 聞啼聲. 愍然收來, 以待其父母. 今果是也. 豈非天乎[164]?"

淑既得孫児, 沉遆[165]負而故, 收集奴僕, 經紀家事.

時玉英, 則見執於注及[166]頓于[167]. 頓于老僕夲無[168]殺生, 慈悲念佛, 以商販爲業, 習御舟楫, 倭將行長, 以爲船[169].

---

157) 慮: '劃'으로 되어 있다.

158) 間: '罰'으로 되어 있다.

159) 牢: '床'으로 되어 있다.

160) 紹: '姚'로 되어 있다.

161) 芦: '蘆'로 되어 있다.

162) 彗正者: '慧正者, 對曰:'로 되어 있다.

163) 進: '吾'로 되어 있다.

164) 乎: '耶'로 되어 있다.

165) 沉遆: '與沈氏遞'로 되어 있다.

166) 注及: '倭奴'로 되어 있다.

167) 頓于: 원본에는 '頓乎'로 되어 있는 것을 바로잡았다. '頓于'로 되어 있다.

168) 僕夲無: '倭本不'로 되어 있다.

169) 船: '船主而來'로 되어 있다.

(而)頓170)愛玉英機警. 惟恐見逋, 給以華衣美食, 慰安其心.

玉英171)投水溺死, 再三出舡, 輒爲172)所覺.

一夕, 丈六金身, 夢英173)而告曰:

"我萬福寺佛也. 愼無死, 後必有喜."

玉英覺而診174)其夢, 不能無萬一之冀. 遂强之175)不死.

頓于家, 在狼姑射, 妻老女幼. 無他男子176), 使玉英居戶內177), 不得出入.

玉英謬曰:

"我本無178)少男子, 弱骨多病. 在卒咥不能服役, 丁壯之事. 只以裁縫炊飯爲業, 餘事固不能也."

頓于尤隣179)之, 名曰180), 沙于.

每乘舟行販, 少181)火長置舟中, 往來于閩浙之間.

是時, 陟在紹182)興, 余183)合結爲兄弟, 欲以其妹妻之.

陟固辭曰:

"我以全家陷賊, 老父弱妻, 至今未知生死. 縱不得發喪服衰. 豈(敢)晏然婚娶, 以爲自逸之計乎?"

---

170) 頓: '頓于'로 되어 있다.
171) 玉英: '玉英欲'으로 되어 있다.
172) 爲: '有'로 되어 있다.
173) 身夢英: '佛夢玉英'으로 되어 있다.
174) 診: '諗'으로 되어 있다.
175) 之: '食'으로 되어 있다.
176) 男子: '子男'으로 되어 있다.
177) 戶內: '家'로 되어 있다.
178) 無: '蔑'으로 되어 있다.
179) 尤隣: 원본에는 '老隣'으로 되어 있는 것을 이본을 참고하여 바로잡았다. '尤憐'으로 되어 있다.
180) 曰: '之曰'로 되어 있다.
181) 少: '以'로 되어 있다.
182) 紹: '姚'로 되어 있다.
183) 余: '与余'로 되어 있다.

余公義而[184]止之.

其冬, 余公病死.

陟頓[185]無所歸. 落拓淮江[186], 周遊名勝.

窺龍[187]門, 探禹穴, 窮沅湘, 航洞庭, 上岳陽, 登姑蘇. 嘯[188]咏於湖山之上, 婆娑於雲水之間, 有飄飄遺世之志.

聞海蟾道士王明[189]隱, 居靑城山, 燒金煉丹, 有白日飛昇之術, 將欲入蜀而學焉.

適有朱佑者, 號鶴川. 家在杭州湧金門外[190], 博通經史, 不屑功名. 以書著[191]爲業, 喜施與, 有義氣. 與陟許以知己. 聞其入蜀, 載酒而來, 飮擧觴[192], 字陟而謂曰:

"伯升! 人生斯世, 孰不欲長生而久視? 古今天下, 寧有是理? 餘生幾何, 而何乃服食忍飢. 自苦如此, 而與[193]鬼爲隣乎? 子須從我, 而歸浮扁舟, 適吳越販繒賣茶, 以娛[194]餘年. 不亦達人之事乎?"

陟洒然而悟, 遂與同歸. 歲庚子春. 陟隨佑[195]同里, 商舶往, 泊[196]於安南.

時有日本船十餘艘, 亦泊于浦口, 留十餘日.

因[197]値四月旁死魄, 天無寸雲, 水光如練, 風息波恬, 聲沉影絶. 舟人

---

184) 義而: '遂以'로 되어 있다.

185) 頓: '尤'로 되어 있다.

186) 江淮: 원본에는 '淮江'으로 되어 있는 것을 앞뒤 글자 우측 상단에 자리바꿈 부호(符號)가 있어 바로잡았다. '江淮'로 되어 있다.

187) 龍: '就'로 되어 있다.

188) 嘯: '吟'으로 되어 있다.

189) 明: '用'으로 되어 있다.

190) 外: '內'로 되어 있다.

191) 書著: '著書'로 되어 있다.

192) 擧觴: '至半酣'으로 되어 있다.

193) 與: '与山'으로 되어 있다.

194) 娛: '終'으로 되어 있다.

195) 佑: '佑与'로 되어 있다.

196) 舶往, 泊: '舡往來'로 되어 있다.

牢睡, 渚禽時鳴.

但聞日本舟中, 念佛之聲. 聲甚悽惋. 陟獨倚篷[198]囱, 感念身世. 卽出裝中洞簫, 吹界面調一曲, 以舒胸中哀怨之氣. 時海天慘[199]色, 雲烟慘[200]態.

舟人[201]驚起, 莫不愀然.

日本[202]念佛(之)聲閴然而止, 少選[203]朝鮮音詠七言絶句曰:

王子吹簫月欲低, 碧天如海露凄凄.
會須共御靑鸞去, 蓬島烟霞路不迷.

吟罷, 有嘻嘻[204]'唧唧'之聲.

陟聞詩驚慟[205]. 倘[206]怳如失, 不覺擲簫(於地). 嗒[207]如死人形.

鶴川曰:

"何爲其然耶? (何爲其)然耶?"

再問, 不答[208], 三問之.

陟欲語而哽塞. 復籲, 籲下.

移時定[209]氣而後言曰:

"此詩, 乃吾荊布, 所自製也. 平日絶無, 他人間知[210]者. 酷[211]似吾妻,

---

197) 囚: '固'로 되어 있다.
198) 篷: 원본에는 '蓬'으로 되어 있는 것을 바로잡았다. '蓬'으로 되어 있다.
199) 慘: '探'으로 되어 있다.
200) 慘: '變'으로 되어 있다.
201) 人: '中'으로 되어 있다.
202) 日本: '日本舡'으로 되어 있다.
203) 少選: '旋以'로 되어 있다.
204) 嘻: '噓'로 되어 있다.
205) 慟: '動'으로 되어 있다.
206) 倘: '悄'으로 되어 있다.
207) 嗒: '嗒然'으로 되어 있다.
208) 不答: '再不答'으로 되어 있다.
209) 籲下. 移時定: 소실(燒失)되어 알 수 없는 것을 이본을 참고하여 보(補)하였다.

豈其來212)在彼船耶? 此必無之事也."

因述其213)甚悉, 一舟人, 咸驚怪之. 座有洪杜214)者, 年少勇敢士也. 聞陟之言, 義形於色, 以手擊楫, 奮215)而起曰:

"吾欲往探之."

鶴川止之曰:

"深夜作乱, 恐致生変. 不如朝日從容處(置)之."

左右皆曰, "然."

陟坐而待朝.

東方佁矣, 即下岸, 至日本船.

陟以鮮語問之曰:

"夜聞咏詩者, 必是朝鮮人也. 吾亦鮮人(也), 倘得一見216), 則奚啻越之流人217), 見(人)之相似者, 而有喜者也."

玉英夜於舡中聞其簫218). 乃是朝鮮曲度219), 而一以220)疇昔慣聆之調, 窃疑其夫之或來于其船, 試詠其詩而探之.

及聞此言, 惶忙失措, 顚倒下舡. 二人相視221), 驚呼抱持, 宛轉沙中. 聲斷222)氣塞, 口不能言, 淚盡繼血, 目無所覩.

兩玉223)人, 聚观如市224). 初不知225)親戚歟交遊226). (良)久而227)後,

---

210) 間知: '聞之'로 되어 있다.

211) 酷: '且其聲音酷'으로 되어 있다.

212) 吾妻, 豈其來: 소실(燒失)되어 알 수 없는 것을 이본을 참고하여 보(補)하였다.

213) 其: '其陷賊事'로 되어 있다.

214) 洪杜: 원본에는 '杜洪'으로 되어 있는 것을 앞뒤 글자 우측 상단에 자리바꿈 부호(符號)가 있어 바로잡았다. '杜洪'으로 되어 있다.

215) 奮: '奮然'으로 되어 있다.

216) 得一見: '一得見'으로 되어 있다.

217) 人: '入'으로 되어 있다.

218) 簫: '簫聲'으로 되어 있다.

219) 曲度: '之曲調'로 되어 있다.

220) 以: '似'로 되어 있다.

221) 視: '見'으로 되어 있다.

222) 斷: '絶'로 되어 있다.

聞[228]其爲夫婦也, 人人咋咋, 相顧而言曰:

"異哉! 此[229]其天祐而神助. 古未嘗有也."

陟問父母消息於玉英. 玉英曰:

"自山驅至江上, 父母固無恙, 日暮上船, 蒼黃相失[230]."

二人相對痛哭, 聞者莫不駿[231]鼻.

鶴川請於頓于, 欲以白金二[232]錠買帰, 頓于怫然曰:

"我得此人, 四年于玆. 愛其端懿, 視同己出, 寢食未嘗少離. 而終不知其
是婦人也. 今而目覩此事, 天地鬼神猶且感動. 我雖頑蠢, 異於木石. 何忍
貨此而爲食乎?"

便[233]於囊中, 出十兩銀贐之曰:

"同居四載, 一朝而別, 悵憫之懷. 雖切于[234]中, 然[235]重逢配耦於萬死
之餘[236], 此人古所無之事. 我若隘之, 天必殃[237]之. 好去沙于! 珍重! 珍
重!"

玉英舉[238]手謝曰:

"賴主翁保, 獲得不死, 卒遇良人, 愛[239]惠多矣. 矧此喜[240]觇, 何以報

---

223) 兩玉: '兩國缸'으로 되어 있다.

224) 市: '堵'로 되어 있다.

225) 知: '知其'로 되어 있다.

226) 遊: '遊歟'로 되어 있다.

227) 而: '然'으로 되어 있다.

228) 聞: '聞知'로 되어 있다.

229) 此: '異哉! 異哉!'로 되어 있다.

230) 失: 원본에는 '先'으로 되어 있는 것을 이본을 참고하여 바로잡았다. '失'로 되어
있다.

231) 駿: '酸'으로 되어 있다.

232) 二: '三'으로 되어 있다.

233) 便: '深'으로 되어 있다.

234) 于: '於'로 되어 있다.

235) 然: '而'로 되어 있다.

236) 餘: '洋'으로 되어 있다.

237) 殃: '極'으로 되어 있다.

238) 舉: '執'으로 되어 있다.

塞.”

陟亦再三稱謝, 携玉英歸寓[241]其船. 隣船之來观者, 連日不絶. 或以金銀繪綵[242]相遺. 以爲喜慰餞[243]. 陟皆受而謝之.

鶴川還家, 別掃[244]一室舘陟夫妻, 使之安頓.

陟即[245]得妻, 庶有[246]樂(生)之心, 而遠托異哇, 四顧無親. 係念老父(傷心)稚子. 日夜疚懷[247], 默祝生[248]還故哇[249].

居一歲, 又生一子.

産児之前夕, 丈六佛又見於[250]夢曰:

“児生亦有背痣.”

夫妻或[251]以爲夢釋再來, 遂名之曰, ‘夢禪’[252].

夢禪既長, 父母欲求賢婦.

隣有陳家女, 名曰, 紅桃. 生未晬[253], 其父偉慶, 隨劉摠兵東征不(还), 及長 而其母繼殞[254], 紅桃養於其姨家.

---

239) 愛: ‘受’로 되어 있다.

240) 喜: ‘嘉’로 되어 있다.

241) 寓: ‘于’로 되어 있다.

242) 繪綵: ‘綵繪’로 되어 있다.

243) 喜慰餞: ‘賀餞’으로 되어 있다.

244) 掃: ‘搆’로 되어 있다.

245) 即: ‘旣’로 되어 있다.

246) 有: ‘有安’으로 되어 있다.

247) 疚懷: ‘傷心’으로 되어 있다.

248) 祝生: 원본에는 ‘生祝’으로 되어 있는 것을 앞뒤 글자 우측 상단에 자리바꿈 부호(符號)가 있어 바로잡았다. ‘祝生’으로 되어 있다.

249) 默祝生還故哇: ‘默禱生還而已’로 되어 있다.

250) 於: ‘于’로 되어 있다.

251) 咸: ‘或’으로 되어 있다.

252) 夢禪: ‘夢仙’으로 되어 있다. 원본에는 ‘夢禪(釋)’으로 되어 있어 ‘釋’이 오기되어 있다. (이하 이름에 대한 교감은 생략한다.)

253) 晬: 원본에는 ‘睟測’으로 되어 있는 것을 이본을 참고하여 바로잡았다. ‘晬’로 되어 있다.

254) 殞: ‘歿’로 되어 있다.

常痛其父歿於異域, 而生不知, 其(父)面目也. 願²⁵⁵⁾至父死之國. 復
失²⁵⁶⁾而來, 耿耿寃恨, 銘于心腑, 身爲女子, 計不知所出. 及聞夢禪求婦,
謀諸²⁵⁷⁾其姨曰:

"願得爲崔家婦, 而冀一至於東吘也."

其姨素知其志, 即討²⁵⁸⁾陟, 語其故.

與²⁵⁹⁾其妻歎曰:

"女而如是, 其志(可)嘉."

遂娶²⁶⁰⁾爲婦.

明年己未, 老酋²⁶¹⁾入冠遼陽, 連陷数陣, 多殺將卒.

天子震怒, 動天下之兵以討之.

蘇州²⁶²⁾吳世英喬游²⁶³⁾擊之百摠(也). 曾因余有文²⁶⁴⁾, 素知崔陟才勇,
引以²⁶⁵⁾爲書記, 俱詣軍中.

將行, 玉英執手, 涕泣而訣曰:

"妾身險釁, 早罹憫凶, 千辛万苦, 十生九死. 賴天之靈, 邂逅郎君, 斷絃
復²⁶⁶⁾續, 分鏡復²⁶⁷⁾圓. 玩結已絶之繩²⁶⁸⁾. 幸得托祀之児, 合歡同居, 二
紀于玆. 願²⁶⁹⁾念疇昔, 死亦足矣. 常欲身先溘然, 以答郎君之恩, 不意垂

---

255) 願: '願一'로 되어 있다.

256) 失: '哭'으로 되어 있다.

257) 謀諸: '議於'로 되어 있다.

258) 討: '詣'로 되어 있다.

259) 與: '陟與'로 되어 있다.

260) 娶: '取而'로 되어 있다.

261) 老酋: '奴酋'로 되어 있다. (이하 모두 '奴酋'로 되었기에 이름에 대한 교감은 생략
한다.)

262) 蘇州: '蘇州人'으로 되어 있다.

263) 游: '遊'로 되어 있다.

264) 余有文: '有文'으로 되어 있다.

265) 以: '而'로 되어 있다.

266) 復: '再'로 되어 있다.

267) 復: '重'으로 되어 있다.

268) 玩結已絶之繩: '旣結已絶之緣'으로 되어 있다.

老之年, 又作參商之別. 此去遼陽數萬(餘)里, 生還未易, 後會何期? 願以不貲之身, 自裁於離席之下, 一以斷君閨房之戀, 一以免妾夜朝之苦志矣. 郎君千[270]萬永訣![271]"

言訖痛哭, 抽刀擬頸.

陟奪刀慰諭曰:

"蕞爾小酋, 敢拒螳臂, 王師濯征, 勢同[272]壓卵. 從軍往来, 只費時月[273]之勤苦. 無如是, 妄生煩惱, 待吾成功而還, 置酒相慶可也. 況[274]兒壯健, 足以爲倚, 努力加飡, 勿以[275]行路之憂也."

遂趣裝而行.

至于[276]遼陽, 陟涉胡地数百里[277], 與朝鮮軍馬, 連營于牛[278]毛寨. 立[279]將輕敵, 全師致衄.

老[280]酋殺天兵無遺類, 誘[281]戕朝鮮, 無一[282]殺傷.

喬游擊率[283]敗卒十餘人, 投入鮮營, 乞着衣服. 元帥姜弘立, 給其餘衣, 將免死焉, 從事官李民寏, 懼其見(忤)於老[284]酋, 還奪其服, 執送賊陣.

而陟本鮮人, 遑乱之中, 匿編行間, 獨漏兇殺.

---

269) 願: '顧'로 되어 있다.
270) 之苦志矣. 郎君千: 소실(燒失)되어 알 수 없는 것을 이본을 참고하여 보(補)하였다.
271) 訣!: '訣! 永訣!'로 되어 있다.
272) 師濯征, 勢同: 소실(燒失)되어 알 수 없는 것을 이본을 참고하여 보(補)하였다.
273) 月: '日'로 되어 있다.
274) 況: '況先'으로 되어 있다.
275) 以: '貽'로 되어 있다.
276) 于: '於'로 되어 있다.
277) 陟涉胡地数百里: '涉胡地數百里'로 되어 있다.
278) 牛: '中'으로 되어 있다.
279) 立: '主'로 되어 있다.
280) 老: '奴'로 되어 있다.
281) 誘: '諭'로 되어 있다.
282) 一: '娄'로 되어 있다.
283) 游擊率: '遊擊領'으로 되어 있다.
284) 老: '奴'로 되어 있다.

及弘立輩納降, 與285)卒呸將士, 就擒於虜庭.

是時, 夢釋亦自南原以武學, 赴西役, 在元帥陣中.

老286)酋分置降287)卒之時, 陟實與夢釋同囚於一處. 父子相對, 莫知其288)誰某也. 夢釋疑其陟之言語硬澁, 意謂天兵之解鮮語者, 懼其見殺, 冒以爲鮮人也. 詰其居住. 陟亦虞289)其胡人之調得實狀也, 權辭詭說, 或稱全羅, 或称忠淸, 夢釋心怔290)不測.

已過数日, 情意甚親, 同病相憐, 少291)無猜訝. 陟吐實歷陳生平292). 夢釋色動驚心293), 且信且疑, 卒然問(曰):

"所失294)之児年歲多少, 身體摸295)樣, (詳陳如何)?"

陟曰:

"生於十296)月, 失297)於丁酉八月. 背上有赤痣, 如小児掌."

夢釋失聲驚悼298), 袒而示其背曰:

"児實是耶299)."

陟始認其爲己子300), 因各問301)父母俱存. 持302)而哭, 無303)日不止.

---

285) 與: '陟與'로 되어 있다.
286) 老: '奴'로 되어 있다.
287) 降: '將'으로 되어 있다.
288) 其: '其爲'로 되어 있다.
289) 虞: '疑'로 되어 있다.
290) 怔: '怔而'로 되어 있다.
291) 少: '小'로 되어 있다.
292) 生平: 원본에는 '平生'으로 되어 있는 것을 앞뒤 글자 우측 상단에 자리바꿈 부호 (符號)가 있어 바로잡았다. '平生'으로 되어 있다.
293) 驚心: '心驚'으로 되어 있다.
294) 失: '亡'으로 되어 있다.
295) 摸: '皃'로 되어 있다.
296) 十月: '甲午十月'로 되어 있다.
297) 失: '亡'으로 되어 있다.
298) 悼: '倒'로 되어 있다.
299) 児實是耶: '兒實大人之遺體也'로 되어 있다.
300) 子: '子也'로 되어 있다.
301) 問: '問其'로 되어 있다.

主家老胡頻頻來見304), 若有鮮聽其言, 而有矜憫色者焉.

一日, 群胡皆出, 老胡潛來陟所同席, 而坐305)作鮮語而問曰:

"汝輩哭泣異於306)初, 何有事耶307)? 願聞之."

陟等恐生変, 不直說, 老胡曰:

"無怖. 我亦朔州土兵也. 以府使侵虐不308)厭, 不勝其苦, 舉家入胡, 已経十年. (胡人)性直, 且無苛政. 人生如309)露, 何必踢趣於笙310)楚之郷乎311)? 老酋使我領八十精兵, 管押本旺人, 以備迯逋. 今聞爾輩之言, 大是異事. 我雖得責於老酋, 安得忍心而不送乎?"

明日, 備給餱糧, 使其子指送間路.

於是陟率其子生還, 故旺312)二十年之後.

急於省父, 兼程南下, 適患背313)疽, 不遑調治. 行到恩津, 腫勢轉劇, 委頓旅次, '喘喘'(然)將死.

夢釋奔遑憂憫314), 鍼藥難救315).

適有華人逃匿者, 自湖右向嶺左, 見陟而驚曰:

"危哉! 若過今日, 不可救也."

拔其囊針316), 決其癰, 即日而愈. 纔経二日, 杖317)而還家.

---

302) 持: '相持'로 되어 있다.

303) 哭, 無: '泣, 累'로 되어 있다.

304) 見: '視'로 되어 있다.

305) 坐: '時'로 되어 있다.

306) 於: '於前'으로 되어 있다.

307) 何有事耶: '豈有別事耶'로 되어 있다.

308) 不: '無'로 되어 있다.

309) 如: '如朝'로 되어 있다.

310) 踢趣於笙: '苟趣於捶'로 되어 있다.

311) 之郷乎: '郷吏'로 되어 있다.

312) 旺: '國於'로 되어 있다.

313) 背: 원본에는 '輩'로 되어 있는 것을 이본을 참고하여 바로잡았다. '背'로 되어 있다.

314) 憫: '悶'으로 되어 있다.

315) 救: '求'로 되어 있다.

316) 針: '中鍼'으로 되어 있다.

渾舍驚動318), 如見死人. 父子抱頸嗚嗚319), (竟咎)似夢非眞.

沈氏一自失女之後, 喪心如癡, 只仗320)夢釋. 而釋又戰歿, 沉綿床席, 不起321)累月. 及見夢釋與父偕來, 且問322)玉英之生存, 狂呼錯愕323). 專不省悲與喜也324).

夢釋感(其)華人325)活其父(之)死命, 與之偕來, 思有以重報之.

陟問(曰):

"你326)是天朝人, 家在何地327), (姓名云何)?"

答曰:

"(我姓陳, 名偉慶, 家)在328)杭州湧金門內. 萬曆二十五年, 從軍于劉提督, 來陣于順天. 一日, 以偵探賊勢, 忤主將旨. (將)用軍法, 夜半潛逃, 仍留至此."

陟聞言大驚曰:

"爾家在329)父母妻子乎?"

曰:

"家有一妻, 來時産330)得一女, 纔數月矣."

陟又問:

---

317) 杖: '扶杖'으로 되어 있다.

318) 動: '痛'으로 되어 있다.

319) 抱頸嗚嗚: '相抱嗚咽'로 되어 있다.

320) 仗: '依'로 되어 있다.

321) 起: '起者'로 되어 있다.

322) 問: '聞'으로 되어 있다.

323) 錯愕: '顚倒'로 되어 있다.

324) 專不省悲與喜也: '全不省其悲與喜也'로 되어 있다.

325) 華人: '華人之'로 되어 있다.

326) 你: '爾'로 되어 있다.

327) 地: '處'로 되어 있다.

328) 在: '在於'로 되어 있다.

329) 在: '有'로 되어 있다.

330) 産: 원본에는 '彥'으로 되어 있는 것을 이본을 참고하여 바로잡았다. '産'으로 되어 있다.

"女名云何?"

曰:

"兒生之日, 適有隣人, 饋以桃實, 因名曰, '紅桃.'"

陟遽執偉慶手曰:

"恠了! 恠了!331) 吾在杭州332), 與你333)家作隣而住. 爾妻辛亥九月病死. 獨(在)紅桃, 見養於其姨吳鳳林家, 我334)娶以爲兒335)子(之)婦. 不圖今日值爾於此(也)."

偉慶驚慟336)嘆唶, 不怡者良久, 既而曰:

"唉! 吾托(於)大丘地朴姓人家, 得一老婆, (而自)以鍼術糊口. 今聞子言, 如在鄉閭337), 吾欲移居來寓隙338)地."

夢释(作以言)曰:

"公非但有活父之恩, 吾母及弟托在339)令女, 既爲一家之人, 有何難事?"

即令340)移來.

夢釋341)自聞其母之生存, 日夜腐心, 將有入天朝, 將母之計. 而無緣342)自達, 徒343)號泣而已.

當344)時, 玉英在杭州. 聞官軍陷沒, 已謂陟橫死345)戰塲無疑也. 晝夜

---

331) 恠了! 恠了!: '怪心 怪心'으로 되어 있다.

332) 吾在杭州: 소실(燒失)되어 알 수 없는 것을 이본을 참고하여 보(補)하였다.

333) 你: '爾'로 되어 있다.

334) 吳鳳林家, 我: 소실(燒失)되어 알 수 없는 것을 이본을 참고하여 보(補)하였다.

335) 兒: '児'로 되어 있다.

336) 慟: '痛'으로 되어 있다.

337) 閭: '里'로 되어 있다.

338) 居來寓隙: '來于此'로 되어 있다.

339) 在: '在於'로 되어 있다.

340) 令: '合'으로 되어 있다.

341) 釋: 원본에는 '錫'으로 되어 있는 것을 이본을 참고하여 바로잡았다. '釋'으로 되어 있다.

342) 緣: '以'로 되어 있다.

343) 徒: '徒切'로 되어 있다.

哭不絕聲, 期於必死, 水漿不入(於)口.

忽於一夕, 夢見丈六佛, 撫頂而言曰:

"愼无死, 後必有喜."

覺而語夢禪曰:

"吾於被擄之日, 投水欲死. 而南原寺丈六佛[346]夢余而言曰, '無死, 後必有喜.' 後四年, 得見爾父[348]於安南海中, 今吾欲[347]死, 而又夢如是. 爾父[348]或免於鋒鏑歟? 汝父若在[349], 吾死猶生, 顧何恨焉?"

夢禪哭曰:

"近聞老酋, 盡殺天兵, 而鮮人皆脫[350]. 父親本自鮮人, 獲生必矣. 金佛之夢, 豈虛應哉? (願)母親須更無死, 以待父親之來[351]."

玉英幡然曰:

"老酋窟穴, 距朝鮮地界, 纔四五日(程), 汝父雖生, 其勢必走本國. 安能冒涉數万里程, 來尋妻孥乎[352]? 我當(往)求於本吐. 苟死矣, 親往昌州境上, 招得旅魂, 於葬[353]先壠之側, 免使長餒於沙漠之外, 則吾塞責[354]矣. 況越鳥巢南, 胡馬倚北. (胡)今且死日將迫, 尤不堪首丘之恋. 獨舅偏母及弱孩, 俱失於陷賊之日, 其生其死, 雖莫聞知. 頃緣本吐[355]賈人聞之, 則鮮人被擄者, 連續出送. 斯言果信, 亦豈無一人之生還乎? 汝父汝祖, 雖皆暴骨於異域, 而祖先[356]丘墓, 誰復看護? 內外親屬, 亦豈盡歿(於)乱離?

---

344) 當: '當是'로 되어 있다.

345) 已謂陟橫死: '以爲陟橫屍'로 되어 있다.

346) 而南原寺丈六佛: '南原萬福寺丈六金佛'로 되어 있다.

347) 欲: '將'으로 되어 있다.

348) 爾父: '汝父豈'로 되어 있다.

349) 在: '存'으로 되어 있다.

350) 脫: '脫云'으로 되어 있다.

351) 來: '來也'로 되어 있다.

352) 乎: '哉'로 되어 있다.

353) 於葬: '葬於'로 되어 있다.

354) 塞責: '責塞'으로 되어 있다.

355) 頃緣本吐: '頃因'으로 되어 있다.

苟得相見是亦一幸, 汝其雇船舂粮. 此去朝鮮, 水路僅二三千里, 天地顧

佑, 倘得便風, 不滿旬朔, 當到彼岸. 吾計決矣."

夢禪泣訴曰:

"母親何爲出此言也? 若能得達, 豈非大善? 而萬里滄波, 非357)葦可航

之地. 風濤蛟愕358)爲禍不測, 海寇邏舡, 到處生梗. 母子俱葬魚腹, 何盖

父之死乎359)? 子雖愚駿, 當此大事, 非敢爲推托之說也."

紅桃在傍, 謂夢禪360)曰:

"無阻!361) 親計自熟, 外患不暇論也. 雖在(卒地)水火盗賊, 其可免乎?"

玉英又曰:

"水路艱難, 我多備嘗. 昔在日本, 以舟爲家, 春商閩廣, 秋販琉球. 出

沒362)鯨波, 駭浪之中, 占星候潮, 涉歷已慣. 風濤險易, 我自當之, 舟楫安

危, 我自御之. 脫有不幸之患, 豈無方便之道?"

即裁縫鮮倭兩國服色, 日令子婦習, 其363)兩吐譯音, (而自敎之).

因戒夢禪曰:

"船行專仗364)檣楫, 必須堅緻. 而尤不可無者, 指南石365). 卜日開船, 無

違我旨366)."

夢禪悶黙而退, 私責紅桃曰:

"母親出萬死不顧, 一生之計, 冒危而行, 死父已矣. 寡母367)何地? 而汝

---

356) 祖先: '先祖'로 되어 있다.

357) 非: '非一'로 되어 있다.

358) 愕: '鰐'으로 되어 있다.

359) 何盖父之死乎: '何憂於死父乎'로 되어 있다.

360) 禪: 원본에는 '釋'으로 되어 있는 것을 이본을 참고하여 바로잡았다. '仙'으로 되어
있다.

361) 無阻!: '無阻! 無阻!'로 되어 있다.

362) 沒: '沒於'로 되어 있다.

363) 習, 其: '敎習'으로 되어 있다.

364) 仗: '依於'로 되어 있다.

365) 石: '鐵'로 되어 있다.

366) 旨: '志'로 되어 있다.

且贊成, 何不思之甚也?"

紅桃答曰:

"母親以至誠, 出此大計, 固不可以言語爭也. 今若止之, 以其所必不止. 慮有難追之悔, 不如順適之爲愈也. 妾之私情, 遑恤言乎? 生纔数【月, 慈父戰沒368), 骨暴殊方369), 魂纏野草370). 舉顔宇宙, 何以爲人371)? 近聞道路之言, 則戰敗之卒, 惑有遺脫, 而流若東方者, 尙多372). 人子至情, 不能無僥373)幸之望. 若賴郎君374)之力, 得抵東土375), 彷徨於虫沙之場, 少洩其終天之冤. 朝則以往, 夕死實所376)甘心.377)"

因鳴咽泣數行下378).

夢先知母妻之志, 不可撓奪.

結束治行, 以庚申二月朔日發舡. 玉英謂夢禪379)380)曰:

"朝鮮當在東北381), 必待西南382)風. 汝383)堅坐執櫓, 聽吾384)指揮"

---

367) 寡母: '置母於'로 되어 있다.
368) 慈父戰沒: '嚴父戰歿'로 되어 있다.
　　【 】표시된 부분에 대한 교감은 천리대본이다.
369) 骨暴殊方: '於他邦, 暴骨異域'으로 되어 있다.
370) 魂纏野草: '野草纏體'로 되어 있다.
371) 舉顔宇宙, 何以爲人: '慈母見背於數歲, 舉目言笑, 頓無生世之心'으로 되어 있다.
372) 惑有遺脫,…尙多: '惑有得脫於東土, 而流落尙多云'으로 되어 있다.
373) 僥: '徼'로 되어 있다.
374) 幸之望, 若賴郎君: 소실(燒失)되어 알 수 없는 것을 이본을 참고하여 보(補)하였다.
375) 土: '國'으로 되어 있다.
376) 往, 夕死實所: 소실(燒失)되어 알 수 없는 것을 이본을 참고하여 보(補)하였다.
377) 彷徨於虫沙之場,…實所甘心: '一向戰場, 招魂尊酹, 則庶慰子子之旅魂, 洩我終天之至痛, 朝往夕死, 實所甘心'으로 되어 있다.
378) 因鳴咽泣數行下: '言訖, 哽咽泣下'로 되어 있다.
379) 夢禪: 원본에는 '夢仙'으로 되어 있는 것을 이본을 참고하여 바로잡았다. 이 이후에도 '夢仙'으로 오기하는 경우가 보인다. '夢禪'으로 되어 있다.
380) 夢先知母妻之志,…玉英謂夢禪: '夢禪已知, 母與妻同心, 行事牢定, 不可撓改. 結束治行, 以庚申二月朔日, 舉碇發舡. 卜日已定, 玉英謂其子'로 되어 있다.
381) 東北: 원본에는 '東南'으로 되어 있는 것을 이본을 참고하여 바로잡았다. '東北'으로 되어 있다.
382) 西南: 원본에는 '西北'으로 되어 있는 것을 이본을 참고하여 바로잡았다. '西南'으

逐懸羽於旗竿, 置磁石於舟中385), 無一不具386).

(俄已), 豚魚出戲, 旗羽撞387)普累然388). 三人齊力擧帆, 疾馳橫截, 無分昏晝389). 劈箭入浪, 飛電護路390).

一旬登萊391).

半餉, 靑齊沒392)茫島嶼393), 轉眄已失.

一日, 遇天朝返舡, 來問394)曰:

"何處舡, 向何方395)?"

玉英應聲曰:

"杭396)州人, 將往山東賣397)茶耳."

(即過去).

又過二日, 有倭船来泊, 玉英即變着日本服398), 而待之.

倭人問:

"從399)何來?"

玉英作日本語曰:

로 되어 있다.

383) 汝: '汝須'로 되어 있다.

384) 聽吾: '惟我'로 되어 있다.

385) 舟中: '前, 點檢舟中'으로 되어 있다.

386) 無一不具: '未備也'로 되어 있다.

387) 撞: '撾'로 되어 있다.

388) 豚魚出戲,…普累然: '江豚吹浪, 海鮫騰波, 風起空中, 旗羽向北累然'으로 되어 있다.

389) 截, 無分昏晝: '絶無晝夜'로 되어 있다.

390) 護路: '如矢'로 되어 있다.

391) 旬登萊: '瞬登萊州'로 되어 있다.

392) 沒: '過'로 되어 있다.

393) 靑齊沒茫島嶼: '過靑齊, 茫茫島嶼'로 되어 있다.

394) 遇天朝返舡, 來問: '遇天朝人舡, 問'으로 되어 있다.

395) 何處舡, 向何方: '何處舡隻, 而向何方也'로 되어 있다.

396) 杭: '我是杭'으로 되어 있다.

397) 賣: '買'로 되어 있다.

398) 又過二日,…日本服: '又數日, 逢倭舡, 玉英與子婦, 即着日本衣'로 되어 있다.

399) 問, 從: '問之曰: 汝是何方人, 而從'으로 되어 있다.

"以漁採入海, 爲風[400]所漂. 盡其舟楫摧, 得杭州船而來矣[401]."

倭曰:

"良苦! 此[402](路)去日本差, 枉向南方[403]."

(而去, 亦別去).

是夕[404], 南風甚惡[405]. 波濤振天[406], 雲霧四塞, 咫尺不辨[407], 檣摧帆裂, 不知所屆[408]. 夢禪與紅桃[409], 惶怖匍匐, 困於水疾. 玉英[410]獨坐, 祝天念佛而已.

夜半[411], 風浪少息, 轉泊小島.

修葺数日不發, 望洋中有船, 看看漸近.

令夢仙[412], 取船中裝橐, 藏于岩竇. 俄見船人, 叫噪而下. 語音衣服, 俱非鮮倭, 而略與華人相似. 手無兵器, 惟以白梃, 毆打索[413]】其貨物.

玉英以華語對曰:

"我以天朝人, 漁採于海, 漂泊於此, 本無貨物"

涕泣求生, 即不殺, 只取玉英所乘船, 繫其船尾而去.

玉英曰:

---

400) 風: '風浪'으로 되어 있다.

401) 盡其舟楫摧,…而來矣: '摧敗舟楫, 雇得杭州舡而來矣'로 되어 있다.

402) 此: '良苦! 此'로 되어 있다.

403) 枉向南方: '往南方云'으로 되어 있다.

404) 夕: '日'로 되어 있다.

405) 惡: '急'으로 되어 있다.

406) 波濤振天: '日已西沈, 白蜃鼓浪, 翠濤驚天'으로 되어 있다.

407) 辨: '卞'으로 되어 있다.

408) 屆: '適'으로 되어 있다.

409) 與紅桃: '夫妻'로 되어 있다.

410) 玉英: '玉英凝然'으로 되어 있다.

411) 祝天念佛而已. 夜半: '只自仰天黙禱. 而向夜'로 되어 있다.

412) 夢仙: '夢禪'으로 되어 있다.

413) 修葺數日不發,…毆打索: '修葺舡具, 遲留數日, 忽望洋中有舡, 自遠漸至. 玉英使夢禪, 取舡中裝橐, 藏於巖穴. 俄見舡人, 叫噪而下, 語音非鮮倭兩國人, 略與華人相似. 手無兵器, 惟以白梃, 嘔打恐赫'으로 되어 있다.

"此必是海浪賊也. 吾聞海浪盜[414], 在於華鮮之間, 出沒搶掠, 不喜殺人, 此必是也. 我不聽児言, 而强作此行, 昊天不佑[415], 終致狼狽. 既失舟楫, 夫復何爲[416]? 粘[417]天溟海, 不可飛越, 枯松難泛[418], 竹葉無憑, 但有一死. 吾死晚矣, 可怜[419]吾児因我而死."

卽與子婦環坐[420]哀號, 聲震岩岸, 恨結層海[421], 若瑟縮, 山(如)鬼嚬伸[422].

玉英登臨絶岸, 將欲殺[423]身. (而)子婦共挽, 不得(自)投, 顧謂夢禪曰: "爾止吾死, 將欲何俟? 槖中餘粮, 僅支三日. 坐待食盡, 不死(而)何爲?"

夢禪對曰:

"粮盡而死, 亦未晚也. 其間有萬一圖生之路[424], 則悔無及矣."

遂扶下來, 夜仗于岩穴.

天且曉(矣), 玉英謂子婦曰:

"我氣困神疲, 彷徨[425]之間, 丈六佛又(夢)見. 其言如前日見驗之, 夢極可異也[426]."

三人相對, 念佛而祝曰:

"世尊! 其念我哉![427]"

過二日.

---

414) 盜: '賊也'로 되어 있다.
415) 佑: '助'로 되어 있다.
416) 夫復何爲: '夫何爲哉'로 되어 있다.
417) 粘: '接'으로 되어 있다.
418) 松難泛: '槎難信'으로 되어 있다.
419) 怜: '憐'으로 되어 있다.
420) 環坐: '相扶'로 되어 있다.
421) 海: '波海'로 되어 있다.
422) 伸: '呻'으로 되어 있다.
423) 殺: '投'로 되어 있다.
424) 有萬一圖生之路: '萬一有可圖之路'로 되어 있다.
425) 徨: '彿'로 되어 있다.
426) 如前日見驗之, 夢極可異也: '云云, 極可異也'로 되어 있다.
427) 世尊! 其念我哉!: '世尊! 世尊! 其念我哉! 我哉!'로 되어 있다.

忽(望)風帆自杳茫中出來.

夢禪驚告曰:

"此船曾所[428]未覩之船(也). 甚可憂也."

玉英見之[429]喜曰:

"我生矣! 此是朝鮮舡也."

乃着鮮[430]衣, 使夢仙登岸以衣揮之.

船人停帆而問曰:

"汝是何人? 住此絶島"

玉英以鮮[431]語應曰:

"我本京城士族. 將下羅州, 猝遇風波, 舟覆人死. 獨吾三人, 攀抱颿席[432]漂轉至此."

舟[433]人聞而憐之, 下碇[434]載去曰:

"此乃統制使之貿販船也. 官程有限, 不可遲往."

至順天.

泊涉而下[435], 時庚申四月也.

玉英率子婦, 間關跋涉, 五六日齊[436]到南原.

意爲[437]一家皆爲陷沒. 但欲求見夫家舊基, 尋萬福寺而去.

至金橋望, 見城郭宛然, 村閭依舊. 顧謂夢禪, 指點而泣曰:

"此是汝父敝[438]廬, 今不知誰人入居. 第往寄, 圖宿之後計[439]."

---

428) 所: '前'으로 되어 있다.

429) 之: '而'로 되어 있다.

430) 鮮: '朝鮮'으로 되어 있다.

431) 鮮: '朝鮮'으로 되어 있다.

432) 颿席: '風席'로 되어 있다.

433) 舟: '舡'으로 되어 있다.

434) 碇: 원본에는 '錠'으로 되어 있는 것을 이본을 참고하여 바로잡았다. '碇'으로 되어 있다.

435) 泊涉而下: '到泊下舡'으로 되어 있다.

436) 齊: '方'으로 되어 있다.

437) 爲: '謂'로 되어 있다.

到其門(之)外.

陟方待440)客, 坐于柳橋441)之下.

近前熟視, 乃442)其夫也. 母子一時號哭, 陟始443)知其妻與子(也), 大呼444)曰:

"夢釋之母來矣!445)"

夢釋跣足出, 相扶入446)室.

沈氏於沉痼447)之中, (得)聞其女來, 驚仆氣塞, 已無人色. 玉英抱救得蘇, 久而獲安448).

陟呼偉慶曰:

"今(女)亦至矣!"

命紅桃, 語其事, 一家之人, 各抱其子449), 乾啼濕哭450), 聲動四隣. (隣里)觀者, 皆恠之以, 爲鬼物作越451).

及聞玉英紅桃終始之事, 皆擊節嗟嘆452), 爭相傳說.

玉英爲陟曰:

"吾等之453)有今日, 寔賴丈六454)之陰隲. 而今聞金像455), 亦皆毀滅,

---

438) 敎: '斅'로 되어 있다.

439) 圖宿之後計: '宿, 以圖後計'로 되어 있다.

440) 陟方待: '見陟方對'로 되어 있다.

441) 于柳橋: '於柳樹'로 되어 있다.

442) 乃: '乃是'로 되어 있다.

443) 始: '已'로 되어 있다.

444) 大呼: '一聲大號'로 되어 있다.

445) 矣!: '矣! 此天耶? 人耶? 神耶? 夢耶?'로 되어 있다.

446) 跣足出, 相扶入: 소실(燒失)되어 알 수 없는 것을 참고하여 보(補)하였다. '聞此, 跣足顚倒而出, 母子逢場, 景光可知. 相扶入'로 되어 있다.

447) 沉痼: '病痼'로 되어 있다.

448) 得蘇, 久而獲安: 소실(燒失)되어 알 수 없는 것을 이본을 참고하여 보(補)하였다. '得蘇, 久而獲安'으로 되어 있다.

449) 其子: '子女'로 되어 있다.

450) 乾啼濕哭: '生死重逢, 驚號相哭, 古今天下, 復豈有如此神異絶奇之事也'로 되어 있다.

451) 皆怪之以, 爲鬼物作越: '如堵, 且怪且異'로 되어 있다.

452) 皆擊節嗟嘆: '莫不擊節歎嗟'로 되어 있다.

無所憑禱. 而神靈之在天, 容有不泯者存. 吾等豈不知所以報乎?"

乃(大)供具詣廢寺, 齋潔[456].

陟與玉英, 上奉父母, 下育子婦, (時)居于府西舊家.

噫! 父子[457]夫妻舅姑兄弟[458], 分離四國, 悵望三紀. 經營賊所, 出入[459]死地, 竟畢團圓[460], 無不如意[461], 此豈人力之所致.

皇天后土, 必感於至誠, 而能致此奇特[462]之事. 匹婦有誠, 天且不違, 誠之不可掩, 如是夫.

余流寓南原之周浦, 陟時(時)来訪, 備陳此事[463], 請記其顚末, 無使堙[464]沒.

(余)不獲已, 略擧其槩.

天啓元年, 閏二月日[465].

---

453) 之: '之得'으로 되어 있다.

454) 六: '六佛'로 되어 있다.

455) 像: '佛'로 되어 있다.

456) 齋潔: '潔齊修享'으로 되어 있다.

457) 子: '母'로 되어 있다.

458) 舅姑兄弟: '兄弟舅姑'로 되어 있다.

459) 入: '沒'로 되어 있다.

460) 竟畢團圓: '畢竟圖會'로 되어 있다.

461) 無不如意: '無一令落'으로 되어 있다.

462) 特: '異'로 되어 있다.

463) 備陳此事: '余道其事如此'로 되어 있다.

464) 堙: '湮'으로 되어 있다.

465) 天啓元年, 閏二月日: '天啓元年, 辛酉閏二月日, 素翁題, 素翁趙緯韓号, 又号玄谷'으로 되어 있다.

崔仙傳¹⁾

이본 교감은 김기동 소장, 『原本影印 韓國古典叢書 Ⅳ, 散文類: 古代漢文小說選』 (1975), 大提閣에 수록된 〈崔孤雲傳〉을 대상으로 하되, 부분적으로 국립도서관본과 김집수택본 소재 〈최치원전〉도 참고하였다.

昔新羅時, 崔冲²⁾. 新除授³⁾文昌令, 伏枕不食⁴⁾, (其)妻問⁵⁾曰:
"得此美官, 至此何憂?"⁶⁾

冲曰:

"吾聞之, 文昌令妻每爲鬼神所奪, 幾至數十人. 吾以此憂之."⁷⁾

妻聞其言, 憂懣不食⁸⁾.

翌日, (妻)深思(良久)曰:

"鬼⁹⁾神(者), 斷人命¹⁰⁾而已. 不能運物, 豈有奪去之理¹¹⁾? 似是訛語¹²⁾.

---

1) 崔仙傳: 이본에는 '崔孤雲傳'으로 되어 있다. (이하 '이본'은 생략한다.)
   *( )는 이본에 없는 글자이다.

2) 崔冲: '有崔冲者'로 되어 있다.

3) 新除授: '早登龍門, 蹉跎仕路, 晚除'로 되어 있다.

4) 伏枕不食: '不堪愁懷'로 되어 있다.

5) 問: '問之'로 되어 있다.

6) "得此美官, 至此何憂?": '幸而除官, 此爲喜事, 君何爲憂也'로 되어 있다.

7) "吾聞之,…吾以此憂之.": '除則幸矣, 然文昌, 以有怪變, 爲令者, 以鬼神奪妻, 幾至十數, 故爲憂也'로 되어 있다.

8) 妻聞其言, 憂懣不食: '妻聞之亦爲愁歎, 冲'으로 되어 있다.

9) 鬼: '夫鬼'로 되어 있다.

10) 斷人命: '人民侵瀆'으로 되어 있다.

若然則13), (又)有一計14). (君)上官之日, 宜令吏民, 各出繼續一枝, 入紅染, 連縷繫於身. 脫有如此之變役, 其絲而尋之, 自有所圖焉."

忠從其言, 將家屬15)至文昌, 乃召邑(中)父老問曰16):

"昔聞邑倅有失妻之變云, 是耶17)?"

對曰:

"是也18)."

冲乃益惧19), 每令郡婢, 雜20)守衙內. 而仍令十續之策21).

一日, 客館坐22)聽事, 黑雲起23). (日中)天地晦暗24), 風雷25)暴起26), 電形翻閃27). 守者28)驚(伏), 俄而29)失魂.

風止雲卷30), (起)視之門窓戶闥, 依旧閉之在衙, 室內無去處31). (乃大驚), 奔告於冲, 冲呼痛慟驚32), (不自勝任. 移時乃甦覺, 得妻計與縣吏李

---

11) 豈有奪去之理: '豈有見奪之里乎'로 되어 있다.

12) 似是訛語: '實是訛言'으로 되어 있다.

13) 則: '則有'로 되어 있다.

14) 計: '計焉'으로 되어 있다.

15) 宜令吏民,…忠從其言將家屬: '以色絲繫其婦人之手, 有變甚絲, 則去處可知矣. 挈家'로 되어 있다.

16) 曰: '之曰'로 되어 있다.

17) 昔聞邑…是耶: 此邑, 失妻之變有之, 是也'로 되어 있다.

18) 是也: '有諸'로 되어 있다.

19) 冲乃益惧: '冲尤惶悚'으로 되어 있다.

20) 每令郡婢雜: '令婢者堅'로 되어 있다.

21) 而仍令十續之策: '以用采色之計'로 되어 있다.

22) 客館坐: '坐客舍'로 되어 있다.

23) 黑雲起: '日午黑雲四起'로 되어 있다.

24) 暗: '暝'으로 되어 있다.

25) 雷: '雨'로 되어 있다.

26) 起: '至'로 되어 있다.

27) 電形翻閃: '雷聲動地'로 되어 있다.

28) 者: '者皆'로 되어 있다.

29) 俄而: '顚仆'로 되어 있다.

30) 卷: '捲'으로 되어 있다.

31) 門窓戶闥依,…室內無去處: '則門牖如舊, 夫人無去處'로 되어 있다.

積[33]尋江), 絲之端, 入於衙後, 北嶽下岩隙[34]. 其岩固險[35], 人不可攀綠而上[36]. 冲(乃)呼妻痛哭, 積[37](跪而慰)曰:

"已失室內, 痛哭何爲?[38] 似[39]聞古老之言, '此岩(隙)夜半(則)自開, 且有光明'云[40]. 待夜(再)見可[41]也."

冲從其言[42]乃還. 即夜, 又抵其岩谷下, 十五步許. 而止屛息竢候. 忽岩石間, 見有光如燭. 往視則, 果有岩隙自開[43]. 冲乃[44]喜, 遂從隙而入. 其中地且沃廣[45], 花樹慈蘢[46], 無人間, 非常之鳥羅滿花枝也.

於是冲喟然悲稱嘆[47], 顧謂李積曰:

"世間, 安[48]有如此之境[49]乎? 此必是神仙之地境."[50]

(遂東行幾)至五十步許, 有(一)大廈, 甚[51]壯麗, 正如大宮殿矣. 聞有仙樂之聲[52], 窈窕[53]入花間, 倚囧外, 仍隙窺見[54]. 有黃色金猪, (乃)枕崔妻

---

32) 冲呼痛慟驚: '冲失聲悲泣'으로 되어 있다.
33) 李積: 원본에는 '李績'으로 되어 있는 것을 바로잡았다. (이하 모두 '李積'으로 되었기에 이름에 대한 교감은 생략한다.) '李績'으로 되어 있다.
34) 絲之端, …北嶽下岩隙: '沿絲尋之, 則止後岳下, 巖隙入,'으로 되어 있다.
35) 固險: '千仗'으로 되어 있다.
36) 人不可攀綠而上: '無可攀'으로 되어 있다.
37) 積: '下吏李績'으로 되어 있다.
38) 已失室內, 痛哭何爲?: '案前, 勿使過哀'으로 되어 있다.
39) 似: '曾'으로 되어 있다.
40) 且有光明云: '穴中明郞'으로 되어 있다.
41) 可: '之可'로 되어 있다.
42) 其言: '之'로 되어 있다.
43) 即夜. 又抵其…果有岩隙自開: '夜至岩下. 夜半岩開, 明若白晝也'로 되어 있다.
44) 乃: '大'로 되어 있다.
45) 地且沃廣: '廣且沃'으로 되어 있다.
46) 花樹慈蘢: '花樹叢茂'로 되어 있다.
47) 無人間非常…悲稱嘆: '稍無人跡, 異獸奇禽, 滿中飛走, 冲'으로 되어 있다.
48) 安: '豈'로 되어 있다.
49) 境: '地'로 되어 있다.
50) 此必是神仙之地境: '別乾坤之地'로 되어 있다.
51) 甚: '其室'로 되어 있다.
52) 正如大宮…樂之聲: '中有仙樂之聲聞之'로 되어 있다.

之膝, (於龍紋席上)而[55]睡. (又有)美女數百[56], 羅列前後奏樂矣[57].

沖曾與(其)妻[58], 各佩藥囊[59]內帶, 以辟邪穢. 沖遂開囊[60]出藥, 令吹於風[61]上, 透入於內[62].

於是[63]金猪睡覺而[64]問曰:

"何出人間之惡嗅耶[65]?"

其[66]妻嗅香臭而知識, 乃詒之曰[67]:

"吾之來日淺[68], 故人間之臭, 尙未減[69]矣."

遂涕泣(而悲), 猪疑然, 又[70]問曰:

"君何哀而泣之[71]?"

(曰):

"吾觀此地, 與人間殊異. (我是人間人), 是以悲[72]之."

金猪[73]曰:

---

53) 窈窕: '攢'으로 되어 있다.

54) 倚窓外, 仍隙窺見: '窺見窓隙'으로 되어 있다.

55) 而: '而倒'로 되어 있다.

56) 百: '十'으로 되어 있다.

57) 矣: '此乃前倅之失妻也'로 되어 있다.

58) 曾與(其)妻: '先是與(其)妻相約'으로 되어 있다.

59) 囊: '囊於'로 되어 있다.

60) 囊: '束'으로 되어 있다.

61) 令吹於風: '因其聰穴之風'으로 되어 있다.

62) 上, 透入於內: '而入于內'로 되어 있다.

63) 於是: '是時'로 되어 있다.

64) 而: '知其香臭'로 되어 있다.

65) 何出人間之惡嗅耶: '何有世間之藥臭也'로 되어 있다.

66) 其: '崔'로 되어 있다.

67) 嗅香臭而知識, 乃詒之曰: '乃知崔沖之機, 乃語曰'로 되어 있다.

68) 日淺: '此不久'로 되어 있다.

69) 減: '泯'으로 되어 있다.

70) 猪疑然, 又: '金猪'로 되어 있다.

71) 而泣之: '乎'로 되어 있다.

72) 悲: '泣'으로 되어 있다.

73) 猪: '猪慰之'로 되어 있다.

“與非人間74), 必無死理75), 願勿悲傷.”

妻仍76)問(曰):

“吾在人間時聞77), 仙間78)之人, 見虎79)而死, 果有如是之理80)乎?

猪曰:

“吾未識81). 但嫌(者)鹿皮也.”

曰:

“何以嫌之?82).”

猪曰:

觸付頸83)後, 則如寐84)而死不有一言85)甚者也).”

言訖, 復睡.

崔(妻)欲試86)之, 恨無鹿皮. 忽視87)之, 所佩韜88)纓, 乃以89)鹿皮(也).
妻潛喜, 遂漬於涎, 以付之頸90), 果不言而斃91).

於是冲與(其)妻, 偕返(已).

---

74) 與非人間: '此非人間万事無異'로 되어 있다.

75) 必無死理: '亦無他患'으로 되어 있다.

76) 妻仍: '崔妻拭淚, 溫'로 되어 있다.

77) 聞: '聞之'로 되어 있다.

78) 間: '境'으로 되어 있다.

79) 虎: '鹿皮'로 되어 있다.

80) 果有如是之理: 소실(燒失)되어 알 수 없는 것을 국립도서관본 〈崔孤雲傳〉을 참고, 추정하여 보(補)하였다. '果然耶'로 되어 있다.

81) 識: '知也'로 되어 있다.

82) 之: '之也'로 되어 있다.

83) 觸付頸: '噬付頭'로 되어 있다.

84) 寐: '痴'로 되어 있다.

85) 不有一言: 소실(燒失)되어 알 수 없는 것을 이본을 참고, 추정하여 보(補)하였다.

86) 欲試: '雖欲拭'으로 되어 있다.

87) 視: '思'로 되어 있다.

88) 韜: '鞘'로 되어 있다.

89) 乃以: '以爲'로 되어 있다.

90) 妻潛喜, 遂漬於涎以付之頸: '潛觧以噬, 付其頸後'로 되어 있다.

91) 不言而斃: '不一言而死'로 되어 있다.

(逾旬朔), 其餘美92)(姿二十餘輩), 亦賴崔冲之德, 皆歸於故鄕矣93).

崔妻, (在家)懷姙三朔94). 乃被金猪之變, 六月生子, 手爪稍變95). 冲疑其(児, 乃爲)金猪之子, 令婢棄之(於)大路峴96).

見路中甄, 輒成言97)"一字.".

婢怪而還告98)曰:

"(此児能言見甄而言'一字'."

冲曰:

"詐也!) 除辞(棄)之!"

婢99)淚抱往.

(兒)又見死蛙, 輒成言100)"天字.".

(婢)不忍棄(之), 復(返)告(曰):

"(見)死蛙而言101)'天字'."

冲怒曰:

"婢不聽主言. (若不棄之), 當施斬刑102)."

婢惶悚103), 以綿紬褓裸累裹104), 棄(之大)路中, 牛馬避不踐, 夜則天女降抱105).

---

92) 美: '美女'로 되어 있다.
93) 歸於故鄕矣: '爲還鄕, 其女之家屬, 深感崔冲, 恩莫測焉'으로 되어 있다.
94) 三朔. 被: '四朔之後. 乃被'로 되어 있다.
95) 手爪稍變: '手足爪甲稍異'로 되어 있다.
96) 路峴: 원본에는 '峴路'로 되어 있는 것을 앞뒤 글자 우측 상단에 자리바꿈 부호(符號)가 있어 바로잡았다. '路, 児'로 되어 있다.
97) 甄, 輒成言: '死蚓乃曰:'로 되어 있다.
98) 婢怪而還告: '婢告入冲曰'로 되어 있다.
99) 婢: '婢揮'로 되어 있다.
100) 死蛙, 輒成言: '蛙死曰:'로 되어 있다.
101) 而言: '見曰:'로 되어 있다.
102) 當施斬刑: '當斬之'로 되어 있다.
103) 惶悚: '俱'로 되어 있다.
104) 以綿紬褓裸累裹: '綿紬裹'로 되어 있다.
105) 降抱: '下降抱乳'로 되어 있다.

吏民欲収(養), 恐106)大罪.

沖聞(其)児生(於路中), 又令移棄於淵107), 一朶芙蓉108), 忽生奉擎109),
白鶴一雙, 互相覆翼110). (夜則天女乳哺之.

已)過數月, (則)児自徒111)濱遊行. (啼哭)所過沙上, 文字112)成, (鴈)啼
聲, 皆如讀書113)也.

崔妻聞之謂沖曰:

"君始以此児名'金猪子', 而棄於死地, 實非金猪之子114). 故天知晻昧
之意115), 令天女乳養(此児). 願(今)速遣人招還116)."

沖深感曰:

"吾亦117)欲率來. 然始118)以此児名119)金猪之子, 而120)棄之, 今若然
則人必笑我, 是以爲難121)."

其妻122)曰:

"君若(以)嗤笑爲難, (則願爲)称病, 避(寓於吏)舍. 仍從我言, 則庶免人
譏矣123)."

---

106) 恐: '恐被'로 되어 있다.

107) 又令移棄於淵: '徙投淵中'으로 되어 있다.

108) 一朶芙蓉: '芙蓉一朶'로 되어 있다.

109) 奉擎: '擎奉'으로 되어 있다.

110) 翼: '翼之'로 되어 있다.

111) 徒: '涉'으로 되어 있다.

112) 文字: '文字忽'로 되어 있다.

113) 如讀書: '爲讀書之声'으로 되어 있다.

114) 始以此児…實非金猪之子: '實非金猪之子棄之'로 되어 있다.

115) 故天知晻昧之意: '天知曖昧'로 되어 있다.

116) 招還: '還招也可'로 되어 있다.

117) 吾亦: '今'으로 되어 있다.

118) 始: '初'로 되어 있다.

119) 名: '以爲'로 되어 있다.

120) 而: '稱以'로 되어 있다.

121) 今若然…是以爲難: '今若率來, 則此爲人之笑柄也'로 되어 있다.

122) 其妻: '夫人'으로 되어 있다.

123) 仍從我言, 則庶免人譏矣: '則吾圖之, 以無爲人之笑機也'로 되어 있다.

冲從之.

於是邀靈巫, 乃至. 其妻[124], 賜巫金銀帛紬[125], 仍誘曰:

"(願)爲我言[126](于)諸吏曰, '汝員以其骨肉[127], (詐)爲金猪之子, (而)棄於海濱, 故天增[128]罪之(矣. 今)若等忽往[129]率來, 則汝員之病瘳[130]. (而)不然(則), 非徒汝員病死[131], 緣[132]及吏民, 無餘生之人矣.' 云云[133]."

巫乃肯從, 而出仍以崔妻之意, 具希諸吏. 諸吏乃愕然驚懼, 俱詣崔冲之所寓, 乃哭之甚[134]. 冲令侍人問其故, 諸吏進而跪曰[135]:

"我等問諸靈巫, 曰, '汝員以骨肉弃之, 故獲罪於天, 若不還收, 則病必不瘳, 延及下吏.'"

冲則曰, "還率來何妨?"[136] 迺命.

李積等入海, 不得求見, 意欲還來, 忽聞少児讀書之聲[137]. 顧瞻海島, 有兒獨坐于高岩上, 而讀書, 島名曰, 猪島[138]. 吏等遂浮海, 至於岩下, 而停船仰呼曰[139]:

---

124) 邀靈巫, 乃至其妻: '夫人尋靈巫'로 되어 있다.

125) 賜巫金銀帛紬: '多賜錢帛'으로 되어 있다.

126) 言: '宣言'으로 되어 있다.

127) 汝員以其骨肉: '主倅以己子'로 되어 있다.

128) 增: '与'로 되어 있다.

129) 忽往: '及急爲'로 되어 있다.

130) 則汝員之病瘳: '主倅之病卽愈'로 되어 있다.

131) 非徒汝員病死: '不啻主倅之死'로 되어 있다.

132) 緣: '禍'로 되어 있다.

133) 無餘生之人矣. 云云: '不可畏乎'로 되어 있다.

134) 巫乃肯從,…乃哭之甚: '請巫, 巫許而出之, 以夫人敎言頌諸說, 吏民驚懼, 詣主倅之私舍, 泣而厥由告之'로 되어 있다.

135) 冲令侍…諸吏進而跪曰: '冲儳驚曰'로 되어 있다.

136) "我等問諸靈巫,…"還率來何妨?": '固以此兒棄之, 故獲罪於天, 若是率來, 何難之有'로 되어 있다.

137) 命李積等…讀書之聲: '卽命李積等遺之, 積等入海跟, 尋不得, 將欲還歸, 忽讀書之, 偶出声雲外'로 되어 있다.

138) 顧瞻海島,…猪島: '瞻望則小兒獨坐高岩之上, 讀書'로 되어 있다.

139) 吏等遂浮…仰呼曰: '績等渡海停船, 岩下仰呼曰'로 되어 있다.

“公父母獲病[140]苦劇. 欲見君[141], 故我等今爲奉公, 而至於斯也[142].”

其児曰[143]:

“父母始以我名[144]金猪之子, 而已矣于此[145]. 今曾不少媿, 而豈欲見耶[146]? (爾言詐也, 若此.) 陽[147]翟大賈, 呂不韋納美姬, 知其有娠, 而逐獻秦王[148]. 七月(而)生子, 此實呂氏也[149], 秦王猶不棄之. 敢[150]況我慈母, 姙我三[151]月, 至文昌. 未幾爲金猪所擄, 未月而得母[152], 六月而生我. 以此揆之, 我可謂金猪之子乎[153]?

若我[154]金猪之子, (則)耳目口鼻, 豈不相類於金猪之子乎[155]? 家君不以我爲[156]子, (乃爲之金猪之子, 而)棄之(於)路中. 蒼天憐之恤之獲保. 至今殘忍薄行, 爲如何焉? 然則), 我(今)何面目, 往見父母之前也哉[157]? (今之尋我, 非但弄試終致, 誤我者也). 欲[158]見我, 我當死[159]矣.”

(當)時年(甫)三歲.

---

140) 獲病: ‘病勢’로 되어 있다.

141) 君: ‘公’으로 되어 있다.

142) 我等今爲奉公而至於斯也: ‘吾等奉公至此, 願公速下’로 되어 있다.

143) 其児曰: ‘児答曰’로 되어 있다.

144) 名: ‘爲’로 되어 있다.

145) 已矣于此: ‘棄之’로 되어 있다.

146) 于此,…而豈欲見耶: ‘今心不愧, 而欲見我乎’로 되어 있다.

147) 陽: ‘昔陽’으로 되어 있다.

148) 知其有娠, 而逐獻秦王: ‘有娠而後, 獻于秦王’으로 되어 있다.

149) 此實呂氏也: ‘實爲呂氏’로 되어 있다.

150) 敢: ‘而’로 되어 있다.

151) 三: ‘四’로 되어 있다.

152) 擄, 未月而得母: ‘敗’로 되어 있다.

153) 六月而生我…金猪之子乎: ‘卽還六月生, 以此推之, 何謂金猪之子耶’로 되어 있다.

154) 若我: ‘我若’으로 되어 있다.

155) 豈不相類於金猪之子乎: ‘何不似金猪, 而人形乎’로 되어 있다.

156) 爲: ‘爲已’로 되어 있다.

157) 往見父母之前也哉: ‘歸觀父母乎’로 되어 있다.

158) 欲: ‘强欲’으로 되어 있다.

159) 死: ‘入海島’로 되어 있다.

(於是)積等言窮, 俛首而還, 具以兒語告沖.

沖及愧於是160)自責曰:

"(是)皆我161)之過也."

將郡人數百, (而)至海口, 乃爲其兒, 築臺於海濱, 作樓162) (其中). 樓臺163), 既成命召164)其兒, 名題其樓臺, 則其兒前進, 而垂淚曰165):

"(身爲不孝之子), 曾被遠棄之物166). 欲見親前奉孝167), 豈掩面目於天日乎?"

遂匍匐而啼, 沖及168)愧掩面曰:

"(若)吾見汝甚慚, 更169)勿言(我)過失."

兒題名(其)臺曰, 月影臺.

沖曰, "吾無以爲贐." 仍賜三尺鐵沙筆而還170).

其後171), 天儒數十雲會172)臺上, 各以173)學競敎. (其兒)由是, 大悟文理, 遂成文章. 常以鐵, 習字於臺下, 三尺之長174), 磨至半尺矣.

兒之175)爲人, 音聲淸雅, 吟詠之間176)無不中律.

---

160) 言窮,…沖及愧於是: '無如之何, 歸告主倅, 沖反愧'로 되어 있다.

161) 我: '吾'로 되어 있다.

162) 乃爲其兒, 築臺於海濱作樓: '爲兒築臺於海濱, 倂起高樓'로 되어 있다.

163) 臺: '坮'로 되어 있다.

164) 既成命召: '已成命招'로 되어 있다.

165) 名題其樓臺, 則其兒前進而垂淚曰: '兒曰'로 되어 있다.

166) 被遠棄之物: 소실(燒失)되어 알 수 없는 것을 이본을 참고, 추정하여 보(補)하였다.

167) 欲見親前奉孝: '今爲我至此'로 되어 있다.

168) 及: '益'로 되어 있다.

169) 吾見汝甚慚, 更: 소실(燒失)되어 알 수 없는 것을 이본을 참고하고 추정하여 보(補)하였다.

170) 沖曰: …鐵沙筆而還: '沖乃以三尺鐵杖沙筆, 與其兒還'으로 되어 있다.

171) 其後: '卽日'로 되어 있다.

172) 十雲會: '千雲集'으로 되어 있다.

173) 以: '以所'로 되어 있다.

174) 常以鐵,…三尺之長: '兒常以鐵杖, 寫於臺下之沙上, 三尺鐵杖'으로 되어 있다.

175) 兒之: '其'로 되어 있다.

176) 吟詠之間: '每詩賦'로 되어 있다.

一夜, 月明波平笛聲, 自遠微聞, 乃咏李杜之詩, 聞其聲者177), 莫不讚美178).

會(夜), 中元皇帝179), 出遊後園翫月, 猶聞咏詩之聲, 澄且淡焉180), 問其侍臣曰:

"(何處)咏181)詩之聲, 至於斯也182)?"

對曰:

"去年以來, 月明安靜183)之夜, 則184)自新羅. 而來近185)觀天上, 文星出於東國186), 議187)者東國有賢者乎?

帝曰:

"新羅雖偏小之國, 必有賢士矣188). (如此)萬里絶域之外, 吟詩之聲, 尙且如斯, 而況近歟189)?"

稱善久之190), 帝曰, "(朕欲)遣才士, 與羅儒鬪才, 乃詔羅國文士191)."

即送學士中, 文才卓然者二人, 乘佳舟而遣之192).

(於是)學士浮193)海, 至月影臺下, 泊舟翫月. 月朗波靜194), 正值仲秋三

---

177) 月明波平笛聲,…聞其聲者: '月色如晝, 且聞吹笛聲'으로 되어 있다.

178) 讚美: '贊之'로 되어 있다.

179) 中元皇帝: '中原天子'로 되어 있다.

180) 出遊後園翫月,…澄且淡焉: '出後園, 翫月之際, 遙聞詠詩之聲, 淸且淡'으로 되어 있다.

181) 咏: '詠'으로 되어 있다.

182) 至於斯也: '自何而來耶'로 되어 있다.

183) 明安靜: '白風淸'으로 되어 있다.

184) 則: '則詠詩之声'으로 되어 있다.

185) 近: '聞'으로 되어 있다.

186) 觀天上文星出於東國: '仰觀天像貴星現東国'으로 되어 있다.

187) 議: '意'로 되어 있다.

188) 必有賢士矣: '賢者自古有之'로 되어 있다.

189) 吟詩之聲,…而況近歟: '詩声亮朗聞之, 況近聽乎'로 되어 있다.

190) 稱善久之: '稱贊不已'로 되어 있다.

191) 與羅儒鬪才, 乃詔羅國文士: '新羅之儒, 使相較才'로 되어 있다.

192) 送學士中,…乘佳舟而遣之: '招群臣, 選諸學士中, 文藝卓異者二人遣之'로 되어 있다.

193) 浮: '乘舟'로 되어 있다.

194) 泊舟翫月, 月朗波靜: '日暮, 泊舟垆下, 是時'로 되어 있다.

五之時195). 波靜魚躍, 不勝興味, 口占一196)詩曰:

棹穿波底月.

樓下沙上, 三尺童子, 弄沙而讀197)曰:

船壓水中天.

學士相顧198)曰:

"其誰所讀耶199)?"
未200)知兒之所對, 又(試)吟(聯句)曰:

水鳥浮還沒,

厥兒又讀曰201)

山雲斷復連.

學士驚愕蔑之202)曰:
"鳥鼠何'雀雀'203)?"

---

195) 時: '夜'로 되어 있다.
196) 波靜魚躍,…口占一: '月印波心, 清風徐來, 夜靜魚躍, 逸興遄飛, 學士卽占一句'로 되어 있다.
197) 三尺童子, 弄沙而讀: '續吟'으로 되어 있다.
198) 相顧: '顧謂'로 되어 있다.
199) 所讀耶: '吟也'로 되어 있다.
200) 未: '不'로 되어 있다.
201) 厥兒又讀曰: '兒又吟曰'로 되어 있다.
202) 驚愕蔑之: '愕然蔑視'로 되어 있다.
203) 雀雀: '嗤嗤'로 되어 있다.

兒答204)曰:

"鳥啼雀雀可也, 猪犬何'蒙蒙'?"

學士曰:

"犬吠'蒙蒙'可也, 猪亦'蒙蒙'205)乎?"

兒曰:

"鼠亦雀雀乎206)?"

學士言窮207)問:

"何處童子, 夜未來此208)."

答曰:

"我新羅丞相羅清業之209)奴210), (而)奉命來此拾碁, 日晚未還211)."

學士212)曰:

"汝年(歲)幾何?"

(答)曰:

"六歲耳."

於是學士, 自知其能不及其兒, 乃213)相議曰:

"年未214)六歲之兒, 才能尚如此, 況新羅文才高遠者, 不可勝數. 則我等雖入, 何能敵而較藝乎? 莫若還去."

---

204) 答: '㗫'으로 되어 있다.

205) 蒙蒙: '可'로 되어 있다.

206) 鼠亦雀雀乎: '鳥啼唯唯可也, 鼠亦可乎'로 되어 있다.

207) 言窮: '無答'으로 되어 있다.

208) 何處童子, 夜未來此: '何處童子, 深夜來此'로 되어 있다.

209) 業之: 원본에는 '之業'으로 되어 있는 것을 앞뒤 글자 우측 상단에 자리바꿈 부호 (符號)가 있어 바로잡았다. '業之'로 되어 있다.

210) 丞相羅清業之奴: '羅承相千業之蒼頭'로 되어 있다. (이하 모두 '羅千業'으로 되었기에 이름에 대한 교감은 생략한다.)

211) 晚未還: '暮未歸'로 되어 있다.

212) 學士: '又問'으로 되어 있다.

213) 自知其能不及其兒, 乃: '知童子之能文'으로 되어 있다.

214) 未: '甫'로 되어 있다.

逐反棹[215], 而還[216], 秦于黃帝曰:

"新羅之臣, 特其才能, 蔑對少無. 延接臣等, 不能圍才, 返棹而還[217]."

(於是)皇帝大怒, 匿爵攻擊[218]. (乃)以鷄卵累裏於綿[219], 盛於石函. 又煮黃蠟[220]灌(於)其中, 不令[221]搖動, 更以銅鐵消鑄函外[222], 不使開見.

而仍與璽書, 送於[223]新羅曰, "爾國, 僻在一隅[224], 特[225]才驕大國, 終難免責[226]. 究此函中之物, 作詩來獻[227], 俾免其罪, 如不能究, 則當受躍滅之禍."云[228].

天使, 奉璽(書)至鷄林. 羅王[229]出迎, 奉安折見, 驚懼不自所爲, 聚會天下才士, 白日場觀光. 而仍令諸生[230]曰:

"有[231]能究此(函中之)物作詩, 則特[232]賜一品(之爵), 封君祿勳[233],

---

215) 文才高遠者,…逐反棹: '之儒才, 何能當之'로 되어 있다.

216) 而還: '又問曰: "国中多有才士乎?" 兒曰: "才名特達者, 數百人, 其文士車載斗量, 不可勝數也." 學士相議曰: "文才滿国, 入之無益, 不如不入而還歸也. 逐還中原'"으로 되어 있다.

217) 新羅之臣,…返棹而還: '新羅文才高遠者, 不可勝數, 且如臣等者, 數百人, 不敢敵也'로 되어 있다.

218) 匿爵攻擊: '欲得爵擊之'로 되어 있다.

219) 累裏於綿: '錦鋪累裏'로 되어 있다.

220) 蠟: '蠟火'로 되어 있다.

221) 令: '得'으로 되어 있다.

222) 更以銅鐵消鑄函外: '又以銅銷鑄函之隙'으로 되어 있다.

223) 於: '之'로 되어 있다.

224) 僻在一隅: '辟在海隅'로 되어 있다.

225) 特: '以'로 되어 있다.

226) 終難免責: '故送石函'으로 되어 있다.

227) 作詩來獻: '而作詩獻之'로 되어 있다.

228) 俾免其罪,…滅之禍云: '赦罪, 不然則, 當受屠拔之禍矣'로 되어 있다.

229) 羅王: '新羅王'으로 되어 있다.

230) 驚懼不…觀光而仍令諸生: '卽招国中名儒, 命之'로 되어 있다.

231) 有: '諸生中'으로 되어 있다.

232) 則特: '者, 乃'로 되어 있다.

233) 祿勳: 원본에는 '祿動'으로 되어 있는 것을 이본을 참고하여 바로잡았다. '勳祿'으로 되어 있다.

以酬其功."

諸生皆不究, 時滿朝洶洶, 巷議明與[234].

於是[235]月影基児, 轉展乞食, 逾入京中[236]. 稱以膳鏡賈, 呼[237]以'繕鏡'. 到羅丞相宅前[238]. 則羅女聞之, (乃)以陳鏡授, (其)乳母出遣, (遂)從乳母窺見於門外之隙[239]. 鏡賈忽見羅女顏色, 心以爲美, 遲遲綏繕, 故墜石上, 鏡破兩分[240].

乳母大驚撞之, 賈泣之[241]曰:

"破鏡難合, 撞之無益[242]. 願以身爲奴, 以償此鏡."

乳母入告丞相[243]. 丞相乃許, 問其名居址貫[244], 賈泣之曰:

"(今)破繕鏡, 當號[245]破鏡奴, 父母早喪[246], 亦無居址[247]."

丞相乃命[248]破鏡奴, 養[249]群馬, (奴俯首聽命). 乘其[250]一馬, 群馬隨之齊首, 廣野少[251]無乱闘. 群馬[252]悉肥[253], 一無瘦瘠.

---

234) 時滿…明與: '滿朝洶洶焉'으로 되어 있다.

235) 於是: '是時'로 되어 있다.

236) 月影…京中: '轉入京師'로 되어 있다.

237) 稱以膳鏡賈, 呼: '自稱繕鏡賈'로 되어 있다.

238) 以'膳鏡'…宅前: '至羅承相門前'로 되어 있다.

239) 乳母窺…之隙: '門隙窺之'로 되어 있다.

240) 遲遲綏繕,…兩分: '更欲見之, 騁目綏繕, 墜鏡石上破之'로 되어 있다.

241) 撞之, 賈泣之: '頓足搔首, 而責之賈児, 泣且哀乞'로 되어 있다.

242) 破鏡難合, 撞之無益: '鏡已破矣, 責之何益? 雖可重合'으로 되어 있다.

243) 丞相: '承相'으로 되어 있다. (이하 모두 '承相'으로 되었기에 이에 대한 교감은 생략한다.)

244) 丞相乃許, 問其名居址貫: '許之而因問曰: "汝名何也? 何處之人也?"'로 되어 있다.

245) 當號: '今名當'으로 되어 있다.

246) 父母早喪: '早喪父母'로 되어 있다.

247) 居址: '去處'로 되어 있다.

248) 乃命: '使'로 되어 있다.

249) 養: '牧養'으로 되어 있다.

250) 乘其: '児騎'로 되어 있다.

251) 隨之齊首, 廣野少: '成行隨之小'로 되어 있다.

252) 群馬: '自此以後群馬'로 되어 있다.

253) 悉肥: '蕃盛'으로 되어 있다.

(閻人見鏡奴之能心, 頗疑之, 潛視牧馬之所).

鏡奴朝領一陣[254]群馬, 散諸四野, 鏡奴自歸林下臥, 而吟之[255]. 忽有靑童數隊[256], 未知所從來者[257], 或爲獲[258]荔, 或爲鞭馴. 及暮雲, 散群馬, 乃集俛首羅立矣, 見者莫不嗟嗟[259].

告於丞相[260]夫人, 聞之謂丞相曰:

"(破)鏡奴貌狀[261]奇異, 亦多可服之事, 意者必非常庸人也. 願蠲厮役移使不任賤役."

丞相[262]而從之移送[263], 東山[264], 雜花之田, 修理栽之[265].

鏡奴又臥於花林下, 神人夜[266](移植仙家雜花), 或以糞培, 或以刪煩[267]艾薈[268]. 自此東山[269], 花[270]爛漫(滋盛), 鳳鳥黃鶴來, 巢[271]花枝(矣). 鏡[272](奴)聞鳳鳥之聲, 悲歌起舞[273].

---

254) 領一陣: '頌'으로 되어 있다.

255) 鏡奴…吟之: '臥于林中, 終日吟詩'로 되어 있다.

256) 忽有靑童數隊: '靑衣童子數輩'로 되어 있다.

257) 未知所從來者: '不知自何來'로 되어 있다.

258) 或爲獲: '而或爲則'으로 되어 있다.

259) 及暮雲,…見者莫不嗟嗟: '至暮群馬, 雲集鏡奴之前, 俛首羅立, 見者莫不貿其神異'로 되어 있다.

260) 告於丞相: '於是'로 되어 있다.

261) 貌狀: '狀貌'로 되어 있다.

262) 任賤役." 丞相: 소실(燒失)되어 알 수 없는 것을 이본을 참고, 추정하여 보(補)하였다.

263) 亦多可服之事,…而從之移送: '馴馬亦妙, 實非凡常, 不使任賤役" 承相然之.'로 되어 있다.

264) 東山: '先時山東'으로 되어 있다.

265) 雜花之田, 修理栽之: '多植花卉, 無穢不治, 埋沒草中, 乃使鏡奴花叢修理之任'으로 되어 있다.

266) 於花林下, 神人夜: '花草中, 詠詩不治. 天女夜來'로 되어 있다.

267) 或以糞培, 或以刪煩: 소실(燒失)되어 알 수 없는 것을 이본을 참고, 추정하여 보(補)하였다.

268) 艾薈: '仙境名花, 人間佳花, 培植前後'로 되어 있다.

269) 自此東山: '鏡奴看花之後'로 되어 있다.

270) 花: '瑤花'로 되어 있다.

271) 巢: '巢於'로 되어 있다.

丞相²⁷⁴⁾適入東山翫月²⁷⁵⁾, 問(於)鏡奴曰:

"汝年幾何?"

對曰:

"十有一歲²⁷⁶⁾."

又²⁷⁷⁾曰:

"汝知書²⁷⁸⁾乎?"

鏡奴佯若不知²⁷⁹⁾曰:

"未²⁸⁰⁾也."

相曰²⁸¹⁾:

"我十(有)一歲, 尙能知書, 汝何(爲)不知也²⁸²⁾?"

對曰:

"(我)早喪父母²⁸³⁾, 雖欲學書, 孰從學哉²⁸⁴⁾?"

丞相(戱之)曰:

"(不欲則已如), 欲學之, 吾當敎之."

對曰:

"不敢請, 固所願也."

丞相(笑)曰:

---

272) 鏡: '黃蜂白蝶, 來往於葉裡鏡'으로 되어 있다.

273) 悲歌起舞: '因作悲歌'로 되어 있다.

274) 丞相: '于時承相, 聞花繁盛'으로 되어 있다.

275) 月: '花'로 되어 있다.

276) 一歲: '一歲也'로 되어 있다.

277) 又: '又問'으로 되어 있다.

278) 汝知書: '能識字'로 되어 있다.

279) 鏡奴佯若不知: '對'로 되어 있다.

280) 未: '未知'로 되어 있다.

281) 相曰: '承相曰'로 되어 있다.

282) 也: '何也'로 되어 있다.

283) 父母: '考妣'로 되어 있다.

284) 孰從學哉: '何以学之'로 되어 있다.

"彼哉! 彼哉!"

奴亦笑(而)退居.

旬日285).

鏡奴聞羅女欲入286)東山翫287)花, 渠常守之羞288), 而未果之奇289).

乃告(於)丞相曰:

"我之來此, 今既数月290), 未訪舊里, 心深蔚抑. 願得数日之暇291)."

承相許之, 奴去而復隱於花間292).

(則羅女聞, 鏡奴受由歸鄉293), (走)入東山翫花. 花艷含淚, 芍芍如笑294),

口295)占一句曰:

花笑296)檻前聲未聽.

(鏡奴隱於花間), 續吟曰:

鳥啼林下淚難看.

羅女(赧然)羞怍(奔)入.

---

285) 旬日: '自謂曰: "可笑敎書之言. 爾何能敎我書乎? 誠可笑也. 旬日"'로 되어 있다.

286) 鏡奴聞羅女欲入: '其後鏡奴窃聞羅女欲翫'으로 되어 있다.

287) 翫: '之'로 되어 있다.

288) 渠常守之羞: '而鏡奴常守'로 되어 있다.

289) 而未果之奇: '故未爲翫花'로 되어 있다.

290) 今既数月: '今幾数年'으로 되어 있다.

291) 未訪舊里,⋯願得数日之暇: '以故故鄉, 訪見親戚而來, 數日未暇乎'로 되어 있다.

292) 奴去而復隱於花間: '奴退而復入花中'으로 되어 있다.

293) 歸鄉: '還'으로 되어 있다.

294) 花艷含淚芍芍如笑: '花艷含淚芍芍如笑, 其時淸風乍起, 花香滿身, 紅藥靑葉, 蜂蝶偸查'로 되어 있다.

295) 口: '卽'으로 되어 있다.

296) 花笑: 원본에는 '笑花'로 되어 있는 것을 앞뒤 글자 우측 상단에 자리바꿈 부호(符號)가 있어 바로잡았다. '花笑'로 되어 있다.

是年仲春[297].

諸儒上表曰,「函中之物, 不能以窮究[298], 伏蒿待[299]罪」(云).

國王憂[300], (戚)侍臣啓曰:

"賢才[301]不可易得. 願大王群臣之中, 文學有裕[302], 職且居首者專委[303], 則庶有可[304]圖(之)勢. (終若不能, 則渠往天朝來爲不可)."

(王以爲然).

於是召羅丞相[305], 委以石函曰:

"寡人以否[306]德, 叩守重地受此[307]. 天朝至難之, 譴欲死[308]不死. 風聞群臣之中, 卿之文才有餘[309], 可作此詩也[310], 故委之以函, 卿須力究而作詩可乎?[311] 卿若不能, 則卿夫人盡屬宮女. 卿當受怏於天朝矣[312]."

(羅)清業俯首受[313]命來家[314], 擧皆驚痛[315].

羅女亦垂淚[316], 不食者累日.

---

297) 年仲春: '歲'로 되어 있다.

298) 以窮究: '究之'로 되어 있다.

299) 蒿待: '藁請'으로 되어 있다.

300) 憂: '大憂'로 되어 있다.

301) 才: '臣求'로 되어 있다.

302) 裕: '餘'로 되어 있다.

303) 職且居首者專委: '位居首之人承相羅千業專委'로 되어 있다.

304) 有可: '可有'로 되어 있다.

305) 於是召羅丞相: '王卽招千業'으로 되어 있다.

306) 否: '不'로 되어 있다.

307) 叩守重地受此: '叩受重器不意'로 되어 있다.

308) 至難之, 譴欲死: '以至難之譴送之'로 되어 있다.

309) 不死.…文才有餘: '諸臣中卿之文才有餘'로 되어 있다.

310) 可作此詩也: '態鮮作詩'로 되어 있다.

311) 故委之以函,…作詩可乎?: '是以委之, 究而作詩也'로 되어 있다.

312) 卿若不能,…天朝矣: '不究之則卿之家屬, 以爲官婢, 卿送天朝, 亦可以當不究之罪矣'로 되어 있다.

313) 受: '聽'으로 되어 있다.

314) 來家: '抱函到家'로 되어 있다.

315) 擧皆驚痛: '擧家皆驚痛哭'으로 되어 있다.

316) 羅女亦垂淚: '承相欠愁涕淚'로 되어 있다.

(破)鏡奴佯[317]若不知, 問於人曰:

"主宅紛悲之甚矣[318]."

人曰:

"以如此, 故主相將受大罪憂, 痛至此極也[319]."

鏡奴外憂內喜, 欲[320]試(於)羅女之(所爲), 折持[321]花枝, 乃詣(翼廊)窓前[322]. 羅女(方支頤而坐)悽然泣下, 忽見壁上裏, 輒有美儒之影[323], (心以爲駭), (因顧)窓[324]隙, 破鏡奴[325]乃奉花而立外[326]. 羅女怪而問之, 鏡奴(乃跪窃語)曰:

"娘氏[327]欲翫此花, 爲折來奉. 未枯之時[328], 受[329](而)一翫."

羅女(歔欷)太息[330], 鏡奴(又)慰之曰:

"鏡裏影落之(人), 必使娘氏[331]無憂矣. (願請)勿憂受[332]花(一翫)."

羅女聞其言, (心)頗疑[333]之, (乃)掩面(而)受花, 羞愧恥. 而起入, 跪坐[334]父母(之)前, (從容微告)曰:

"鏡奴雖幼, 才學絶[335]. (又)且有神豪之氣. 吾窃疑能窃[336], 作(此)詩

---

317) 佯: '儜'으로 되어 있다.
318) 主宅紛悲之甚矣: '上典一家何悲感, 而承相不食也'로 되어 있다.
319) 以如此,…痛至此極也: '有如此之事, 而患憂也'로 되어 있다.
320) 欲: '先'으로 되어 있다.
321) 折持: '卽折'로 되어 있다.
322) 前: '外'로 되어 있다.
323) 裏輒有美儒之影: '鏡裡人影影之'로 되어 있다.
324) 窓: '牕'으로 되어 있다.
325) 破鏡奴: '視之'로 되어 있다.
326) 乃奉花而立外: '則鏡奴折抱花枝, 獨立門外'로 되어 있다.
327) 氏: '子'로 되어 있다.
328) 爲折來奉, 未枯之時: '故未衰之前折來'로 되어 있다.
329) 受: '宜受'로 되어 있다.
330) 息: '息不受'로 되어 있다.
331) 必使娘氏: '反使娘子'로 되어 있다.
332) 憂受: '憂速受此'로 되어 있다.
333) 疑: '起'로 되어 있다.
334) 而起入, 跪坐: '而入告'로 되어 있다.

也."

丞相曰:

"汝337)以此事, 爲易發斯言歟338)? 若鏡奴之所能爲339)也, 則天下340)名儒341), (一不作之), 竟委我耶342)?"

(羅)女曰:

"(韵言)鴟梟不見於晝, 見343)(行於)夜, 鶡鵙不見於夜, 而見(行)晝, 各有344)所長. (事非難, 見人之難), 豈意有雀生鸇345)? 鏡奴雖小, 安知(其)有大才乎?"

仍346)言鏡(奴)無患之語347), (及)花田德吟之句曰348):

"(日昨乘奴由退, 適翫花田. 奴隱於花間, 即答此詩, 眞非天才, 豈可如此)? 渠(若)不能, 何出此言也349)? 願召試之."

丞相意其然350), 乃召鏡奴351)諭之曰:

"邦國不幸, 大國譴責, (一家不幸, 國)王憂僶352). (爾身)不幸, 我欲罪.353) (詔)函來, 斯不耐授354)(爾), 趑趄累日(矣). 今之授爾, 勢出於不獲

---

335) 絶: '絶人'으로 되어 있다.
336) 疑能窗: '爲能究函中之物而'로 되어 있다.
337) 汝: '汝何'로 되어 있다.
338) 以此事, 爲易發斯言歟: '以易發如是之言耶'로 되어 있다.
339) 爲: '究'로 되어 있다.
340) 則天下: '一國'으로 되어 있다.
341) 儒: '儒, 何能不究也'로 되어 있다.
342) 竟委我耶: '而竟委於我哉'로 되어 있다.
343) 見: '而見'으로 되어 있다.
344) 各有: '此各異'로 되어 있다.
345) 意有雀生鸇: '有意雀生鸇'으로 되어 있다.
346) 仍: '因'으로 되어 있다.
347) 患之語: '憂之說'로 되어 있다.
348) 德吟之句曰: '續吟之句又曰'로 되어 있다.
349) 何出此言也: '何能出此言耶'로 되어 있다.
350) 丞相意其然: '承相頗然之'로 되어 있다.
351) 鏡奴: '鏡奴, 鏡奴'로 되어 있다.
352) 憂僶: '王憂愁一字'로 되어 있다.

已也. 汝能作詩, 當仕原, 常榮享一國, 豈止於吾汝一身也355)?"

鏡奴聽命, 笑答356)曰:

"擧國能文, 並皆不能, 何三尺稚童357)不學所爲也? 是可謂'牛笑之辞'358)."

回頭起出, 丞相無辞359).

羅女又告曰:

"(平心責出), 至難之事, 誰360)肯應之? 好生惡殺361), 人之常情. 昔一人, 坐事當刑, (有)吏問(之)曰: '汝當能之362), (吾)當赦之.' 其人363)從命能364)之. (而)況鏡奴(文學)有餘可能365), (而)佯366)爲不能. (今)家君脅破鏡奴而死也367), 則鏡奴豈無好生惡死之心, 而不從也(哉)?"

丞相以爲然368), (乃)脅迫鏡奴曰:

"汝身旣爲吾奴369), 不聽我言, 罪當斬."

仍命他370)奴, 將下斬之. (破)鏡奴371)恐(誠斬, 而佯)許之.

(頃之鏡奴, 乃)持函, 坐(于)中門(之)內, 私自語之372)曰:

---

353) 我欲罪: '受'로 되어 있다.

354) 不耐授: '我當殆罪'로 되어 있다.

355) 勢出於不獲已也.……一身也: '汝若究之作詩, 則非特賞爵 一国無患矣'로 되어 있다.

356) 答: '而對'로 되어 있다.

357) 何三尺稚童: '況三尺穉兒'로 되어 있다.

358) 所爲也? 是可謂牛笑之辞: '無知者乎?'로 되어 있다.

359) 回頭起出, 丞相無辞: '承相更無歡心也'로 되어 있다.

360) 誰: '平問而誰'로 되어 있다.

361) 殺: '死'로 되어 있다.

362) 當能之: '若作詩'로 되어 있다.

363) 其人: '其人不曉一字'로 되어 있다.

364) 能: '能作'으로 되어 있다.

365) 能: '能詩也'로 되어 있다.

366) 佯: '儴'으로 되어 있다.

367) 脅破鏡奴而死也: '使奴脅之, 將若斬之'로 되어 있다.

368) 爲然: '然之'로 되어 있다.

369) 身旣爲吾奴: '旣以吾家之爲奴'로 되어 있다.

370) 他: '醋'으로 되어 있다.

371) 奴: '奴儴'으로 되어 있다.

"此可謂373)'方被敵兵, 欲殺謀士者'也. 如我者雖死不足惜, 不知丞相如何耳."374)

夫375)人(適)如此側聞, 鏡奴之言376), 入謂丞相曰:

"破鏡奴無作詩意之377)378)."

(仍以其語告之).

丞相令乳母布誘379)曰:

"汝之文才有餘, 可能380)作詩, 如何所欲381), 至死拒也382)? 如383)有所欲, 無敢隱我, 而直言之. 吾當爲汝(方且)圖之."

鏡奴黙然良久曰:

"丞相(若)以我爲婿, 則(吾必爲之)作詩矣."

乳母入報丞相, 丞相厲聲曰:

"豈有384)蒼頭爲婿之理乎? 汝言太謬385)矣."

又令畫工, 彩386)仙娥之貌, 遺示曰, "汝能作詩, 如此387)(顔色)美娘許

372) 自語之: '言'으로 되어 있다.

373) 可謂: 원본에는 '謂可'로 되어 있는 것을 앞뒤 글자 우측 상단에 자리바꿈 부호(符號)가 있어 바로잡았다. 이본에는 없다.

374) 此謂可…不知丞相如何耳: '吾之所懷事不逐, 而遷遇料外之事. 作詩不難, 思之則憤不可勝也'로 되어 있다.

375) 夫: '於是承相夫'로 되어 있다.

376) 如此側聞鏡奴之言: 소실(燒失)되어 알 수 없는 것을 이본을 참고, 추정하여 보(補)하였다.

377) 意之: 원본에는 '之意'로 되어 있는 것을 앞뒤 글자 우측 상단에 자리바꿈 부호(符號)가 있어 바로잡았다. 이본에는 없다.

378) 破鏡奴無作詩之意: '鏡奴之所言如此, 必有所願未副之事也'로 되어 있다.

379) 布誘: '諭於鏡奴曰'로 되어 있다.

380) 有餘, 可能: 소실(燒失)되어 알 수 없는 것을 국립도서관본 〈崔孤雲傳〉을 참고, 추정하여 보(補)하였다.

381) 才有餘, 可能作詩, 如何所欲: '藝自足'으로 되어 있다.

382) 也: '之, 無乃有所欲之事'로 되어 있다.

383) 如: '若'으로 되어 있다.

384) 有: '有以'로 되어 있다.

385) 太謬: '濫'으로 되어 있다.

386) 又令畫工, 彩: '彩畫'로 되어 있다.

聚矣388)."

鏡奴(笑)曰:

"曾未見畫餅而飽者, 食然後飽389). (豈有可以善謀, 試愚者乎? 是以家方與, 終難免禍矣).

蹴函390)曰:

"吾雖寸斬, 不能391)作也."

乳母入以白之392), 丞相默而393)不言.

(於是)少女雲英, (低眉)拭淚而告曰:

"當今莫大之患. 不能, 則家君受責, 母女微賤. 家君雖愛女之心, 其終奈何? 願以身續之刑394), 勿以愛我報守. 若不聽鏡奴之言395), (則後)必有悔, 噬臍396)莫及. 父母長享, 女子榮. 自古以來, 所可愛者, 惟獨人生, 人生而已, 他尙何愛哉397)?"

丞相曰:

"孝398)女之(言)誠399)(且有理). 父母之心400), 不忍爲畢401)微(入)門, 恐402)有(爾)終身之怨(也). 欲避403)燃眉之禍邇許, 則又不無人議矣404)."

---

387) 如此: '則如此'로 되어 있다.

388) 聚矣: '嫁之'로 되어 있다.

389) 曾未見畫餅而飽者, 食然後飽: '餅畫紙上, 終日見之, 何飽之有. 必食然後, 可以飽之'로 되어 있다.

390) 蹴函: '仍蹴函而偃臥'로 되어 있다.

391) 能: '可'로 되어 있다.

392) 以白之: '白'으로 되어 있다.

393) 而: '嘿然'으로 되어 있다.

394) 當今莫大之患.…願以身續之刑: '吾家成敗, 都繫於此事. 昔提縈, 沒入官婢, 以贖父刑, 家君以愛女之心不從, 則難免此禍. 願以身贖其父禍'로 되어 있다.

395) 勿以愛…奴之言: '今不聽之'로 되어 있다.

396) 噬臍: '臍之'로 되어 있다.

397) 父母長享,…他尙何愛哉: '古今天下, 身外更有愛貴之事乎'로 되어 있다.

398) 孝: '小'로 되어 있다.

399) 誠: '誠也'로 되어 있다.

400) 心: '心愛女'로 되어 있다.

401) 爲畢: '許'로 되어 있다.

英曰:

"父母愛女405)之心, 女子406)孝親之義407)一也. (家平心樂. 故作不義, 則非但人議, 當受天誅). 今之事勢, 奴以408)我汚身, 然後可得父母之命, 豈畏人議也?409)

相乃眼410)曰:

"今聞汝411)言, 眞可謂412)孝女之矣413)."

於是與夫人定婿414), 通於415)親戚, 親戚皆曰, "(作婿)可也."

丞相乃令侍婢設蕩子416), 以(去)其垢, (而更以羅巾修身), 飾以錦衣. (遂)卜日成礼, 贅而417)爲婿(焉).

翌朝, 丞相陰使人於蘭房窺, 作詩與否418).

郎日脫不起. 雲英坐側, 悶黙愁生, 搖之促詩, 卽掉臂呼曰419):

"詩則不難420)."

402) 恐: '且恐'으로 되어 있다.
403) 欲避: '故欲免'으로 되어 있다.
404) 邇許, 則又不無人議矣: '汝言誠是, 亦何爲憂哉'로 되어 있다.
405) 女: '子'로 되어 있다.
406) 子: '之'로 되어 있다.
407) 義: '誠固其'로 되어 있다.
408) 奴以: '必'로 되어 있다.
409) 可得父母之命, 豈畏人議也?: '乃可圖也'로 되어 있다.
410) 相乃眼: '丞相'으로 되어 있다.
411) 汝: '爾'로 되어 있다.
412) 可謂: '是'로 되어 있다.
413) 矣: '誠'으로 되어 있다.
414) 與夫人定婿: '丞相与夫人定婚'으로 되어 있다.
415) 於: '之'로 되어 있다.
416) 丞相乃令侍婢設蕩子: '卽令婢子沐浴鏡奴'로 되어 있다.
417) 而: '以'로 되어 있다.
418) 陰使人於蘭房窺, 作詩與否: '丞相令侍婢窺見蘭房作詩之形'으로 되어 있다.
419) 郎日脫不起,…卽掉臂呼曰: '鏡奴自作名曰: "致遠, 字孤雲." 雲坐于致遠之側, 促其作詩, 致遠曰'로 되어 있다.
420) 詩則不難: '此詩之作, 明日之間, 莫促之'로 되어 있다.

但令糊紙[421]於壁上, 自取毛(윤), 挾於足指而又寐焉[422].

英[423]亦以[424]憂愁[425], 因[426]睡(凝神倚枕). 蒙有[427]双龍, 從天而下[428], 交飛函上[429], 有(五色)斑衣童子十輩, 奉函而立. 有[430]五色瑞氣, 出自双龍之鼻[431], 貫照函[432], (亦自開. 又有)紅衣靑帕三儒[433], 圍立[434]左右, 一折函, 一呼詩[435], 一搦筆方製之際[436]. (適)因丞相喚人[437]之聲, 雲英驚起[438], 乃一夢也, (墮上糊紙已).

題[439]一詩大書, 題詩筆書[440], 動如龍蛇[441], 其詩曰:

團團石中卵[442]

牛玉[443]牛黃金

---

421) 但令糊紙: '使羅氏糊紙付'로 되어 있다.

422) 又寐焉: '睡之'로 되어 있다.

423) 英: '雲英'으로 되어 있다.

424) 亦以: 원본에는 '以亦'으로 되어 있는 것을 앞뒤 글자 우측 상단에 자리바꿈 부호 (符號)가 있어 바로잡았다. '亦爲'로 되어 있다.

425) 憂愁: '憂愁之餘'로 되어 있다.

426) 因: '困憊因'으로 되어 있다.

427) 有: '中'으로 되어 있다.

428) 而下: '以降'으로 되어 있다.

429) 交飛函上: '相交函中'으로 되어 있다.

430) 有: '齊聲唱歌, 函欲開之頃之'로 되어 있다.

431) 鼻: '鼻孔'으로 되어 있다.

432) 函: '函中'으로 되어 있다.

433) 三儒: '之人'으로 되어 있다.

434) 圍立: '羅列'로 되어 있다.

435) 一折函, 一呼詩: '或製詩詠之'로 되어 있다.

436) 一搦筆方製之際: '或握筆書之際'로 되어 있다.

437) 人: '人促詩'로 되어 있다.

438) 雲英驚起: '羅氏驚覺'으로 되어 있다.

439) 題: '致遠亦覺題'로 되어 있다.

440) 題一詩大書, 題詩筆書: '仍作詩書于糊紙'로 되어 있다.

441) 動如龍蛇: '竜蛇驚動也'로 되어 있다.

442) 中卵: '函裡'로 되어 있다.

443) 玉: '白'으로 되어 있다.

內有⁴⁴⁴⁾知時鳥

含情未吐音

乃以詩授其細君, 入遣丞相言曰, "皇帝見此詩, 則必徵作詩之士."

丞相見其詩⁴⁴⁵⁾, 猶未信焉⁴⁴⁶⁾. 雲英乃以夢中所觀之事, 告之丞相, 乃信之⁴⁴⁷⁾, (一家懽喜. 丞相遂奉之), 詣闕献⁴⁴⁸⁾王. 王見之(乃)大驚曰:

"卿何知作⁴⁴⁹⁾耶?"

對曰:

"(此)非臣(之)所製, 乃臣壻之⁴⁵⁰⁾作也. (是以臣溪知, 其所爲也)?"

於是王遣使(奉詩), 献于皇帝. 皇帝覽之, (良久)曰:

"卵云者是也⁴⁵¹⁾, 如時之鳥, 未吐音者何也?⁴⁵²⁾"

乃折⁴⁵³⁾函, 而見其卵⁴⁵⁴⁾, 乃以綿累裏, 故溫而成雛⁴⁵⁵⁾. (始知含情未吐音之句).

帝仍歎⁴⁵⁶⁾曰, "天下⁴⁵⁷⁾之奇才也."

(於是)招學士, (以詩)示之, 學士見之, 咸讚皆書⁴⁵⁸⁾曰:

---

444) 內有: '夜夜'로 되어 있다.

445) 乃以詩授其細君,…丞相見其詩: '以羅氏献于丞相前'으로 되어 있다.

446) 猶未信焉: '丞相猶未信之'로 되어 있다.

447) 雲英乃以…乃信之: '聞雲英夕中之言, 信之'로 되어 있다.

448) 献: '獻詩于'로 되어 있다.

449) 知作: '以究此作詩'로 되어 있다.

450) 之: '之所'로 되어 있다.

451) 卵云者是也: '團團石函裡, 半白半黃金, 此是句'로 되어 있다.

452) 如時之鳥, 未吐音者何也: '夜夜知時鳥, 含情未吐音, 此句何以誤也'로 되어 있다.

453) 折: '開'로 되어 있다.

454) 見其卵: '破卵視之'로 되어 있다.

455) 乃以綿累裏, 故溫而成雛: '累日綿溫中, 化轉成雛矣'로 되어 있다.

456) 仍歎: '歎服'으로 되어 있다.

457) 天下: '是天下'로 되어 있다.

458) 見之, 咸讚皆書: '亦讚不已, 頃之上疏曰'로 되어 있다.

「大抵459)袖中之物, 難能究製460), 況(石中之物)乎? 新羅僻在絶域. 藩籬小邦, 能知中華微細之事, 而作詩, 其能明哲何如哉? 且中華之大, 如此之才固難得也. 若長其才, 則將有不測, 凌侮大國之心矣, 願陛下喚此儒生, 以語詰問, 能知難事之由.461)」

帝深以爲然462), 乃(招)徵新羅作詩之士.
(於是)羅王, 招463)丞相(羅)淸業曰:
"(今)皇帝464)欲侵我國, 又徵作詩之人465). 卿壻尙466)幼, 送之似難467). 卿寧欲代行乎468)?"
對曰469):
"臣壻曾言, '大國必徵作詩之士', 果如其言. 渠欲往去, 然体甚軟弱, 萬里滄波, 豈可信送乎? 臣當代去470)."
(遂)還家471) 謂(其)家人曰:
"(今)天子(詔), 徵作詩之士, 壻郎尙幼472), 不可遣473), 我474)將代行

459) 大抵: '相對'로 되어 있다.
460) 難能究製: '尙可難知'로 되어 있다.
461) 新羅僻在絶域藩籬小邦,…能知難事之由: '萬里絶域, 能究此物如詳知, 自古中原, 未聞如此之奇才矣. 惟恐小國, 必有大国凌侮之端. 願命召作詩之士, 以問難究事, 能觧之由'로 되어 있다.
462) 深以爲然: '然之'로 되어 있다.
463) 招: '大惧, 召'로 되어 있다.
464) 皇帝: '天子'로 되어 있다.
465) 人: '士'로 되어 있다.
466) 卿壻尙: '卿之壻卽年'으로 되어 있다.
467) 送之似難: '難送萬里之外'로 되어 있다.
468) 卿寧欲代行乎: '卿當代之'로 되어 있다.
469) 對曰: '承相對曰'로 되어 있다.
470) 臣婿曾言,…臣當代去: '願安承敎矣'로 되어 있다.
471) 家: '家泣'으로 되어 있다.
472) 壻郎尙幼: '而崔郎幼矣'로 되어 있다.
473) 遣: '遣也'로 되어 있다.
474) 我: '吾'로 되어 있다.

(矣). 一行則無復生還475), 將爲奈何476)?

於是雲英退477)謂生478)曰:

"君何作詩, 而又有徵責之詔耶? 老父一行 則何可再覯耶479)?"

曰480):

"丞相代行, 豈481)辝對之耶? 必有大禍482), 我當行之483)".

雲英484)曰:

"君485)行萬里, 其能復覯486)?"

(酒)悽然淚下487), 郞488)慰之曰:

"非閨中所知, 古人有言曰489), '天生我才, 必用我'. 今入中原, 則天子必用我, 大以封王侯, 小以將相矣. 吾於此時, 乃還于玆490), (以)示榮於君, (家)不亦樂乎? 況丈夫491)周流天下, 吾道可行矣. 我之此行, 是亦丈夫之常道492), 豈有不493)還(之理)乎? 願君勿疑焉."

---

475) 一行則無復生還: '無計還生'으로 되어 있다.

476) 將爲奈何: '將如之何?'로 되어 있다.

477) 於是雲英退: 소실(燒失)되어 알 수 없는 것을 국립도서관본 〈최고운전〉을 참고하여 보(補)하였다. '擧家痛哭, 罔知所措'로 되어 있다.

478) 生: '崔郞'으로 되어 있다.

479) 君何作詩,…可再覯耶: '天子徵作詩之士, 故家君代行, 則萬里長途, 不唯難還, 必有大禍, 父子情義, 不忍慘惻'으로 되어 있다.

480) 曰: '崔郞曰'로 되어 있다.

481) 丞相代行, 豈: 소실(燒失)되어 알 수 없는 것을 이본을 두루 참고하여 보(補)하였다.

482) 丞相代行…必有大禍: '承相不可代行'으로 되어 있다.

483) 行之: '往矣'로 되어 있다.

484) 雲英: '羅氏'로 되어 있다.

485) 君: '今君棄我'로 되어 있다.

486) 其能復覯: '則安能復還乎'로 되어 있다.

487) 淚下: '下淚'로 되어 있다.

488) 郞: '崔郞'으로 되어 있다.

489) 非閨中所知, 古人有言曰: '君不聞李太白之詩乎?'로 되어 있다.

490) 則天子必用我,…乃還于玆: '則乃爲特相之秋也. 以錦衣還鄕'으로 되어 있다.

491) 況丈夫: '況大丈夫生世'로 되어 있다.

492) 丈夫之常道: '眞大丈夫之事也'로 되어 있다.

493) 不: '難'으로 되어 있다.

仍陳丞相, 不可代行之494).

(故謂之曰, "请以辞告于丞相, 使我行之可也).")

雲英逶以郞言, 乃入告495)曰:

"欲自行矣."496)

丞相不勝称賀497)曰:

"壻郞之言, 豈非大矣? 人之所戒也498)."

乃入闕啓499)曰:

"臣欲令壻遣之500)."

王501)曰:

"既502)(以)定行503), 而更欲遣壻504)何也?"

對曰:

"臣壻雖505)幼, 才學過於臣者十倍506). 而渠亦究製函中之物507). 今皇帝更令作詩508), 臣雖代行, 恐不堪製詩509), 以失我國之体面. 是以欲令壻遣之矣510)."

---

494) 願君勿疑焉.…代行之: '勿疑之我言, 詳告承相前'으로 되어 있다.

495) 雲英逶以郞言, 乃入告: '羅氏, 入告承相'으로 되어 있다.

496) 欲自行矣: '崔郞自當行之, 而如是云云'으로 되어 있다.

497) 丞相不勝称賀: '承相聞其語'로 되어 있다.

498) 壻郞之言,…人之所戒也: '賢哉! 崔郞. 以年幼兒, 遽發此言, 不賢而能如是乎?'로 되어 있다.

499) 乃入闕啓: '承相入闕奏之'로 되어 있다.

500) 臣欲令壻遣之: '臣婿崔郞, 請于自行, 不得代行'으로 되어 있다.

501) 王: '帝'로 되어 있다.

502) 既: '卿既'로 되어 있다.

503) 定行: '定代婿之行'로 되어 있다.

504) 更欲遣壻: '送婿'로 되어 있다.

505) 壻雖: '婿年幼'으로 되어 있다.

506) 過於臣者十倍: '十倍於臣'으로 되어 있다.

507) 而渠亦究製函中之物: '若爲代行'으로 되어 있다.

508) 今皇帝更令作詩: '皇帝更爲作詩'로 되어 있다.

509) 臣雖代行, 恐不堪製詩: '則不敢製詩矣'로 되어 있다.

510) 以失我國…壻遣之矣: '前日我国之生彩, 反故虚套, 是以送崔郞'으로 되어 있다.

王以爲然而許之[511].

翌日, 乃命招羅婿.

婿乃入闕拜於王[512], 王問曰:

"汝年幾何?"

對曰:

"十有二矣."

王曰:

"汝之年少若是, 則雖入中原, 如何事[513]?"

對曰:

"誠以年與体能事, 則一国之仗, 皆爲年長, 體壯者矣, 函中之物, 逾年未能作詩乎[514]?"

王乃驚愕, 試問[515]曰:

"爾往中原, 將以何意, 對之[516]?"

(對)曰:

"(大)凡長者於[517]小者. 以[518]長者之道, 遇小者, 則亦[519]以小者之道, 事長者(矣). 今中国[520], 不以大国之道遇小国, 小国豈敢[521]以小国之道, 事大国哉[522]? 今(之大国)不然, (而)反欲侵之, 以鷄卵盛于石函[523], 送于

---

511) 王以爲然而許之: '王然之許焉'으로 되어 있다.

512) 乃命招羅婿, 婿乃入闕拜於王: '致遠謁現'으로 되어 있다.

513) 汝之年少若是,…如何事: '年少兒入中國, 能當之乎'로 되어 있다.

514) 誠以年與体能事,…逾年未能作詩乎: '若以年壯當之大事, 我國以年壯者, 不能究此函中之物, 而以我爲因乎'로 되어 있다.

515) 乃驚愕試問: '愕然問之'로 되어 있다.

516) 爾往中原,…對之: '汝入中原, 何以對天子乎'로 되어 있다.

517) 於: '之'로 되어 있다.

518) 以: '不以'로 되어 있다.

519) 則亦: '則小者亦不'로 되어 있다.

520) 国: '原'으로 되어 있다.

521) 小国豈敢: '則小國豈不'로 되어 있다.

522) 哉: '乎'로 되어 있다.

523) 以鷄卵盛于石函: '石函盛卵'으로 되어 있다.

我国, (責使)作詩. 其後反⁵²⁴⁾疾作詩(之人), 徵之⁵²⁵⁾, 不知何意⁵²⁶⁾也. (然則), 大国之道, 反覆(乎)? 如此而欲令少国, 以小者之道事(之乎)? 是(猶) '緣木求魚'⁵²⁷⁾也. (臣)以是欲問⁵²⁸⁾皇帝之前矣⁵²⁹⁾."

　是於王⁵³⁰⁾大奇其言, 乃下床執手, 而慰⁵³¹⁾之曰:

"汝入中原⁵³²⁾後, 汝之鶯家, 我當復徭⁵³³⁾. 且賜⁵³⁴⁾衣廩, 以至⁵³⁵⁾汝還. 而惟我將行, 何以餽贐⁵³⁶⁾?"

　郎辭謝⁵³⁷⁾曰:

"不願他(物), 而但⁵³⁸⁾五十尺帽角(耳)."

　王即造與之.

　郎⁵³⁹⁾謝恩拜辞而出, 自称新羅文章崔致遠⁵⁴⁰⁾. 將向中原, 至⁵⁴¹⁾海濱, 姻黨來迓, 設酒以慰⁵⁴²⁾. 羅女不勝離⁵⁴³⁾恨, 乃作別詩一句⁵⁴⁴⁾曰:

---

524) 其後反: '又'로 되어 있다.

525) 之人, 徵之: '而徵作詩之士'로 되어 있다.

526) 不知何意: '不知其何意而然'으로 되어 있다.

527) 魚: '魚類'로 되어 있다.

528) 是欲問: '此欲對於'로 되어 있다.

529) 之前矣: '也'로 되어 있다.

530) 是於王: 원본에는 '於王是'로 되어 있는 것을 앞뒤 글자 우측 상단에 자리바꿈 부호 (符號)가 있어 바로잡았다. '王'으로 되어 있다.

531) 而慰: '謂'로 되어 있다.

532) 原: '原之'로 되어 있다.

533) 徭: '役'으로 되어 있다.

534) 且賜: '且錫'으로 되어 있다.

535) 至: '待'로 되어 있다.

536) 而唯我將行何以餽贐: '今之行中, 何物願之'로 되어 있다.

537) 郎辭謝: '對'로 되어 있다.

538) 而但: '但願'으로 되어 있다.

539) 郎: '致遠於是'로 되어 있다.

540) 遠: '遠十二歲'로 되어 있다.

541) 至: '先遣牌文, 華声傳播遐邇. 中原舉國之人, 以爲才之卓然, 天下之所稀, 古今之未聞也, 而皆欲見之, 惟恐不及焉. 至'로 되어 있다.

542) 姻黨來迓, 設酒以慰: '擧家設讌餞別'로 되어 있다.

543) 女不勝離: '氏不勝雖'로 되어 있다.

白鳥双双漂海[545])烟,

孤帆去去接[546])靑天.

別主還家[547])無好意,

長年愁妾夜何眠[548]).

致遠答慰[549])曰

洞房[550])夜夜莫愁苦[551]),

翠黛花容恐衰耗.

此去功名當自取,

與君富貴喜居邸[552]).

乘醉爲袂, 遂飛纜[553])浮海, 至瞻星島下, 騎舡輒回而不流[554]). 致遠問亭長, 對曰:

"聞神龍在島下[555]), 意以爲神龍[556])所忌[557]), 以致此變, 願致祭禱之[558])."

---

544) 作別詩一句: '乃吟一句詩'로 되어 있다.

545) 漂海: '飄合'로 되어 있다.

546) 接: '悽'로 되어 있다.

547) 還家: '緩歌'로 되어 있다.

548) 何眠: '燈前'으로 되어 있다.

549) 答慰: '卽答'으로 되어 있다.

550) 洞房: 원본에는 '東方'으로 되어 있는 것을 이본을 참고하여 바로잡았다. '洞房'으로 되어 있다.

551) 愁苦: '苦愁'로 되어 있다.

552) 居邸: '居遊'로 되어 있다.

553) 乘醉爲袂, 遂飛纜: '諸人乘舟分袂'로 되어 있다.

554) 騎舡輒回而不流: '船回不行'으로 되어 있다.

555) 聞神龍在島下: '神在此島'로 되어 있다.

556) 神龍: 원본에는 '龍神'으로 되어 있는 것을 앞뒤 글자 우측 상단에 자리바꿈 부호(符號)가 있어 바로잡았다. '龍之'로 되어 있다.

557) 意以爲龍神所忌: '無乃爲龍之所忌也'로 되어 있다.

558) 以致此變, 願致祭禱之: '願誠登之'로 되어 있다.

致遠(從其言), 遂下船登島. 俄有一年559)少美儒, 拱手而出560). 致遠(怳而)問(之)曰:

"汝何人斯561), (乃敢無從), 而到此絶島乎562)?"

仗563)起而敬拜, (跪而答)曰:

"我(乃)龍王(之)第二子李牧也. 今聞564)先生以天下文章, 歷(到)于此565), 老父好欲一拜, 使我邀會耳566)."

致遠曰:

"龍王居567)水府, 我在陽世風568), 馬牛之不相及569). 雖欲570)一拜, 豈571)可得乎? 行期且迫572), 何暇遊水府573)乎?"

牧曰574):

"我地575)與人間殊(異), 未聞孔子之言576), 故縱欲學書, 無由得學. 是以常自歎恨, 偶得天下文章577), 豈非天助578)?"

---

559) 俄有一年: '頃之'로 되어 있다.

560) 少美儒, 拱手而出: '少年書生來'로 되어 있다.

561) 汝何人斯: '是何人也'로 되어 있다.

562) 乎: '也'로 되어 있다.

563) 仗: '書生'으로 되어 있다.

564) 今聞: '又問 "何以至此." 對曰: 今聞'으로 되어 있다.

565) 此: '此岩'으로 되어 있다.

566) 老父好欲一拜, 使我邀會耳: '君將欲一拜, 使我奉邀, 故至此'로 되어 있다.

567) 龍王居: '君在'로 되어 있다.

568) 世風: '界'로 되어 있다.

569) 馬牛之不相及: '水陸路殊, 牛馬不相及也'로 되어 있다.

570) 雖欲: 원본에는 '欲雖'로 되어 있는 것을 앞뒤 글자 우측 상단에 자리바꿈 부호(符號)가 있어 바로잡았다. '往欲'으로 되어 있다.

571) 豈: '安'으로 되어 있다.

572) 行期且迫: '然而行色且忙'으로 되어 있다.

573) 何暇遊水府: '奚暇盤遊水宮'으로 되어 있다.

574) 牧曰: '李牧曰'로 되어 있다.

575) 我地: '生之居也'로 되어 있다.

576) 未聞孔子之言: '無孔聖之學'으로 되어 있다.

577) 故縱欲學書,…偶得天下文章: '未如之何, 今幸逢先生'으로 되어 있다.

578) 豈非天助: '非天之祐也'로 되어 있다.

乃重致敬邀.

致遠辭以行迫[579], 牧[580]曰:

"願乘我背. 少頃瞑目, 則可得明也[581]."

致遠(遂)從其言[582].

(於是)牧負致遠, 從岩下[583]入(水中), 至龍宮[584], (則曰, "已至矣."

致遠遂開目, 則果至門下矣). 牧入報龍王, 龍王大喜, 趨出迎入[585], 對坐龍床. 啗食皆人間之物[586]. (水晶宮瑠璃地, 寒光照眼, 未能主視). 王問學道[587], 致遠出[588]示詩書数篇, 龍王喜不勝焉. 而[589]自出水[590]宮書冊示之, 其文若篆籀, 不(能)觧(究. 會語訖), 致遠(以)行迫[591]告辭, 龍王曰:

"文章[592]幸爲見我致蝸室, 而未留数月[593], (卒然遽別), 於我心有慊慊焉. 我之[594]中子李牧, 才健過人, 願帶偕行[595]. 如有變患[596], 勢[597]能當之."

---

579) 乃重致敬邀. 致遠辭以行迫: '致遠辭之行忙'으로 되어 있다.

580) 牧: '牧强請'으로 되어 있다.

581) 願乘我背,…則可得明也: '須臾之間, 先生, 少頃瞑目'으로 되어 있다.

582) 其言: '之'로 되어 있다.

583) 下: '下而'로 되어 있다.

584) 至龍宮: '須臾已至'로 되어 있다.

585) 迎入: '拜之'로 되어 있다.

586) 龍床. 啗食皆人間之物: '爲設一宴, 排盤之味, 鋪陳之具, 皆非人間也'로 되어 있다.

587) 王問學道: '龍王請學文'으로 되어 있다.

588) 出: '以'로 되어 있다.

589) 数篇,…而: 소실(燒失)되어 알 수 없는 것을 이본을 참고, 추정하여 보(補)하였다.

590) 自出水: '仍出龍'으로 되어 있다.

591) 迫: '忙'으로 되어 있다.

592) 告辭, 龍王曰: "文章: 소실(燒失)되어 알 수 없는 것을 김집수택본 소재 〈최문헌전〉을 참고, 추정하여 보(補)하였다. '行忙辭之, 竜王曰: 文章'로 되어 있다.

593) 幸爲見我…留數月: '幸至水府, 不留還故'로 되어 있다.

594) 之: '有'로 되어 있다.

595) 願帶偕行: '若以帶去'로 되어 있다.

596) 如有變患: '雖有憂患'으로 되어 있다.

597) 勢: '足'으로 되어 있다.

致遠諭別, 遂⁵⁹⁸⁾與李牧還至(船所).

亭長於岩下, 艤船⁵⁹⁹⁾而泣, 忽見⁶⁰⁰⁾乃(賀)曰:

"何其去⁶⁰¹⁾來(忽之)耶?"

致遠曰:

"水上行人, 龍王之請, 不可不詑. 故往見耳⁶⁰²⁾."

亭長曰:

"昨者, 明公(將行)祭于島上⁶⁰³⁾, (而)狂風遽⁶⁰⁴⁾起, 白浪淘⁶⁰⁵⁾湧, 窈暝晝晦⁶⁰⁶⁾. 移時風止, 疑是祭不精潔, 致此大変. 歎哭不已, 初月復圓, 豈稱然哉⁶⁰⁷⁾?"

遠⁶⁰⁸⁾曰:

"祭何不誠⁶⁰⁹⁾? 必我行時之風, 其可勿疑⁶¹⁰⁾?"

亭長曰:

"在則之童, 未知⁶¹¹⁾何人也?"

致遠曰:

"彼乃水府之賢人也."

亭長曰:

---

598) 諭別, 遂: '許諾, 告別'로 되어 있다.

599) 於巖下, 艤船: '艤船岩下'로 되어 있다.

600) 見: '見致遠之還'으로 되어 있다.

601) 去: '而'로 되어 있다.

602) 水上行人…故往見耳: '龍王固請, 故暫故而來'로 되어 있다.

603) 于島上: '之時'로 되어 있다.

604) 遽: '忽'로 되어 있다.

605) 白浪淘: '波濤凶'으로 되어 있다.

606) 窈暝晝晦: '白晝晦暝'으로 되어 있다.

607) 移時風止,…豈称然哉: '於是祭之, 龍神不降而然也, 哭之, 豈意請龍王而行耶'로 되어 있다.

608) 遠: '致遠'으로 되어 있다.

609) 祭何不誠: '奈何不降'으로 되어 있다.

610) 必我行時之風, 其可勿疑: '我入水宮時也, 勿疑也'로 되어 있다.

611) 在則之童未知: '彼'로 되어 있다.

"(然則)何以到612)此."

(致遠)曰:

"聞我將向中原, 爲來同往. 昨者, 風動晝晦, 莫非此儒來氣也613)."

遂泛舟而行614), (有)五色雲氣, 恒有於615)帆上. 東616)風徐來, 水波不興. 泛舟中流, 如有飛引行適. 至魏耳島617), 久旱不雨, 万物赤盡618). 島人聞文章之至619), 趨迎拜620), 拱手懇乞曰:

"島621)(人)不幸, 旱災太甚, 幾至危622)亡. 幸遇天下之623)大賢, 窃(以)爲(賴)明公之德, 而且延窮命也624)."

致遠曰:

"天625)之所爲, 其可626)奈何?"

島人曰:

"(文章)大賢, (致)誠禱(之), 則天必應之. 明627)公十分祈628)禱, 以救629)萬死之命, (其恩德 豈有量哉)?

致遠(顧)謂李牧曰:

---

612) 到: '至'로 되어 있다.

613) 聞我將向中原,…莫非此儒來氣也: '將欲偕往中原而來也'로 되어 있다.

614) 泛舟而行: '擧帆中流'로 되어 있다.

615) 有於: '繞'로 되어 있다.

616) 東: '淸'으로 되어 있다.

617) 泛舟中流,…至魏耳島: '行至中耳島'로 되어 있다.

618) 万物赤盡: '赤地千里'로 되어 있다.

619) 島人聞文章之至: '其島之人, 聞至文章'으로 되어 있다.

620) 趨迎拜: '盡拜'로 되어 있다.

621) 島: '此島'로 되어 있다.

622) 危: '死'로 되어 있다.

623) 遇天下之: '逢'으로 되어 있다.

624) 而且延窮命也: '以望救窮之命'으로 되어 있다.

625) 天: '雨不雨天'으로 되어 있다.

626) 可: '何'로 되어 있다.

627) 明: '願明'으로 되어 있다.

628) 祈: '誠'으로 되어 있다.

629) 救: '濟'로 되어 있다.

"龍王謂君, 非不敢爲我. 圖沾一洒以濟, 島人將死之命, 如何?[630]."

牧"唯"[631]之(而退), 邃入山間[632]. 有頃黑雲蔽日[633], 天地混[634]暗, 雨下如注. 俄有靑[635]衣靈僧, 持赤劒而下.

牧先知[636]其罪, 即[637]化爲蛇(已), 入於致遠坐[638]下(矣). 霹僧[639](即)跪告于致遠[640]:

"吾受命天帝, 欲殺李牧矣[641]."

致遠曰:

"(李牧)何罪?"

僧[642]曰:

"此島之[643]人, 父母不孝[644], 昆弟不睦[645], 浪費穀物, (不試天助), 醫餘(酒)滓賤弃(於)道[646]. 特强凌上[647]. 故天帝極其罪惡[648], 致寒飢[649]

---

630) 龍王謂君, …命如何: '君若雨則能雨來, 可以爲我圖之一灑 以活此島將死之人命乎'로 되어 있다.

631) 牧唯: '李牧從'으로 되어 있다.

632) 間: '中'으로 되어 있다.

633) 有頃黑雲蔽日: '頃之黑雲滿天'으로 되어 있다.

634) 天地混: '乾坤混'으로 되어 있다.

635) 俄有靑: '須臾水漲廣野, 島民大悅. 李牧出自山中, 無致遠之傍, 而雲集動雷, 暴雨如注 靑'으로 되어 있다.

636) 牧先知: '李牧先知是'로 되어 있다.

637) 即: '先'으로 되어 있다.

638) 於致遠坐: '于致遠之座'로 되어 있다.

639) 霹僧: '靈僧'으로 되어 있다.

640) 遠: '遠曰'로 되어 있다.

641) 吾受命天帝, 欲殺李牧矣: '吾受天帝命, 將誅李牧也'로 되어 있다.

642) 僧: '對'로 되어 있다.

643) 之: '居'로 되어 있다.

644) 父母不孝: '不知人倫不孝父母'로 되어 있다.

645) 昆弟不睦: '不知兄弟'로 되어 있다.

646) 道: '道路'로 되어 있다.

647) 上: '弱也'로 되어 있다.

648) 故天帝極其罪惡: '是由天帝惡之'로 되어 있다.

649) 致寒飢: '以貽飢寒'으로 되어 있다.

之災. 今李牧不有天命, 擅自偸雨650), 以此誅之(矣)."

遠651)曰:

"目前之慘我不忍見652), 乃命653)李牧給雨654), 罪宜在我, 不在牧655)(也). 欲誅656)之, 誅余可乎657)"

天僧曰:

"天帝命我曰, '(崔)致遠在天658), 幸作微罪659), 而660)暫謫(於)人間, (本非人間碌碌之人). 汝往661)必有救牧662)', 牧如有懇懇之志而救. 果來一, 果如也663)."

逐乃辭還664).

於是李牧(復)化爲人, 致謝於致遠665)曰:

"若非先生, (極救)安得666)保命."

且曰:

"先生(在天), 作何罪, 而謫於人間667)?"

致遠曰:

---

650) 擅自偸雨: '自擅下雨'로 되어 있다.
651) 遠: '致遠'으로 되어 있다.
652) 目前之慘我不忍見: '我不忍目覩之慘'으로 되어 있다.
653) 乃命: '使'으로 되어 있다.
654) 雨: '雨之'로 되어 있다.
655) 牧: '李牧'으로 되어 있다.
656) 誅: '罪'로 되어 있다.
657) 誅余可乎: '罪余之'로 되어 있다.
658) 天: '天上時'로 되어 있다.
659) 幸作微罪: '幸而作罪'로 되어 있다.
660) 而: '故'로 되어 있다.
661) 往: '往則致遠'으로 되어 있다.
662) 牧: '李牧矣'로 되어 있다.
663) 牧如有…一果如: '如是懇懇止而赦之, 今聞明公之言懇, 不可誅也'로 되어 있다.
664) 逐乃辭還: '卽上天'으로 되어 있다.
665) 致謝於致遠: '謝之'로 되어 있다.
666) 得: '可'로 되어 있다.
667) 於人間: '人間乎'로 되어 있다.

"我(自)月宮未開桂花668), (以)已開告於669)天帝, 故以此得罪耳670)."

仍謂李牧671)曰:

"(汝雖龍王之子), 我(曾)未見龍身672), 爲我試之673)."

牧曰:

"如欲見之, 實未難事674), 但恐先生驚畏也675)."

致遠曰:

"我見靈僧之威, 尙不恐惻, 信見汝身, 而畏也哉676)."

牧曰:

"然則何難乎677)?

忽入山間678), 此爲金龍, (而)乃呼致遠. 致遠往視679)之, (卽)失魂仆地. 須更復680)甦, 謂李牧曰:

"君面覺其身681), 吾欲獨行682)."

牧683)曰:

"奉684)承家君之命, 終始685)陪行. (今)未至中原, 安忍遽弃, 而乃還

---

668) 未開桂花: '桂花未開'로 되어 있다.

669) 於: '于'로 되어 있다.

670) 故以此得罪耳: '謫下矣'로 되어 있다.

671) 仍謂李牧: '又'로 되어 있다.

672) 身: '形'으로 되어 있다.

673) 爲我試之: '汝爲我一示否'로 되어 있다.

674) 如欲見之, 實未難事: '观之非難'으로 되어 있다.

675) 也: '之'로 되어 있다.

676) 夫以靈僧之威…而畏也哉: '天神僧之威而不畏, 況乎見汝而畏耶'로 되어 있다.

677) 乎: '之有'로 되어 있다.

678) 忽入山間: '卽入山中'으로 되어 있다.

679) 往視: '見'으로 되어 있다.

680) 須更復: '須臾更'로 되어 있다.

681) 君面覺其身: '見汝之面目身形'으로 되어 있다.

682) 吾欲獨行: '不可以同行, 還故之'로 되어 있다.

683) 牧: '李牧'으로 되어 있다.

684) 奉: '僕奉'으로 되어 있다.

685) 終始: '來往'으로 되어 있다.

哉⁶⁸⁶⁾?"

致遠曰:

"今我之行, 幾進中原⁶⁸⁷⁾, 亦無可爲之事⁶⁸⁸⁾, 莫如還往⁶⁸⁹⁾."

牧⁶⁹⁰⁾曰:

"先生强欲還送⁶⁹¹⁾."

致遠曰:

"任意爲之⁶⁹²⁾."

遂敎書龍王⁶⁹³⁾前, 以謝送子之情.

牧⁶⁹⁴⁾告別, 即變(化其身)爲大靑龍, 踴躍大吼, 聲振⁶⁹⁵⁾天地而去.

致遠到浙⁶⁹⁶⁾江亭上.

有娼老⁶⁹⁷⁾, 携酒來饋, 仍以沉醬綿與之⁶⁹⁸⁾曰:

"此物雖微, 必有所用⁶⁹⁹⁾, 愼勿失之."

致遠曰⁷⁰⁰⁾:

"謹受敎矣⁷⁰¹⁾."

---

686) 安忍遽棄, 而乃還哉: '何敢還故'로 되어 있다.

687) 今我之行, 幾進中原: '中原不遠幾近'으로 되어 있다.

688) 亦無可爲之事: '亦無憂患'으로 되어 있다.

689) 莫如還往: '勿辭故之'로 되어 있다.

690) 牧: '李牧'으로 되어 있다.

691) 先生强欲還送: '先生, 欲送之, 不敢違命. 先生, 只見龍形, 不見龍變, 觀之否'로 되어 있다.

692) 曰, "任意爲之: '許之'로 되어 있다.

693) 敎書龍王: '修於竜王之'로 되어 있다.

694) 牧: '於是李牧'으로 되어 있다.

695) 振: '動'으로 되어 있다.

696) 到浙: '至浙'로 되어 있다.

697) 有娼老: '一老媼'으로 되어 있다.

698) 以沉醬綿與之: '與醬沉之綿'로 되어 있다.

699) 所用: '用處矣'로 되어 있다.

700) 遠曰: 원본에는 '曰遠'으로 되어 있는 것을 앞뒤 글자 우측 상단에 자리바꿈 부호 (符號)가 있어 바로잡았다. '遠'으로 되어 있다.

701) 謹受敎矣: '謹受而去'로 되어 있다.

(乃辞而去), 至陵原(道), 道傍(有)老翁, 搤腕而坐, 問(於致遠)曰:

"孺702)子將安之?"

致遠曰:

"向中原(耳)."

翁慨然(嘆)曰:

"汝(今)入去中原, 則必有大患703), 須愼之. 亦難生還704)."

致遠拜問其故, 翁曰:

"汝行五日, 大水當道705). 水过有佳706)女, 左手奉鉉707), 右手奉玉708)而坐709). (見至女), 致敬(而)拜(谒而)問(之). 女必詳敎710).

(致遠)行五日, 果711)水邊, 有一美女, 奉玉而坐712). 乃敬拜713), 女問714)曰:

"何爲者?"

致遠曰:

"(我是)新羅崔致遠, 往中原耳715)."

女716)曰:

"將何事而往717)?"

---

702) 孺: '儒'로 되어 있다.

703) 必有大患: 소실(燒失)되어 알 수 없는 것을 이본을 참고, 추정하여 보(補)하였다.

704) 亦難生還: '若不愼之, 必難還生'으로 되어 있다.

705) 道: '前'으로 되어 있다.

706) 水过有佳: 소실(燒失)되어 알 수 없는 것을 이본을 참고, 추정하여 보(補)하였다.

707) 左手奉鉉: '右手奉椀'으로 되어 있다.

708) 右手奉玉: '左手奉玉'으로 되어 있다.

709) 坐: '坐矣'로 되어 있다.

710) 敎: '敎矣'로 되어 있다.

711) 果: '則果'로 되어 있다.

712) 水邊,…奉玉而坐: '如其言'으로 되어 있다.

713) 乃敬拜: '致敬拜之'로 되어 있다.

714) 問: '問之'로 되어 있다.

715) 往中原耳: '也'로 되어 있다.

716) 女: '又問'으로 되어 있다.

致遠曰, 具告厥由718).

女誡719)之曰:

"(夫)中原大國(也), 與小⺅玉殊異. (今)天子聞君至, 必720)設九門, 然後721)迎入其門722), 愼勿放心. 大禍將至矣."

仍探723)囊中, 出符724)與之, (仍)戒曰:

"(汝至外門以靑書符投之, 至)二門以丹書(符)投之, (至)三門以白書(符)投之, 至四門以黃書符投之725), (餘皆以詩答之. 誠能如此), 則禍將消726)矣."

(女)因忽不見.727)

(致遠)至洛陽, 有728)學士, 問於致遠曰:

"日月懸於天, 而天者懸於何歟729)."

致遠(答)曰:

"山水載於地, 而地者載於何歟730)."

學士不能731)答.

(於是)始文章至, 欲詆之732), (乃)三門內, 鑿坎使樂733), 納于其中734),

717) 往: '安往也'로 되어 있다.

718) 致遠曰, 具告厥由: '且告厥由向中原耳'로 되어 있다.

719) 誡: '戒'로 되어 있다.

720) 必: '又'로 되어 있다.

721) 然後: '而'로 되어 있다.

722) 其門: '汝其入門'으로 되어 있다.

723) 探: '出所佩'로 되어 있다.

724) 出符: '符書'로 되어 있다.

725) 至四門以黃書符投之: 원본에는 없는 것을 이본을 두루 이본을 참고, 추정하여 보(補)하였다. '至四門以黃書投之, 五門以靑書投之'로 되어 있다.

726) 消: '免'으로 되어 있다.

727) 見: '見. 盖自乘舟發行, 處處觀之者如市. 致遠爲人, 容貌如玉, 動靜閑雅, 人皆謂之天上郎也'로 되어 있다.

728) 有: '有一'로 되어 있다.

729) 者懸於何歟: '何懸也'로 되어 있다.

730) 者載於何歟: '何載也'로 되어 있다.

731) 能: '能問'으로 되어 있다.

诚735)曰:

"(崔)致遠(若)入來, 共736)極奏樂, 以乱其中737)."

更以板覆(之), 加土其上738)踐(之), 則陷之.

(又於)四門內, 設739)錦帳入象其內740), (使之咬殺). 乃召致遠741).

(於是)致遠, 整742)冠入門, (所着)帽角拘(於)門, 不得入743), (乃)嘆744)
曰:

"雖745)小國之門, 我帽746)不觸, 況大國之門, 豈(如)是窄耶747)?"

立而748)不入, 帝聞之慙749), 令破750)毁其門, 更招致遠751). 聞752)下有
樂聲, (即)以靑(書)符投之, 其(樂)聲寂寥753).

又至二門, 有樂聲, 以丹書符投之, 其聲即寥754).

---

732) 始文章至, 欲誑之: '乃欲誑之'로 되어 있다.

733) 坎使樂: '地數丈'으로 되어 있다.

734) 納于其中: '合樂人納于其間'으로 되어 있다.

735) 诚: '戒'로 되어 있다.

736) 共: '於'로 되어 있다.

737) 以乱其中: '以共乱其心'으로 되어 있다.

738) 加土其上: '土加其上使'로 되어 있다.

739) 設: '又'로 되어 있다.

740) 內: '中'으로 되어 있다.

741) 乃召致遠: '然後乃告'로 되어 있다.

742) 整: '整其衣'로 되어 있다.

743) 入: '入門'으로 되어 있다.

744) 嘆: '歎'으로 되어 있다.

745) 雖: '雖以'로 되어 있다.

746) 我帽: '帽角'로 되어 있다.

747) 耶: '乎'로 되어 있다.

748) 而: '之'로 되어 있다.

749) 帝聞之慙: '聞而慚之'로 되어 있다.

750) 令破: '卽'으로 되어 있다.

751) 遠: '遠入之'로 되어 있다.

752) 聞: '門地'로 되어 있다.

753) 寂寥: '然'으로 되어 있다.

754) 又至二門, 有樂聲, 以丹書符投之, 其聲即寥: 원본에는 없는 것을 이본을 두루 참고
하여 추정하여 보(補)하였다. '又至三門, 又有樂聲, 以丹書投之'로 되어 있다.

又至三門, 有樂聲, 以白書符投之, 其聲即寥755).

至四門, 見白象隱於內, 乃以黃書符投之756), 其符化爲757)黃蟒758), (繞)結於759)象口, 不敢開口, 乃得(而)入.

(於是)帝聞(崔)致遠無患(得)過(四)門760), 乃驚761), "是固如天之人也762)."

至五門(內), 學士羅滿763)左右, 爭相問語. 致遠不以爲764), 應惟以詩訓765). (答)學士(爭相見之) 莫不稱讚(盖). 頃刻之間, 所製(之)詩, 不可勝記(矣).

至御前, 皇帝766)下床, 迎之上座, 仍問曰:

"卿究函中之物, 作767)詩乎?"

對曰:

"唯768)"

帝769)曰:

"卿何如而作詩耶?770)"

---

755) 又至三門, 有樂聲, 以白書符投之, 其聲即寥: '至三門, 又有声, 以白符投之'로 되어 있다.

756) 至四門, 見白象隱於內, 乃以黃書符投之: '至四門, 又有声, 象隱於帳內, 以黃符投之'로 되어 있다.

757) 化爲: 원본에는 '爲化'로 되어 있는 것을 앞뒤 글자 우측 상단에 자리바꿈 부호(符號)가 있어 바로잡았다. '化爲'로 되어 있다.

758) 蟒: '蛇'로 되어 있다.

759) 於: '拘'로 되어 있다.

760) 門: '門入之'로 되어 있다.

761) 驚: '驚曰'로 되어 있다.

762) 是固如天之人也: '是固天神也'로 되어 있다.

763) 滿: '立'으로 되어 있다.

764) 以爲: '答'으로 되어 있다.

765) 應惟以詩訓: '以詩應之'로 되어 있다.

766) 皇帝: '皇帝乃'로 되어 있다.

767) 作: '而作'으로 되어 있다.

768) 唯: '有之'로 되어 있다.

769) 帝: '又問'으로 되어 있다.

對曰:

"臣聞賢哲者, 雖在天上之物,【猶能達知⁷⁷¹⁾. 臣雖⁷⁷²⁾不敏, 豈不知函中之物(而製詩)乎?"

帝(深然之), 又問曰:

"卿入三門, 未聞其⁷⁷³⁾聲耶?

答⁷⁷⁴⁾曰:

"未聞."

於是招三門內, (地下)作樂人鞠⁷⁷⁵⁾之, 皆曰:

"我等共擾之⁷⁷⁶⁾奏樂際⁷⁷⁷⁾, (有)白紅(衣)者数十⁷⁷⁸⁾, 持鐵我等⁷⁷⁹⁾禁止曰, '大賓來矣, 勿喧!勿喧!⁷⁸⁰⁾' 故不敢作樂耳⁷⁸¹⁾."

帝大驚, 乃令⁷⁸²⁾人(往)觀⁷⁸³⁾, 坎中⁷⁸⁴⁾蛇盈滿(矣). 帝(大)奇之曰:

"(崔)致遠非常人⁷⁸⁵⁾也, (不可忽也)."

令⁷⁸⁶⁾學士, 常從接待⁷⁸⁷⁾, 官如待大君子矣⁷⁸⁸⁾.

---

770) 卿何如而作詩耶: '卿何以知之'로 되어 있다.

771) 知: '之'로 되어 있다.

772) 雖: '鄙而'로 되어 있다.

773) 其: '樂'으로 되어 있다.

774) 答: '對'로 되어 있다.

775) 樂人鞠:원본에는 '藥人鞠'으로 되어 있는 것을 이본을 참고하여 바로잡았다. '樂之人間'으로 되어 있다.

776) 等共擾之: '士'로 되어 있다.

777) 樂際: 원본에는 '藥際'로 되어 있는 것을 이본을 참고하여 바로잡았다. '樂之際'로 되어 있다.

778) 十: '千'으로 되어 있다.

779) 我等: '鞭'으로 되어 있다.

780) 勿喧!: '云'으로 되어 있다.

781) 敢作樂耳: '能作樂也'로 되어 있다.

782) 乃令: '使'로 되어 있다.

783) 觀: '觀之'로 되어 있다.

784) 中: '中大'로 되어 있다.

785) 人: '之人'으로 되어 있다.

786) 令: '使'로 되어 있다.

帝曰, "與致遠相語, 動[789]以靜語嘿[790], 別無異事[791]."

(令)學士, "曩日之事, 非朕親見, 不足盡信, 親試觀之"[792], 陰使飯上置稻四介[793], 飯中[794]置毒(藥), 以油作羹.

致遠對[795]床, 即醋置於門[796], (帝曰: "何以醋置門乎)?"

對曰:

"食[797]有四介稻, 必'汝誰'[798], 故我置醋者[799], 以文章崔致遠之名對[800]也."

帝(笑而)大奇[801].

致遠曰:

"我國雖小[802], 以醬爲羹, 以油燃燈[803]. (而)今見盤中, 以油爲羹, 以醬爲燃燈之事, 未知大玨也[804]."

帝即令換進[805]. (然)致遠插[806]匙(而)不食, (帝曰: "何不食)?"

---

787) 待: '之'로 되어 있다.

788) 官如待大君子矣: '從官之輩, 如待君子'로 되어 있다.

789) 動: 원본에는 '勳'으로 되어 있는 것을 이본을 참고하여 바로잡았다. '動'으로 되어 있다.

790) 語嘿: '默然'으로 되어 있다.

791) 別無異事: '莫能及矣'로 되어 있다.

792) 曩日之事,…親試觀之: '又給之'로 되어 있다.

793) 介: '箇'로 되어 있다.

794) 中: '中又'로 되어 있다.

795) 對: '下'로 되어 있다.

796) 即醋置於門: '即以醋置門乎'로 되어 있다.

797) 食: '食上'으로 되어 있다.

798) 必'汝誰': '是問我名也'로 되어 있다.

799) 置醋者: '醋置門者'로 되어 있다.

800) 名對: 원본에는 '對名'으로 되어 있는 것을 앞뒤 글자 우측 상단에 자리바꿈 부호(符號)가 있어 바로잡았다. '義'로 되어 있다.

801) 奇: '奇之'로 되어 있다.

802) 我國雖小: '雖小國'으로 되어 있다.

803) 燈: '燈也'로 되어 있다.

804) 以醬爲燃…大玨也: '未知大國以醬燃燈也'로 되어 있다.

805) 即令換進: '還卽進之'로 되어 있다.

致遠曰:

"我國, 雖有人罪過, 明間數罪至, 公大治自抵罪. 而未聞, 有無辜[807]之人, 陰令殺之[808]."

帝曰:

"何事?"

對曰:

"今聞屋上鳥聲, '食中置[809]毒(藥)食之則死'[810].

帝[811]曰:

"(不食不知), 卿何妄言[812]."

致遠(卽)以匕開飯, 果以[813]毒藥(置之). (故果一鉢)食器[814]黃矣.

帝下床致謝曰:

"(果知)天才也. 非人之可[815]欺也, 卿令改飯進之."

是後帝[816]益厚遇.

是季[817]秋, (適)值槐黃之期, 會天下儒生, 設科太學宮, 儒數八万[818]五千餘人, 致遠亦與國士, 鬪觜距於試場[819], 致遠(再參再槐擢登)壯元, (耀

---

806) 挿: '揮'로 되어 있다.
807) 辜: 원본에는 '古事'로 되어 있는 것을 이본을 참고하여 바로잡았다. '辜'로 되어 있다.
808) 雖有人罪過,…陰令殺之: '小人有過失, 以明其罪, 自抵罪之, 無辜之人, 陰不殺也'로 되어 있다.
809) 置: '有'로 되어 있다.
810) 則死: '死也'로 되어 있다.
811) 帝: '帝不知置毒而笑'로 되어 있다.
812) 言: '言也'로 되어 있다.
813) 以: '在'로 되어 있다.
814) 食器: '食器皆'로 되어 있다.
815) 可: '所'로 되어 있다.
816) 是後帝: 소실(燒失)되어 알 수 없는 것을 이본을 참고, 추정하여 보(補)하였다.
817) 季: '年'으로 되어 있다.
818) 儒數八万: 소실(燒失)되어 알 수 없는 것을 이본을 참고, 추정하여 보(補)하였다.
819) 致遠亦…於試場: '諸士与致遠爭槐'로 되어 있다.

大旺), 皇帝賞820)賜(累)鉅萬. 帝(又)親試821)日,】822) 致遠製之詩823)雙龍, 自天而下, 取而824)陞.

帝聞, 招825)謂致遠曰:

"卿何爲826)作詩, 而天乃取耶827)."

仍使讀其書, 而聽之828)曰:

"作詩如此, 天下不取乎829)?"

又登830)狀元, 與同傍831)之人, 七日遊行832), 榮亨極矣. 遂(封爲)文833) 侯.

居數年, 黃巢賊起兵834), 攻835)邊郡, (中和元年, 七月之間)陷836). 連年 討之, 不能克帝837). 帝以致遠, 爲將(乃)遣討838)之.

致遠至839)與戰, 乃作840)檄書, 示之黃巢賊. 又爲淮南兵馬都高騈迎

---

820) 皇帝賞: 소실(燒失)되어 알 수 없는 것을 이본을 참고, 추정하여 보(補)하였다. '皇 帝賞'으로 되어 있다.

821) 試: '試之'로 되어 있다.

822) 【 】: 이본에서는 이 부분이 맨 뒤에 필사되어 있다.

823) 致遠製之詩: '俄有'로 되어 있다.

824) 而: '詩'로 되어 있다.

825) 帝聞, 招: '天帝'로 되어 있다.

826) 何爲: '之'로 되어 있다.

827) 而天乃取耶: '天將取之, 不知好否也'로 되어 있다.

828) 仍使讀其書, 而聽之: '致遠更寫覽之'로 되어 있다.

829) 作詩如此, 天下不取乎: '美哉! 致遠之詩也. 天下豈有如此之詩乎? 由是天取之'로 되 어 있다.

830) 又登: '仍爲'로 되어 있다.

831) 傍: '榜'으로 되어 있다.

832) 行: '街'로 되어 있다.

833) 文: '文信'으로 되어 있다.

834) 賊起兵: '精兵三萬'으로 되어 있다.

835) 攻: '寇'로 되어 있다.

836) 陷: '郡縣被陷'으로 되어 있다.

837) 克帝: '討却之'로 되어 있다.

838) 討: '伐'로 되어 있다.

839) 至: '至黃巢, 不'로 되어 있다.

官[841]), 遂降而返[842]). 致遠擒一魁來獻[843]).

帝[844])大悅, 益[845])封食邑, 且賜黃金三萬鎰, 恩幸無比益耳[846]). 由是大臣嫉[847])惡者多入讒[848])曰:

"(崔)致遠, 以小國之儒[849]), 恃(其)才(能), 能蔑大臣[850])每, 以[851])中國能[852])大, 不如小國也[853]). 雖入輪墨, 啓辭恭物, 爲不側之患[854])."

(於是)帝(深)然[855]), 乃貶(致遠於)南海島(上).

致遠以老嫗[856])所授侵醬綿衣[857]), (瀑奉)露[858]), (嚼而飮之, 則)不食(而)自飽. (纔)過一月[859]), 帝探致遠之死[860]), 乃使令[861])招之, 致[862])遠心知其意[863]), (以)微聲應之, 使者還奏[864])曰:

---

840) 乃作: '以'로 되어 있다.

841) 賊, 又爲…騈迎官: '聞, 天下文章崔致遠之來, 不敢相戰'으로 되어 있다.

842) 遂降而返: '自服而返'으로 되어 있다.

843) 一魁來獻: '賊數十級'로 되어 있다.

844) 帝: '皇帝'로 되어 있다.

845) 益: '增'으로 되어 있다.

846) 恩幸無比益耳: '恩寵窮無比'로 되어 있다.

847) 嫉: '以下疾'로 되어 있다.

848) 惡者多入讒: '而聞之'로 되어 있다.

849) 儒: '人'으로 되어 있다.

850) 能蔑大臣: '凌蔑大臣言'으로 되어 있다.

851) 每, 以: '言'으로 되어 있다.

852) 能: '雖'로 되어 있다.

853) 也: '云'으로 되어 있다.

854) 啓辭恭物, 爲不側之患: '不恭啓事, 恐有不側之患, 不可不蚕遠貶也'로 되어 있다.

855) 然: '然之'로 되어 있다.

856) 遠以老嫗: '遠自貶之後, 島中無人, 每以老媼'으로 되어 있다.

857) 授侵醬綿衣: '給沉醬綿子'로 되어 있다.

858) 露: '露嚙之'로 되어 있다.

859) 月: '月後'로 되어 있다.

860) 帝探致遠之死: '欲之致遠之生死'로 되어 있다.

861) 乃使令: '使人'으로 되어 있다.

862) 致: '則致'로 되어 있다.

863) 心知其意: '知之'로 되어 있다.

864) 奏: '報'로 되어 있다.

"將死矣, 故應微也865)."

(諸)大臣, 疑其已死866), (皆)嘲致遠867):

"以868)小玨賤隷之人, 来於中國, 萬端欺上, 幸得備位, 恃勢驕人, 今反取869)其殃, (而)餓870)死矣."

會日871)南玨使者, 奉貢872)中原, 遇致遠所謫之島873), 忽874)島上, 有875)儒(生)與僧, 共坐讀書, (又有)天女数十876), 羅列唱歌877). 遂停舟, 久878)視之, (乃)請詩879)(於)其儒, 佐880)詩與(之). 使者至881)中原, (乃)以(儒生所製之詩), 献于帝882), 帝問曰:

"是何人所製883)?"

對曰:

"臣(所)過南海884), 島上有一仗, 與僧共坐885), 天女数十886)(輩), 唱歌

---

865) 將死矣, 故應微也: '應聲微細, 命在朝夕也'로 되어 있다.

866) 疑其已死: '卽往'으로 되어 있다.

867) 遠: '遠曰'로 되어 있다.

868) 以: '汝以'로 되어 있다.

869) 反取: '受'로 되어 있다.

870) 餓: '飢'로 되어 있다.

871) 日: '安'으로 되어 있다.

872) 貢: '貢入'으로 되어 있다.

873) 遇致遠所謫之島: '適値致遠謫島'로 되어 있다.

874) 忽: '忽見'으로 되어 있다.

875) 有: '一有'로 되어 있다.

876) 十: '千'으로 되어 있다.

877) 唱歌: '左右, 或杯或歌'로 되어 있다.

878) 久: '良久'로 되어 있다.

879) 詩: '作詩'로 되어 있다.

880) 佐: '卽製'로 되어 있다.

881) 至: '入'으로 되어 있다.

882) 帝: '皇帝'로 되어 있다.

883) 是何人所製: '何人之所作也, 如是淸雅'로 되어 있다.

884) 海: '海島'로 되어 있다.

885) 坐: '坐讀書'로 되어 있다.

886) 十: '千'으로 되어 있다.

團欒887). 而令此之请, 其一仗生, 所製也888)."

帝招群臣, 以詩示889)(之)曰:

"觀其诗意, 雖似致遠所製890). (然)絶食三月, 豈有891)理乎? 必致遠魂靈之所製也892)."

使人招致遠893), 致遠白馬一匹, 繫島峯894), (使)靑衣童子, (騎馬)馴之, 高聲應之曰:

"汝何爲者895), 而每呼我名896)?"

仍詈之897)曰:

"我有何898), 送899)此絶島, 困辱如此乎900)?"

使者還曰901), "(致遠非徒不死, 乃高聲應之, 仍罵不已)", 帝驚902)曰:
"此天之所恤也. 不可死也903)."

又使人904)招致遠, 致遠曰:

"中原大905)臣, 不治臣戕906), 妬我才能907), 捏造虛说欺诬毁908), 帝

---

887) 唱歌團欒: '左右侍奉也'로 되어 있다.

888) 而令此之请,…所製也: '臣請作詩, 儒作與之'로 되어 있다.

889) 詩示: '示詩'로 되어 있다.

890) 觀其詩意, 雖似致遠所製: '此詩必是, 致遠之所作也'로 되어 있다.

891) 有: '有生全之'로 되어 있다.

892) 必致遠魂靈之所製也: '應是致遠之所作也'로 되어 있다.

893) 使人招致遠: '怪之使人招之'로 되어 있다.

894) 島峯: '于峯上'으로 되어 있다.

895) 爲者: '人也'로 되어 있다.

896) 我名: '賢者之名乎'로 되어 있다.

897) 仍詈之: '復罵'로 되어 있다.

898) 何: '何罪'로 되어 있다.

899) 送: '貶'으로 되어 있다.

900) 困辱如此乎: '如是侵之也'로 되어 있다.

901) 還曰: 원본에는 '曰還'으로 되어 있는 것을 앞뒤 글자 우측 상단에 자리바꿈 부호 (符號)가 있어 바로잡았다. '還報'로 되어 있다.

902) 驚: '大驚'으로 되어 있다.

903) 此天之所恤也. 不可死也: '天生之人, 不得殺之'로 되어 있다.

904) 又使人: '詔'로 되어 있다.

亦909)信之, 豈君子所宦910)之國乎? 往告帝911)(應辞), ‘㢠故國912)(冝矣).”

逐寫‘龍字’, 靑龍忽出913), 橫臥作橋.

致遠至洛陽, 帝招致遠問914), “卿在915)三月, 何不一見夢寐也!916)”仍言917)曰:

“普天之民918), 莫非王臣919), 天下之也920), 莫非王土921), 以此言之, (則)汝雖新羅之人, (然)新羅亦我之地也922), 汝君亦我之臣923). (而)汝叱我者924)何也?”

致遠, 書925)‘一字’於空中, 躍居其上, (俯瞰)曰:

“然則, 是亦陛下之地乎?”

帝大驚926), 下床, 頓首抵死謝之927), 致遠(謂帝)曰:

---

905) 原大: ‘國之’로 되어 있다.

906) 臣耴: ‘職分’으로 되어 있다.

907) 妬我才能: ‘猜才妬忌’로 되어 있다.

908) 捏造虛说欺诬毁: ‘誣主毁讒’으로 되어 있다.

909) 亦: ‘所’로 되어 있다.

910) 宦: ‘留’로 되어 있다.

911) 帝: ‘皇帝’로 되어 있다.

912) ‘歸故國’: ‘冝歸故國’으로 되어 있다.

913) 靑龍忽出: ‘化爲靑龍’으로 되어 있다.

914) 招致遠問: ‘問之曰’로 되어 있다.

915) 在: ‘在絶島’로 되어 있다.

916) 何不一見夢寐也!: ‘一不見夢中何也’로 되어 있다.

917) 仍言: ‘又’로 되어 있다.

918) 民: ‘下’로 되어 있다.

919) 臣: ‘土’로 되어 있다.

920) 天下之也: ‘率土之濱’으로 되어 있다.

921) 土: ‘臣’으로 되어 있다.

922) 亦我之地也: ‘之地, 亦我土’로 되어 있다.

923) 臣: ‘臣也’로 되어 있다.

924) 者: ‘使者’로 되어 있다.

925) 書: ‘逐書’로 되어 있다.

926) 帝大驚: ‘皇帝大惧’로 되어 있다.

927) 下床, 頓首抵死謝之: ‘顚倒下床, 頓首謝罪’로 되어 있다.

"(陛下)信聽, 小人之讒(荐), 令臣至[928]不仁之君, 不知[929]人之賢否, 可謂此也. (我今帰故國, 不謝還安)."

(仍)袖出'豬字', (一)擲之於地, (即)化靑獅也[930]. 遂騰空[931]入雲[932]而來.

(既)至新羅境.

(見有)人(屯)聚(於)溪边. 致遠問於友人[933], 詁[934]之(曰):

"國王出遊(矣)."

(遂)往見之[935], 乃獵人也.】【谓[936]友曰:

"吾爲汝[937]所賣矣."

遂騎馼[938], (而)行至[939]東門外.

適[940]羅王出遊, 見致遠來馼[941]而過, (乃)令人捕[942], 乃致遠也.

王詰[943]之曰:

"犯馬君王(者), 罪當斬[944], 卿之有功於國者[945], 亦与一罪□□□□.[946]"

---

928) 至: '至置死之地'로 되어 있다.

929) 知: '識'으로 되어 있다.

930) 化靑獅也: '化爲靑獅子'로 되어 있다.

931) 遂騰空入: '乘入'으로 되어 있다.

932) 雲: '雲間'으로 되어 있다.

933) 友人: '故旧'로 되어 있다.

934) 詁: '誣'로 되어 있다.

935) 之: '之則'으로 되어 있다.

936) 谓: '致遠'으로 되어 있다.

937) 汝: '汝之'로 되어 있다.

938) 馼: '馼馬'로 되어 있다.

939) 至: '至新羅'로 되어 있다.

940) 適: '會'로 되어 있다.

941) 來馼: '馼馬乘'으로 되어 있다.

942) 捕: '捉之'로 되어 있다.

943) 王詰: 마멸(磨滅)되어 알 수 없는 것을 이본을 참고, 추정하여 보(補)하였다.

944) 斬: '誅之'로 되어 있다.

945) 卿之有功於國者: '然吾国有功之人也'로 되어 있다.

即赦之曰, "是947)後勿如是."(云).

致遠(尋到)旧948)家, (羅)相已死.

遂將羅氏, 入伽倻山, 可谓奇也949).950)】

* 〈최선전(崔仙傳)〉은 이본과 자구(字句), 문맥상의 차이가 심하므로 국립도서관본 〈최고운전(崔孤雲傳)〉, 김집수택본 소재 〈최문헌전(崔文獻傳)〉 따위 여러 이본을 두루 참고하여 교감(校勘)하였다. 또 이하 후기(後記) 부분은 원전의 판독이 어려워 생략하였다.

---

946) □□□□.: 마멸(磨滅)되어 (4~5글자) 알 수 없다.

947) 即赦之曰, "是: 마멸(磨滅)되어 알 수 없는 것을 이본을 참고, 추정하여 보(補)하였다.

948) 旧: '歸'로 되어 있다.

949) 也: '矣'로 되어 있다.

950) 已死…可谓奇也: 마멸(磨滅)되어 알 수 없는 것을 이본을 참고, 추정하여 보(補)하였다.

선현유음 영인
先賢遺音 影印

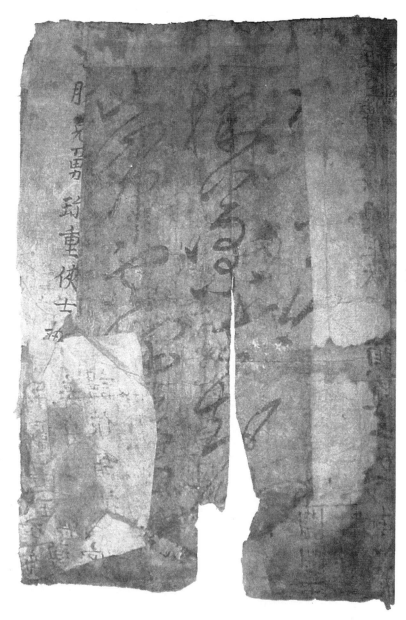

-121-

-120-

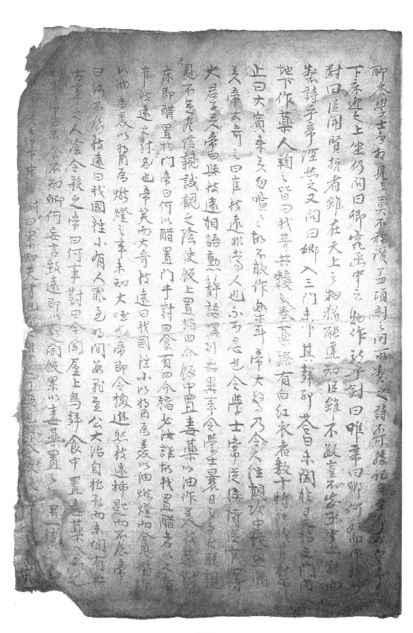

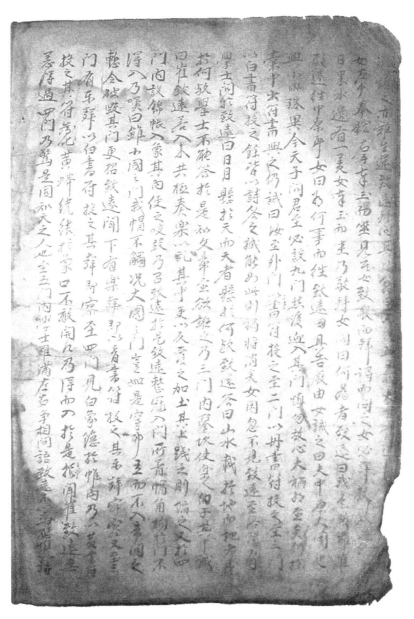

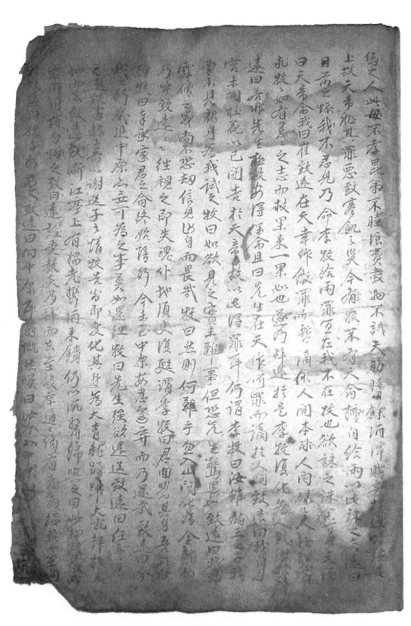

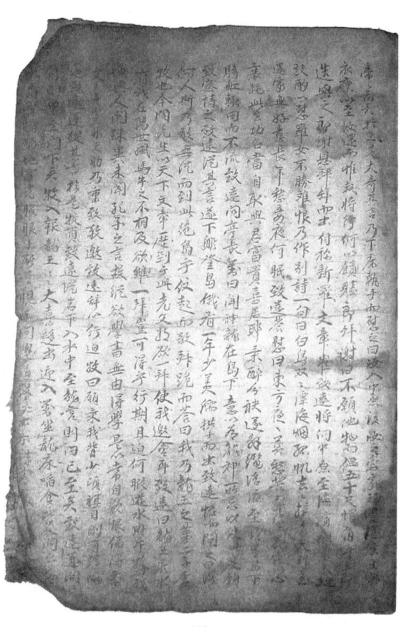

-113-

顧念諸破鏡奴乃奉花而立外羅女惟而問之鏡奴乃跪而泣曰然氏欲就花為折箠卜木愉
之將受而一跪羅女歐殺太息鏡奴又跪之曰吐血更影弥之人必使娘氏然因愛危祀祝
聞其言窃憐之乃掩面而愛花為恠耶而起入繞坐母之前後答慤云鏡奴雖幻才擊
神薨之氣各為脈脹作此詩也遂相曰汝以此事為誇慤斷言然若鏡奴之所能為何以
儼一不作之竟委我耶女回慤言謂繹未見恠畫見行欲度何魁行上之有理脈
事非難兒人之雜堂竟有儀生鸚鏡雖小安批其有大才子仍言鏡奴興悲之謗及自機之
句曰此乘奴自息適)乾花田奴溪松花卿即奉此詩真非天才岂司如此果者不能何以此
言邑顧台試之永相重其然乃召鏡奴斷之曰解國不幸大國讒責一家不幸國王大適用毋
高棠子一國堂正於吾汝一身也即頭起此永相典辞罷女又告曰平心卽此平難之事誰嘗應
兩為也是可謂牛笑之辞也汝本國能文基賢不能何三尺雅童子
行生患殺人之常情昔一人生事宮刊有文間之曰汝當能之吾嘗歛之甚又從慺
儲之囘洗鏡奴支男子有餘可儲而任為不從今家君質破鏡奴而死世則愛奴堂無好生
鍵死人心而不从也我亦相以為然为賀迫鏡奴曰汝身死為吾奴不雅我言罪當斯功
奴料干前之破鏡奴恐讒斯而俾諍之順之說乃
上者也如此番原先示公慳士別目□頂□之內私自娶
□□其某敬課士者也和非日□□頁況全通

-109-

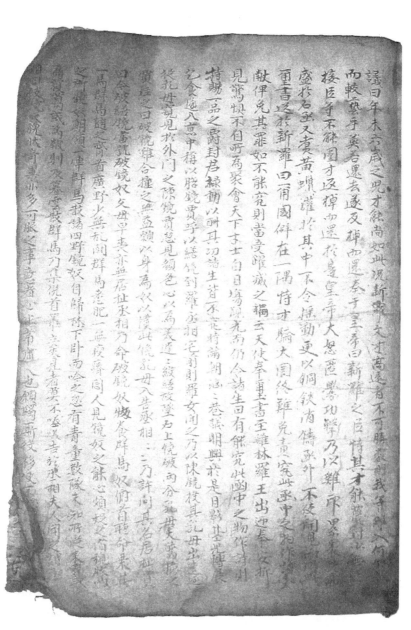

-107-

漢月觀前未字堂施面目於天目平遠○○ 蜀西端○冲及○悦掩面○○
勿言我逢天現題名其壁曰月題星冲曰吾○○屋婦何暘三尺○○○
談天儒○十○雲○上谷以夢○競教其児由是大悟文遂遍○又帝○○○○首字
作掌下三尺之長唐至半舌笑児之為人音辭清雅吟詠之間無不中律○○別
波平宙聲自遠微開乃咏李杜之詩開其辭者莫不讃美食夜○○○皇帝長别
後國觀月猶開永詩之舜澄且淡為閒心待侶同何慶吟詩之舜至於斯此時而
者子帝曰新羅錐褊小之國必有隋士矣如此萬里絶域之外冷詩之舜豈○○
斯而況近欽善久之帝曰朕欲魑才士與羅儒圖才乃語羅國文士即送達
中文才卓筆者二人乘杜冊而遠之於是學士浮學哩月澄噎下泊毋説月○朋○詩
正侦仲秋三五之時岐嶋喚曜不睡興味口占一詩曰棹穿波底月樓下沙○天○
子其沙而讀曰船歷水中天學士相朗曰洪誰一所讀邪未知児之所射之誠今
眾曰曰水鳥浮還没顧児又讀曰山雲斷復連學士驚悟蓋名曰為儒得儒乞
菩曰鳥帝在可也顏○雀一學士曰大於蒙曰可也楮亦蒙之学児曰吾方在○○○
士言窮悶行康童子従年未此答曰我新羅延相羅清之業奴而奉命未此拾
蒿日晩未遂学士自汝年歳發何曰六歳邪於是学士自諗能不及其毛乃相

今者等忽往來則汝負之病瘳而不然則非徒汝負病死緣及吏民無[illegible]

云云巫乃肯從而出仍以崔妻之意具示諸吏云云乃惶懼俱詣崔妻之前

乃哭之甚崔冲令侍人問其故諸吏進而哭曰我等聞諸靈巫曰汝負之病[illegible]

之故獲罪於天若不還收則病必不瘳延及下吏則逐李來何好廻命李積等舍不

得來見意欲還來忽聞小兒讀書之聲頓聽海島有兒獨坐于高岩上而讀書

島名曰猪島吏等遂浮海至於岩下而停船仰首曰公父母獲病苦劇欲見君

故賤等今為奉公而至於斯也其兒曰父母始以我名金猪之子而之矣于此今

曹亦少愧而呈欲見邪甫言詐也若夫陽翟大賈呂不韋納姬雖知其有娠

而遂獻秦王七月而生子此實呂氏也秦王猶不棄之敢況我慈母娠我三月至

文昌未幾為金猪所擄未月而得逃六月而生我以此揆之我可謂金猪之子

乎若我金猪之子則耳目口鼻豈不相類於金猪之子乎若我金猪我為子乃為

之金猪之子而棄之於路中蒼天憐之恤之護保至今賤忍薄行為如何焉然則我率

何面目往見父母之前也哉今之尋我非但吳試終致誤我者也欲見我〻當死矣

當時年甫三歲於是積等言窮俛首而退具以兒語告冲〻反愧悔是自責曰是

皆我之過也將郡人數百而至海口乃為其兒築臺於海濱作樓其中樓[illegible]

以命名其兒名曰題其樓臺則其兒前[illegible]而垂淚曰身為不孝之子[illegible]

-105-

子偕曰吾不識但娘者鹿皮也曰何以娘之偕曰猶得錢以我如
甚者也言訖復騎崔妻欲試之恨無鹿皮忽視之所佩錦囊乃皮
身潛喜遂潰於涎以付之顧果不言而驚於是冲與其妻偕返已逾旬相對
美妾二十餘輩亦賴崔冲之德皆歸於故鄉矣崔妻在家懷姙三朔被金猪
之亥六月生子手爪稍變冲殺其兒乃爲金猪之子令婢棄之於大洞兒能
中亂輒成言一字婢怖而還告曰此兒能言見甑而言一字冲曰詐也除辭棄之
婢淚抱往兒又見死灶輒成言天字婢不忍棄之復返告曰見死灶而言天字
冲怒曰婢不聽主言若不棄之當施斬刑婢惶悚以錦紬襁褓累累裹棄之大路中
牛馬避不踐夜則天女降抱吏民欲收養恐大罪冲聞其兒生於路中又令移棄
於澗一朵芙蓉忽生奉翠白鶴一雙互相覆翼夜則天女乳哺之已過數月則兒自
徙濱遊行啼哭所過沙上文字成鳥啼聲皆如讀書也崔妻聞之謂冲曰君若
以此兒名金猪子而棄於死地實非金猪之子故天知憐恤之意令天女乳哺
此兒願令速遣人招還冲深感曰吾亦欲率來然始以此兒名金猪之子而棄之今
若然則人必笑我是以爲難且妻曰君若以貽笑爲難則願爲稱病遜宮於東
仍從我言則庶免人譏矣冲從之於是遜位乃至其妻賜以金銀帛紬仍謂曰
願爲我言于諸丈曰汝負以其骨肉許爲金猪之子而棄於海濱故天憐矜之人

-104-

妻之變云是耶對曰是必冲乃盆懼每令群婢雜守衛内而仍全□□□一日晝催

坐聽事黑雲起日中天地晦暗風雷暴起電砲翻闯守者驚伏俄而夫視風止

卷起視之門窻戶闥依舊室内無去廈乃大驚奔告椿中々呼痛啊

不自勝住移时乃延覺得妻計與孫史李積尋江綠之満入惊尚後壮筑下石

陳其岩固隙人不可攀綠而上冲乃呼妻痛哭積跪曰己矣痛哭何為似冲

古老之此岩照夜半則自開且有光明云待夜再見可必冲泣其志其言乃遂即

夜又抵其岩谷下十五步許而止屏息故恨忽岩石間見有光如燭粧果稍有

際自開冲乃喜遂從陳而八其宁地且滅廣死如慈寵魚人间非常之處開花後

也猶是冲曙愁辞顧謂李積曰世间安有如此之境乎此必是神仙之地述

東行哦至五十步許有一大廈甚正如大宫殿矣闢有仙樂之韓下宙寵入化

间俯曲外仍隙窺見有黄色金猪乃脱雀妻么膝於龍綏席上而睡又有美

女數百羅列前後奏樂冲曾與甚妻各佩藥棄内带以辟邪職冲遂開衾于

薬金次坐風上透入於是金猫駭驚而同曰何出人间之恶臭那其安奥香臭才

如蔵乃詢之曰吾之未日淺故人间之臭尚未减矣遠涕泣而慈殖遲又同曰星

蔽而泣之曰吾觀此地興人间珠異我是人间人是以悲之金猪曰此亦人间忠而

冲號頻忽愁傷崔妻仍同曰吾在人间時間山间之人可悲而

寶沈氏於亂離中得聞其□安□□□□□無人色□
陟乎偉慶曰今安亦至矣紅袖詰其事一家之人咸誰其子□
偉嘗觀者皆惟之以爲兒物作越及聞玉英姑然始之事□□
相傳記玉英謂陟曰吾夫之有今日寔賴文六之陰隲而今蘭金樓□□
磨守齋潔而神靈之在天容有未泯者存吾等宣不知所以報于乃大快□□
兄弟分離四國悵望三紀往昔菅賊所以人死地竟果圓圓無不如意此宴人力之而□
致皇天后土必感格至誠而能致此奇特之事亞有誠天且不違誠之不可掩如
是天余流涕寫南原之間浦陟時來訪備陳此事請記其願求無使埋沒余□
難巳暑蜒其榮 天啓元年閏二月日

崔仙傳

昔新羅時崔冲新除授文昌令伏枕不食其妻问曰得此美官至此何憂中昌吾
聞之文昌令妻每篤兒神兩棄戮至數十人吾以此憂之妻闻其言更憂邃不令余枕
日妻深恩長久曰兒神者新人命而已不能運物宣有棄玄心理似是訛語若依別人
有一計君上官之日宜令吏民食出綠鎮一枝又紅深連偶葬放身攬有如此之處坟
其綠而矛受□有兩圖爲冲從其言將攀蜀至文昌乃启已中吏老问曰者闻岂將有大

不宜終發狼狽既失舟楫夫涯何為粘天滇海下可飛越括松雖松業無患但
有一死吾死晚夫可怜吾見因我而死即與子婦環坐哀號辭震岩岸恨結蒼海
善琴縮山如兒頌仲玉英登臨絶岸撥身而死讓食不死而何夢禪對已狼
禪曰甫止吾死將欲何俟素中餘狼望支三日坐讓食盡不死而何夢禪對已狼
畵而死亦未晚也其間有萬一圖生之路則悔無及矣遂扶下未夜伏于岩穴之宜
曉矣玉英謂子婦曰我困神疲彷徨之間女六神又夢見其言如前日月之中去
夢梔可畏也此三人相對念佛而祝曰世尊其可愛也玉英見我喜曰我生天此是胡
來夢也乃着鮮衣使夢仙登岸以衣揮之船人停帆而向曰汝是何人住此絶島
鮮英以鮮語應曰我本京城士族將下羅州遘遇風波舟覆人死稍吾三人夢
玉英以鮮語應曰我本京城士族將下羅州遘遇風波舟覆人死稍吾三人夢
把佩帶潛特玉母人閒而憐之下銀載去曰此乃制使之貿販船必官粮
宿狼不可遽往至順天泊泊而下時辰中四月也玉英享子婦間閉啟沙五六日乃
到南原意謂一家皆為鴛墓夢得萬福寺而去至金橋望見城州
宛然村閭依舊顧謂夢禪指點而泣曰此是汝父臨府今不知誰人入居第佳乎
時就天陛始知其妻與子也大抵日夢禪之母未美豈辛
園寡後計到其門而伺候方侍家坐于柳橋之下近前執祖乃其

之力得抵東土彷徨於也人之境在其險天使之過朝鮮
甘心自鳴咽泣戲行下夢人充如每事之志不可撲集往來治行以見
朔日薄如玉英謂一夢仙曰朝鮮鳥在東南必待西北風以墜登船
馳音持遍漁羽得棲以平且礦石於每中無一不具儀已膳且出
戲旗羽振晉景於三人齊力舉帆荻馳按載無公昏似労筭公諭船
電護路一间登某牛餉青齊俊危島與轉肠已矢日遇玉朝退紅某曰回
何虜公高何万玉英應群日杭州人持赴山東壹賣茶乎乎過去又過二日有後船
泊玉英即變着日本眼而待之後人同逢何來玉英作日本語曰此船
風雨淂盡其毋掉雀淂杭州船而未矣倭曰良苦此一艘去日本是莚何南方两去
赤别玄是夕南風甚惡波涛摄天雲霧四塞盡天辨穢摧帆艰不犯而届暮
禅鷹紅挑怪怖旬旬困恁水疾玉英獨坐祝天念佛巴亥半風浪少忽悖油心爭
嶺峯歡日不赴頭洋中有船着一勌道今夢仙敢船中裝臺臧于崑崙僞泥船
人呼噪而下語青衣眼俚非解倭而略與華人相似手無其箧惟公白挺歟打亲
其貨拖玉英而乗艇繋其艇尾而玉英曰此必是海浪賊地吾閒海浪盡在
即不栽只取玉英而出沒撿撩不喜殺人此必是也我不聽見言而發作也乃昊天
拒事鲜之间出没撿撩不喜殺人此必是也我不聽見言而發作也乃昊天

鮮人稷携肴連續出送斯言果信乎尝無一人之生還子汝父汝祖雖皆暴骨於異域
而祖先丘墓誰復有護肉外親屬豈堂強剣血性奇得相見是亦一幸汝當到彼岸音計
春根此去海陸僅二三十里天地頻佑汝得使凡不滿日卽當到彼岸音計
決矣吾夢禪語訴曰毋親何爲出此言也善縱得達堂非大善而萬里冷淡水事孰
死子子難耈耈愚駭愕若禍不測海寇邏紅到彦生使毋子俱藏車腹何益父之
阻親叶自熱外患不蝦論也難乎辛地水火盜賊其可兑子王英又曰小齡
艱難我多備嘗昔在日本舟府門扁狄脫顅涂出浚鯀渓暖浪有上
星晀潮涉歷已惯風濤隆易我自當之毋摘安危我自卽之脱有不孝之患宣
無方便之道卽畿鮮倭兩國服色日合子婦習其兩旺譯音而自教之困戚
袋禅日船行事伕撟桿必須堅而尤不可無者指南石上有兩船無達我肯
夢禅阇黙而退私責紅桃曰毋親出萬死不顧一生之計冒危而行死矣色
毋何地而然且賢成何不思之甚也紅桃答曰毋親以至誠出此大計固不可以違
争也今君止之以其必不止惠有難退之嗟不如順道之爲愈安全私情恩
言子生體幾月慈父戰浚晉暴殊方蠅野草莽穎宇宙何以爲人勉思盟
之言則戰歿之父或有遺脫而流落吾東方者尚多人子至情不飮無

與谷家作薦佃住甫妻亦以月病死橫存社枕見憂不思妻
娶以爲兒子之婦不爱今日值甫於與妙偉慶驚慟嗚咽不怙老
咲吾托於大庄地朴姓人家得一老婆而自以鍼術糊口今中甚言如工卿州
吾之移居素寓凉地要夕移住以言曰公非但有活父之恩告毌及弟北矢佳
謂餞橫死戰塲無踨必晝夜哭不絶夢期於必死水𣸐不入於口怱於万夕
女阮爲了涙之人有何難事即令移來夢錫目聞其毌之生存日夜深心得有
入天期將毌之計而無緣得達德踨泣而已當時玉英在杭州閣官軍幅渰已
欲死而南原寺丈六佛夢金而言曰無死後必有喜後四年得見一甫父於安南
見夫六佛磁頂而言曰愼元死後必有喜覺而語夢禪曰吾於歒壕之日後水
海中令吾欲死而又夢如是一甫父或免於鈝備歒汝若在吾免猶生隨何𢘤
鳥夢禪哭曰近夕老膏盡殺天兵而歒人嘗脆父親本目鮮人穫生必矢金併之
夢室虛應我顏毌親頋更無死以待父親之來玉英幡於曰老膏宗穴距胡鮮
地房後四五日程汝父雖生其勢必夆李圓欲胃涉数万里程来尋吾好子我
當住求於本旺哥死矢親维昌州境上拓得族覎於英先儂之側免使長籬藹
漢之外則吾塵責矢況鳥學南胡馬侍此胡今且死日將追充不堪有丘之恋
獨覓偏世及翁孫俱失於隔歒之日但生其死雖莫聞知傭緣本旺賣人聞之前

拾初何有軍耶願之諜等恩生變不真詭老胡曰無怖我亦朔卅上兵也以府

使侵虜不厭不勝其昔舉家入胡已徑十年胡人性直且無哥政人生如露何及

踢趣扵姜婪之郷子走首使我頷父輛兵管押本哇人以備逃令聞通輩之

言大是異事我雖將責扵走首妄得忍心為不送子明日備給餞粮使其子

指送間路扵是張亭其子生遷故旺二十年之後急扵省有父無程南下通怒

輩殖不遑調治行到恩津睡勢劇委頓旅次喘然將死夢釋奔遑憂

惆鐵裏救適有華人逛匿者自湖石向嶺左見涉肉驚曰危我若過令

日不可救也㧞其癰針央其癰即曰向愈緫経二日扶内還家渾舍驚動如見屯

人父子抱頭鳴咽意愕似夢非真沈氏一自失女之後表心如寢只伏夢釋

不戰後沉綿床席不起累月及見夢釋與父偕来且問玉英之生存狂呼錯

愕專不省悲與喜也夢釋感其華人活其父之死命與之偕來思有以重

報之陝問曰你是天朝人家姓名何含曰我姓陳名偉慶家在抗

州湧金門内萬暦二十五年浸軍于劉提督来陳于順天一曰以偵探賊勢

怀主将肯持用軍法夜半潜逃仍留至以陝間言大驚陝又問女名云何曰見

有降人償以桃章因名曰上姓陝曰桃章慶半日在了

-97-

萬承訣言說痛哭神刀械頭陳奔刀尉旅中葉甫小會教非塘陪王

歷卿後軍注來只賣特月之勤苦無必是妄生煩惱特各成功而還置

可也況兒壯健足以為倚努力加食勿以行露之資之遽趁裝而行至于道路則去

胡地數百里與朝鮮軍馬連營于牛毛寨立將輕敵全師致釣老商教天兵蓋甚賴

諸賀朝鮮無一教傷為將榦筆拏亦十餘人後八鮮營乞着秋眼元帥姜弘立俗

鮮人遑亂之中匱編行間獨漏先穀及弘之輩納醉與本吐將士就擒程廣虜

是持夢釋亦自南原以武學赴西後在元師陣中老商分置降卒之時陷宗典

夢釋同因於一屢父子相對莫知其誰必夢釋援其陂之言語硬遊意謂天兵

之解鮮語者懼其見教員以為鮮人遑詰其居住陂亦廣其胡人之詞得宗狀

也推辭詭說或權全羅或孫忠清學釋心怕不剛已過數日情意甚親同病

相憐少無猜訝陳平生愛釋色動驚心且信且髮卒然問曰所失之

現年歲終大身體模樣詳陳如何陳曰生於十月失於丁酉八月背上有赤底

如小兒每伺存持而哭無日不止主家老胡頻八來見茗有鮮聽其言而有矜惻色

者烏日舉胡皆去老胡潛來陂所同席而坐作鮮語乃問曰汝華哭泣異

船之束觀者連日不絶或以金銀綵緞相贈四寫書蔵器法智受而謝之鶴川遠家計謀
一室靡能夫妻使父安頓即得其樂年...遠托果出四願頂報應令老人傷
心稚子日夜哀哀啼走凡墨放唯死乞心科更求諸各之四學禪心跌長父母放依
憂日見出京有府病夫妻感以幻夢科更求諸各之四學禪心跌長父母放依
賢婦偉夜須傳家女名四紅花生形前此父庠慶隨倒係弄束征不还及長雲
母某殯紅施養作且媒家常痛其人後於異感句生不知其父再目也頭
玉父死之圍濱失而来秋宽恨語于心脾男女子計不知哑出及間
夢禪求婦謀謀其娣曰頏浮雲崔家婦而萬一王於束也其娣妻
知且志即討陽浯其故奥其南即四女而如是其生可嘉遊榮為婦的
年之末老首入冠遠陽連載陣必莪将卒天子震怒轰天下之...
討之蓰句吳世英喬將毁之日把...南...素知崔陟夫夷引以
為書記俱諸軍中将行玉英執手淚泣而訣曰妾身淪霧星辰自二千里矣夢
十生九死頼天之靈邂逅即昌断府復续分鏡復圆復己渝之繩章得紀
祀之叚合歡天二紀于茲頏念時書死亦乞矢常礙身先遠然以合即眉上
恩不盡書老之年又作参商之别此家逢陽...為作果生遠未勞逢
以不損之身自哉雜席之丁...断昌同房之戀一女壽夜制

氣而後言曰此詩乃吾荷有□□自製也乎日誦其他人同作□船

在後招郎此必無之事也因連末甚矣一夜人念窮在之至□□□者午□

開陟之言義形于色以于勢摘奮而起日暮誠進探之鶴川止之日深夜作船移數里

愛不如朝日送客慶星之左日昧陟坐而得朝東方作美即下岸□□□

以對語問之曰夜開咏詩者必是朝鮮人也吾示鮮人也倘得一見若趙之人

見人之相似者而有喜者也玉吳庚作松中間其懷乃是朝鮮□□以聲音憤□

之調密毀其夫之□或□于其船誠諫且詩句深之故□□□□失措願倒下拟二人相

頻驚馬呼持宛轉沙中聲□□□□不□□盡經血目無解體而旺人聚見如市

初不知親戚嫩交遊良久而後開其為大厝亡人味□相顧□□□□□□其不俗

而抽助古末嘗有也涉河人之消息於至吳玉吳曰山縣至江上文世因□無念日暮

上船蒼黃□相光二人相對痛哭南有昊不髮自吳鶴川請於歆以白金二錠貿其

頓于怖然曰我浮以四年于玆愛其□□□視同已出寢念未嘗少難而終不如其是

歸人也今而目覩此事天池思神摘且感動我雖頑蠢異於木石何思貨此以為余子

便作素中出十兩銀賜之曰向者□□□□重連配稱作萬死之餘

以人去所無之事我右陸之天如□之旨玄必于冷重□玉吳擧手謝日頼玉公保護簣溝不

冗年過夏人愛惠及吳刻其□眺何以報塞殤所舟三稿河揖彥玉吳歸富且□船偉

余公義而止之其公余公前死陽頓無一邱歸蕃拓淮江周遊名勝領龍門揚

禹穴窺流相舣洞庭上吳陽登始蕭唶咏扵湖山之上娑娑扵雲水之間有飄

飄遺世之志間海蹈道士王明隱居青城山麓全煉丹有白日飛昇之術特殺

人蜀而選善道有朱佑者號鶴川家在杭州湯金門外博通經史不屑功名之

著為業喜施與有義氣興陟許以知已間其入蜀載酒而來飲舉觴字陟媿

旧伯升人生斯世而興鬼為犇乎子頓縱我而歸浮扁舟過吳越賬絪賣菜以

忍飢自苦如此而興見長生而久視古今天下寧有是理餘生緣何而乃眠食

娛餘年不而達人之事乎陟西然而悟遂興同歸歲庚子春陟隨佑同里通

舢維泊扵安南時有日本艗十餘艘亦泊于浦口留千餘日因值日本舟中念佛

之辭甚娓怳陟程倚蓬角感念身世即出篋中洞箎吹鳥而調一曲翁音

中哀愁氣蒔海天愴色雲烟惝怳舟人鷩起莫不慘然日本念佛之辭間此

而止少遙多鮮奇詠七言絕句曰

　王子次笛月欲低蛩如海露凄菱會頁廿御青在玄蓬島烟雲端不迷

吟罷有誰卿之辭陟間詩悵惘恍如失不覺御箎扵地嗟如花大人橖川

旧何為其墜邭何為其墜蹈郷每問不著三間之情欲語而咽寔涙交

陵令王吳者我服親世廣泉之中人之身力有告不知其為女子也出眾日

粮盡將餘陵殺共丁數二天出山俱食且覷別多中語捧遇賊共活身於

岩藪而避之是日賊入盤谷換捜無遺而陵路使不得遇退三日賊退後

遷入燕谷則但見積屍橫路涼血成泉林薈間隱人有野哨之辞陵哨之老

羸數草藉溝遂身見陵而哭曰賊入谷山三日李孫賞質哭又人拍去驅子女

眊已退屯鎊江云云了又同語小嵥喥时天痛哭擬地咽血即言驅江行舟裂

里許見他亂屍中呻吟珍瀆若是若無涼血被面不知其為何人仍其衣廣

甚似春生之者大解而呼曰吳是春生乎春生張目視又張申作語乗其彈曰即已

亡主家贅為賊兵而掠而去吾負員何辞不能趨走賊引兵研穀而去吾愭地即死焉

越不知背上之况起死去細言既干竭而氣盡不改生矣陝推肯順足帼絶焉什所而進可卷

何起向塘江則岸上有擔残老弱予狷聚而哭泣同之曰儀中隱於山中焉賊所驅沒舟

神丁戟推丁羅錚老氣者如此陝大慚無以自裁被倜人攺上踊上江頭去無所

之選厚歸路三晝夜催達其鄉里頹泗破尾餘焠未息嚴骨無他着之遠想于金

橋之側陝不食盡日牛杜走力盡昏倒不悪忍有唐將裁十餘騎自城中出未谷馬比

金橋之下陝在義陣時與天兵應援酬畝之久稍解華語同通全家之

身之無託欲與同人天兵相以為真生之許唐将同吉側與目憐存

喜可知也陟載妻與母歸于其家入門而僕隸攤悅呈堂而親戚稍賀之
四隣攜挂扶几躬親井臼養舅事夫誠孝至盡奉上御下情禮俱稱遠近
稱之妻䴵宜之婦殆不能過也陟娶婦之後所求如意家業稍足而常患繼嗣之不
易每以月朔夫妻往禱于萬福寺明年甲午元日又往禱之其夜丈六金身見玉英
夢曰我萬福寺之佛也我嘉爾誠錫以奇男既生人有異相及期而果生男子背上有
赤痣如小兒掌遂名之曰夢釋陟善吹笛每月夕朝對花而吹時當暮春清夜將半
微風乍動素月揚輝飛花撲衣暗香侵鼻開缸釀酒引滿而飲據床三弄餘音嫋嫋
玉英沉吟良久曰妾素惡婦人之吟詩者而對此清宵而不能自已遂詠一絶句曰

王子吹簫月欲低碧天如海露凄凄會須共御青鸞去蓬島烟霞路不迷

陟初不知詞藻如此聞詩大驚一唱三歎即以一絶和之曰

瑤臺縹緲曉雲紅吹徹鸞簫曲未終餘響滿空山月落一庭花影動香風

玉英歡意未央興盡悲生擧手拂淚悵然而謂曰人間聚散好事有魔百年之間離
合難常以此忽忽不能無憾陟引袖雪淚慰解而言曰屈伸盈虛天道之常理
吉凶悔吝人事之當然設或不幸當付諸數豈可遽爾浪自爲悲無益憂而戚古人
所戒言吉不言凶諺亦有之不須憂惱以傷歡意自此情愛尤篤夫妻自謂幸
竟未嘗一日相離也至丁酉八月賊陷南原人皆逃竄陟之一家亦入避于智異山燕谷

此輩若志業終非作池中之物則日益練兵約將以九月之望行軍禮陵天暮屆掃

計日而待居無何府人前奏遠士直起義兵赴嶺南以竢有弓馬才逐與同行

陟在陣中夏念成疾及其約婚之日呈狀乞賑卹義將怒曰此何等時而欲緩

壻娶乎君父家塵越在草萊界臣子當枕戈之不暇而況及有室之年滅賊而圖

亦未脫也竟不許玉英亦以崔生負軍不返虔度約日減食不寐日漸懣憫燁

諸郞妻逐日董戒曰崔生負困朝不謀夕一父雖養貧於人將何以富此家

累以保無違況從軍不返死生難期而梁氏旣富素稱多兩其子之壻不下

於崔夫妻合辭交口厲之沈意頗愈以十月爲吉不可破約不義旣甚君奈兒

從義忤行止傢於呈將非無故約而已不俟其言徑自破約如此從家長之廢分可既

志死不登他門也天只不諒人只不諒母曰汝何執迷如此當從家長之廢分可既

女何知乾窞而瞑夜浮夢忽聞端息泣之聲覺而撫其女不在焉驚起索之三

美回壁下以手巾結項而伏手足冷悚籠詢泣之聲漸微且絶驚呼解繞姒

春生點火而來抱持痛哭以勺水入口必須而甦主家亦驚動來救但後絶不

梁家之事崔與以書抵其子具道而以死於方患痛爲聞此驚懣膽

悄聞之郞令出送遠家戰日沈病羸達遠以伊余知吉不勉子郞

醜之意而項已稿天不意今者陽臺之雨鳥與入夢玉母之書遠寄未探悉成

蔡晉之好以結月老之紅則庶遂三生之願不湏同究之盟書六畫言言堂

悉意

玉英得書喜甚曰又以春主報書曰

妾以深閨粗識貞靜之行而菽父主丁乱離攘摔偏蹇從鮮兄弟漂淪

南士僑寄宗黨年來及鬢尚未移天常恐一朝英戈換攘盜賊桜行公難保

珠玉之訊辭不兇發暴之以污先世傷心以我為念而朽猶以恨者綠體任托必

在喬木百年岩来乗由亡人者乜其人豈可印堂而欲身追觀郎君拝氣

淳容舉止閒雅誠信之色諧乜而面目容永賢夫拾于而誹為人妻方為夫于

之妾而薄衾峠嶇恐不得常世眼者投詩九為海澄之竂也吳威郎君辭即

也安雖元伏初北喬市之德芳有鎖穴之道又告父姓粉成委禽之礼出負信

自守可解舉案之敬投詩先讀心犯身埠之醗行注後彩青先生辜同之真撰

今既肝膽相奭不湏肯札浪博自休没如心埠娟相進高世念妾寄旅行乜

言識于千萬古甚

揚所當吾院情回乃其父曰川有道西目京城未覯郎宮有〔□〕

低妙之大人誠為玉石間求下上谷乜先生次日

人特及也學刀無文可以明豈初學子也徒□□之陰師曰□□□□

月詞深目音淨黙如也江河郡人感悅且能蛟每讀學之呼願有

七八眉眼恕面髮髮如漆黑深伏於回屋清問晴爲一日上舍以方食□□□□□□□□□□

歆苦夜廛灾以寓院而恒之□金白□之事自誓況吟思量戴戴戴□□□

全恭来遠氏甚詩於神中年業而退門外有一青衣尾□□言曰願有□白□□

得見詩心神動之及聞青永之言甚怪於□蹈首學未引至怀家醉□之對曰兒是平□□

子女收春生也恨于使兒請師君和詩以来陪諺曰喬非鄭亦兒師何以曰□子娘子

郎對曰王家本在京城崇禮門青城里王父手景新旱学共婦阮代欄興慶子

居慶于名曰玉吳氏授詩者是□□年避訛□江華来仙起泊于羅州會津及

秋自會津鶴来于比家此主人歌兒王毋蒙族詩之甚厚将歆爲娘子永峰而去滂

佳臂卿曰靑娘子以賓婦之文字□□□□天得而後郷曰娘子有兄□□

英甚有文章年甫十九未娶所天娘子□□拾口耳破耜能記姓名年啮讀續食

朝永玉青宗朝我心郎邊青焉詩右雜躁丟搞淺裏之熟探畫糧及真心

非不和琴心丁挑選者可侖卹半□進此爱皇翳小尊重松爐詩較之論

譬喻因以墓硴掘曰

言令色騰人守約節已畢矣欲圖報返以討殺人可謂皆子之倫傳爲世爲
節可謂善矣妻之所以忍而不死以至今日者徒欲更侍夫子得奉巾櫛以遂平
生之約而已是可謂賤妾之意矣公子之樂也豈以對菲之微返忘蘋蘩之
奉乎況見丙子貞操雖愍甚合家母公子歿後雖而出之彼家父母必奪其
志矣則丙子之不欲事於他人者猶夫檀之不欲娟於趙貫者也以我方之誠甚
矜惻若雖丙子妾亦當退處慶龍感其言遂不逆之厥婦亦感檀恩待之如
姊妹然慶龍聯其丙子使檀專房檀以理諭之伴不聽厥遂生二子檀生三
子慶龍及妻已卒檀猶在世檀二子妻之一子俱登文第曆敭清顯檀
之一子名某爲按察使万曆己亥年間監東征役於朝鮮妻之子名某爲
河南道布政使檀之一子又名某爲國子司業嗚呼慶龍之聰慧玉檀
之守節雖合奇異凝之觀此者雖愚慝動哉大略如此今不盡記

崔陟傳

崔陟者字伯升南原人也早喪慈母獨與其父淑居于府西門外萬福寺之
倜人倜儻喜交遊樂然諾不拘齪齪小節其父嘗戒之曰汝不學無賴
何方人乎況今國家戎興州縣方徵武士汝無以射獵爲事貽老父之
憂汝屈首從事於儒士業雖不得求名登第亦可免負羽從軍

金枡為寵鎮於為叅臺歸夢炎時閣高敢巢穴思達裡國憐州丹青憶
合歡千里清音雲外達三秋寒影月中單塞鴻何日能傳信敬寄茅山
藥一九

慶龍見此綉詩云後審玉擅定在趙青之家憤唱毋之奸謀怡玉擅之荒懷乞
用慶戀將成心悉或讀書之際依俙見擅而往呌其各院而自悔曰我各成
疾始將死矣安浮復見玉擅子遂握釦空心端坐強讀若擅睛作目中則乃憚
釦兩此之曰波以堕第之戒別於我又以重違之誓寄心於我兩何今日之挠我如是
邪居數月一歐疾乃瘳慶龍力業三年浮送於解元又中會元終浮壯敵弟
為翰林脩撰時朝廷以徐州殺大賊搅久而不次諸遣邺史考文上俞元慶龍
求其往逶到徐州玉擅聞所史是王慶龍使闡英詳問慶龍綁里蘇氏知於
史果為龍此波滂為作書陳其寃封皮詠作慶龍親筆書樣繭英為阿
女因慶龍家丁達之慶龍始怖搅搅閱其供辞罪人孝曰玉擅枝撩呵未故害某夫
散置毒之言不可自運錦無明除必難藏也特今叩曰於别狀兩置嘉嘉重某人
诸人於逶下曰玉擅曹先詠之固不可呵此軍亦以後刑之故不得往猋人
下兩且白芳兩飜若冝扺庭下曰逶件水服諸且必多雨露之真援優員

離鱐爲子里向南飛還外寧知臘說得生人聯花還新

お今歸僚某月某日玉楦毋辟

慶龍視其妻如檀爲人西曰謂已心死不覺長吶寢食倶慶者黑耉

鶸妲孤覺鳥蜜影龍舞餘帶血落寨楪寺攸目此お奧曲ㄟ芳江南月半

畔

夫俉爲鴦一隻飛逐後諜上錦人樣懷寬化心西川晚血凞殘心歸一不

歸

目主之遂歲已暮夫悄懸憂絕生死其亥亥這有商人賣繍段於其家人

其而不尤貴但以縞宇攵攷持綄慶訖人諜其詩詳其字疑亥玉楦兩住

親向修商人ㄟ以實ㄟ弙曰如此ㄟ既後慶訖果亥玉楦所寧買以菫貨乃

次其韻復欲付贈商人辭ㄟ不歸遂小果爲玉楦繡字詩曰

雲羅孑ス於孤鴦一歲盧寰歲已葦羽頂令仙鴛伴金丸寧與野兒

歡離沇烟流翺遊註却向風夜宿單淸溝害儵烟翩日應將思鳥墮

金丸

慶龍丽和曰詩

對云實俱陳玉檀之事其母嘆曰恨志檀兒不奈汝良家雖汝有...

數月閭老責慶龍曰汝積藏偈妝慶平素業與慶望於功名汝願云...

農夫于南賣于慶龍猶讀書慶龍乃抽座石之書試其可敬龍在徐州五年...

與玉檀專事文墨故兩試書義絢爻融胖閭老驚其咸檀平日所抽拍諳...

書而試之隨試諳無不貫通閭免雖不許可心自喜異又欲試別立方將...

出題適有新鴈初來乃命以此賦之龍即製曰...

昨夜西風助爲胖散空子黙藏紛影過青塚三更月評慶若悟唱曼...

葦瘀瘦歸白有燈殘長信涯紅裾其誰寧南飛扎惟悍寧衣送此半...

閭老見之書甚曰也之興作是隨悉故色青矣入語夫人曰夫人之子久乃不喜者...

幽中道欲諸之故非泥色也遍傳書樵以孚之慶龍罷書樵長令玉檀之所試...

讀書微業不難喜意適一日卿人得於子而傳玉檀帛書而役之慶龍見其南飛高...

徐州玉檀香字姆得溜旬目又信姆書逐移南行不喜十委慕人而慕慶北...

如言供之偶因都嫗得溜旬約白不能科誤葭拒兩姪之奸諜行惶微出...

五公不早自决送字檀約白不能科誤葭拒兩姪之奸諜行惶微出...

法情若若口若行口諒恨慶前盟今將推心...

魏晉云云19叶所可悔死至然相守則晝稿倫生科口臣一性...

-81-

滅其跡會其夫出商于鄰家望親而送舊妻以粥味作[illegible]
玉檀之子稱饑乞粥疑有毒而又慮只毒於己乃曰見其粥有[illegible]
有蟆其將進而置於案而托以捉稱延延不食及其趙賓盡食而後停器於手
雷霆之供而趙賓仆於地嘔血而死檀出走呼里人曰舊妻與巫夫作謀殺
其夫里人顚倒聚進捕舊妻及巫夫玉檀縛之玉檀告其撥穴窺覘之事又以
粥餘哺狗狗即死舊妻則曰檀奪菜幫之怨置毒於器里人拿與三人及巫女等其
奴僕訴鄰告於官曰舊妻與玉檀互相辯詰俱無明證鄰人或供巫夫與舊妻
素有奸之跡或供趙賓與玉檀素未押之語遂成疑獄官不能決矣都說
慶龍自徐州半夜別玉檀之後輸其財寶渡浙江歸紹興則閔老才其來
大怒拿入綑打曰汝叛父忘歸一可殺也貪色敗身二可殺也滅究財貲業三可
殺也慶龍泣對曰忘歸叛身固難卞白至於滅財無欠錙銖今已輸來矣
閔老性剛峻猶令杖之會閔老之女婿吏部員外郎趙志皐以事適到於興
乃閔老之所甚敬愛而與慶龍親愛者也方侍閔老而坐遽起下庭手扶慶龍
泣告於閔老曰此兒年少迷色自不能速歸豈無愛親之心今日之得還乃見其良
心也況其財寶今盡載來不敢於酒色者明矣閔老乃命免其杖討財寶於中庭
而畢之厥後不耗而有剩也閔老心快之慶龍入拜其母母撫慶龍背泣問其慶龍

林武有遠家好事者傳掛於南路久未遇達於慶龍王檀故追歸故鄉

立春趑賣方步門設待見檀來投下馬喜迎連曰根子於者儀在有緣矣此事

天與董人謀檀俾實合曰中道路此遂佳期趑賣方以王檀守死焉矩得

中婧語不覺倣抒檀與趑賣同契談笑相悅極其親近但欲定歡則辭之曰王

襄龍去時與妻相語約以今年必當來訪吾過此期聽泄他適姜動許婚以

誓矢今已歲暮王郎不來居拾西封餘日無或設令今歲王召子重來亦已

入他門董敢復去兩不逆令者欲畢其的不欺吾心年新歲新歡豈不樂乎

趑賣恐其悖意不敢強卵但趑賣舊妻劑檀俾怵挽留人不

知檀冬不相卵而趑賣時語趑舊故或得以知其事遍有浙江商人來未

壽賣舊院橿令蘭其敢一正段以厚價貴之繡刺四韻一首趑賣目不知書惟

絡美既已緣畢隔遣其商人回甫歸薈形紹興王問先家必有少年褒直賣畫

其商人如其言歐問先家王檀居其月富舊妻雖有顏色素無貞操乃故家

婧家亞頭大率舊相交捿於其妾夫率無行除唯醉酒色素無貞操乃故家

叫高相逼期侣之書侷而損之以殺亞夫又作亞夫之書亦如此悛陷

妻兩人在為信而相合俱不信矢晨去慕未軒以為帶

東金郎之於慮外手撰忠廉顯二扇付之扶兩人思檀告其

遐 邇 家 上 此 後 吳 令 一 侍 妳 化 天 以 姓 期 久 二 不 孫 於 媽 母 其 徊 邪

其 主 必 嚴 苫 苫 怀 名 商 吳 二 有 妄 危 姓 不 喜 吳 二 夂 飮 去 有 求 焉 但

待 檀 痕 不 雄 兵 仍 盂 玉 樞 日 艮 愍 照 忘 未 也 媽 母 疾 王 樞 苦 欲 挨 高 器 寫 焉

人 隨 如 水 県 焉 爾 日 甚 貴 者 知 檀 不 可 求 乃 權 所 賂 於 媽 母 之 諸 其 金 幻 與 炬 酒

日 媽 之 居 數 月 媽 母 也 王 樞 日 世 以 王 郞 之 極 貧 我 養 育 不 母 我 難 上 吾 貴 重

無 賂 若 如 呈 廷 禱 卯 屠 相 雲 逼 迫 之 媽 母 亮 老 陰 與 同 里 商 家 寡 婦 多 賂 重 重

以 私 計 約 之 及 檀 敀 出 来 其 邪 竊 無 所 歸 狂 僧 遇 於 適 問 其 故 僧 虗 傳

曰 台 城 降 娘 子 川 貞 節 者 名 莱 糊 口 今 又 役 默 伊 所 依 賴 若 無 兩 歸 妳 姓 虛 檀

喜 將 居 停 拜 其 恩 而 叫 之 遙 隨 狂 同 歸 其 居 月 餘 狂 曰 吾 見 娘 子 不 替 眄 天 久

而 金 意 乃 寶 稻 惆 我 为 娘 子 隨 財 賞 人 焉 来 娘 子 歸 邠 江 狂 子 能 令 王 公 于 孕

抶 而 遠 運 迄 否 檀 幸 焉 気 乃 附 曰 狱 如 此 敢 不 竭 力 邠 連 娘 詳 語 責 焉 冶 川

卜 日 許 程 相 與 啓 行 未 出 徐 州 境 忽 有 人 群 聚 於 路 擁 檀 駆 迫 而 去 檀 驚 詩

商 姬 之 已 無 左 矢 乃 謂 従 衆 曰 甬 黃 綠 何 貴 我 去 従 我 孝 次 超 大 賞 使 迄 娘 子

四 歸 何 費 之 有 檀 矢 拜 悌 哭 曰 吾 奴 檀 私 乎 目 夫 養 我 曰 由 此 既 已 滿 里 曰 我 之 虎 死 容 貴 畨 狂 狂

哀 已 曰 容 我 少 休 衆 怒 誓 後 檀 哀 悶 貴 逆 檀 上 馬 衆 扶 迫 上 馬 檀 孚

如 猱 狂 以 滴 其 檯 遽 裂 其 臂 昂 監 搉 玉 盐 書 枕 昂 達 令 官 吳 扶 於 道 左 樹

雖曰無心豈忘芦林之悲耶有如土禺者乎忽聞謗議不興又敢私自略王氏
將丰活呼其泥者令自圖立畫後金室諸女與非欲殺之公子尚上之如禍之女必見
厚能不可限宝又泥而失之不了不足索其約財女歌呼歌薛人擧家宗馬疾馳而進之
跟追欲入本府而留避云湏速追捕媽母遂呼歌薛人擧家宗馬疾馳而追之
至徐州公門外王禮遠下馬拿其媽母下之大呼於公府香吏及薛人吉之曰
我今以良家女火喪考妣見其姿乞歌而乔之欲令泣人咽歌直宣馬而去
宣有母子之義于涅者渉江閭老之子逆追吾家見而院之賂之萬金娶的為
媽冶業別居撰得偕老涅媽巧住謀詐後於芦林而王公子半而得脱共宣杰被逆
卿而意有益深我實重昨日之夕涅涙復姓恐苦同謀而未實欲詔招偏
此媽恨未得其財今者寧媽人追赶將欲殺妾痒吾欲赴於詔請人守索
此事看尾悔人之所投知而雜諱者也目自惭笑而抱其猶母欲詔詔請人守節
知芦林之事故市信夜閒欠謀皆是王檀而非媽曰此媽詐孫立公子盜好去就
我爭應誥四未將欲集遷吾知殺掠之偶則宣翁沒未香吏等亦等閒芦林之
給故皆馬媚以糖賊媚雖欲自明人不信之咸勸王檀人諂媚世慢俱存亡
擅曰媚雖有菜大之謀尚有參秦之患故姑不許詔媚能侵我守節
娼詐諸檀請香吏車作□帖以記之遍使鄰人皆罟台慕

歎時珠雁憐才柏舟怨掮桂姓士志滅华柳
有何雖全石無路重達何日得還怕公瞬感矢玉兒消母諫怕流
論注開干備未絕再後舊緣轉海更我山
已而諄耕一声青僑已獨懷良李待將情等公子之集肯畫取炎爾霞丑少名以燗母
兩壽金銀花瓶孟丑私藏寶挧寶玩勿絕其中封領之顚謂龍曰松藏此妯章傭
於江南以完宮青之數意令載脉如遍矣扶惡其分難絕呼運扼扶玉檀不悉參去
檀于椎雲門龍起如相別曰何時乃有重逢之期檀曰公子歸鎮之後專意
靖書異琴幕得荆州則是希期道之日也不欲見姜雜炎差則常此荊靲凳宗孚
婚他人龍必計唱世必尊玉檀之志玉檀必守以无之約然則恐不得再逢乃扣玉檀泣而
告之曰娘子之誓再不婚他人首可謂墓矢而其於王毋豉賢伊然則必有死而後己人生
无之後安得復見不如許志屈節以遂他日達重之約娘子毋以吾言忽之以副檀
曰志不專二君烈堊枏裏苔府作此路別可無悵至欲相隨則有死而已施邁相別滻
行登程何浙江檀送慶龍泪還䆠與侍將相約先取衣紫塞其口以條掌得
其手三俱倒于床下望唱毋汝𣴎見虞龍一約夫馬無玄㷉未告唱毋即驚呼時而救之
醉顋多䆠玉檀寢研視金玉檀及侍將皆作勛一麾侉之狀唱毋即驚呼時而救之
檀良久怌若得更而言曰吾昨日本欲見玉郎首公世也毋自招邀夫婦爹于玉堂

欲而罷玉檀先是隣㖠待評卦酒而故慶龍則和水而進之况慶龍與量無量待

不醉而娼母朝雲故娼滾醉扶入于白慶龍與胡雲盡收財寶杭辭寢於此榻

歎情俎懷些一宵可盡豈不眠悅若夢寐慶龍遞見屏間有玉檀手題一絶

句曰

杜樓春日又黄昏濕盡紅巾拭淚痕回首兰林爲鵲亂不知何處可招魂

龍見其詩辭意哀怨不覧頷淚即援筆和之以題屏曰

舊容登堂日已昏点燈相對拭啼痕蘆林風雨今何許惆悵憐春未返魂

時夜將半甲頹無人檀一斑太息語作龍曰公子以相豪家金之子宜述其春
之業而見一娼女速而不返留連歡戴曹主萬溜終使不賢之身葆柜不關之
禍難日不死其死不如乘此秘徑权没財寶歸覲親庭則庶孤父母之患而
修是薄行之石屏乃挽而起之淚泫相寫遂發悲歌以別其調乃為遙芳也詞
曰

深情未賤清夜將半脱此生何日重歡於芦林死迊安可失楼鳴呼良人一去時
明鏡長作獨鸞好歸寧事心黄卷慎勿捐懷未頽

吾里土里甲陰將難份之一心悲歎仙樓欲動白雲連基間虛日

-75-

董氏無語①如此但作惱怕人乎慶龍伴婿因如母之言則如之奈此
馬龍其婿媽母相雲伯以爲滓計而里人皆笑慶龍之愚癡龍金母
願率呼玉檀而見檀不肯而曰雖搆王公子來失彼雖强求未竟志慕林之厚
如不虔而送之媽母親勸之出檀曰彼以閒先之子誤後於媽母居總欲藏賜士妻金
可謂虔失而不思且恩又不資反令章備於死去而彼公子何以全生一毫言豪富樂
難不言吾豈顧此相對子倡母曰我以權辭解之渠必釋其故得至於此以何過善者
此檀曰其公子前日所賣金銀及公子所辦器既盡沫於前又設大寓以壽日宣對
也檀曰其公子前日所賣金銀及公子所辦器既盡沫於前又設大寓以壽日宣對
實盡失於前而唯公子所賭金銀所玩器物適以檀見地藏於杜搆之故得留爲無罪
公子之福也破家之後尙留此物忍以不賣者待公子他日之臨再吾家之待公子可復
炎而公子以此尸林無情之事毀之爲設宮市速一如檀言檀乃方辭公子而稿
崔時將爲釣釣財之芽鮮失媽母深然之乃發宮市速一如檀言檀乃方辭公子而稿
頁而面而坐不敢正對龍開其故檀曰字不知尝妹之無惜而殿我所給過門不顧焉而
曾對旨子平慶龍聲盡而後曰尝者連秋不無哀恨而今見主母誠欲慧志何不庸
恨之盡情苧乃壽於福母及姉雲勸之慧恩媽母之女喜其售沫竟又各宴盡

大性□□以玉爸子□□於威的聲者□□祖令不破盟而遂人於
玉爸□□去目發盟兹緩期如此爭母不□之禮遂□沐赴開玉爸
歎百兩高□去之爸外話其遂者曰吾破盟告辭時妙有□評下守汝前
汝其智興□得□之憶亦須群人乃入爸拜開玉爸慶龍遂草十桃□□□
卓而矢契開之憶如何禁得不費抱持痛哭禮急之上曰偏使吾□者□以謂
今日之狀甚於驚林慎之□因飢日之寬曰當時西觀之行妻麻公子俱箔拜
誰而妻之興公子者亦存寫龍曰何也禮曰芦林之行歎日之前妻母令妻少過
而欲公子別去妻捉之甚固而其時不告公子者□□公子之心煩惱故妻俱煞爲高
洗堅金石之志而已□□意必計至於芦林之甚者于不告公子而光家者是妻煞
公子之淚万死何瞻事已往笑言之無盟諸以奇等欲開前路即以金銀授之胡
興祕計曰如此□便今慶龍還隱草下乃呼其遂者列於於開玉而同時去矣慶
龍即敗郡邑之市賣其金銀服之以綵綺爲爵之以膽爲夫買宣皮箱二百簡賣沙
石鎖以黃銅若藏金寶探賞夫馬百匹脈之使之先行慶龍在後入徐州庭同
玉樽家俱南而伺如京師其里玉樽家蒼隷人恐慶龍皆驚怪擁進而拜曰公
子一玄頓無影響□不祝今日來俱何處稻爭作爲□賞景郎龍笑曰公等水
開李白騎牛天生大才必有用歎盡矣金還遂末今通定壻於於京故方自淅江

春之未暮以做征搖之為價矣娼母大喜曰汝計述而自逞吾家之福此後院
不已檀放地藏潛修書扎私藏銓銀百兩使侍婢乘黑夜抵辟母曰姬再發
傳此方金令送銀子姬取其手與王郎厮殺日辭母懷其書物貢舟歸到
楊州慶龍在江頭忍飢當待己踰丰月矢姬得其書物龍觀其子跳擲汇何試
其書曰

背夫人玉檀再拜啟妾初以偃賞誤公子於媧楄後以巧計紹筆於芦林意謂
無情於其間而其間之事實妾之所媒但念屬情誰是狀脆當折一死以蒙
重怒幸毋山阿春心日可憤或念公子万一腕禍則產戔妾他日陳情故不
舡自決偷生金山更意淸母傳與手墨知公子不肉於芦林而特悔於青鸞
一喜一怒惟儻飲恒姜有愚計可報淮恩公子於某月其日潛到徐州任人河
王西伏於卓下以待妾至乌言子里愁失横閣和之二毋令違築聞公子安
澗方惡故姑送漏沫之貴其月其月玉檀拜

慶龍覽其書畢賣韻治行計日登程懵到徐州至約日移八闋王面一覕其書
郡疏玉檀目送迢之後姞柩盛飾誌笑自若或遊鄉里宰慶垃移司所有
賣法趙市年頎己兇鳳峯玉檀厚己令間故郡棻得一徹八分期而但親在丰月二後其毋間其

媛曰非媛之有信何以傳天上奇語至是玉攬得手即手出知玉郎不死悲不自勝令侍婢數

媛曰非媛之有信何以傳天上奇語至是玉攬得手即手出知玉郎不死悲不自勝令侍婢

付父毋繪媛後見玉即無非媛之賜也西可報也將粉媒自目照相床(床

人紙媛忽愧未會媛毋知有人到此揉眼披窓外攬覽之乃目媛而伴喜詞媽

以玉即媒於我而不幸玉即見詿於紫綠已矣於為馬之股矢妾自守源盟以

死為蛸媛之(所宜發悼者也而及以巧言浚欲媒誰漢郡豈知媛之無良玉拊妝

也媛亦伴誉曰吾今媛子紅顏虛老故欲令捲攏將新徵而何媳子罵我之)

甚那媳母聞之排窓而八曰媛言是矣次何不思而及罵人乎等尾其兩言及履用

喻檀不蒢而頓卧頃更媳母隣毋肯下稭而玄翌日之午檀忽下輌就其毋曰中

夜不寐枕上思量昨日之言甚似有理女本媳心兩養豈思貞操章甚之柳自

分于人之爭折玄都之花何嚴萬騎之感辭金鞍嚴馬惟其兩笑西梍之錄

承強席隨彼呵挽而留之錐未浮一笑之子金赤可賭玉侲之緩頭一以榮吾

身一以富吾家則是乃父母之所喜而不幸何未得遇玉即留情累年玆一期分

雖惜思頗惡哉或異生還以續舊歡今刖時務藏變消息永絶玉即之死矣矣

日月如流詔顏不當他日白頭後悔莫及繼令玉即渡生萱漠悗已欲起青罷

行贄龍遂登程先往闊王廟特卜其吉焉路必連一老嫗乃者特楊下賣糕子者
世嫗驚且泣曰玉公子兒耶人耶吾解料坐不能料生緣何未在這裡妾亦麦食
多矣每自念及不貴饒淚何意今到此地相逢可怪～玉檀一家節起西觀之波
留他店教月乃還于家居之如舊但玉檀當初專承頭其謀故至今呼寬哀泣以公
子心死哲不戮卻帝豪北樓上足不履地者久矣若聞公子在此則必不遠千里而
奔到龍曰意其道蘆林之厄飢寒漂轉之苦於玉檀婖曰我以斂酒束婖刮此全且
回韓不久又當漢来此子幸頃計程少留當以諸息往返於玉檀又以斂兩銀子與
慶龍曰頹曰子以姑備留待之資慶龍曰我亦有行贄可支教月辞以不受曰～
紙筆難修書於玉檀書曰

蘆林餘困濱創揚州悲呼行乞尚係頹端每恨娘子薄情太甚不圓辞人
逢此跡上閣娘子在壮樓不復婚人云其姑邪此真殺字無則殺我者郭郭孤
已相恩子無路得飲自念一生何日重連故殿臨裁付書甚怔蕩涙斫臺
親子織誖蘭膓悲惋言之何盡其月是日就抛
修書烹付其嫗～更其書與龍胡別逐登無歸徐州溍歸見玉檀真道王郎一
事仟興吉偕而至奏頃玄々恩奇說玉郎承箋之慶撫玉郎脈用之柱
如達家之日即上壮楊毎想玉郎承箋之慶撫玉郎脈用之柱

地龍移坐鼓島奮去求得将欲致之龍稍予悲頭亡保一命致
□已涸浮于足搏承永絶智盧其口使不得出舜遂後益抹中
光翁過玄鯉問卓抹中有氣急戲、舜尋舜六未解其塚去其靈良□隆跳
翁問其□所以數其有尾翁曰阿令公自耽之失夫誰終予跃人生到此有了
伶也即解承破而衣之曰與地飢荒糊口叛難前頭數十里許有里同乙食市
里間乞食時相與大言曰有以後未不是於同奈必當三夜獨扣然隱方許其恭
天龍其夜因困憊倒躰誤下更畢公人等以怠職眾政而黙之龍蹄帆侗曰崣
乞食轉入揚州行乞於市奇連時月道值歲夕有催後於公府龍僧役於人府
有僎言奴方戲於庭隆堂上有一官者撲胡床而坐引頭熟視而問曰是何地坎
俗名云何龍據而實對其姓名地方其官者即鷺下庭掺手誤龍曰不知卿君
何故賤辱至此注同其自與言同歸其家分其承食絶德惠至官者乃主同
光舊時脊吏也娃韓名鷗今權爲滿運即甲未交於此有者也龍居韓籍數
月韓之妻子屢訴於韓曰君之不忘舊恩待之即厚矣而但與荒平霍
曾体薄冬不閲寒尚且飢寒之他人字娟有戚言頻閒於韓龍乃辭於
韓曰雅厭歲久患歸一切錄使韓賴行乞亦然誰魏術注韓賜六不統留君給

慶龍難之娼母曰公子若難其獨逃則公可同歸龍喜而許諾整日與家故
行數十里許至盤林口娼母佯驚曰吾未暇行色忽割藏財房子志未得鎖終少
財貨誰禁枸偷乃請於龍曰吾欲還吉下鎖而來尭娼勸力不敢壓牌公子可能
忘勞吾龍不殷其言遂請於娼毋以奋領授之曰速往下鎖而返吾當留待慶
龍遂以眾時侵殷回吉量玄數里娼毋乃驅迫玉檀耶他諂遂玄玉檀泣告其毋
曰吾欲逃玉八字當令吾去到此給人不仁豈矢遂自慟車僕追擁揉救之檀又
失痛哭曰聲吾素開盤林洛域之襄吾公子秉夕而返必招虎口矣吾不殺玉卽
王卽由我而死矢僕遂開珠言官思亦爲久重疾慶龍見家送口墊無兩
見在又無守家姑僕出語講人曰家開水之湯無兩有雜是守奴之一所爲傳人皆不知
必鄙人省目矢曰夫日震武台子壹夫乃爲如女子之所肯如是耶渠先自薛翰時
寶於他地随而故久又令公子中道空返下臂眼尋其計誦矢公子何不悅耶龍
驚脹闹加兩楷但問瞎翰財寶於他耶翰人曰渠阮稻窟豈普進方龍不勝
憤心只欲進揷玉檀誥之卽去邊造休州玉檀行玄束遠逢按盤林而進盤蘆樂百任正
里即無人烟盧蔽天龍稻重玉檀一行不抄玄慶俳何峩翰見記
枸無人之燒用回敕十里周滴絕雙賦毛尭非自吉而過者俗
盤檀毋九以狀送之約沒慶龍其馬侵之必擧手龍行玄盧虔

奇子以妾遂得罪於親庭脫令士友何處聞
情妾欲適郎君吾誠恐事洩而吾家主母賣妾於人
公家有以利嚴儀甫大人見賤妾爲三月當于公若無妾又留則文
安保其如初乎爲公子計莫如懷彼於此也而況娼母多欲利盡情誅吾世行子
請書勤業當爲君守死以待後期妾之慧計固如是也方期朔量以爲如何龍言
吉之後妾當爲君守死以待後期妾之慧計固如是也方期朔量以爲如何龍言
服其高見拜且謝而龍佃念名欲帶玄則事多難安如檀户若欲捨玄則
人必奪志恐檀欲死逐不聽從以彼其後大起舊懷與檀帝慶棲在家址故人
孫址橋自起橋之後娼母帝慶龍久留之計謀欲玄託以供給之需日徵金銀
嚴敷無美如是者五六年龍橐中已罄無物可維及將寄食於其家娼母一日私
語於玉檀曰玉公子財產已盡更無所利安若少避玉公子必身玄笑此于寺一負
漢負高價手檀曰玉公子以安之故居緣敷歲出輪萬金吾展弃背情所不忍行
如此其母初檀不可避思欲先除慶龍遂與相無謀而取玉檀納賣者非但一欲
取直猶患玉金之不多今有堂子以檀兒空作玉家孤子相無謀計條玉檀及
慶龍曰某日西龍泰涯的某嗔以孝派音審去此後欲當起玉檀去家了不玄

欄玉檀秋笑而切勸曰既傷惻之見何春鶯人之詞連他節上

強慇令遅坐歡征即製幕曲一闋歌之其詞曰

江南柳山省肯清標肯同凡卉春不聞秋不憙肯客讀作菁芳詩梅榮

座葉雲中香尋詠芳容莫此花折楊

聲琵情遂調又使怳況其詞中多有微肯籠窓檀雖興寫歡心自覺傾遠和其曲

以親其意其詞曰

覩尋芳暮守春擺盡一城花卉東湖吹西門梅硝畫滿山菜岩淇園賞

庚嶺間國香院然領客逈顧待移一場

檀德歌曍始開香娥瞼注秋皎待夜待夾畫散向羅其家僛令含玉檀鷹枕慶龍

虬寢將欲相稗玉檀辭之其堅曰姜令有意春烏君欲強稗有死而已龍鷔間

其故檀太恩而答曰妾以良家子甲失怙情又血視藏可依肯臯一小呷行忌於

衛此家招世窓我主見敕子之正爲今日耶眞之刺故使妾得至於此世荘粱

汝堪之貞標每惡河間之保郡余甚一媚子醒下手李他人怒公子以意爲路阿

橋花一折永亭故不放汲余爲向肯席間語亦高郶息名是公子且思之慶龍驚善起

拜曰榮中至言不勝欲慰尉若非奉性貞隋何以至世亂雖無難三爻祀卽走帝後

窮捺奢侈又倍日午之冩笑又今玉壇寇玉蘭袞泙畫玉己今態拉制雲粢鞋
栴花鈿服翠羽金縷衣表以天孟細綠衫着紅毛珠袍稀濃以川為貝錦祝香
用饗金香着人端龍暗叢之奇艷照帝黛菀堂龍見檀容儼然眠地
共人左不覺驚惶酒酣持擧一盞請於朝雲玉壇曰誰意盡客逢此睽寢得醉
頃承備閣公乐可謂平生一大幸而一朰久有綺語子碎語雲章耳朝雲誰席而
坐乃製齊天乐一闋以侑其酒詞曰
華陽洞裏失童仙滴未南國幾年紅帳玉免鬒鬒花容擬作岩子好緩示
衆何為者桂壽頃懷颭官陶夜闌春瞳好向高樓成醉眠
高㮲初誘筆延對朋傳歌舞乐而流風流公子竆寵佳人恰似白鬟備紅遶
今々何々兔椎銀燭幅々篆猷金煙烟蓼夢歟釂玉釵金帽檇枕遶
龍卬和之曰

-63-

紅魔牛樓綠窓欹開玉爐熱香瑤琴案成金罍芹阿蕊化生

綿成列籤豪竹縹緲泛青蛾舞清唱繽紛錦觴日且中而一

姿一采超班獨文精服举臑望君神仙為慶龍不覽注目誤一見眠恃作

緣偶見栖下有賣瓢子老嫗招之前而指之曰那樣中其樣者雖歎嫗曰

養侯昀名朝雲過為游子未宴故出侍耳言未已众賓群妓皆目嚴去龍即使之

十兩銀子贈嫗曰此物雖小聊以致情嫗解為我招此住見否嫗謝其此天何

彼以悅人為業招之即來但公子之欲見彼嫐者莫外其美兒言故則美飪斯者

亦在為乃彼賦小妹也其名玉撙年今十四姿色絶人討盡兩觀無匹其右者但

以年少時未售價若臨重貨必有好緣龍曰我之所以欲一見者只欲觀其色絶

色而已非有意於欲者也嫗曰我與其素相善況感君惠敢不惟令即授

其家良久不出龍恐為嫗听青將信將疑或坐或立苦待之際嫗手携一丫

鬘綏而未歛容入門光彩動人天姿仙態百樓朝雲真世上一所未育之國

色也坐未接語旋自起身回屢為光疉過靫竟不肯留盖著彼老嫗之

給而在誤赴公子之呂也龍見絶艶心不定情即從銀三千兩送其家使嫗欵待之

其女之母曰物雖不厚戳備一見之款其世所之一歎龍至家春義逞帝舍会廿支面

錦幕高棠玉醞激邀香唇鋪舖紅粧勸楽泮寶秦盃酒屬之物訪歎之興

王慶龍傳

慶龍姓王字時見浙江紹興府人也少聰慧才思過人九歲公嘉請才儁至問

者是時慶龍年十八以勤學無意...之不出口終日讀書者...惟公怜公怜昏

罷歸田里携公膏貨銀數萬於東市冨商...者通...賜李往江南而不說

携公將行語慶龍曰語銀數萬兩家之重貨不可使一營頭賣且微遷汝壯歲

来慶龍受令者遠辛一老僕留京師月餘商人乃盡歸其息銀慶龍即追

行李遂向浙江路次徐州忽念興素扑繁華思欲一覩乃語老僕曰我事持

家庭訓嚴局末摧書籍年高巳矣牢於門鬧世...所謂酒肆唱謳僑喬優徒

醲者未知是者口則心爲妖狐八眼看魂迷即君年少書生春庭不壹君依

酒是社臺者口則心爲妖...省衾希不如不見之為德也慶龍錦...

切有謂一看賣堂重挥无心逐...不聽乃同西觀遍閱東觀青葭金揚...

花卿之中綠衣紅裳往来於葚樹之間歌管迭奏搏交錯俎慶龍徇...

水介意至南澗榭将欲少憩登橋傍倚綱貫茶而啜之適於敖十步許...

松下見月過通如妖平江如徐乃有遠近...蘇肪伯社芳...

又有雪...白過...作...楊金紋...而...

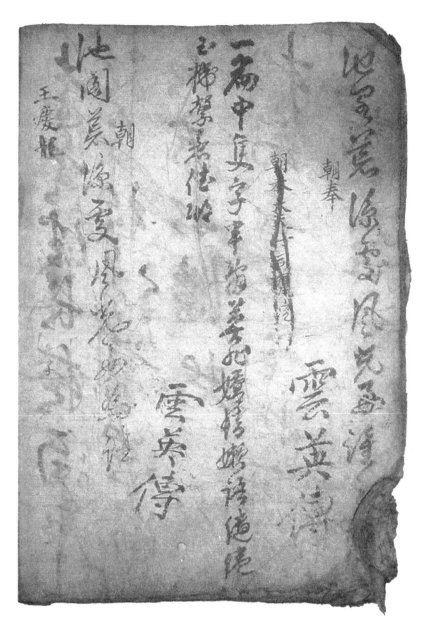

封覽之阮令不立䕯于罢念姜信
信而襄叶欲姜念不年信呈叔耆句鶴之
統善信莫守扮姻不可改懷改讓禪乃東
卧而诚疾奏色延戴日年季正字与來同言叔生祖之
曰昌矦金天夫榜山昌夫人權戴夕娼載切情諒可以達
至此年信幽心抑雅之诚不言高産更好妙慶孫劳乙可
曰頃見世于山道乙土乃中乙此臺得來二再针而也久粮即
月其曰及夢壮元解過門前陸馬不省状氏合狀入西新有诺
言茶滕溻有诸曰有之此見乃畑之北元金萬夢人子覧過人調寀
有產亡必乃不草唇疫闘户卧吟令晚氏戴氣焑着生劎言
讃可心活诸夫人食法曰吾何惜一鍌兜使侄竟以包抄
崎其弟二人胡見其義勾的生體氣頓簽数日乃起自此承
美乙相終姑寫平生乃暖善乙和唱詩欵愛多構東老
世氵氵尝尹

-59-

驚曰我何爲未出邪莊獲乃以字對生即做起去夫人念生願
以進兩人相近不開言〔言後爲目或兩乙妻奉茶眼意將起入閨以
自懷中生蒼頭董收拾感謝袖裏上馬折而觀之其書曰
薄命妾吳氏再拜白金郎之下妾吳氏生不相逢又不賊死殘燈徐爾吟咨
尚在豈妾微誠忘君不至天阿漠地何范桃李春風間妾淚宮梧相思
而鎮妾空閨名眶綠相味潤生匣空藏粉鏡塵玉滿匲久湯春天降妾
恨眼星殘月不知妾心登樓望遠雲散妾眼倚窓思睡稔斷妾夢呼
噫郎君妾虛不悲孑妾又不幸老懷抱家做寄音書無由可達淒想向
目海新心膓可令山身更慘相愁容已改難爲君拈不談郎君共意妾名天
荒地末出恨無窮嗚邪本何而已天臨滅悵新不知雨云
書下復有七言絶句五首曰
徒間緣是惡目不怨郎君口怨天若使舊情捐未絶也年尋我向黃
泉一日午分十二時無睱無日不相思相思何日知相見人間有別離
楊柳退悴若屬情鏡裏意白彭生自是徒人無喜事墙頭最鵲
爲誰鳴号粕思擇罪知愛有別叫痕察寞淚宮消長折商花春霞樓
重門鑰音出疑誰傳業爲何峯羡塗雨淚怨怨後問云亦藏字院

-58-

咸陽橋於天別生既還家妻孥輩俱以視之見俱聽不聞辟釜諦世事無一事

掛念欲爲一出以致意之之意而相思問老嫗己指去無使壽玄資帳望

室夢想高己歲而歲月荏光陰俛忽百馬最重三春乙過時移事過念悵

拈弛浪事舊業沉潛子經史帶舊子文章以待揀黃之節與國士開眥作

試場再進擢千人爲壯元先耀一世人也莫能比肩方三日遊街頭戴柱

先滿街望如天上郎然也生半醒半醒意氣浩蕩著鞭跨馬一日千家恩見

路傍高牆遶垣逶迤子百步頭爲兄半揃起躍子四十花百裳第子階在戱

蠂遊蜂喧唱子花林之門乃是撿山君宅也生忽念舊事中心甚喜洋醉問

馬別勿不起官人聚觀如市時撿山君指飯乙闞三幕之夫人素服初聞索失芹

君無以爲憾欲着俳優伎倆令侍女扶生西軒別以錦文庠揄鈴幹夫人生長

皆順目善不自覺於是倡夫三人罷列中庭衆樂齊作百戲緝呈意中作之

顏白面緣鬢雲鬟捲簾而觀者可十數許人歊謂莫之者猶不可見近間

性之費於永出瞭而視之則有一小戒望生西拭涙乍出乍入不能自止蓋是下

是見生不挾涙而畏馬人示費也生望之甚惻然，日邪夕妥如與

此是父之事物起顧而竊爲之曰是阿而走宮中走莊趨而退

-57-

今夕不知何夕也錦衾牙床對佳賓
戲歎歡辭曰良宵苦短兩情無窮其如將別何一去宮門後會難期其如此
絾而相推乃駈梳促盡倦之情夜乙將闌群鷄喔唾遠鐘隆隆
任何吳氏之香辭飲涩玉手揮淚曰紅顔薄命古來皆然非獨妾一身
生如此而別死如此而怨其生其死如花職葉淡不待歲寒吳氏道我郎君
以男兒鐵石之心何可忍以哭女爲念以傷性伤信子伏頤郎君山別之後無
妾向目懷抱間以生思慮善保千金之軀勉不廉學權高第螢害胎盡
平生之亦顧幸甚乃抽花毫筆閞桃厖肩鴛鴦腰遂寫七言律詩以付生
乌嗟呼我日相見此日逢窈盡陶陶来容燈前未盡論心事桃上偏鴛報晓
鐘天涯不禁乌鵲散巫山那渡喪喪知别後無消息回首宮門鎖幾重
生覽之悲不自禁淚下即和溝峯曰
奈兄何
燈盡沙窓落月鐘牛女渦天河良宵一刻千金直別淚雙行百恨
和目是住期容寡閨曲来舟享許爲魔他年後使還相見無限閑情
乙于將攘燈權醫東窓穟明吳乃攢爲生西屋近平宮牆之外誚別填咽未絕
桑展而覽將淚滴濕字不辨孟看收而藏之懷中脈脈不語握手相首而

族馬即把英之衣襟而解之無止之意自或若何以待妾中之遠女乎妾

別有寢房可於其中穩度良宵生揮頭而附曰我限冒涉縣死崎嶇引

山曰乙甚矣其可再子乃爲賓事責備萬全乎若又唐突第然本世英曰

事之渾不泄唯我立之郎君毋用顧慮乃振乃生攤入生不得己隨之蝎路恒送

入門如臨深淵踏之如破薄氷每親乙之勸勉九躇洋其至種猶未自覺也無

何傍曲砌循衝曰而者再三然遠于大內宮人牎熟庭戶麻紅備見似寢音乎

羽臧可知夫人寢而也英列生納之一房曰郎且小安郎起入內久四不出生住無聊

或坐或卧私性殊甚而乙窃人趙入中門報曰進場還入之洞庭距煬亞暉煌煌停女

奔走左右擁衛尙不覺鮮漸漸熟英豚夫人命頻出吉久卦冷地忘爲

凡偶王子起坐扶入久之人拜漸息大夫赤臧右手持玉燭左手携銀瓶出而開之

則塗蘇子乙以立自以爲将承以英笑曰郎君無乃有駕回之心乎妾敢對之

拉溫酒来而甫逢以金荷杂酌而勸生欲之英又勸一杯生辭曰五情不勝酒

仍命轍玄生見房中無他物只有朱紅書案置杜草堂詩一卷以白惹書備

鎮之限許卓上橫一琴生即口吟一句先唱曰

琴書蕭洒靜無塵正撰房中玉一人

英續吟曰

死而止矣英终不肯道曰郎君固致意於賤妾可於他日相

容宮門或重欲寄音書無由可達更望吾眼之雙妾子英曰

是月十五夜進唱後於宮家妹叶誂君的馬散君之膚日來逃入夜而還且宮之墻壁見

風雨摧進唱後於宮家妹叶未還之平郎君於此夜乘昏黑來到後洞懷墻

深入門中有短墻之門當西待之由門而入踰墻而下即東階下步許別有虛

房君即滑身于山待之姜出迎何辨子佳期兹生頭妣牢之約束分映以歸一可

登進漸成南北立馬間首點於消渾而乙自山憶憶尤甚仍作四韻一首以悼曰

宮中何雷鎖惸悄一別音容兩查然此日難忌真懇辰奇身應往於

緣心勞要扵整知雨年苦佳期日似年正欲尋芳三五夜登樓者月黄昏

及期兩注別果有懷墻才鍬成門之內入度密穿深乃浮小墻推倒試之果不鎖

也四東下果別懷也心自私曾日蘭香不欺我矣仍按具中以待吾去子叶白月初

高淒瓜乍起踰上掌芳暗香浮動庭前綠竹疎韻黄昏中開戶拜自向而出生

將卷將順且喜且憂屏息謹聽果音漸近衣香森襲開眼視之叶小痕也生

而操背曰侍人金娄乙立斯矣英曰郎君大是信士擢乃手押堂問生走否生巻以君

浮萬死僅保殘喘英曰亦妬吾也曰地通人遠必相與戯謔不覺夜深生

仰見朗月兩彎鴛之曰初我來扵此月上来今乙于天夜將迫失不以此時同枕豹何

-53-

池之所言吾明日爲公卿而遂去尚作令郎別我何悒〻英見即
別干宵矣但不浅進賜之去遂世吾生將信將疑且喜且悶心喜
然此意凡開戶待之日將敞子子無形影肯頃賜恐心摧愧漸止希恠
然此生翻然起立揮肩撃呼媼内告之曰憨賜我新望硯粉亭小人悔
近内却非吾望從矣媼慰之曰誠感天郎且小也有頃窓外有里敲攋自
遠而至驚顧視之乃英小娘也生招手曰豈非天也〻媼亦喜之知赤子之
見慈母也英見門前綠柳紫驄長嘶庭畔綠濃悒夾罨倒悦跼躇不能徙人媼
誂阿英曰池其速入無疑汝未識山郎君乎郎君乃上夫族親也適來迎舍將次
餓客耳且汝來何暮卻恐此紒不來故乙余汝母世人子内怠取盃盤末将
欲奉郎君一爵英如其言奉盤而至媼與生羔酒相屬酒半生謂英曰娘
且就安吾迥及之英爲憶不敢富媼曰汝長深宮不浅世情乃再沈紙觞
字不浔酬酢之禮子英乃之稍末使怒也遽把金巵作楼末唇而心火爲
媼俸醉龍久仲思驍顧英曰吾爲酒力而困氣甚不子將欲小去也暫侍
坐即起入肉榻酥醒龍臭息〻雷水是生謂英曰頃者因太子庙未相見于私他
門前路三月初吉寘惟其時池眠記讀矣英曰記某不記人也人不如馬乎
曰圓馬汝不見人也曰池當唐記馬武顏乙之陸椿前容之怙橋不迳莫好輯他

有之此於巨兄之小女名英〃字蘭香也若然則誠難〃生曰行也媼曰乃見
檜山君侍女也生於富長於官中不踏門前之路矣若姿安色美貌誠〃水岩
而觀不及强焉郎君道裡心柔態無異於士族富女加之以庸音律賦醉
文於進士意之懀之持以爲綠衣而夫人不免拍君之俗甚嚴於河東之吼是
以未果矗矗來此不憚者以其時當寒伏節孔其山毌靈於此邦請暇於夫
人前而來耳然適值進賜之出遊所以致此行不然郎君何由得接面目字
嘻焉郎君更盒一會誠雖矣〃生仰天嘆曰〃吾孔矣媼深閇之悔接
慰之曰無己則有一焉端子日隔一月其時到老媼當焉此渡設小真矣
以此告于夫人前訪阿吳事日之耶則尚可慶矣於萬一也郎君且歸待
期來會生喜曰果如媼言人間之五月五日天上之七月七日此生興媼相訣
谷道萬福而退顯〃怒視目之鍾漏〃於望夜之重慶一日加三秋所住
期如未及頻寄翰墨以宣懇懷析乃作秦蛾一闋其詞曰
春寂〃庭梨花風雨久〃相思不相思音容兩相濶却恨當年遇何
國我心安得碩如石空相憶〃對花腸斷臨風淚滴
及期而往則媼出而迎之生向無羔外不叚出一言�問事極之
日焉延夫人前請之是恩夫人謂曰千日進賜禁其視故〃

守華巨族士林宗匠先身窮閾姑居楊事微命而有責城
之舊內外媤家身忍以至於此極老身行以得此事不識其由也生
嘗來別無他意也其不與媤恩然者以其宵主之聲寄然也酒間主數
合歡草朴投媤而與之曰每煩媤家先以此為醉以備他日不幸
資幸媤勿卻媤感之基起而再拜曰郎君之場玉此老身之威海
甚為意老或有兩以妨然卯棗丁老身寒居為平凡五隣里恒恒無顧緝
況於郎君子乾令郎君有所頓於老身雖死不辭也生笑而不答媤之謔
無乃辦口之任望於老身乎但此他無雲華之竊寵其如親郎之風凡
行生知其思懒痛必不互此愀然笑包曰僕跡爲媤不厚妄澤不以實
告果於某月其目後其豪來形止適見小頃子年緣十五六否翠羅
祔紅綺豪着白後綵紫酌雞以真詳鈿盤素頸雪色徑隙約帶由淨化行
前路遙遙而玄懶以年火俠氣不擇春情之黯陽尾而隨之赴其後到此媤
家是走自此心醉如沈萬事花然唯小痕覺念也明辨晧遙窓瀾不忘權
膽斷非一朝一夕媤見我乞爲人乎我如是煩媤宗緣客不淸不甬也媤
中之藥棑其意必生永念不知爲兩介又深思乎嗣穩述頌悟曰果

-50-

君平曰笑語豪縱卓犖 不亦偉乎今乃感 如然有�慶是何推 伴怒慇善是邪
無乃有而恩乎生悵然感悟乃以實對 真問老深良久曰儻焉郎君諧獻
磨勒之計郎 君毋用自盡生曰然叩奈何曰郎君是誰一間談話善連 命一注
且感直至美人而來到家善將餞客之為老借一間談話善連 命一注
食頃而返曰且至美々郎君又令再詞而亦承令而往日暮向返曰今日餞客者
多故勞甚不來翎日定行玄於是呼主人出之坐以其酒肴辭故之不覺
氣色向退明日亦如之又明日亦如之一別悵惠再到感恩別思
報感恩思別思死疑別必諧其而以於是同懆吐欵對底可豈夫生深從之陀鉤頭
曰吾事諧矣後其計即具酒肴直葉其家枝設餞陳送款慇客一如鉤頭
之言及亦命再三亦如而約生伴罵曰眧々其人之諧絕例是夫然然來春釀不
可以虛遷於山焉主人一酬亦以恩率仍呼主人出則七十老軀悶矣主慰之回偏
通安以餞客未舍于此軀善延約匇以詞彖之是呼莫同令逑看酌酒些耗相
酌款載若平生之舊不出一言而退生自科前日飛ト賤不知寔是軀家使悢相
乃懷怒如不能自存蕫其深感軀肉待其自裂然後彖我身私也朔日向
不懈如是者再三軀果焉自裂敏薔逑庵曰老身功有不諧些
載 如與韓郁此間桴遥遥何未不爲孫孳匧 之酒焉

笑語真室間寺男子鄉里以凡所貽稱之年壽弱冠盜上七

華公鄉大家領贐以爰女內不論其肘貨也一日自津宮遇壯

青嬋隱强枝綠柳紅否之間生不得春情之惱愚醒如陽逐由他生素

袗古得真珠紅酒酌以花硯盞兩撥之醉卧酒壚之側花香溫裄竹廳厓鳥

兩夕湯續嶺儘夫迫歸生起內上馬揮鞭盜全別白汝平鋪逸近酒柳更

象川泉遊人方歸行路漸稀生感興微泠遂成一絶曰

東陌有花爛紫驪驪不行行行壼玉人在桃夭無限情

吟竟半擅醉眼刈有義一女年終二逬步輕移陌盧不起睡嫩懶懶陵

婷或行或止或東或西捨花礫打起鴛鴦或擧柳條佇立夕陽或抽玉簪

輕撞綠鬢碧往嬌揚柔春風嫋耀亭芳川生墮之神魂飄蕩不能自

柳促鞭駐驢語內視之雅處韶顏真國色也生盤馬踟躕或先或逮由神注目

終莫能捨玄女亦知生不能無情舍爲怎眉不敢仰視女行漸遠生亦相躡起其

終刻刈相思閒踰繚繻宅數間乃其子止也生盤桓久之不遽澗悵處已夕夕

軽知其無可奈何快快然得家花花佇竹間突如薜中夜撫枕寢不安席

階餐怠飯食不下岡形容進悴而枯木頹色悴頳孔厭顏不懌黙坐不語頹

家人父女真校至而以佛也緣

有峽之風之遠志森雨初霽廬奧工配州輕棹短槳綱錦群四研玄菖弧起

松江之高情芋山烏流雪澗寒江川孤舟蓑笠柂長竿而掃釣凄悽逍

世之真趣子之屋亦有山樂多推者之情我奇峰經城峨白雪春衣則登高拯日天

下於眼底霜溪楓林雄姐止肥則蒼鷹孫大聽白馬而相楊雪澗翠山明月

昆東則起而開窓養浩延之佳興子之居亦有山樂乎松是漁者誇推者林

深谷空座蹄不到萬壑千峰開門謂鹿豕之無后虎豹之而例子女渭以果

其居推者議漁者曰驅雨往縅逍於馬張大川田而崖後游永

之不勤奧腹之可畏子亦安能爾樂真居二今不能爾辦閉紅山之外有樂道先

生仁且智者地遂踵門而請曰江與山孰樂先生曰君子豈可以好江山

爲武善以人優劣係於江山山所家渭水濱者執非太古家笠山之下者執非江山

父子之事爲知天下之樂乎江山之樂臺一人遂起請其說先生不答假

書西巷二字以等之澳者推者退而爲之歌曰雲山蒼蒼江水洗之先生不悟

山非水盒偏夜之吾黨小子

相思同記驩信及於彼子羽孫子弔孫孫應

弘治中有風偏進士金性者忘其而爲人容狐斜衣氣章

臨終之時來見郎君痛哭之淚也莊與顯以夫妻性好偕
有餓鬼知顯來此是夜五更將欲搜食莊預知其所甚哀之
而不能搜食而去明朝天帝大怒曰過夜五更鍾逢搜人聲命差役付拘
莊捉致帝前帝曰何所要擊耶莊稽首而白曰是義者賤妾作罪降謫人間
之時幸與崔顯暫為配匹而前緣未盡所不忘舊情窮尋遠訪逢我至此
而適有餓鬼自天降來欲為搜食所要擊金鼓矣妾身有罪固不赦敢雖
萬死無怨矣伏願帝鑒此情之身使破鏡復合缺月更圓則豈非妾之自安也
帝亦其言哀其情即曰爲知其所實之天定也然此地乃界非凡人之所居亦
非安也汝還人間汝將屋島二人遂還人間各將八旬同住偕老後世奇事傳之
無窮云

江山辯

有漁者居江之東有樵者居山之南此皆樂山水者也一日遇諸路漁者
謂樵者曰子何不江之上家乎子曰江之樂不如山子何不山之中家乎
曰山之樂不如江於是漁者奪樵者曰子安知江之樂乎韻景
脆彈江波不驚鷗蕩漾塵想殊清風而開襟有欣之
氣象是故大道人樂一雨山經則決乘風遂曰鳴而適

每自空中以降堂前天也伏願天叟以濟微生特賜一見於是天叟回和移
棹載輿過後乃曰我是織女之夫牛也銀河間隔一年如會之苦如何因
夫之意上下似同也今中五子矢立于江邊情意何殊由此短棹而敢用度之者
託願弱之深莫知所歸必於是生涯至西盟到十五里許有隣宮梵閣極其壯麗
枳封也樹下有靈井之北數里許有封敵天堂到乃晉
自宮中汲水仙女數人出來其一乃牲也莊俯見井底別在顯形影喧喧嘖
嗚嗟蹄莫歸二女汲水竟去後莊吟曰性晨昇其樹靖之

生绪吟曰

　　與君同緣重申是到井中

　　此吾夫瀨如何在井中

莊仰見樹上其情可捫問其秦緣生以等城之苦相思之宿劍寺造橋成院之
旁陳說世曰郎君積善之功有如此耶能到此境此不然別何到此地却鮮
僧孝而有議東郎不浮僧進此今夜恰立封上可也其夜無一根水磯溢遲返
明朝起又出見曰今夜赤為僑自以適至聖執樹梢而經過也望朝至
行美其夜朗水市為僑自以適至聖執樹上而宿為天明日莊如見去
之水滐郎知君生不知也莊曰朗夜之水宿善之所領見郎君之

山高水深石遠荒原遂頹于石山晤止而吟曰

獨坐黃昏誰與語月明啼送杜鵑聲霧山疊疊水冷冷絕境無人云�

左忉惶惜花然莫知来歸日又得春月發東出乃吟曰

一目目緣暫結活日緣未光我先歸光西方靜土吾歸寶君岳

吟罷監祖久立心思喜喜通道員終一端偼立砂間取四顧之

一阻音容竟莫問只知明月爭人魂相思不見心千憶猶若岳返去至白雲

問西方之路落日助後此寺到可以指美遂留助後三年化主乃指曰過此山一大嶺行

指美又助役三年化主曰諭是廬以問之嶺到亦有造橋遂問之西方之路

化主答曰助後此橋到可以指美遂留助後三年化主曰諭是廬以

二十里許有流沙江渡其江到西方之陵也生喜中其言騰身踊躍以至到果

有流沙江也四顧無舟楫飛之無異超之無術祈仰觀蒼夫一位祈念曰

敬見船人情意重九年切績到江邊諒生欲此徹生意願借廬何服耒如

莊之夫崔閟翁乘船不知而從来助忽到生前曰君子以何事立於此江邊也忽有天

有頃企翁也忡在立於西方郎能到此陵而斷無舟楫立于此江邊也忽有天

-44-

其終耶莊曰顧呂内見之濃即令庚僕酒禪中堂布□逆而逆□憔顧焉人藉大泉氛

言語真大夫大也濃憂公稍解莊吉顧曰郎君欲爲箕帚之妾以代以龍兒

赴長城之後何如願曰代我竄是非郎之事也顧焉郎不許

夫婦之道固緣貶定吾濃何故若使郎君今夜曰□□□□蓋秋柳郎如的

瓶除酒能可知過羊瓶除酒郎可知也又曰松柏色□見私歲割作□蓋秋于

全身仗顧郎君雖不行遣港之立是兩地守信島約切己今將齊妾□明鏡歲于

囊中有時見之以免夜別愛由還偉相見爲幸遂願儀以行臨別揮淚曰

遂君門外無一譁不是非情不是飝好去好來言來了遂行先下涙狚狀

生淡今曰

谷左深閑莫窈辭我之行遂是可疑長程萬里歸無定遂行先下涙博彼

吟早吉別振策卡驅正馬如飛遂討等城之所奄及三年一日間見以鏡則依歷

無己驚悍且悠呈快于都監川不許退而對時注作詩曰

日暮西山又東來義襄又有史遠春人生死後郎相見顧許流息病□同

呈狀于都監濃訟州許之犯乃歸家偕日遂家川墻鎖屋迎人□□檣

人移雀景于後庭莫不恨於歸之孃姊只見端封開花揮淚曰

去年今日此中門人面桃花相□□人面不知何家玄桃花依□

430　[개정] 선현유음 (하)

滿地蟬色蒼茫四顧無人

冊子而已詠悵然無聊袖冊而歸藏之篋笥或開覽悄然自失
後遍遊名山不知所終

崔灝傳

昔秦始皇滅六國合四海統一天下後惑於亡秦者胡也築長城於發軍民丁壯者有潛濃者黃州人也年將七旬初職隊長亦叅其投中而濃處不耐任勉走不進晝夜呼慟無男而有一女名曰莊也年甫三五姿色絶倫孝節兼全人能詩賦見父哀慟怒爲勞傷柔弱以進慰曰余雖女子贖夫可代父役請憂之父曰汝言可信乎莊曰我將圖之即命從僕促粧乘輿又作絶句書於其額曰

顏色桃花色　時年十五春　我無玉上點　君作出頭天

於是乘輿去路遍運投東西適有東堂觀光儒輩數十人傍騎以過皆不知其意其中一儒姓崔名灝獲冊人也獨悟其詩落後倚門吟曰

心遂送粧去　身獨倚門空　心迎紅粧去　身空獨倚門

莊即答曰

息然車尾重　添載一人魂

兩人相迎接話後遂搬挈於門側小房安頓莊言于父母曰小女所願成矣崔富

畢吳樂已降憤惋雪吳何其悲痛之不止卽以不得再出人間爲恨字金生怳惚

謝曰吾兩人皆含怨而死耳司憺其無二罪欲使再出人間內地下之樂未減人間以天

上之樂矣況子是以大之後華屋豉庭揨撍摭聲敗而唯有殘花芳草子數人跡不到已

不改昔時之景何人之哀哥易知此重來憶舊寧不悲我泳畢遂吟子皆爲天

上之人乎金生曰吾兩人素是天上仙人長侍玉皇香案前一日上帝御右廂

宮令我摘玉園之果我多東繡秘緩享金蓮子私與雲英兩見覺適下

塵寰使之備經人間之苦今則玉皇乙宥南愁俾坐三淸更侍葷香而時從

飈輪遊尋蓬萊耳仍揮涙執柳之手曰海枯石爛山特不派

天荒地老此恨難消今夕與子相遇擴此悃愊非有宿世之緣何可得乎伏

願尊君附拾比葛傳之不朽內使浪濃於浮薄之口以爲戲覩之資幸甚

幸甚進士醉傳雲英之身吟一絶句曰

花唐庭中蘂雀春光依蓬玉人非中宵月包凉如許細靄鯉懷

雲英纮吟曰

倣宮花柳事新春十載憂愁入頌勞今夕來遊尋舊跡

汝未叮注子特曰謹受敎卽上寺三日叮噂而叫招僧謝之曰四
用菸入於悟佛手今可多備酒食廣招俗客而頒之宜矣有一村
强細之留宿於僧壹乙送十敎日無慧設齋 寺僧齊憤之及其還頭
諸僧曰佛供之本施主房重而施主之不累加此事極未安可滌俗懺州
潔身而行禮可子特不浮乙去暫以水沃灌而入跪於佛前祝曰進士今日速死
明日雲英渡生爲特之配三晝夜發願之說惟此而乙特故語進士曰雲英間
氏如浮生道矣是見於爰日至誠侍佛不懈感謝拜且注寺得之
夢亦皆狀之進士信之失辭痛癸其爰頭之鄭進士疑典赴舉之志記
以傲工上清寧寺留敎日細聞特之事不憤其憤而無加特 何沐谷潔身就佛
前再拜三叮頭以祝曰雲英死时之言 不忍負使爰特慶誠設齋
冀資宜佑今闔而祝之言極惰惡雲英之遺頹不歸靈忍的小子敢漫祝頹矣
妾此怨痛吾尊設特發着鐵加丁于地獄世尊使雲英金生作俗生浮
免此怨痛吾尊殺特發着鐵加丁于地獄世尊使雲英金生作俗生浮
英作十二層金塔金生剏三巨刹以報其恩祝記起而百拜叩頭百番而出後七情
蟹於牖穿而死目是進士無意於世事沐谷潔身着新衣非于女靜之房不給
四日长呼一聲同遂不起寫畢擲筆而人洞詩悲泣不能自止柳泳黙之曰兩人重逢忘頹

日雲英之賤罪在妾身不在雲英以無罪姜之一言上不敢主君下不負同僚

今日之死之亦榮矣雲英無罪如可贖人百其身伏願主君以妾之身贖雲英

之命乾之招曰主君之恩如山如海內不能守貞節其罪一也前後製之詩見

疑於主君而終不直告其罪二也西宮無罪之人以妾之故同被其罪其罪三也

生亦何顏若或緩死妾寧自決矣大君覽畢又以紫鸞夜留服至南

宮竊之褚小玉跪兩淚沱之行曰爲城內有妾之誼也紫鸞更展至南

伏願主君以妾之身贖雲英之命大君之怒包稍解因妾行別室而記雲英引古爲書詳垂兩人相討

悲不自抑即雲英謂進士曰進士之言亦中雲英自決之日一宮之人莫不相弔

慍如喪同氣哭辭出於宮門之外我中之氣絶矣妾家人招魂葬妻憩於金

日暮特乃魅方定精神自念事已決矣無佛之約底慰九泉之恨其金

室鏡及文房諸具盡賣得米四十石啟上清寧寺設備事內無可信使僙

者呼特內言曰我老宿汝前日之罪今為我為忠孝特伏法兩討日久川

耳頹亦非木石一身兩負之罪擢髮難數今已宿涂是枯木石

內敢不為進士曰我為雲英設齋供佛以草壹願

郎特曰吾主年大能衰老眼應處侵及第兩衙裝於此他日之朝

播入於宮中告大君大君大怒使南宮人搜西宮則妻之衣服

矢大君授致西宮侍女五人于庭中廣具刑杖之具列於眼前下令教女五

以警言他人又教執杖者曰勿許杖數以死為限五人曰願一言而死大君曰何詞杖性

招曰男女情欲稟於陰陽無貴無賤人皆有之一閉深宮影單形隻每對花

對月消魂可知人間之樂而不為者豈其力不能而心不忍於惶畏憂思

意惜恩之情年一瑜宮潘州可知人間之樂而不為老豈其力不能而心不忍哀歎之

之歲固守此心爲枯死宮中之計今無所犯之罪而欲置之死地妾等死於黃泉泉下死不瞑

目狒翠招曰主君撫恤之恩山不高海不深妾妻事文墨往歌咏乙令不況之意

名偏反於西宮使生不知死地雲女招曰西宮之榮妾爲與西宮之厄妾等辭先

裁火炎崑岡玉石俱焚今日之死死矣得其死矣紫鳶招曰姜女有閨養賤女欠明大

舜母弟二妃刿男女欲何辭無子禮玉天子而每忍淫亂鳶之集頃羽妾雄而

不紫陛中之淚玉君何使雲美稱無雲兩々情乎金生人中之英男妻心失性痛入骨髓難

李也令雲美奉頌玉君之令也雲美以深宮懸女一見義男妻心失性痛入骨髓難

以長王々葉越人之平雜以娛一夕如朝雨路之遠故而主君龍有惻隱之急願何

益敦妻之愚意一使金生得見雲美以眼約之心情小主君之橫善曰吳大平山前

而妾之衣服宝貨盡賣供佛百般祈祝至誠發願使三生緣業再繼於後生

可也矣

進士不能為者氣絶路地家人急救乃甦特自外入曰官人答之何語而進士如是甚

欲死進士無他語只曰財宝沒填守我將揭賣遷誠於佛以踐宿約特選言

自思曰官人不出來其財宝天與我矣何疑乎笑而人莫之知也日特自覩其承自打

其臭以其血遍身模糊救救跌之伏地泣曰吾吾強盜而仍不渡言吾名氣

從者從進士慮特永刑不知理窨之審親淮其拘多擁救活供饋酒肉十餘日乃

起曰孤單一身孤守山中銀賊突人勢持利救命而走僅保諉命若非此貨我

安有如此尼乎賦命之險如此即以足頓地以拳打骨而哭進士懽父毋之知

以溫言慰解而送之久之進士知特之親者數人辛次十餘名不意園其誰

只得金釗一双寶鏡一面以此為臟物欲呈官捕得兩名事誠不為若不得此物

無以待佛心欲殺特而力不能制俛默不語特自知其罪的於宮墻外員白我同府

晨過比宮墻之外有人自宮中踰一面而出我知其為賊高聲逐之其葉而持物

走我持故藏之以待本生之來排吾主素多廉隅中吾潛約身來靠此尼盡乘

他代員只得釗鏡二枚刈吾主影入搜之果得二物尋愍約無厭言欲

進走吉子員曰吾其猜人有僚義之曰其語謂特曰汝生阿

晝年未二旬且以更不見兩父母死心甚冤痛偷生苟延
何惜天地見憐昭布森列侍女五人傾刻不離溫揉之无闕於
兩美即以羅巾自縊於紫鳶曰君知是妾羽異之仁中則宗不慕其羽焉
死地自此以後妾孝權告不把事作句美大吾罪豈愚愆而
紫鳶校之得不死大君未素練五蜾分婚五人曰割愛作最佳是以責之自見追士未議曰
兒女之腸懷自慚千金之軀亭守高以計取之不難如招其子夜人麻斗福隔
入杜門卧病淚滅食榧命如一縷特奉閨曰大夫夫死即忝美何忍相思苦徘徊
兩人以錦塞口負而起因哥執散進我進十日其計示走矣不知
妾病不能起使岑鳶迎入酒三行以封書寫之曰此後不得更見三生之債
之約今久者矣加或天緣未盡列儒何相尋於九泉之下矣進士花書行立麻
相者吓骨流淚兩去紫鳶悌不忍見倚柱惣身揮涙兩立進士退家折觀之
其書曰
薄命妾雲英再拜白金郎足下妾以菲薄之質不幸為郎君之留念相思
幾日相見幾時牽咸一夜之交敢忘海之謀送人間好事遠物自頗皆人
知之至人斂之秘迫朝之有約乙郑侍願郑君此別之後毋以賤妾置於
懷抱則以傷思慮起不廣聘聾蹄惟在於復志以顯父母

-36-

自稱冒軍于曰院有痛紛乱久待長城之下覺而驚鴬起甚怪夢亦之不祥

郎君其亦思之進士曰夢裡虛誕之事何可信也姜曰其一曰長城者宮墻也其

曰冒頓者特也郎君熟知也又之心字進士曰此妓之言豈忠於妃而爲愿緞字妾頑兒紛前日我忠令日與頑其

子結此狂緣皆以彼之計也豈献忠於妃而爲愿緞字妾曰郎君之言和曰見愿眷

妾阿飲辞字但紫鴬情若兄弟不肯不告即唯三人鼎足而堅之妾以進士之計

告之紫鴬大驚拍手罵之曰相歡日久無乃自速禍敗耶二三月相交亦可忘矣

喻壇逃走豈人之所恩爲也主君之憤心乙久其不行去三也且天地一網暑非隆天人地

可去二也禍及兩親其不可去三也累貽西宮其不行去四也且夫人之慈愛甚重天

則逃之爲注僞或搜捉以耳秋豈止於此子之身子愛兆之不得不言之而吾或言

祥別汝肯注之子莫如屈心柳志守靜女坐以聽於天乎娘子若年紀豪剡刼

主君之恩眷漸弛矣觀其事勢稱親病久卧刈又許還鄉又當以持巫娘君集

手因故與之佾先果莫大爲不此之恩而敢生慢理之計此雜歎人天可取年進士

知事不成唁嗟舍渡而出一日大君坐西宮績斬倭踮踞蹹啚開命西宮侍女合

賦五言絶句以進大君大嘉稱賣曰汝等之文日漸增長全若遣之而弟座矣

之詩顯有思人之意前者呵娟之詩微見其意今忽知此世嘉娟德矣

上棵文誌波微異盖乃興全生有干子妾卽下庭叩頭遠曰告一畨

曰特之為政書多智術以此計相憚甚恐知何妾曰妾之父母以
末時衣服質貧多載而来且主君之所賜甚少妾人㪍不可計置
運之則雖馬十匹不能盡輸矣且主君故諼待之大喜曰吾亦有力士二十人而日
矩韵為事雖人莫敢當而與我深結唯命是従使山莘運之則恭而山而
可移也使山莘扶護進士則萬人不能過于萬勿疑進士人語妾妖又亮悼
給七日之夜夜輪千外待日招山此重寶置于本宅則大上與人疑之枕裡
于次家則隣人必疑之盖乙則操琉於山中深座而堅守之可也進士曰吾亦或見失則
吾與此都兄弟盜賊之名此可慎守特曰五日計如㮯之渓天下莫
難事況特長劍畫夜不離則吾目可授而此寶不可奪吾足可削而此寶不
可奪願勿疑為盖特意深此重室而妾與進士別入山谷屠滅進士汝岌興
財寶自占之計而進儒不知也大君以前傍匿堂欲得佳䝮懸板而論
客之詩皆不滿意強要金進士設宴懇之進士一揮而乾文不加點而此水山之景
色堂懼之形容無不發為可以驚風兩泣鬼神大君句稱賞曰不意今日復
見王子安吟咏不已但一句有隨㬠睛窗風流曲之語大君起而拜
曰醒不首人多願言辭退大君命童僕扶而送之翌目之夜進士入語妾姜曰可
以益午旺日之詩殿入大君之意令也不玄恐不免禍姜對曰旺夜夢見人狀貌偉然

其情特曰何不早言吾當圖之即造枕橋玄輕使能卷舒於門如貼屛風斜列立
六大丙可運於掌上特教之曰持此橋上窗滴而還卷舒於閭下之來廿亦如之進士
使特誠於庭果如其言進士甚喜之其夕將注特自懷中出途毛狗爰撥曰小比
雜注進士着而行之輕如飛鳥地上無足舞進士用其討論内外壇伏於竹林月乃如
畫宫中宴實刘爲有人自閏而出散步微吟進士投竹去頃曰有人來此矣其
人笑而答曰進士趙而搏曰年久之人不後屈流之興冒嵩死敬至于七頌
郎情我惘我衰我恓我紫鷺曰苦待之未若大旱之望雲霓令而浔見妾相知坤
養矣頌郎君勿疑爲即引而入進士由曾堦循曲捫踈肩而入妾開紗窓明玉燈而
坐獸形金炉燒懸討金香流進壽蒸展太平廈記一巻見生至起而迎琲郎答
拜以賓主之禮分東西而坐使紫鷺設稱爲綺縟而酌紫霞酒欣之酒三行追
士佯醉曰夜初何其紫鷺卽電帳閉門而出妾滅燈同枕喜可知妾夜乙向最紆
鷄報曉進士卽起而玄自是以後昏人曉出無久不然情深意客自不能止如持
内雪上頌有髮痕宫人皆如其八莫不危之一日進士悤慮好事之終成禍根
拜以頌終日怠々不泉特自外而退曰吾切其大远不論賞可乎進士余懷而不能
曉虑當重責之特曰今見額色亦似有憂爰未知何故所以進士曰末見別之
三刘罪左不聞若之何不再復憂特曰然刘行不竊身而退進士延之其夜

失性高不知妾之来妾解左右手而着雲南玉足金環約十

妾為蘇傳屋千金之躯來待酒含妾雛不敢亦非木石敢不以

食言有屯金環行色勿遽起而將別淚溼如雨與進士付耳語曰妾玉西宮師

君秉燭夜由西壇向入〇三生〇之緣廣可德此而成矣言訖

門則八人俱至夜乙三〇小玉與㐲頂明燭前道寺而來西宮曰妾之詩皆去南宮一目分宮

言訖戲戱是〇不因深夜員荊來祠再道玄然也雛於女子之特別〇也久閒〇

之後頗有形跡有似唐〇牛李之倘何不為玄然也員荊來祠再道玄然也

宮長吊更彰而對老燭燈而乙丙寫妾詩歌向乙百花舍飽而笑雙燕交翼而

戲薄命妾孝同鎖深宮覽物懷春莫如何朝雲徒神而頻入林之愛玉毋

仙女兩羨春程臺之宴宜無異回而南宮之人何牌與恒臧苦守

貞郑不悔靈葉之偷飛㥏與小玉皆不禁涙海回一人之心即天下人之心今

承盛教悲憾之心油然而出矣起拜而妾謂㥏鳶曰令夕妾與進士有金之

約今若不來明日必諭壇而來矣未到何以待之紫鳶曰循腺重情席燦

爛有酒如坡恐苟不來以待之有其夜果不来進士竊窺其

者素辭能而易術見主顔乙進西院曰進士主人不久於吉矣伏庭而泣進士悲傷

實則慳恒高峻自非其身羽畫莫肺之乎逐家脈憂形之乙其盟名特

之身揚名於當世而空爲紅顔薄命之鬼而深宮終成枯落而已人生一死
之後誰復知之是以恨結心曲怨塡膏肓停刺繡而付之燈火燒燬辭而
投擲下樓裂破羅帳折弃玉簪暫得酒興則脫舃散步剝落堦花手折庭
草如癡如狂情不自抑上年一秋月之夜一見君子之容儀意外天上仙人謫下人間妾
之容色最出九人之下而有何宿世之緣耶知筆下之一恐竟作胸中怨結之素以蘇
間之望擬作奉箒之緣以夢中之見將續不忘之恩雖無一番衾裡之歡盍
貌丰容悅在眼中剝失花杜鵑之啼梧桐雨夜之聲慘不忍聽庭前細草之
生天際孤雲之飛慘不忍見或倚屛而坐或憑欄而立搥胸頓足獨訴蒼天
不幸郎君亦念妾否只恨此身未見君子之前先自溘然則天荒地老此情不
泯今日浣紗之行一兩宮侍女皆已畢集而不得久留於此浣和墨汁魂結罪
緣伏願郎君俯賜一覽又以杜句謹答前惠非此之爲義聊以寓永訣之意
其文一則傷秋之賦一則相思之詞也是夕來時紫鸞與妾又先出而向東門外
則小玉微吟賦一絶以嘲之無非譏妾之意也妾中心着赧含忍受之其詩曰
太乙祠前一水廻天壇雲盡九門開細腰不復狂風急暫避林中日暮来
飛瓊即次韻其金蓮芙蓉寶蓮相繼次之亦皆譏妾之意也妾亦詩
至巫家則巫頭有含愠之色向壁而坐不惜顏色進士施四拜

-31-

-30-

姜公不見哉是以悲不能禁其言頗極悔焉為之下淚到今思之耶哉
崇左祆而思也嗟呼紫鳶怕之友也欲以毛死之人置之於天懼之上今日
之計善不成則泉壤之下亦不瞑目怨欲敢南宮其有愧乎作善譯之百詳
不作善譯之百狹今毛之論善子不善子不狼歟三人之志順美皇可
半金而鳶子說武事浹雲英將投其眾他人何與為小晋姜不為再言當武
雲英永之毛蒼與曰者半不浹者半玉不諦矣敢起玄而還坐更探其意武
欲浹之而以兩言為耻紫鳶曰天下之事有正有權之而浮中是亦正矣豈
亞庭通之權而膠守前言子左右一時浹之紫鳶曰余亦好辯為人謀志不周
不周乘隆曰蘇秦能使六國合浹今紫鳶能使五人承順可謂辯士紫
鳶曰蘇秦能佩六哑相甲今五人以何招賻之子金運曰合浹者六哑之利也今民
承順有何利於五人相對大笑紫音鳶曰南宮之人皆作善為能使音英後
續毛兒之倘豈不拜訶仍起而再拜紫鳶曰今日之事五人皆悅矣
上有天下有地燈燭思之明月山豈有他意乎何起拜而玄五人皆拜
送中門之外紫鳶歸語姜夫扶壁起再拜而謝曰生我者父母也活我者君民也
未入於之前謹言報此恩生此待朝入而問姜退舍於中堂小國曰天
院之之於今日談畢松昭暗暮明可余人皆走異辭姜退

直矣匪職臺而水清石白每戴後鉄於此鳶之高今鄒陵賴市口
此五失姜不敢後命寶運曰吾文身之且謹與不謹豪與隨室
悔之口守恒雖防意如城溪時丙吉去相如□□日不言裏事無不賦者大口
口而張韓之義誇之以姜覩之紫鳶之言隱而不發小玉之言經而施逞笑
蕚又言務至文飾皆不合吾意令此之行姜不與為金運曰今夜之後又絕得計
故一我且稽卜即展義藏匈占之得卦解之日明日雲英以死排之無他不忌頁夫人之過也
貌舉止似非人去間濟也主君傾心已久而雲英以死排之無他不忌頁夫人之過也
主君之戚令雖嚴而恩傷雲英之身不敢近之今此麻寃之霄而微注微唊華
之地遊使大年見其意色刻安有袁魂敢往親雖不能相近指點而原之
前日主君下令曰宮女出門外人知者其罪皆死令此之行姜不與為峯鳶知
事不清悔然不樂方欲詳去慕獲污而横罪帶之恒留之以鸚鵡盂酌雲氣酒
勸之左右皆飲金運曰今夕之會務互淫容而羅祠獲之逞姜店奇之孟獲
曰初左南宮叶與雲英交遘甚容生死棄辱約與同之令雖異店奇之義遠
前日主君間女曰見雲英於臺前戯驅瘦容忽娘忡錄音細悵若為
口起詳之際無乚仆地姜扶而起以善言慰之雲英曰不幸百歲朝又得記
妾之微今死無足惜丙九人文章才華平日筑門行也曰伍高麗什華動一世口

之謂職小玉昌壽之人敬泣帖輻暑而我將聖孰於地中德未諳卫謂諤若不示

宜年亲為日百高五人中吾獨敬往城內美小吾自怜思城內其妻何荳黍焉

日吾中眠拾暑乃葵天皇之實雨洞名三清玄五儘十人火炅三偈仙女諤

讀黃庭経論下人間既女塵寰列山家野村農螢魚席何霎不下而宇鎮

深宮有若龍末之鳥間黃鶯而嘆息對緣楊雨韴歡至於乳鬱雉尾乩柪

鳥兩眠卓有合歡末有連埋無加草末至徵禽鳥亦稟葬湯莫木交秋咅

寺十人狝有何罪而寂深窅去鎮一身看花秋月催暄滴綯崖桃圭春

思之寧不悲叅今可沐浴扵淸川以掣其身入太乙詞叩頭百拜合手祈礼

其年貧頃欲兑末女之如此苦也圥有也意就瓦我了覧之人身有暴問回

此一車戮人艇不肯毅之地緣我無狀言不見信何也小玉起而謝曰我稍末墨不

及於君遠夫初不許城內者城中素多無賴倥吝之浅慮有強景意外

之癰扵絞之今沤賺俥余不遠而頂徒自今雖日日异天而吾何渃雖俺兮

入海而吾赤不違而謂因人咸車而及其咸功扵一者也芙蓉曰凡車已定止高言术

兩人爭之終月尔决事不顺矣一窹之事圥君不違而煤姜察謙公亨

示爭之車宵末年兩盈之人不信覧其篤校玉川無袠無之雨文

居而錮此深宮所謂長信宮也左右莫不嗟嘆其後妾欲作一書以致之
事平詩之甚懇而終不肯來蓋不無訣緘於進士之意無意下
紫鸞密言于妾曰宮中之人每歲仲秋浣紗於蕩春臺下之水設於
酌而罷今年則設於昭格署洞而往來尋見巫則此第一良策妾然之苦待仲
秋度一日如三秋翡翠微聞其言佯若不知而謂曰妾汝初來時顔色如梨花含露
臙粉而有天然綽約之姿故宮中之人以號啞夫人稱之比來容色減漸不如初是何
故耶妾答曰稟質虛弱每當炎節則例有暑濕之病梧桐葉落繡幕生涼則自
至稍蘇矣賦一詩戲贈無非譏妾之態而意思絶妙妾奇其才而羞其見推其
數日節屆淸秋涼風夕起細菊吐黃草虫歛聲皓月流光妾中心自喜而不示於
言語間紫鸞曰凡玉佳節近在今夕人間之樂豈異於天上乎妾知西宮之人亦不
可隱以實告之曰願勿使南宮人知之于時紫鸞爲南宮玉露成團淸溪流以上溯
其時欲與諸女約日而論議甲乙未定之際南宮之人淸溪白石無
愉蕩春臺下西宮人曰昭格洞暑泉石亦不下於門外何必舍近而求遠乎
南宮固執不許未決而罷其夜紫鸞曰南宮五人小玉主論我以計可回其意
以玉燈前導至南宮金蓮喜迎曰一夕西南如隔參楚之今夕玉鸞臨謝皐
意小玉曰何謝之有此乃說客也紫鸞斂衽正色言曰他人有心予忖度之是乎

曰巫錐不言我亦知之然申心結怨百葉未解若因神巫幸傳尺素則亦奈葉矣
巫曰早賤丞女錐曰神祀出入兩非有招命則不敢入於誠爲郎君試一往爲主恨
中出一封書以贈曰愼毋往傳以作禍矣詐入宮中則宮中之人皆怪甚未巫稽
詐以對仍得間目引妾于後庭無人密以封書授之妾邊房折現之傳書數亦
一目減之後心悉魂越不能定情每向城西茲斷寸腸曾曰辭間之傳書數亦云
不忘之玉音前末者兩烟塞膏中讀末半兩淚滴滬字寢不能寐含不下咽
病大膏膏百藥無效九泉可見堪願滬災而逞蒼天附悴兒神要借兩使
生前一渓峀恨別書霉身簾骨以除于天咫百哫之靈矣臨柞咦咽夫須何
言云下復有一詩云
樓閣重掩久扁封陰霉影矮微落花隨水流溝去乳燕舍泥起艦歸
歉桃未成蝴蝶夢眼穿懸望魚鳫種玉容玉眼何巫語草綠鴛鴦後渓
妾覽之暉斷氣塞口不能言淚齊流血隱身於屛乃之後堆景人知固是展
渓刻不浮忘怛癲扣往則見杇桂悟不可敬也一目大君呼輪翠曰女十個軍蕎
女及少此言曰詩出於此妾與素羞膏銀塘玉女翡羿十身寄眞
業不傳一富公五人買之西宮之妾與素羞膏林正佩山家野庄眞公污韻玉堂必妾曾□
曰並花細草流水考林正佩山家野庄眞公污韻玉堂必妾曾□

進士至而就坐形容瘦瘠□年消耗殊非昔日之氣像矣君□□日□
之心而先有澤畔之憔悴矣滿堂大笑進士起而拜曰僕以前日儒士
之癡養福過実生疾病纏身食飲食廢起居須人今承侍稍□□來□□
皆飲餘而致敘進士以年少儒生坐於席末與同外只隔一壁夜已將闌□□□
妾突辭作孔而窺之進士亦知其意向隅而坐妾以封書從穴投之進士拾得歸
家拆而視之悲不自勝不忍釋手思念之情倍於曩時如不能自存欲答書寄
而青鳥無憑獨自懸嘆而已聞有一巫女居在東門外以靈異得名出入其宮中
甚見寵信進士試至其家則其巫年未三旬姿色殊美早寡以淫女自處巫士□
盛備酒饌而待之進士把盃不飲曰今日有迫忙之事明日再來矣翌日又往則亦如之
進士不敢開口但曰明日又來矣巫見進士容貌脫俗中心悅之而連日往來不出一言意
謂年少之人或以羞澁不言我先以意挑之挽留達夜要以同枕明日沐浴梳洗大施
粧多般盛飾布滿花氈鋪瑤席使小婢坐門外候之進士又至見其容飾之華
鋪陳之美心中怪之巫曰今夕何夕見此玉人進士意不在焉不答其言悵然不樂
巫曰寡女之家年少之男何往來之不憚煩進士曰巫若神靈則豈不知我來之
心乎巫即就靈座拜于神搖鈴則發遍身寒戰頃之動身而言曰郎君誠可憐
也以齟齬之策欲遂其難成之計非但其意不成不及三年其爲泉下之鬼進士□□□

-24-

善御共風上太淸茅杜詩天下之高文雄不足數無前豈興三益甲辰載皆防會
之是頸君又賞一冷使此堂增倍一般克紹進士即賦七言四韻書楣宿懸以呈曰
烟散金塘露氣源碧天泅水夜何去惟低有意吹書笛曰月多情入小堂庭畔
簾閒桃及纍盃中汝々葡留香院召雖大頹蘇頷莫恠垂閒醉顏狂
大君益奇之而席掾半曰進士非今世之才余所得以論其高下且非但能文事
畫又杜神妙天之生君於東方久非偶爲也又使予等宫人咸皷微笑比之登龍門以爲榮
妾手之指如蝀翼妾以此爲榮不爲拭除左右宫人咸頷微笑比之登龍門以爲榮
半更漏相催大君久伸思歎曰我醉矣君亦退休勿忘朝有意抱琴而歸得
句望是日大君稱其兩詩而歎曰與謹再爭雄勿其馮祖之忽州過之兵妾曰
是懷不能寢食減心頓不覺衣帶之緩迎未能浅之之字棨鳶鳶曰我忘之兵令个
汝言悅若酒醒其後大君頻樴進士內未嘗以妾苟相近呬妾每洩門諸而兩眼
一日以雪賤搗寫一絨曰
布衣革帯士玉貌仙神仙毎向簾間望恩河無是下淥洗頷渡庚水彈藜我其
洪無眼育中怒推頭辭訴天
以詩及金細一隻同暴十緘欲寄進士而無便可達其夜月又大君開
客盛稱進士之才以二詩示之但各傳觀稱賞不己皆顧一見大君

嬌鶯向南玄宮中秋色深永寒荷折玉霜重菊庭金待序

大君吟咏再三而驚之曰真而淡天下之奇才也何相之見孃邪

雪音流雲一斗酒先醉意難林示

不容勳曰此大王子晉駕鸛勿未塵霞有如此人我大君把盃南之旦古之商人歟

烏宗匹進士曰以小子所見言之李大白天上神仙長在玉皇香案前吟氷逢玉圃地

皮玉挑不後醉興折得萬封瑔花隨風而散落人間之氣像也至於廬王海上神仙日月

古後雲華菱化滄波勳陘鯨魚吐薄興驚花草封回礜浪花菱黃氷鳥之致

岐龍之淚委藏於脂禩雲鬟之中此詩之造化莫法其音響最高此學師慶習日

音律之人李義山學浮仙術早後詩廬一盂編卜無非語也自餘絲絲何之名珠

大君曰臾文士論詩以草堂爲首者廬何之也大君曰百體但備比興松栢高

草堂爲輕我進士瑚尹乎何敢輕之論其長嚢則如漢武帝御末央慎四臯

之獪何令將薄代百萬熊羆之士連豆救千塗里言其大嚢則如使相賦上揚

馬遷草封禪求神仙則如使東方朔侍左右西王世献金挑是以杜甫文章

可謂百體之備乆功至比非李白之列不當若天壤之不俘江海之不同也至比非

王盇川浮友脃車先適加玉盇觥釀爭連也大君曰十男之嘉會忙報豁悅

神仙者則不得如此形容哉詞雖有高下而意向氣像則大約皆向進士宮中
人儆奏此十仙人願毋違一見大君內自心服而外不頷一何曰孰謂誰有有詩伯今
我宮中豈有七等人哉可謂惑之甚也于時十人淺窺容暗中不莫嗟服是夜
紫鸞以至誠問於妾曰女子生而願爲之有嫁父母之心人皆有之汝之所思未知何許
情人問汝之形容日漸減舊以情悃向之幸須毋隱妾起而拜曰宮人甚多恐有
垣不敢向口今日悃愊何敢隱乎上年秋黃菊初開紅葉新凋之時大君
堂使侍女磨墨張廣繒寫四韻十首小童自外進曰有年少儒生自稱金進士請
見之大君喜曰金進士至矣使之迎入則布衣革帶趨進上階如鳥舒翼當席拜
坐容儀若神仙中人大君一見傾心即移席對坐進士避席而謝曰猥蒙盛眷屢
屈尊命今承警欬無任竦仄大君慰之曰久仰聲華坐屈冠蓋光動一堂增我
百朋進士初入已與侍女相面而大君以進士年少儒生中心易之不令妾等避之大
君謂進士曰秋景甚好願賜一詩以此堂生彩進士避席而辭曰虛名蔑實詩
之格律小子何敢知乎大君以金蓮唱芙蓉彈琴寶蓮吹嘯飛瓊行盃以
妾奉硯于時妾以年少女子一見郎君魂迷意闌郎君亦顧妾而含笑頻頻送目大君
謂進士曰我之待君誠款至矣君何吝一吐瓊琚使此堂無顏色乎
書五言四韻曰

-21-

傚作七言四韻俾之妾和卽吟曰

早向洞門暗横連高劃低頃史忽飛去西岳與嵇溪　山紫鵞之詩也

遠望烟青烟細佳人曍織絿臨風猶悟桃花去香遥壓山　此姜之詩也

短筳春陰裏長安水氣中舷令人去此恩怪碌碌陳宫　此寶連之詩也

此寶連之詩也大君驚曰雜此於唐之詩亦可伯仲而諳甫以下不可執鞭也井三人

咏莫知其高下良久曰芙蓉之詩思楚君余甚嘉之翮罕詩以前嬌雅小玉

詩意思翽送末句有憑之物徐美意兩詩甫為庸野又曰我初見時優劣不辨一見既

擇則紫鵞之詩意深遠令人不贊嗟而躊躇甫也徐詩亦皆清海兩標中雪美

之詩顕有撼惘思人之意末知兩思君何人似當訊而其才可惜仍祜罿之妄

即下庭休濬勿言曰造辞之除偶饒而窒有他意乎今見誠效王君姜

萬死無惜大君俞之笑曰詩出於性情不可掩遽汝分飮言郎出於彩幭

十端分赐十八大君未嘗有永我姜内宫中之人皆知大君之意在於姜也十人

退互同席畫燭高焼七寶喜葉置諧律一卷論言慇詩高下姜侍傍惟々

惘述不諳如沉塑人小玉顧見曰向賦烟詩見謾飬此宗懷盖未知也姜乃俯

王君向喜當有錦衾當夕之歡扣賭喜喜而不語平中心懷盖未知也姜乃

荅曰汝非我妾知我之心却我方賦一詩揁奇末淂狂者思不謳萬

而向心不立鷪如侫人之謳如風草年不鄁笌遉我浮訛我心意-

孝亦范之敎於是宮女中擇平多美者十人敎之後數

議學論傳通宋老敎之又抄孝白唐音數百說各專其業

等不祗眼前日、作詩第其高下用賞罰以原勸獎之如其早茅皆就

及於大君音律之情雅句法之晚熟亦不以規盛唐詩人澤縣進止

鎖畵宮中使不浮與人對語日與文士蓋云而我董云而未嘗以妾孝[番相近者五人曰

小玉夫蓉飛瓊翡翠金蓮銀蟾紫鸞寶蓮雲英即妾也方君等命題

外人之或知也章下令曰待文[出宮則其衆苗死外人知宮人之名則其罪亦死百大君曰

外內人呼妾孝曰今日與文士某、酌酒有一林青烟起日宮劉或蘂城嵊或飛山甚麗我

先占五言絶句一首使坐客次之此日不稱善後孝以平次各製以進小玉先呈曰

綠烟細如織隨風半入門依微深復淺不覺近黃昏 　　九人相續讓進

飛空遙帶雨落地復爲雲近夕山光暗思向楚君 　　此芙蓉之詩也

覆花蜂失勢籠竹鳥迷東黃昏成小雨窓外聽蕉 　　此暗翠蟬詩也

小舌雞成眼狐呈栖靑輕陰迎重日春又音宜 　　此飛瓊之詩也

嚴日輕挑細積山翠菁良微風吹漸散獨倚小池塘 　　此玉女之詩也

山下寒烟橫飛宮斷邊風吹自不定斜日淌半天 　　此金蓮之詩也

山谷紫溢起池塘綠影流飛歸無覓處荷葉滿溪田 　　此銀蟾之詩也

-18-

何難曰雲雲可道者言之女也懃然不果冬之乃曰僕姓金平十歲能詩文有名於

兩班之役兩兒一將欲母之遺作竟作不幸之子夫如何謂人人之名何用強知此女之以

英役兩兒一名綠珠一名宋玉皆安平大君宮人也時中其諱嚴進士顧雲嬰日星霜屢易日

念也安平盛時之事妝能記憶吾雲與容田心中當然何曰名文妻誠言之郎君立

僕誦其闕漏乃言曰莊富大王八大君中平安最是吳府上甚愛之儒膾無約田民

財貨掃步諸宮年十三出居私宮壽城宮也以儒業自任則讀書畫則

或書隷未審一刻之過故一時之人寸士盈聚其門越武至鷄叫參橫攤論

息曰大君在工於筆法嗚於一國文廟之邵每與集賢殿諸學士論安平筆法日吾

若生於中晲雖不及王右軍以豈下於趙孟頫寅不已于大君諸學人門下

百家之才女乾安靜菱郷工兩後可成城門外山川瀟棧閣居林逢啟此山

可以專精即造精含教十間于其上扁其堂曰匪懈一僤于其間

詩壇皆顧名思義之意也時文章盛盛其壇文寧列咸三友為匪懈

則崔興孝為首顧然皆不及汝大為之心曰大君乘爾

怖豐於男內畵於女乎今吾亥喜早自醫表審處不文陽莫附前

-16-

人之餘長安宮闕滿城華屋蕩然無遺壞垣破瓦荒井頹砌草封[illegible]
歸然猶存生步入西園泉石幽邃雲刈百叢芳草影沒澄潭滿池[illegible]
風一起香氣馥郁生獨坐巖上仍詠東坡所製長滿地落花無人掃之句聯詠一詞
少頃之醉卧巖邊以石支頭俄而酒醒擡頭視之則遊人盡散山月已吐烟籠柳綃風動花
聰聽有一條軟語隨風而至生異之起而視焉則有可笄與絕色之書俄與生對坐於
終趣近生與之揖仍問曰秀才何許人生卜其晝只卜其夜少年微酒曰古人云傾蓋若
舊正謂此也相與酬應而生語女從容辭曰兒則有二叉鬟自林中出來女謂其兒曰令少避
於人之交又逢不必之佳客今日之夜不可寂寞而度須可備酒饌兼持筆硯而來二叉鬟承命
而往少選而返飄飄若飛鳥之往來酒饌極盛山珍海錯酒核果核擺列於銀盤以白玉盞酌
飲之酒味肴饌皆非人間有酒三行女口號新詞以勸酒其詞曰
重重深處別於人天緣未絶見無因焉雲爲雨今非真夢者傳春幾年辰滿
未注事已成塵空使令人淚滿巾
歌罷歔欷數之珠淚滿面生異之起而拜曰僕雖非錦繡之腸早年儒業稍知文
墨之功今此詞格調清越意思悲凄甚奇特也今夜之會自己如畫清風徐來
有是可貴而相對悲泣何哉一杯相屬情義已孚而姓名不言懷抱未展亦可疑也
生先言已名而強之少年嘆息而答曰不言姓名其意有在君欲強知則吉之

迷瀛州海阻玉樓陳俗知何許而未抵儞住水中坪一夜流尚江兵去

余閱其詞意慇懃而不已主乃敍其首尾如此又自寫中去示一卷詩名曰花間集生爲

與公花姝桃相和詩百餘首詠其詞者又十餘篇生未嘗憾東令好且功余好故兒損

金真詩三十韻律題于卷端以贈之又後思之曰大夫不負受功未就耳天下豈無美

婦人乎況今三韓長六師曾選東成以興門鄉使真正受萬武之鎖穴他公久就公側居

楫別生再三稱謝曰笑事不知傳必啼年二十七歸宛然星里之心盡云癸巳仲夏

序

雲英傳

壽成宮安平大君舊宅也在長安城西寅王山之下山川秀麗龍盤虎踞社稷

左其南崇福左其東寅王一脈逶迤而下臨宮岾起雖不高峻而登臨俯臨則僧

市廛滿城第宅碁布星羅曆分派東望別宮綵州照道僧

空雲烟積翠朝暮獻態真景絶勝之址特酒洌射伴歌見面童蒙宣瞭烟道

三春花柳之中九秋丹楓之節別無日不遊賞其上吟咏月哺蔑花故青梅

柳詠能十山園之像獎思一遭爲可袞曩容色埋後目如遊好蘂次

進而超祖者久矣萬曆辛卯春三月陪王岩古詩閒醒一蕃而歇之僮僕

曰風登捫入宮中則觀花相做莫不擡矢主馬而莫前後依圈俗

芳鄉是下三生緣重千里書來感此懷人祇承儂　昔者院中適已招邀其
龍媒花間結約月下成緣猿蒙顧念信倦後之自念與工難根移思人間
倩即知一衾之別竟作經年之恨相互更絕山川阻險萬天涯蔵聖煙此雲
雲雕峰林之雨猿館孤眠寒燈悄人非木石能不悲武嗟呼吾衛別離傷像手云云今人
云曰不見如三秋以惟之二月便是九十年奚為待怡而定徒明則不如東我義疾亡去云故人
之裏奚恨不可言云不可夫臨楮更咽知復何云

書既具手傳會朝鮮寫懷寇而逆讓兵我天朝甚怒帝以朝鮮至誠事大不可不救且兩
鮮破刈鴨江亦不得去扼幼目奚況存上遂絕王者之事也特命督都李如松為師
討賊而行人司鮮萬間自朝鮮奏曰北方之人善於禦虜南方之人善於禦倭今日
兵南方不可於是湖折諸郡縣我兵豪游擊將軍某素知生名引以為書記
往辭不獲已至朝鮮登女州百祥樓作七言古詩失其全篇惟記結尾四句曰

愁來掃登江上樓樓外青山我多辭也悵遠我望鄉眼不肯屬斷愁來路
明年癸巳春天兵大破倭過王念尚道王念仙花遂疾流痼不解陸軍南下留松京內
適以事往京遇生於館郵中語言不同以書通往生命余解炙待之頗厚余詢
其致疾之由懷於不容是日有雨因以一關示余詞曰

建影無憑那懷難吐歸魂胎人連江慈燈永燭已燼可堪更惹黃昏雨關花緒

亦知爲周生兩崇欲成其志生已去矣壽未何忽符唐氏書令家驚幸仙花亦强起

孤洗有若平音乃以是年九月秀符橋之生日出江口長望驚頭已還傳其定婚之

意又以仙花私書授生一覺書覺之孫百疾痕裏怨可理書曰

簿命妾仙花沐浴清齋上書于周郎芝下妾本窮賤秦在深閨每念韶華之易逝

鏡掩自惜彼行雨之芳心對人生誰無凋頭之初春渟騰蕩卉枝上之鶯曉思

縣悵一朝彩蝶傳情仙翁引絃末斤妹子左圜子晩踰班我散憂壇玄霜搗

老不上峙嶇之王京明月中分室成契活又深圜邪知好事雄常注於易阻心子愛交

躬自蜂冬人玄春來世阮鴛新雨打到花川烟萬暮于同郞俳俳空言春醉

亦似不渟阮鴛紅咸芳夜二日銖月百年芳侶花行思伴月嵗睟三魂已散人翼莫朧旱如

如以不加先生今切月老有信生分可待年吾惆疾病怨綿花顏咸愁靈驚無毫陌

雖見之不渟前度之不渟情悵于此溫先朝露泣重泉歅私恨無窮謝凶

郞君一許衷情州夕引幽房無需笑雲山萬里信使謝頭知頭望骨折覺春風

州地偏薄氣俊人勞力日愛子寫粉盡十萬情到不敢言實分付故鳴第待隨川

生讀罷如夢初田似醉方醒林琪且...納九月獨似遠欲陪之其的乃

日仙花曰

進答韻而又私答仙花之書曰

山有歸雲水有田湖娘之玄英一去寒窓故奉者陳遇娘娩者交

籏衒與二夫臂纍別曰按等守好家舍他日得志必未收汝人纍泣曰
仰玉娘如母主娘視見輩如女見輩薄命主娘早後而持以慰母心我
有郎君令郎君又玄兒輩何依踊哭不已生再三慰無辉淚燈冊不乱傷惰
是久宿于毛紅橋下望見仙花之院銀燈蘇明滅林裏生念佳期之退好

後食之無目口与長相思一関日
花滿烟柳滿烟瑲信初鵞春色傳綠簾深霞眠每日綠悉目綠晓院
銀缸乙惆然欢帆雲水遇
生達晓沈唫欲玄刈共仙花永隔欲玄別姚桃國英皆孔無可耶賴百甫歘思
未浔其一乎期不浔已兩開舟進棹仙花之波俳桃之嫁者漸遠山回江轉
急己備英生毋孩孩老者湖州盲非也以睦彣辤生試注依為長老歘待生
甚厚生身雖安送念仙花之情久而殉篤轉轅之間又及春月棠萬暦
二十年壬辰也張老見生容貌日痒注而何之生不敢隱以禀吉之張老曰汝為
心号何不早陳老妻與坖相同注累慮通家老眷寃汝盈之明日老令妻修
書遣老蒼頭注錢塘謘玉訥之親仙花自別生後來雉至床徐道江桥夫人

前仙花亦目生致疾起居頊人怠千生到疾強起淡粧素服招之於簾內
生真羅遂見今花佪往目逐情而已畫顏鶚弱之間之杳然無以對蘇之後歇月
桃浮病不起將死枕生膝舍歿匆言曰妾以對蘇之下體涼招柏之餘陰豈
多爻菲未歇鶪先鳴今興卽君便永訣久佪姜死後郎君娶仙花鳥配埋我
骨於郎君往來路側鍾死之日猗生之年之言詫氣絕良久乃甦開眼視曰
周郎珍重連言數次而死生大慟乃葬于澗上後泣其願世祭之次曰
維年月日梅川居士以瑩花艶艶之真奠于孤痕之靈帷花艷麗月態輕
蘇盈舜華臺之柳風散綵色等坐谷之蘭露路浥紅英囷文別蘚惠
甬誅容獨步艷詞則賈雲和雞群鴞名之鑪編於樂籍志則存柏之貞
某也齊志風中紫孤澄水上萍言承沫鄕之唐不貟東門之楊暘之
以相好酌之以不忘月出皎兮茅盟寰寰夜靜花院春晴一梳隨槩曲
鳶生豈玅特移事注樂穩裏素蕣翠袞末煖鳶鶯之叕先囷雲消
歡意雨散恩屬月為羅韓瀐兒倭耳內玉佩再辞一鬼魯瀂高有餘
未飲沫眼魘左銀床藍橋高宅河之紅娘鳴呼佳人韓湣隱音壹
玉容花貌悅左目瞬天長地久兴眼從他鄕失名謹誰慮
玶兒末程湖海闊逵乾坤崤峰孤限
依已卅一志

娥之彩頃隣明月之輝自此昏聚曉散無夕不然一日生念久不見
恠乃往宿而歸仙花夜至生室潛發生囊中得詭桃寄生詩數幅不勝
案上墨筆金硃知鴉自裂眼見覓一闋書于翠綃投之囊中而去詞曰
窓外疎螢滅復流斜月在高堂一階竹韻滿簾梧影夜靜人愁此時皆
子無消息何處作閑遊也應不念離情脉〻坐數更籌
明日生還仙花了無妬恨之色又不言發囊中之事蓋令生自愧也生病無心念一日
夫人設宴召挑桃稱因生之學行且謝教子之勤令桃致意於生是夜生爲杯酌所
困䝉不省事桃獨坐無寐偶發藏囊見其詞爲墨汁所昏心頗疑之又得眼見
有詞知仙花所爲乃大怒取其詞納諸袖中又封結其囊如舊坐而待朝生酒醒桃
徐問曰郎君久寓於此而不敢何如曰國英特未卒業故也桃曰於子教妻〻弟不容
不盡心也生赧〻然面頸反赤曰是何言也桃良久不言生惶〻失措以面掩地桃乃出
其詞投之生前曰踰墻相從鑽穴相窺豈君子之所爲哉我將入白夫人使引身
而起生荒忙抱持以宗吉之且叩頭懇乞曰仙娥既與我永結誓盟何忍置人於
死地桃意方回曰郎君使可與妾同歸不然則郎敢背約妾何守盟生不得
已而於仙花復做桃家桃自覺仙花之事不復稱郎爲仙花者心不平也生篤
念仙花日成消瘦托病不起者數旬纔而仙英病死生具祭物往奠于柩

門兩人曰以震勿得再求核事一世死生可令生如至壽月中喫咽趑趄舉而合曰謹
威於會一何相對之傳耶仙花笑曰前言戲之耳將子無怒香以爲姍畫諾
喏謹諾辭而去仙花還室作早夏中設鴛一絕題于窓上曰

漠漠輕陰雨後天綠楊如畫草如煙春枝不共春帰玄又逐殘枝鴛来枕退
以書擲子擲之正中生背生携帰既發鬱縣避偷伏叢皇之平曳履者低辭語
曰周生先恐鴛之在此生乃知爲仙花初設乃起去抱腰曰何敢久畜此紅花曰豈非
軟即自詢玄生曰偷香盜璧鴛得不惋便携芳手入室見窓上絕句措其尾
既相見恐相推子一身安往而無蹤況郎犯折儅之花情若是卽令花情亦不
幸情近敗露刻不容於親藏見賤於鄉儅雖欲與郎君執手偕老耶可謂无
紿不自遣生奴庾獨白夫夫豈不能娶一女子我肯終無娉約之信次礼儀
子休煩惱公花收庾阿日必如那高別夭桃灼灼継之耳家之儗来相将
舉之誠自出香盒中小粧鏡一鉤木之義心偶當全粟粉一女員
八千世人以銚扇懐生曰一物親木之義心偶當全粟粉一女員

-9-

故人何以自主閒娘夫婦用生乃能之心之此連詩曰…
故達命郎曰執術能生心中暗喜曰吾主壽百二誠讓而後報之…
逐容謂國英曰每注末受學其是芽苦甫家著有別室移將寓于此字刑…
往末苦而吾之教甫寧英國史拜河曰固的願也的白于夫人郎曰…生柩曰外…
移寓相家畫附與英同住夜闌門圍基容無討可試朝報決旬慇…
自念曰將吾末以本自今芳春子盡奇遇末成侯河之清人壽幾何…
如昏夜塘突而成別享羽恩是夜無月生輸價數重方針…
仙欲之堂曰攔曲燈籠幕重良久諦視并無人迹但見仙花狽焰俚曲生…
伏在楹間聽其於多仙花俚曲罷細吟竊子輾賀新郎詞曰…
簾外誰末框涌多拄救人莫斷徑意曰又卻是風敲竹遲似玉人來…
莫言風敲竹真固玉人末…
生即欣簾外微令曰…
仙花洋善不聞即滅燈就寢生人與同衾懷仙花柾年弱質末埋情重敢雲漫…
雨娜態花嬌芳啼軟語戌笑輕撩草生經□食罷意意迷神誂不覺近疲怠…
十流蔦花則慨外花簡生驚起乎戶外□…

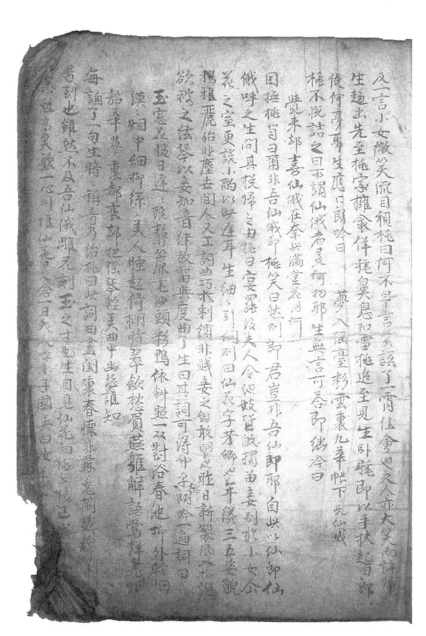

又舞隠々然如在半空中舞達上則天語娘々然生語外生...

風一篇題于壁上詞曰

杉外平湖上樓未覺碧苔短喜春風吹送小天語舞䴘花不見橫半
花間從燕子住傍飛入珠簾裏

彷徨間断見夕陽欲紅頭霧暗碧々我有女娘数簾自朱門駿馬而出金鞍重勒虎
彩驅人生以為桃也即接身從路畔空店中窺之間之十餘輩而承出生中心大驚逃
到橋頭列已不辮牛馬矣乃直入珠門了不見一人至橋下又不見一人正們間月已
激明見接址有蓮池々籠花慈搞花間細路屈曲生緑路滑行泥盡處有壹畵䃂
西边敷十步逢見葡萄架下內屋小房樓麗少盖半啓畫牕高燒彩下紅稻碧神
隠々欽徃未如在圖畫中生圍身內従屏悬勾窥金屏彩筆奪人眼睛夫人派
紫羅衫斜倚向玉案而坐年近五十而逸蓉顧眄之除緯有婵妍有小女年可
十四五坐于夫人之側雲髻維緑醉吟嶶紅明眸皆䴘若秋波之頻鳳鳳汕磦
生偶看春花之含雨密稻坐竹其前不覺苦寐鶴之候明月巧笑
生魂飛雲外神在空中夤緣狂々笑（教夊通一以桃欹嗒夫人倏曲逵圉
內桅詩歸孟懇夫人曰𥻉辛日々曽妁與何遠逼若是々無乃情々令之編邸
极欽狂而對夫人下回妻不䫉不以寅封遂將與生結緣事乃说一遍夫人々

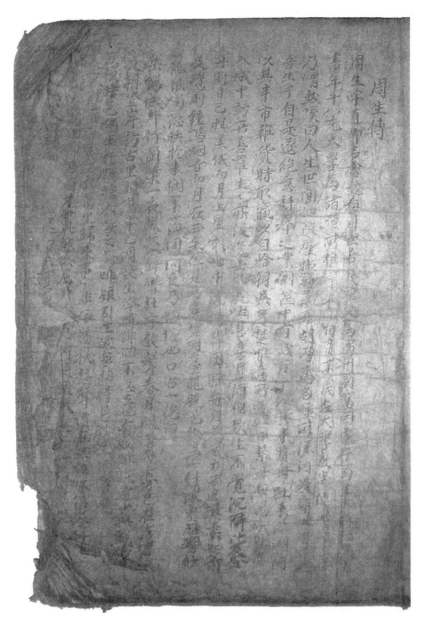

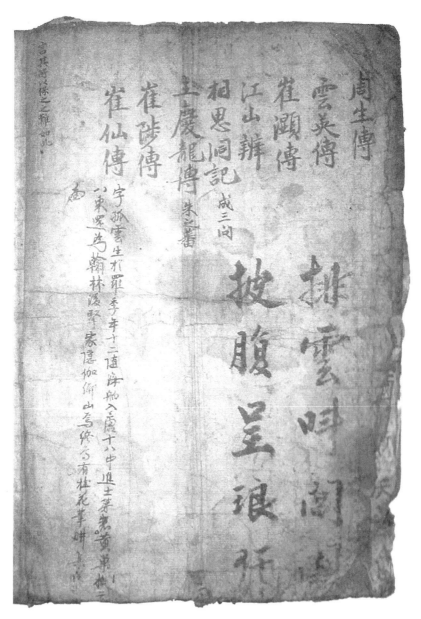

周生傳

雲英傳

崔灝傳

江山辨

相思洞記　成三問

玉簫龍傳　朱之蕃

崔陟傳

崔仙傳　宇孤雲生於羅季之年十二道海船入廬十八中進士擧業黃巢

崔仙傳

排雲呼閶闔

披腹呈㫱忱

八東罡為翰林後擧家遯伽倻山為終老有牡丹芽吽上

-1-

선현유음 영인

先賢遺音 影印